再訪一九八四

金井広秋

カバー装画：パウル・クレー「本通りと脇道」一九二九年、
ルートヴィヒ美術館所蔵

扉：慶應義塾大学卒業アルバム（一九七三年三月）より

序

石炭をば早や積み果てつ。中等室の卓のほとりはいと静かにて、熾熱灯の光の晴れがましきも徒らなり。今宵は夜毎にここに集い来る骨牌仲間も「ホテル」に宿りて、舟に残れるは余一人のみなれば。五年前の事なりしが、平生の望足りて、洋行の官命を蒙り、このセイゴンの港まで来し頃は、目に見るもの、耳に聞くもの、一つとして新ならぬはなく、筆に任せて書き記しつる紀行文日ごとに幾千言をかなしけむ、当時の新聞に載せられて、世の人にもてはやされしかど、今日になりておもへば、稚なき思想、身の程知らぬ放言、さらぬも尋常の動植金石、さては風俗などをさへ珍しげにしるししを、心ある人はいかにか見けむ。こたびは途に上りしとき、日記ものせむとて買ひし冊子もまだ白紙のままなるは、独逸にて物学びせし間に、一種の「ニル、アドミラリイ」の気象をや養ひ得たりけむ、あらず、これには別に故あり。……

（森鷗外『舞姫』より）

再訪一九八四◎目次

再訪一九八四

第一部　慶大米軍資金導入拒否闘争

一　一九八四年九月の『舞姫』（一）

夏休みが明けて一週間ほど経った教員室の昼下がり、山本一郎君は精出して授業の下調べに取り組んで余念がない。教員の仕事をはじめて四年目、こんな自分でもいささかの経験を積んだのだし、知見も広がったぞと考え、具体的には高校三年生相手にずっとつづけている森鷗外『舞姫』を教材にした現代文授業にかんして根本的組みなおしにチャレンジしてみようかというのがこの日の山本君の意気込みであった。『舞姫』の主人公・国家派遣の留学生たる秀才官僚「太田豊太郎」は滞在先ドイツの新首都ベルリンにおいてみずからの将来人生の方針をめぐってつきつめた選択の場面に立たされる。太田君はこのあたり、いかにも明治日本にはよくいたのであろう「エリート」らしく国家か恋かと大きく問題を立て、右に行き左に行きして悩んだあげくに、作品の終盤で国家をとって恋を捨てている。一見ご苦労さん、お大事にというしかないようなストーリーだが、これをもう少し繊細に見ていくと、太田君本人は「とった」とか「捨てた」とかそんな威勢のいい、男らしき決断を下したというより、恋を「捨てさせられ」、国家なんかを「とらされた」と、じぶんの「まことの」望みに著しく反して、上司の伯爵の指示やら同窓の友人の勘違いした「友情」やらによって本意でない選択を強制されたと感じているらしい。主人公のこうした最後の「感慨」をわれわれがどう評価するかが『舞姫』論議の焦点になる。太田という、上司友人恋人に寄ってたかって大事にされてしまった秀才色男は、つまるところ選択の責任から逃げを打ち、したがって国家にも恋にも生きられぬ、当然またそのいずれに死ぬこともできぬ、それでいて結構滑らかに世渡りしていけるような一個の「卑劣漢」ではないのか。山本君が授業のクライマックス部分でこう指弾すると、いつも教室全体が生徒たちの「異議なし！」大合唱でゆらぐようだったものだが、四年目になった今日ようやく、このまま万事「異議なし」ですませて溜飲下げてるだけではたしていいのかと、ややまともな反省が山本君においてはじまったということである。もしかしたら、国家か恋かと対立させて「選択」を迫るのはほんとうは人生の「罠」ではなかったか。太田に責任が発生したとすれば仕掛けられた「罠」にしてやられた不作為の失策においてであって、「逃げた」とか「卑劣」とか漫罵して終わらせてしまうのはとんでもないお門違いだったんじゃなかろうか。そもそもの話、こちたき二者択一なぞにとらわれることなく心を開いて、国家を愛するように恋人を愛し、恋に生きるように国家にかかわるという生き方だってありうるかもしれないではないか。

「山本さん、すこし話していいかな」隣の机の天田さんが不意に話しかけてきた。天田さんは山本君の十二年上の先輩教員、日頃から無口で、一切雑談ということをしない人である。「はい。何でしょう」山本君は面を上げ、天田さんのなにかつらそうな横顔に注目した。この時間他の教員たちは自分の担当授業か用事かで出払っていて、教員室は天田さんと山本君の二人だけだった。

「井川って知っていますか。井川義雄。ええそう。その井川です。彼がこの学校出身というのもご存じね。かれらの学年は東京オリンピックの翌年が入学で、その頃僕も教員になったばかりだから、かれらと過ごした三年間は思い出深いというか、彩り豊かというか、僕の人生の中ではじつに特別な期間でした。それで井川ですが、僕は彼の一年生の時のクラス担任で、彼のお父さんというのが町工場を経営されていて、一言でいうと正義感の強そうな立派な人格者。息子の方もその頃はあなたには意外かもしれないけれども、小さな人格者という感じの生徒だったんですよ。二年になると僕が顧問をしていた文芸部に入って詩を作り出します。そうねえ、やっぱりあれかしら、六七年十・八羽田事件が井川をのちの井川にしたのかなあ。井川は部誌に十・八で亡くなった学生の追悼詩を載せています。正直、出来映えはいまだしだったが」

「井川の詩の傾向はどんなでしたか。全体として、先生の眼から見て」天田さんは詩人でもあり、一読に値する詩集二冊がある。しかしながら、こんな風にいきなり井川の思い出話をやりだしたそのモチーフが依然わからぬので、山本君はかすかに苛立った。

「あれで案外抒情派であってね、藤村の恋愛詩を非定型で作り変えてみたり、そういう勉強をしていた時期があったなあ。卒業式のあと、大学は経済学部でも、自分は詩をやるんだと張り切っていました。一九六八年の春だった。君たちの世代の春だったんだね」

天田さんはしばらく黙り、これまでとは違う表情になって山本君を見た。「先月末、暑い日だったな、電話がかかってきてそれが井川、十数年ぶりの井川の声だったんです。別世界に行ってしまったはずの井川が確かに昔の儘の声と口調でなつかしそうに語りかけてくる。是非会いたいという。風の便りでは彼はいまや「幹部」だということで、そんな御大層な者に僕は会いたくなんかない。一方でしかし僕は彼の昔の担任教師であり、昔の彼は僕の良い教え子だった。夏休み中でもあったしで、彼に会い、昔話をしようかと家に来てもらったんですよ。彼は一泊して帰って行きました。ほんの少し近況なんかも話してくれてね」

「井川は現在はそういう風にしていられる状況なんですね。ある程度まで自由に」

「昔話の中であなたのことが出てきたのには驚いた。山本さんはいま僕の同僚だといってやったら、こんどは井川が驚いていた。井川の昔話を聞いていて、いまここにいるあなたは世を忍ぶ仮の姿なのかと思ったり、また反対に、彼の思い出話の中のあなたにまぎれもなく僕の同僚であるあなたの素顔を見つけたりといろいろ考えるところが多い時間でしたよ」天田さんは井川があなたに会いたがっているといい、教員室に電話してきてあなたの都合を聞いてくるかもしれない、一応心にとめておいてくださいと軽く頭を下げて「雑談」をおわらせた。山本君は『舞姫』勉強に戻ったが、ノートはもう先へ進まぬのだった。十年余にわたった行方不明から突如としてよみがえってこんな教員室あたりにまで消息を伝えたがってるらしい何やらの「幹部」井川と、芋づる式に引き出されてくる遠い学生時代の記憶という、降ってわいた新事態に山本君、まずは多大な迷惑を感じた。

井川から電話がかかってくるまでの数日間、山本君のいだいた迷惑感は肥大していく一方、「重荷」をおろした天田さんはすっかり元の無口な詩人にかえってくつろいでしまっている様子で、気持ちはわかるが何となく忌々しかった。いったい井川の「会いたい」にどう対応しよう。会ってみるか、それとも口実を設けて会わないですませるか。端的にいって会うのは嫌で、怖かった。井川は学生時代のはじめから革共同中核派の活動家であり、天田さんによれば一九八四年現在同派の「幹部」メンバーのひとりである。十・八羽田闘争における大学生山崎博昭の死は高校三年生井川に良い詩をかかせたかもしれない。しかし一九七〇年の海老原事件、七二年の川口事件以降今日までつづく中核—革マル両派間の内ゲバ戦争の死者たちは井川をして一篇の「詩」を書かせるかわりに、戦争を続行中の組織の「幹部」に仕立ててしまった。井川の党が今も続けている類の戦争などに近づくのは真っ平ごめんであり、どうしてもやめられないというなら、いいから自分たちだけであきるまでどこか別のほうで勝手に内輪にやっててくれ。それが正直な心境だったし、山本君はまた「戦争」のルポルタージュ『中核vs革マル』（立花隆）を読んでおり、この戦争の犠牲者が必ずしも両派の同盟員、シンパだけにとどまらず、たまたま関係者と同席していた知人なども含まれ、「誤爆」の被害者すら少なくないことを知っている。それでも会うか。会ってみるのか。

山本君は自分の心のなかを調べてみて意外にも、会おうかという気持ちが一方に確かに存在していることに気づいた。まちがった戦争の当事者であり、責任者のひとりであるにもかかわらず、危険を冒して地下からおもてへ出てきて、学生時代の知人に会いたがってる相手をただ嫌がり、迷惑がり、怖がってるこの自分は好きになれないなという気持ちが一つ。天田さんは今の山本君を評して「世を忍ぶ仮の姿」なんて描写する。あるいはそうでもないかともいった。じつは山本君自身今の自分が仮なのか真かよくわかっておらず、そこをハッキリさせたいという望みが最近強くなっていることもあった。不意によみがえった過去＝井川と、自分の側もなにかを冒してあえて会ってみることが、山本君には久しぶりで「義」のようなものにつながっていく一つのきっかけになるかもしれない。

井川から電話があったときは、どちらかといえば「会わない」ほうに天秤がかたむいていた。井川の声が昔の井川をだんだん思い出させてくれて、なつかしさがこみあげてきた瞬間、山本君はやっと会おうと決めた。九月十日、一六時頃がいい、「あそこならゆっくりできる。君の職場からも適度に近いし」といって井川は山本が降りたことのない東横線T駅前の喫茶店「スゥイング」を待ち合わせ場所に指定し、「じゃ、あさってまた」と電話を切った。

改札口を出るとすぐそこに交番があり、交番の円い屋根の裏側に通りをはさんで向かい合う四階建てビルの二階が「スゥイング」だった。見まわしてうんなるほどと山本は井川の場所指定に納得した。駅正面から北へ百メートルほど本通りがまっすぐにつづき、左右の商店街のたたずまいも、行き来する人の様子も、調べたわけではないが、この私鉄沿線のすべての駅の周囲とほとんど違いというものがないだろう、いってみれば全くの没個性、店頭に山積みされている玩具のセットの一箱みたいな街並である。山本は旧友の井川がこういう風景のあいだを彷徨いつつ、自分たちだけの「戦争」を黙って続けている世界の一人なんだなと振り返って、ぼんやりとしばらく感慨に沈んだ。時間までにまだ数分あった。

先に来ていた井川は店奥の鉢植えのアロエの葉陰から度の強い近視眼鏡の横顔をのぞかせ、山本にうなずいてみせた。はじめのうちは堅苦しいやりとりがつづいたものの、話が共通の知人天田さんの人物に及ぶと二人ともぐっと言葉が自由になって、それからは肩の力を抜いて話がはずんだ。井川の話し方が声の高さも大きさも調子も定規で計ったみたいに一定していて、使う語彙によっては話しの意味がたどれなくなることがあり、山本は正確にききわけようと身をのりだして自分の顔と耳を井川の顔に近寄せたりなどした。これは以前の井川にはなかった目に見える変化の一つだった。「天田さんは君を近代短歌の研究者だと紹介して、学校の雑誌に載った君の論文をみせてくれたけれども、一読してああと思った。研究論文というより、十何年かまえに別れた時の山本君丸出しで、なんかギスギスと苛立ちを周囲にたたきつけてる様子なので正直ホッとしている。もしや君が和解やら安らぎやらを説きはじめていたとしたら、もう僕の知ってる山本君じゃないから」

「天田さんは細い、静かな、受け身の詩をかく。人柄も詩の通りだ」

「僕の恩師さ、詩人天田は。高校を出てからも一、二年の間は先生の家に出入りさせてもらって、先生のほうはあまり話さないから、もっぱら僕が天下国家を論じ、文学を語り、年齢相応の意見雑感をまくしたてたものだった。天田さんはときどき気弱そうに苦笑するだけで、こちらがなにを言おうとずっと聞いていてくれた。君と違ってあの人は論争なんかしないんだ。いい悪いではなくて、僕の尊重している知人のお二人が十何年かたったいまも自分自身でいるのを面白くも頼もしくも思ってみていますということさ」井川は今年に入って六月くらいから表に出て、この間ずっと会えずにいた知人友人と会うことを自分の任務として始めているといった。「君と最後に会ったのは七一年、君が当時活動していた新聞会の部室で、あれも論争だったな、党とか大衆とかプロ独とか、互いに意見を言い合ったおぼえがある。あれから十三年たった。僕は昔を懐かしみにではなくて、我々のこの現在について君と話し合いに出てきた。論文の中のいまだにギスギスして空の空を撃っている、僕から見たらじつに頼もしいような頼もしくないような君が、こんな一九八四年の、かつてオーウェルが想像して、いまわれわれが直面している現在をどううけとめ、どう関わらんとしているか耳を傾けたい。僕も僕の立場で語れることを語るつもりで今日はここにきているんだ」

「しかしどうなんだろう」山本は井川のいう現在を可能な限りはっきりさせておきたいと考えた。「率直にいうが、自分は君がこのようにして普通に表に出てきていることに驚いている。じぶんと君の身がどういったらいいか、心配でもある。君の話せる範囲内で、いまの君が担っている活動と、君の属している組織・運動の現状を知りたい。すくなくとも君がこうして僕なんかとしゃべっていられる位には一時とはわれわれをとりまく状況も変わってきているということなのか。そのあたりのところを」

「こんなふうに君と会って、結構立ち入った話だってできる。それがとりあえずわれわれの勝ち取っている現状だと思ってくれていい。打ち明けていえば、君や昔の同志仲間たち、会いたいと思っていた知人たちの現在としっかり向かい合ってみるというのがこんどの僕のいわば組織的任務「でも」あるんだ。八〇年九月、われわれは白色テロ分子の指揮中枢を打倒殲滅して、われわれの主導によりブル新のいう『内ゲバ戦争』にほぼ決着をつけている。これは僕がおもてにでて半公然活動に移行することを可能にした転換点だったわけだ。僕は党とともにだけれども、新しい気持ちでこの生きた現在に取り組もうと思っている。革マル派との『内ゲバ戦争』はわれわれのほうから仕掛けることはもうない。「戦争」の死者たちが指し示している方向へわれわれは踏み出していく決心でいる」井川はそういって山本を見返した。

「どういう方向か」

「本来の戦いの方向へ」

「革マルとの戦争は本来の戦いではなかったとそれがいまの井川の考えと受け取っていいか。だとすると死者たちは本来ではないところの、偽りの戦いの犠牲者だったということになる。理屈をいえば」

「僕は今ここから、かれらとかれらの思い出とともに本来の戦いに向かうんだとしかいいようがない。君だって、理屈は理屈として、君なりの本来の戦いに向かうか、向かおうとしているはずでしょう。つまりかつてもまたその時の今なのであり、この今のわれわれをこのようにあらしめているそのかつてなんだ。僕と君をこのように再会させているそのものは、今も生きて僕の傍にずっと佇んでいると思っていてほしい」

井川は再会した知人たちの現況をいろいろ語った。…元中核だったAは会おうといったら、僕の知らぬ人を立会人のつもりだったのか同席させて、その彼に僕を「この人は東大安田講堂攻防戦で行動隊長をした人だ」なんて紹介してくれたのにはおどろいた。…Bなんか「君はいつ立候補するんだ」と大真面目に、あるいは気の利いた冗談のつもりか質問してくる始末だ。自分のことはなかなか話してくれぬので、どうも元中核たちの現状は寂しかったなあ。…こちらにそんな気は全然なかったのに、向かいあっているとだんだん高橋和巳の『憂鬱なる党派』みたいな感じになってきてこれは心外だった。…青木とも会った。君が文学部日吉の自治会でいっしょだった青木行男、あれとは議論した。ユウウツなる議論であったな」

「青木にはいまも時々会う。彼とはずっとつきあいがつづいているよ」山本は青木の奴、井川の不意の登場にさぞかしスリルを味わったろうと、みずからを振り返って同情の念を禁じえなかった。青木は大学中退の後、いろいろと遍歴して、いまは自動車雑誌の編集で能力を発揮していて、天職を見つけたなと山本は羨ましく思っていた。青木とは昔も今も話しが合った。

「青木は僕に対して「不当に」自分を閉ざしたというのが、誤解だったらすまないが僕の感想だ。なぜ自分が情熱を傾けている自分の雑誌について、いまのかれの抱負を僕に語ろうとしない？　ブントのリーダーだった昔から今日の自動車雑誌編集長にいたるそのかんの前進と後退、飛躍また堕落の具体相を僕はぜひともきかせてほしかったんだ。ところが、彼はじぶんの現在のうちに僕の存在、僕の希望をいれてくれぬようだと感じた。なにか調子のいいことをしゃべってお茶を濁しているとしか思えず残念だ。僕にとっては現在こそが重いんだけれども、元中核や、元ブントの君らには僕も僕の党も遠い昔のほうへ追いやられてしまって、この今には不在らしい。なにしろ「立候補」とか「行動隊長」とか「内ゲバ戦争」とかからさきへは話しがちっとも進まないんだから。一部不徳のいたすところだとしても、僕はやはり不満だ」

山本はしばらく考えて、「提案があるのできいてほしい。現在は未知で、われわれにとって謎なんだ。君も僕も、青木も元中核たちも、それからもちろん天田さんだってみんなできたら謎を解明し、現在をつかみ、自分の「本来の戦い」にこそ進み出たいと望んでいる。謎のこたえはどこにかくれているか。われわれをいまここにいたらしめている時の流れの瞬間瞬間のなかに、今日振り返って時の流れの起点とみなしうるその場所に見いだせるんじゃないのか。たんに昔を懐かしむというんじゃなくて、懐かしさを推力としてたずさえつつ、いったんわれわれが顔を上げて出発した最初の場所へ時をさかのぼって還ってみること。そうしてはじめて現在における転換の方向が見えてくるのではないか。君と君の党の方向、中途半端な国語教師兼短歌研究者である今の僕の進むべき方向は、われわれが新たに見つけなおす過去の中に身を隠している。あるいはわれわれに見つけられるのを待っている。僕はそう感じる」

井川はブツブツいったが結局、山本の「共同の回想」提案を受け入れた。

二　一九六八年春

この年四月、山本は一年間受験浪人して大学文学部に入学し、井川は付属の高校からそのまま経済学部に進学して、それぞれに日吉キャンパスでの新しい生活がはじまった。新入生歓迎週間中に文連各クラブの説明会があるときいたので、文学をやるぞと意気込んでいた山本は、配られたパンフから「ペンクラブ」というのが山本の思い描く「文学サークル」らしいとあたりをつけて、説明会当日、文連各部の部室がごみごみと雑居する学生会館をおとずれ、ペンクラブと白ペンキ横書きで名乗っている粗末なドアをノックした。部屋のなかは薄暗くて狭く、小さな細い窓からさしてくる光の幅が先着して椅子にかけている何人かの姿をぼんやり浮かび上がらせた。そこにいた三人のうち、ひとりが井川、もうひとりが大下恵子という山本とおなじ文学部新入生で、三人目はこれからクラブ説明をするという部の責任者だ。キャンパスに溢れかえってさかんに往来している新入生たちのなかで、文学をやりたいと思ってる者が自分をくわえてやっと三名、それがこんな薄汚い小さい部室に小さく集まって、なにか覇気がなさそうに見える部責による説明がはじまるのを致し方なくまっている。張り切り過ぎていた山本は反動で自分と自分の周囲を不当にわびしく感じながら、固い椅子に腰をおろした。縦長の机が一個、椅子がさらに三個くらい、片側の壁に打ち付けた棚には本らしきものが二三冊並び、印刷物の薄い束が積んである。自分たち四人がすわるともう、床面にほとんど空き間というものがなかった。

予定の時間に十五分ほど遅れて、部責氏は立ち上がって「ペンクラブのマネージャーをしています。経済学部二年、岩本健一といいます」と自己紹介し、か細い声で説明をはじめた。この人は長髪、顔色青白く、消え入るようにおとなしい、まず見るからに「文学青年」らしき風情ではたしかにあった。ところが肝心の説明が、声が小さく低くてききとりにくいうえ、話がいつまでたっても「文学」のほうへ向かってくれず、山本はだんだんいらいらしてきた。こういうのをいつまで黙って聞いていなくちゃならないのか。新入生からここのところを聞きたいとはっきり申し出て、こたえてもらうほうがわれわれにはよほど有益ではないのか。質問できる機会をジリジリと待っていると、部責氏の話はちっとも文学にふれぬまま一気に夏合宿のプランに飛躍し、バッグから一冊の本をとりだして「これは朝日新聞社で出している安保問題研究シリーズの第一巻ですが、これで読書会をやろうと考えています」とはじめて内容のあることを口にした。ここは新入生の質問する機会だと判断し、山本は思いきって挙手した。

「……われわれはこのクラブに関心をもって、説明会に出てきました。しかしきいていると、これまでの説明のなかに学生運動とか安保問題について評論するような話はあっても、そういう問題もかかえているのだろう大学のなかで、それらに「文学」をもっていかにかかわらんとしているか、してきたかという話がそちらからまったく出てこない。僕はまだ先の予定になる安保問題シリーズの読書会という話ではなくて、いまこれから安保問題も主題の一つらしい、ほかにもいろいろあるじぶんの学生生活の内側から「文学」をもって僕の考えを打ち出していきたいのです。「ペンクラブ」がそういう場であってほしいと思うのですがどうなのですか」

山本は年長の部責氏から「文学」について自分の抱負なり考えなりを率直に語ってもらいたいのであり、理解の橋を自分たちの間に架けたいのだった。しかし部責氏のこたえをきいていて、すぐに相手が理解の橋どころか、ただ新入生の勢いに（意見にではなく）圧倒されて、しきりにこの場を取り繕おうとしているだけなのがわかった。これは残念だった。議論する気をなくしてすわった時、ふと顔を上げると女子学生が山本の顔を真っすぐ見ており、非難する感じではなかったけれども、山本は間が悪くて顔をそむけた。もう一人の新入生井川はじっと無表情でなにも言わなかった。

部責氏の説明はしどろもどろのまま何となく終了して、それでも「なにか質問がありますか」と新入生たちを見まわした。山本も他の二人も黙っている。かなり長い間。やがて山本はいたたまれなくなり、「僕はこれから用事があるので、申し訳ないですが帰ります」と席を立った。あくまで気の優しい部責氏は「そうですか」とすまなそうに頭を下げ、井川と女子学生はなにも言わず、後に残った。

「あれがギスギス男山本選手のデビュー戦で、あとに残ったわれわれはずいぶん威勢のいい新入生がいるなあと顔見合わせて笑ってしまった。僕自身はあのとき、部責のたしかに上手とはいえぬ説明にたいして、君とは反対に「文学」を、すくなくとも未知の現在への彼なりの模索の試行をむしろ感じた。「文学」という近代神への健康な懐疑が彼のうちにはじまっており、それが安保問題とか学生運動とか、どう見たって彼の柄でない主題に彼を向かわせていたのであり、僕は文学青年である彼のそうした動揺、とまどい、自信のなさに共感をおぼえた。高校の三年間、僕は天田さんの指導で詩を作り、エッセイをかき、部の雑誌を出した。ただいつも何かが足りないと感じていたんだ。欠けていたそのものが何か教えてくれたのが僕にとっては十・八羽田闘争、同世代の学生たちがやりぬきわれわれに表現して見せた生のかたちだった。詩は白秋や露風のようにでなく、表に出ていって十・八のようにかこう。紙の上に、路上に、権力の壁のうえに。僕の詩に、そしてたぶん天田さんの詩にも欠けていたそのものとはただ一言、行為すること、世界にむかって単純素朴に一歩を踏み出すことだったのだ。ペンクラブ部責の言葉は行為へのあこがれを語っていたと思う。安保問題シリーズ読書会によって文学青年の神経をすこし太くするのが彼のとりあえずの行為だとしたら、あの当時としていい意味で「文学的」なふるまいだったといえるんじゃないか」

「君と僕では十・八羽田闘争の受け止め方にいろんな意味で仕方のない違いがあったし、いまもある。全学連学生らのかかげた「反戦平和」は山や川がそこにあるように誰もがおおむね自然に共有している理念だ。それをヘルメット、角材、投石で「武装」して警備の機動隊との実力対決で表現するとき、僕は「政治」より、じぶんの知らなかった「文学」の影みたいなものを感じて注目した。しかしながら同時に、十・八とは何よりも闘いのさなかに一人の学生が死に、それが世間から理念に殉じた死と位置付けられた出来事でもあったのだ。テレビの画面のなかに表現された「文学」の理念と理念化された同世代の学生の「死」は衝撃だったけれども、僕の感動には君のとはすこしちがって、僕自身共有しているはずの理念から強制に近いものを受けている感じ、したがってかすかな不本意、反発もそのなかにまじっていた、振り返ってみてそう思わざるを得ない。第二に、十・八を目撃したとき、君は大学進学に何の問題もない付属高校の三年生という身分だが、僕のほうは高校を出ていて受験浪人中、予備校の生徒だった。現役で大学に入った高校の同級生の何人かは自分もヘルメットかぶって十・八に参加し、僕が渋々英単語の暗記なんかやってるところへデモスタイルのままあらわれ、なんだ、受験勉強か、革命は近いんだぞなどと気炎をあげていい機嫌で帰っていく奴もいた。また僕の通った予備校の英作文の先生が『何でも見てやろう』の著者でべ平連代表でもある「小田実」だった。先生の授業はそんなでもなかったが、先生の本を愛読していた僕は、敬意をはらって聴講した。六八年一月、米原子力空母エンタープライズの佐世保寄港に反対して、現地佐世保で四日間にわたって「反日共系三派全学連」を中心として大規模な闘争が行われたさい、予備校で授業中の小田先生は入試を目前にして最後の追い込みにかかっていたねじり鉢巻きのわれわれにむかって、ふだん雑談、余談ということをいっさいしたことのないこの人が不意に授業の流れをとめて照れくさそうに笑い、「君たちもいますぐ、こんなことすべてを放り出して佐世保に飛んでいきたいだろうと思う。気持ちはわかる。でもあとすこし、ここは耐えて、ふんばって受験準備に集中してもらいたい。

大学と君たちの先輩たちは、君たちとともに闘える日のやってくるのを待ってくれていると思うよ」高揚した口調でいい、それからまた授業にもどるということがあった。われわれは思わず先生の顔をじっと見つめてしまった。受験浪人われわれを先生流に励ましてくれていることはみんなわかっていた。しかし先生をしてめったにない余談におもむかせた心情の中身のほうはわれわれの大半が不可解で、すこし理解できる部分についても、小田先生が期待してくれていたかもしれぬほどには共感的ではなかったと思っている。僕は当時、先生の善意よりも、先生の「励まし」に当惑を禁じえなかった受験生仲間のほうに連帯感を抱いた。僕はいまも小田実の生涯と仕事を尊敬している。ただその仕事には何というか間の抜けたところがあったと思う。それも小田の仕事の魅力の一つだといまは僕は考えているが」十・八や佐世保の経験が「文学」の未知の可能性を垣間見せたというのはわかるんだが、それは可能性の全部では当然ながらない。小田実、ペンクラブの部責、そして井川の「文学」にはこの「当然ながら」の自覚が弱いと山本は指摘した。

「自分は十・八羽田闘争で反戦平和の理念に死に、かつ生きた同世代の学生のあとに続こうと志して大学に進んだ。「文学」ということを「革命」の随行者、全体を構成し支える重要ではあってもあくまでその一部分と考えていたので、そこの違いがペンクラブでの我々の初対面の時にすでに出ていたと思う。本物の詩人の天田さんだって詩は生活の一部分だろうし、ましてペンクラブ部責氏や僕なんかにいたってはね。ところが詩も小説も書いておらず、じぶんの「文学」の実際をまだ公に示したことのない一年坊主の君が、君の「文学」とやらの一部分としか「革命」を見ていない。それだから君は十・八の死んだ学生から呼びかけられるのではなくて、はねつけられたと逆様に受け取って鬱屈すると僕は見る。世間に対して君はわれわれより頭が高い、腰も高いというのが当時の僕の感じだったたな」

井川はペンクラブに入部する一方、立候補してクラス代表になり、自治会活動にかかわっていく。慶大は大きく日吉（教養課程）と大学本部のある三田（専門課程）に分かれ、学生自治会は三田と日吉の両キャンパスの学部ごとに組織されている。井川の加わった日吉経済学部自治会は一、二年の各クラス代表の互選で「委員長」以下数名の執行部を構成し、党派的にはフロント2にたいして中核が1の割合で、一人が無党派という顔ぶれだった。四月の終わり頃には、慶大中核派のキャップでもあった「日吉経自副委員長」木原博と親しくなり、だんだんペンクラブからは足が遠のいていく。ある日、たまたま顔を合わせて、そのさい正直に事情を話したところ、文弱の部責氏は「そうですか」とこれが人生だというみたいに寂しげに了解した。

山本はペンクラブに入らず、クラス委員に立候補もせず、ただ授業に出席して、合間にはただ一人でこれといってあてもなく日吉の丘を彷徨い、ひとりして単に若く、自由である境涯を楽しんでいた。四月、五月といい天気の日がつづいた。高校のクラスメート狩野武は山本同様一浪しておなじ文学部に入学後、クラス委員になって日吉文学部自治会で活動し、自治会ルームに常駐して元気よく頑張っていた。講義のある教室に向かう途中の山本を呼び止めては、内側から見た「学生運動」にたいする発見や疑問、じぶんの考えの広がりなどを生き生きと話したものだった。文学部学生が日吉ですごすのは一年間だから、日吉文自治会は執行部も一年生だけであり、全員無党派、比較的自由に考え行動できるからいいと狩野は打ち明け、誘いはしなかったが、山本にとってもそんなにつまらぬところじゃないかもしれないよとさりげなく表情で言葉の調子で伝えようとした。山本は話をききおえると、例によってじゃこれから授業だからといって歩き出し、狩野は笑って軽く手を上げた。

四・一　王子野戦病院設置反対闘争において学生、労働者、市民のデモが警備の機動隊と衝突、一市民が死亡した。ベトナム反戦運動の大潮流のなかで、二・二〇にはじまった王子闘争は三・三、三・八と機動隊との衝突、乱闘を反復し、二十八日には学生の一部が病院内に突入して将校クラブを一時占拠するなどして、この四月一日ついに反対派市民のなかから犠牲者を出すにいたる。

四・三　共産主義者同盟（ブント）第七回大会で「統一派」と「マルクス主義戦線派」が対立、前者が十・八羽田闘争を起点に、一月米原子力空母佐世保寄港反対闘争、成田空港建設反対闘争、二月からの王子闘争と連続する三派全学連の主導による街頭実力闘争を高く評価、「組織された暴力とプロレタリア国際主義」と総括したのにたいして、「マル戦派」は「小ブル革命主義」と批判してこれをうけいれず、最終的にブントから分裂して別党結成に向かう。ブントの学生組織「社会主義学生同盟」の活動家と各大学のブント系の自治会にはマル戦派指導者岩田弘の理論的影響がおおきかったものの、一方で街頭実力闘争の中心となって戦ってきた経験、自負から、その多数は「統一派」の総括を受け入れてブントにとどまった（慶大日吉法学部自治会はマル戦派の拠点の一つだったが、分裂以後もブントを名乗って活動している）。

四・一一　日大で発覚した「使途不明金二十億円」問題に抗議して、日大生有志が学内に抗議文を掲示。日大当局はこれを剝がし、集会を禁じた。

四・二八　第十六回沖縄返還デー。那覇市で決起大会、海上でも集会した。

五・二　沖縄、米軍基地撤去要求のデモ隊が嘉手納基地ゲート前で米兵と対峙、衝突した。

五・六　佐世保入港中の米原子力潜水艦ソードフィッシュの周辺で異常な数値の放射能を測定した。九日、在日米大使館、原潜より放射能流出なしと言明。一三日、科学技術庁調査団は異常放射能の原因は米原潜と発表した。

五・八　厚生省はイタイイタイ病の主因を三井金属鉱業神岡鉱業所が排出したカドミウムによる公害病と認定、国としてはじめて産業公害にかんして企業責任を明示した。

五・一〇　フランスにおける「五月革命」。神田・御茶ノ水地区の大学のある活動家学生は新聞で、花の都パリで「カルチェラタン」闘争＝解放区創出の闘い、と報じた華やかな記事を読み、霊感を得た。

五・二三　日大で経済学部から本部前まで、日大生によるはじめての「二百メートルデモ」が敢行された。二五日、大学当局は秋田明大以下十六名を処分、学生側はただちに処分撤回要求抗議集会を開き、全学的闘争体制の確立を決議した。二七日、闘う日大生は当局にたいして、経理公開、学園民主化を要求して日大全学共闘会議を結成、議長に経済学部三年秋田明大を選出した。

三　問題の発端

六・二　米軍板付基地所属の偵察機F４ファントムが九大構内に建設中の電算機センターに激突炎上、乗員は脱出し、日曜の夜でもあって死傷者なし。かけつけた学生らは基地撤去を要求して気勢を上げた。以後九大闘争へ。

六・三　「朝日新聞」は慶大医学部が在日米軍の「援助」のもとに「細菌」研究を行なっていると報じた。「朝日」の反戦反安保キャンペーンの一環である。（山本は家でずっと朝日を購読しているが、この記事は読み落とした。かりに読んでいたとしても、これを「じぶんのこと」として切実に受け止めたかどうかはわからない。必修語学の授業で週に数時間一緒になるクラスの連中とのあいだにほとんどつきあいらしきものがないまま、山本はしかたなく自分のなかに閉じこもって共感のない眼を他人たちに向け、虫の居所が悪い時には腹の中で、この連中はどうしてこんなに安心してるんだろう、じぶん自身にこんなにも満足できるんだろうなどと独りわびしく八つ当たりしていた。入学後二た月たって、頭の高い山本にもこの頃他人たちや「連中」

どもにむかってこのじぶんを打ち明けてしまいたいという気持ちが微かに生まれかけていたのである）。

六・一一　日大全共闘は経済学部本館前で全学総決起集会を開き、古田会頭に大衆団交を要求した。古田当局は体育会・右翼暴力団を動員し、無防備の学生らにたいして角材、牛乳瓶、放水、日本刀をもって襲撃せしめ、機動隊も連携して学生たちを排除した。全共闘側はただちに法学部3号館を占拠、各学部バリケードストライキの先陣を切った。

六・一五　午前四時を期して、東大医学部全学闘三十名、東京医科歯科大学のブント系学生五十名は、赤ヘルメットに覆面、角材で「武装」のうえ、安田講堂正面から突入し、「医学部不当処分撤回」「研修協約締結」「青医連公認」等の要求をかかげて占拠した。

この日、「六・一五記念・ベトナム反戦青年学生総決起集会」が全国二四都道府県約七十か所で開催、東京では日比谷野外音楽堂に青年労働者、三派（中核、ブント、社青同解放派）、革マル、フロント等の学生ら七〇〇〇名が参加した。が、開会の直前に、以前から「街頭実力闘争」の評価をめぐって対立を深くしていた中核派と革マル派が激しく衝突して旗竿、角材をふるって乱闘になり、予定した統一集会、統一デモは中止に追い込まれた。これを機に、闘う側の全戦線にわたって左右の分裂がはじまり、十・八羽田闘争以後、反戦反安保のたたかいを牽引してきた「反日共系三派全学連」は分解にむかった。

「……僕は木原から説明指示をうけ、経自の仲間数人とともに中核の白ヘルメットをかぶって集会に参加した。「革マルが集会とわれわれに対して闇討ち的にしかけてくるかもしれない。闘う部分の統一戦線を分断し、権力に迎合して分け前をかすめとろうというのが連中のライフワークだ。われわれは防衛隊を用意している」木原はいい、去年十・八の前夜、まだ新米だった自分は恐怖で一晩中眠れなかったとそっけなく付け加えた。僕も怖くてその時を待ってじっとしていたのだけれども、遅れて会場入りした革マルがいきなりわれわれに向かって襲撃してきたときには、恐怖より汚いことをやるという怒りのほうがおおきくて自分も素手で防衛隊といっしょになって反撃した。革マルのやり口は計画的だったが、われわれもかなり善戦したと思う」集会のあと二、三日して、井川は木原に中核派の戦列に加わりたいと申し出た。「入党」するという気持ちだった。日頃からあまり表情というもののない木原がこの時ばかりはすこし顔をひきつらせ、本人はそれが微笑のつもりらしくて「ともに頑張っていこう」といって握手の手をさしのべてきた。

「迷いはなかったか。井川はまだ十九で一年坊主だったわけだが」山本がきくと、「それは夕べに死すとも可なりとまではいかなかったさ。でも、とにかく道が見つかったんだ。党という規範、生の基準が自分のちっぽけな存在の内に、なんていえばいいかどっしりと備わった。一つの確固たる基準を得てはじめて、この自分の考え、生き方を現実世界のなかに作り上げていくことが可能になったのであり、それを十九で自由意志に基づいて選択できたことはいわば「恩寵」だったと思っている」井川は力をこめていった。

六・一七　東大大河内執行部は申請して機動隊を導入し、安田講堂占拠を解除した。これにより、医学部処分問題にはじまった東大闘争は全学に拡大、各学部がストライキに突入していく（七月二日、安田講堂は再び占拠された）。またこの日、東京山谷で、労働者二千人が暴力手配師の取り締まりを要求して交番に投石、放火するなどした。

六・一八　慶大医学部の「米軍資金導入」問題について、「全塾自治会」委員長林ら執行部メンバーは当局側久木常任理事らと理事会見を行ない、全学的公聴会の開催を要求した。「米軍資金導入拒否闘争」のはじまりである。（慶大には三田と日吉それぞれに、全学部の各自治会からさらに代表を出して三田に「全塾自治会」、日吉に「日吉自治会」が設けられている。大学当局と学生側が向き合う場合は、三田で常任理事会に対して全塾自治会が交渉の相手となる）。

六・二一　ブント系の学生らがアスパック（アジア太平洋閣僚会議）に反対して「神田カルチェラタン」闘争を

繰り広げた。赤ヘルの学生らは路上に簡単なバリを作り、すぐに壊され、また作り、駆け付けた機動隊に投石したりと縦横に走り回り、ある学生は君たち何をしているのかと質問してくる見物人に「フランスの真似です。高英男や中原美沙緒のシャンソンみたいに」といって笑った。

この日、慶大常任理事会において、以下のとおり決定。六・二六に理事会見を予定して、制限事項を設けること。学生側参加人数は三十で全塾自治会の代表者に限る。時間は二時間以内。参加者の名簿の提出。（以後、日吉キャンパスにおいては、米資問題解決に当局側が課してきた「制限」を突破すべく連日中庭集会、クラス討論会が展開されていく。解決の主体は米軍と「共同」してきた大学当局ではなく、「共同」を拒否する学生、教職員の闘いである）。

普段よりキャンパスに人の数が多いなと、山本はそれがどうしたというのではなくて単に虫を軽く払うようにちらと感じた。必修語学の教室へ向かって慣れてしまったいつもの階段に差し掛かったとき、誰かが肩にさわった。

「僕だ。待っていたんだ」狩野は山本を正面ロビーの隅のほうへつれていって、「クラス討論の件でお願い。本当に困ってしまって、君に頼むしかいまはない。君のクラスの大石君か、クラス委員なんだが、彼がこっちの呼び出しになかなか出てきてくれず、さっきやっとつかまえて、クラス討論を司会して意見をまとめてほしいと頼んだが学生運動の手伝いはいやだの一点張りだ。それは誤解であって、これは我々の通う大学が米軍資金と関係して、だれも望まない問題をかかえてしまっているのをどう解決するかというまさに足元の問題であり」

「ちょっと待ってくれ。おれはこれから授業があるんだ。やれることだったらやってもいいから、授業が終わったらまたちゃんと話そう」山本が離れようとすると、

「おいおい、なんにも知らないのか。いまは学生も教員も授業どころじゃないんだぜ」狩野はやれやれと苦

笑して、迂闊な山本の知らぬ大学の現状を詳しく語った。米資問題の要点を説明したあと、「大学当局は一言で言って問題の解決から逃げようとしていると僕は考えている。「公聴会」だが、格好だけこれまでの米軍資金との関係を弁明し、反省してみせて、事態を乗り切ろうとしてるにすぎぬ。医学部の「細菌研究」が米軍のベトナム戦争に「活用される」研究だったとしたら？　われわれの杞憂だというなら、われわれが納得できる説明、戦争に加担する政治からの大学の自立をしめす明朗な態度表明が望まれる。当局を問題から逃がさぬために、この日吉でわれわれ学生の米資導入反対・当局にたいし自己批判要求の意思を表明したい。いや、山本にそういう意見をクラスでいってほしいというんじゃない。君は君の意見でやって当然だ。頼みというのは、これからのクラ討で（各クラスの担任はじぶんの授業時間を使ってのクラス討論をうけいれてくれた）君に討論の軸になってもらいたいんだ。自治会のメンバーのひとりが問題の説明に行く。そのあとの討論があの大石君じゃ始まらないだろう。クラスメートをオルグするというんじゃなくて、かれらが君のやり方で自由に、自分の意見を発表しやすい状態に討論をもっていってほしい。とにかく君のクラスも、担任が譲ってくれた時間を米資問題の討論で使ったといえるように見ていてもらいたいんだ」

「反対運動への協力ではなくて、米資問題討論会への協力ということね。できるかぎりやろう」山本が恩着せがましく了解すると狩野は見るからに安心した様子で自治会ルームのほうに帰っていく。まあ、適当に、恰好だけやってみるかと山本は無責任に考えた。狩野の奴、おれが米軍資金のことを知らぬのを心底驚いていたが、驚かれた自分と驚いた狩野とどっちがまっとうといえるのか、我慢して頼まれごとをやってみることでハッキリしてくるかもしれない。山本はほんの少しこころが前を向くのを感じた。入学した時の「ペンクラブ」説明会の日以来久しぶりに。

山本のクラスのほぼ全員が顔をそろえた教室に、あわただしげに狩野のいう「自治会のメンバーのひとり」

がやってきて、「米資問題」の説明にとりかかった。あとになって山本はこの「自治会」氏が文学部でなくて法学部自治会の二年生だったと知ったが、問題のわかりやすい説明に終始して、特に「自治会」や自分自身の意見を訴えようとか、無知な一年生を「オルグ」してやろうとかの計らいは感じられなかった。

「質問がありますか」彼は説明をおえて教室全体を見まわした。「自治会」氏の正面にはクラス委員の任務を果たさない大石がふんぞりかえって、その押しの強そうな鈍感な顔を上げ、いいたいことがあるぞという態度を示している以外は、なんだかみんな臆したようにうつむいて静かにしているのだった。山本は見ていて、これまでほとんどつきあいというものがない、おとなしいクラスのみんなに不意にこっちから寄っていって肩をたたいてやりたくなるような衝動を覚え、大石のほうにはいいから今日のところはふんぞりかえってるだけにしておけよと心で呼びかけた。山本はこのクラスに入ったはじめから、ひとりで悪く目立っていた大石の言動に、べつにこの男に具体的になにか実害をこうむったわけなどないのに、われながら理不尽かもしれぬと時に反省しつつなにかにつけて忌々しさを感じていたのである。

「質問があります」案の定というか、心の祈りがとどかなかったというか、大石が物々しい顔つきで挙手して心情の披歴にとりかかった。

「われわれにたいして、授業をつぶして「クラス討論」を提起しているあなたたち自治会（僕たちとは僕はいえない。僕はクラス委員だけれども、そんなものを提起しなくてはいけないと考えなかったから）の真意をわかりやすく説明してほしい。一番聞きたい肝心のところの説明がないか、足りないと思う。そもそもわれわれ一般学生に米軍資金問題をめぐって、クラス討論をとおして、自治会は何を求めているか。僕は自治会の「真意」を想像し、疑って、不信があり不安があるのです。率直にいいます。自治会の活動的メンバーは新聞テレビで頻繁に見聞きするヘルメット、覆面で、なにかというと角材振りかざして警察と立ち回り演ずるああした連中、「全学連」とどうつながってるのか、つながってないのか。どんなかたちであれつながってる事実があるなら、米軍資金問題の解決、そのための「クラス討論」といっても口実にすぎない。全学連だって政治の一種だろうし、それも暴力的だから悪い政治なんで、僕はそういう政治に協力したり利用されたりは願い下げだ。問題の解決ですか、それともそんなものは口実で、真意は自分たちのケチな政治の点数稼ぎ、勢力拡張ですか。問題解決をまじめに追求するとします。解決はこの場合、その主体は一義的には大学当局が担うべきです。慶大医学部がかなりの期間にわたって米軍から研究資金の提供を受けてきて、大学内外から米軍の現におこなっている戦争とその「資金」が関連付けられてスキャンダルになっている。当局は「資金」を辞退し、併せて米軍資金導入のいきさつ、研究内容の説明をおこない、世間を騒がせたことに反省を表明する。これで基本的に解決でしょう。本来の大学生活に先生たちもわれわれももどれるし、それこそが自治会を除くみんなの望む解決でしょう。自治会製「クラス討論」など不要も不要、むしろ解決の反対へいくことになりかねないんじゃないか」僕らはなんであれ利用されるのは真っ平だと大石君、感きわまって声を高めた。

「まず、僕は君同様「角材」とは目下のところ縁なく暮らしています。デモには何回か参加したことがあるけれど、だからといってこれで「全学連」だと自己紹介したらそっちのほうが嘘でしょう」自治会氏の言葉にすこし教室のなかがどよめいて、そうだそのとおりだという雰囲気になった。「君は学生自治会についてなにかまちがった思い込みにとらわれているのではないか。自治会とはわれわれ学生の生活と権利を防衛し、われわれの大学を外部の権力から自立した、反戦平和の理念に基づく教育研究の砦に不断に高めんと努める機関である。これは文部省から僕のような一介の学生にいたるまで、一致している定義だ。したがって君の不信に発する自治会＝われわれの敵、学生生活の妨害者という見方は、一つの意見であっても、定義として正しくなく、事実にも反していることを、冷静に自分の周囲を見回しさえしたら、たいていの人は納得できるはずと僕は考える」米軍資金導入は教職員、学生が共有している理念に照らして、学生を含む大学人全体がいま真剣な解決の努力を求められている問題だ。ともに解決に取り組んでいこうではないか。それは自分の問題ではないとせっかちにいわずに、とにかく討論、話し合いをとおしてもしかしたらこれは自分自身の問題でもあるかもしれないと思えるようになったら、それがクラス討論の意義だと思う。もちろん討論の結果、これは自分以外の誰かのことだと確信するという人だってありうる。しかしその人でさえ、はじめから自分で考え、ちがう考えの他人と討論することを拒んでいる人よりは、問題への取り組みの努力によって自分を「高めた」といえるのではないか。自分を前進させる方法として討論という機会もあたえられていると考えてはどうか」

大学一年生たちに向かって、非「角材」的自治会氏は、大学生活の理念と希望を語り、対して大石一年生は「理念」を疑い、希望でなく「漠然とした」不安を表明した。山本を含む大多数は希望と不安が半々なのであって、自治会氏と大石の両者とも、少しずつ嘘をつき、意識的にか無意識でか自分の考えの肝心なところを省略しているように思えた。学生自治会と「全学連」の繋がり具合について自治会君の説明は子供だましだったし、大石の不安、不信感の表現は不当に誇張されていて、かえって自治会君以上に「政治的」に映る。山本の同情はどちらかといえば希望を語る自治会氏のほうにあったけれども、一方で不安、不信を強調する大石にむしろ自分との近さを感ずるところもあり、「討論の軸なんかになる気はないぞ」と山本は自分にいいきかせつつ、議論の行方に興味が増していく。一人二人と質問に立つ者が続き、論議はしだいに米資問題の中身をめぐって大学側と自治会側の考え方、問題への対処方針の違いの評価に移った。自治会君の説明は当局にたいして批判的ではあっても、違いの説明自体はおおむね公平なものだったようだ。医学部の米資導入、大学当局の対処姿勢にたいする賛否の意見をいいあう段階になると俄然議論は活発化した。

「ちょっと待ってください。違う考え、べつの議論にも耳傾けてよ」

大石は立って両手をひろげて夢中に言った。「米資導入の是非の議論の以前に、米資導入をちっとも自分の問題なぞと思っていない学生もいるだろうわれわれ全体に押し付けてくる考え方のほうがよほど問題ではないか。米資導入が一つの問題である。それは僕も認めましょう。が、それは我々の生活のなかの全部ではない。一つの問題であっても、僕の問題ではないよという考え、そういえる自由、生き方をはじめから排除してかかってる「説明」であり、「議論」になっている、それは特定のイデオロギー、党派による押しつけであり、僕は反対だというんです。そういう問題が好きでたまらない人たち、自治会が命の人たちはどうぞ頑張って問題にしてください。「理念」など振り回して趣味のちがう僕なんかをあなたがたの趣味生活に巻き込まないでください。医学部において米資導入を受け入れ、その支えで「細菌」研究を続ける決断を下したのは大学当局なのだから、結果の始末は当局が負えばいい。米資問題を問題の一つに限定して、米資問題などにわずらわされぬ生活を学生われわれに保証するのが大学と学生自治会の任務ではないですか。クラス討論などより意義ある生活に向かって、皆さんはそれぞれの仕事に励んでください。僕のせっかくはじまった大学生活を邪魔立てしないでもらいたい」

「米資問題は我々の生活の一部という。それはおっしゃる通り。が、いまはこの場で、米資問題を引き去った残りのその大部分が、それの中身が一部にすぎぬはずの米資問題のほうから問われているので、単にそれは僕の問題ではないといっても問いをやめてくれぬのだから、われわれはいまここにこうしているわけです。米資問題を早く消去したいと願うなら、問題解決に、僕らの生活の大部分、ないし自分が必要と考えるだけの部分を投じて僕じしんとして取り組むしかない。みんなの議論をきいていてそう思った」

山本は自分で耐えきれぬと思えるほど早口に、一気に、堰を切ったようにしゃべった。大石という初めて見た時から不愉快だった男、これがなんで理不尽なくらい自分を反発させているか、この時ひらめくように山本は理解したのだった。この鈍感男の正体はつまるところ、自分と同じうっとおしい「我」男だったのであり、違いは一点、大石が外に対して自分の「我」を守るに値する何物かと素直にというか、馬鹿らしくもというか信じていられるらしいのに、山本のほうはこの「我」をのりこえて、背後をなんらかの絶対にささえられている外の未知の部分に自分の手を届かせたい、触れたいと望み、それが得られぬのでいつも苛だっているんだということ。自分の反発はたぶん大石への妬みだったのであり、それがいまほとんど肉体的にわかったのである。

「……われわれはこうして討論しているが、ベトナムでは米軍による戦争が続行中で、多くのベトナム人、アメリカ人、市民、兵士たちが戦争のなかの死を死につつある。米軍の戦争はわれわれの思いから独立に、直接にも間接にも、この世界にあるわれわれの思考行為を規定している。米軍の戦争に規定されている「平和」は汚いと僕は感じる。……われわれはそれぞれに私自身として、当面は米資問題の解決に向かって、大学当局の対処の具体を見守りつつ、「自治会」たちのようにではなく、「自治会」たちとともに考え行動してみてはどうか。僕個人は米資問題への自分なりの関わりを、米軍の戦争に守ってもらうのではない世界を思い描く機会にできたらと考えています」

終業のブザーが鳴ったとたん、クラスメートたちはすっと立ち、なんにもなかったみたいにひとりひとり、黙って教室から出て行く。山本は大石などに我を忘れて反撃に出、無我夢中でしゃべりまくってとめられなくなった不覚を恥じ、自己嫌悪におちいったが、一方でなんとなく、これまで壁のように感じていたクラスメートとのあいだに風が通って、大学がほんの少し近くになったようにも思えた。

「問題がおもてに出てから、自分は「反戦会議」（中核派の活動組織）の立場でクラスの仲間や他学部のやる気になってる連中にはたらきかけ、大学当局を問題から逃がさぬ闘いを担った。米資問題にきっぱりと決着をつけるため、われわれは全学ストライキをめざして、日吉、三田、信濃町（医学部）、小金井（工学部）でクラ討を組織し、当局を包囲せんとした」井川らは当初から、日吉におけるスト権の確立を第一目標にしていたという。クラ討、中庭集会の反復、積み上げ。日吉と三田で学生大会をやりぬくこと。東大、日大につづき、慶應にもそういう時がすでにきていたのだと井川は当時の活動家たちの気持ちを代弁した。

六・二五　全塾自治会は理事会にたいし、「制限事項」に基づいた名簿を提出した。

六・二六　十五時より三田五三一番教室において「米軍資金拒否全学統一抗議集会」が開かれた。三田西校舎会議室では学生側を「制限事項」で拘束した理事会見がはじまっている。抗議集会はここ五三一番教室へ久木理事を「来させるため」交渉団派遣を決議、代表団が会議室に赴くも、久木理事は拒否したので、こんどは多数の学生らが会議室に押しかけ、再度理事会見の場を五三一番教室に移し、学生らにたいして大学側の問題対処の姿勢を説明することを求めた。長時間にわたった交渉により、久木理事は学生側の要請をうけいれ、一九時四〇分、会場を五三一番教室へ移す。

久木理事は米資問題解決へ向けて「公聴会」開催の努力を約束し、明日二七日に常任理事会を開き、結果を同日正午三田中庭で発表するとした。

この日、中核派学生らにより、「米軍タンク輸送車通過実力阻止」新宿闘争が行われた。

六・二七　常任理事会は学生側の「公聴会」要求を受諾、七月一日、一五時より三田で開催と決定した。

六・二九　「七・一公聴会議長団会議」が開かれる。論議の紛糾するなかで、久木理事は「いいかげん、君らの決まり文句はききあきた。君らのは議論ではなく、時間稼ぎにすぎない。われわれにそんなものにつきあっている暇はない」と放言し、学生側は公聴会を決定機関と考えているじゃないか、話がちがうよと会議を打ち切った。一八時、常任理事会は公聴会延期を決定、理由は「学生が決定機関だといった。大学内にことばではなくて角材が持ち込まれている」というものであった。

六・三〇　新宿花園神社でフーテン集会を開催、その後参加者の一部が交番を投石等で襲撃した。三里塚空港粉砕全国総決起大会があった。

この日、慶大塾長は全塾自治会にたいして、七月一日付けで「(米資)辞退声明」を出す、これにより米資問題は一応解決したとみなす、したがってもはや公聴会開催の必要はないと通告した。反発した一部学生は塾監局(三田の慶大本部棟)を封鎖せんとしたものの、職員の手ですぐ解除された。(塾長による突然の「通告」は塾長と一部理事の独断でなされたものであり、学生のみならず、理事の多数および教職員の大多数にとってもとまどい、混乱せざるをえぬ不意打ちであった。以後事態は急激に、「問題解決」から逃亡を企てている当局にたいして、一般学生をまきこんでの全学的「ストライキ体制」構築へ動いていくことになる)。

「ふりかえってみると七月五日の「日吉学生大会」のころまでは全塾自治会が三田で、日吉自治会が日吉で、米資闘争をずいぶん立派に引っ張っていたと思う。ところが一方では全学闘争委員会(全学闘)が結成されており、われわれ学生大衆にいわせると何かなし崩し的に、特に夏休み期間に入ってからはその全学闘のほうが自治会を押しのけて闘争の主体になっていたという印象なんだ。この全学闘と自治会の組織としての区別と連関がどうなっていたのか、活動家だった井川の説明を聞きたい。というのも、全学闘という集団には最初から見ていて「組織」という感じがなくて、僕なんかもずっと後になって自分までがまわりから「全学闘の一員」と思われていたときかされたとき、誤認逮捕された男みたいな気持ちを味わったものだ。全学闘の生い立ちにどういう物語があったのか、そこが知りたい」

「君のような米資問題についてよく物言う「学生大衆」がすでにして全学闘メンバー候補だったのさ。いうだけでなく手足も使って米資粉砕に動き出せば、それで全学闘になる。われわれは「ポツダム自治会をのりこえて」という言い方で、こういうありかたを新しい団結形態とみなして評価した。東大全共闘、日大全共闘に米資闘争の慶大も後続したわけだ」

「全学闘は僕の知るころには「学生大衆」連合ではなくて「諸党派」連合になっていたが」「両面があったのだ。大衆と党派と、どっちか一方が悪玉という話ではない。全学闘の両面のその関わり具合、対立と統一のすがたを批判的にたどり直してみる必要があるかもしれない。闘争の最初のころ自治会が「主導した」といっても、各クラスの委員には君のクラスの大石君みたいに違う闘争をやりたいタイプが決して少数ではないのだから、自治会の枠の内外を問わず、やる気のある人どんどん手伝ってくれないかということに自然になっていく」井川はいう。「手伝う連中がまた自治会メンバーに提案し、手伝うだけでなく、自分たちのほうがむしろ自治会執行部に方向を指示する場面だってでてくる。自発的に加わってきた者たちの活動がしだいに自治会の指導をまわりから包み込んでいくのであり、そうした自発的活動者として諸党派に所属している者たち、われわれ「反戦会議」のようなグループもある、それが全学闘の発足時の状況だった」

四　日吉学生大会の日々

七・一　正午過ぎ、学生側は昨日の塾長による一方的な「公聴会」中止通告に抗議の意思をしめそうとして、日吉自治会（田村敬三委員長・経二）の呼びかけで日吉学生大会を設定した。会場は日吉並木道。山本もクラスメートから「並木道集会というのがあるらしい」ときき、みんなと一緒になってどういう寄り合いなんだとおおいに興味をかきたてられた。先のクラ討の時から以後、授業はほとんど休講状態で、たまに授業らしきことがやられても、教員のこころここにない本音があからさまに伝わって来て、学生らはもうわれわれ夏休み入りということでいいかと内内で受け取っていた。授業をし、出欠をとり、成績をつけようという気力をなくしているかに見える教員たちの様子から、山本はあらためて米資問題が当局と一部学生間の紛争懸案であるだけでなく、いまや一般学生、教職員全体の問題になってしまっている事態を認識せざるをえず、これがじっさい自分たちにとっていいことか悪いことか、山本はちゃんと自分の眼でたしかめたいと思った。

慶大日吉キャンパスは東横線日吉駅前綱島街道を渡ってすぐのところにある警備室の位置からはじまる。丘の上の日吉記念館をめざしてほとんど坂といえぬくらいゆるい坂がまっすぐ二五〇メートルほど、左右はどこまでも空高くのびあがっている銀杏並木がつらなる。幅二五メートルのこの並木道の左側一帯が大学キャンパスで、右側には下から陸上競技場、保健管理センター、高校校舎があり、丘全体に大学、高校関連の校舎、諸施設が緑の森のあいだでゆったりとまどろむようにひろがっている。警備室前から坂を百メートルほどのぼったところ、大学キャンパスに左折するあたりまでの範囲が並木道集会の会場だった。日吉駅を正面に見下ろして、上から下へゆるく傾斜する路面に、どこから持ち出してきたのかじつに古い粗末な三人掛け椅子を横に八脚ずつ、会場全体にしきつめるようにして並べたうえ、警備室前の位置に立て看板を横一列に立て並べて、そこを議長団席とした。山本が人波をかきわけてやっと前の方の椅子の一つに空きを見つけたころ、議長団席に並んで立つ数名の学生らのうち、真ん中の黒い学ランをきちんと着用した小柄な人物がハンドマイクにぎって開会を宣言し、粘りのあるゆっくりした口調で語り始めた。大会に集まった人数は時間の経過とともに増えてゆき、最大で二千人をこえたとこれはあとで狩野からきいた。

この学ラン男、この日大会の議事進行を初めから終わりまで立派に取り仕切った委員長田村敬三は「統一社会主義者同盟」の学生組織「学生戦線」（フロント）の活動家であるが、大学新一年生山本の眼には、まず風貌態度といい、語り口調、言葉のなんというか担い方といい、学生運動家に固有のいろいろと安易単調な決まり文句にしばられていない素朴な様子が新鮮に映った。「……私たちはベトナム戦争に反対し、戦争へのあらゆる加担のかたちに反対し、現に戦争を推進し今後一層推進せんとしているだろう米軍に反対し、その米軍の巨大な資金が長きにわたって私たちの大学の教育研究の一面を支配してきたことに、またこんごとも支配を続けようとしているかもしれぬことに反対します。翻って米資問題「発覚」後の当局、塾長と理事会の問題取り組みの姿勢には疑問があり、私たち学生、教職員の多くはいま、これでどういう問題解決かと首をかしげ、当局のやっていること、やるまいとしていること全体が、解決の反対へ逃げ込もうとする取り繕いにしか見えないが、どうですか皆さん。本日行われる予定だった「公聴会」は塾長と学生代表のあいだで合意した、教職員、学生の全体が米資問題の正しい解決にむかって意思統一をとげる場であり、塾当局は米資問題のこのかんの経緯の説明、こんごの対処方針の表明をなし、学生側の質問、意見をきき、回答し、必要におうじて討論協議をおこなうということでありました。それがいきなり昨日の塾長の「七・一付で米資「辞退声明」を出すことにしたから、公聴会は不要。米資問題はこれで解決」発言です。これは求められている解決の反対、解決の妨害ではないですか皆さん。私たちはもういちど提起します。われわれは米資問題に学生としてどう対処すべきか。塾長と一部理事の問題からの逃亡、解決の妨害をのりこえて、問題にどう取り組んでいくべきか、これから意見を交わしあいたいと考えます」田村は塾長の愚かな逃亡的妨害をわれわれの思考と言葉の自由でもってはねのけようといい、議長団席右横のマイクをしめして発言を呼びかけた。

「大学は一般に真理追求の場である。僕はそう考えて入学し、学生生活に臨んでいます。そこへ医学部における米軍資金導入ということが起こり、今日大学の教職員、学生が自分の問題として受け止めて解決していこうという話になっている。米資問題の「真理」をみんなで追求するということ、それをたとえば公聴会のような場でまずやってみようという提案は、したがって僕にはこの大学に入学してはじめて出会ったいかにも大学という場にふさわしいものと思えたのです」白の開襟シャツ、黒ズボン、眼鏡の彼が立って緊張した面持ちで発言した。ところが大学の最高責任者である老齢の太った塾長がいきなり「真理」追求の場の粗暴な攪乱者として立ち現れたのだから僕は戸惑い、そして憤り、矢も楯もたまらずきょうここに出てきていますと彼は口元を震わせて訴えた。なお、一九六八年頃の男子大学生の夏姿はおおむね、白開襟シャツに黒ないし灰色ズボンというのが「都会風」とされていたこの大学でも一般的だった。

議長役田村は彼の発言を簡潔に要約しコメントをくわえてから、挙手しているつぎの発言者を指名した。二番手君は最初の彼に対抗するかのように「反戦平和の大学」という理念を持ち出してきて、こちらは演説口調になって論じた。「反戦平和追求の立場に立つ。これが第一に来ると僕は考えます。そのうえではじめて歴史的現在における世界の「真理」が、たとえばいまここの米資問題解決の努力をとおして獲得可能になるということです。戦争を肯定し継続せんとする立場はどんなに頑張っても真理にはたどりつけぬのであり、反戦平和の立場は可能性としてつねに真理につながっている。これは信念ではなく事実だと僕は主張するのです。ベトナム人民を空爆しつづける米軍の立場の先には米資問題解決から逃亡しようとする、現に逃亡を敢行しつつある塾当局の恥ずかしい道が延びていて、米軍の空爆にもかかわらず抵抗をつづけるベトナム人民の側に立つことによって僕らは唯一米資問題の解決、世界と人間の真理の獲得にいたりつくことができる、これは僕という小さな一学生の主観の夢ではなくて、世界人類が共有可能な事実なんだといいたい。塾長と一部理事には悪い夢からきっぱりとめざめ、逃れようのない事実に立ち返ってもらおうではありませんか」……

はじめのうちは互いを測りあうかのようにしんと張り詰めていた大会の雰囲気が、議長役田村の巧みな司会ぶりもあってしだいにやわらぎ、学生たちのあいだに理解、共感の気分が広がっていく。発言者はいよいよ熱心に語り、聴き手はうなずいたり笑ったり拍手したりと発言者たちを励ます一方、一層強くこの場所で自分たちの正義をうちたてていくんだと自らをかりたてた。

山本もみんなといっしょに大会を楽しんでいたのだが一点、かすかにこんなふうにしている自分たちに危惧の念もいだいた。第一、この場所に友愛の一致はあるものの、その頭数に自然に応じた意見、考えの多様性、複数性の表現がない。たしかに医学部へのベトナムで戦争をつづける米軍の資金導入は感じ悪いし、米資問題への塾当局の対処の姿は見苦しく恥ずかしい。しかしだからといって発言者の「反戦平和」「真理」だけで世界が割り切れる、収まりがつくというのは、反対側の主張する米軍の爆撃のみが戦争をおわらせるというドグマと同様に一面的すぎるのではないか。「反戦平和」「真理」の具体相をめぐって多様な複数のアプローチがあっていいと山本は考えるが、大会の雰囲気のなかにこの私のすこしちがったところもあるかもしれぬ「反戦平和」「真理」を持ち出すことのできそうな隙間がいまのところ見えない。ここにあるのはただ張り子細工の敵と、それへの反対、批判、嘲笑、そして異議なし、拍手万歳だけ。第二に、第一と密接に関連するが、発言者は白シャツ黒ズボン、さもなくば学ランのむさくるしき男子ばかりで、少なくともファッションにおいてはすでにして多様性、複数性を実践して男子に先駆けている女子学生たちからの発言がない。まったくない。見回したところ、彼女らの華やかな夏姿が会場の半分以上を占め、存在感は白黒学ランの保守的男子群を圧倒し去っており、男子らの概して観念的な発言にリアリティを持たせていたのはまさに女子たちの「黄色い声援」の賜物と思える瞬間すらあったにもかかわらず、大会の事実上の主役である彼女らの発言の場が大会のなかにない。多様性、複数性との直面が回避され、結果女子学生の発言も封じられ、発言せず、発言できず、しかもそのことによって彼女らは蜘蛛の巣まみれの「力持ち」としてこの大会を縁の下から支えることになってしまっている。彼女らとして不本意ではないか。

「まんずまんず」とか「んだんだ」とかいう言葉がきこえてきて山本は声のする方に眼を向けた。大柄で見るからに毛深そうな、地方色を濃厚に漂わせた男が学ラン姿でマイクの前に立っていて、話の節目節目で強い田舎なまりを進軍ラッパのように鳴り響かせながら（ただこの訛りがどこの地方のものかわからない、そういう性質の訛りである）所信を述べているところだった。彼がいわばうまく訛るたびごとに会場からどっと笑い声が上がった。「……わたすはまだ、基本的に、何かにつけて、西も東も分別つかぬ一年坊主なんであります。ここ慶應義塾の日吉キャンパスは雲の上のような高い世界でありまして、講義に行事に趣味娯楽に、毎日がまあ夢見てるようで、わたすとしてずっとウキウキワクワク過ごしていたんでした。そこへ突如として米軍資金騒ぎです。無差別爆撃の米軍のお金がわたすの大学の医学部にたくさん注ぎ込まれてると。ベトナム戦争と米軍と、爆撃とベトナムの人たちの生活の、ちょっと見ていられない破壊の場面なんです。テレビのニュースですがね。そういう場面のひとつひとつにわたすの大学が新聞やテレビで結びつけられてしまった。なによりもまずこのあってはならん結び目を断ちましょう校長先生、いやさ塾長先生。よく研ぎあげた業物使って、公聴会でバサッと。わたすは塾長先生を好いています。尊敬申し上げてます。わたすは塾長先生と団結して、わたすたつの大学から米軍や戦争との長い間の腐れ縁をバサッと断ちたい。これをやれなかったら、せっかく慶應ボーイになれたこのわたすの立場がありません。塾長先生、あなた様が頼りです。かわいそうなこのわたすを正しくお導き願いますだ」云々云々。

山本はみんなと一緒になって笑いながらきいていたが、ふと笑いの底のほうから冷たい風みたいなものがかすかに吹き上げてくるのを感じた。もしかしてこの田舎訛り、素朴な地方出身者はほんとはなにかの扮装ではないのか。この愉快な熊男、なにかに似ていないか？　たとえばとなりにいる学生大会議長役田村の学ランの着こなし方に？　発言せず、大会のど真ん中にただ華やかに存在している女子学生たちの夏姿に？

まだ陽は高いところにあった。山本はひとりぼんやりと天空を見上げた。左右にそびえつらなる銀杏の木の遠い尖端に挟まれている細い間隔のはるか上のほうに夏空があり、満ちている光が海の底のようにどこまでも深く感じられた。おれは見られているなとそのとき山本は思った。深い光が学生大会の隅っこで屈託している一年生山本に無限のかなたから知らせていた。いまはこれでこのままでよしと。熊男も、田村も、女子学生たちも、ちっとも個性なんてない発言、意見の男子たちも、とりあえずみんなこれでいいんだと。こういうすべてがおまえの生きねばならぬ世界らしいと山本はそう確信もなしに考えた。

午後三時半頃、議長役田村が討論はこれまでと告げて、今日出た意見を議長団で検討集約し、米資問題解決をめざして塾当局にたいするいくつかの要求項目としてまとめて皆さんにお示ししますと伝えた。まとまった「三項目要求」は以下のとおりである。①「公聴会」要求貫徹。②米資「拒否宣言」獲得（塾長の持ち出した「辞退声明」などは米資導入という非行の隠蔽にして米資問題そのものからの遁走にすぎぬ）。③当局の責任追及。大会は田村の報告に「異議なし」と拍手でこたえ、三項目要求をもって七・一日吉学生大会の決議とした。

田村はおわりに「三田では四時過ぎから「公聴会」開催をあくまで要求し、全塾自治会と三田の学友たちが集会を開きます。私たち日吉自治会は本大会の「三項目要求」決議で「武装」して三田の集会に合流します。皆さんもできたら私たちといっしょに三田へ行き、三田の学友とともに問題解決にむかってさらに踏み出していただけたらと思います」と呼びかけた。山本は少し考えて、三田行きは遠慮することにした。これも山本の今日の選択の一つである。

三田キャンパスでは正午過ぎから、日吉学生大会にあわせて各学部で学生集会が行われた。

午後四時より、「公聴会」の会場に予定されていた五一八番教室に日吉からの学生たちが到着して、ずっと討論をつづけて待っていた三田の学生たちに合流、塾長・理事たちの約束違反＝公聴会拒否にたいする抗議集会がはじまった。全塾自治会の要請をうけて、西東学生部長が登壇し、公聴会中止にいたった経緯をめぐって、学生側の問いかけに学生部長の立場で可能な限りこたえようと努めた。学生らは学生部長の答えの端々から当局側が必ずしも、昨日塾長の不意打ち的にしめした「七・一辞退声明」による「解決」、公聴会拒否方針で一致しているわけではないらしいと理解して、部長退出後「抗議集会」はより具体的に「塾長理事弾劾集会」に転じた。公聴会拒否の主犯は漠然と「当局一般」なのではなくて、愚かな塾長と悪賢い一部理事である。当局にたいして一層の攻勢を。学生・教職員側の一層の団結を。集会の最後に、全塾自治会委員長林浩司（経4）は「ストライキ宣言」をもって闘うぞと宣言した。

七・二　当局は「慶應義塾」名で文書『塾生諸君に告ぐ』の公表を決定、学内に掲示し、ビラにして登校する学生らに配布せんとした。文書『告ぐ』の内容は、慶應義塾として米資「辞退声明」を出す、そのうえで声明について塾生諸君に説明の機会を設けるというものだった。しかるに当局における学生側との窓口である学生部は協議した末、常任理事会（理事長を兼ねる塾長と塾長に任命された理事七名で構成する）に『告ぐ』の掲示、配布の撤回を要求、「文書」は宙に浮く。

七・三　各紙の都内版朝刊に『塾生諸君に告ぐ』が掲載された。全塾自治会はこれを比喩的に「カンニング」と同列の非行とみなし、当局に「塾長団交」を要望した。

七・四　各紙の都内版朝刊に「説明会の性格で」と断った上、七月八日「公聴会」を開催する旨の新聞広告を掲載。正午から日吉並木道において日吉学生大会が行われた。前回同様、日吉自治会委員長田村敬三が議長役で議事をとりしきったが、会場正面に陣取る議長団の人数が出入りを含めて十数人にのぼり、各学部の日吉自治委員のほか、前回は顔を見なかった諸党派の活動家も加わって、大会の間中活発に「黒子」ふうにあちこちしているのが見えた。しかしいまとなってはもうそのへんの細かい出入りを問題にし気にする空気はまったくなく、ただただ当局が大人げなく挑んできた「文書合戦」に、学生側が若さと情熱でどう対抗してみせるかが米資問題の解決という本題とは別に学生たちの興味をかきたてていた。合戦の当事者として、野次馬として。あるいは自分の中でかわるがわるに、時に同時にその両方として。公聴会をやろうといい、約束し、準備をし、直前になって不意に「やめた」と言い出し、辞退声明を出すからそれで問題解決と放言して、塾長も理事たちも尻に帆掛けて学生、教職員の前から姿を消し、学生たちが抗議し約束の履行をもとめて立ち上がると、こんどは新聞の探し物欄、広告欄にコソコソッと出てきて辞退声明を繰り返し、業を煮やした自治会が「ストライキ体制でいくぞ」「もう公聴会くらいじゃ済まないぞ。塾長団交でいくぞ」と叱った時、やっとすこしは反省したか、公聴会やることにしました、ただし「説明会」スタイルでとそれでも我執を捨てられず守銭奴みたいに一円二円で我利我利とがんばる塾当局。自分の教室の学生たちの疑問、批判に面と向かって物言うことができず、新聞の広告欄で呟いてみるだけの「教育者」。こんな連中のやろうという「説明会」などはじめからこれで何度目かになる問題からの逃げ込み先に決まっているではないか。

次々に登場してくる発言者の発言にとくに前回には語られなかった内容は窺えなかった。山本が注目したのは発言の中身よりそれらの前回にはないある調子、山本自身もこの日一部共有していた傲慢と紙一重であるような軽さの感じ、なにかとめどない自由感、このかんに自分の大学の教授先生たるものの、とりわけ日頃から物々しく構えこんでいた当局者連中の無様な言動を見聞きして幻滅し、かつはそんな張り子の権威たちの抑圧からすっかり解放されてしまった、おもりが二、三個は外れてくれたといった一時の快感の色合いだ。それに実質もう夏休み、ゲゲゲの鬼太郎ではないけれども、授業も試験も出欠もなんにもない。いまここはもう先生やら当局やらの大学なのではなくわれわれの大学であった。いってみればこの日、山本たち学生大衆は学生大会の時間のなかで適宜当事者になったり野次馬になったりしながら、いい調子で過ごしていたという次第だ。

夕方になったころ、田村委員長は議長団を代表してと断り、「……討論は終了し、決断の時がやってきました。私たちの三項目要求を心から受け入れることができた時、当局による米軍資金導入の真剣な自己批判が実践的に開始されることになりましょう。当局の自己批判の進展を支援しましょう。但し書き抜きの公聴会を実現し、三項目要求の受け入れへ学生われわれが当局を後押ししましょう。きょう七月四日午後四時三十六分、私たちは三項目要求貫徹、米資問題の根本的解決を掲げて、ここ日吉における「二十四時間ストライキ」方針を提起します」と告げた。一瞬、ずっとつづいていた学生たちのさざめきが怯んだようにやみ、それからすぐワーッとこれはたしかに心からのものときこえた歓声が上がった。

「これから投票の準備にとりかかります。議場閉鎖して人数確認（定足数は九五〇）しますのでしばらく自分の席にとどまってください。いま学友がロープを張ろうとしている位置からこっちまでを議場とします。向こうに立っている方たちはこちら側へ移動してください」田村が投票の段取りを丹念に説明している間、日吉自治委員たち、篤志の（というしかないが）学生たちが議場作り、人数確認、投票用紙配布、投票箱の運び込み等てきぱきと作業をつづけた。山本はかれらの手際のいい仕事ぶりをながめ、周りの学生たちのわくわくと面白そうにしゃべりあっている様子に、おれもスト賛成に入れるな、あすの朝刊の「尋ね人欄」とか「広告欄」がまた楽しみだなと思った。そういう一票だった。

投票結果はスト賛成が一七九七票。反対が一一五二票。白票無効票六二票。日吉において明日午後五時すぎまでの「スト権」が確立した。スト権が「確立」した以上、つぎに二十四時間ストを防衛する任務が発生するのであるが、「議長団」やら「篤志」の者以外の学生大衆たちはそこまではもう考えることなく、ああ一日、愉快だったと三々五々自分の日頃の生活の方へ還っていく。

「ちょっと話したいんだが時間はある？」

日吉駅前で山本はクラスメートの平岡に呼び止められた。クラスの何人かが今日の大会に来ていて、わからないことが多くて困っている、山本がいるのならいろいろ聞きたい、聞きたがっているというのだ。こういうことを求められるのははじめてでとまどったが、スト決議まで踏み出した今日の大会の経験をすこし見直してみたいと山本自身思っていたところでもあり、了解して平岡と日吉駅向こう側の商店街のクラスメートが待っているという喫茶店に入った。円テーブルをかこんだ三人の学生、市田、谷、太刀川が山本たちにうなずきかえし、市田と谷はよくきてくれたという顔をした。

それからビールを飲りながら山本は三人と雑談し、質問され回答し、太刀川とは討論になり、ついには予期しなかった衝突にいたって、この日の締めくくりとしてはじつに考えることの多い時間を過ごさせられたのだった。市田君と谷君は度量の広い好青年で、山本のような偏屈男の少なくない欠点を大目に見てくれていて、少ないとしてもいい点らしいところをなるべく見るようにしてつきあってくれたが、はじめて口を利き合った太刀川君のほうはそうはいかなかった。この男は米資闘争騒ぎの現状においてむしろ山本君以上の偏屈男と化していたのである。

「反戦平和、真理の大学という議論をくりかえしきいたけれども」谷はつかえつかえ自分の疑問をいいあらわそうとした。「そのなかに「反戦平和」の立場に立つのでなければ一般に「真理」にたどりつくことはできない、米資問題の解決はありえないときこえる意見があったと思うがこれがわかりにくい。学生は反戦平和の立場に立って物を考え行動すべしという徳目としてなら理解できるし別に反対ではない。しかし真理は一般に「学問」的真理を含め「反戦平和」の立場に立つことによって初めて獲得されるという話になるとわからなくなる。米資問題の解決、その「真理」獲得をめぐって複数の立場からする、多様なアプローチがありうると僕は漠然と考えるけれども、どうなんだろうか。山本はどう考えているか」

太刀川もわきから「あれは「真理」獲得競争にあたって一つの「立場」しか認めないという主張だった。曖昧に「立場」なんていわずに、踏み込んで「政治的立場」と表現すればあの意見の正体がはっきりする。唯一の「政治的立場」、唯一の「真理」という奴で全体主義のイデオロギーじゃないか」と口を出す。

「そこまで単純には割り切ってなかったのではないか。われわれは学生として自分の大学の米資導入問題に直面しているのだから、議論にあった「立場と真理」の繋がり具合を、具体的にベトナム戦争＝現に進行中の米軍とベトナム人の対立関係のなかで調べてみることにしよう。するとどういうことになるか。米軍の空爆に抵抗するベトナム人とベトナム人を空爆する米軍とでは同じ一つの「真理」でもちがって見えるのではないか。たとえば１＋１の「真理」は２だ。この２が前者と後者では違って見えるはずだと彼はいうんだ。彼はベトナム人民の側に立つことによって見えてくる「２」を自分の「真理」とみなす。空爆をつづけている米軍の見る「２」は中身が自分たちの「２」とはちがうとベトナム人民は考えるだろう。そこから翻って、「反戦平和」の立場と米資問題の「真理」との繋がり具合をみなおしてみてはどうか。塾長のニセ「公聴会」はベトナム人民を空爆する米軍の立場に立っているから米資問題解決＝「真理」獲得にいたりえぬという主張は一応説得力を備えていると思うが」

「２はどこまでも２であって、「中身」のちがいというのはそのように受け取る者の解釈のちがいであり、「真理」そのもののちがいではない。ある「真理」にたいするある主観による「解釈」のちがいである以上、ベトナム人民の立場と米軍の立場は真理の解釈において対立するが、両者が現実に、つまり「客観的」に「真理」を獲得できるかどうかは立場のいかんには無関係で、どういうわけだか米軍の立場に立つほうが真理を手にし、ベトナム人民の側に立つ者がブタをつかんでしまうということだってありうると考えるのが学問的だ」

「じゃ別の例でいいなおそう。いまここに飢えて苦しんでいる子供がいるとする。一方には肥え太って飽食しているブルジョアがいるんだ。こういう対照図は今日実際に見ることもできる情景の一つだから我慢してくれ。さて両者の眼前に一片のパンがあるとしよう。このパンはわれわれが両者のどちらの立場に立って見るか、向かい合うかでその「中身」がちがってくるというのがおれの主張なんだよ。飢えた子供にとってこの「パン」は自分の生死を左右する価値ないし意味を持つが、飽食したブルジョアにはたんなる無意味、目にも留まらぬごみにすぎぬ。先の「立場と真理」の議論をこの例に適用すればどうなるか。飢えた子供は一片のパンを切実に必要とし、全力あげてそれを求める。「真理」は自分を切実に必要とし全力あげて自分を求めるものにたいしてのみ自分の全体を与えるのであり、飽食したブルジョアには意味なく価値もない「残り物」しか回ってこないに決まっている。学生たちが空爆する米軍でなく、米軍の空爆に抵抗するベトナム人民の側に立つ、立とうと努めることによってはじめて米資問題解決＝「真理」獲得の入口に立つことができると考え、塾当局に米軍でなくベトナム人民の側に立て、米資問題を隠すのでなく明らかにせよと要求するのは「真理」探究の段取りとしてはまちがっていないと思う」

「今日の最後に「スト権」投票を呼びかけられたのには正直おどろきとまどった。大会というのはこういうことなのかと思ったが、それにしても議論、討論の流れは決して「スト権を」というほうへ向かっていたようには感じられなかった。感じなんだけどね。周りの人たちもどうかなという顔をしたことをおぼえている。僕はしょうがなくて白票を投じた」市田がいうと、「おれも白票。ただし抗議の白票だ。山本のいう「立場」の押しつけであり、複数ありうる立場の自由を否定し、ブタを豚舎に追い込むように、われわれ学生を一つの立場にしばりつける低級な政治が「スト権」投票だと見た。おれはあんな「立場」あんな「決議」にしばられる筋合いはない」太刀川は眼を血走らせ凄むように山本を見返した。今日一日の終わり、山本もかなり疲れていた。スト権投票に違和感をおぼえたのは山本もおなじだったから。太刀川の大会批判はぐずぐずとつづく。……

「米資問題をめぐってわれわれは思考の自由をもっているし、学生大会のなかで意見を表明する自由をもつ。しかしそれはあくまで米資問題の内における自由の行使であって、米資問題を「外」から他人のこととして論ずる自由は少なくともこの学生大会のなかでは存在できないか、制限を受けると常識的に考えている。今日大会のおわりに「スト権」投票がとびだしてきたのには僕も驚いて市田とおなじだが、少し考えて、塾当局に学生側の要求の真剣さを伝えるやり方として明日まで二四時間のストライキを宣言するというのも仕方ないかと思って賛成票を投じた。そこで君たちの白票だけれども、市田と谷は二四時間スト提案に賛否を決められぬ結果の白票で、これは米資問題の「内」における自分の思考・意志の自由の行使だ。しかるに太刀川の白票はスト権投票そのものへの「抗議」であり、大会の進め方、「議長団」への「抗議」である。太刀川の抗議には「三項目要求」への批判も含まれているように思えるがどうか」

「米資問題をあつかう自治会とか議長団連中の手つき、口つきの全部に不信、疑問がある。米資とかストへの賛否などで一方的に人間の自由を限定しようとするなといいたい」

「米資問題だけが人生じゃないというのは一般論としてはその通りだが、それを学生大会のなかで文字通りに発言したらどういうことになる。大会は一つの立場の表明と受け取るしかないと思うが」

「おれはおれの立場を貫く。おれ以外の誰かが設定した「ベトナム人民の立場」とか「米軍の立場」とか「空腹な子供の立場」とかいうものすべての側にこのおれは全然いないんだ」

「米資問題解決を目指す学生大会においては、票決にかける場合、大会の内にある者の立場は白か黒か、白と黒の間か三通りに分類されてしまう。それがいいか悪いかはまた別の議論になるが。ベトナム人民を空爆する米軍の立場、米資問題解決から逃亡する塾当局の立場か、米軍の空爆に抵抗するベトナム人民、飢えて苦しむ子供の側に立って米資問題解決に取り組む立場、そしてそのいずれでもない立場だ。それだから、今日の自治会執行部の議事の進め方、「スト決議」等々への疑問、不信を米資問題解決へ向かう共同の努力の内部で取り上げて解決していきましょうということなら理解できる。ところが太刀川の議論は米資問題解決の過程において生じたスト決議の進め方、在り方の問題点を取り出して、そこに太刀川が見つけたと信ずるマイナスを楯にとって米資問題解決の努力の全体を全否定せんとするもののように見える。太刀川の「俺の立場」は太刀川の主観からは独立に、この世では、つまり大会では他人たちの言葉との関係のありかたによって決められる。太刀川の立場は米資問題解決の努力から自分を切り離そうとするもので、米資問題の内部では、塾当局、ベトナム人民を空爆する米軍の側の努力と「客観的」には一致してしまう」後で思えばこれは言い過ぎだった。山本はわれを忘れ、太刀川を説得しようと夢中になっていた。太刀川の主観、「俺の立場」の必死さを山本は見くびっていたのだ。

外からの評論ではなくて……と山本が身を乗り出した時、太刀川はなにかいい、「なんて言った？」と顔を近寄せていくと「それ以上いうな。殴るぞ」と低くだがはっきり言った。山本はいったい何なんだという眼でみんなの顔を見まわしたが、太刀川本人を含めて四人とも間が悪そうに口をつぐんでうつむいてしまい、もうこれ以上することはないのだった。しばらくして平岡がへたな洒落を言って場を救い、あとは雑談になった。駅で別れるとき、平岡が寄って来て「太刀川だってお前さんの善意はわかっていたさ」と慰労してくれたものの、どうかなと首をひねった。あとで山本は、要するにおれは太刀川みたいになりたくないんだな、ああいう孤独は避けたいんだなと振り返ったものである。

五　日吉スト権確立へ

七・五　朝のうちから慶大「塾生諸君」の問題意識ある分子はぞくぞくと二四時間ストライキ体制下の日吉キャンパスへ、また各学部学生大会とその後に全塾学生大会が予定されている三田キャンパスへ、いってみればおっとり刀で結集しつつあった。一方でより多数の塾生たちは授業もなんにもなく学生大会やら議論討論ばかりの横行する大学キャンパスの現状を私の夏休みが早めにきてくれたんだと自分勝手にあるいは正確に解釈し、学生大会なぞより面白そうな私自身の生活へ飛び出していく。昨夜山本が議論したクラスメートでいうと、市田と谷、それに途中から平岡が学生大会で再会し、太刀川は独り傲然として夏休み入りして、山本のクラス仲間においては四対一が学生大会派対夏休み派の割合になるが、現実にはこの逆が両派それぞれの実際の人数である。

正午より、三回目になる日吉学生大会。駅から出ると正面すぐのところに、並木道の幅いっぱいに立て並べた横断幕みたいな立て看板が赤と黒の特有の大文字で「二四時間ストライキ決行中！　米軍資金導入断固拒否！　慶大日吉」と御通行中の労働者、農民、市民、学生に向かって広く呼び掛けているのが見えた。山本は警備室前に設けられたスト中のキャンパスへの出入り口を通って会場入りした。開会時刻までだいぶあるのに席は半分以上埋まっていて、みんなの表情や態度からは前二回の大会の際には感じられなかった一種思い決したような軽さ、若々しい精気が伝わってくる。山本は自分が興奮しているのを意識した。

「……私たちみんなの思い、願いをこめた一途のストライキ決議にもかかわらず、遺憾ながら塾当局は依然として「説明会の性質」での「公聴会」一回で米資問題全面解決というまちがった妄想にしがみついたまま飲み食いし寝起きしているようです」学ラン着こなす議長役田村委員長はマイク片手に嘆かわしげに雄弁をふるった。「私たちはこれからスト決議をふまえ、塾当局が勘違いの上に立って設定した、米資問題解決からの恥ずかしい遁走としての七・八「公聴会」を、問題解決をこころから希求して塾当局に私たちの三項目要求をつきつけ、了解させ、うけいれさせる場に創りかえたいと考えています。これがどうすれば実現できるでしょうか皆さん。自由にご発言、ご意見願います。新鮮なアイデアがほしいのです。私たちの言葉で、米軍資金の大学でなく、反戦平和の理念と真理のみに忠誠を誓う大学を作り上げてまいりましょう。では、そこの手を振っている方」

発言者がつぎつぎに立って、熱弁快弁をふるって見せたが、前二回と相変わらず女子学生からの意見発表はなく、発言者たちにしてもいちど見たり聞いたりした人物による言葉遣いも発言内容も一向変わり映えせぬ、そして当然ながら最初の機会にしめし得た水準を今日またためざしながら、大きく水準を割り込んでかつての自分自身の下手なコピーを製造提供する結果になっていた。何人か出てきたはじめての発言者については、米資問題解決を望むかれらの真面目さ、真剣さは言葉から表情からたしかに見て取れはした。ところがそのかれらの真面目さすら、すでに出てきた発言者の誰かの、そうでなければ変な話になるが本来のかれら自身の「コピー」みたいに感じられて、とても新鮮なアイデアを出すどころではないのだった。どうしてこうなのか、山本は発言を追うのをやめ、首をかしげて考え込んだ。大会の議長団や議長役田村、さらに発言者たちがつくりあげ、学生大衆に示さんとしている方向が、山本らがこの大会で勝ち取りたいと望んでいるものとどこか肝心なところでずれている、似てるんだけれども違っている、どうしてもそう感じられる。大会を構成している全体がそれぞれに自分のおぼえるずれ、ちがいを言い表そうとしていらだち、言い表す手前までは行ってもしかしまた仕方なく引き返すといった、うねるようなくりかえし。これは「議論が煮詰まった」というのとも、反対に「議論が壁にぶつかった」というのとも違った。しかたがない、とにかくここは決心してこれまでの流れを断ってみよう。先に進むにはそれしかないという一点で、議長団、自治会執行部側と、山本ら自分の言葉をこの大会の中に見つけられずに苦しむ学生大衆の双方が期せずしてこのとき一致していた。

「現在十五時をすこしまわったところです。私たちは米資問題解決＝三項目要求をかかげて二十四時間ストを打ち抜きつつありますが、塾当局はまだ依然として自分たちの最初の誤りのなかに閉じこもっています。私たちは米資問題の正しい解決にむかって、今日以後いかにふるまうべきか。議論は煮詰まり、決断の時がきていると思えるのですが、どうでしょうか皆さん」

田村議長役は大会の議論を要約したあと、七・八の当局製「公聴会」を米資問題の真の解決を可能にする場につくりかえるためにと言って、ストライキの継続か終了か議論し、採決したいと思うがどうかと提案した。「スト継続というが、いつまでか」「すくなくとも七・八当局製「公聴会」の当日まで」「七・八当日、当局がまた逃げを打ち、中止をいいだしたり、開催されたとしても三項目要求に満足に対応してこなかったりしたらどうする。あの塾長だぞ」「三項目要求にきちんと対応してくるまではスト続行だ。そうでなくては何のための二十四時間ストだったんだという話になる」……議論はしばらく続き、さいごに田村は「議長団を代表して、提案します。三項目要求を貫徹するため、米資問題の根本的解決をめざして、日吉において無期限ストライキをかまえて私たちの共同の意思を示したいと考えます。賛成か反対か投票願います」と呼びかけた。二十四時間ストの期限切れとなる十六時過ぎのことである。

無期限ストの成立は無理だろうと山本はとっさに考えた。大会をつうじてこうなったらストしかないという発言がくりかえされたこと、これは事実。しかし山本は発言者たちの口にする「ストライキでいく」という文句が繰り返されれば繰り返されるほどリアリティを欠いていくようにずっと感じていて、しかもそれは山本だけのものでなくて、自分のいる大会全体の経験であると思えるのであった。大会で発言者にならなかった多くの学生らは、昨夜茶店で山本が説法したり、山本に疑問を呈してきたり、反発してきたりしたクラスメートと同様、米資問題解決を願いつつ、解決手段として示される「スト」にはリアリティを感じないし、自分の要求とのあいだにずれ、ちがいを意識せざるをえぬ米資闘争と学生大会の真の多数派であって、自分もまたそういう多数派のひとりなんだと山本は振り返った。

では、米資問題の正しい解決を要求するが、無期限ストには反対というのが今の自分の立場か？　山本は一方で自分と学生大衆多数派は当局製の七・八「公聴会」に反対であり、塾当局の問題からの逃亡を阻止すべきと思っており、これは単に無期限スト反対への一票で表現されるはずはなく、実際には塾当局の方針への賛成になってしまって不本意千万だ。山本はしばらく考えて、自分の本心の底のほうに馬鹿正直に降りていくのは一時棚上げにして、無期限スト賛成に一票投じることにした。大会は無期限スト案を否決するであろう。それもかなりの差で。自分はあえて賛成票を投じることで、多いであろう反対票にたいして、無期限スト賛成の学生の数だって、なかなかばかにならないぞと、たかくくって学生側の動きを観望している塾長と一部理事たちをしてほんの少し慌てさせてやりたいと思った。

議長団と「篤志」の者らによる開票作業のつづいているあいだ、山本は日吉でのスト反対決議をうけて米資闘争はこの先どういうことになるかとぼんやり思いをめぐらしていた。七・八公聴会の場で、あるいはこちら側の三項目要求の全部、ないし一部でも当局に受け入れさせることは全然不可能ともいえぬのではないか。一部受け入れでも勝ち取れたら相当の成果で、こんごのたたかいにつながるのではないか。まわりにはなにか評論家的心境になりかけている山本とは異なって、投票結果への期待から、すくなくとも好奇心から薄い、はりつめた興奮の気配が漂っていた。やがて議長役田村が渡されたメモ用紙一枚を手にしてマイクに向かった。
「結果を報告します。投票総数一七六三。無期限ストライキに賛成八九二、反対七九九、白票無効票……。日吉において無期限ストライキが成立しました」山本はえっ？　と思った。思わずまわりを振り返った時、かれらも山本と同じような意外さに衝かれたように、何が起こったんだという眼でまわりを見まわしているのがわかった。
「大会の決定が下りました。反戦平和と真理の大学建設へ固く団結して邁進しようではありませんか。歌を歌おう。塾寮歌「丘の上」を合唱しよう。さあ立ち上がろう」田村は山本たち、ここに結集したすべての「塾生諸君」に呼びかけた。大会の主役である学生大衆はなんとなくこの場合他にすることもないようだと了解しあってか、ずるずると立ち上がって歌い始めた。「丘の上」をまだ知らぬ山本もつられて立ち、左右の名を知らぬ学生たちと肩組み合った。

〽丘の上には　空が青いよ
　ぎんなんに鳥は　歌うよ歌うよ
　ああ美しい　我等の庭に
　知識の花を　摘みとろう……

「三田において十九時から全塾学生大会がおこなわれます。私たちは今日ここ日吉で打ち立てた無期限スト体制と三項目要求貫徹の内容をもって全塾学生大会に合流し、力を合わせて米資問題解決に取り組みたいと考えます。大会には当局側から理事の出席があり、発言があると聞いています。三田に向かってください。大会に結集してください」田村の最後の呼びかけをききながら、山本も帰って行く学生たちにまじって、ゆっくり歩きだす。

「われわれ反戦会議は日吉学生大会の期間中君の言う「篤志」の者として大会の裏方にまわって必要な任務に従った。マル戦やフロントの連中には討論会や大会の組織運営に通じているベテランが多くて、キャップ木原以外は一年坊主が中心のわれわれ反戦会議はもっぱら体力と元気を買われて連日筋肉活動に走り回ったものだ。大会は君にはフロント田村の議事運営ぶりや、格調高い反戦平和論議だったわけだが、われわれには夏の日差しと運び出す椅子や机の古い木のにおい、変な重たさとか、概して手や足腰にじかにかかってくる物の感じで、それが今思うといい時間だった」井川はなつかしげにふりかえる。

「あの日われわれ学生大衆は「スト権」確立という幕切れにもかかわらず、なんとなくまだ何か肝心なことが決まってないんじゃないかという印象を抱きながら会場をあとにした。あたりは暗くなりかけていた。しかし井川たち「篤志」の連中は違った。かれらは手分けしてもうあからさまに校舎から机、椅子、いろんな箱の類、要するに無期限ストライキを敵にたいして防衛するバリケードの材料になりそうながらくたをどんどん運び出しているんだ。われわれの眼の前で、まず大会の会場だった日吉並木道を、警備室の位置からずっとのぼって大学キャンパス入口あたりまで百メートル余りの全範囲を「バリケード」で封鎖しようという目論見らしかった。そういう話だったのかと自分は首をかしげたものだ。よくわからぬ「篤志」の連中によるこうしたさかんなバリケード作り風景というのは、無期限ストに賛成した多くの者たちの頭の中には存在していなかったと思えるのだけれどもどうか。目下のところはバリケードだ壁だといっても恰好だけの一種シンボリックな外界にたいする区切りにすぎない。それでもとにかく区切りは区切りで、だんだん厚みを増し、高さを加えていくだろう。われわれは大会のなかでスト決議とはこういうことだと議長役田村からきかされたおぼえはないぞと、僕はあそこで思ったわけだ」

「我々の立場でいわせてもらうと、日吉での無期限ストの獲得はよろこびであり、よろこびの大きさは多数の支持をえられたよろこびであり、喜びの大きさは君のあじわった「意外感」を我々も君とちょうど反対側において体験していたためといえるかもしれぬ。山本はスト権成立をわれわれのようには喜んでいなかった。なぜそうだったか、もう少し説明してほしい」

「この「無期限スト」ということにリアリティを感じることができない。はっきりいうといろんな意味で嘘を感じたということ。三項目要求をいかに獲得するか。七・八公聴会で塾当局がこれを受け入れるまで、無期限ストの決意・圧力でもって臨む。かれらがその日受け入れなかったら、以後三項目要求を受け入れるまでストを継続する。しかし七月二十日以後は夏休みに入り、ストに賛成した者を含む大半の学生が日吉キャンパスから去って自分たちの夏休みに還るだろう。その先はまだいわなくとも、すくなくとも七・五日吉学生大会で成立した「無期限スト」とは七・八公聴会のあとにはキャンパスに学生大衆がいなくなる夏休みが控えているそうした「無期限スト」であって、米資問題解決の道だと演説され、大会で現に「成立」したとつきつけられても、リアリティをもって自分の腑に落ちてくれぬということだ。あの日あのとき、僕はとにかく三田に行き、全塾学生大会に加わって、自分たち日吉の無期限スト決議をさらして、全塾学生大会の鏡に映ったすがたをこの目で確かめてみようと強く思った。自分が「バランス感覚」を発揮して少数意見に投票したつもりが意外にも、多数意見になる可能性のほとんどなかった「無期限スト」を現に日吉において成立させてしまったこの日の奇妙な経験をなんとか納得したい気持ちだった」

三田においてはこの日正午から各学部学生大会を開催、文学部は米資問題解決を期して「スト権」を確立した（この「スト権」は中身がいささか漠然としており、日吉における無期限スト決議に呼応して、七・八公聴会での三項目要求貫徹を、三田文われわれもまたストライキをやり抜くくらいの覚悟をもって闘うぞという、いわば決意の表明としての「スト権」だったと思われる)。

一九時、全塾学生大会が全塾自治会林委員長(経4)を議長としてはじまった。会場は五一八番教室、三田西校舎にある塾内最大の階段教室で、三田の学生にくわえて日吉から信濃町(医専門課程)から小金井(工専門課程)から合わせて延べ人数四千人強が「圧倒的に」結集した。全塾自治会は当局に対し、当局製七・八公聴会にどう臨むか、七月七日までに決定し回答せねばならなかった。

山本は最上段の椅子の片隅に位置をしめると、はじめて身を置く大階段教室全体、進行中の大会全体をおずおずと見まわし見下ろした。なるほどこれは全塾であり、複数の立場、多様な思考・感情がせめぎあう、なにかに「取り仕切られている」といった不自由感のまるでない大会そのものだった。眼下の深い底の壇上では、熱気にあふれた論争やスピーチが繰り広げられて、それに聞き入り、うなずいたり、首を振ったり、拍手したりしているうちに、ついさっき日吉学生大会で「無期限スト」確立に直面させられたときの意外感、なにかに「はかられた」という感じがしだいに薄れていくのが気持ちよく思われた。とりわけある発言者がわれわれの三項目要求に言及して「辞退声明ではおさまらないんです。米資導入を辞退するのでなくて拒否するんだ。米国と米軍の世界支配を拒否するんです。辞退と拒否では天地の差がある」と叫んだ時、山本ははじめて大会の熱気の内側に自分もいると実感した。しかり！　拒否宣言を塾当局が出すその日までストライキは「無期限に」続くんだ。これこそは山本のずっと求めていた新生活、大学生活ではなかったか。気に食わぬ「現実」は全部拒否！まわりの学生らはみんないま自分とおなじような心境でいるように見えた。これでいいんじゃないか今は、少々の不審点もしばらくペンディングにしておいて?

「塾長を呼べ。撤回させろ」「塾長はどこだ。議長、われわれの意見をじかにきかせてやれ」「老人をうやまえ。こちらの話をきかせて、あやまちを自覚させてやれ」「老後の生きがいは米資拒否で世界平和に貢献することだ。

教えてやれ。忠告してやれ」などなど、討論はやがて当局の誰でもいい、呼び出してわれわれの要求をしめし、われわれの質問、疑問に答えさせろ、そのうえで七・八公聴会にたいするわれわれの態度決定が可能になろうというところへ進む。議長林は自治会執行部数名と協議の上、「河原理事と西東学生部長が別室で待機しています。大会の要請で、ふたりにここへきてもらい、七・八公聴会に臨む塾当局の現状にかんして説明を求めるということでいいですか」といって了承を得、副委員長のSが学生側の要請を伝えに出て行った。

二三時、会場にSの先導で河原理事、西東学生部長、もう一人秘書課員が姿を見せ、学生側代表林の質問に答えるかたちで七・八公聴会に臨む塾当局の方針を説明した。理事は学生部長の確認をとりながら、どういう問いにたいしても、七・八公聴会はかならずおこなう、そのさい学生諸君の質問も受ける、自分たちにはそれ以上のことは言えぬという内容をくりかえした。学生側の積極的分子は当局製の「説明会」ではなくて、米資問題の根本的解決を当局に要求する「塾長団交」に近い「公聴会」を求めているのだから、そんな要求をつきつけられて、河原と西東にはイエスともノウともこたえようがない。押し問答の末、学生側は事態を打開すべく、学生の要望に唯一イエスかノウかを口にしうる立場にある塾長にこの場に来てもらうよう理事河原に要請した。河原以下当局側三名は学生側のSが同行して控室にもどり、Sの立ち合いのもとに塾長との電話連絡、学生側の要請の伝達の追求に取り組んだ。学生らは一時議事を中断し、河原らの協議の結果をまって、五一八番教室で待機することにした。

七・六　0時をまわっても埒はあかなかった。Sが一度戻ってきて「まだ塾長がつかまらない。もうすこし時間が要るようだ」と報告してまた立ち合いの任務に帰って行った。（山本はSの現状報告をきいたあと、0時少し前に会場をあとにした。「終電」には間に合いたいと考えてそれを実行したという程度の「全塾学生大会」経験であった。大会の本番はじつはこれからというところだったのだが）。

結果をじりじりと待っているあいだに、これまでは抑えられていた米資問題解決および七・八公聴会をめぐって存在していた学生間の意見対立がはっきり表に出てきて、議論は口論に転じ、手ぶり身振りは荒々しさを加えていく。「塾長は問題から逃げとおす気だ。日吉では無期限ストをかまえてニセ公聴会粉砕をやることになった。全塾学生大会でスト権を打ち立てる時がきている」「自治会連中には話し合いで問題解決を期すつもりがない。角材振り回して、ストだ占拠だと騒ぎたてる過激派連中とどこがちがう」……

一時頃になると、だいぶ空席が多くなった五一八番教室では、鋭く対立する両者間で議論争論をこえて手が出、足も出かけて、大会が怒ったサル同士のつかみ合い、噛みつき合いの水準に退行しつつあった。スト派は逃げ回る塾長との連絡をあくまでも追求し、この場に来させて真面目な「弁明」をさせるまではこのまま大会を続行する、塾長が態度を変えぬことが判明した場合、大会はスト権確立の手続きに入るべしと主張した。対して、明確に反スト派として登場した学ラン集団は討議打ち切り、大会終了を主張、数十人がひと塊になって退場して大会を流会させんとする行動にうって出た。議場は混乱したが、学ラン集団は押し切って退場し、あとにゾロゾロとかなりの人数がつづいた。残った人数では「スト権確立」は学則上不可能である。

議場に残った全塾自治会執行部と「篤志」の者たちは、塾当局、なかんずく逃げの塾長にたいする「抗議集会」として早朝まで討論を続行することにした。集会のおわりまで、塾長との電話連絡はならず、理事、学生部長、秘書課員、全塾自治会Sはただただ疲れ切って、やつれた顔を見合わせたのであった。

「……五日夜、日吉に残ったわれわれはバリケード構築に頑張った。作業は日吉の各学部自治会の活動分子で分担し、翌朝には並木道集会の会場だった範囲は机と椅子を組み合わせた高さ二メートルの「壁」によって逆L字型に囲われて、それがめでたく高さ三メートル、厚さ一メートルの大した「城壁」に仕上がったのはもう七月末になっていた記憶がある。そのかん日吉学生大会の決議に基づいて、われわれ日吉自治会、諸党派、諸団体、諸個人のやる気ある活動分子からなる集団は、バリ構築、バリ防衛、日吉キャンパス管理など、必要あるごとに数名の代表が顔を合わせて協議して方針を決めるなどして課題に取り組んだ。党派的にはフロント（自治会執行部メンバーが中心）、ブント（リーダーの木原以外は井川はじめ全員一年生で、「反戦会議」として行動した）、中核派（旧マル戦グループ。闘争経験の多い活動家をそろえ、人数も他派より多かった）が活動の中心となり、初めのころは日共民青もいっしょに行動していた時期がある。闘争の要求に応じて自然発生的に集まったこの行動部隊が、大学が夏休みになってから以降米資闘争の事実上の牽引役を担うことになる「全学闘争委員会」の元型だ。全塾自治会は全学生大衆の総意を代表して、塾当局との交渉に臨む。そのさい彼らにとって「総意」の実体は学生大会においてかれらの得た「多数票」だけれども、全学闘の方は自分が自分の代表であるような諸個人、諸団体のあつまりであって、かれらの闘いを支える学生大衆の「総意」は大会の多数票として表現されるものだけと限っていない。そこにわれわれの強みがあり、またあとでだんだんわかってきたが弱みもあった」井川はキャンパスから学生大衆がいなくなった夏休み期間中に、米資闘争の主体が自治会から全学闘に代わったが、この転換にわれわれは主体でありながらちゃんと対応できなかった面があると振り返り、山本が米資闘争の中に入ってきたのはちょうどこの転換点だったのだなといった。

七・七　全塾自治会は五日夜から六日早朝にかけておこなわれた学生大会、抗議集会の結果を踏まえ、七・八当局製「公聴会」＝「説明会の性質」での公聴会開催案にたいして、提案の主体である塾当局、とりわけ塾長から責任ある説明がなされていない現状では、イエスともノウとも「回答できない」と回答した。（全塾学生大会をつうじて、学生側に当局提案をめぐって対立が存在することが明らかになった。「説明会の性質」での七・八公聴会を拒否、抗議のスト権投票を要求する「全学闘」的部分と、大会におけるスト決議を「身体を張って」阻止せんとした「学ラン」集団と。全塾自治会は当局に対して、大会において露呈した学生側のそうした分裂対立を正直にそのまま「回答」するしかなかったのだといえようか。こういうところが井川のいう学生大衆の「数」（個々の学生大衆の「中身」ではなくて「頭数」）に立場としてなによりもまず依存する自治会たちの「弱さ」の一面だった）。

午前中に、都内某所にて、常任理事会が密かにおこなわれた。理事長を兼ねる塾長（法出身）と、久木（工）、河原（商）、一田（法）、谷口（文）その他理事七名が全員顔をそろえた。はじめに全塾学生大会に当局側から立ち会った河原理事の報告があった。ストライキとか、ストで抗議とかいう言葉が飛び交ったこと、対抗してスト権投票を阻もうとする動きが学生側の内部から生じたこと、七・八公聴会の「説明会の性質で」に学生側の多数が依然批判的であること、等。会議は一田理事の、われわれは先の「辞退声明」による事態収拾で一貫すべし、七・八公聴会は「収拾」の出発点と位置付けて臨むべしという意見と、谷口理事の、問題解決は「話し合い」でいくべし、七・八公聴会を「説明会の性質で」という限定を外したうえで、可能な限り学生側の主張に耳を傾ける機会にしてはどうか、かれらの多くは語りたいのであり、騒ぎたい者は多数派ではないという意見とのあいだでしばらく議論になった。最後に塾長は、理事一人一人に短く意見を述べさせてから、「自分は一田君の「収拾の立場で」問題に取り組むという意見に賛成だ。米資問題解決のポイントはこの問題にとって外的な、行き違い、誤解に基づく紛争をいかに収拾していくかということで、公聴会は収拾に向けての最初の一歩となる」と言明した。七・八公聴会は五一八番教室において、十五時より、塾長の所信表明（七・一付「辞退声明」と同内容）を軸とした「説明会の性質」でおこなうことと決まった。

河原理事は決定内容を全塾自治会林委員長につたえ、回答を求めた。林は急遽執行部メンバーと協議して、当局製公聴会を拒否する、抗議の意思に基づいて五一八番教室で十五時より全塾学生大会を打ち抜くと決定、これを河原理事につたえた。

七・八　三田経済学部学生大会において「スト権」確立。七・五三田文の「スト権確立」に後続した。三田文の場合と同様、当局にたいして「ストライキも辞さないぞ」という決意の表現としてのスト権であって、厳しく言えばそれ以上でも以下でもない。

常任理事会の決定をうけて学部長会議が開かれ、各学部長の意見交換をつうじて、ここでも米資問題解決をめぐる対立がおもてにあらわれた。すなわち「（学生との）話し合い」重視が文、経。公聴会等を柔軟に活用してスト解除、紛争の処理を追求するというのが法、政、商、工、医の各学部である。

十五時より全塾学生大会が五一八番教室に学生二千五百人を結集して開催された。学生大衆による活発な発言、討論を経て、大会の総意として米軍資金導入「拒否宣言」を採択し、われわれは今日以降、七・一「辞退声明」撤回・「拒否宣言」要求をもって塾当局との対決の場に進み出る云々と全塾自林委員長が力強く表明すると、学生大衆は歓声をあげて熱烈な拍手でこたえた。（先の大会で「流会戦術」をとって全塾自治会によるスト権投票を阻止した「学ラン」集団はこの日も数十名のかたまりになって会場に現れた。かれらは前回とは異なって、はじめからおわりまでどちらさまのお坊ちゃまかというような折り目正しい言語態度で終始し、大会が拒否宣言獲得で最高潮に達した時でさえ、念仏を聞かされている馬の群れといったのどかな風情をただよわせていたのであるが、これはどうしたことか。おそらくはかれらが大会の言葉だけは景気のいい決議のなかに全塾自治会の実力の程度を見て取ったからである。全塾自治会には目下、学ラン集団の最も恐れる三田においてスト決議を追求し、投票にかけ、スト権を勝ち取る思考も実行力も、したがって展望もないという事実を、その言葉だけの決議において全塾自治会自身が告白している！　かれらはそう見て安んじて人間馬と化したわけだ。「拒否宣言」などはこの後に控えている夏季休暇の時間の中で、もともとありもしなかった中身をなくして行くだけだろうし、日吉の「無期限」ストもまた休みのあいだに適切な期限を迎えることになるだろう。学ラン集団は全塾学生大会の盛り上がりを高い処から見下ろして自分たちの力をいささか自覚させてもらったという心境でいた）。

一方、大会に集まった学生大衆の多数は「拒否宣言」要求をもって塾当局と対峙していくという決議に自分たちの闘い＝学生生活の未来を「幻視」することができたと考えた。米資問題の真の解決とはあの塾長に米資「拒否宣言」の思想を受け入れさせることであり、それまでは日吉のストライキも三田における「塾長団交」要求も「無期限」に続いていくであろう。かれらが「幻視」していたのは塾長たちがまもろうと画策している「大学」を理念的にのりこえていく自分たちの「大学」のイメージである。米資問題から逃げ続ける塾当局の大学を、米資導入と米軍の戦争を拒否する理念の大学像の創出によって挫折せしめること。日吉ストライキと、三田キャンパスの「塾長団交」を要求し続ける「夏休み」は既にして、理念の大学の先取りされた影像なのである。……山本は学生大衆のひとりとしてそんなふうに夢み、考えていた。夏休みはこれから自分だけの、ゆっくりとこし方行く末に思いを巡らす大事な期間になるだろう。

七・一〇　夕方、この間なにか一人合点な隠密行動をつづけていた塾長がついに、「右翼体育会学生」（ある武道系クラブの「やる気ある」分子が中核メンバー。因みにこのクラブの部長は常任理事の一人でもある一田教授である）と有志学生あわせて五十名余に守られて、みずからの本来の職場である三田キャンパスに老いてなおさかんな姿を現し、キャンパス中庭に進出した。事前に出現情報を得ていた全塾自治会林委員長以下執行部メンバーと有志学生十数名は、塾長との話し合いを求めて、あるいは抗議を申し入れようとして、緩慢に移動する塾長に接近を試みたが、護衛の「学ラン」集団に実力をもって阻まれた。双方黙ってにらみ合った数分後、塾長と護衛隊は大きな船のようにUターンして、三田山上から威風堂々下って行く。両者の対面に立ち会った西東学生部長はあとに残り、林たちに「七月に入ってからというもの、塾長は奇妙な個人プレイに終始しており、われわれの眼から見ても正当な行動とは受け取れない。学生諸君は今後とも、全塾自治会を中心にして理性的に行動するように」とアドバイスした。あとで林たちは、いったい塾長は何しにきたんだという疑問に額を集めて取り組んだ。ずっと隠れていて欲求不満に陥り、三田に顔出して「おれが親分だ」と示威したくなったのか？　しかし学生のほとんどいないキャンパスであれがなんの示威になる？　ああいう非理性に向かって理性でといわれてもなあ……意見はいろいろだったが、結局よくわからぬのだった。ただなんとなく、あの塾長なりの戦闘開始宣言という感じだけは伝わってきて、これからが本番になるなと一同しばらく思いに沈んだものである。

六　無期限バリストの夏

七・一一　全学闘争委員会はストライキ体制下の日吉キャンパス内「日吉事務局」会議室で第一回総会を開催し、全塾自治会、日吉自治会、諸党派、諸団体、「篤志」の諸個人からそれぞれ代表者が出席して夏休み中の闘争方針をめぐって協議した。出席者数は計十数名であった。決定事項は左記のとおりである。

第一に、七・五日吉におけるスト権確立の「主体」である学生大衆にたいする働きかけを推し進めること。「同盟登校」日の設定、参加呼びかけ。教官活動の工夫。第二に日吉において勝ち取ったスト権を具体的に速やかに行使せねばならぬ。キャンパスの管理事務の中枢であるここ日吉事務局とキャンパス入口に位置する「警備室」の機能の一部を停止し、一部を必要に応じてわれわれの立場で代行すること。全学闘内に各自治会、諸党派、諸団体の代表よりなる「暫定書記局」を設けて、その時その時の問題解決のため随時会議をおこなうこと。第三。当面の課題は、夏季休暇のあいだ不断に企まれ実行されるだろう塾当局による米資闘争「収拾」策動にいかに対決していくか。闘う側にたいする分裂工作、スト破壊工作に抗して、なによりも学生大衆との団結の深化発展に力を集中すること。（「書記局会議」とか「代表による協議」とかいうと物々しいが、井川の記憶だと初めのころは会議に代表以外の者らも自由に出入りし発言もし、賛否の決をとる場合にも特にうるさく定足数なんか決めることなくだいたいこれでいこうかという調子でやっていた。会議の議長役は全学闘において活動家の人数が一番多い旧マル戦派のリーダーで温厚な人柄、最年長者でもあった中山がまわりから推されるかたちで就き、以後は自然に旧マル戦グループが中心になってバリスト中の日吉における日々の課題にこたえていくことになる。七・五の日吉スト決議を主導した日吉自治会委員長田村たちフロントのメンバーは全塾自治会とともに自治会執行部の立場で塾当局との連絡協議、交渉等を主な任務とし、中核派は慶大ではもともと少数グループだった事情もあり、暫定書記局の決定にできるだけ協力していきましょうというかかわりであって、全学闘内でかれらの影は薄かった。日吉無期限バリスト闘争はこれら三党派間の「分業」と「篤志」の諸個人の活動力をもって一九六八年夏を乗り切ろうというのだった。なお全学闘の「総会」は以後二度と開かれることはなかった)。

七・一四　革共同中核派は単独で「全学連」を名乗ることにして「中核全学連」が発足、十・八以降「激動の八か月」を領導した「反日共系三派全学連」はこれで分解した。ブント（社学同）と社青同解放派は社学同ML派、社青同国際主義派を引き入れて「反帝全学連」の結成を構想するにいたる。（夏休み期間中の慶大中核派、とりわけリーダー木原の全学闘にかかわってやや「消極的」と見えた言動は、この時期中核派内部に生じていた路線対立の木原における反映だったかもしれぬと井川はいう。「……対立は当時「党」か「大衆」かという論争のかたちをとり、幹部の一人だった小野田襄二が「大衆」の自立一本で行くと宣言し、同好の士を連れて一派を立てたことで決着がついた。木原は小野田と親しかったから、あの時動揺もあったかな」云々。木原の中核派はしだいに全学闘内でブント系の旧マル戦グループに距離を置き、全塾自治会と日吉自治会の執行部を握る構改系のフロントに近づいていく）。

七・一五　日吉事務局と日吉自治会は七・五の無期限スト決議をふまえて「休暇中」の日吉キャンパスの管理全般について話し合い、学生側から日吉自治会田村委員長と全学闘代表中山が出て行き、日吉事務局教務課長との間で二時間余にわたって議論を繰り広げた。事務局側は事務室の業務再開を求めて交渉に臨んだが、学生側は学生の利益を守るという観点から、一年生の必修体育「シーズンスポーツ」だけは（単位取得が二年進級の条件）例外的に体育科の授業を容認したものの、事務室の業務全般の再開となるとせっかくのスト決議も「空文」と化すのでこれを拒否、交渉は決裂した。この日をもって日吉事務局は学生管理に移行し、塾当局はようやく事態を深刻にうけとめてスト反対、紛争収拾キャンペーンの実施に腰据えて乗り出す。

七・一九　慶應労組は塾当局に抗議文を提出、米資問題をめぐって塾長および一部理事たちの問答無用の頑なな姿勢を批判し、学生たちとの対話の場に進み出て問題の根本的解決をはかれと要望する。

この日「反帝全学連」大会において社学同と、社青同解放派・社学同ML派連合のあいだで衝突がおこり、会場には社学同だけが残った。以後は社学同一党で「反帝全学連」を名乗ることになり、新左翼の闘いをよく牽引してきた三派全学連はここに名実ともに解体して、中核全学連─反帝全学連─社青同解放派・構造改革派（フロントその他）連合に三分解した。慶大全学闘の旧マル戦グループは「反帝全学連」騒ぎには関係しなかったが、社学同指導部のほうは無期限ストを構えて闘っている慶大米資闘争に注目しつつあった。

七・二〇　日吉同盟登校日。登校した学生数百名は日吉中庭で集会のあと、日吉自治会指導部の呼びかけにより二百名前後が四谷医学部（米資問題の「本丸」）をめざして信濃町駅前からデモ行進を敢行した。反戦会議の井川はデモの先頭に立ったが、学生大衆の山本は「同盟登校」に加わらず我が家で夏休みをしていた。デモのことはのちに新聞記事で知ったものの、こういう催しには乗れないな、乗れなかったなと振り返った。七・五スト決議のさいの学ラン着こなすアジテーションにはじまって、スト權確立、「丘の上」合唱で打ち上げといった事の展開に何かはぐらかされてしまった感じはいまも消えていなかった。

七・二一　三田キャンパスにおいて通信教育部サマースクーリング開講式。塾長が登壇して所信表明をおこない、通教生にたいして『大学報』（年一回塾生、父兄、塾員に送付される慶大広報誌。八・一付）を配布した。米軍資金導入の経緯、六月以降「米資問題」をめぐって生じている学内の紛争の経過説明を内容とする。

全塾自治会執行部は塾監局第三会議室において、日吉から参加した全学闘メンバーを含む学生五十名とともに「塾長会見」に臨んだ。学生側は『大学報』に掲載された米資問題の「事実経過」説明の問題点を指摘して文章全体の取り消しを要求、塾長は次回「会見」の場で態度を表明すると約束した。

七・二四　第二回塾長会見。論議は紛糾して結局時間切れ、決裂におわった。当局は夏休み期間中の学生、父兄、また塾員への働きかけを一層強化すべく、各部局間の調整・連絡体制の確立にとりかかった。

七・二九　第三回塾長会見。全塾自治会執行部メンバーに加えて日吉と三田のあわせて学生二百名余が参加した。二百名には全学闘メンバーのみならず、組織動員されたスト反対派＝「右翼体育会」分子とその同調者たちが含まれていた。すなわち当局側は前回会見での「決裂」を受けて「話し合い」ポーズを後退させ、「敵の出方によっては」物理的衝突もやむなしの態勢をとるにいたった。この日の会見は会場の塾監局第三会議室のスト反対派学生による闇討ち的「占拠」で幕が開き、交渉は怒号罵声の場に、討論は物理的もみ合いの場に転じたのである。全塾自治会と全学闘は『大学報』白紙撤回、ならびに九月「大衆団交」開催の二点を要求して受け入れを迫った。当局はこれを拒否、米資問題をめぐって生じている紛争の解決に向けてあくまで「話し合い解決」を主張し、日吉キャンパスのバリケードの撤去を要求するも、学生側は拒否。双方の先鋭分子はいたずらに「物理的衝突」を繰り返してそのまま散会となる。

八・一　当局は塾長名で全塾自治会にあてて日吉におけるバリケードの撤去を求めて『警告と要求書』を提出した。日吉キャンパスのバリケード封鎖は日吉学生大会で示された学生大衆の「真意」の正確な表現だとは言えぬと断定し、われわれはこころを一つにして話し合いの場に赴くべきであり、問題の解決を望む当局と塾生・塾員のあいだに「バリケード」など要らぬと主張する。

全塾自治会林委員長は一読して、直ちに日吉に赴き、日吉の連中と協議して反論書の作成に取り掛かろうと考えた。林の要請で日吉事務局会議室に集まったのは日吉自治会田村委員長、中核派リーダー木原、旧マル戦グループから桧木の三名で、いずれも七・五日吉無期限スト成立にかかわって大会「議長団」の中心にあってよく働いた人物である。彼らはそれぞれに、日吉における無期限スト体制は学生側のかちとった米資導入拒否闘争の拠点であり、夏休み以後は全学ストライキを打ち立てて「塾長団交」の場で米資導入「拒否宣言」獲得を展望していた。当局の持ち出した日吉バリケード解除要求は闘う側に対する拠点放棄、ひいては米資闘争の全清算を要求するもので、当然受け入れることはできない。そこまでは林を含め四名全員が異議なく一致した。問題はその先で、自治会と全学闘のあいだ、またフロント、中核、旧マル戦の三党派間には、全学ストから塾長団交へという将来目標にいたるプロセスや闘い方をめぐってさまざまな違いが存在し、協議がその点に触れると話が先へすすまなくなってしまうことだった。たとえば日吉スト権確立の過程を振り返って、中核の木原とフロントの田村にはあの時自分たちは学生大衆の夏休み気分にかなり「助けられて」支持を得たにすぎぬのではないかという内省があり、そうした事の進め方を自分たちの闘いの弱さ・根の浅さとみる思考があったが、旧マル戦の桧木にはそんな反省なんかなくて、単に自分たちがうまくやった作戦勝ちだくらいに割り切っている、割り切ることができているそうした違い、それが個々人の間ではなくて党派間の思想や作風となって露呈して、四者合意可能な「反論」文書作成になかなかたどり着けなかった。夕方になって、今日の話し合いをふまえて林が作文してみたものを、日吉の三人で回覧、問題なしとなったら当局に送達ということにした。

八・三　共産主義者同盟（ブント）は「国際反戦集会」を構想して全国各地で「集会」を開催した。集会基調報告『一向過渡期世界論』（一向健はブント指導部の一員塩見孝也の組織名）において、ブント統一派はベトナム、カンボジアでの後進国革命戦争と結合すべき先進国武装闘争とその主体の構築を提起して、革命を希求するすべての労働者、学生、市民に「われわれとともに世界革命戦争へ」と呼びかけた。

『過渡期世界論』の概要は以下の通り。①十・八、十一・一二羽田闘争、翌年一月佐世保エンプラ闘争をへて今日、「国際主義と組織された暴力」がNATO・安保粉砕―ベトナム革命戦争勝利―帝国主義軍隊解体という内実を持つものとして問われていく。②一九一七ロシア革命を転換点として現代史＝「過渡期世界」が始まる。第二次大戦後、米帝を軸とした国際反革命戦争と帝国主義諸国間の矛盾の激化→世界プロレタリアの攻撃的暴力闘争の高揚→労働者国家ブロック・後進国ブロック・先進国ブロックという三ブロック体制への世界秩序再編へ。先進国においては既に「マッセン・ストライキ」が自然発生的に地区での労学共闘を媒介にして展開される状況が存在する。課題は党による上からの「中央権力闘争」のもちこみによるその組織化に外ならない。高い「意識」による上からの深い「自然」の組織化を！　帝国主義の軍事外交と帝国主義軍隊そのものの解体をめざす中央権力闘争によってしかプロレタリア・ヘゲモニーも形成しえず、中央権力闘争の前進が、生産点から街頭へのプロレタリアの進出と再度の生産点への還流となって、そこでのヘゲモニーを実体化していくであろう。パリ五月革命はそのことを示した。③世界史的にはブルジョアとプロレタリアの力関係は既に「逆転した」。現代帝国主義国家は、帝国主義の不均等発展の法則と世界プロレタリアへの反革命を自力では前者に統一しえぬ矛盾を内包する。かくてこそ、革命の主体たちよ、自らを「守勢的」から「攻撃的」へ根本的に転換せしめよ。情勢の煮詰まりを待機する「受動」型革命から、情勢を自らが創出するところの、革命的危機を自ら創り上げ、それを自ら止揚せんとする「能動的」攻撃型革命へ。……（八月下旬から、社学同書記局は八・三集会で獲得した内容を携えて都内各大学の社学同支部にオルグ工作を開始した。依然旧マル戦派の影響を残している慶大全学闘の中山たち「独立社学同」は、慶大闘争の中心的担い手としてあることで社学同統一派書記局メンバーの強い関心の対象となった）。

この日、三田キャンパスにおいて通信教育部の学生大会がおこなわれて、米軍資金導入反対、通教自治会「全員加入制」要求を決議した。
八・六　全塾自治会は塾長名の八・一付『警告と要求書』にたいする反論『声明文』を発行し、公聴会開催の「前提条件」として日吉におけるバリ封鎖を解除せよという当局「要求」を拒否した。七・五日吉無期限バリスト決議という「前提条件」を創り出してしまった主犯は問題解決から不断に逃亡し続けている塾当局自身ではないか。公聴会を開催して、まず塾当局が学生側の求める米資拒否宣言を塾の方針として真面目に受け止めることがバリ封鎖解除の「前提条件」であって、その逆ではない云々。

七　全学闘「内ゲバ」へ

八・一五　日吉同盟登校日（第二回）。

当局はこの日、夏休み中の学生、父兄各位に宛てて臨時『大学報』を配布、発送した。文書の主題は一部学生による「日吉キャンパスのバリケード封鎖」批判である。「……バリケード封鎖は米資問題の解決をめざすものとはまったく言えぬのであり、米資問題を口実にした、あるべき本来の大学生活にたいする不当な攻撃・妨害行動であって、問題解決の反対へ逆走するものである。私たちは学問研究・教育の府としての大学の本来の姿に立ち返りたいと望むものである」と。

この日山本は無期限バリスト中の日吉キャンパスに久しぶりで顔を出した。同盟登校日なんだが来てみないか、東大と日大の全共闘が話しにくるよと、これも久しぶりになる狩野の呼び出しに応じたかたちであるが、かりに狩野の呼び出しも東大日大全共闘来臨の話もなかったとしても、自分から顔出してみたい理由が山本において夏休み中の日々の中ですでに形作られていた。第一に米資闘争の七・五無期限ストライキ闘争の現状にたいする好奇心であり、また最近大きくなってきた危惧の念にほかならぬ。休み中の塾当局によるさかんな文書攻勢は出不精の山本には外界への数少ない窓口のひとつであり、ここから見ていると「当局」の米資問題隠滅「大学」が七・五日吉スト権の「大学」を今や「守勢」に立たせつつあるかに思えるが、わが方はこういう事態を放置していていいのか？　山本は休み中の徒然のなかで、日吉バリストと米資拒否宣言要求を「わが方」と考え、わが方が危機に面しているかもしれぬとかすかに不安を抱くようになっていた。まず出て行って自分の眼で確かめるべきではないか。すると案の定、同盟登校二回目のこの日、無期限バリスト決行中の日吉キャンパスに、七・五日吉スト決議の主体だったはずの学生大衆らしき顔はほとんどまったく見えなかった。日吉文学部自治会の立場、つまりは「篤志」の無党派一年生活動家の立場で米資闘争と日吉バリストに関与を続けてきた狩野はここへきて六月下旬のクラス討論会の日以来再び自分自身の問題に直面して高校のクラスメートだった山本に支えを求めたのであった。前回との違いは今日の山本が狩野のリクエストに応じてといったいつもの受身形ではなくて、狩野のリクエストを「奇貨として」、これをむしろ山本自身の問題と考えて日吉に出向いていてきているという点である。

狩野は山本をつれて日吉文自ルームのところに行き、ルーム前でかたまって待っていた日吉文メンバーに「この人がみんなに前に話したことがある高校のクラスメート山本君で、面白い人だ」と紹介してくれた。塊の半数は笑ってうなずき、あとの半分は値踏みする目になった。山本はこの連中、自己紹介抜きでいきなり本題に入っても全然問題なさそうだなと思ってうれしくなった。日吉文委員長が大島太一、副委員長藤木夏夫、狩野が日吉自治委員で、この三人が常任委員。他に「ドイツ人」の血を受けているという青木行男、勝見洋司（家は美容院で、美容師の母と株の仲買人の父のあいだの一人息子。山本より一つ年上で仲間思いの青年)、大塚隆(父は自衛官。のちに日吉文の「救援対策」の責任者になる)、原口雅俊(画家志望。美大を二回受験して失敗し文学部に籍を置いているが絵で一貫したい)の四人に、かれらの友人がふたりいた。委員長とか常任委員とか事々しくいっても、全員四月新入学の一年生同士であり、学年とか年齢差とか幹部だヒラだといった上下関係は存在しないので、風通しいい「組織」だと山本は気に入った。かれらのあいだで狩野の人物が尊重されており、狩野とのつながりで自分が初対面のかれらにそう抵抗もなく受け入れてもらえたらしかった。別れる時、大塚が寄って来て「仲良くやっていこうぜ。俺なんかクラス委員でもなんでもないんだけど、狩野と同級で、何かあってもなくても、ルームに行けばきっと誰かがいて話が通じるところなんだ、ここは。いつでも気が向いたら一席ぶちに来てくれよ」などと話し、山本は自分にもやっと行き場というのができそうかなと心弾んだ。

この日の同盟登校を意義あらしめる舞台は日吉自治会主催「東大・日大・慶大闘争連帯集会」だった。日大全共闘、東大全共闘の代表が登壇して、それぞれ慶大米資闘争にたいして連帯の挨拶をおこなった。山本は前者に「戦闘性」、後者に「知識人性」を感じて納得した気になったが、ひるがえって結局、新聞・テレビで見聞きさせられてきた両全共闘にかかわる多量な、概して千篇一律な報道影像、文章から得た印象を再確認しましたというだけの経験で、この集会における「発見」は壇上の有名な全共闘スターたちの風貌よりも、壇の下で山本一年生と肩を並べてゲストのご高説拝聴中の聴衆たちの表情態度のほうに存在していた。山本は自分をいれても二十名に足りぬ聴衆のあいだで、日吉自治会委員長である田村敬三ら三、四人の自治会執行部の者の顔と不意に再会した。七月の初めの週、青天の日吉学生大会で連続して三回議長役をつとめ、粘りのある独特のアジテーションによって山本たちを感心させ説得した、壇上の委員長田村の眼鏡の顔がいま自分のすぐ隣にあるのだ。七月日吉学生大会の日々をとおして大会を取り仕切り、山本たち学生大衆をスト権確立の最後の時まで領導した田村たち、日吉自治会の指導部連中が、今日は壇からおりて山本と同じ目の高さ、そしてたぶん同じ心の高さで、壇上でスピーチ続ける口大東大全共闘たちを見上げている。集会中一度だけ山本の方を向いた田村の眼差しと表情は人生および大学の一年坊主にすぎぬ山本とそんなにも違っていない若々しい一学生のものであり、山本は何か物を知ったような、それで少し残念でもあるような気がした。大会のなかで田村たち指導部連中が当然みたいにして立っていた壇は、じっさいはその気になりさえすれば誰だって自由に上がったり下りたりできる、われわれ学生大衆の共同共有の場所だったということで、これが山本の発見である。俺はこれから米資闘争と日吉バリストに出たり入ったり、上がったり下りたり、そのつど疑ったり納得したり、怒ったり笑ったり、自分の頭、自分のハートで考えて決め行為する学生大衆の一人の立場で加わっていこうか。塾当局が仕方なく「拒否宣言」を出すその時までは無期限ストのつづく「大学」こそが正義だ。山本はそう考えた。

八・二〇　ソ連・東欧五カ国軍（ワルシャワ条約機構軍）は「同志的援助」と自称して、対ソ自立・民主革命（「人間の顔をした」社会主義）を前進させつつあったチェコスロバキアに侵攻した。世界と日本の「革命」的人民はおおむねベトナム革命戦争、パリ五月革命に引き続き、チェコ人民による社会主義の理想追求の闘いの側に立ち、毛沢東中国がソ連のチェコ侵攻を「社会主義」どころか、あれは米軍の北爆と同種の悪行で「社会帝国主義」の正体を暴露したと批判したときには、中国もうまいことをいうなあと山本は痛快だった。ところが数日後に「日本のこえ」（構造改革派左翼集団の一派）の指導者神山茂夫と中野重治の連名で新聞の投書欄にソ連他のチェコ侵攻「擁護」の声明文が載る。チェコ「民主化」の現状は社会主義の諸原則から逸脱して「ブルジョア民族主義」に堕しつつある、五カ国軍の介入は米帝の攻勢包囲に抗して社会主義体制を防衛せんとする同志的働きかけ、「国際主義」の実践である云々。高校生の時分から中野重治を詩人革命者として尊敬していた山本は『声明文』を一読してこれはしかしと絶句してしまった。こういう作文に俺の知っている中野が署名なんかするのか、こういう言葉に署名できぬからこそ中野は中野の筈ではなかったか？

「六五年、神山と中野は日共中央の「自主独立路線」を「ブルジョア民族主義」への転落と批判して日共を離党、ふたりが中心になって「日本のこえ」を結成した。ソ連との連帯がかれらのいう「民族排外主義」ではないところの「国際主義」の核心だというんだから、たしかに「反日共」ではあれ、スターリン主義との対決において弱くて、それが彼らのチェコ侵攻擁護の根っこにあったんじゃないか」自分も高校生のときに薄い新潮文庫で『中野重治詩集』を読んで感心していると井川は打ち明けた。「詩人中野は同時に日共党員として活動し、一期国会議員もつとめている人なので、日本の戦後政治に日共の立場で責任をはたしたのだし、離党後もたとえばチェコ事件に遭遇すると中野の責任感がかきたてられて、責任感のあらわれが「声明文」に中野の政治家・文学者としての限界になって出たと思う」

「俺にとって中野は近代日本における唯一の詩人革命者という人なんだ」と山本は熱くなった。「あるときは日共党員、参議院議員、またあるときは「日本のこえ」共同代表、さらにまた○○等々いくらでもあっていいが、それらはみんな「社会主義の理想」の不断の追求のその時々の仮の相なんで、要はこの現実世界におけるブルジョア的なもの、俗っぽいもの、いい気なものにたいする問答無用の絶対否定が中野の詩文章であり、革命の実行なのだと思ってきたんだ。それが今度の「声明文」での中野はただの反日共、ただの反ブルジョアの生ぬるい思考・行為のなかでしかものを言ってない。こういう中野は「夜明けまえのさよなら」や「山猫」を歌った中野じゃあないんだ。チェコ人民の「民主化」要求、対ソ自主自由の志向を「ブルジョア民族主義」と片面でしか表現できず、ソ連軍の侵攻を社会主義体制の防衛と強弁してその「社会主義の理想」の放棄の一面を直視できない中野。この世におけるあらゆる怯懦を絶対否定する詩人革命者はどこへ行ってしまったか」

「中野の政治の限界は政治的に批判してのりこえていくべきで、中野の詩文章の評価とはおのずから別ではないか。山本はそこをいつも一緒くたにして物事を断定しにかかるんだが」

「無限に向かって腕振り続ける人が詩人革命者だと思う。中野は神山と連名の「声明書」でそういう詩人、そういう革命者であることをやめた、社会主義の理想を追い求める無限の旅から降りて、社会主義のいまこの現実を「既得権」「私有財産」みたいにして冷凍保存する行き方に転じたと見えたんだよ。夏休みの終わりのとき、中野ファンだった俺はつっかい棒をなくした思いで消耗した」

八月下旬には、①塾当局によるスト破壊攻勢と、②全学闘内部の対立が本格化、公然化した。①で当局は文書戦を繰り広げる一方、学生大衆に働きかけてスト反対派の組織化にふみ切り、②では学生側の闘争本部である全学闘が九月休み明けの闘争方針をめぐって党派間の矛盾対立を深くして行く。

塾当局は「全慶連」（父兄の団体）との連名で、夏休み中の学生、保護者に宛てて「文書」を送達して、スト派学生のいう「米軍資金導入拒否闘争」なるものは一部過激派学生による「米資導入」反対を名目にして大学破壊をもくろむ「バリケード封鎖」「学園不法占拠」がその正体であり、一日も早く封鎖を解除して学園の正常化を実現せねばならぬと主張した。さらに当局の働きかけに呼応、学生大衆のうちの「良識的」部分（七・五日吉学生大会において夏休み気分でスト賛成に一票投じて、夏休みに入ってから内省がはじまったものたちをその中に含む）を中心にして『ストを回避し、話し合いを守る会』が結成され、当局の「対抗的」暴力装置でもある「右翼体育会」分子（「慶應義塾を守る会」等々場面に応じて適宜適切に名乗ってみせた）と役割を分担して、「スト解除のための」学生大会の開催を要求して署名運動にとりかかることにした。

日吉自治会・全学闘の側は七・五日吉スト権の主体である学生大衆の立ち去った「われわれの」、われわれしかいなくなった日吉キャンパスに盤踞して、当局の反ストキャンペーンにたいしてただ単に守勢にまわった。考えられる突破口は日吉ストの全学化であり、米資拒否宣言要求の「塾長団交」であり、学生大衆の現在をわれわれの側に呼び返す思想・方法の獲得であるが、時を追って諸党派、諸個人間の意見対立は険しさを増し、最後には全学ストを展望して夏休み中に「篤志の」党派・個人の腕力で「占拠闘争」を拡大せんとするか、夏休み中に学生大会ないし集会を設定して学生大衆の結集をはかって全学ストめざして出発するかで、全学闘内の意見が分かれる。前者がブント旧マル戦グループ、後者は自治会執行部メンバーが中心のフロントグループと中核派「反戦会議」の木原、井川たちである。他の諸グループや諸個人とりわけ狩野たち日吉文は内部対立をあくまで意見、議論の対立のレベルにとどめるよう双方に働きかけていたが、全学闘の方針をどちらか一方に決定せねばならぬその時がすぐそこにやって来ていた。

「当時井川たち中核グループはどういう心境でいたか」

「われわれはフロント同様、闘争方針の決定にさいし学生大衆の現状や要求をちゃんととというか、要するに気にするんだ。俺たちが決定し、断固としてやってしまえば、学生大衆はついてくると大雑把に考えたりしない。われわれはブントなんかよりはるかに党ということを厳格に考えていたけれども、一方では内部から小野田派が「大衆として」といいだし、「レーニン主義党」よりも「大衆の自立」による「党派主義」の止揚をと主張した時、動揺する心を持つような「レーニン主義者」でもあったのだ。当局の反スト策動に全学ストで対抗していこうというのはわれわれの考えでもあった。しかしその実行をめぐってフロントたちのためらい、迷い、苦慮のほうにむしろ自分たちの米資闘争の王道を見ていた。マル戦連中の迷いの無さは「覇道」なんだという気持ちだったよ」衝突は直接には全学闘の執行機関である「書記局会議」の構成をめぐって発生したと井川はいう。旧マル戦、フロント、中核からそれぞれ構成員を何人出すか、マル戦派の提起した「本部占拠」方針案をどうあつかうか、書記局会議を開きたいが、いつどこで誰によって会議が行われるか、三者の意見はどこまでいってもまとまらず、結局誰も望みはしなかった破綻がきた。

八・三一　夜十時過ぎ、全学闘「書記局」の構成と九月以後の闘争方針をめぐって、夏休み期間中「暫定書記局」として実質的に闘争を主導していた旧マル戦グループとフロント・中核連合のあいだの意見対立が暴力的衝突になり、人数、決意において優るだけでなく、内部に喧嘩出入りの専門家のような人材を有していたマル戦たちが、最初の遭遇戦で相手を圧倒してあっという間に日吉キャンパス外へフロント、中核両派を放逐した。夏休み明け九月の全学ストをめざして、上から「やる気」ある党派と諸個人による一挙的「占拠」で行くと決意した前者が、下から学生大衆のあいだの団結を創り上げていくことを第一として、占拠戦術に批判的だった後者を「いとうるさし」とたたきだして全学闘の指導権を自分たち一派で独占したのであった。以降ひと月余りにわたって、中核派グループ十数名は中核派の拠点校に仮住まいさせてもらって独自に全学スト、塾長団交の可能性を追求、フロント自治会たちは三田へ拠点を移し、全塾自治会と共同して三田における当局の米資闘争「収拾」攻勢に対抗していくことになる。

この夜、日吉文常任委員大島、藤木、狩野の一年生三名は「内ゲバ」にいたった全学闘の「暫定書記局」会議に立ち会っており、とくに狩野は心を込めて、発言で行動で最後の瞬間まで双方の衝突回避に動いた。マル戦たちが一斉に攻撃に出て中核、フロントをバリスト外へ追い出してしまい、もはや取り返しがつかなくなった混乱のなかで三人は短く打ち合わせして、大島と藤木は中山に全学闘の明日以降の方針を確認する、狩野は日吉文たちが待機する日吉文自ルームへ戻って会議のてん末をそのまま伝え、マル戦たちの明日以降の予定を確認の上日吉文の今後の方針を話し合うことにした。

文自ルームでじりじりと待たされていた青木、勝見、大塚、原口は狩野の報告に「何てことをしてくれたんだ」と声をあげ、なかでも日頃から冷静で温厚な人柄の原口が口を極めてマル戦連中をののしってみんなを驚かせた。戻って来た藤木が言葉少なに、中山さんはこれ以上フロント、中核の諸君と話し合うことはない、自分たちの道を行くことにすると言ったといい、つらそうに肩をおとすと、「暴力で全学闘を乗っ取って、はじめて行くことのできる自分の道というのは何なんだ。俺はそんな抜け道は御免だぞ」と激語したのも原口だった。議論になって二、三十分たったころ、大島が戻って「いまバリ出入り口の警備室に誰もいない状態だ。中山さんから今夜は日吉文が詰めていてほしいと依頼があった。どうしようか」と相談を持ち込んだので、議論は警備室に移って再開することにした。

「……今度の事態を受けて日吉文としてこれからどう考えどう行動していくか、明日からきちんと協議したいと思うがどうか」議長役になった狩野がいい、協議の進め方について提案した。僕ら日吉文はもともと「やる気ある」無党派一年生の集団であって、日吉学生大会でスト決議の主体となった学生大衆の代表であることを自負している。その僕らにとって今日の内ゲバのこと、拒否宣言獲得をめざしてともに闘うフロント、中核たちを、闘いの進め方の差異一つで日吉バリストの外へ暴力的に切り離してしまった「全学闘」というのは、はっきり言って七・五における学生大衆の総意への敵対ではないか。それとも現在の学生大衆は僕にはまだわからぬ理由で全学闘のこうした対立分裂、米資闘争の憂うべき現状を仕方ない、あるいはこの方向しかないと考えるか。僕はそこのところが知りたいし、こんごのことを考えていくうえで参考にし、指針にしたい。提案だが、今後の日吉文の方針決定にあたって、自治会でも活動家でもないが、問題を僕らと共有してもらえるかもしれぬ知人友人に事情を伝えて、かれらとともに、かれらの面前で討論して、僕らの将来方針を決めていくようにしてはどうか。七・五学生大衆を代表せんとする僕らとして、七・五学生大衆の現在の眼差し、頭とハート、言葉とともに考え、議論し、決めていく必要があると思うがどうか」

大島がなにか言おうとしたが、原口が強い口調で「それでいこう。徹底的にやろう」と大きくうなずくとうつむいて黙ってしまった。かれらはそれぞれ自分の知人友人に電話して明日十時からの日吉文会議に「オブザーバー」として参加してもらえるよう依頼することにし、警備室の宿直は狩野と勝見が担当と決めて午前二時過ぎ散会した。狩野が電話した知人のなかに山本もいたが、不在で連絡がつかなかった。

八　日吉文と山本「オブザーバー」

九・一　山本はこの日結局、他に行き場もなさそうだと考えて腰を上げ、まだスト決行中のはずである日吉キャンパスを見に行くことにして家を出た。八月十五日、同盟登校二回目の日に初対面した日吉文たちは、休み中の当局による反スト策動に閉口しているように見えたが、かれらの助けになるかもしれぬアイデアなり意見なりが山本に全然ないわけでもなかった。できたらかれらと協力して、悪賢い当局者連中に学生大衆の心意気見せつけて一泡吹かせてやりたいと考えた。

十一時ごろ、日吉駅改札口を出て、駅と日吉キャンパスを繋ぐ陸橋上からバリスト風景の現状を見下ろした。椅子と机を積み上げて針金、鉄パイプで固定したバリケードの壁のなかの並木道の白い路面が夏の陽光を水みたいに大量に吸い込んで、誰もそこを歩いたり動いたりできぬくらい重たく見えた。人も物もなにもなくて、黒々と重なり合う銀杏の大木の列や、形も色も全然違う建物の屋根がバリケードの壁よりもっと深く、それらを見ようとしそれらに近づこうとするものを拒絶しているようで足がすくんだ。

山本は気を取り直して階段を下り、警備室前のバリ入口を通り抜けようとした。警備室の正面窓は左右に開け放たれ、中では学生たちが集まって雑談していた。その時、誰かが「やあ、山本じゃないか。いい時に来てくれた。いまみんなで話し合い中なんだ」と声をかけてきたのだが、見ると狩野で、まわりのにこにこ笑って頷いている何人かは十五日に顔を知った日吉文たちだとわかった。僕らの話に山本も加わって、知恵を貸してほしいと狩野が手招きするのであった。山本は警備室の右横にあるドアを押して椅子の一つに腰かけ、大机囲んで進行中らしい日吉文の協議に途中参加の形である。警備室のなかは意外に広くて、コンクリートの床の大机のまわりに狩野らがぐるりと位置につき、床から右に一段高くなった六畳間には日吉文以外の者も含む数人がゴロゴロと居てこちらも話し合いに加わっている。

「バリケードのなかで問題が起こって、今後僕らとしてどう考えどう行動していくのが正しいか検討してるところだ。自治会役員ではなくても、七・五日吉学生大会でスト権確立に至った時間を共有している山本たちの意見もきき、参考にしたいと思ってこういう話し合いの場を設定したんです」狩野は昨夜の全学闘の「内ゲバ」の経緯を辛そうに説明したあと、「こういうことになっている米資闘争に、僕らはどうかかわっていくのかということだ。もしかするともう今日明日から、この日吉無期限スト闘争を、マル戦派だけになった「全学闘」が、フロントも中核も僕ら日吉文だってとても納得できない方針でもって指導していくことになっちゃうかもしれない。この事態にどう自分たちを差し向けるべきか。内ゲバ反対では僕ら一致してるんだ。そのうえで、しかしではこれからどう闘っていくか、意見が二つに分かれて議論が続いている」

狩野は原口の顔を見て「もう一度君の意見を語ってくれないか」と発言を促した。

「僕は全学闘の内ゲバに反対し、意見の違いから暴力の使用に踏み切り、共に闘ってきたフロント、中核派を米資闘争と日吉バリストの外に追い出して、自分たちしかいない全学闘争委員会をねつ造し、自分たちしかいない米資闘争をねつ造せんとしているマル戦グループに反対する。昨夜の不意の衝突はあらかじめマル戦グループによって仕組まれ、九月闘争方針をめぐって意見を異にする集団と個人の抹殺をねらって実行されたものである。昨夜僕らは直前まで対立する両者に協議の継続を呼びかけたのであり、呼びかけに応じかけたフロントと中核たちに、マル戦たちがいきなり一部は角材まで持ち出して襲い掛かって一瞬で自分たちだけの日吉バリストをでっち上げたのだから、僕らは直ちに、全学闘の意見対立を自分たちのとは違う意見の抹殺で「解決」したマル戦グループに反対する立場で出処進退を決めねばならぬと思う。すなわち米資闘争と日吉バリストから放逐さるべきはフロント、中核たちではなくて、論争の過程で率先して暴力的内ゲバの糞壺に飛び込んでいったマル戦グループの贋「全学闘」である。僕ら日吉文は贋の米資闘争などに関係してはならない。内ゲバへの抗議の意思をしめすため、日吉文としていったんフロントや中核、また心ある個々の仲間たちとともにバリケードから離れることを考えよう」

「内ゲバは残念だった。議論を重ねてみんながなんとか了解できそうな方針を打ち出す。自分もそうすべきだったと思う。だが一方で九月全学スト・塾長団交を実現したいというならそれをいかに実現していくか。具体案の決定は八月末がギリギリの期限であって、しかも案といえるものを持っていたのはマル戦グループだけで、フロント、中核はマル戦案にたいしてただ文句つけるだけ、自分たちの対案をしめさず、時間だけが経っていく。内ゲバには反対だし、回避すべきだったが、期限切れを目前にしてもうどうしようもない、ケリをつけてしまえと誤って思いつめてしまった者はなにもマル戦だけではなくて、他党派も活動家の多くも大なり小なり似たような心境でいたのではないか。みんなが内ゲバには反対で、それでも内ゲバは起こってしまった。まずこの事実を受け入れた上でわれわれの今後の行き方を考えていきたいが」委員長の大島は顔をふせたままボソボソと意見を言った。大島と同じ高校出の一先輩がマル戦の活動家で今度の内ゲバに加わっている。大島自身は加わらなかったものの、事前に先輩から「暫定書記局会議」での苦労話を聞かされていたこともあるなどして、原口みたいに真直ぐ内ゲバへの嫌悪を語り全学闘全否定を言い募ることはやれぬのだった。

論争する原口と大島のまわりで、日吉文メンバーと「篤志」のオブザーバーの多くの者たちは、内ゲバなどしでかしたマル戦全学闘への反発と、拒否宣言要求・米資闘争をあくまで貫徹したい意欲とのあいだで引き裂かれて身動きとれずにいた。山本はかれらの迷い、当惑の表情に自分自身の問題を見て共感を覚えた。とりわけ左右の党派政治の最悪の側面の露呈である暴力的党派闘争への一直線の反発、批判の眼差し、原口の有無を言わせぬ拒否の烈しさは山本の心を打ったのであり、大島の内ゲバは「仕方なかった」ときこえる、党派政治の否定面にたいする反発の弱さには疑問を感じた。原口の糾弾、大島のやむを得なかった論。そしてまわりの日吉文たち狩野、青木、勝見、大塚、藤木らの迷い、困惑。山本は狩野らこの場の多数派たちの無言の中に「オブザーバー」の立場から言葉を持ち込みたいと思った。

原口のマル戦全学闘全否定の迫力に話し合いの場が圧倒されかかった時、山本は顔を上げ「オブザーバーの立場で感想をいいたいがかまわないか」と申し出て、考え考え語った。「……以下は七・五の学生大会のスト決議に加わった学生大衆の一人の感想として聞いてください。いったん日吉スト決議が成立した時点に立ち返って米資闘争、日吉ストライキ闘争の現在・将来の問題に取り組むことにしてみてはどうか。米資導入反対、拒否宣言要求を掲げて成立させたスト決議は、われわれ学生大衆が米軍資金に依存する大学、したがって米軍の戦争に加担する大学からの自立自由を求めて「かちとった」ものである。しかもこのスト決議は要求実現の日まで「無期限」に延長されるのであって、七月の日吉学生大会にかかわった日吉自治会、諸党派、諸団体に属す者たち、日吉に通う学生ではあるが、そういうものに属すことなく、この間学生大会にも付き合わずに暮らしたその他の学生たち、総じて個々の学生大衆全体の「身の振り方」を過現未にわたってそれぞれに規定する。むしろ「拘束」してるといってもいい位だと思う。これが第一。全学闘の内ゲバは米資闘争を領導してきた諸党派、諸個人の否定面の告白というか露呈で、闘いの前進に向けて批判すべきであり、克服すべきだ。第三は一と二をふまえて、これまで全学闘とともに米資闘争、日吉ストライキ闘争を担ってきた日吉文としての今後の身の振り方、日吉スト決議の主体だった学生大衆の身の振り方いかんという話になるんですが、日吉文会議の一傍聴者としていわせてもらいたい。結論を急がないでほしい。全学闘の内ゲバに対する批判と、今後の米資闘争、日吉ストライキ闘争とは、あれかこれか、マル戦かマル戦以外か、あっちがだめならこっちもだめというのではなくて、手間暇かけてもあくまで統一的に追求され解決されるべき課題ではないか。日吉文は党派政治にただ同伴する集団ではなく党派政治の否定面に批判的に対決しつつ、党派政治の要求にたいして自立的に、問題ごとに共闘はしていくという意味で学生大衆であり、かつその「代表」でもあるのではないか。急がずに問題の解決を工夫しましょう。議論を続けていこう」

山本はかなり長く話したが、会議の空気が途中から微かに動きかけるのを感じた。山本の飛び入りでこの場の多くの者が一番恐れていた日吉文の団結が全学闘の内ゲバ騒ぎによって引き裂かれてしまいかねぬ事態だけは当面避けることができたらしい。意見交換が続いたが、オブザーバー山本の今すぐの決定は避けて、もうしばらく協議を続けようという提案に賛成が大勢を占めた。

帰り際に狩野は山本を呼び止め、明日午後、討論を続けたいので山本も来てほしい。今は自治会メンバーもオブザーバーも日吉スト権確立の初心にかえって同じ立場で議論を上下するのが正しいと思う。山本の言う問題の「統一的」取り組みに僕は賛成だ。原口だってできたらそうしたいはずなんだ。このさい米資闘争への自分たちのかかわりをあらためてとらえ返してみたいといった。

九・二一　午後一時、日吉文メンバーにオブザーバーあわせて十名が日吉文自治会ルームに集まり、全学闘内ゲバ問題にたいする日吉文、また日吉文が代表せんとする「学生大衆」としての方針決定めざして話し合いを継続した。副委員長藤木は欠席、オブザーバーの参加は山本と他二名である。この日も原口の全学闘批判が会議をリードした。共闘する諸党派間の、味方内部の意見対立に暴力を持ち込んだ以上、暴力の先制使用で「勝ち残った」旧マル戦グループ一党だけの現全学闘には道理がない。九月以降の米資闘争と日吉バリストの前進は全学闘による内ゲバ自己批判の提出からはじまる。マル戦グループは闘うすべての集団と諸個人に真面目な自己批判をしめして、米資闘争の外へ追いやったフロント、中核両派、すべての学生大衆を日吉バリストの闘いの内へ呼び返すことをしなければならない。僕らはマル戦だけの現全学闘に抗議の意思表示として内ゲバの自己批判を要求し、かれらが要求を受け入れるまで、僕らも米資闘争・日吉バリストの外に出て待機する。大間違いしでかしたかれらが真に反省して内ゲバ自己批判を完成させ、外にいる僕ら日吉文、すべての闘う学生に呼びかける言葉と行動を獲得するまでのあいだは待機を続けたい。現全学闘が内ゲバを居直ったら、その時は米資闘争終了の鐘が鳴るだろうと原口は言い切った。

「内ゲバは避けたいし避けるべきだった。これは昨日も何べんも言った」大島は昨日とくらべて元気を回復していた。大島の隣には久地という人物が今日はオブザーバーとして顔を並べている。特に理屈を言いたがるタイプでもなさそうで、大島がそばに自分の味方で座ってくれていればいい位の気持ちで引っ張って来たんだろうと山本は観察した。大島委員長は日吉文においてなかなか人望乏しくて難しい立場にあるらしかった。「ただ全学闘としては「全学スト」に向けて闘争方針の対立をそのままにして漫然と九月を迎えるわけにはいかなかった。意見対立の解決、闘争方針の確立を期して諸党派、諸個人が自分自身を突き詰めていった結果が不幸にも「内ゲバ」になったので、悪い党派が邪な欲望にかられて他党派を排除せんとたくらみ「内ゲバ」を挑発したというんじゃないんだ。精一杯の闘いの方針を打ち立てていく過程で陥ったマイナスであり、米資闘争の飛躍発展を希求する努力の極みで生じたマイナスであって、このマイナス一つを取り出して、米資闘争のなかで全学闘とマル戦グループが担ってきて、今後も担っていこうとしている役割を全否定してしまうのはどんなものか。今度の内ゲバ事態は、全学スト獲得に向けて具体的に方針を持っている（その方針で実際に全学ストを勝ち取れるかどうかはまた別だが）マル戦グループと、自分たちは持っておらぬまま単にマル戦方針に反対するフロント、中核との対立であり、十分とはいえないができたらだれもが避けたかった一つの決着のかたちだった。自己批判ということをそんなにみんながいうのなら、八・三一衝突についてマル戦だけでなく、フロントも中核も、すべての活動家たちがそれぞれに用意するのが公平だし有益でもある」

「全学闘マル戦たちのしでかしたことは暴力による諸党派間、諸個人間の共同共闘の破壊だから、米資闘争・日吉バリストの外へ中核とフロントがたたき出されただけでなく、七・五日吉学生大会でスト権確立に自分の賛成ないし反対の一票を投じたすべての学生大衆がたたき出されたので、いってみれば米資闘争そのものが米資闘争の現在からたたきだされてしまったことに今度の一番の問題がある。目下のところその自覚が大島や久地、当のマル戦たちにはまるでないように見えるのが残念だ」と原口。「大島は言ったね。先の暴力的衝突はやむを得ぬ、仕方なかった、結果としての内ゲバであり、そのマイナスは全学ストへの具体的踏み出しによって「結果として」プラスに転じうるようなマイナスにすぎぬと。内ゲバは避けたい、やりたくないというが、僕は疑うな。近くいつの日かに「仕方ない」場面がめぐってきたら、また「仕方なく」「結果として」、やりたくない避けたいと切に願いながらしかし何だか実際にはやっちゃう、それが人間というものではないか。今後二度と「仕方ない」また「結果としての」過ちを繰り返さぬようにする唯一路は、先の内ゲバの「勝者」が意見対立のさなかに暴力の使用に踏み切って味方を分裂させ、米資闘争の外に追いやった事実を公に認め、二度とやらぬと誓い、味方を内に呼び返し、今度こそは全学スト・拒否宣言獲得へ団結して再出発することだ。マル戦たちがこの自己批判をやり切ってはじめて、「仕方のない」「結果としての」マル戦だけの佗しい全学闘は、心あるすべての学生・教職員が共同共闘する「仕方ない」のではない本来の全学闘へ飛躍することになる。それで僕ら日吉文の当面の方針は、こうだ。僕らは日吉バリストの「外」へ全学闘による暴力的内ゲバへの公然たる抗議の表現として出て行き、現全学闘に内ゲバ自己批判の公表、闘うすべての学生教職員への呼びかけの実行を要求して、要求が受け入れられるまでの間は日吉文としてまとまって日吉バリストの外に待機を継続すべきだと思う」

原口はひたすら内ゲバの勝者マル戦グループの自己批判重視で、自己批判がなされるかなされぬか、なされたとしていかになされたかで米資闘争の今後が決まると主張する。対して大島と久地にとって「内ゲバ批判」は自分もまあ一応言ってみるといういわば社交的レベルの話で、内部対立の結果としての暴力的衝突は遺憾であるが、「勝者」として単独でも日吉バリと米資闘争の持続発展に取り組んでいこうとしているマル戦部隊にとりあえずついていくというのがかれらの立場らしい。山本の共感は原口の内ゲバ嫌悪の潔癖な直接性のほうにあったけれども、他方で原口意見には内ゲバの「勝者」＝悪、「敗者」＝善という無意識の前提があり、内ゲバがのりこえるべき政治悪だというなら、勝者も敗者も、それをとめられなかった者、ただ傍観していた者もみんな平等に悪だといった大島らの居直り言にたいして批判力を欠くかと思えた。原口対大島の論戦において後者の現状追認・「仕方ない」論を前者の理想主義が残念ながら批判し切れていないのだ。山本はオブザーバーの立場でと断って、両意見を批判的に（ということは裏口からそっと）「統一」してこの場の多くの者が受け入れてくれそうな妥協案を提出してみることにした。山本として「内ゲバ」は迷惑な愚行だが、それよりも何よりも米資闘争と日吉バリストの九月に自分がくわわっていきたいのであり、せっかく知り合った日吉文たちに分裂などしてほしくないのであった。

「課題は全学闘内ゲバ批判をこのさきの米資闘争と日吉バリスト闘争への関与と統一的におし進めることで

しょう。内ゲバ批判はマル戦という一党派の間違った政治にたいする批判にとどまらず、全学闘内ゲバの事にかかわった諸党派すべてが共有しているかもしれない「党派政治」一般の克服できずにいるマイナスにたいする批判として実行されねばならないと僕は考えます。党派政治のマイナスのなかに閉じ込められている点では「勝者」マル戦と「敗者」フロント・中核はほぼ同列、いわせてもらえば同罪なんで、その善悪は程度の差にすぎない。もう一度七・五日吉スト決議の真の主体であり、いまも主体である学生大衆の立場に還って「党派政治」のマイナスの批判を深化して行くこと、日吉スト決議のほうから、現状マル戦グループしかいない日吉バリストとわれわれの米資闘争を批判的にとらえかえすこと。これが僕らみんなの仕事になるのではないか。日吉文は七・五学生大衆の立場に立って現在の「堕落しかけている」米資闘争と全学闘に怯まず積極的にかかわっていってほしい。目下はマル戦派一党だけの全学闘の日吉バリストにたいして「批判的に」距離を創り上げ、その距離をとおして共に前進して行くこと。拒否宣言獲得のその日まで七・五スト決議を守り抜くこと。かたちは全学闘と共にあるが、実質は全学闘に対して自立的に「内ゲバ批判」と七・五スト決議の防衛、深化を「統一的」に展開すること。僕はそうした闘いをみんなで模索してみたい」

「なによりもまず僕は全学闘における諸党派間の暴力的衝突を問題にして、内ゲバを主導したマル戦たちに自己批判を求める。端的にいってこれが米資闘争への新たなかかわりが開始される大前提になる」原口は山本をまっすぐ見た。「しかるに君は内ゲバを主導したマル戦への批判を党派政治「一般」のマイナスの指摘に置き換えてしまう、解消してしまうので、僕は不満だ。君の議論は八・三一に発生した内ゲバの汚らわしい事実に立ち会わずに済んだ特権の産物で、そういう特権は羨ましいが、だからといって仲間として共に闘ってきた相手に襲い掛かって血を流させて追い出した事実は動かない。まっさきに当事者中の当事者たるマル戦全学闘に内ゲバ自己批判を要求するのが党派政治批判の直接端的な実践ではないか。君の論は事実として、現に起こった一党派の暴力による他党派の排撃、抹殺を黙認するに等しい」

「マル戦派に対する自己批判要求からはじめるか、マル戦派だけになってしまった日吉ストライキ闘争、新段階に入った九月米資闘争に「批判的」に加わっていくところからはじめるかの違いで、僕は日吉文が内ゲバ批判における意思一致に基づいて「あえて」マル戦だけの日吉バリにどんどん「介入」していってほしいと願う。七・五日吉スト権の主体である学生大衆を代表せんとする立場で、全学闘マル戦派の間違った党派政治に批判的距離とりつつ、米資闘争の新たな展開を担うことは、きっと現全学闘の内部から党派政治そのものの自己批判をひきだし、闘う諸党派、諸個人において党派政治の否定面からの自立自由を創り上げていく闘いになると思うし、そういう行き方に僕も協力したいものだ」

　オブザーバー久地は山本の議論に別の疑問を出してきた。「そっちが有難そうにいうその学生大衆というのがわかりにくい。そのものがなぜ、どんなふうに有難いのか説明が欲しい。俺の意見を言っておくと、七・五日吉学生大会に顔出してスト権投票に加わり、今日も延々続行中の日吉無期限ストを成立させたその学生大衆は、夏休み期間に入ると大半がたちまち自分の楽しい夏休みにむかってドボンと投身、せっかく自分たちでこしらえた日吉バリケードを空っぽにし、今頃はスト権投票のことなんか忘れ去って、米資闘争なんぞどうでもよくなってる学生大衆と同一人かもしれない、そうでないかもしれない、しかしどっちだったにせよ、拠り所だ、俺の立場にするんだと君の頑張って振り回す「学生大衆」像は、現実の中で生きて動き回ってる、米資闘争にも自分の趣味娯楽にも、スト賛成にも反対にも、どこにでもいつでも出入り自由、万事につけて曖昧適当な、頼りないこと限りない実物の学生大衆とは異質な、君の創作した理念像にすぎないと思うよ。君のような人物の頭の中にしか住んでいない「学生大衆」がどうして、米資闘争を一ミリでも前進させ、実際にどう党派政治をのりこえて「内ゲバ批判」を完成させられるのか、説明がないからわからない。たとえば俺なんかも現実のなかでいろんなところへ出たり入ったりして適当にくらしてる学生大衆のひとりだ。俺は面白いのでしばしばマル戦たちと行動を共にしたし、内ゲバには加わらなかったが、勝ち残りのマル戦だけが本気で「全学スト」を目指してるってこと、俺もその闘争にくわわってもいいかと考えてるし、かりに実際には加わらなかったにしてもさ、すくなくともマル戦の全学闘は俺みたいな適当に日暮らす学生大衆をも代表してくれてるんだ。お説によれば日吉文は学生大衆の立場に立って党派政治からの自立自由をめざすという。学生大衆俺と山本君謹製の学生大衆とはどこまでいっしょでどこから分かれていくのかご教示願いたいね」

「七月五日、日吉並木道での学生大会に集まって来て、正面議長団席のこちら側にあって共に過ごした学生たち全員を僕は「学生大衆」と呼んで自分の拠り所にしている。個々それぞれに違っている「私」たちを、僭越ながら私の都合、私の勝手で一括りさせてもらってそう名付けているんだ。われわれは個々に違っているのだが一点、全員が今はもう夏休みという共通の気分のなかで大会を経験していた、味わっていたというのが僕の発見であり、そういう学生たちのすがた、僕の眼に映ったかれらのそういう実像を、七月五日、日吉並木道で無期限ストを成立させた主体である「学生大衆」というように僕は解釈しましたよということです。だから僕も学生大衆、久地君も原口君も、また全学闘内ゲバを受けてこうして議論続ける日吉文だって、大会議長団席のこちら側で、今はもう夏休み気分の解放感のなかでもっと自由をもっと自立をと願って、米軍資金導入の拒否を要求したりしなかったりしたすべての学生大衆の一員だ。僕はもっぱら夏休み気分に促されていたらしいスト賛成あるいはスト反対をそのいい加減さ、軽さを含めて丸ごと肯定したいんだよ。かりに現在、あの日の学生大衆の誰かが自分の投じた一票を悔いていたり、当局のくり広げる「紛争」収拾・スト解除キャンペーンに心惹かれだしているとしたら、夏休み気分の軽さ、いい加減さに問題があったのではなく、夏休み気分として表現されていた、世界と人間の可能性の無限の展開を志向するわれわれ学生大衆の内部生命の要求、それに少しでもこたえていこうとする努力において不徹底であり、その結果意見対立を「内ゲバ」に後退させてしまった、過ぎし日吉学生大会において議長団席の側で終始した呑気な「党派政治」たちの怠慢に問題があるのだ。日吉文と僕らは今後なかなか議長団席から降りようとしないかれらにたいして、内ゲバがわれわれの可能性追求のまちがった制限であり、性急な断念であることをつきつけつつ、しかしかれらとともに可能性の無限の追求としての米資闘争にかかわりつづけようではないか……」

山本は熱くなって論じた。久地はだいたいわかったという顔をしたが、原口はマル戦の内ゲバ自己批判が今後の米資闘争へのかかわりの前提で、その逆は不義だという信念を繰り返した。

この日も討論は決着を見ず、日吉文の態度決定は日吉同盟登校の開始される九月五日、同じ日吉文自ルームで行うことにした。次回会議で日吉文メンバーはそれぞれ意思の表明をし、決をとる。オブザーバー山本と久地は自由参加とする。山本は自分も参加して、日吉文の決定に立ち会いたいと申し出た。

九・三　米川法学部長は米資問題をめぐって教授会の意見不一致を理由に辞任した。話し合い重視派を代表していたひとりである米川の辞任により、法学部は塾長および常任理事一田が主導する「上からの」収拾路線支持でまとまった。

九・四　無期限バリスト中の日大経済学部にたいして仮処分強制執行。抵抗した全共闘学生一三二名が逮捕された。仮処分執行中に投石を受けて重傷を負った機動隊員一名は九月二十九日死去した。（九・七に仮処分抗議集会があり、そのあと無届デモにより一二九名が逮捕。九・三〇日大講堂における「大衆団交」へ）。

この日午後、日吉文狩野は全学闘の「本部」日吉事務局に行き、全学闘代表中山に日吉文の現状について報告した。日吉文としての九月闘争の方針はまだ議論中、決定に至っていない。日吉文の活動の外にいる友人、知人にもオブザーバーの立場で立ち会ってもらって討論をつづけているが、内ゲバへの反発がおおきくて難しいことが多い。明日にもう一度日吉文自ルームに集まってもらってなんとか結論出したいと思っている云々。

中山は「みんなの気持ちはよくわかってるつもりだ」といって、しばらく黙った。それから声をおとして「占拠闘争の決行が決まった。近日中、数十人の部隊でやる。マル戦のメンバーが中心だがマル戦だけの闘争ではない。日吉文の大島、藤木両君に加わる意志があるかないか昨日きいている。返事を待っているところだ」といった。

「明日僕らは会議なんですが」狩野は惑乱して思わず訴える口調になった。

「会議の場では占拠闘争のことは伏せておいてほしい。決行後まで極秘を貫いてもらう。敵は警戒しはじめているから」中山は別れ際に、日吉文の会議の結論はどんな内容であれ尊重する、われわれとしては日吉文のみんなと共に闘って行きたいと力をこめて言った。

狩野は明日の会議は場所をかえなくてはと思って、勝見に事情を話したうえ、メンバーへの連絡を依頼した。そのさい「占拠闘争」のこと、大島と藤木が中山から参加を求められていること、「守秘義務」のこと等を併せて伝えた。ふたりは学生大衆「代表」たるオブザーバー山本の立ち会いがますます必要になったという点で一致した。

九・五　日吉同盟登校がはじまった。以降マル戦の全学闘の音頭取りで連日「決起集会」が繰り返されることになるが、学生大衆の参加は少なくて夏休み前のような盛り上がりを欠いた。それでもこのかん活動家学生しかいなかった日吉キャンパスに再び学生たちの出入りが始まり、中断していた米資闘争の日々が動き出すのを登校した者らは実感した。

午前十時頃、出かけようとしていた山本に、日吉文勝見から電話がかかった。勝見は先日会議で山本の発言をどちらかといえば好意的に聞いていてくれていた無口な、穏やかな印象がある人物だった。「何かあったの」ときくと「問題があって会議の場所をかえなければならなくなって」という。午後一時に自由が丘の喫茶店「白馬」集合とします、僕らの人数の会議ならゆっくりやれる席を取ったので。「問題」というが何なのか。すくなくとも同盟登校スタートで全学闘が張り切って決起集会なんかやっているだろう日吉キャンパス内では会議がやれなくなるような、そういう何か微妙な問題が発生したということかと山本は忖度して、日吉文だけで密かに別な場所に会合して全学闘との今後の関係のあり方を決めようというのは謀り事めいて好奇心をそそられた。「山本君には、七・五日吉スト権の主役だった元気な学生大衆の代表として自由に発言してほしい、それが僕らの希望だ」と勝見はいい、山本は喜んで承知した。

『白馬』のなかはたしかに広かったが、昼なお暗き地下室風、長いテーブルを囲んだ日吉文連中の顔を見分けられるまでに若干時間を要した。出席者は大島、藤木、狩野、勝見、青木、大塚、原口。オブザーバーは山本ひとりだった。議長役は狩野がみんなにいわれて引き受けた。

会議の冒頭、大島が物々しい調子で発言を求めた。山本はこの調子に誇張の面白さを感じてみんなの顔を見たが、誰も面白がっていないので、そうかと思いつつも少し不可解だった。

「この間みんなの意見をきき、いろいろ考えてきたけれども、自分は今日の会議の後に日吉文自治会から全学闘へ立場を移すことに決めた。今日の会議の結果がどうであれ、自分は明日から日吉文ではなくて全学闘の指示にしたがって行動するということで、今日はみんなに自分の方針を伝えるためにここに来ている。理由はこれまでもいってきたが、全学闘の内ゲバへの批判、反発で立ち止まってしまい、内ゲバを回避できなかった痛苦なマイナスを、米資闘争の現在が要求する喫緊の課題に取り組むことで克服せんとしている全学闘の努力を無視し去る傾向に自分はどうしても反対だ。そもそも内ゲバ自己批判とは具体的に何なんだ。一片の紙切れか。悪うございました、二度とやりませんという声明か。内ゲバ批判とはあくまで実践の問題ではないのか。

日吉文が全学闘に求めるのは内ゲバ反省の始末書か。米資闘争の新段階で問われる課題との実践的取り組みか。自分はこれまでの議論を振り返って日吉文の求めてるのは紙切れの自己批判で、塾当局に米資拒否宣言を実際に受け入れさせる闘いへの参加ではないと最終判断した。とにかく自分は決断した。明日から全学闘と行動を共にする。このことは中山さんにもう伝えた」

「ちょっと待った。いきなり結論からはじめてしまったら、何のための会議だ」狩野はいつになく強い声を出した。「大島がどんなに俺もう全学闘に行くんだといっても、それは日吉文の会議の中でいまはじめて発せられた大島の勝手な決意表明であって、大島から一つの意見が語られたのであり、対して他の出席者われわれから賛成なり反対なりが当然発せられるのであり、大島は他人の意見に俺左右されないというかもしれないが、かりに他人たちから意見が出たとしたら、他人たちに君の言葉を伝えてしまっている以上、君の決意、結論がどうであれ、その他人たちの賛成意見、反対意見に耳を傾ける義務がある。まして日吉文の志願してなった委員長じゃないか。意見がありますか」

「日吉文の代表者が豹変して、内ゲバ全学闘に万歳して、日吉文の会議、議論そのものを拒否して日吉文をぶち壊しにかかるのか」原口は怒りをあらわにして「僕はいうが、マル戦たちの全学闘が米資闘争にかかわるすべての当事者にたいして内ゲバ自己批判を公表せぬ限り、僕らは一握りのマル戦たちが内ゲバによって盗み取った日吉バリストと米資闘争の現在から、抗議の意思をしめしてその外へ一時離脱すべきである。マル戦たちがねつ造した今の日吉バリ、今の米資闘争の嘘を、はっきりした一つの行動であばくこと。そこに米資闘争を新段階へ前進させる鍵がある。……」

それからみんながつぎつぎに発言した（中でただ一人、副委員長藤木は会議中ずっとうつむいたまま一言も発言せず、周りの者が発言を促すということもなかった。日吉文の委員長と副委員長は実に対照的な人柄で、前者の饒舌、押しの強さに、後者は寡黙、控えめという具合で、前者は好かれず、後者はむしろみんなに敬重されているという印象を山本は受けていた。とにかくあまりにも話さぬ人物なので、山本はつい彼の事を忘れるのだった）。総じて内ゲバ問題をめぐってマル戦全学闘と日吉文の対立をこのまま固定してしまうと、大島と原口二人の意見対立に日吉文全体が巻き込まれて米資闘争の今後への関わり自体を失ってしまいかねぬ事態が予想され、そういう結末だけはさけようというのが日吉文の多数意見であり、オブザーバー山本も同意見だった。意見の両極を一身に体現する大島と原口！　事ここに及んでなお、自分の信念に固執して日吉文の分裂の回避を従としてやまぬこの両名には、もはやそれぞれかれら自身の道を歩んでもらうしかないのではないか。両極を削って（というと角が立つが、しかしほんとは二人の望むところであるはずだ）真ん中を残すこと。この真ん中が日吉文のよりましな立場であり、自分の立場でもあると山本はここへきてようやく結論を得て、「七・五スト権の主体だった学生大衆に、内ゲバで闘う側を引き裂いた現全学闘と一体になることは基本できないしありえない。現全学闘とは内ゲバ問題棚上げナンセンスの一点で批判的に一線を画しつつ、しかしあくまで七・五スト権の主体であった学生大衆を代表せんとする立場から、米資闘争の継続発展、日吉バリストの充実と深化に取り組むというのが日吉文の今後の道ではないか。たとえばわれわれの拒否宣言獲得にいたるまでつづく無期限スト闘争を、日米安保体制下の国家権力と、それに追随する米資導入の大学権力にたいする抵抗の生の不断の表出の時空へ工夫してみんなで創造しなおしてみてはどうか。オブザーバーの夢話なんだけれども、仕方なく内ゲバ集団と一味するか、夏休みが明けたとたんにせっかくの米資闘争におさらばするかという二者択一に縛られるよりは健全な将来方針だと思うんだが。百かゼロかではないんです。その中間に無数の現在未来があるんで」などと論じた。

この日の会議はこれ以上論争らしいことにもならず、あとは雑談的に終わった。議長役の狩野は「意見は出尽くしたように思います。九月七日が今後の方針を決定する場になります。僕の理解では今日三案が示されました」といった。①全学闘に内ゲバ自己批判を要求し、得られぬ場合はバリストから離脱して抗議の意思を示す。②全学闘と一体になって米資闘争にかかわって行く。③全学闘にたいして批判的に距離をとりつつ、全学闘と共に、かつ独自に日吉バリストの持続発展にかかわらんとす。明後日、今日の三案ないし三案の修正案から一つを選んでわれわれの方針としたい。今度は決を採ります。なおオブザーバー山本君にも立ち会ってほしい。会議の場所は明日連絡します。他のみんなもオブザーバーとして来てくれそうな人に連絡をつけて下さい。クラス委員で今回一度も会議に出てきていない人に今度だけは出てきてくれるよう伝えておきます。日吉文の米資闘争のかたちを決める会合ということで心の用意願います。

自分の案が選択リストに入ったのに山本はわが意を得たが、①②の具体的に対して、③案は抽象的な夢話だから、多数票を得やすいか、しかし実際これが方針に決まったらあとが大変だ、全学闘と「一体」でなく「対立」でもない関係を具体的にどう担っていくか、山本として考えるところが多かった。

九・六　狩野の呼びかけで、日吉キャンパス近くの狩野の下宿で日吉文メンバーだけの会合があった。出席者は藤木、勝見、青木、大塚、これに肺を悪くしてしばらく日吉文を離れていた小田友也が元気になって加わり、狩野を入れて七名。明日の方針決定会議に備えて三点、日吉文メンバーで詰めておきたい問題を示し、狩野はみんなに意見を求めた。①今日の会合に、大島と原口は出席しないと言ってきた。原口は日吉文をやめるともいった。仲間としてかれらを追うか追わぬか。②藤木から自分の身の振り方について話がある。③明日の会議で決める日吉文の将来方針について、できたら今日このメンバーで自分たちとしておおむね了解しあえるような案文を考えておきたいがどうか。

第一。日吉文は大島、原口両君を一緒にやって行こうぜと説得するか。しない。しかしあとでかれらがいっしょにやりたくなって戻ってきたらそれは拒まない。

第二。「自分は現全学闘の決行しようとしている占拠闘争に加わりたい」藤木はすまなさそうに言った。「全学闘の内ゲバには反対でみんなと同じなんだ。が、それでも俺個人としてこの闘い、全学スト へ飛躍の一歩踏み出しに参加したい。ずっと考え続けてきてこれが結論になった」

「日吉文から離れるということか」と狩野。

「そんなつもりはない。思ったこともない。俺は日吉文なんだけれども、日吉文としてでなく、ただこの俺としてどうしても加わりたいのだ。理屈に合わぬ言い分だとわかっているがこうとしか言えないので、言葉って不親切だともう愚痴りたくなるよ」

「山本は全学闘内ゲバについて、党派政治に特有のマイナス面の現れだと言ったが僕も同感だ」勝見が言い出した。「だとしたら、学生大衆の現在の意思の確認の手続きをとばして特定の集団による占拠闘争というのはこれも「党派政治」のマイナスの現れの一つにならないか」

「内ゲバはマイナス、占拠闘争だって学生大会決議なしだから、これもマイナスだ。けれどもこの両マイナス、必ずしもまったく同一同質のマイナスとはいえないと俺は感じてる。みんなに同意してくれとはいわないが、マイナス克服を志して拒否宣言獲得、全学ストに向けて個人が決意して闘いの飛躍に加わろうというのは、党派政治の党派利益追求にともなうマイナスとまったくイクォールではないといいたいところもあるんだ」

「藤木は日吉文としてでなく個人として占拠闘争に加わる。われわれは日吉文としてでなく、個々の私として藤木の決意を受け入れるか、受け入れないかということになるか」狩野は首をかしげた。狩野だけでなく、他の者らもなんとなく藤木に説得されかけていたのである。

「うるさいことをいうなら日吉文をやめてから内ゲバ全学闘の占拠闘争に加わってくれということになるが、このリクツはたしかに何か本当には正しくないような気がしてきた。藤木は大島とちがって良い奴だしな」青木がそういって笑うとみんなもホッとしたように笑った。終わりに狩野は「藤木君は決意して選んだ道を進んでいってください。僕らは藤木君の選択に黙って立ち会ったということにします」とうなずいた。

第三に、大島と原口の離脱、藤木の占拠闘争個人参加予定をふまえて、九月以降日吉文は米資闘争にどうかかわっていくか。現全学闘とどうかかわっていくか。この日吉バリストの防衛・発展に、全学闘内ゲバ批判の実行として独自に、現全学闘との批判的共同を追求していくこと。「批判的共同」の「批判的」にアクセントおくか、「共同」にアクセントおくか。「共同」派・青木、大塚、小田、藤木。「批判」派・勝見。日吉文としての独自の道追求を重視。狩野は勝見の考えに近いといった。どちらか一方でまとめるのでなく、両方をうまく結びつけて日吉文の立場の文案を考えよう。①現全学闘と共闘していく。②全学闘内ゲバの自己批判的克服を「共闘」の主題の第一とする。①で文案をまとめる。現全学闘中山に日吉文の立場をしめすさいに、文書にあらかじめ「付」として②の内容を書き込んでおく。あるいは文書には入れず、口頭で中山に念押しする。②を文書に入れるか、口頭の念押しにするかしばらく議論して、口頭で強く申し入れることで合意した。オブザーバーたちはこれで納得してくれるか。山本君は日吉文の九月以後の闘いに協力したいという立場だ、よく説明して協力してもらおうではないかと青木がまとめるようにいい、みんながこれを了承した。

九・七　午後二時より日吉駅向こう側のレストラン「谺」の二階個室八畳間で日吉文の九月闘争方針決定にむけて会議が行われた。出席者は日吉文から狩野、勝見、青木、大塚、それに山本には初対面の小田の五名。藤木は「所用で」欠席、また前回会議で「全学闘へ移る」と宣言した大島、「マル戦全学闘が内ゲバを居直る日吉バリケードと米資闘争からの離脱」を主張した原口も欠席した。オブザーバーは山本に加えて、こちらも初対面である中谷という人物が出てきていた。小田は高校時代仲間とロックバンド作って「セミプロ級」の活動をして回った経歴の持ち主で、元「みゆき族」の青木と似た一種おしゃれな投げやり気分を発散していた。もう一人のオブザーバー中谷は青木のクラスメートで、都会の浮動青年青木や小田とは対照的に工場の夜警などして自前の大学生をやっている昔風の苦学生なんだという。山本は最初軽い好奇の眼を向けたが、会議がはじまるとすぐ彼の存在を忘れた。

「昨夜僕の下宿に藤木、勝見、青木、大塚、小田に集まってもらい、オブザーバー立ち合いの下でこのかん重ねてきた討論を踏まえて方針案を作ってみることにした。大島と原口にも文案づくりをやろうと声をかけたが、自分は加わる気がないといい、日吉文を離れるつもりだと付け加えた。彼らの意志が固いのを知っていたので説得はしなかった」狩野はメモを見ながら、「以下は僕ら五人で考え、話し合い、削ったり加えたりして作った文案です。五人のあいだにはそれぞれ意見の微妙な違いがあり、出来上がった文案は妥協案なのだから、これからオブザーバー両君にも加わってもらってみんなで日吉文方針案の決定稿作りに取り掛かりたいと考えます。文案は次の通りで短文です。『われわれ日吉文学部自治会（日吉文）は全学闘暫定書記局を支持する。本日以降全学闘書記局とともに拒否宣言獲得まで闘う。〇月〇日。日吉文学部自治会』。ただしこれを全学闘暫定書記局代表中山氏に手交するさい、口頭で「八月三十一日の内ゲバは遺憾であり、二度とこういうことが起こることがないよう言葉と行動で示していってほしい」と申し入れること。文書と口頭の申し入れで日吉文の立場表明になります。これでよかったんだよね」狩野が確認をもとめると日吉文たちはいっせいにうなずいた。

これはいったい何のことだ？

山本は立ち上がりかけて、一呼吸してから疑問を口にした。「夏休み期間中に日吉バリストの防衛を担ったマル戦、フロント、中核による全学闘の「暫定書記局」が、内ゲバによってマル戦だけの「全学闘」、マル戦だけの「書記局」に変身した。由々しい事態である。ところが文案はそれを批判するのでなく「支持」し、それと「共に闘う」という立場表明になっている。これまでの討論では内ゲバは批判の対象であってもまさか「支持」の対象ではなかった。これでは日吉文の立場は大島君の「マル戦の全学闘に移行する」案と一回りして背中合わせにであるが一致したということになるが」

「僕らにとって内ゲバは遺憾なんだ。マル戦だけの「全学闘」は片輪であり、中核、フロント、そしてすべての闘う者たちに、いまここから、「谺」の二階の日吉文会議の場から全学闘への再結集を粘り強く働きかけるべきなんだ」青木は元気いっぱいに論じた。「こんごの米資闘争のなかで、全学闘と日吉文は諸党派、諸個人、山本君のいう学生大衆に再結集してもらえる内容を思想で行動で生き生きと示していこう。僕らの真意があの文書と口頭の申し入れでどこまで相手に伝わってくれるか、ほんとは心もとないけれども、あれでとにもかくにもバリスト防衛の闘いに復帰して、この先全学闘にむかって日吉文の独自の立場を実践的に示していけばいいんだ。僕らは全学闘と一線画しつつ、拒否宣言獲得めざして共闘する」と。内ゲバは遺憾、「暫定書記局」への「支持」は批判的支持、「書記局とともに闘う」の心は「批判的に一線画しつつ共闘する」ということ！　内ゲバになってしまう直前までそれを回避しようとして奮闘した随一人が中核でもフロントでもなくてマル戦の代表である中山だったと日吉文たちは声をそろえて証言した。「中山さんだったら日吉文の立場を理解し、受け入れてくれると思う」狩野は山本を見てわかってほしいという顔をした。

山本は日吉文の将来方針にたいして意見はあっても依然オブザーバーにすぎず、一方それでもこんごとも日吉文たちとともに学生大衆の立場から米資闘争に加わって行こうと考えていた。その日吉文たちがいまマル戦グループの党派政治との「共闘」に（全学闘中山氏の口約束ひとつで。中山さんがどんな人格者だったにせよだ）踏み切ろうとしているのだ。内ゲバ党派政治の「全学闘」にたいして、自分たちとの間に引く一線を再度確認しあっておかねばならない。

「僕らは現全学闘に「ついていく」のでなくて「批判的」に共闘するのだから、批判的の中身をハッキリさせたい。現全学闘がこんご打ち出してくるだろう方針を、七・五日吉スト権の主体学生大衆の要求するところのみを基準に検討評価して、日吉文の出処進退を決めること。学生大衆は闘う側の分裂を求めず、意見の対立を暴力的手段によって「解決」せんとする安易道を退け、目的追求にあたって、追求手段の正しさを目的の正しさを測る尺度とみなすだろう。僕らはそうした学生大衆として、またその代表者たらんとして現全学闘と「共闘」する。そうしたい。第二に、今後日吉文の主な任務は九月以降の米資闘争の新段階へ、さまざまな要因で七・五日吉スト決議の精神から今ズルズル後退しかけている日吉無期限バリストの内側へ、考えることを始めているだろう学生大衆に還って来てもらうこと、その働きかけ。僕らは、そしてかれらはどんな中身の日吉キャンパスに還って行きたいか。米資導入を「拒否する」といえぬ塾長たちの大学に抗して、米軍の戦争を「拒否」するといえず「裏口から」これに加担している安保体制下の国家権力に異議を申し立てる僕らの大学に還って行きたい。それこそが七・五日吉スト権の精神だと思う」……。山本は話すうちにだんだん夢中になって、まわりの空気が変に退き気味になっているのに気づかずにいた。と、退いていく力の後に生じた白紙の部分に、ずっと静かにしていたもう一人のオブザーバー中谷がいきなり自分を強引に捻じ込むようにして、

「俺は塾監局占拠に賛成だ。あれしかないんだ。問題はもうハッキリしてるじゃないか」などといいだして舞台中央に躍り出た。山本はポカンと口を開け、そう苦学生らしくも見えない初対面の人物に注目した。日吉文たちはほとんど同時に身じろぎして、「それはまた別のことだ」「違うんだそのこととは」など複数の声ががやがやと交錯し、山本は中の一人が露骨に目配せしてそれ以上の発言を制止するのを見た。中谷が元の無言におさまると、誰かがすぐにけっして別でない、違うのでもない事柄に話をもどして、中谷の唐突な割込みを無知な田舎者による社交上の屁間として片づけるためとしか思えない無内容な長話をつづけるのであった。

中谷の発言のどこが日吉文たちにあんなに特別な反応を引き起こしたか、山本は会合が終わったあとで考え

てみた。「塾監局占拠」とは山本には耳新しく聞こえたが、七月日吉スト権の確立のあと活動家らが集会で、仲間内の雑談で繰り返し口にしていた「全学ストの追求」をもっと具体的に表現した言葉で、ああそういうことも考えられるかと感じただけのことだった。なるほど三田塾監局は慶應義塾の管理運営の中枢だから、そこを押さえればストライキ体制は「全学化」へ大きく近づいたといいたければいえないこともない。しかしそういう事態を夢見るのでなく実行するんだとしたら、どう実行する。集会で「塾監局占拠やるぞ」とどなって自分に景気をつけることはできても、実際に学生大衆の支持を確保して反対派を後退させ、本部占拠を現実のものにするにはこちらの力量が不足だ。それだけに山本は中谷の口出しにあんなに大仰に反応した日吉文たちの腹の中が不可解だった。何か大きな食い違いがあるようだった。山本と日吉文、また米資闘争と山本オブザーバーの間には、もっと努力して知り合わねばならぬ事柄がまだたくさんあるのであり、中谷発言をめぐって今日生じた食い違いもその小さな一例にすぎなかった。

「これから日吉事務局へ行き、中山さんに会って僕らの方針を伝えます」狩野は晴れ晴れした表情で会議の終了を告げた。「明日から全学闘との山本君いうところの「批判的」共闘をいかに創り上げて行くか、日吉バリストの防衛・深化の実践をとおして考えていきたい。今後もオブザーバーである山本君、中谷君らにそれぞれの立場からする協力、いやむしろ僕らとの「共闘」をお願いしたい。僕らはたいてい誰かが日吉文ルームにいるようにしているから、待っています」

狩野は山本に「中山さんとの話はあとで伝えるから」といって手を振った。その日のうちに連絡があり、中山が全学闘との「批判的」共闘をという日吉文の申し入れを「好意的」に了承してくれたうえ、日吉バリストのなかでの日吉文の任務分担を考えようと言明したこと、自分たちの分担がはっきりしたら、山本にも山本の立場で加わってほしいこと、等を言った。山本は少し考えて「できるだけやろう。やってみよう」と応じた。

九　三田における占拠闘争

九・一〇　この日未明、慶大全学闘部隊数十名は赤ヘルメット、覆面、角材等で武装して三田山上の塾監局（学校法人慶應義塾の総本部。「ゴシック風」な、西洋中世の城郭を思わせる建造物である）に侵入し、明け方までに内側から堅固なバリケードを構築、占拠してたてこもった。部隊の指揮者は全学闘代表中山隆正（法三）、屋上には赤地に白く「全学闘」と大書した大旗がへんぽんとひるがえり、「米資導入拒否・塾長団交要求……」と学生大衆に呼びかける垂れ幕を塾監局正面中央に長々と垂らした。米資闘争にかかわって自身はうつらうつら過ごしてきたにすぎぬ者たちのかなりの部分はこの突然の一挙でワッと眼を覚まし、これまで見ずにすんでいた現実のめんどくさい一面に向きあわされた。夜明けとともに、報道を見て三田キャンパスに続々と集まって来た学生、教職員たちは一様に戸惑った表情を浮かべ、白い、汚い、細長い褌のような垂れ幕で左右に分割されてしまった塾監局の痛々しい姿を息をのんで見上げた。屋上の一画に据え付けたスピーカーから大音量で、米資問題の正しい解決から逃げまくっている塾当局の醜態と比較して、全学闘による塾監局占拠がいかに清く正しい義挙であるかという趣旨の演説が繰り返し流されていた。総じてわれわれは今日の次には明日が続くと普通に思って暮らしている。ところがその明日は今日に限って、昨日思っていたような、格別思ったりする必要などなかった昨日の続きではなかったのである。

「やったなと思ったし悪いニュースではなかった。全学闘のマル戦派は問題だらけだが、すくなくとも言行一致の徒ではあった。そういう評価だ」井川は懐かしむような嘲るような眼になった。「……先手を打って敵の中枢を押さえてしまえば、当局との交渉も学生大会もあとから自然にこっちのイニシアチブで中身が決まってくると会議でマル戦連中はいいはった。東大でブントがやった六・一五の安田講堂占拠が連中に霊感を与えたんだと思うよ。かれらにはもともと党派と学生大衆の関係について、党派が断固として行えばかならず後からついてくる、それが学生大衆だという思いこみがある。決意した少数者が断じて行えば多数者も決意しやすくなり、行動への障害も越えやすくなるという信念というか計算というか。ブントとかマル戦派とかは要はヤル気ある個々の活動家たちの雑然漠然たるあつまりで、学生大衆をヤル気にさせ、敵に向かって一緒にワーッと突っ込んでいけば世界の事はなんとかなると考えてるようなそういう「党」なんだ。そこがわれわれ中核派（ぼくらは党建設ということをかれらより丁寧に考えた）や、自治会組織を通じて討論を積み上げて行き、学生大衆の意思の結集を図ることを第一とするフロントとの違いだ。全学ストと、夜陰に紛れて覆面して塾監局に忍び込み、立てこもって「占拠しました」と放送するのとはやはり別のことだと考えるんだよ。その上でだけれども、今になってみると夏休み後半の学生側の後退局面のなかで、「塾監局占拠」によって三田を無期限ストの日吉と結合させようというマル戦案と、夏休み明けに焦点を合わせて、三田と日吉で討論集会の反復、全塾学生大会での決議によって全学ストを勝ち取ろうというフロント・中核案とを比べてみると、僕らは理想を語ったが、現状を直感的にとらえて自分の直感にしたがって行動せんとしたマル戦案のほうに、そこへ進み出る以外仕方のない「理」が加担していたように思えるんだ。あれは間違いだったが仕方のない間違いでもあったということを、ただ懐かしむのではなくて大事に考えていきたい。僕ら反戦会議はマル戦との違いは違いとして、連中の破れかぶれの突破行に心打たれて自分たちも身を起こそうと思った覚えがある」山本は当時塾監局占拠をどううけとめたか、学生大衆の立場で日吉文と「共闘」していくという気持ちでいたとしたら？　と井川は問う。

「ニュースで知ってショックを受け、まさかと思った。マル戦全学闘が「占拠闘争」を考えて計画していたらしいことは何となく知っていた。集会やバリスト内の知り合いとの雑談で聞きかじっていましたという知り方で知っていたのだが、それがこのように実際に実行されたということがすこぶる意外で、全学闘たちに新しく関心を抱かされた。全学闘連中には未知のものがあり、そいつはもっとけしからん何かかもしれないしもっと面白い何かかもしれない。内ゲバのときは「ありそうだ」と思っていたことが思っていた通りに起こったという認識で、こんどとは正反対だ。僕が協力したい日吉文が一方でこういうよくわからんことを考えるだけでなくやってしまうマル戦全学闘と「共闘」すると言明しているから、これには懸念を覚えた」

「全学闘「占拠」を受けて日吉文にどう協力していくつもりだったか。学生大衆代表として」

「ショックがおさまってから少し考え、内ゲバをやりその延長線上で「本部占拠」までやってくれたマル戦全学闘にたいして、当面「他人事」として距離を置く、しかしその距離をとおして今後のかれらの言動を「見る」ことを続けようと思った。塾監局占拠は「自分の事」ではないけれども、米資闘争の内部で「必然的」に起こった出来事かもしれぬ以上、無視はできない。他人事ではあるが、全学闘「占拠」を自分事である日吉バリスト闘争、七・五日吉スト権防衛の任務のほうから「見る」ことを続ける。日吉文たちへの協力のかたちでさ」

九・一一　バリスト下の日吉キャンパスにて午後一時より全学闘主催で「米資粉砕・塾長団交要求」総決起集会が開催された（日吉四〇番教室）。同じく工学部教授会有志と日吉工学部自治会メンバーのあいだで話し合いの機会が設けられ、教員側は学生側の要望、意見を聴取した（学務担当理事久木弘は工学部教授でもある）。また各学部の教員有志により「日吉自主講座」が開講された。これらとは別に、七・五日吉学生大会においてスト決議に反対票を投じたり、賛成票を投じたもののあとになって考えを変えるかした学生大衆の自主的組織『ストを回避し話し合いを守る会』が反スト、反占拠、米資問題の話し合い解決を掲げて大々的キャンペーンを開始している。

この日山本は塾監局占拠直後の米資闘争の現況を日吉に出向いてわが眼で確かめようと思った。日吉文狩野たちから連絡はなくて、新聞、テレビのニュースを見ては空想の翼を広げてやきもきしてるのはいかにも健康によくなかった。実際に出てきて駅前から見る「無期限スト決行中」の立看板は以前のまま特に変化もなく、看板横の出入り口をくぐるとすぐに並木道がはじまって山本を落ち着かせた。すくなくともこの風景の中には三田における不意打ちの「占拠」の反響らしきものはない。全学闘の本部日吉事務局も校舎、食堂等にも外観に山本の足を止めさせるようなかつてと違う気配は感じられなかった。行き来する学生の数は予想していたより多いが、彼らの表情のなかに共通して軽い安堵と軽い落胆を発見したとき、ああ俺もあんな顔して久しぶりの日吉キャンパスをぶらついてるんだなと山本はやっと気がついた。三田の全学闘占拠の「反響」の一例である。ドアに「全学闘主催・総決起集会」と黒々と書いた貼り紙がある大教室をのぞいてみた。参加人数はざっと五十名に少し欠ける位か、山本の経験ではこれでも多いほうだったが、会場が広すぎるのと、スピーチの中身が意図してか自然にそうなったか、おおむね聴衆の一番聞きたがってることだけをことさら避けて無内容な気炎をあげているといった代物で、少し聞いただけで聴き手の失望感が大教室全体に広がっていくのがわかった。会場に日吉文たちの姿もなくて山本は三十分ほどで失礼して会場をあとにした。

日吉文自ルームで一服していると狩野がやって来て「やあ、ここだったか。勝見から山本が来ていると聞いてね、捜していたんだ。話したいことがいっぱいあるからね」といって笑った。みんなはどこにいる？「今日は集会だけではなくて、分担していろいろやっているんだ。そこの日吉事務局の会議室では全学闘との打ち合わせがあり、青木と大塚が行っている。三田に行った者もいる。僕は留守番だ」

山本は居ずまいをただして「塾監局占拠のことは事前にみんな知っていたのか」と質問した。呼ばれてさきの日吉文会議に同席したさい、オブザーバーだった中谷の口から急に占拠の事が出て、その時山本は自分と日吉文たちのあいだに壁があると感じたが、塾監局占拠が事実となったいま、その壁の性質をはっきりさせて可能な限り自分で納得しておきたかった。

「僕らは漠然と近日中にやるとだけ聞いてはいた。近日中のいつになるかはマル戦に移ると宣言した大島以外は知らなかったはずで、ああいう隠密作戦だからそれは当然と思う。あの時、レストランの二階でオブザーバーの中谷がいきなり「塾監局占拠に賛成だ」などと言い出したのには驚かされたよ。いま思えば中谷は一種の情報通だったわけで、マル戦でも日吉文でもないが日吉文のオブザーバーであり、のみならず情報通でもあるのであって、その彼のような人物の心にさえ、塾監局を占拠してでも闘い続けることに自分は賛成だと口走らせる何かがわれわれの米資闘争の内にあるんだと気づかせてもらえたのは僕には収穫だった」それから狩野は全学闘と日吉文の裏話をいろいろ語った。……塾監局占拠を打ち出し、やり抜くうえで、内ゲバを避けたかったが避けられなかったと中山さんは言ってる。だから決して居直ってはいない。……内ゲバ問題での対立は日吉文の分裂、米資闘争からの離脱の寸前まで行った。困ったあげく僕は日吉文の今後の米資闘争方針を、七・五日吉スト権確立時の初心にかえって考えて打ち出していこうと思った。仲間内の角突き合いを、米資問題にかかわってスト権確立に至った過程をそれぞれに体験しているすべての学生たちの眼差しのなかで行う思考、行動に切り替えようということだ。山本は以前から日吉スト権の主体は学生大衆で、どんな党派政治でもないといっていた。そういう眼から現在の全学闘や日吉文の問題がどう見えるか、それを基準にして九月以降の日吉文の方針を決めていこうと思った。……全学闘との「批判的」共闘をという山本意見に僕らはわが意を得たと感じたんだ。内ゲバにも占拠にも批判の距離を置く、そして米資闘争の前進に関与していく。この方針を中山さんに伝え、了解してもらえたと僕は理解している。

「現全学闘は内ゲバ、占拠にたいする日吉文の批判的関与を受け入れるという理解でいいか」

「日吉無期限ストの深化発展の闘いと三田における塾監局占拠の闘いは対立してなんかいない、互いに高め合う関係にあると中山さんは確言して、その意味では、日吉文が内ゲバに、占拠闘争に「批判的」にかかわらんとすることは全学闘にとって自分たちの闘いを前進させていくうえで勉強になるとまでいってくれた。中山さんはそういう人だ」

「だいたいわかった。あとは日吉文として全学闘とともに、しかも七・五スト権の主体・学生大衆の要求を代表して一定に独自的に米資闘争にかかわるというその中身やいかんになるが」

「九月八日夜、全学闘側から中山さん、サブの桧木さん、日吉文側から青木、勝見、僕が出て話し合い、中山さんから日吉バリスト防衛について、こうしてもらえないかと具体的な要請があった」日吉バリ入口の警備室に部署して、第一に米資粉砕無期限スト中のキャンパス人員の出入り（実際には入りのみ）を管理すること。学生、教員には自由に出入りしてもらって、クラブ活動とか、研究とか、また計画されている「自主講座」や集会、討論会などに積極的に参加してほしい。そのさいわれわれには、現在の日吉キャンパスが米資粉砕無期限ストを決議した学生大衆が主体である「大学」であることを自他に不断に確認させていく任務がある。学生教員のバリ入口通過にさいして学生証、職員証の提示をもとめること。第二に反スト学生たち、なかんずく『ストを回避し話し合いを守る会』メンバーが展開しつつある反ストキャンペーンにきちんと向き合い、こちらの立場を説明し、説得し、必要な反論をおこなうこと。身分証チェックのさい反発、抗議してくる者が予想されるが、うるさがるのでなくむしろチェックの理由説明から米資問題をめぐって生産的な討論議論へ進みゆく機会と捉え返したい。……「後で僕らは、よし、七・五スト決議の教宣部隊になってやるかと言い合ったものだ。特に青木がやる気まんまんだったな」

「それにしても「チェック」か。抵抗は感じないか。チェックする側とされる側のあいだに「生産的な討論議論」というのはそう簡単ではないのではないか」

狩野は困った顔になり「うーん、そうかもしれない。だんだんやっていくしかないかな。でもこの場合、任務の核心はチェックの行為というより、学生大衆代表たらんとする、党派政治から自立せんとする僕ら日吉文がバリ入口の警備室に常駐する事実のうちにあると思う。チェックする・される学生大衆同士がそういう関係をとおして米資問題解決に向かって互いの理解を深めていくのはこちらの努力次第で全然不可能でもないんじゃないか」とじれったげに首を振った。

山本は反スト派の言葉にきちんと向き合うというのは賛成だ、おれも協力したいと思っているといい、これでやっと日吉に通う理由が出来たと考えた。小声で言えば全学闘のことはどうでもいいが、全学闘と日吉文の関わり合いとなると山本にとって「自分の問題」であり、チェックへの「抵抗感」は自分と日吉文と学生大衆を結び付ける場所だ。

九・一二　早朝三田南校舎の「教務部」に三田文学会（三田文学部自治会。略称「三田文」。内情は日吉文同様に無党派のヤル気ある連中の集まりだった）の学生十数名が押し入って「米資粉砕、塾長団交要求」を呼号、占拠して立てこもった。文学部長池田弥三郎教授以下文学部教員有志は急遽、教務部の反対側にある「学生部」に対策室を設けて若手教員が中心となって問題の解決に取り組んだ。

池田学部長が示した方針は以下の通りである。本「占拠」行動を、先の「塾監局占拠」事案と切り離し区別してあつかうこと。あくまで文学部学生による独自の行動であって、われわれの目的は文学部の一部学生による同情の余地が全くないというわけでもない感情にうながされて発生したこの逸脱、「占拠」事態の教育的解決に外ならない。したがってまずもって、立てこもってる学生たちと、外から封鎖解除を働きかけるわれわれ教職員・「占拠」反対の学生たちを対立関係におかぬようつとめること。われわれは「教務部占拠」にいたったかれらの思いと行動に「対決」するのでなく、誠心誠意、かれらの思いへの「理解」（当局側は学生らの思いにたいして十分には「教育者」的でなかったと池田学部長として顧みるところがあった）とその行動への「疑問」よりなる説得に徹して、話し合い解決をめざしたい。「……学生らの要求にちっともこたえようとしない、そうとしか見えない大学側への怒りは理解できるんだ。ただその一面もっともでもある怒りと、だからというんで「教務部」をいきなりワーッと占拠してたてこもってしまうのとは、前後の間にこれ以外ない結びつきの必然が全然感じられない。怒りと行動の結合ぶりに説得力が皆無なんだ。学生らの占拠行動はわれわれだって一部共有している諸君の怒りの正しさを曖昧にしてしまうぞと、そのあたりのところを粘り強く説いてもらいたい。一方で、不意打ちの占拠行動に怒った学生たちが、こちらも正義の憤怒抑えがたくして押し寄せてきている。内の占拠学生と外の反占拠学生を衝突させてはならない。われわれ文学部教員はこの占拠を塾監局占拠から切り離して話し合いで解決するつもりであることを反占拠学生らに伝えよう。かれらは了解すると思う。マスコミも続々つめかけてきている。かれらに「占拠」「対立」「衝突」のニュースを進呈してはならぬ。今日いっぱい、諸君の奮闘工夫を期待します」最後に池田学部長は「話し合い解決に必要なものは一にも二にも三にも体力体力体力である」と断言、若手助教授助手たちのうち、学生時代体連に所属して成績をあげたことのある数名を指名して学生説得班とし、体力において平凡な残余の教員たちは池田学部長とともに当番を決めて教務部周辺に適宜適切に部署することにした。以後夜遅くまで、文学部「問題」対策室は体力に優れた者も優れぬ者もよく団結して、話し合い解決の初心を貫ぬいた。

午後になると三田西校舎五一八番教室で全塾自治会主催「米資粉砕・塾長団交要求」総決起集会がはじまった。塾監局占拠、教務部占拠の「蛮行」に一味せんとするかのごとき集会であるから、会場は最初からスト派と反スト派の荒々しい対立衝突の騒音渦巻く修羅場と化した。「ストを回避し話し合いを守る会」はすでに全塾学生大会の開催に必要な数の署名をあつめて全塾自治会林委員長に提出していたが、林は受け取ったままで、学生大会開催の手続きに取り掛かれという要求に言を左右にしてこたえず、逆に「総決起集会」などに取り掛かったものだからたまらない。林は懸命に熱弁ふるって生産的な討論を呼びかけたが、この野郎、学生の要求を無視しつづけて何が生産的だと反スト集団の一面もっともでもある野次怒号にさえぎられ、しまいには興奮した一部分子に詰め寄られて演壇から引きずり降ろされる事態となった。決起などは学生大会のあとで好きなだけやれ、馬鹿野郎。反スト派にいわせると林と全塾自治会は今や塾監局占拠や現在進行形の教務部占拠の悪質な後ろ盾であり、連続違法占拠の背後にあってこれをあやつり、「全学スト」へ領導せんと企む大伴黒主、大学の敵、学生の敵の総本山である。……自治会規約には全塾生の十分の一（二二〇〇名）の要求があれば「全塾学生大会」を開くという規定がある。「話し合いを守る会」を中心にした反スト学生大衆は規定に基づいて「スト解除のための」学生大会開催をめざして署名運動を続行し、この日九・一二正午までに一五〇〇人以上の署名を得ている。また同じこの日全慶連は夏休み中に実施したアンケートの中間結果を急遽公表、学内に掲示した。全学生二四六二〇人中この日までに九五〇一人が回答し、うち七二五四人（七六％）がスト反対。当局提案の「公聴会」には七七％賛成、現在の大学当局に七五％が不満、自治会には七九％が不満とあった。集会以後、林は反スト派の「行動隊」分子の執拗な追及対象となり、登校もできず、下宿にも帰れずで、ひとり苦境に立たされる羽目に陥った。

夕方、対策室前に当番でぼんやり立っていた池田文学部長のところに、教え子だったＯＢの新聞記者が寄って来て、「先生、塾監局占拠の連中に会ってみる気はありますか」などと耳打ちする。「連中が、先生たちのなかでこっちの話を聞いてくれる人がいたら会ってみたいと言ってるんですよ」

池田先生は考えた。教務部占拠の三田文たちはけしからんのだけれども、そこに至った心情は全然わからぬというのでもない。が塾監局占拠の「心情」となるとこれは別の世界で、直後にはあんなことをやるのは人間ではない、とても慶應の学生とは思えないとあきれ返ったものだった。それでもしばらくすると、あれらだって人間の一種であり、慶應の学生でもあるんだとしたら、かれらはどういう人間か、どういう学生か知りたいという好奇の念が生じた。これも事実だ。今よくわからん塾監局占拠連中に何かができるというようなことはないにせよ、かれらの実物にじかに触れてみることによって、教務部占拠の三田文連中にたいするわれわれの説得努力に何かのプラスが得られるかもしれない。結局よくわからぬ人間の一種を見てくるかという気持ちが勝ちを占めた。

記者は「待っていてください。かれらと話してきます」と出て行き、すぐに戻って来て「以下かれらの要望です。八時から三十分間、第一校舎地下の三田新聞会ルームで会う。占拠側から代表とメンバー数名が出る。大学側は池田先生一人で来てください。質問にはできる限りこたえるようつとめる、先生の方もできる限り応じてくださいとのことです」と報告、先生は二、三質問してから了承した。誰かに言うと話が正式になり当然止められるだろうから、時間になったら黙って出向いてしまうことにした。

八時。池田学部長はちょっと人に会ってくるからとまわりに声をかけ、教職員による説得がつづく教務部前を離れて、真っ暗になった中庭を歩いて第一校舎に向かった。塾監局占拠一味は地下の新聞会ルームに顔をそろえて待ち構えていた。先生は大机をはさんで腰かけて、正面にすわっている代表者らしき学生と軽く会釈をかわした。相手は「法学部三年中山隆正です」と名乗りをあげた。代表者の背後には割にきちんとした服装の学生六名が並んで立ち、中の一人が進み出て、先生の前にお茶を置くといった人並みなことをした。「有難う」といって一服しながら、手が震えたりせぬよう密かに気を遣った。

池田先生は名乗ってから「僕は占拠をやめろと説得にきたわけではない。いったい今、君らがどんな気持ちでいるのか、何となく、聞いてみたくなったんだ」と口を切った。中山は考え考え「僕たちは七月からずっと、大学側に米資導入の経緯の説明、問題解決の努力を要請し、公聴会での拒否宣言の発表を願ってきました。ところが塾当局がやったことは問題解決の努力ではなくて問題をなかったことにするキャンペーンであり、学生との話し合いでなく話し合いの拒否でした。僕らは話し合いたいのであり、問題解決に向かって努力したいので、占拠などやらずにいたかったのです」といい、塾監局占拠は問題解決から逃げ続ける塾当局にたいする僕ら学生の抗議の表現です、僕らは大学側の誠意ある返事を待ち続けます云々。……先生はときどき質問しながら、おおむね聴き手にまわった。一見威勢のいい理屈とは裏腹に、占拠したかれらのほうが追い詰められた気持ちでいて必死に出口を探してるらしいのが意外だった。また現在進行中の三田文による教務部占拠と塾監局占拠を実行した思いつめた連中とのあいだには当初危惧していたようなつながりは心的にも物的にもほぼないとわかって、これは収穫である。

「先生から僕らに何かアドバイスがありましたらお願いします」中山に注文されると先生は少し考え、「そうねえ。君たちが塾監局の屋上から垂らしている一本の長い、以前は白かったかもしれない幕ね。率直にいってあれは一目見て美しくない、むしろ穢いと思った。闘争は正義だけでは足りない、美を欠く正義は人心を結集できぬのではないか。新しいのに取り換えるか、発想を転換して、垂れ幕そのものをやめるかどっちかにすべきだと思うよ」と意見を述べた。このとき、向かい合ってからはじめて中山たちの顔に人間の表情だと感じられるものが浮かんだ。かれらはふっと微妙に笑ったのである。大学側と占拠学生側のあいだに、最後にほんの少し言葉が通じ合ったらしい。出て行く先生を学生らは全員起立して見送った。（数日後、問題の垂れ幕はさりげなく撤去され、いご二度と垂れることはなかった）。

教務部占拠の三田文たちのほうは、池田学部長が中座しているあいだに、体格のいい若手教員たちの説得が功を奏して、占拠をといて退去しますという話になっていた。説得班のリーダー三浦助教授が「学部長、かれらは「出る」というんですが、どうしますか」と声をおとしていう。「出すよ」とこたえると、「いいんですね」と念を押した。すなわち学園の秩序を無視して学校の施設を破壊、長時間立てこもった学生らを、その行動を記録に残さず責任を問うこともなくただ「出して」しまうのであり、あとで処罰問題が起こった時には当然ながら学部長の責任になるが、それでもいい、いや学生を教育する立場の人間として、この場合はそうすることのほうが正しいんだと学部長が考えたということである。

そこで問題は「出る」「出す」としてどう出すかである。教務部正面ドアの前には、説得の教職員のみならず、またしても不法占拠かと義憤にかられ、我々の実力で解除してやると指の関節ポキポキ鳴らして意気込む反占拠・反ストの「良識派」学生が続々と集まって来ており、またそういう血わき肉おどるさかんな風景を記事にすべく新聞記者、カメラマンがひしめき行き来するなどして、じつに普通でない状況だった。池田学部長は一計を案じて、集まって動こうとしない学生、マスコミたちに、中の学生たちは長時間の立てこもりで腹をへらしているから、ここは武士の情けで食事させてから出すと広報する一方、実際に蕎麦をとってドア横に人数分（十数名）の蒸籠を高々と積み上げさせ、人垣を自然に遠ざけて時間を稼いだ。義憤の学生たちはやがて三々五々引き上げて行き（腹は義憤でも減る）、マスコミたちにしても、占拠学生たちが差し入れの蕎麦をたべてから悠々占拠をといて顔を出すというような微温的場面では読者視聴者にたいしてセックスアッピールを欠くと判断したか、軽輩らしき二、三人を残してあとは散っていった。その間に説得班は職員と協力して、出前の蕎麦に護衛された占拠学生十数名を裏口から一人ひとり出して、零時すぎまでには教務部内を空にしたのであった。（後日池田文学部長は文学部学生による教務部占拠の顚末を久木学務理事に報告した。「……対策室に詰めて問題解決につとめていたところ、疲れからついうとうとしてしまい、揺り起こされて気づいた時にはもうもぬけの殻でした。何といってもこちらの不手際で申し訳ない限りです」と頭を下げると、学務理事は「それでは報告になりませんねえ」と苦笑した。立場上、よかったですねえとは言えなかったわけだ)。

日吉キャンパスにおいてはこの日、全学闘主催で総決起集会が大教室を会場にしておこなわれた。一見して無期限スト下の日吉キャンパスには、三田において全学闘の塾監局占拠に直面させられて立ち上った怒れる反スト派のような真剣な反スト・反占拠の学生大衆はまだ存在していないようである。だからといってきょう、全学闘主催の占拠へ、拒否宣言獲得へ総決起せよ集会に「自分の問題」としてかかわろうと身を起こすような、かつて日吉スト権の主体だった学生大衆の現在の顔もない。三田の集会の騒々しい対立衝突がないかわりに、こちらには得体の知れぬ全学闘の一方的で単調なアジテーションの繰り返しと、単に黙ってそれをきいてるだけの少人数の聴き手しかいない。こういう日吉バリストをどう「防衛深化」していこうというのか。集会に加わっていた日吉文狩野はふと考えた。明日からは全学闘との（批判的）共闘＝日吉文の警備室での任務がはじまる。

またこの日、共産主義者同盟の学生組織である社会主義学生同盟（統一派）書記局の一員伊勢洋（早大教育学部三回生）は日吉バリを訪れて日吉事務局に顔を出し、日吉における全学闘の責任者桧木和広と一時間余にわたって友好的に話し合った。……われわれはブントとして慶大米資闘争をバックアップする態勢をとって必要な支援を行うことにした。自分をブント中央の窓口と考えてもらって、慶大全学闘、またすべての闘う学友諸君とのあいだに良き支持支援の関係を打ち立てていきたいと伊勢は話した。桧木は日吉バリストの現況を説明し、文学部の一年生たち日吉文が警備室に、日吉キャンパスの本部機能をはたす日吉事務局にはわれわれ全学闘が拠って、ともに日吉バリストの防衛、深化発展を担っていくといった。伊勢は日吉文と全学闘の関係や、主な活動家の人となり、活動歴について質問したあと、事務局の誰も使っていない物置部屋を根城にして、明日から米資闘争にたいする党的指導・支援の活動を開始することにした。「わからぬことがあったらいつでも言って下さい。自由にやってください」等と桧木はいってくれたが、むろん自由にやらせてもらうつもりであり、桧木たち旧マル戦グループにはこちらの考えをしっかり伝え、もう少し「ブントらしく」なってもらうつもりであった。

またこの日、日大闘争においては全学総決起集会に五千人が結集して戦闘的なデモを敢行し、全共闘側は法学部、経済学部を奪還した。

十　チェックと自由

九・一三　オブザーバー山本の日吉バリスト通勤の日々がはじまった。キャンパス入口の警備室に部署して、無期限スト体制下にある日吉キャンパスへの人々の出入りを「管理」せんとする日吉文メンバーの任務に学生大衆の立場から協力するためであった。協力にあたって山本は私的に「内規」を作ってその限りで活動することにした。①活動は警備室における「チェック」とそれにかんする協議に限定する。②キャンパス内では警備室、日吉文自ルーム以外の場所には出入りしない。③全学闘の存在と活動は、そんなことを口外はしないが自分にとって目下は「他人事」であり、それが山本の現全学闘との「批判的」共同のかたちだ。一方で日吉文は山本の「自分事」だから、その日吉文が関係する側面にかんしてのみ関心を向けることはありうる。日吉における全学闘本部である「日吉事務局」には立ち入らない。④日吉キャンパスに通勤するのであり、泊まり込みはしない。以上であるが、山本はこれらを「基本的に」守っていくという心構えで、事態によっては当然例外もある。

十時半頃警備室に入っていくと日吉文たちはすでに活動中であり、狩野、勝見、青木、大塚に、山本同様にオブザーバーらしき者が三名加わって賑やかに山本を迎えた。狩野は早速チェックの工程を説明してくれた。二人一組になり、毎日十時から夕方五時まで、一時間ずつ交代で入ってくる学生、教員に学生証、職員証の提示をお願いする。上から要求するのでなく、下からご協力お願いする姿勢で取り組みたい。同じ学生大衆の立場で、ともに米資問題を解決していきましょうというこちらの気持ちが伝わるようなチェックでありたい。よろしく頼む。チェックのさい問題が生じたらその都度みんなで話し合って解決していこうと思う。今日何人やってくるか。まだひとりも来てくれないんだと狩野は笑った。

やがてポツリポツリと学生たちが姿を現し、チェックの工程がゆっくり回転をはじめた。「下から」のお願いチェックに、チェックされる側もする側にあわせて「こちらこそよろしく」調で答えてくれる学生が二十分ほど間を置いて連続した時は、七月五日の学生大会の名はしらぬが心はつながっている仲間に再会した気がしてうれしかったが、「お手数ですが」と学生証提示を求められた学生大衆の反応は概して一瞬の緊張とうなずいて学生証を取り出し提示するときの軽い反発で、今日チェックに応じてみせた十数名の学生大衆の平均的な反応だったといえた。確かにどんなに「下から」謙虚に、同じ学生大衆の気持ちで「申し訳ありませんが」と低姿勢に頼み込んだとしても、チェックの本質が権力の行使であり、行使する側とされる側は入口においてまずもって上からの抑圧と下からの反発の関係に双方が入り込むのであり、問題はこの関係をとおしていかにチェックする側とされる側が学生大衆として共により望ましい米資問題解決へ自分たちを前進させていくことができるかである。例えばこの日山本も一度だけチェックに加わったが、チェックされる相手の緊張に対して、なぜわれわれがこんなチェックなどせねばならぬと考えているか説明することによって理解を求めようと心構えして「ほんとうにできたらこんなチェックなど不必要な状況こそが望ましいのですが」と語りかけると、その生真面目な女子学生の顔に恐怖の色が浮かんだので、これは質問や議論どころの段ではない、俺たちは学生大衆を代表したいのだけれども相手はちっとも俺に代表されたがってなどいないやと直覚して赤面狼狽、すいませんすいませんと泡喰って頭下げてそのまま彼女に通ってもらったという醜態があった。「だいたい山本の顔が怖いんだ、緊張しすぎてそれが相手に伝染してしまうんだ」と青木が忠告してくれたが、未知の他人にこちらの真意、あるいは善意をわかってもらうのには手間がかかるんだなと思い、時間をかけて追い求める価値のある課題だともあらためて知った。

三田では「ストを回避し話し合いを守る会」と「慶應義塾を守る会」の共催で、十二時より西校舎五一八番教室にて「集会」を開き、五百人が参加して「占拠反対」を主題にして話し合い、塾監局占拠の全学闘に宛て「占拠の理由・解除の条件」について質問状を提出した。一時間後、全学闘側は「回答」をテープに吹き込んで集会の学生たちに公開した。回答は短いもので、「大学側が拒否宣言を出さぬので占拠した。拒否宣言を出し、塾長と全理事が辞任すれば解除する」とあった。

この日午後までに、全塾学生大会開催に必要な数字＝一二三一を上回る二〇〇七人の署名が集まったので「話し合いを守る会」は全塾自治会（林委員長）に、九・一七全塾学生大会開催を申し入れた。全塾自治会側は、九・一四午前中に中庭に「告示」を出して回答すると約束した。（なお「話し合いを守る会」と「慶應義塾を守る会」は代表者が話し合いの上、体育会の一部「ヤル気」ある分子の集団である後者がそのままとまって「話し合いを守る会」に加入して、前者のめざす「スト・占拠を解除して、話し合いによる問題解決」を後者が自らの「実力」をもって支えていく新体制を発足させた）。

九・一四　全塾自治会委員長林は「話し合いを守る会」とかわした約束を果たすべく昨夕から熱誠ひとつで

善戦健闘したが、正午を回ってもついに三田中庭掲示板に、「守る会」の求めた「回答」が掲示されることはなかった。「守る会」のある者が疑ったような、林と全塾自治会が道義心なき口先野郎だからではなくて、逆に林なりに道義の心厚すぎ誠意を尽くしすぎたあげくに「回答不能」に陥ったというのが真相だったと思われる。林たちは民意を尊重した。七・五日吉スト決議も「民意」、九・一七学生大会を開けという署名の数も民意である。さらに三田の「占拠」・日吉での内ゲバ騒ぎへの学生たちの抗議、義憤、恐怖嫌悪も筋の通った「民意」のあらわれかもしれないし、あるいはもしかして「占拠」に「やった！」と密かに感動していた少数の声だって民意じゃないか。とにかくあれもこれもひっくるめて民意なんだから丸ごと全部尊重したい、したっていい。ところがそれをいまはもうやれないのだ。「回答」しようと思ってつとめたが、とうとう「回答」できなかった、それがつまりは現時点における林と全塾自治会の精一杯の「回答」であった。

「守る会」代表杉山喜作（経三）はメンバーと協議して、林と「回答」の所在を追求続ける一方、午後には過激派の手でキャンパス内の学生・教員の出入りのチェックが始まっているという、耳にするだに暗い日吉の現状を自分たちの眼で確かめに行くことにした。日吉の教員たちからも憂うべき日吉の今について考えを聞いてみる予定である。

二時過ぎに杉山と「守る会」の五人は日吉駅着、噂に聞いた陰湿なチェックの出入口、バリケードの左横、警備室前の幅一米ほどの隙間を観望した。警備室正面ガラス扉は左右に開かれて、何人か杉山らと特に違ってもいない平凡な外見の、じつは暴虐なチェック係かもしれぬ学生の顔がいくつか動いていた。今日のところはまずこの得体の知れぬチェック係たちの生活と意見をいくつかきいておくかと杉山は考えた。

「夏休みが明けて、今日初めて日吉にやってきました。僕は経済三年杉山です。彼らと僕は「話し合いを守る会」で、学生大会開催を求めて署名運動を担当しています。皆さんにいろいろ教えてもらいたいことがあるので、よろしく」杉山は一緒に来た「守る会」の仲間を一人一人紹介してから質問にとりかかった。警備室の大きな窓のこちら側とあちら側、「話し合いを守る会」と「日吉文たち」のあいだでなかなか紳士的にかわされた議論は三、四十分も続いたか。守る会側は杉山、日吉文側は最初は順番だった大塚が論じたが、すぐに大塚に頼まれて山本が論ずる役を引き受けた。議論の中心は日吉キャンパスの学生、教員の出入りを「チェック」する警備室にいる君たちとは何者かという杉山たちの不審に発する問いである。

「僕ら塾生は三田で日吉で、また信濃町や小金井で学生生活を送っている。夏休みが終わって日吉の学生たちが登校して自分の学生生活をはじめようとして日吉駅で降りた。ところが大学構内に入ろうとしたらいきなり「学生証を出せ」と指示されて驚いていると、出さなければ入れないといわれたという珍しい話です。説明してください。本校の学生たちが自由に自分の大学に入れなくなった理由、また僕ら一般学生の学生生活を制限しようとする理由、また僕らをそんな風にチェックする君たちの立場、資格を是非おしえてほしい」

「日吉キャンパスは七月五日、日吉自治会の主催した学生大会で「米資問題解決」までのあいだ「無期限ストライキ」を構えて問題解決に臨むことを決議しています。僕らは日吉文学部自治会メンバーと協力者で全員が一年生、無党派のヤル気ある学生です。米資問題の正しい解決を求めて七・五日吉スト決議にかかわった学生大衆というのが僕らの立場で、スト決議の精神を守り、発展させたいと願って、警備室で任務についています。それでチェックの問題になりますが、第一に、日吉キャンパスは七・五スト決議によって「米資問題解決のための」キャンパスに、問題解決までのあいだ一時的に限定されました。米資問題の内側にある本校学生、教員以外の人たちにはこのかん出入りを一時ご遠慮いただきたい。身分証提示のお願いは問題の外なるゲストの方々に一時だけお引き取り願うためです。第二に、本校教員、学生の日吉キャンパスの出入りは当然自由で、クラブ活動なりご自分の研究なり、予定されている「自主講座」への参加などどんどんやっていただきたいので、僕らの任務は本質的にキャンパスにおける学生、教員の活動を支えんとするものであるのです。チェックはわずらわしいかもしれませんが、米資問題解決に向けて学生、教員の思考・行動の自由の深化拡大に寄与せんとする「チェック」なんだという側面を、皆さんに理解していただこうと、僕ら一年生なりに知恵しぼって「よろしくお願いしまーす」と入口で呼びかけを続けているんですが」

「チェックの主旨はおっしゃるような協力の呼びかけというより立場の選別であり、異なる立場の排除が本音ではないか。無期限スト決議と絶対みたいにいうが、スト反対の票数が賛成票に限りなく近かったスト決議だったし、僅差でのスト権成立だった事実を考慮に入れることなくバリケードの入口で頑張られてチェックなんか挑まれたら、僕ら気弱な一般学生はたじろがされますね。あ、ここはスト派の砦で、スト反対、スト疑問、ストも反ストもイヤ等々の僕らだから、目を付けられチェックされてしまうんだな、ああ桑原桑原と誤解せざるを得ない。いまきくとこれ誤解じゃないと思えてきたな」

「でも誤解なんです。チェックは米資問題解決の「内部」と「外部」の、そういいたいなら「選別」であって、問題解決のとりあえずの達成までのあいだの時間・空間の維持と確保をめざします。したがって内部者たる僕ら学生、教員たちは問題解決の中身、方法をめぐって思考行動する自由をもっており、チェックはその自由を守り深化させていく働きかけです。米資問題解決をめぐってさまざまにありうる意見、立場を全部肯定して、日吉キャンパスをよき問題解決の場所にしていこう。これが僕らのチェックの立場です」

「日吉ではストがつづいていて、三田では突如として塾監局占拠になった。僕たち一般学生はそれぞれに迷惑させられている。チェックの君たちと占拠の全学闘とは同じ「米資問題解決」という旗を掲げる。君ら日吉文と全学闘の立場の違いをしめしてほしい。そもそも違いがあるのかどうか。あるとしてどういう違いか」

山本はしばらく考えて「学生大会での決議を経た日吉ストライキ闘争と、内部のみんなが受け入れることのできる手続きを飛ばした「塾監局占拠」とでは問題解決の手段において立場は別でハッキリ違うが、米資問題解決という大目的においては一致している。これは矛盾だけれども、問題解決努力の内部における矛盾であり、内部のさまざまな立場の個人と集団がそれぞれの立場で解決にむかって努めるべきだと思う。僕らは警備室で自分たちのできる範囲で努力したい。皆さんも皆さんの立場で健闘願います」といった。日吉文たちもそうだという表情になった。

杉山たち「守る会」の幹部連は並木道をブラブラ歩きながら、目に見える一般学生たちの様子はチェック連中がいうほど「問題解決」に熱心らしくもなさそうだという点で一致した。バリケードに閉じ込められてさあ解決しろと責められてもなあ、連中に三田の一般学生が連中のコソ泥的「占拠」をどう見ているか実見させてやりたいね、あれは問題解決努力の反対だと九十九％がそう見ているよと教えてやりたいが連中耳を貸さないだろうな、だからあれらは一年坊主なんだ等々。

杉山たちは日吉研究室を訪れ、約束していた法学部教員Aと面会、「日吉の先生方には、通常の時間割通り待機して授業を開講していただきたい」と申し入れをし、教員側から学生が登校すれば授業を行う用意があると回答を得た。明日からは三田において「守る会」内の行動分子の結成した「塾監局占拠を監視する会」の活動がはじまる。塾監局の全学闘一味の出入りの「チェック」をとおして内部の全学闘と外部の過激派勢力との連携の有無、程度の把握が主な任務だ。

夕方、警備室ではこの日のチェック任務の「反省会」をおこなった。狩野、勝見、青木、小田、大塚に、オブザーバーから山本ともう一人何某君が加わった。メンバーが体験したチェックの例を挙げながら、二日目の今日も入って来た学生は「守る会」を入れても十数人にとどまり、団体の杉山以外で質問したり議論になったりしたケースは皆無だったと狩野はふりかえった。「問題は対人態度をどう巧く工夫するか（愛嬌か、素顔でいくか）

ではないので、根本的にチェックする・される関係そのものから出発していかにして僕らとかれらが問題を共有して解決の一歩をふみだすことができるかだと思う。今日僕の応対した相手でも、どんなに「下から」お願いに出たってかれにとっては「上からの」圧力、要求、強制であり、反発せざるを得ず、そこから僕らへの疑問、批判の表現にはいかずに、いってくれたら議論が始まってくれるかもしれないのに、実際の彼は自分の内へ還って「つまらぬ」感情は抑え込んで学生証をあっさり出してあとは忘れてしまうほうをとる。僕はかれをありがとうございましたと見送る。これでお互い楽だが、じゃ何のためのチェックかと後ろめたくなるんだ」

「僕の時は一人、学生証提示お願いしますといったら、ご苦労さんですという言葉が返ってきた。思わず見上げたらわらってうなずいてくれたな。全然伝わってないわけではなくて、僕らの辛抱力が試されてるのかもしれない」と勝見。

「上から威張り散らすのは馬鹿だが、といって無理に頑張って「下から」に縛られるのはどうか。チェックは、ここ日吉キャンパスが七月五日以降「米資問題解決」を目指すキャンパスである事実を学生教員すべてと共有せんとして意欲する行為である。それが相手につたわってくれればいい。キャンパス入りのさいの身分証提示願いの意義をハンドマイク広報とかでべつにやってみるのはどうか。俺が引き受けてもいいよ」青木は請け合った。

「話し合いを守る会の杉山たちが日吉の無期限ストと三田の塾監局占拠の関連を問題にしたとき、俺は返事に困った。みんなも同じだったのではないか。バリ出入りのチェックは全学闘に指示されて引き受けた任務だと俺は理解していたから。しかし山本はそう困っていなかったようだった。山本の考えをもう少しわかりやすく説明してくれよ」と大塚。

山本はこのさい日吉文のみんなに、現全学闘との関係をはっきりさせておきたいと考えた。任務を指示してきたのは全学闘の代表である。が、任務をいかに果たすかは、三田塾監局占拠闘争に力の多くの部分を集中している全学闘ではなくて日吉文自身の思考、決断、実行に委ねられていると考えていいのではないか。「……別個に進んで一緒に撃つ。これが全学闘との批判的「共闘」の姿だと思う。全学闘は日吉文にバリスト入口での「チェック」という任務を与えたのであり、われわれは七・五日吉スト権の主体学生大衆の立場においてこれを担う。チェックの体験はチェックする私とチェックされる汝との間の食い違い、葛藤の繰り返しだけれども、繰り返しの先にわれわれのこれまで共有してきて解決に至っていない闘う側の様々な問題、内ゲバとか、いきなりの占拠とかのマイナス面を乗り越える道も開けていくようにも感ずる。闘いの主体学生大衆に対して、全学闘に要請された「チェック」の働きかけを、諸党派たちのように「上から」でなくて「下から」行なおうとする日吉文の姿勢は、それ自体がすでに全学闘の内ゲバや占拠闘争のマイナス面克服の萌芽だ」

「学生大衆である俺らが下から学生大衆との理解、連帯を求めていく。それでもしかしチェックはチェックだ。食い違いに消耗するし、逆にこれに慣れて平気になってしまうこともありうる。問題の克服に向かってるんだと言われても、そうかなあという程度だ」大塚は首をかしげた。

「チェックは本来「上から」の権力行使なのだから、下から」を志すわれわれはチェックのたびに後ろめたさにとらわれて当然で、しかも繰り返しの過程で「慣れ」も来る。それはそうなんだ、僕ら弱い人間なんだから。それでもしかしこの道を行くことがいま全学闘と日吉文にとって、問題克服を可能にする当面唯一の道ではないか」

日吉文たちはとりあえず山本オブザーバーの意見として了解して黙った。青木は首をかしげて、山本の奴、まさか日吉バリストを文字通りに、日吉キャンパス全部がバリケードで固められていて、外との出入りは警備室前のこの出入口しかないと思い込んでるんじゃないだろうな、こんな格好だけのバリケードなんかその気になれば誰だってうるさいチェック抜きで入り込めるんだし。もしかしたらこの山本君、警備室前のここが外部世界との唯一の接点で、日吉文によるチェックはそこにおいて世界人類のあらゆる問題が解決されるべき特別任務だなどと本気で考えてるのではないか。面白くないわけではないが妄想は妄想であり、山本のこうしたロマンチックな現実無視ないし無知は心の隅で「チェック」しておこうと青木は一種の親愛感とともに思った。

九・一五　午前十時頃日吉駅前に現れた白開襟シャツ、黒ズボンの男子学生六名が道路を渡り、日吉バリスト正面に横一列に並び、真ん中の一人がハンドマイクを握って呼びかけを開始、二人はビラの束抱えてバリ入口の出入りを注視して、残りの三人はあたりを行き来する人々に手製メガホンこしらえて「よろしくお願いします」「慶應の学生です。話し合い解決を呼びかけています」などと一般的によびかけ、マイクでは繰り返し「塾生の皆さん、私たちは話し合いを守る会です。日吉における授業再開を求めます。教員側は学生諸君が登校するなら通常通り授業をすると約束しました。皆さん、授業再開を求めましょう。授業再開、大学止常化に向けてここ日吉において同盟登校をかちとりましょう。あらゆる対立をのりこえて日吉での新生活を創り上げましょう。同盟登校で現状を打開してまいりましょう」と呼びかけをつづけた。

守る会の六人はかなり頑張ったが、とにかくバリ横のキャンパス入り口に入っていこうとする学生の数がすくなすぎるのだった。マイクの声は車や歩行者の行き来のなかに消えて行く一方、繰り出す言葉がいつまでたっても人の耳にも心にも追い付いてくれぬまま、かれらの「同盟登校」の思いはやがてぽつんと三田で彼らが見ている「塾監局占拠」そっくりにみんなの眼のまえで孤立してしまった。三十分ほどでかれらの呼びかけは終了、あとはビラ配りになった。一時間後かれらは引き上げていったが、ビラの山の高さがほとんど変わっていなかった。

思うに日吉文と山本たちは、守る会の失敗に終わった、手際のよくない、かれら側の同盟登校キャンペーンをもう少し真剣に受け取るべきだったかもしれない。かれらは無期限スト中の日吉に乗り込んできて、敵の眼前でへたくそでもスト反対、学園正常化の立場を訴えたのであり、蜘蛛みたいに網を張り待ち構えてチェックしているだけのスト派にたいして、真剣に授業再開を求め、自分の声をあげようとする一般学生の存在をしめして、俺たちはおまえらよりもっと本気だぞと指を立てて見せたのだから。山本と日吉文はかれらの下手くそな活動を単に冷笑しただけだった。七・五日吉スト権の主体だった学生大衆の現在の要求になんとかかれらなりに応じようとして模索する姿を、そこに見て取れなかったツケはあとで回ってくるはずである。

十一　日吉文は善戦する

九・一六　塾長は全塾自治会林委員長に宛てて「公聴会を学生諸君の意向に沿って早く開きたい。会の開催の細目について話し合いたい」と文書で申し入れた。「学生諸君の意向に沿って」は塾長の口から出たものとしては画期の声であり、注目されるが、これを受け取ったいまの林と全塾自治会が塾長の「画期」にどこまできちんと対応できるかはまた別の問題だった。

日吉キャンパスでは、八時四十分より昨日「守る会」の「授業してください」要請に応じた法学部の二教員の「授業再開」パフォーマンスが行われた。バリケード外の陸上競技場スタンドに教員二名、学生百名余が集まって、最初に「米資問題」をめぐって教員と学生の間で三十分ほど話し合いがあり、やりとりが途切れたところで、宮沢浩一教授の「講義でもしましょうか」という呼びかけに学生の八割が応じて、刑法総論の「青空授業」

がこちらも三十分間行われた。山本はこの日、午後になってから警備室に顔出したので、法学部の「青空教室」運動を見ていない。勝見らの話をきいて、塾長と理事の一田と現法学部が日吉で一芝居打ったな、せこくスト破りしたなとせせら笑った。警備室を見よ。日吉では学生大衆自身がチェックの主体となって世界を取り仕切っているのであり、塾長たちはどんなに頑張ってもここではスト破りとしてしか登場できぬのだ。痛快ではないか。

九・一七　塾当局は各学部自治会、学生団体の代表に「全塾自治会委員長が電話で辞意を表明してきた」と通知した。林は辞意表明後「ストを回避し話し合いを守る会」の提出した全塾学生大会の開催を要求する署名簿と一緒に行方をくらましている。米資問題解決に向けて関与を続けるすべての当事者にとって迷惑限りない、学生側を代表する機関の代表者自身が意図的にか仕方なしにかしでかすに至った「事故」の発生である。「守る会」「全塾自治会」をはじめとして各自治会、学生団体は対策の協議にとりかかった。

日吉警備室では狩野が日吉文たち、オブザーバーたちに林の辞任のことを伝え、「話し合いを守る会」が要求していた「スト・占拠を解除するための」全塾学生大会開催は宙に浮いたようだと話した。メンバーにこれといって特に意見らしい言葉もなく、山本は夏休み前にはじめて参加した三田での全塾学生大会と議長席の林の議事運営ぶりを思い出し、あの林が「守る会」連中に署名、署名でうるさく追い詰められ、一方では味方だったはずの全学闘に塾監局占拠を不意打ちされて進退谷まり、全部を放り出して身を隠すしかなくなった境涯を思って同情を覚えたが、それ以上の感慨もなかった。「全塾」というが要するに三田のことだ。三田の事は内ゲバと占拠闘争の全学闘の事。七・五日吉スト権の主体たる学生大衆の持場はまずもって日吉であり、警備室でのチェック任務の「批判的」実行なのだと山本は思い返した。

この数日間、日吉文たちは無我夢中ですごし、気づいた時には新しく始まった米資闘争の日吉において運動する中心になっていた。最初にそうした自己に気づかせてくれたのが、米資問題解決の方向をめぐって反対を行く「話し合いを守る会」のバリケード入り口周辺で行った「授業再開」キャンペーンや、チェックの働きかけへの反発、疑問の眼差しであり、ストとチェックへの不信の突き付けにうろたえたり、考え込んだりしながら、それでも辛抱強く不信を解こうとつとめていると、よく理解できぬままに相手の不信の眼が急に理解に変わりかける瞬間を、自分の当番のときにそれぞれがかすかに体験した。ふと気づくと警備室は外からの侵入を阻止する防壁から、未知の他人たちがチェックする・される相互否定の関係をとおして、理解と統一の最初の入口に転じている、そうした不意の入れ替わりの感覚であった。日吉文とオブザーバー以外の連中の気楽そうな出入りがはじまり、その人数が増えて行き、なかには雑談にくわわったり討論にたちあったりして、かれらを警備室の中に見るのが普通になった。いつもは日吉事務局が居場所で、任務もあるはずの全学闘の一年生たちのなかに、警備室に何となくいる時間が多くなったものが三、四人いてかれらは話が合う連中だった。山本の独断によれば、かれらは「塾監局占拠」より「日吉バリ出入りチェック」のほうに親しみを感じているのである。日吉文たちのおずおずと継続中の「お願いします」チェックを手伝うわけではなかったし意見らしいことを口にするのでもなかった。が、山本は自分が担当したチェックのさいに二度、それは共に相手が山本の「お願い」をいきなり攻撃してきて議論になってしまった数少ないケースだったけれども、そのときそっぽを向いて黙っていた全学闘一年の雑談仲間が雑談以上の反応を示してくれたことがあった。

その日、制帽制服に身を固めた背の高い、全身が細長いバネのように見える学生が警備室の山本の顔をのしかかってくる感じで見下ろした。革靴には拍車がついていて、歩くとカチャッ、カチャッと粋に鳴った。「申し訳ないのですが学生証を」山本が話しかけたとたん、長い柔らかいバネがパシッと反り返ったかと思うと、「俺はこれからクラブの会議があるので来ているんだ。自分の学校の自分のクラブの部室に行く。文句があるのか」と尋常でない勢いで怒鳴り、顔は無表情だが声には憎しみをみなぎらせて攻撃を開始した。「そんなところにいてこんなことをしているおまえとは何なんだ。この大学の学生が構内に入って行くのをいちいちチェックする、できる資格をまずおまえが先に示せ。おまえの顔写真付きの身分証を出せ。早く出せ。俺は通るぞ」……。

聞いているとだんだん、この馬術部マネージャーだという男の突然の憤怒の爆発は日吉文による「チェック」を敵─味方の選別と排除であると思い込んでしまった、ある意味やむを得ぬ短絡の所産であることがわかってきた。山本は言葉を尽くして、日吉バリストへの出入りのさい、学生証提示をお願いしているのは、目下日吉キャンパスは米資問題をめぐって同じ大学の学生同士、教員と学生同士が対立したり衝突したりする場所ではなくて、七月五日の日吉学生大会におけるスト決議を踏まえて本学の全学生、全教員がそれぞれの立場から解決に取り組もうとしている場所である、僕らは「チェック」をとおしてそういう場所として日吉キャンパスを守っていこうとしています。普段の授業、講義は一時休止ですが、米資問題解決を求めていく中で、自主講座も開講されるし、集会や研究会、クラブ活動なども当然活発に行われていいんだと思っています、実際そうなっているはずですが等々説明した。しだいに馬術部の興奮はおさまって、やりとりの最後には「スト反対か、賛成かのチェックではないのか」と、間が悪いといった感情を正直に顔に出して「そうか。一応分かった」と言って口論は終わった。馬術部は学生証取り出すかなとちらと思ったが、そこまでは期待し過ぎで、部室で重要会議があると言っていたはずだが、入口を通ることなく山本らに背を向けて拍車鳴らして駅方向へ戻って行く。馬術部の怒号は馬術部個人の感情的爆発というより「守る会」の組織的行動の一環かもしれないなと思った。傍で山本のチェックに立ち会っていた全学闘一年の何某君は「右翼体育会にあんなに丁寧に話してやるかなあ」と一言言った。山本に同情していってくれたことがわかるので有難かった。

山本のチェックが憤怒を引き起こしたもう一つのケースでは相手が法学部の若い先生になった。ちょうど法学部の失敗した「青空授業」攻勢の翌日の事で、こちらも馬術部同様に山本らのチェックを、悪い過激派学生による悪い権力行使に違いないと早飲み込みしたあげく、「あのう、職員証を」と山本がいいかけたとたん、待ってましたとばかりに法学部助手高見の怒りが爆発した。先生は角ばった色白な顔、濃い分厚な黒髪をオールバックにし、黒縁眼鏡をかけた大男である。そういう人が突然開き直って「何。職員証。教員が自分の研究室に行くのに職員証であると。ここはどこだ。君は何だ。ああ私は馬鹿の国に連れ込まれてしまったのか。いい加減にしろ、馬鹿」と決めつけてくる。何よりも大の大人が一介の学生相手に我を忘れてのっけから闇雲にいきりたっている風景が大学一年生山本には何か恥ずかしい、見てはいけない大人の醜態と観じられた。入構を許可するお前の資格、権限は？　山本は先生が早まって持ち込んでしまったこうした「対立」そのものが架空なんだと説得に努めた。山本の説得は長くなったが、途中で先生は山が揺れるように大きく全身をねじって、山本の眼の先に怒りを込めて職員証を突き付けるとのっしのっしと丘の上の研究室をめざした。このときも立ち会っていた全学闘一年のかれは「あれは法学部ではまだいい方の教師なんだ」と高見先生の行く方を気の毒そうに見送った。

全学闘一年生の彼らに加え、日吉文の周囲にいて時々協力してくれる文学部一年生の人数も増え、山本はこれら仲間たちとの交流を、日吉バリ正面横という警備室の位置と、日吉文一年生たちの「チェック」の実践が、少なくとも「占拠」の自閉にたいして「ストライキ闘争」の新しい「運動」のかたちだと理解されつつある証だと密かに自負した。

やがて一年生たちだけでなく、米資闘争武勇伝中の「大物」たちの出入りもはじまった。全学闘代表の中山が人格者らしいという評価では全学闘一年生たち、日吉文たちも意見が一致しており、山本もそうだろうと同意していた。しかしかれらが雑談のなかで話題にしていた全学闘の大物は第一に小柳宏であり、マル戦派が多い全学闘のなかでなにかと「僕はＭＬ派。学生解放戦線」と強調する森下三郎である。両名とも法学部三年に在籍しているらしいが、年齢は小柳二十五、森下二十四と留年休学をくりかえして今日にいたっている。小柳の噂はいつも一種の恐怖をもって語られたが、森下は変わっているが面白い趣味人のように話題にされていた。小柳はラグビー部のスター選手として学生生活をはじめると、二年目で六大学リーグ戦で優勝に貢献し、慶大体育会メンバーにとって最高の栄誉である小泉体育賞を受賞している。その後、抜群の体育能力を体育の世界で発揮するのをやめ、裏通りの殴り合いにはじまって集団戦の首領格にのしあがり、しばらく某組に身を預けて出入りと賭博の日々を荒涼とおくった。父に説諭されて組を離れ、復学したが行き場がない。一九六七年十・八羽田闘争が小柳に行き場を与えたのであり、そこで知り合った慶大ブント・マル戦派の活動家たちと気が向くと、あるいは協力を求められると共に行動する生活になって今日にいたった。妻と小さい息子がいる。体育会、任侠団体、新左翼党派と遍歴してきた小柳が、一貫して組織のなかの独り狼として終始し、組織人間ではなくて、気が向くと、また「義」に感奮するとその抜群の能力を組織のため、心許した仲間のためにおしみなく発揮する「用心棒」的英雄であることに山本は心ひかれた。警備室ではじめて小柳さんの実物にお目にかかった時、この人が中肉中背、高価そうなフチなし眼鏡などをかけ、一見してラフな薄地のジャンパー、ジーンズといういで立ち（あれはみんな俺達にはなかなか手が届かない輸入品だぜ、全然そう見えないのがにくいね、と青木が教えた）柔らかい声で面白そうにぼそぼそと自分や知り合いの失敗談など話す様子は優しい兄貴分を思わせ、足音立てずに非常な速さで歩くところに往年のラグビー界のスターの片鱗をうかがわせたが、みんながこの人のことを、面白そうにだけでなく怖そうに声を潜めて語るのがなかなか理解できなかった。あるとき勝見に自分の疑問をいい、どうしてなのかと聞くと、返ってきたのは「小柳さん、普段はいい人なんだ。それが酒が入ると変わる。ラグビー部からマル戦まで一貫してるという話だ」ということだった。山本は以後も小柳さんに敬意をもって接したが、一緒に一杯やるということだけは避けるようにして、小柳さんも山本との付き合いに酒は持ち込まなかったから、俺は小柳さんと馬が合うとずっと思っていた。

森下の方は小柳さんと比べてはるかに淡泊な、親しみやすい先輩だった。自慢話が多い人であるにもかかわらず、向かい合っていて押しつけがましいところが皆無で、話していて疲れない。話題はたいてい中国共産党、毛沢東思想、日本における毛派左翼の先頭にML派と自分の所属する学生解放戦線があること、塾監局占拠に自分は唯一の毛派左翼として加わったこと、その時かぶったヘルメットであると言って学生間で俗に「モヒカンメット」と呼ばれているいつもぴかぴかの新品みたいなヘルメットを取り出して誇らしげな顔をした。それでも森下は、また英雄の小柳にしても、いまはもう「塾監局占拠闘争」の外に出て、日吉の警備室なんかに出入りして一年坊主相手に油を売っているのであった。山本は占拠闘争にはいろいろ問題があるのではないかと森下と話しながら時々思うことがあった。

警備室に頻繁に出入りするようになった三人目の大物は社学同書記局から慶大米資闘争に派遣されてきた「学対部長」伊勢洋である。山本の受けた第一印象は少年時代に熱中して毎週見た米製連続西部劇『ライフルマン』の主役ライフルマンを演じたチャック・コナーズの風貌と、主題歌「ライフルマン」の旋律と歌詞の鮮明な思い出だった。一目見てあこれは昔どこかで見た顔だぞと思い、最初から親しみをもって付き合い、しばらくしてようやく「ライフルマン」に思い至った。

〽どこからやって来たのやら
四角い顔に優しい眼
笑えば誰でも懐くけど
悪人どもには鬼より怖い

ライフルマン　ライフルマン
無敵のライフルマン

まず「どこからやって来たのやら」。慶大米資闘争へ早稲田から、社学同書記局から学対部長のガウン翻してやってきた。「四角い顔」のみならず、アメリカ人の間でもかなり長身なチャックとちがって背丈は山本と同じ百七十センチほどの伊勢は、肩幅と胴幅が同じでさながら不動産屋のがっしりした金庫みたいな四角い分厚い体型だった（なお歌詞二行目は正しくは「いかつい顔に」だったかもしれない。山本は「四角い顔」でずっと記憶している）。チャックの「優しい眼」は伊勢にも一部受け継がれていたが、チャックのは四六時中善良な笑みをたたえている一方、伊勢の眼は場面によって時に「学対」らしく計算高くなる嫌いがあったが、これはすこし先の話になるだろう。「笑えば誰でも」。日吉文一年生とオブザーバー山本たちは、同じ大学の先輩活動家には距離を置いて接したけれども、よそ人の伊勢には「懐いた」。よそ人の距離が山本らを安心させて、身近な先輩には構えても、学対伊勢の巧みな教育には山本らを無防備にさせてしまう力がつねに働いていた。日吉文たちに最初に関心を寄せてきた大物は全学闘の幹部ではなくて、ブント統一派の「新路線」に新一年生を組織しようという明確な目的をもって米資闘争に入って来た他大学の活動家学生伊勢君であったのだ。伊勢はほとんど毎日警備室に顔を出し、日吉文たちの雑談に加わったり、山本たちの討論を後ろで腕組みして聞いていたりした。意見なり感想なりを口にするでもなくただ黙って聞き、ときどきかすかにうなずいてみたりする以外何もないので、日吉文たちはだんだん伊勢の存在に慣れてしまった。

ある日の昼休み、日吉文と山本が日吉文自ルームで一休みしていたところ、四角い顔の伊勢が「おう、こっちだったか」と元気よくいい、「どうだ。みんな暇そうだから、集会の練習をしてみないか。集会に出かけるだけじゃなくて、日吉文として集会を開催、進行させる練習さ」と提案して、手持無沙汰だった山本らは自治会ルーム隣の学生の姿が全くない狭い通り道で練習にとりかかった。司会・狩野。主催者挨拶・勝見。基調演説・青木。他大学代表連帯の挨拶・伊勢。閉会挨拶・大塚。山本ともう一人オブザーバーが聴衆の学生大衆とする。青木はもともと演説が上手かったが、最近ではマイク片手に膝で軽く拍子を取りつつ進めてゆく新左翼のアジテーションをすっかり自家薬籠中のものにして、持ち時間三分で内容はどうであれ立派に「基調演説風」アジテーションを一席披露して見せた。伊勢は青木スピーチの出来栄えに刺激され競争心をかきたてられたか、日頃になく張り切って、ライフルマンの優しい瞳を鋭くして「ここに結集したすべての学友諸君、市民、農民、労働者の皆さん。われわれは戦争に反対し、日米安保体制に反対し、戦後日本の帝国主義的再編に反対する立場から、慶大米資闘争に対して連帯の挨拶を送りたいと考えます」といい、声を張り上げ「そもそも、米軍と癒着する醜い総長は、総長ではないか、いや学長だったっけ、学長、じゅく何とか、総長か……」と山本らの顔を見て、彼らが笑うので自分も笑い出してそのまま練習を終わりにしてしまった。ひとしきり早稲田の総長と慶應の塾長との「区別と連関」を話題にし、まだ塾総長だな等と駄洒落飛ばしあいみんなで笑いあって、警備室の任務にかえっていったが、山本たちは伊勢学対部長の鬼より怖いほどでもないライフルマンぶりに親しみを増した。

九・一八　午後、日吉四十番教室で日吉医学部自治会（医学部進学課程一、二年生の自治会）主催「医学部学生大会」が開催された。医学生百人余が結集して、スト体制維持・拒否宣言獲得を決議した。日吉医学部自治会の執行部は無党派の医進課程学生たちであるが、なかに八月内ゲバで日吉キャンパスから追放中の中核系「反戦会議」の一メンバー（一年生）も含まれている。全学闘の日吉代表桧木はそれを承知したうえで、集会開催を許可した。全学闘中山代表の指示である。

この日山本は日吉警備室通勤を欠勤して自宅で勉強して過ごした。先日日吉文狩野に依頼された、九・二一に全学闘が開催を予定している「日吉大学人集会」に向けて、全学闘とは別に日吉文からも「議案書」を提出したい、その「草案」をオブザーバー山本の立場で纏めてみるという仕事だった。山本は首をかしげて「日吉文ではない俺がなぜ、日吉文の「議案書」の案作りをすることになったの」と聞き返すと、狩野はみんなの考えで僕も賛成だと断って「全学闘の内ゲバ問題を機に、日吉文は七・五日吉スト権の主体・学生大衆の立場に立ち返って、米資闘争の新段階に全学闘の指示の下請けにとどまらず日吉文独自の活動を、具体的にバリストの「出入り」チェックにおいて実践しつつある。チェックの任務が米資問題解決をめざす時と場所の防衛であって、学生、教員の選別・排除を目指すものではないことで僕ら全員が一致している。この一致を「大学人集会」の学生、教員にちゃんと伝えることができたら、全学闘との批判的共同という日吉文方針がみんなにわかってもらえると思うんだよ。日吉文はこうあるべきだと山本がオブザーバーの位置にいて思う事柄をまとめておいてほしい。山本の文案に基づいて日吉文のみんなで検討し討論して「日吉文議案書」を仕上げたい。全学闘の中山さんも、議案書は日吉文も出せと言っているので、よろしく頼む」といい、少し考えて山本が了承した。

山本は「案」を次のように書き始める。「われわれ学生大衆の存在の根底＝内部生命の声は一貫して常に「反権力」を志向する。七・五日吉スト権の成立は学生大衆の根底の志向の最初の実現の相であった」云々と。

①警備室でのバリ出入りチェック数日間の総括。最初は日に十数人の出入りがあり、昨日は数人で、チェックなしのキャンパス出入りは可能だから、今後はチェックのさいの学生・教員との交流の経験は少なくなると思われるが、学生大衆の立場に立たんとするわれわれと闘いの主体である学生大衆の双方にとって、米資問題解決への関心の低下を意味するかもしれぬ点でマイナスの傾向である。チェックがスト派か反スト派かの選別・排除でなく、その反対を志向していることをくりかえして強調し続ける必要がある。立場が反ストであれストやれであれ、あらゆる「立場」が米資問題解決めざして思考・行動できる時と場所の防衛が日吉文の警備室が行うチェックの活動だということ。②いまは闘いの転換点であると日吉文は考えるべきではないか。日吉のス

トと占拠が表現している現在は米資闘争の主体である学生大衆の無言であり、米資問題解決の内側からの後退、不在だ。無期限スト下の日吉バリケードと、占拠された塾監局があり、それでいてその内側にはただ当局が拒否宣言出す日を座して待つ諸自治会、諸団体、「ヤル気」をなくしかけている諸個人がいるだけである。戦列の先頭にいた者からそろそろ脱落が始まっている。後方にいた脱落しない者は「反戦平和」の理念を安全札みたいに抱えて、一片の反省もなく独善的にただ待っている。こういう帆待ち闘争は全部やめて、とにかくこの待合室の外へ一歩でも二歩でも踏み出すこと。米資闘争を「反戦平和」の理念の内に閉じこめる闘いから「反権力」の闘いへ転換させること。反権力の闘いとは「この」権力に対する反にとどまるのではなくて、地上のあらゆる権力に対する「反」を志向する闘いであり、ストに対する「反」スト、戦争に対する「反」戦ではなく、ストと「反」スト、戦争と「反」戦の「対立」そのものに対する「反」の志向を。真の「反」の闘いの具体例は日吉文会議の場でみんなが考え、出し合うべきではないか。日吉文の試行錯誤しつつ担っている「チェック」はその一例たりうる?　……その他。

九・一九　午前一時、白ヘルメット、覆面、角材で武装した慶應反戦会議（中核派）八名が信濃町医学部本館西側一階の窓ガラスを破って侵入し、宿直員二名から鍵を奪って玄関、裏口他に内側から施錠した上、ロッカー等を積み上げてバリケードを築いて建物を封鎖した。中核派学生八名は「米資導入粉砕・拒否宣言獲得」を高唱、夜明けまでに医学部中央事務局の「占拠」を完了させて立てこもった。総指揮は木原博、現場の行動隊長が井川義雄である。午前中医学部は緊急教授会を招集して対策協議を行い、当初考えられた機動隊導入はやらず、「説得」方針で問題の解決をめざすことにした。十二時半、牛場学部長、赤倉病院長がハンドマイクを握って、バリケードごしに占拠学生に呼びかけ「頭を冷やせ、話せばわかる」と説得にあたった。学部三年クラス会代表は「クラス会で協議して、とにかく占拠を解いてもらってその上で話し合うと決まったから、それでいこう、中にいる諸君」と語りかけた。午後一時すぎ、「五分以内に退去しなければ踏み込む」と大学側の最後通告。占拠側は「三十分待ってほしい」と申し入れるも、一部医学部生、医局員らがバリケードの取り壊しをはじめた。一時五十分、「自分たちで外に出る」と声が上がり、正面入り口のバリケード向こう側から八名（内女子学生一名）が出てきた。経法の一、二年生が七名、三年生が一名。学部長とクラス会代表、「有志」の学生、教員らは、白ヘルの八名を北里記念図書館二階講堂に引率・連行して医学部教授、学生二百名の前で一人一人から「弁明」を求めることにした。八人は「米資問題」からの大学側の逃亡、退散を口を極めて非難、とりわけ医学部は問題の本丸であるにもかかわらず、まともな解決の努力をしているとは到底思えぬ、占拠は大学当局、なかんずく医学部指導部による問題の隠蔽、問題からの大逃亡に対する抗議であり、問題解決に向けての後押しである云々。この席で、米軍から資金の提供を受けているM教授（寄生虫学）、T教授（生理学）はそれぞれ、米軍資金による研究で直接にも間接にも「軍事目的にかかわるものはない」と説明した。（井川は当時、それは断言であって説明ではない、説明を要求すると発言したが、これが事実だから、これ以上の説明は不要とまた逃げられたと回想する。「彼らの方が先に話し合いを拒否するので、じゃあ占拠ということになるんだ。俺たち問題を追及したい側は」）。中核派の退去したあと、学生、教職員が「占拠されていた事務局内部の混乱、破壊」の跡を黙々と整理整頓した。

夕方、日吉文狩野、勝見、青木、小田、大塚とオブザーバー山本は日吉文自ルームに集合して、懸案だった「日吉文議案書」を仕上げるべく会議をした。「伊勢さんに会議の事を伝えたが用事で出られないというので、山本の案の青焼きコピーをわたしておいた」狩野は報告し、「案で山本がポイントと考えるところにまだ補足したかったらいってくれ。そのあと僕らが質問するなり意見をいうなりして、話を進めていこう」と発言した。

「別に補足はない。ポイントは第一、日吉スト権の主体は、七・五日吉学生大会において「議長団」の提起に応えて自分の頭で考え、自分のハートで感情し、自分の意志で決断してスト権を成立させた学生大衆の個々の

「私」であり、日吉文はそういう「私」たちを全体として代表せんとする集団である。したがって常に部分をしか代表しえぬ党派を不断にのりこえんとする「私」でもある。第二、米資闘争の現在は、七・五スト権の主体の要求（と僕には聞こえ、見えるもの）に応えきれておらず、思考行動の転換が必要ではないか。僕はいま問われている転換を、「反戦平和」の理念に自閉して、単に当局が拒否宣言出すのを待機してるだけの「スト」「占拠」から踏み出して、米資闘争の主体であったし今もある学生大衆の立場に立って、「反戦平和」の闘いから「反権力」の闘いへこの「私」を向け変えること。反権力闘争の中身についてはみんなで議論しよう。第三、僕自身は警備室でのチェックの実践から「反権力闘争」のイメージを手にすることが出来たというように思ってる。「下からの」チェックから僕らの「反権力闘争」がすでにはじまってるんだ。大げさなとすぐに言わないで、いろんな観点からみんなで考えて下さい」

「僕ら日吉文は七・五日吉スト権の主体であった「学生大衆」の要求を現在において代表せんとする集団である。要求内容は米資問題解決・拒否宣言獲得。これが僕らの出発点だということで先へ進みます」狩野は一、米資闘争の現状をどう評価するか、二、日吉文は現状にどうかかわっていくかの二点にしぼって、山本「案」に触れつつ意見を出し合いたいがどうかと提起した。全員異議なし。青木は「山本「案」について本人の口で語ってほしいことがいろいろある。これから聞いていく」とまわりを見まわした。

「塾当局と話し合いを守る会は「スト」「占拠」解除・問題の「話し合い」解決で団結して攻勢に入った。対して日吉文を含む「スト」「占拠」の実行をとおして拒否宣言獲得を目指す側は、現在のところ攻勢に対して単に守勢にとどまっている。内ゲバの酬いでもあり、遺憾である。これを逆転させたい山本の問題意識には俺も賛成。確かにわれわれ側の多くの者らは「反戦平和」念仏を唱える以外のいいことはなかなか思いつかず、「スト」「占拠」の内側に自閉して、当局が拒否宣言を「出してしまう」望ましい未来をただ待ってるだけのように見て見えぬこともない。それはやめて「反権力闘争」に転換をと山本はいう。わかったがその中身は？　たとえば昨年十・八羽田闘争以来新左翼諸党派と学生大衆によって連続してなされてきた「街頭実力闘争」は具体例といえるか。かれらは反戦平和のスローガンを掲げてヘルメットデモを敢行し、警備の機動隊と衝突、角材と投石等で、機動隊のガス銃、警棒等に抵抗して警備の「壁」の突破を試みるが、日米安保体制を守り抜かんとする国家意志に対する批判、抵抗の「この」権力に対する行動だから、「反権力闘争」といっていいと思うが」

「あれらの闘争は大まかに言って、「この」戦争に対する「反」戦、「この」権力に対する「反」権力だから、反権力闘争の全体とはいえず、その一面の表現にすぎない」山本は言う。「俺が思い描くのは権力そのものに対する「反」であって、地上の一切の権力の死滅をめざす「反権力闘争」なんだ。「この」権力がダメだから、こんどは「俺の」権力に取り換えようという、馬に食わせるほどありふれた「権力闘争」「権力政治」と、十・八羽田以後の連続闘争がどこまで重なり、どこから離れていくかは細かく見ていく必要があると思うが、あれらの街頭実力闘争が「権力闘争」の要素を全然含んでないとは言えないんじゃないか。野次馬の観察だけれどね。だから新左翼諸党派の運動から不可避に「内ゲバ」も出てくる」

「すると「反権力闘争」には、「権力闘争」の要素を含んでいる不純な反権力闘争と、権力闘争そのものをのりこえていく（止揚する）純粋無垢の反権力闘争の二種類があり、前者は仮に担い手個人が権力欲などない、絶対の権力嫌いであっても、かれの担う闘いが「この」権力に対する『反』の闘いである場合、それは闘いとして「権力闘争」「権力政治」の仮装にすぎなくなる？」青木は追及する。

「そこまではいわない。しかし「反権力闘争」というとき、俺はその闘いが「権力死滅」の志向を有しているかどうかを基準にして視たい。振り返ると十・八羽田の個々の担い手のうちにはその志向が無意識にであっても存在していたように思える。ところがそのあとは依然「志向」は存在していても権力死滅に向かっての一歩踏み出しは、見ていた限りでなかったようだ。それで反戦平和掲げて機動隊と闘う一方、彼我の些少の違いで仲間と内ゲバもやるということになると思う」

「山本の議論は実際にいちども実行されたことのない「理想」の闘いをもちだして、実際に行われつつある「現実」の闘いを一面的に否定しているように見える。理想によって現実を批判するというのでなく、否定し拒否してるように見えるんだ。誰も実際に担ったことのない「理想」の高みから米資闘争の現在を批判するのでなく全否定する。反戦平和の理念に閉じこもって身動きできずにいる「現実」に向かって反権力闘争の理念型をしめして転換しろという。山本「案」には具体が足りない、というか避けられている感じだ」勝見がいい、狩野も「もう少し実例を使った説明が欲しいなあ」と同意を示した。

「俺は理想論を言っているが、理想を口にすれば現実のマイナスは突破できると説教してるんではない。先ずもって「反権力闘争」の理想があり、現実の反権力闘争は理想によって自己をしばって、現実がわれわれに用意している可能性を「生かす」努力をするべきだということ。一切の権力の死滅という「不可能な」ヴィジョンでもって己れをしばって、今現にある反権力闘争に批判的にかかわって、内側から闘いの限界を不断にのりこえていきましょうという呼びかけなんだ。……僕らの任務を例にしよう。バリケードの出入りチェックなのだから、学生、教員の自由に対する制限であり、力を背景にした強制であり、つまり権力の行使である。しかし一方でわれわれのチェックは「下からの」チェックなので、上からの選別と排除の立ち位置を不断に自己否定しつづける「ご協力お願いします」チェックだ。チェックする日吉文＝学生大衆代表たらむとするわれわれは、チェックされる学生大衆に何をお願いしているか。共に米資問題解決を目指して前進してまいりましょうとおねがいしている。さらに加えて、いま私はあなたをチェックなどしていますが、近い将来塾当局が米資拒否宣言を出すであろうその時にはこんなチェックなど不要になる、そういうチェックでもあるんだということ、今このチェックはチェックの死そのものを目指すチェックなのですよと相手に伝えんとする「下から」でもあるのだ。僕らのチェックはチェックそのもの、権力行使そのものの死滅を目指す権力の行使である。われわれのチェックの任務遂行こそ、じつは真の「反権力闘争」の萌芽ではないかと僕はいいたい。レーニンは「権力死滅」という目的にいたる手段として「プロレタリア独裁」を考え、提起した。僕らの「下からの」チェックとレーニンの「プロレタリア独裁」は思想の根底が同じだ」

青木は苦笑しながら「レーニンのプロ独は「ブルジョア権力の死滅」のために権力を一方的に行使する主体という意味だ。ついでにレーニンはこの権力の行使にあたって、暴力の断固たる活用を推奨している。僕らのチェックをレーニンとじかに結びつけるのは穏当でない」とたしなめるが、山本はかまわず、

「レーニンはブルジョア権力を地上における最後の、したがってあらゆる権力そのものを代表する権力と位置付けて、その死滅をやり切ったのち開かれる権力なき新世界を構想したんだと思う。あらゆる権力を地上からたたき出せなんだ、レーニンのプロ独は。それを「この」権力＝自己の当面の敵を死滅させるための権力に書き換えたのがスターリンであり、スターリン主義だ。要するに、すべての反権力闘争は権力の死滅という大目標実現の手段として闘われる時にだけ美しいという意見です」と持論をくり広げた。

「そろそろまとめに入りたいが」狩野はいい、妥協案を出した。「僕らのチェックがチェックの必要をなくすことを目的とするというのは賛成だし、その上で、反戦平和への立てこもりの自閉の外に出て、反権力闘争へ踏み出せという提起も一つの道だ。それで問題の反権力闘争の中身になるけれども、「この」権力に対する「反」から出発して、この世のすべての権力の死滅を志向する「真の」反権力闘争へ高めていくこと、それが僕らの希望である。これでどうか」

青木はいいよといい、山本もこれ以上の議論は趣味の競い合いになりそうだからやめようと思った。理想か

ら出発するか、現実から出発するか、どちらが「権力政治」「党派政治」の罠にたいしてよりおおきな抵抗力を発揮できるかは、闘いの実際のなかでの実践の問題になる。山本には自分の「理想」論を「現実」の場面でどう実現していくかについて必要な経験もアイデアもないのであり、だからと言って「現実」の必要から始めるというのも、そのあまりの当然らしさが面白くなくて、狩野の妥協案に乗る選択しかなかった。するとオブザーバーの位置から出て、「この」権力にたいするとりあえずの「反」に加担するというのが俺の転居先になるのか？

狩野はみんなに意見を聞きながら「日吉文議案書」作成の段取り、各人の分担をつぎのように決めた。「草案」筆者山本は「議案書」の作成に加わるか。いや、それは日吉文の仕事だ。「草案」はオブザーバー個人の私見にすぎないと山本は謝絶、その上で議案書の材料として日吉文の都合にあわせて利用されたしと。山本の「草案」に日吉文が答えるかたちで狩野と青木が作文して、明日中に日吉文メンバーで検討協議し「議案書」を決定する。ガリ切り、印刷、とじ込み等は狩野、青木、勝見、大塚で分担する。九・二一「日吉大学人集会」のために三十部作成のこと。集会当日、全学闘の「基調報告」とは別に、独自の文書として出席する学生、教員に配布される予定である。

十二　反占拠運動の高まり（三田）

九・二〇　正午過ぎから占拠中の塾監局前中庭に学生、教職員約二千人が集まり、占拠学生に向かって「説得」活動を開始した。十五時過ぎ、峯村法学部長を先頭に法学部教員六十名が「われわれも中に入れてほしい。話し合おう」と呼びかけたが、占拠学生はこれを拒否、その後しばらくして二階窓から占拠学生「代表」が顔を出し、双方ハンドマイクを使って真剣な、時に悠長にも感じられるやりとりが行われた。その間全学闘側は「解除のための話し合い」は「拒否」で一貫した。

夜に入ると、文・法・経・工の四学部長は全学闘代表中山と第一校舎の一室でやや踏み込んだ会談をおこなった。学部長側は会談の終わりに中山にたいして全学闘の主張と要求に最大限配慮した三項目を提示する。①「辞退声明」に「平和宣言」を加えて出す（「拒否宣言」は無理）。②大衆討議の場を用意している（「大衆団交」は無理）。③九月二十四日までの間は「占拠」を実力排除することはない（「良い仕事には締切日が必要です。学んでください」と某学部長は説いた）。会談後、四学部長は塾長に結果を報告、塾長は中山にたいして、諸君がかりに九月二十四日六時までに占拠を解かぬ場合「大学として許される範囲で、状況に応じてもっとも適切な措置をとる」と伝えた。全学闘中山はこれまでの期限のない、占拠して「拒否宣言」到来をただ待つ消耗な生活に、「締切日」が設定されたと事態を前向きに受け止めた。全学闘と中山にとってこれからようやく日々考えることをつづけ、良き決断にいたる生活がはじまる。塾長たちはよろしく「最も適切な措置」をとる準備にいそしめ。

塾長は塾監局前にまだ立ち去りたくなくて残っていた六百名ほどの学生、教職員に、全学闘と協議して「約束」締結にいたった経緯を説明した。なお、この日をもって「話し合いを守る会」の行動分子による「塾監局占拠を監視する会」の監視活動がこれまでの趣味的水準から組織的な偵察活動に本格化する。一方で九・二四まで塾当局が設けた猶予期間はすなわち「休戦期間」であり、塾監局へのスト派一味の出入りはあくまで「監視」の対象であっても「阻止」の対象ではなく、これまで「監視する会」を含む反スト連中が塾監局周辺でくりかえしてきた抗議、妨害行動は一時停止になる。当局と反スト分子は占拠一味に「自分の頭で考える」時間を与える一方、自分たちの占拠解除策動のために抜け目なく有益な時間を稼ぎもしたわけだ。

九・一一　日吉四十番教室において全学闘主催「日吉大学人集会」が開催され、日吉に通う学生、教員を中心に七十名ほどが集まって米資闘争の現状と展望を語り合った。はじめに全学闘から、敵によって拒否宣言獲得の「占拠闘争」に「命数」を突き付けられた「受け身」に抗い、スト貫徹日吉の学生、教員の強固な団結を打ち立てようと呼びかけがあったが、会場の隅にいた山本には、会場が大きすぎるので集まった人数が一層少なく見えてしまうせいか、とても「団結」「結合」という話ではなくて、全学闘と学生大衆の今とのあいだ、さらには「スト派」と大雑把にくくることのできる塊そのものの内部に、対立とまでいわなくともハッキリと「食い違い」を感じさせられた。対して、当局と「守る会」は全学闘の「占拠」に向かって単純に「団結」できており、占拠に一方的に「期限」をつけて見下ろす当局側の傲慢を、学生大衆の「無言」が米資闘争のいまにおけるかれらの「不在」によって支えている。全学闘の呼びかけは学生大衆の「無言」の核心部にほとんどまったく届いていなかった。

山本は盛り上がりを欠く議論に半ば耳傾けつつ、配布された「日吉文はこう考える」と題した日吉文議案書を一読した。日吉文は七・五日吉スト権の主体「学生大衆」の要求を代表せんとすると宣言する。われわれは米資闘争の現状をつぎのように「読んでいる」。闘う側が反戦平和のスローガンのなかに自閉して、愚かな当局が賢くなって拒否宣言出しますと反省する日を単に待っている無為自然の「受動性」が七・五日吉スト権の主体を孤立した個々の「私」に分解し、それぞれの「私」をして、日吉バリストの外なる生活へ自らの自主自立の要求を屈折、拡散させてしまった。日吉バリストを「反戦平和」スローガンの待合室ではなく、明瞭に反権力＝反大学、反国家のバリケードに質を転換させること。米資導入拒否（宣言）は反権力闘争の実践的貫徹によってのみ獲得可能な目標である。

……日吉文は山本草稿のレトリックをそのまま使って、「反戦平和」の小ブル的自閉自足の攻撃にエネルギーを集中していて、山本はやや当惑したが、山本の前の席にいた教員らしき人物が「日吉文はこう考える」を読んで、いかにも心外そうに「反戦平和が癌かよ。それなら自分たちは末期がんだ」と隣の同僚に話しかけた時、思わず「そうだよ」と心でいってしまった。この若い教員はおそらく山本たちの理解者であったろう。がその理解が山本たちを苛立たせていることが理解できぬのであり、「この」反権力闘争はかならず、このようにして最初にそれまでの理解者同士のあいだにやりたくもない対立・闘争を課してくるのであり、山本は自分のレトリックの拙さを反省はしたけれども、味方らしき教員の反発には同情より何か気味がいいという感情がこの時は上のほうにきた。占拠とストの孤立は潜り抜けるべき自分たちの試練だと密かに思っていたからである。

九・二二　この日午前十時警備室に顔を出した山本に、狩野と話していた伊勢が「これから狩野と三田に行くんだが、君も来ないか。塾監局で中山氏と会うことになるが」と声をかけた。ちょっとコーヒーでも？　という調子であり、「え、それは」と手を上げかけて、次にそうか、これは俺にはいい機会かという思いが湧き、狩野を見ると「一緒に行ってみよう」とうなずき返した。伊勢と狩野と一緒で、オブザーバーとしてついていくということなら、全学闘と占拠の実体に自分の眼で触れる願ってもない場合である。噂の塾監局占拠の実物と中山代表の実物は、山本が日頃思い描くことの多い全学闘のマイナス面と、それから少しはあるだろうプラス面をどのように表現しているか、それともそんなものを全然表現などしていないのか、山本はよく見ておきたいものだと思った。

三田は昼休みが終わって、これから三限目がはじまるというところだった。山の上の狭いキャンパスだが、単に通っていくだけという人の姿さえ全くない。校舎に講義とかゼミとか何かしているらしい気配もない。伊勢と狩野のあとについて、塾監局地階に下りてゆく急な狭い階段を手すりつかんでコンクリート床に降り立ち、鉄扉を押して占拠された塾監局の内側に自分たちを組み入れた。あとで「占拠学生を監視する会」という凄い団体が活動しているときかされたが、この日の山本らの出入りが何かに「監視」されていた感じはどんなに記憶をたどっても見つからなかった。「会」の連中のアンちゃん式ハッタリに過ぎなかったか、さもなくばかれらの仕事ぶりが日吉におけるわれわれのチェックなど比較にもならぬほど高度に洗練されていたせいでもあったろう。

地下一階ドアの向こうには、左右を天井までバリケードで固めあげた、人ひとりが横這いで辛うじて通れるくらいの通路があり、その先はもう「封鎖中」の外観は消え、あたりまえの廊下、階段、むき出しの古い白い壁がいっぺんにあらわれて山本たちを受け入れた。二階の塾長室に四角い人伊勢のあとから入っていくと、非常に高い天井と、床から直接天井まで達する大きな福沢諭吉の肖像画の眼に見下ろされて、塾長の座を表示する巨きな机があり、その横に全学闘サブリーダー桧木が立ち、リーダー中山は「やあ」と笑みを浮かべて室中央の応接セットのソファーに三名の訪問者を導いた。中山と桧木は両名とも、自分は「勝ち取った」ないし「盗み取った」この家の主人であり、君らは招待に応じてはるばると県境をこえてやってきたお客さんであるという態度をとった。それでも田舎の客は薦められた柔らかいソファーを辞退して、主客立ったままで挨拶を交わし合い、オブザーバー山本以外の四名は旧知の仲であるから、米資問題の現在にかかわる話題だけは避けて軽いやりとりがつづいた。伊勢は後ろで固くなっている山本を中山に「彼もオブザーバーというが日吉文で狩野君の高校同級生だ。よく物言う客の筈だ」と紹介してくれた。狩野も「警備室で出入りチェックの中心で頑張ってくれてます」と口添えした。

「日吉バリストを断固として支えてほしい。僕らは日吉文の諸君に励まされてここにいるんだよ」中山は山本の緊張を解きほぐそうと思いやってか、しきりに日吉文の「批判的立場」を持ち上げてくれた。間近に見る中山は聞いていた通り、温厚な紳士風で、世間に流布されている過激派学生像と大きく異なった、人に対して心の動かし方がとても細やかなリーダーであった。山本はふと、占拠一味に乱暴に蹂躙されているはずだった塾監局の内部、とりわけ塾長室内側が、むしろかえって塾長が毎日威張って暮らしていた時分よりはるかに厳然整然、独立自尊の大理想の中枢らしく整頓されおおせている現状を見て、全学闘と中山の「学生らしい」若さ、人柄のナイーブ、要するにこの人たちは旗振って占拠などしてわけのわからん奇声をあげているけれども、確立した権威を尊重するポーズくらいは一応とれるんだな、全然話の通じない盲動分子というのでもないんだなという安心感、あるいはかすかな幻滅を覚えた。中山全学闘は「塾長」とか「塾監局」とかと全く異質な「異域の人」ではないのではないか。山本はこれまでの全学闘＝「他人事」という気持ちが「占拠」の内側を見て少しかわったと自分で感じた。

中山が日吉からの来客に主人役を果たしている間、サブの桧木は塾長のデスクの横に黙って立って主客のやり取りを眺めていたが、一年生のなかなかほぐれぬ緊張ぶりは塾長室がすでに闘う学生の軍門に下っている現実を実感できぬせいらしいと見て取った。よし、後輩を援助してやろうと決意し、桧木は歯車みたいに動き出してデスクの正しい位置にある塾長専用のシガレットケースに手を伸ばし、ゲルベゾルテ一本をとるとギャングの親玉風に横くわえして、これも来客用のジッポの馬鹿でかいフイターでカシャッと音響かせて火をつけ、フーッと一服してみせた。山本は衆人環視のもとでゆっくりと進行したこのゲルベゾルテ吸引独芝居の心を、今ここで拠るべき「権威」は塾祖「福沢諭吉」とわれわれ全学闘であり、米資問題解決反対、逃亡中の塾長ではないという政治的・教育的示威であろうと解釈した。口をへの字に曲げ、顎を突き出してゲルベゾルテ一本で頑張る桧木の風貌に、この人の底抜けの善良さを感得しつつも、しかしこんな風の人物でいて「本部占拠」なんかしでかしてしまって大丈夫か、やっていけるのかと頼りなさも抱かされた。

中山は大体がこの桧木のようである人物たちと一緒に、塾長が一方的に設定した解除締切期限に向かって、あるいは逆らって占拠闘争の今後を見定めようとしていた。占拠仲間のなかには、今は外に出て日吉の警備室に出入りし、日吉文一年生相手に鬱を散じている大物たち、小柳や森下のようなはみ出し者も現れている。自分たちの決断に「占拠解除」などないんだとすれば、これからさき占拠闘争をどう守り前進させていくか。中山全学闘のまえに用意されている選択の幅は当初思っていたほどにはおおきくもないのだった。中山と少し用談があるという伊勢と別れて、狩野と山本は地下一階にある現塾監局唯一の出入り口の鉄扉をこじあけるようにして表に出た。日差しが強い地上へ階段を上って行くとき、下で誰かがドアをひっそり閉める音がした。中庭にも校舎にも、何か授業中か、それとも臨時休業でもあるのか、やはりまったく人影がない。

九・二三　このかんに日吉文によるバリの出入りチェックはすっかり日常の風景として定着した。チェックする側・される側双方の心身から、始まった当初の頃のような「緊張」「感動」が憑き物みたいに自然におちていた。「学生証の提示お願いしまーす」と下から努める呼びかけ声も音色が変わり、お願いされてしまう側も、外観は駅の改札口を通る姿とほとんど見分けがつかなくなっているのだが、これを日吉キャンパスの「米資問題解決の拠点化」の確立した相の一面と見るならば我々の闘いの「前進」とみなしうるかもしれない。しかしながら、日吉文のチェックのこうした日常化、自動化は、日吉文と山本らがチェックの任務をつうじて一方で追求しつつある七・五日吉スト権の主体・学生大衆の現在との結合の課題のほうから批判的にながめれば、のりこえていかねばならぬ未知の壁の前に立たされて、褌しめなおすべき事態でもある。日吉文と山本たちはこの転機をまだ明瞭に自覚できていなかった。

ある日の午前中、いつものようにバリ正面から入ってくる学生は少ないどころか、ほとんどいなくなってるように思えた。狩野、青木、勝見、大塚、小田、そしてオブザーバー山本はこうした現状をもはや憂えることもなく、むしろこれ幸いと警備室の大机を囲んで面白く雑談しているうちに、誰かが「音楽が足りないな」と提案して、警備室の備品の携帯ラジオのスイッチを押すと、急に五十年代米国ポップスの懐かしい一曲がながれてきて一同は歓声をあげた。かれらは少年時代にラジオで耳にしたプレスリーやコニー・フランシスの「パンチのきいた」流行り歌で、まだよく知らぬ自由とか自立とかいう観念に向かって「解放」された経験を共有していた。急に蘇った懐かしい思い出と、かれらが今味わっている米資闘争のなかの甘い、はるかな憧れの気分とは、両者がちょうど反対側からぐるりと一巡りして、いまここで背中合わせに再会しているんだと思える。懐旧の念抑えがたくて元みゆき族青木は、ひらりとスニーカーの足元も軽快にかれらの囲んでいた大机に駆け上がり、ニール・セダカ『おおキャロル！』の旋律にあわせて噂に高いツイスト王の力量を華麗に披露するのであった。山本のはじめて目撃する青木ツイストの舞台は警備室にしてチェックポイントといったスクェアな場所柄でもあり、『ブルーハワイ』でエルビスの反逆的なツイストを見せられた時に似た大きな解放感をおぼえ、みんなと一緒になってもっとやれ、もっとやれと手をたたき煽りどんどんと足踏みした。

　おおキャロル！　と青木ツイスト、大歓声、拍手、手足使った床と机の連打が一番しっくり重なり合ったとき、山本は顔の左側に冷やっとした、薄く通り過ぎる視線を感じた。見るとひとりの学生が立ちすくみ、山本たちの大騒ぎを見て表情を硬くしたのがわかった。青木ツイストはいよいよ佳境に入り、曲が急き立てるようなコニーの『カラーに口紅』にかわった。チェックされんとしている、あるいはされまいとしてるのかもしれぬこの学生の存在に、山本以外誰一人として気づいていなかった。「ちょっと」と山本が手を上げたとき、一瞬だけ動きが止まったが学生の姿はもうなかった。青木は大机から降り、ラジオはもとの無音に還り、騒ぎ疲れた日吉文と山本たちもそれぞれの任務に還って行く。振り返ってみると学生に気づいたのは山本だけではなく、青木でさえ踊りながら片目で気づいていたらしかった。あとでそれをいうと、「あれでいいんだ」と青木は強く言って黙った。これ以後は山本の見聞の範囲では警備室のなかで二度とラジオは鳴らず、青木は踊らず、チェックを省略する場面も発生しなかった。しかし日吉文と山本は、ほとんど駅の改札口の検札と変わらなくなったバリ出入りのチェックの現状をなんとかしたいと思いつつ、何ともできずにもはやチェックの必要がなくなりつつある現在の中でもう一度、日吉文のツイスト宴会に遭遇した一学生の表情に思いをめぐらすべきだったのではないか。そこにおいてこそ日吉文たちが拠り所にした七・五スト権の主体たる学生大衆の要求があったのではないか。「おおキャロル！」は警備室と日吉文の私物ではなく、すべての闘う学生大衆に共有されて（「守る会」連中にも、馬男にも、そして悩む教員たちにも）みんなでワーッと踊られるべきものであったのだ。山本はあとになってそう考えたことを思い出す。

また別のある日、たまたま警備室に二人だけでいた勝見から意外な「噂」をきかされて山本は当惑を禁じえなかった。狩野らは日吉事務局へ出かけており、一人でぽつんと留守番していた勝見が、顔を出した山本に「これは噂でそれだけのことかもしれないんだが、気になるので意見をきかせてほしい」と口ごもりながら言い出したのである。勝見は日吉文の仲間たちとの友情を大事にしていたが、時に米資闘争にかかわって日吉文たちには言いにくい自分の疑問や不審を、オブザーバーである山本に打ち明けて意見を求めることがあった。たいていの場合、勝見の問題は打ち明けてしまうことによって、山本の意見がどうであれそのまま解決になっていたので、山本はこの日もそのつもりできく用意をした。

「七月五日、日吉学生大会でのスト決議が日吉文の団結の拠り所であり、スト権の主体は学生大衆であり、学生大衆の現在の要求を代表せんとするのが僕らの立場である。これが私だという考えで僕らはいまここにいる。そこで先日全学闘一年のSから聞いた噂話だ。Sによれば、七・五日吉スト決議、あれはいかさまで、成立なんかしてはいないと言い出すんだ。あれには裏がある。議長団が開票して投票用紙を数え、確認する過程で、ある者が票を操作してスト権確立となった。そのある者の名は議長団のなかにいた中核派の木原だという。さいしょ何を馬鹿なと思ったが、馬鹿な話じゃないかもしれないと思い始めて、正直困ってしまった」勝見は山本の顔を見ず、そういって黙った。

「噂として聞捨てにしておくのが、この場合無難じゃないか」山本はとりあえず指摘してみた。

「噂がある程度まで事実なら、僕ら日吉文の立場は成立しないと思えてしまうので困るんだよ。しかしそれでも日吉ストは成立して今日にいたっている。僕らは居直って、日吉スト権を錦の御旗にして米資粉砕・拒否宣言獲得でこれまで通りやっていくか。僕は居直れず、これまでと変わらずやっていくのが難しいと感じる」

「噂だから、事実かもしれないし事実でないかもしれない。事実なら、一つの別の行動がはじまるし、事実でないならこれまでの延長上に明日はあるんだ。そのいずれにも自分を片付けさせてくれぬのが噂の権力だと思う。俺たちは明日からどう考え、行動していくか、自分で決めようぜ、そこらへんの暇人の作った噂で自分の人生決められるなんて真っ平だ。とにかく今のところは、聞き置きましたよ位で脇へどかしておくのが賢いと思う」山本がいうと勝見もだいたい了解した。

勝見の表情はあいまいだったが、噂にしてやられるのは不経済だという山本の意見には賛成だといった。あとで山本は噂の虚実より、こうした噂が広がって、勝見のような無党派一年生日吉文メンバーのなかでももとも「七・五日吉スト権の主体・学生大衆」というときの学生大衆に近い人物を消耗させている現状に、闘う側の後退を痛感した。

九・二四　この朝六時、塾当局が全学闘に用意した、占拠を解除して塾監局から退去するまでの猶予期間が終了した。が、全学闘側にとっては「占拠解除」も「猶予期間」も、塾長一個の願望の一方的な押し付けなのであるから、平然として占拠を継続、塾長の鈍重な片思いとして単に黙って無視した。

六時を期して、塾監局前中庭に塾長、常任理事、各学部長、教授ら百五十人が集まって、深い沈黙裡に内部の占拠学生の決断と実行を待った。屋上の赤旗は垂れたままじっと動かない。学生らはどうも「自主的」には決断できぬようである。

七時すぎ、当局は「塾長警告」を発した。「……大学は九月二十四日以後塾監局への立ち入りを一斉に禁ずる措置をとる」云々。占拠学生が出入りできぬように周囲にロープを張りめぐらし、さらに水道を止めた。その上で塾長は、学生大会開催の有無を問う「告示」を出す。塾生諸君よ、米資問題解決をめざして塾生の意思が現在どこにあるか、ハッキリさせる機会である「学生大会」を開催するつもりがあるのかないのか。全塾自治会よ、全学闘よ、そして不当に我慢を強いられているすべての塾生諸君よ、問題を自力で解決せんとする気持ちがほんとうにあるのなら、われわれとともに未来へ一歩ふみだしてはどうか……。

正午過ぎに山本は警備室に入り、日吉文の狩野、青木、小田、大塚が全学闘一年生の何人かと三田へ出かけたと、山本を待っていた勝見から知らされた。今日は塾長が決めた、塾監局占拠「解除日」なので、三田で何らかの衝突の発生が予想される。日吉から支援に行ったと勝見は説明し、山本はどうする？　僕は昼をすませたら行こうと思うがという。塾長がどう出てくるか、山本は興味があり、中山さんが塾長の勝手に課してきた「解除の実行」要求にどう反撃するか、一度触れた中山氏の人格の印象に照らして、こちらには興味にとどまらない関心を抱かされ、俺も見に行くと山本は言った。食事しながら山本は、全学闘に移った日吉文元委員長大島が占拠部隊に加わったこと、しかし今は占拠から離れて実家に帰って、米資闘争そのものから去ったこと、副委員長藤木も同様、目下はバイトが忙しくて（「藤木は本物の苦学生なんだ」）こちらに顔を出せずにいること等を知り、内ゲバ議論にはじまった日吉文との付き合いが、経過した時間はまだひと月にもならないのに、あの頃の日吉文から今の日吉文までのあいだにもう何か月もたっているように感じて、日吉文も山本も確かに一と月前の自分とは何ヵ月分も隔てられてしまったなと今の自分を他人みたいに振り返った。

十三　赤ヘルデモ初回（三田）

三田で十三時より、三田文（三田文学部自治会）は第一校舎一五番教室で「パネルディスカッション」を開催した。自分たちの九・一二「教務部占拠」とその自主解除の経験をふまえて、文学部として独自に問題の「話し合い解決」＝当局との「団交」から「拒否宣言」獲得に至る道を模索しつつあった。かれらは全学闘の占拠闘争、日吉における無期限ストライキ闘争に、文学部としての問題の話し合い解決追求をもって連携せんとしていた。

十六時より、文・経・法・商・工五学部長が主催して、先に塾長の示した「学生大会開催の有無を問う」告示について、「補足説明」の会が西校舎五一八番教室で開かれた。一千人の学生が参加、一般学生や「話し合いを守る会」メンバーにくわえて、なかんずく委員長林が辞任してしばらく混乱状態が続いていた全塾自治会が新たに委員長代行に日吉自治会委員長田村敬三を立てて学生側を代表し、塾長との議論に取り組んだことに出席者の注目が集まった。塾長は説明の冒頭、あらためて塾監局占拠を違法占拠、間の抜けた幼稚な愚行と批判しさり、自らの愚行の貧しさを認識して解除を決断する勇気をもてぬという一点で全学闘に問題解決の資格も能力もないと断定し、「以後大学側は全学闘を無視することにする。全学闘はわれわれにとって現在ただいまからただの無に等しい」といった。さらに「公聴会を開きたいが、全塾自治会に問い合わせても回答がない」と重ねてこのかんの全塾自治会の無為無策を皮肉った。会場を埋めた学生らは賛否入り乱れて拍手、怒号の大渦巻中の烈しくぶつかりあう物体と化す。全塾自治会代表代行田村は一人冷静に、塾長の「全学闘無視」声明に反論（「全学闘批判ならまだわかります。全学闘無視は米資闘争無視、問題解決放棄声明ですから反対します」）、全塾自治会への皮肉には「学生自治への不当介入です。自制されることを望みます」と指摘した。議論は続く……。

山本は勝見に連れられて西校舎二階北隅にある三田文自ルームに入り、そこにいた山本の知らぬ一全学闘メンバーに三田の様子を聞かされた。これから塾監局占拠の全学闘の一部が下りてきて、中庭で抗議集会をやるんだという。目下塾長は大教室で塾監局占拠をどう処理するか説明中だ、それに抗議するというのが集会の主旨らしい。そういえばここへくるとき、中庭の真ん中に何人か活動家らしき連中が椅子をならべたり、演壇のつもりかもしれない机の上にハンドマイクが置いてあるのを見た。日吉文の狩野らが三田に支援に行くというのは具体的にはこれだったんだなと勝見と話し、あの様子じゃそれほどの集会でもなさそうだけれど見に行こうかと話が決まった。山本も勝見も、これから帰宅しようという学生の身なりで、廊下や校庭、教室を行き来する、スト中ではない三田の一般学生と見分けのつかぬ肩から鞄、替え上着、灰色ズボン、革靴といった扮装で暗くなった中庭のほうへ急いだ。

十数人のかたまりがあり、かたまりが小さく揺れたり固まったりするのを、同じくらいの人数で遠巻きにして眺めている学生たちの姿があった。山本と勝見は通りすがりに足を止めて結果として隙間の多い大きな輪を作った学生たちのあいだに加わり、すでに集会を始めている中央の赤いかたまりに注目した。赤いヘルメットをかぶった学生が立ってマイクをにぎり、その前で赤ヘルにタオルの覆面、うつむきじっと黙り込んでいる十数人に、またこの小集会をやはり黙って遠望している学生たちにゆっくりと語りかけた。山本は演説の途中からこの語り手が警備室で二度ばかり顔を合わせたことがあり、一度は雑談もして全学闘の占拠部隊の一員にしては話の通じる人物と思った羽島健一（法二）だとわかった。

「……われわれは塾当局と事実を争いたい。すなわち米資問題解決を目指して七・五日吉無期限ストライキが決議されてこんにちに至っていること、九・一〇塾監局占拠が全学闘によって実行されてやはり今日に至っていることはいずれも事実だと全学闘、全塾自治会、各学部自治会、そしてすべての本学学生が共有できる事実だと主張します。この事実への賛否は塾当局と学生側で対立していますが、対立をもたらした前提の事実は共有されており、その上で米資問題解決にかかわってすべての当事者がそれぞれの立場から努力を続けてきているのであり、今後も対立しつつも問題の解決＝対立の統一へ向けて努力を継続すべきであると考えます。したがって今日塾長の口からいきなり吐き出された「全学闘は無視する」暴言を、問題解決に至る立場の違いをこえて全当事者が塾長に対して共同して撤回を求めなければならないとわれわれはまずいっておきたい。全学闘が塾監局を占拠なんかした、塾長がこれを怒り、批判し、反対するのは一つの立場としてわかるし、あったっていい。が、だからといって全学闘そのものを以後「無視」するというのは自分と異なる立場の思考・行動への批判ではなく抹殺表明だ。塾長がどんなに気に食わず、面白くなくとも、全学闘もまた事実として米資問題解決に向けて自分の方針を掲げて努力するプレイヤーの一つにほかならぬ。全学闘の塾監局占拠の是非は解決を求められている米資問題の一つであって、問題の全部ではない。全学闘の問題解決努力を「占拠」の一面だけに矮小化して、「だから無視」と切り捨てるのは、ひるがえって米資問題全体の抹殺に等しいのではないか。当局と「守る会」の立場だけが正しい解決に進めると塾長言いたげだが、全学闘のこの僕は、いくらなんでも塾監局占拠だけが問題解決への道だなどとおもったことも、いったこともない。塾長がやりたがってるのは、全学闘の占拠反対を口実にして、自分たちと違うすべての立場の抹殺を最良の解決策と言いくるめることで、つまるところ米資問題全体の無視、そして抹殺ではないのか。いくら無視したくても、事実としてわれわれは今ここにいますよ塾長。事実を直視しなさい。幻の全学闘、幻の米資問題と手を切って、事実としての全学闘、米資問題に心ゆくまで対決されよ。……」羽島はおわりに「われわれは塾長が強行しつつある米資問題無視、全学闘無視、ひいては米資問題解決にかんしてわれわれ全学生の要求の無視を主題とする「説明会」会場に対して戦闘的なデモをやりぬき、会場に突入して断固として「無視声明」に筋のとおった反論を加えたいと考えます」と「すべての学友諸君」に呼びかけた。真っ暗な夜の底で、赤いヘルメットのかたまりから「異議なし」の声が叩きつけるように上がった。

隊列を作った全学闘の赤ヘル部隊は十数名の小集団にすぎなかったが、一つの堅固な事実の気迫が漲った。慶大学生運動の歴史において三田であれ日吉であれ大学構内でヘルメットデモが敢行されるのはこの日この時がはじめてのことで、塾長の全学闘無視声明がかえって全学闘の「異なる立場」を否定的にでなくて肯定的に露呈させたのだった。まさに「反戦平和」の自閉から、「反権力闘争」へ飛躍の一歩であった。山本はヘルメット学生のなかに日吉文の狩野、青木、小田の押し黙った顔を確認した。かれらは間違った党派政治を内ゲバや占拠闘争でしでかしてしまったブントマル戦グループに今更共感したというのではなく、塾長の「無視」声明を学生大衆こそが主体である米資闘争全体にたいする「無視」の本音の自白とうけとめて事実尊重の立場から反撃に出ようとしていると考え、日吉文たちは正しいと山本は思ったのである。

デモの指揮者は赤ヘルを深く冠った覆面の大男で、二列十数名のデモ隊に向かって「闘うぞ」とこぶしを突き上げると、全員が闘うぞ、闘うぞ、闘うぞと声をそろえて一斉にこぶしを突き上げ、「安保、粉砕。闘争、勝利」と抗議のデモ行進が大きな車輪がゆらりと回転するようにしてはじまった。集会を遠巻きにしてみていた学生たちのあいだに二、三拍手する者があり、静かさのなかでそれが異様に大きくきこえた。デモの隊列が西校舎正面入り口に近づいたとき、山本はもうただ見ている時間に耐えきれず、我を忘れて走り出し、ヘルメットデモの最後尾に追いついて、そのままただ一人ヘルメット無し、デモスタイルでなくて帰宅スタイル、しかし抗議の気持ちだけは隊列の日吉文、全学闘たちと共有して、かれらとつかず離れず、それでもあくまで赤ヘルたちに追いすがって塾長の「全学闘無視」説明会に「強行参加」することにした。集会を囲む輪から飛び出した時、山本は隣にいた勝見のことは完全に忘れていた。

赤ヘルたちの「アンポッ、フンサイ。トーソーショーリ。アンポッ、フンサイ。トーソーショーリ」のリズミカルな唱和に自分もあわせて「アンポッ、フンサイ！　トーソーショーリ！」と規則正しく怒鳴りつつ前進していくのは新鮮な経験だった。西校舎正面の照明で昼のように明るい、学生たちがあちこちに立ち止まっているロビーに突入してから先は、いきなり何だか業務用の感じのする幅が狭い「裏」通路に入り込んだ。正面突破を避けて敵の防備の弱い裏側から一挙の侵入、橋頭堡確保という秘策かと、急に早足になったデモ隊を息荒く追走しながら考えたりした。こんなにも殺風景、業務用な通路にも、時々業務員なぞでない一般学生が行き来していて、かれらは赤ヘルデモの場違いな突進をそう嫌がってもいない眼差し、表情で礼儀正しく「説明会」フンサイに向かう隊列に道を譲ってくれるのであった。山本は今は数少なくなってしまった日吉バリ出入口でのチェックに寛大に応じてくれた「学生大衆」たちの顔を思い出し、体を横にして自分たちを通してくれる三田の帰宅学生氏に感謝の気持ちを伝えたいと思った。

アンポッ、フンサイ、アンポッ、フンサイ。ところがいつまでたっても目的地は見えず、会場にたどりつけぬのだ。同じ殺風景な通路を何回も行き来してるとしか思えなくなり、カフカの小説でもあるまいし何だと不信の眼を上げかけた頃に、前方に天井から床まで隙無く通路を塞いでいる肌色のペンキ塗りたての分厚そうな鉄板が見えた。赤ヘル部隊とヘル無し山本はやっとアンポッ、フンサイをやめ、隊列を崩さず小休止した。これがめざした突入口らしいが、面積が無闇に広い、開閉を可能にする把手とか押し釦とか何一つ見当たらず、ただのっぺりと鈍感にここから入っていこうとする意志の前に立ち塞がっている。指揮者は首を傾げ、最初軽くとんとんと叩き、つぎに腰を入れてこぶしでごんごんと、会議をやってるというなら、会議が中断されかねぬ打撃音を響かせたが、何の反応もない。指揮者は羽島と短く打ち合わせしていったん二十メートルほど隊列を後退させてから、こんどは安保粉砕、闘争勝利の唱和の音量を倍に上げて、鈍重な鉄板に向かって体当たりするような勢いでぶつかって行く。指揮者は実際に自分の肩を音立てて二度、鉄に衝突させもした。中からは音も声も、何かがこの外にいるぞと意識していそうな気配も何もなかった。ようやく抗議の突入もここまでかと赤ヘル部隊とヘル無し山本が納得し、Uターンしてもと来た道をややくたびれた安保粉砕、闘争勝利の声そろえて帰って行く。

中庭には人影がなく、西校舎の会場ではまだ明々と塾長の「補足説明会」が続いていた。山本は狩野の顔を見つけて「これから俺は帰るが」と声をかけると、「僕らもいったん三田文自ルームにもどって予定を確認して勝見や青木たちと帰るよ。今夜は勝見の家に泊めてもらうことになっているから」といい、ふたりはそこで別れた。

塾当局の「補足説明」集会は全学闘の抗議集会、抗議デモを完全に無視して進行し、二十二時五十分終了した。終わりに臨んで全塾自治会田村代表代行は塾長に「塾長会見を開催して、大学側と学生側が議論を尽くして米資問題解決の大道に進み出たいと考えますが、いかがですか」と提起した。「塾長会見」は事実上「塾長団交」に等しい問題解決の場たりうると全塾自治会メンバーはみなしている。塾長は一田理事と小声で話したあと「全塾自治会から正式に要請がなされたら考慮する。繰り返しいってきたが学生諸君と話し合う用意は常にある」と回答した。集会後、帰って行く学生の一部と、やはり集会、デモのあと、赤ヘルかぶってブラブラと占拠中の塾監局へ「帰宅」して行く全学闘メンバー数名が中庭で鉢合わせし、「そんなものをかぶりやがっておい、ここは場末の遊園地じゃないぞ」「子供は早く家にかえって反省文書け、スト破り野郎」と口論から両者のもみ合いになり、「守る会」のリーダーが割って入って一応その場はおさまったが、おさまらぬ学生百人前後は塾監局前の広場に残って、怒りと抗議の監視活動を続行したのであった。

なお「守る会」の活動分子による「占拠学生を監視する会」はこのかん三田での全学闘の活動状況をかなり正確に把握しつつあった。全学闘たちはこれまでのところ基本的に籠城作戦だが、三田キャンパスにおいては第一校舎地階の三田新聞会ルーム、西校舎二階の三田文自ルームが全学闘における内外との連絡調整の拠点で、後方支援の基地でもある。占拠闘争の孤立化を目指す「守る会」は、監視＝チェック対象を三田新ルーム、三田文ルーム他に広げ、不法占拠にたいして学生大衆による包囲の完成へ歩を進める。

九・二五　全学闘は塾長にたいして「大衆団交」を文書で申し入れた。日時・九月三十日。場所・日吉並木道。「申し入れ」は昨日全学闘のおこなった「抗議集会」「抗議デモ」の延長線上に構想された、全学闘無視声明への抗議行動の第三弾であって、「大衆団交」の予定日「九月三十日」は、塾長が先鞭して全学闘を憤怒せしめた「占拠解除」予定日「九月二十四日」強制への等価報復という趣旨かともみられよう。いずれにせよ全学闘の「大衆団交」要求には要求の実現よりも、塾長の政治姿勢に対する感情的反発の印象が強くて、敵味方双方に違和感を掻き立てる要素が多く真剣な関心を呼ぶことはなかった。

十四時から、日吉自治会（田村委員長。全塾自治会委員長代行を兼ねる）主催「全学ティーチイン」が日吉四〇番教室で開催された。参加者によれば大教室に数十人位しか集まらず、集会の中身がまたなんのための討論会か主催者自身がよくわからぬまま時間をつぶしたという代物だったという。山本はあとで勝見から「あれはもともとティーチインなんかじゃなかったんで、田村が中山さんの要請をうけて、全学闘の「大衆団交」申し入れにあわせて、中山さんたちの要求を後押しする「日吉学生大会」を計画したのらしい。ところが急遽広報して準備しても、肝心の学生大衆の数が一向に増えてくれず学生大会にならない。それで仕方なくティーチインに切り替えて、中山さんも了解したということだ」ときいた。ティーチインはお粗末だったが、双方の必要に応じてであっても、全学闘マル戦とフロント両派の協力共同が再開されている事実に注目して、内ゲバの自己批判の実行かと山本はこれを評価した。

九・二六　三田文主催「パネルディスカッション」が午後行われた。継続は力というべきで、回を重ねるごとに出席者数は少しづつ増加している。集会の最後に、三田文委員長は二十八日午後一時に「（三田）文学部学生大会」を開催したいと提起した。

山本は正午過ぎに警備室に顔を出し、忙しくしている狩野ら日吉文たちの分も引き受け、出入りする全学闘一年の顔見知り君たちに手伝ってもらい、夕方まで四時間ほどバリ入口でのチェックに取り組んだ。通っていった学生は四時間で三人、みんな顔見知りになっている、ほとんど山本らに対する好意的な「オブザーバー」とでもいうべき人たちで、こちらはくつろぐことができるのだから有難い限りだが、逆にいえば、もはやこのチェックポイント＝全学闘が日吉文に課し、日吉文がこれを学生大衆の現在とのよき理解・結合を創り上げる場所としてとらえかえしたこの任務は、当初有していた米資闘争における問題解決力の大きさを今日失いつつあることを意味してもいる。七・五スト権の主体たりし学生大衆の多数は日吉キャンパスから姿を消すか、まだ姿を現すことのある者らも、もはや日吉文たちが連帯を求め続ける警備室前のチェック入口を敬遠しているのが残念だけれども実情であった。占拠の三田と無期限ストの日吉がこんな風に似てきていることに、ぼんやりと山本は恐れを感じた。

二時頃、久しぶりに全学闘の大物のひとり森下さんが警備室に入って来て、いつものように山本の向かいの椅子にふわっと腰をおろした。森下は右眼に大きな眼帯をしていた。瞼がピンポン玉大に膨れ上がって眼帯を突出させ、色白端正な森下の顔貌をピカソの絵みたいに黒々と太い強い線で激しく区画して見せた。どう話しかけたらいいか戸惑い、相手も同じようだった。やっと「どうしたんですか」と言葉にしてきくと、ゆっくり体を起こしていつもと変わらぬ先輩の顔に返り、「夕べ、小柳さんとひようら（日吉駅裏商店街の通称）で酒を飲んで殴られた」とこれも普段通りに一年生たちに入門講義を施す口調で説明した。山本の遠慮しいしい問うのに、森下は見事なまでに感情を抑えながら応じてくれた。特に何か対立したとか論争したとかいうのではなかった。話題も楽しい雑談だったと思う。ふと気づくと僕らはかなり飲んでおり、普段は小声で話す小柳さんが大声で塾長をののしり始め、おそろしく早口になって、こちらも酔っていたから話の筋をたどれなくなってしまった。と急に小柳さんは立ち上がり僕の胸倉つかんで立たせて、「もう出て行け。日吉になんか来るな。一人になって考えろ」と怒鳴った。「いきなり何なんですか」僕は驚いて聞き返したが、あとは気を失ってわからなくなった。店の人に介抱されて明け方病院につれていってもらったよ。「……小柳さんと一杯やったのは初めてではない。いつもは楽しい酒だったので、聞いていたような酒癖の悪さは一度も見ていない。だから本当にどうしてこうなったかわからない。じっくり考えてみたい。小柳さん、後輩の僕に忠告したがっていたところまではわかるんだ。どうしてほしかったか、頭がはっきりしたら思い返してみたい」

それから森下は「薬を取りに行く」といって帰った。ML派のヘルメットを無邪気に誇り、一年生の自分たちから見ても年甲斐の無い軽い趣味人としか見えていなかったこの奇妙な先輩が、この日は立派な人格者のように感じられて、山本は森下という人、むしろ人間というものの一般を見直す気持ちになった。森下は小柳の暴力の理不尽に怒り戸惑いつつ、だからといって酒乱男の理不尽として単に切り捨ててはいない。理解しようとし、自分へのメッセージかもしれない何かを聞き取ろうとしている。今日知らされた森下の人間観と自制心は大したものだと山本は考えた。

夕方、そろそろ引き上げようかと思っていたところ、小柳がスッと入って来て山本のまえに座った。いつもと同じで、小柳さんの立ち居振る舞いは一貫してほとんど音をたてない。隙、緩みというものがない。山本は小柳さんの出入りの度ごとに、小柳さんは小泉信三体育賞だなあ、疾風のようなラガーマンなんだなあと思わされた。この日も小柳さん、今日はこの一年坊主たちに何をしてあげられるかなという表情で山本を見た。ここ最近はほぼ毎日、小柳は同じ時間に姿を現し、山本ら一年生たちと何となく雑談して、数分後また不意に立って、山本らのうかがい知れぬ小柳さんの世界に消えていくのであった。一日の終わりに、小柳さんと山本たちはここ日吉バリ正面の警備室でおちあい、挨拶をかわし、それぞれ反対方向に、しかしずっと遠くでは一緒になっているらしくもある自分の道を行く。山本はこの時はじめて小柳さんの世界に少し立ち入ってみたいと思った。

「森下さんと何かあったんですか」山本の懸念は小柳に即伝わった。

小柳さんはひどく狼狽して体をせかせかと揺すり、「ううん？　いや、別に」と首を振って山本を見、顔をそらした。笑ってごまかせると咄嗟に想ったらしいが、その眼にはしまった、まずかったなという正直な自覚と、本人は気づきたくもない下手な計算からくる間の抜けた狡猾さが二つながら透けて見えた。山本はすぐ話題を変えたが、居心地の悪さは大きくなるばかりで、二人はいわば了解しあって今日の雑談は切り上げることにした。出て行くとき、小柳ははじめて山本に「じゃ、また」と声をかけた。小柳さんはどうやら噂通りに「酒乱」であるようだった。が、これはもしかしたら単に迷惑なだけでなくて、直面させられた他人にとっては酒乱の向こうから、誰も自分に言ってくれなかったが本当は誰かに言ってほしかった言葉が聞こえてくるような体験だったかもしれない。少なくとも全学闘のもう一人の大物森下さんはそう考えているらしいのだ。山本は小柳さんと一杯やることはこれからもないだろうけれど、その限りでではあるが小柳さんの味方でいようと改めて思ったものである。

九・二七　全塾自治会田村代表代行は塾当局にたいして「塾長会見」の開催（十月三日）を要求した。塾当局は全学闘の「文書」による「大衆団交」開催（十月三日）要求を既定方針にしたがって拒否でなく無視している。

田村の「塾長会見」要求は全学闘無視政策への学生側の再反撃であり、米資問題解決をめざして塾長側の収拾路線との対決へようやく準備をととのえた全塾自治会田村代行・フロント部隊の戦闘開始宣言であった。
九・二八　塾長は全塾自治会の「塾長会見」要求を受諾、十月三日に「塾長会見」開催のための「予備折衝」をおこなうと回答した。これを受けて三田文自治会はこの日に予定していた「文学部学生大会」を延期、全塾自治会による塾長会見の場をとおして進められる闘いに三田文独自の関与を当面の活動の中心にしていくことにした。米資闘争の全当事者は十月三日という日付に向かって自らの力を集中するであろう。当事者中で、十月三日に思い入れが強い者は誰か。当局と田村全塾自以外では。設定されたこの日付にたいして最も受け身的、比較的に消極的な当事者が三田占拠の全学闘であり、日吉ストの番人日吉文だったことだけはハッキリしている。無視されてしまったかれらはどうするのか?

十四　三田塾監局占拠解除へ

九・二九　夕方五時過ぎ、通信教育部学生十数名が三田キャンパス「通信教育部」事務室に押し入り、占拠して立てこもった。占拠の理由は①通教自治会結成の許可が学務委員会からおりているにもかかわらず、学生担当理事がこれを握り潰している。②授業料は「慶應通信」（学内の出版社）の丸儲けになっている。③テキストは十数年前からの物であって、改定しようという意思表明すらない。④提出レポートの返却が恒常的に遅れるなど、教育の熱意を感じられぬ。その他。塾当局は全学闘相手の時とは正反対に、いちいちごもっともと周章狼狽、たちまち青海通教部長（文学部教授）をとおしてすべての要求について「改善」を約束したので、九月三十日一時過ぎに「占拠」は自主解除された。塾長はホッと胸をなでおろす。ようやく紛争収拾のプロセスに入りかけている米資問題に新たに「通教問題」まで加わるとなると、当局のせっかく打ち立てた「米資問題」の局所化方針＝米資問題「解消」へ向かう「大学正常化」スケジュールが吹っ飛んでしまうではないか。通教生の要求（それは誰が見てももっともな言い分だ。拒否宣言とかいう生意気な空論とはまるで違って地道だ）をあくまで「米資問題」から切り離し、隔離すること。まちがって全学闘なんかと今頃「連帯」などされた日にはたまったものではない。

九・三〇　全学闘は午後から日吉並木道において塾当局に対して「大衆団交拒否」抗議集会を打ち抜いた。当局は全学闘の「大衆団交」を「拒否」したのでなく「無視」したのだから、正確には「大衆団交要求無視」抗議集会とすべきだったかもしれないが、主催者は言葉の正確さより、主催者側の現在の失望と怒りの感情の簡潔な表現を選択したといえようか。警備室で任務に就いていた山本はときどき集会の様子を眺めに出向いて、集会に集まった学生の人数の少なさ、全学闘のスピーチの単調無内容から、全学闘たちの怒りは言っているほどおおきくはなくて失望の大きさばかりが伝わってくるのを感じ、われわれの考え時だなとあらためて思った。全学闘「無視」は塾長のみならず、米資闘争の主体であり、あったはずの学生大衆の密かな声でもあるのだとしたら？　塾長はもう拒否さえしてくれぬではないか。すっかり安心しきって単に無視してるではないか。全学闘の善人たちはなぜそれがわからぬのか。（この日、日大闘争では、両国講堂に日大生三万五千人が結集して日大全共闘による古田当局にたいする「大衆団交」が開催され、全共闘と日大生はすべての要求について「勝利」を勝ち取っている。後日、日大当局は政府自民党の指示により学生側とかわした「確認書」を全面撤回したのだが、山本はのちに日大「大衆団交」の顛末を概観して全体として、政府の圧力による団交の結果の「無視」「抹殺」を含め一九六八年の闘う学生大衆が行けるだけ遠くまで行った一範例と受け止めた。わが米資闘争における全学闘の「大衆団交要求」と塾当局による「全学闘の大衆団交要求」にたいする「無視」

「抹殺」前後のいきさつは、日大のしめした範例を前にするといかにもスケールが小さいが、全学闘と学生大衆の失望の大きさは怒りの小ささと合わせて米資闘争の現状をよく具体的にあらわしていると思われた）。

この頃から、警備室に学内の新聞会メンバー二名が出入りするようになり、日吉文たちと親しく交流した。三田新聞会の会員川辺陽介（経二）と「工学部新聞部」部員国崎明（工二）である。山本は川辺の人物に興味をもち、共感するところが多かった。身長一六五位だが頭が巨きくて、比較して華奢に過ぎる彼自身の身体では支えきれないので、その巨頭はいつもうなだれるように重そうに前傾しており、人と話す際にも基本的に伏し目だった。が、付き合いを重ねるうちに、この火星人のような巨頭が鋭い知性の人であり、ずっと伏し目でいたこの巨頭がある瞬間ふいに顔をあげるとき、向かい合った他人の頭とハートのレベルや、みんなが考えあぐねている問題の答えなどが一撃のもとに全部見抜かれてしまっている場面に二回、三回と立ち会うことがあり、山本はこの一才年下の三田新聞男を密かに尊敬して見るようになった。小柳さんも川辺もしばしばとぼける人であるが、小柳さんは失策をごまかすお惚けで、川辺のは自分を見かけ通りの一介の大頭だと韜晦して敵の追及をかわす擬態で、いずれも両者が個性的な闘士であることをしめす特色だ。もう一人の学生新聞記者国崎は川辺を一種個性的な陽とすれば、こちらは個性的な陰で、川辺より小柄、それでも運動神経ありげに見え、出入りのさいにはいつも本人の肩幅の三分の二以上ではと見えるほどの大仰なカメラをバズーカ砲みたいにかかえて登場した。日吉の全学闘のよくやる小集会にこのバズーカを抱え、さらにプレスと大書した赤い腕章を装着して出てくるのには最初驚き、だんだん本人が大真面目なのがわかってつい笑ってしまったのだが、彼をもう少し知るようになってから、この男が川辺と違って全く冗談を解さない人物であることを発見して、以来かれとの付き合いには少々だが神経を使うようにした。国崎は日吉文の会議にも何度か立ち合い、記事をつくるためというより、山本なんかには知らせない自分の信念とか要求に照らして必要な知識を集め、行動する一つの姿が、大カメラ抱えて、時には腕章までして日吉文たち、山本たちと彼にとって必要と判断される範囲内での付き合いがとにかくスタートしていた。山本は国崎に対してはご健闘祈るという程度のかかわりに終始した。

この夜、全学闘の中山と桧木は塾監局を出て、法学部出身の新聞記者の立ち会いのもとで、「話し合いを守る会」の行動分子のリーダーで「占拠学生を監視する会」の責任者岸野修一（法四）と小暮大勇（法二）と会同した。記者の勧めに両者が応じたものであり、某所において一時間ほど、記者も同席して発言はせず、中山と岸野が主に話し、桧木と小暮はあいさつしただけでほとんど話さなかった。

岸野から「もう出てきていいんじゃないか。充分やったんじゃないか」と水を向けるのに、「塾長が拒否宣言出すことが条件。われわれだって好きで占拠をつづけてるんではない」と中山。また岸野は「こっちには命知らずが何人かいる。「守る会」のスト解除、占拠解除はそういう要求なんだと一応いっておく」と釘を刺した。中山は「いつでも学友諸君にわれわれの立場を説明する用意がある。単に外に出ないということではない」と訴えるようにいった。会同後、岸野は先輩の記者に「連中もう出たくなっているな。そろそろ潮時かな」と話しかけ、記者が「現に今夜ちゃんと出てきたじゃないか」と応じるとそうだそうだと笑った。

十・二　午前十一時頃、山本と勝見が留守居していた警備室に、森下が「やあ」と普段の調子でふわっと姿を現した。水色のスーツを案外自然に着こなし、眼帯はまだ取れないものの、腫れのピンポン玉はずっと縮小して、頭のてっぺんからつま先まで森下は憑き物が落ちたみたいにさわやかな様子だった。

「M社で働くことになった。お別れ言いに来たよ」という。森下のお守りであり、派手な身分証でもある、昼夜を問わず艶光りしつづけていた得意のモヒカンメットは姿を消し、さげているのは洒落た手提げ鞄である。

正午過ぎに全学闘のシンポジウムがあるらしいけど見ていきますかと勧めると、「これから会社の人と会って、僕の担当する中身の説明を受けるので」と森下はいい、「日吉文のみんなにもよろしく」と懐かしそうに笑って出て行った。あとで山本が「森下さん、小柳さんの忠告にしたがって転向するのか、逆らってするのか」と首をかしげると、森下の父君はM社の幹部であるから、小柳さんの忠告とは無関係に、森下自身の趣味性向にしたがった自然な選択で、「M社は中国関係の学術書をたくさん出しているから、非転向森下の新展開というべきではないか」と勝見がいう。ML派のモヒカンヘルメットのフェティッシュワールドから中国関連の学術書出版社へ。いかにも妥協なき趣味の貫徹で、森下のような人には転向なんてありえないんだと山本は納得した。

一時より、全学闘主催、日吉四十番教室において、東大・日大・東京医科歯科大の各全共闘代表を招いて「シンポジウム」を開催した。ゲストは各大学全共闘の代表者という肩書であるが、より以上に三者とも、社学同書記局から米資闘争へ派遣されている「学生対策部長」伊勢洋が特に人選して、全学闘中山と協議の上決定した社学同（統一派）の活動家であり、米資闘争と全学闘の現在において注目すべき諸点を示している。第一にこの今という時機である。二十四日の塾長「全学闘無視」声明。初めての三田キャンパスにおける全学闘による「抗議」のヘルメットデモの敢行。二十五日、全学闘は「文書」にて塾長に「大衆団交」（三十日に日吉並木道で開催予定）を要求。塾長はこれを無視する一方、全塾自治会の「塾長会見」要求にはあふれんばかりの好意をもって承諾して、十月三日「予備折衝」を開くことになった。三十日、無視された全学闘による「大衆団交拒否」抗議集会が日吉並木道で開催。そして今日全学闘がブント統一派（伊勢洋ブント学対部長）と合意のもとで、事実上はじめて党派的な「シンポジウム」の主催者となって米資闘争日吉バリストのなかに登場する。これまでブント系ではあっても諸党派政治から独立的な指導権を確保して米資闘争を牽引してきたマル戦全学闘がここへきて支援を「外」なる一党派政治に求めていること。少なくとも他大学のブント系の活動家の経験に学ぼうとしていること。第二に、ゲスト三人は全学闘メンバーをはじめみんなが一番聞きたがっているかれらの大学におけるかれらの闘いがこんにち直面している困難のかたち、その解決の努力工夫について具体的に語ってくれるよりは、もっぱら十・二一国際反戦デーの意義、ブントが当日計画している「防衛庁闘争」への参加が全国学園闘争と反戦反安保闘争を飛躍させる機会であるという議論に熱中した。第三に、シンポジウムに参加した者数十名のうち、大半が山本も顔見知りのマル戦、フロント、また「篤志の」活動家連中であり、山本らが立場とし、全学闘たちが自分たちの「占拠闘争」の孤立から再発見しつつある七・五日吉スト権の主体たる「学生大衆」のいまの姿はほとんど見られなかった。常に主体である筈のかれらが依然として自らの米資闘争の現在にたいして「無言」「不在」を維持したままであること。

山本はこの日はじめて全学闘の主催する集会に、野次馬でなくて自分自身の問題意識をもって参加した。大きな期待を込めてゲストたちの発言に聞き入ったが、しだいにこれ違うんじゃないかという気持ちがおおきくなっていって落ち着かなくなった。何よりも三田における全学闘「占拠」と日吉における日吉文たちの「スト」の自閉状況をのりこえて、学生大衆の無言と不在の底に降りて行き、かれらの現在の要求と結合したい。各大学全共闘たちの取り組んでいる闘いの困難さの質から学べるだけ学びたい。ところがかれらは結局、学内闘争のなかでぶつかった壁は、最終的にブント党派政治の提起する十・二一国際反戦闘争との結合の飛躍＝防衛庁突入闘争への学生大衆の組織化によってのりこえ可能だといい、あとは各自の実践の問題だで終わってしまうのだ。つまり「いかに」への言及がまったくない。自分たちが米資闘争で直面している壁がなぜ、ブント党派政治の提起する防衛庁闘争への参加でのりこえることができるのか。米資闘争と防衛庁闘争とのあいだの結合はいかにして可能か。そもそも米資闘争と防衛庁闘争は同じ場所における内と外の関係にあるのかどうか。両者は違う場所にあるそれぞれに独立な個物であって、前者から後者へ「飛躍」とか両者の「結合」とか簡単にいうが、それは両者の含む問題を差異の認識抜きに強引に一緒くたにして何か解決できたように見せかける言葉の手品ではないか。それは「馬」と「火鉢」を言葉として並べて、馬そのもの、火鉢そのものを知らぬ者に、前者から後者への「飛躍」を論じたり、両者の「結合」を勧奨してみたりするナンセンスに等しいではないか。ゲストたちにとって「国際反戦デー」とか「防衛庁闘争」とかは、かれらの向き合わされている学内闘争の困難の解決ではなくて「逃げ場」じゃないのか。

聞いていてもどかしくてならず、山本の気持ちは自然にブントたちの議論から離れて目下の一番の関心事である三田「塾監局占拠」の孤立、日吉「無期限スト」の孤立にどう対処しようかという思案のほうに向かった。いったいわれわれの米資闘争、「スト」と「占拠」の現状はもうブントの「国際反戦闘争」に助力お願いしようかといったような悠長な段階か？　山本が九月十三日以来警備室で日吉文たちとともに担って来た「出入りチェック」の経験から得た唯一の真実は、自分たちのよりどころである七・五日吉スト権の主体であった学生大衆の大半が米資闘争、日吉バリスト現在の「外」に出ていること、「内」に入るのをほとんどやめてしまっていること、米資闘争の現在にたいして「無言」であり「不在」であることだ。自分たちの「立場」を見失った日吉文たち、オブザーバーたちはこれからどうする？　時計の針と相談しながら、まだ「待つ」か、警備室や塾長室に身を潜めて辛抱強く？　「日吉スト」「塾監局占拠」の自閉の現在の外に出て、もうやってこないかれらのほうへこの私がむかっていくこと、追いかけていくこと。待ちすぎて筋肉が幾分落ちてしまったわれわれに追いつけるかどうか。われわれの思いと運次第で辛うじて追いつけるかもしれぬ。追いついたらどうする。かれらは必ず今更のこのこ追いかけてきたのろまぶりを含めて、われわれの「スト」「占拠」の現在を絶対否定するだろう。それから？　われわれはかれらの絶対否定にこの私の恥、私の無力を黙ってさらすのだ。とにかく「スト」と「占拠」の外に引きずり出されるのではなく、自分から勇気をもって出て行く。それが七・五日吉スト権確立の瞬間を共有した私の内と外にいる学生大衆との「結合」であり、自閉の「反戦平和」から「反権力闘争」への「飛躍」の実行ではないか。今の「占拠」、今の「スト」を「やめる」？　おそらく。ただ塾当局や「守る会」が使う「やめる」とは少々違った意味で、しかし断固として「やめる」のだ。山本は日吉文も全学闘も、この「少しの」違いの中身をめぐって目下懸命に考慮中なんだろうとはるかに思った。自分はそういうかれらの隣にい続けようというのが今日の「シンポジウム」で山本の抱かされた感想である。

帰る時山本は狩野に「明日、塾長会見の予備折衝に、全学闘はどう対応するの。賛成か反対か、参加か不参加か」ときいた。「わからない。が、どっちにしろ明日の予備折衝が大学側と学生側の米資問題をめぐって最初の真剣な対論の場になることはハッキリしている。僕ら日吉文は三田へ行き、全学闘にできる限りの支援をするつもりでいる。よかったら山本も手伝いお願いする」という。勝見は明日午前中警備室で当番する、午後三田に行くが、一緒に行こうと山本を誘った。

十・三　午後三時三〇分、「塾長会見」開催めざして大学側と学生側による予備折衝がはじまった。三田第一校舎一〇一番教室。大学側は塾長と常任理事（七名）、学生側は全塾自治会代表代行田村と執行部メンバー（七名）。これに学生二十名が立会人として加わった。立会人は「話し合いを守る会」が選んだ十名と「全塾自治会」が選んだ十名よりなり、後者の選んだ十名には全学闘代表中山、副代表桧木が含まれる。昨日の打ち合わせで当局側は、自治会側の立会人のなかにちっとも不法占拠をやめようとしない不真面目な全学闘二名がチャッカリ潜りこんでるのに難色をしめしたが、協議のすえ、折衝中に大学側から「いかなる思想が表白されようと」禁欲して一切発言しないことを条件に中山らの出席を受け入れた。

第一に九・二四「塾長告示」のあつかいである。塾長は告示で全塾自治会に向かって「君らは学生大会を開く用意があるのかないのか」と批判的に質問し、学生側は問い自体が「学生自治への侵害だ」と一蹴した。質問にこたえないで質問を蹴飛ばしたわけだが、学生自治を自負するなら、蹴飛ばすのでなくこたえてほしい。「用意があります。学生が問題の解決を求めて学生大会を学則にのっとって要求した場合、いつでも学生大会を開催する用意があります。僕らはつねに学生大衆の要求とともにあります」田村は特有の丹念な口調で請け合った。塾長は了解したといい、塾長告示を撤回した。きょうの日付けでもって「守る会」メンバーはただちに「占拠」「スト」解除のための「全塾学生大会」開催要求の署名活動を本格開始する。

第二。九・二四夜、「告示」についておこなわれた「補足説明会」における塾長の発言「以後全学闘を無視する」はどうか。現在も継続中か。「継続中だ。大学キャンパスは問題を話し合いで解決しようとするジェントルマンの場所だ。公明正大の話し合いでなく一介の泥棒として忍び込み、占拠して居座って問題解決を「かすめ取ろう」とたくらみ、実行する者らはやりたければよそでやってくれ。汚いからテントの中でなく外で用は足せ。中で問題解決にくわわりたいなら、この下らぬ占拠をまず解く。そうすればもうプレイヤーであるから、少なくとも無視はしない。ゲームのルールなんか守らない。だがゲームはやるというのは世間で通らない」塾長は嘆かわし気に首をふった。「米資問題解決の一「手段」としての占拠闘争に批判があり不満があるとおっしゃる。わかった。それなら批判を語りあい、占拠闘争なしで解決可能な問題に「米資問題」を高めるべきではないか。塾長の「無視」政策には、米資問題を占拠・ストか、話し合いかというように、問題をその解決の「手段」の是非にだけ矮小化して米資問題の本質をめぐる当局と学生側の対立点をあいまいにしてしまう傾向が露骨だ。全学闘「無視」は米資問題解決を、占拠・ストの「解決」にすりかえる詐欺の手口だ」田村は頑張ったが、塾長は占拠解除がゲーム復帰の絶対条件だの一点張りで、「全学闘が愚行を改めれば、米資問題にかかわる全当事者がみずからと米資問題の質を「高める」ことになるだろう」と語って、この問題はこれ以上話題にする必要はない、あとは全学闘自身の実践の問題だと締めくくるように言った。全学闘の中山と桧木は席を立ち、黙って会場から退出した。……五時半過ぎ、予備折衝は終了、十月十二日に塾長会見を開催と決まった。

山本と勝見は暗くなりかけている三田キャンパス中庭に到着した。五時頃だった。事情をよく知らぬ山本は「予備折衝」を当局と全塾自治会の交渉事位に他人事に考えていて、もう少し知っている勝見も、全学闘が立てこもりから少し出て行く予定らしいと抽象的に理解しているだけだったが、左に第一校舎の明かりを見、右に占拠中の塾監局を見る中庭の集会らしい人の集まりが、先日眺めた「抗議集会」とはだいぶ趣きがちがっているとふたりとも感じた。一言でいって何か重苦しいのだ。演説者が乗る演壇らしき箱があり、二、三人全学闘らしき無帽にジャンパー、ジーンズの学生が箱のまわりを行ったり来たりしているが、集まってきている学生の数が山本の知る「集会」とは次元の違う大人数なので、それらの多くは学ラン姿、はじめて身近に直面するこれだけの大人数が断ち切ったように押し黙り、しかも片時もじっとしていないでゆっくりと中庭いっぱいそれぞれに自分のまわりだけを回遊し続けるのであった。全学闘らしい者も、学ランたちが中心でいる黒い巨きなかたまりも、個々バラバラに、しかし全員が同じ何かいままでとは違うものを待ちながら緩慢に小さな移動をくりかえしている。山本と勝見は眼前の回転木馬から安全な距離をとった上で、全学闘や山本らのよく知らぬ類の黒い「学生大衆」たちとともにそのものの到来を待つことにした。

やがて一人の全学闘らしき者が演壇に立ち、スピーチらしきことをはじめた。集会の人数は刻々膨れ上がり、山本たちはだんだん後ずさりして、気づいたときには黒い塊は急に溢れだした大水みたいにすぐ足元まで集会の境界線を拡げて、それもさらに深さと広さを増していくのが体で感じられた。演説者の顔と胸が蠢くおおきな黒い学生大衆の壁の上にぽっかりと浮かびあがった。やっと山本は気づいたが、さっきから全学闘の中山が「壇上」に立って、演説するのではなくて、これだけの学ランたちに取り囲まれて、占拠の全学闘の言動、思想にたいして一般に抱かれているあらゆる質問に次々に回答している最中であり、それを山本が誤認して、全学闘による抗議集会に意外な人数が集まって、全学闘を代表して誰かがアジテーションしていると間違って思い込んでしまったのだった。「抗議集会」というなら塾当局ではなくて、全学闘と塾監局占拠に対する怒れる学生大衆の抗議集会だったのである。これだけの大人数が集まって全学闘占拠の首領を取り囲み、こちらにはどういう質問がつきつけられているかわからぬが、敵意をもつ、押し黙った人間の壁に包囲されて、たった一人で四方八方から襲いかかってくる攻撃に立ち向かうというのは、見上げた根性であり、リーダーの責任感であり、また無謀な善意であるともいえた。「……塾当局には米軍資金導入という憲法違反の蛮行について何の反省もない。むしろ米軍の実力の「平和利用」だなどと居直っている。米軍資金に依存する研究、教育がどれほど反戦平和に貢献できるか、塾長は団交の席に出てきて、僕らの前でデータを示して学問的教育的に実証して見せてくれればいい。やれないなら、米資拒否宣言の道しかないではないか。戦争か平和か、辞退か拒否か、ようするに米資問題の解決か隠蔽か。僕らはいま決着の時の真ん中に立っている」云々。中山はあくまでも冷静沈着、どんな質問、どんな罵倒言にも、平平淡淡と回答を繰り出し続けた。同時にしかし、黒い学生大衆たちの無言と蠢きも一層深みを加えていく。たしかに既にどこかしらで、自分たちには刀の一閃が必要だと双方に感じられつつあったかもしれない。

中山のスピーチがいつまでも続きそうに見えて腕時計に眼をやったとき、「あ、火炎瓶を投げやがった。ビンを投げ落とした」と、離れて中山と黒い塊を見守っていた山本のすぐ近くで切り取ったように声が聞こえた。思わず山本は天空を見上げた。まだ青空が薄くのこっている秋空にはもちろん何もない。黒い大きなかたまりもいっせいに個々の学ラン学生に還ってそれぞれに見上げているが何もない。「火炎瓶」とか「ビン」とか「投げやがった」「投げ落とした」とか警告者の声は指示したのだから、ただちに連想されるのが悪い全学闘に占拠された塾監局と、火炎瓶くらいポンポン気楽に投げそうなヘルメット野郎のイメージであるが、事実として占拠中の塾監局は山本のいる位置から右前方四、五十メートル先にあり、そこから仮に「火炎瓶投下」に近い行為がなされるとした場合、悪い投擲者は中山・黒い塊・山本らの三者が形成している中庭に向かって、塾監局二階ほどの高さからほぼ水平に「ビン」を「投げつける」のでなければならない。塾監局の位置からは悪い黒い「学生大衆」に「火炎瓶投下」をやりたいとしても事実としてやれぬのだ。どうしてもやりたければ、塾監局屋上に投石機を設置して、狙い定めて石でなく「ビン」を射出することができるけれども、それでは「投下」「投げやがった」と矛盾するし、何よりも「投下」された以上、地面に叩きつけられた筈の「ビン」の砕け散る音響と存在があって当然の筈だがどこにも見えず聞こえもしない。したがって山本たちの眼前で実際におこったとその時に確認できた事実は、「あ、火炎瓶を投げやがった云々」という誰かの際立って明瞭な声と、続いて発生した中庭の人間たち全員のあわただしい動きの二点にすぎない。

山本と学ラン学生大衆が天空を見上げ、そこに何もないことがハッキリしたとたん、黒い大きな塊がぎゅっと凝集したかと思う間もなく、まだ何かを懸命に伝えようとしていた中山のうえに津波みたいにせりあがり、ゆったりとなだれおちていく。黒い大波にのみこまれていく瞬間、山本は中山の顔を見た。非常に寂しそうで、一方何かを知ったという表情にも見えた。

「ここは危ない。三田文ルームに行こう」勝見に肩をたたかれて我にかえった山本は、急ぎ足になりながら、中山の最後の表情を思い、これから事態がどうなるか心配はあったものの、中山さん本人はこれまでと違ってどっちかへ踏み出すなという気がし、そのどっちかは明確だと思えたのである。

「その場で実際に起こったことは何か。当時僕は三田、日吉双方に出入り禁止状態だったから、君の口からこれが事実だというところを知りたいね」山本がどう誤解していたかがわかれば、そのかみの山本と全学闘の実態がわかってきそうだなと井川はいった。

「曖昧な部分も多いが、三日午後の三田、塾長会見「予備折衝」について自分には何の関心もなかったこと。あれは当局と全塾自治会のなれ合いの問題解決ポーズだくらいに受け取り、日吉スト防衛の自分たちはもちろん、占拠の全学闘にとっても要するに拒否宣言要求の大義に反する腐った妥協の道で、せいぜい抗議集会・デモの対象でしかないと、たぶん「スト」ボケで見くびっていた事情が正直存在した。こういう見くびりは日吉文たちにはなかったろうが、狩野や勝見はおそらく俺のオブザーバーの立場を尊重して、三田の占拠闘争の現状や田村代行の全塾自治会との再開されていた共同の中身などについて具体的に伝えることをしなかった。俺がきけばそりゃ教えてくれたろうさ。ところが俺はそんなことに、つまりわれわれの米資闘争の難しい現状に日吉文たちのような責任がともなう関心はなかったんだと思う。で三日当日、漠然と全学闘を支援しよう、他人事ではあるがといった調子であの中庭の全学闘らしき連中と、「集会」らしき様子と、集会に集まって来た「学生大衆」らしき黒い学ランたちを勝見とふたりで遠望していた次第だ。くりかえすと俺は眼前の「集会」を、第一校舎で続行中の全学闘「無視」を前提にした塾長会見予備折衝にたいする全学闘の「抗議集会」だと間違って決めてかかっていた。ただ一点、自分がこの二十四日夕方に見物し体験した「抗議集会」と違い、集まって来た学生大衆の人数と様子が量的にだけでなく明らかに質的にちがっているのが不気味にも興味深くも感じられたこと。黒々と学ランで身を固めた学生大衆が続々と集結して一言も口をきかず、薄暗くなった中庭いっぱいにおおきな無言が刻一刻膨れ上がっていくのだ。スト反対・占拠反対の「守る会」連中が多そうだが、抗議の学生大衆も混じっていると俺は観察した。あとでわかったが、演説者の乗る「壇」と俺が遠目に視た「箱」は実際はごみ箱で、その横にベンチがあり、演説者はベンチ上からスピーチした」

「中山氏がベンチ上の人になった経緯は」

「くりひろげられた風景は全学闘主催の「抗議集会」なぞではなかった。この日の予備折衝にあわせて「守る会」

が組織動員した反スト・反占拠の学生大衆と、正反いずれでもなく米資闘争の現状に関心を抱く「非組織的」学生大衆とが、俺を惹きつけた厖大な黒い塊の正体だった。かれらは集会していたんじゃあない。第一校舎で行われてる折衝の結果と、折衝に加わっていると知らされた占拠全学闘のリーダーが出てくるのを待って、あんなにひしひしと集まっていたらしい。出てきたら、守る会分子が中山をつかまえ、ベンチに立たせて、迷惑をこうむってる学生大衆に真面目な弁明をさせようと。俺たちが三田中庭に到着したころ、ちょうど中山さんの弁明が始まったところで、全然わかってない俺はとうとう全学闘が自閉の外に出て学生大衆の現在に直接働きかけをはじめたな、連帯の再建に取り掛かったなと心が躍ったよ。そこへ突如として「火炎瓶投擲」ときた。直後の大混乱を、全学闘の塾長糾弾「抗議集会」がビン一本の勝手な割込みで一挙に全学闘糾弾「抗議集会」に逆転してしまったと俺は劇的に解釈して、つまり誤解してショックで言葉を失った。現実とは人間とは何て理不尽なんだとね」

「天からビンは降ってこないだろう。ビンを誰がどのようにして、あの時あの場所にこんなに正確に命中させたのか」

「あとになって聞いた限りでは、予備折衝、黒い塊の結集、全学闘中山糾弾、ビン、中山・桧木の拉致監禁まで、「守る会」の計画準備とその実行が一本の大筋を作っている。かれらが思っていた以上に事が上手く運んだのは、仮に神様がいるとしてあの日あの場面では全学闘より「守る会」のほうに味方なさったように一見思われる。かれらは初めから準備しており、首尾よく中山らを捕まえて弁明を要求、中山の弁明がはじまると、ただちに「守る会」行動分子の岸野と小暮は塾監局地階の唯一の出入口の鉄扉に忍び寄った。上の階には全学闘の留守部隊がいる。岸野らは示し合わせた手順どおり、時計を合わせてから鉄扉に向かってはじめ岸野が軽くこぶしで突いてから、小暮が二回体当たりをこころみた。三回目の体当たりの直後に上の階でガラス窓がガタッと開く音がした。岸野と小暮がふたりで左右から助走をつけて音を大きくして体当たりしたその時、「牛乳瓶」が真直ぐに岸野と小暮のあいだのコンクリート床におちてきた。割れないでこつんと床に転がった。小暮は、この日この時のために準備した、腹の底から金属的だが不快でなく良く通る声で「あっ、火炎瓶だ、火炎瓶を投げやがった」と誇大広報して、中庭の黒い塊の中心にいた「守る会」幹部の某に合図、某は黒い塊の真ん中から「全学闘がわれわれに火炎瓶を投げつけてきたぞ諸君。さっきからの中山の弁解は嘘、本音は一般学生への火炎瓶攻撃であると決まった」と叫んで仲間とともに中山と桧木のいるベンチにワーッと殺到した。噂ではそうなっている」

「闘いの主体である学生大衆には黒と白と二種類があり、ここでは黒がうまく立ち回ったという話か。君の学生大衆はなぜ負けた」

「黒も白も無差別平等に主体として学生大衆であって、十月三日夕ここ三田中庭では天が一見すると白でなく黒に偏して味方したように見える。それが俺の経験だった」山本は打ち明けた。

「守る会」メンバー二十名余に拘束された中山と桧木は、西校舎南端地階の「本部」室に連行されて監禁、いご岸野を筆頭とする「守る会」の「占拠学生を監視する会」メンバーにより占拠続行か解除かと、長時間にわたって追及をうけ、態度の決定を迫られる。

三田文自ルームには三田文たちの他、全学闘たち、狩野、青木、小田、大塚、勝見の日吉文と山本、ブント伊勢が待機していた。「集会」の混乱のなかから脱出してきた全学闘メンバーが伊勢に、中山と桧木が「守る会」「右翼体育会」に拉致されて監禁、追及されている旨報告すると、伊勢は狩野をつれて忙し気にルームを出て行く。二、三分で戻った伊勢は、日吉文と山本を集めて低い声で「すぐに連絡がついた。二十人の部隊が来る」といい、青木、大塚を連れてまた出て行った。小田は「近所の明治学院の学生会館でブントのゲバルト部隊がスタンバイしていたようだ。かれらは強いらしい」と勝見と山本に教えた。この時から山本の長い長い待ち時間がはじまった。一緒にいた勝見は伊勢や日吉文たちとは別にひとりで時々様子を見に出て行き、戻って来るとただ待っているだけの山本に外で見聞してきたことを話してくれた。

全学闘の二人が連れ込まれた「本部」室はサークルの部室にしては広々としてかなりに余裕あるたまり場で、入って正面に塾祖福沢諭吉の肖像画、その左右に塾旗と部旗があり、右側の作り付けのがっしりした本棚には福沢諭吉全集、大学の年誌、体育会各部の記念誌などが整然と並んでいたが、中に大冊の『マザーグース画集』の豪華本が目立つところに位置を占めて異彩を放った。部屋中央の机をはさんで拉致した側岸野・小暮と拉致された側中山・桧木が向かい合い、机の周囲を数十名の黒い学生大衆が隙間なく包み込み、閉め切ったドアの外には「話し合いを守る会」を中心にさらに多くの学生たちが室内の「話し合い」に、期待をこめてひっそりと待つ。岸野は事態を掌握している人間らしく軽く咳払い一つしておもむろに交渉にとりかかった。

「塾監局占拠は完全に孤立している。これが事実だから受け入れてほしい」

「われわれは事実を受け入れて、これを直視している。そのうえで再出発を期したい。諸君との話し合いは再出発の第一歩だ」

「事は話し合いのレベルではもはやないんだ。考える時間は十分すぎる位あった。話し合いの機会だっていくらでもあったので、それを全学闘は全部拒否してきたことを忘れるな。今は決断し実行する時だ。完全に孤立した塾監局占拠をただちに解除すること。今この場で約束してほしい」

「塾監局占拠は誰かが一存でしでかした私の戦争ではない。全学闘に結集したすべての学生が米資問題の正しい解決を求めて決行した、問題の解決から逃亡しつづける塾当局を告発し、真の解決に向かってすべての学生たちとともに飛躍せんとした闘いだ。私の一存でしでかした私戦ではない以上、私の一存で「解除する」など不可能に決まってるじゃないか」

「その不可能にわれわれと君たちでこれから挑戦しよう、挑戦しなければならないと俺はいうんだ。正確にいえば強要したいんだよ。この問題にかかわっているすべてのみんなのために」

岸野はそう言って、自分のすぐ後ろにいる学生のほうを指さした。その小柄な男は鞘を払って、日本刀の青黒い刃をまっすぐに立ててみせた。みんながそちらを見たが、口を利く者も笑う者もなかった。岸野の本気は中山にも伝わったのである。日本刀が持ち込んだ息苦しい静けさのなかで、それからかなりの時間「解除を約束しろ」「約束できない」と本気同士の押し問答が続くが、このかんに示しあった両者の本気、両者の「日本刀」観は必ずしも明快な対立のかたちをなしているとはいえなかった。すなわち岸野にとって、日本刀の光と組織された黒い学生大衆はあくまで敵を圧倒する「実力」の表象であるが、中山にはつきつけられた日本刀の絶対否定の刃は七・五日吉スト権の主体である学生大衆の米資闘争における現在の「無言」と「不在」を写しだす鏡であり、それに見入り、恐れ、挫けかけ、しかし革命者として何とかそれと繋がろうと願ってわたりつつある橋なのだ。敵を圧倒せんとする武器は同時に同じ敵を自分の「味方」に結びつけてしまう橋にもなりうるであろう。二人の対決が目下のところなかなか押し問答の繰り返し以上にはなってくれぬ所以だ。

しばらくすると転機がおとずれた。ドアが開き、「守る会」リーダー杉山喜作が岸野を呼んで少し話して出て行った。三田キャンパス正面入り口（南）と北側の「幻の門」にはメンバーが張り番しているが、張り番を置かなかったここ西校舎裏にある狭い「通用門」から他大学の者らしい集団が入って来て、「文化団体連盟本部」の部室に立てこもったというしらせがあった。ドアの前に立ち番がいるので、何か？　とただすと何も言わず、短い薪みたいな棒をもった小柄な男が出てきて「われわれは仲間から問題が生じているときかされて駆けつけた。問題が円満に解決できるよう協力したい」といった。文連本部前には机や椅子が運びこまれていてバリ作りが始まりそうだ云々。岸野は中山らの方を見て首をかしげ、外に出て杉山に「ちゃんと距離を保って文連本部の監視をつづけてくれ。こっちとの連絡は絶やすな」と指示した。そこへ割り込むように、守る会メンバーがあわただしく駆け付けて岸野に「全学闘の何か年喰った男がやってきて、責任者にこれをといいました」と紙切れをわたした。「中山、桧木両君の解放を求めます。その上で必要であれば話し合いに応ずる用意があります。全学闘。星山英次。」と。星山はブント旧マル戦グループの古くからの活動家であり、岸野も名前は知っている。「この紙切れを持ってきた者はいるか」と声をかけ、そこにいた全学闘の使者だというむさ苦しい長髪、むさ苦しいジャンパー、むさ苦しいジーンズの学生に「星山自身が全学闘として約束するんだな」と念を押して「中山たちに確認する。長くなるかもしれないがここで待て」と命じて室に戻った。

いっぺんにいろんなことが始まっていた。岸野は外人部隊に短い棒とおいでなすったかと顔をしかめ、自分たちが当初思っていたほど盤石でもなくなったことを秘かに認めた。

「おまえたちの本性がいまわかった。勉強になった。われわれが話し合っている間に、いかがわしい外人部隊が棒をもってサークル部室に入り込んで、おまえたちの命令を待っているぞ。隙を見てわれわれをひっかけようというプランだったのか。業師中山か」岸野はさもこんな偽善者の面なんか見たくもないとばかりに顔をそむけ、「おいみんな、この全学闘連中は口先だけはキレイだが、実際は忍び込み専門の泥棒集団で、角材、鉄パイプで一般学生を威嚇して邪な目的達成しか念頭にない、表で交わした約束なんかはじめから守る気がない人間の屑と思い知らされた。一丁やるしかなくなったぞみんな」

部屋全体がとどろくような怒号で揺れ、日本刀が中山と桧木の鼻先に正確に突き付けられると、まわりの黒い大きな塊はじわじわと日本刀の尖端に向かって距離を縮めていく。あと少しでリンチになっても仕方ないかと思えた時、中山が立ち上った。誰かの手が止めにかかったそのときだった。

「話し合いを続けよう。自分たちも外で何が起こっているかわからない。君たちが知っている限りで、何が起こったか教えてくれ。こちらでわかることがあれば教えることもできるから」

「外人部隊がわれわれの大学構内に現に入り込んでいる。中山と全学闘は承知していたか」

「自分たちは知らない。それが事実なら自分たちがその外人部隊と言われているかれらと話し、どうしてそういうことになったか理解したい。隙とかひっかけるとか憶測する前に、事実をわれわれに知らせてほしい。そのなかに知っていることがあったらわれわれが知らせよう」

岸野はしばらく黙り、それから腹を決めて、「さっきこっちのメンバーが外人部隊数十名が構内に入り込み、行動に移ろうとしていると知らせてきた。われわれの米資問題に外部から介入せんとしていると疑われる二、三の兆候がある。われわれには未知の連中で、むろん味方ではない。ほとんど同時に、全学闘の「使者」らしい学生が自分あてに紙切れ一枚を渡して返答を待っている。紙切れには「中山・桧木両名の解放を要求する」とあり、「全学闘星山」と名乗っている。ここははっきりさせよう。外人部隊と紙切れのメッセージは一体のことか。一体だとしたら、どういう行動に移ろうとしているか」

「われわれは中庭からここに連れてこられて以降きみらの姿と声しか知らない。外で何が起こっているか全くわからない。推測はできるが、この場合材料は君らが伝える限りでの材料になるから、事実に近い推測を述べることは不可能だ。くりかえすが、外人部隊と全学闘が一体かどうか、一体だとしてどのように一体か、両者が何を「行動」しようとしているか、我々自身がまず知りたい。われわれと君たちが「知る」方法は唯一われわれを「解放」して外人部隊と全学闘に会って話合う機会を保障すること。今自分の言えるのはそれだけだ」

中山は外人部隊云々についてブント伊勢の仕事だろうと推測した。中山の第一の望みは何とかしてこの「日本刀」と「守る会」の迷惑な拘束の外に出て、全学闘とすべての学生大衆とともに占拠闘争の今後、つまりは米資闘争の今後について率直に意見をかわしあい、意思一致を遂げることである。伊勢の外人部隊は岸野の自負する「日本刀」の威力をほんの少し軟化させてくれるかもしれない。しかしながら一方、伊勢の外人部隊はブント統一派の党派政治によるわれわれ独立ブントの自由な思考、行動にたいするあからさまな介入にほかならぬ。力及ばず、われわれは外人部隊の力の一部はお借りしよう。がそれでもわれわれの米資闘争、占拠闘争の今後はわれわれの手で、自由に決めて行きたい。中山は必死になってそう考えた。

岸野は室の隅に小暮と杉山を呼び、小声で短く打ち合わせした。「守る会」・「日本刀」連合が、全学闘・外人部隊連合との「物理的衝突」に撃って出るわけにはいかない、勝っても負けてもそれは「話し合いを守る会」の敗北にしかならないという杉山の意見に、「実力解決派」の岸野、小暮もさすがに同意せざるを得なかった。ではどうする。最終的に中山らを「解放」するしかなさそうだ。しかし占拠解除の言質さえとれぬままただ解放してしまうのは「物理的衝突」に踏み出すよりもっと道徳的に悪いと小暮が主張する。守る会は割れるぞ。岸野は「もう少し話を詰めておくか」と言って三者会談を終わらせ、席に戻って追及を再開した。

「仮にこれから君たちがここから出て、外人部隊や星山たち全学闘メンバーとこれからどうするか話し合うとする。話し合いの中身が彼らと語らって、占拠解除を求める者たちに攻撃をしかけてやっつけてやりましょうという決定にでもなれば、米資問題にかかわるすべての塾生、教員たちが困るんだ。君らとのこの間のやりとりでそういう結論にならぬという確信は得られていない。われわれは君らが解除を約束しない限り、ここから出すつもりはない。外人部隊が棒とビンで挨拶にきたらこっちもお相手するぞ」

「占拠解除か継続かを含めて、当面の問題の解決は、われわれふたりがここから出て、外人部隊といわれている者たち、全学闘の仲間たちと自由に話し合い、合意することで初めて可能になる。君たちがわれわれふたりの「解放」に踏み切れば、われわれはただちに話し合って結論を出す。君たちは君たちとわれわれの「物理的衝突」は望まない、なるべく避けたいと明言した。われわれもその点は一致できる」

「この部屋を出た後、君らがここで語ったことを裏切らぬ保証は」

「提案しよう。われわれはこれから出て行って「外人部隊」にいかなる場合にも意見の違いを理由にしての「物理的衝突」はできる限り避けたいと表明して了解してもらう努力をする。了解を得たうえで、塾監局に待機中の全学闘メンバーと合流して会議をし、占拠闘争の継続か解除かを徹底討議する。結論は当局、守る会、全学闘に伝える。それから米資闘争の新段階がはじまることになる」

周りの黒い学生大衆から「信用できない」「解除をここで誓え」など罵声が飛んだが、これが真面目な提案であり、これでだめなら「物理的衝突」の道しか残っておらず、物理力自慢のかれらにせよ、同時に「守る会」の論理と道徳規範の尊重に恰好だけでも従うことによって持ち前の「物理力」も物をいうのだとわかってもいた。岸野は決断して、中山提案を受け入れることにした。中山の言葉におおむね嘘はなさそうだと、特に衝突回避の意思をはっきりと見て取ることができたからである。中山と岸野は占拠問題の本日中決着に向けた時間表、双方のその間の連絡方法等の検討に入った。

「本部」まえには守る会たち十数名のあいだに全学闘星山と使者の何某君の二人が人待ち顔に立っていた。岸野は中山と桧木を一家の主人ふうに送り出したが、そのさい学ランを正しく着用した「日本刀」男を自分の隣に立たせて、鉄火で鍛えた剥き出しの刀身をさり気なく披露させ、とりわけこれから塾監局へ戻って行って全学闘留守番メンバーに自分たちの置かれている現状を伝えねばならぬ星山に、守る会と一般学生らのいわば「やむにやまれぬ大和魂」を具体的にしっかりと体感させておきたいと考えたのであり、事実星山の眼鏡の顔には岸野の粋な計らいに打たれて若干の感動の色が浮かんだように見えた。星山は張り切って塾監局へ急ぎ、中山と桧木は西校舎内の反対側に位置する、二人の無事帰還を待つ全学闘たち、外人部隊たちのいる三田文自治会ルーム、文連本部室へ向かった。何某君は別の全学闘君と交代して帰って行き、別の何某君が次の交代がやって来るまでの間全学闘の「誠意」の保証として残った。

午後十時過ぎ、ほとんど動きのなかった三田文自ルームに活発な人の出入りがはじまった。ただ待っているだけだった山本にもまわりに関心を向ける気持ちがわき、勝見との雑談も復活した。伊勢が狩野を連れて出て行くと、「守る会」行動分子に監禁されていたときいて心配していた桧木が入れ替わりに戻って来た。桧木は三田文の一メンバーに一言二言いい、いかにもうんざりした様子で椅子に倒れこみ、足を投げ出してもたれかかった。まわりの山本らは桧木をねぎらいたいが、桧木本人は全身で話しかけてくれるな、俺も話しかけたくないといっており、そういう不幸な人間を見ないようにし、それでもときどきそちらへ目が行ってしまうとそこに打ちのめされたような男の顔を見つけてあわててまた顔をそむけた。勝見は山本の耳元で「中山さんは占拠やめろと日本刀で脅迫されていたらしい。外人部隊はいつでも行動できる状態らしい」などという。山本はただそうかときき流したが、三田文自ルームのすぐ下が外人部隊のいる文連本部室であり、そんなものが「打って出る」ということ自体がどうしても自分の実感に落ちてくれぬのであり、自分と周囲の動きが何か本当でない感じが募った。途中で一時戻った狩野は「中山さんと伊勢さんが下で外人部隊のリーダーと協議中だ。結果が出るのにもう少し暇がかかりそうだ」と山本らに知らせた。桧木さん、さっきから一言も口を利かないぜと小田がいうと狩野は苦笑して首を振り、僕は伊勢さんの連絡係にされてしまった、せわしくてかえって今何が起こってるかよくわからなくなってるよといって出て行く。

中山と伊勢は文連本部室隣の美術部室を借りて集中して協議した。議題は監禁中に「守る会」との間で一致した行動方針の報告、ブント外人部隊の任務について検討の二件である。「守る会はわれわれにたいして、いまここで、監禁状態の中で、占拠解除を約束しろと強要したが、外人部隊がいるという報告のあとは強要は強要でもやや対話的に転じたので有難かった。双方が一致できる問題が生じたためである。かれらは日本刀なんか振り回す一方、日本刀を本当に使うしかなくなる可能性を考えて恐れ始めたことが分かった。外人部隊はかれらにハッタリがハッタリでなくなるかもしれぬ現実を思い起こさせて、机上のチャンバラではなく問題の解決が双方の努力すべき主題だと自覚させたんだと思う。意見の違いの解決を、物理的衝突ではなくて、かれらの尊重するらしい「話し合い」によって解決することでわれわれはとにかく一致できた。占拠解除か継続か、全学闘が自らの責任において協議の上、決定して実行する。その結果を、守る会たちを含む学生たち全体に伝えて、責任を以て実行する。守る会は全学闘による塾監局会議室で行なう占拠問題解決のための会議とその決定を尊重する」

「決定が占拠継続でも尊重すると一致したという理解か」

「かれらは占拠を解くと約束するまで解放しないといいつづけたが、結局塾監局に戻って全学闘で会議してどうするか決めるというわれわれの言い分は受け入れた。会議そのものは尊重するのだから、結果がかれらの期待を裏切ったとしても、反対はできてもそれを抹殺することはできない。かれらの意に反する占拠問題解決にたいして、かれらの新しい反対運動がはじまり、われわれは自分たちの決定を貫くが、かれらの反対運動そのものは尊重する。それがわれわれの一致だ」

「ブントの部隊のこの先の役割をどう考えている」

「われわれは部隊の助けもあって、塾監局占拠の今後について自由に考え、討論し、決定する時と場所を確保できた。これから先は米資闘争にかかわってきて、今後も気持ちを新たにかかわっていこうとしているすべての学生大衆と全学闘われわれで自主的に取り組んでいくべきだと考えている。伊勢さん、僕は伊勢さんとブントの仲間たちの配慮に感謝しているんだ。われわれの謝意はブントの援助にわれわれの貧しい自力でこたえていくことで表したいと思う」

「これ以上の援助は不要か。大丈夫か」

「僕はむしろ守る会とか右翼体育会とかよりも、続々集まってきている一般学生が「外人部隊」という言葉だけで態度が一変したのが心配だ。岸野ら守る会にはかれらとともに「話し合い」方針で一貫する自信も度胸もない。それが我々二人を「解放」するしかなくなった最大の理由だと僕は見ている。ブントの仲間をこの大学の一般学生の攻撃にさらしたくない。そんなことになったら、その瞬間に米資闘争は全壊だと思う」

最初から思っていたが、ことここにいたっても、やはり全学闘はマル戦だなあ、ブントだけれども、とことん学内主義だなあと伊勢は感じ入った。もう少しブントらしくなるまでに時間が要るなと見て取って「だいたいわかった。これから文連本部でどうするかかれらに伝えなければならない。とりあえず部隊は撤収というのが全学闘の考えということでいいね」伊勢が確認すると「すまないがそうしたい。皆さんに僕から話して理解お願いしたい」と中山は頭を下げた。

十時三十分頃、西校舎地階「応援部室」と「文連本部室」の中間に位置する「控室」で守る会岸野と全学闘中山が顔を合わせ、「外人部隊」撤退をめぐって協議した。撤退の時は、現状を憂えて駆けつけてきている学生大衆の前に「憂い」を掻き立てる元凶＝外人部隊がその獰悪な姿を曝す唯一の時であり、米資闘争のなかで他大学の武装した過激派学生と本大学の学生が衝突して流血の事態が起こりかねぬ危険な場面である。学生大衆と外人部隊のあいだにいかにして、衝突の危険を排除しつつ、しかも学生大衆の眼に外人部隊の完全撤収が確認できるような撤退を実現するか。外人部隊は文連本部から隊列を組んで出発し、デモ行進の形式で西校舎裏の「通用門」から出て行く。そのさい、集まった学生大衆は隊列が確かに出発し通用門から出て行くことを見て取ることができる位置に立って見送ること。妨害行為はなし。大声を出して感情を発散するくらいは可。全学闘側は外人部隊に、守る会側は学生大衆に、それぞれ外人部隊の平和的退出への協力をあらためて要請すること。外人部隊の撤収を確認後、三田文ルームに待機している全学闘メンバーは会議を行なうため塾監局に入る。こちらでも衝突、妨害などないように互いに注意すること。なお、全学闘の会議の結果を外に集まって待機するすべての学生たちに伝える役目で、守る会から一名が全学闘たちの後から塾監局に入り、会議室の外で結果を待つ。

十時五十分、三田文ルームで山本、勝見と雑談していた伊勢のところへ一学生がやってきて直立不動の姿勢をとった。山本らにとって未知な、少年みたいに見えるTシャツとジーパンの人物で、伊勢に向かってあきらかに部下の態度で対している。伊勢は山本らと居る時の「四角い顔に優しい眼」の人でなく、表情を消して下知する「学対部長」に一変して、腰かけている様子も極端なくらい部長になりきって二、三短く指示を与えた。学生が出て行くと伊勢はゆっくり立ち上ってまたどこかへ行った。

十一時少し前、三田文ルームにいた山本らは急に階下の左へ通用門に通じている狭い通路のずっと右、西校舎正面ロビー方向から何か巨きな、何だって飲み込みたがってどうにも止まらないようなかたまりが近づいてくる気配を感じて横長のガラス戸を開けて見下ろした。照明灯の青白い明りのなかに、白い開襟シャツ、黒ズボンの黙り込み膨れ上がった学生の大集団が犇々と押し寄せつつあった。「これから外人部隊が退出していく。守る会の連中は外人の最後の一人が出て行くまで見張るということだ」勝見が言うと、これまでほとんど単に三田文ルームに閉じこもっていたにすぎぬ山本はもう堪忍袋の緒が切れて、守る会と外人部隊の傍近くで起りつつある出来事に自分で直に立ち会いたくてたまらなくなった。

「下に行こう」山本が誘ったが、勝見は首を振り、他のみんなもうんざりした顔で動こうとしなかった。小田が「面白そうだ」とあとからついてきたので、二人は通路に沿って並んで待つ守る会たちにまじって噂の外人部隊の撤退を見送ることにした。集まった大人数からはまったく声がなく、その場に追い詰められてでもいるかのように動きもなかった。

遠くまで人間のかたまりが黒々と繋がっているが、かすかに「……、……」とそろえた声が近づいてくる。と、不意に山本らのわきの下のすぐ近くから「安保、粉砕」と歯切れよく唱和がはじまった。誰も予想していなかった山本らの人垣の奇妙な隙間からひとりひとり棒切れを持ったデモ隊が降ってわく感じで現れたのであった。途端に「帰れ！　帰れ！」と大きな黒い塊からものすごいシュプレヒコールがあがって、デモ隊が見えなくなる数分後まで一瞬も止むことなく密集してつづく。山本の眼の前で帰れ、帰れと真っ青になって叫んでいる学生がよく見ると一度警備室前で議論したことのある守る会代表の杉山だったのにはさらに驚かされた。山本の記憶では杉山というのは、意見は異にしても怒りに我を忘れてどなりまくるような未開野蛮のタイプではなかったはずで、それがこの男の足りぬ点かもしれぬとすら観察していたが、いまや突如として狂い咲くかのように「帰れ、帰れ」の馬鹿さわぎである。一方、そんなあられもない集合的錯乱のど真ん中を、全員白い短パンにスニーカー、色とりどりのTシャツ着こなし、ヘルメットはかぶらず、短いゲバ棒片手に「安保、粉砕」「安保、粉砕」と明るく唱和してヒラリヒラリ蝶のように舞い、悠然とデモして去って行く外人部隊がどんなにきれいに見えたことか。まさに一服の清涼剤で、最後の一人が名残り惜しげに外に消えて行ったとき、山本と小田は思わず顔を見合わせてうなずき合ったものである。お客である外人部隊の舞いの一列に感心したのだが、他方で「身内」でもある杉山たちの帰れ帰れには、見たくもない身内の恥を見せつけられたとショックを受けたので、それが外人部隊を実質以上に美しい風景として眺めてしまった理由の一つでもあった。帰れ帰れと安保粉砕が共に去っていったあとには、依然として意のままになってくれぬ自分たちの占拠とストが路上に馬糞みたいに露出しており、清涼剤は清涼剤としてあるものの、山本らに「この先どうする」と繰り返し問いかけてやまないのだった。

三田文ルームに戻ってまた待機がつづく。日吉文メンバーは勝見以外は狩野、青木、大塚、小田は出て行き、勝見も日吉文とは別に出たり入ったりを繰り返していて、待機は山本、全学闘桧木ら数名、三田文メンバーが三、四人と部屋の広さに対していかにも足りていない感じがあった。顔見知りの桧木は大儀そうで、三田文、全学闘の待機組には山本の知り合いはいなかった。

学ラン姿の二人が挨拶抜きにずいーっと中に入って来る。椅子にもたれて足を長々と投げ出している桧木を見つけると、大きい方が「まだこんなところにいるのか。これから会議だろう。こんなところでごろごろしていていいのか」と声をかけ、小さい方と二人して左右からのしかかるように仰向けの桧木に顔を近づけた。大きいのが「守る会」の「司令官」岸野、小さいのが「副官」の小暮だと山本はあとでおしえられたが、くたびれた全学闘桧木は一方はゆったり、他方はきびきびした、共に固太りの黒い二人組に、いやも応もなくいきなり小さな椅子のなかに潰れた紙箱みたいに折りたたまれ詰め込まれてしまったのだからたまらない。周りにバラバラに散らばっていた全学闘、三田文、山本たちは、突然はじまったこんな異な出来事を遠巻きにしてただ息をのんだ。ところが進退谷まった桧木自身はそんなことは知らないヨという顔で、「まだ何か用か」と岸野を見上げた。山本は岸野の勝ち誇ったような表情を見、桧木の精一杯構えた表情を見て顔をそむけた。山本にはこの三田文ルームも、一緒にたまたまいる全学闘たち、三田文たちも、あくまで結局他人の事で、桧木と岸野のあいだには山本の入っていけない、入ってはならぬかもしれぬいきさつがあるのかもしれず、見ないでいるのがここは「礼儀」かもしれなかった。最後に岸野は桧木一人相手というより、まわりに散らばって知らん顔の山本らにも聞かせようと図ったようなとてつもない大声を出して「おまえ、わかってるよな。男と男の約束だからな。さっきそれでいいとおまえいってたよな。約束を破ったらどうなるか、よく考えておけよ」と浴びせかけ、それに桧木がああ、うんうんといかにも投げやりに首だけ振って見せると、黒い二人組は黙り込んでいる山本たちを満足げに見まわして、ニヤニヤと感じの悪い笑いを残して出て行った。

三田文ルームには声がなかった。出来事は全学闘による占拠解除か継続か、開城か徹底抗戦かを決める会議を目前にして、会議の結果に不安がある守る会幹部二名が、全学闘の控室である三田文ルームにストームをかけ、占拠分子の反応から敵の現状を把握して、自分達の備えを固めようという趣旨の威力偵察ないし示威行動であった。山本は旧知の杉山とは違う「守る会」に初対面して、実際にやれるやれぬはともかくとして、ああいう連中に徹底抗戦で行くぞと豪語してやれたら痛快だろうなと密かに思ったものである。

「ヤクザチックねえ」と一女性の悔しそうな声ががらんとした三田文ルームに響き渡った。三田文の女性活動家で大した美女でもある若村さん（仏文三）が全学闘側の感情を代表するかのようにひとり気を吐いたのだが、それに続く声はなかった。山本は雄々しい美女である若村さんから、男一匹が何人も鬱々と屯していながら、傲慢無礼の敵に一言もいいかえせず、だらしないと叱責された気がする一方、なかなか言い返し辛くなっているのが占拠闘争の現在であり、自分たちの実力の正直な「数値化」なんだとも思え、両両相俟って確かに俺たちだって悔しいんですよといいたいところだった。

伊勢と日吉文狩野、青木、小田、大塚が戻って来た。勝見も彼らとは別に、彼らと同じように疲れた様子で戻って来た。ホッとして顔を挙げた山本に伊勢は軽くうなずき「これから塾監局に行って会議をする。一緒に来ないか」と誘いをかけた。俺は日吉文オブザーバーで、会議というのは全学闘の会議だろう、どういうことかと日吉文たちを見ると、狩野が「一緒に行こう」という。事情を知らぬ山本は、全学闘の会議に日吉文ないし学生大衆代表の立場で立ち会うという話かと一人で合点して、また先の守る会ボス連と桧木の「ヤクザチックな」やり取り（というより一方的な桧木脅迫）に刺激されて湧きあがった野次馬根性もあり、よしみんなで今日の決着を見届けに行くかと腰を上げた。室を出る時になって、日吉文からは狩野以外行かないのだと知って意外と感じたが、そのことをそれ以上何か突っ込んで考えるということはしなかった。やっと待機は終わるという実感がとにかく一番おおきくて有難いのだった。全学闘サブリーダー桧木はそこにいた全学闘二名を連れて出て行き、伊勢、狩野、山本もあとに続いた。

塾監局の内部は前回訪問時とは違い、会議室のある二階までの階段・廊下が机、椅子等を隙間なく積み上げたバリケードで幅三分の二が塞がれており、一見して敵の突入に備える工夫が感得された。壁には黒や赤でスローガンだの意味のわからぬ記号や模様が殴り書きされ、こちらには画面としての調和のなさにいささか不快の思いをした。前回の訪問の際に山本の感じた全学闘たちの意外な旧秩序尊重が今日はその正反対を表現していて、気持ちはわかるがそこに闘争心の強さよりひ弱さの表現のほうが大きく映って山本の心を打った。中山さんはこういう侘しい現状をどう打開しようというのかと考えた。

会議室は塾長室と同じで天井が床平面に対して「不当に」（と感じた）高すぎて、入っていった時、自分の服の胸にボタンの列があるとしたら顎下まで全部をはめろと「垂直に」命じられているようで山本は面白くなかった。前回桧木が威張って塾長のゲルベゾルテなんか吹かしてみたくなった心境がいまさらわかるような気もした。長い大きな机の正面中央に議長格で中山、その左へ全学闘の羽島（山本の知る全学闘の知人の一人。日吉文たちと共通する生活気分を山本は感じていた）、初対面の徐、王の二女性活動家（二人とも在日華僑の家に生まれ育ち、法三に在籍中。特に徐さんは噂では慶大旧マル戦グループにおいてもっとも戦闘的な活動家のひとりである）、それからブント「学対」の伊勢。中山の右には山本の知らぬやや年かさな全学闘メンバーが三名（いずれも法三の男子）。中山に向かい合って、左から星山、桧木、日吉文狩野、山本、さっきまで三田文ルームを出入りしていた全学闘二名（法二）。議長役中山を含めてこの十四名が会議をして、米資闘争・塾監局占拠闘争の現況を踏まえ、占拠継続か、解除か、いずれか決定のうえ、今後の闘争方針を定めようというのであった。

中山が口を切り、会議の目的を説明した。「……われわれの占拠闘争は遺憾ながら孤立を余儀なくされ、内と外から決断を要求されている。孤立から連帯へ、われわれの闘いは新段階における課題に応えて行かねばならない。塾監局占拠闘争をいかに担ってゆくか。占拠の継続か。それはいかなる内容をもっての継続か。この占拠を解除して新段階へ飛躍を志すか。それはいかなる飛躍でなければならないか。今日の教訓は今日以後、現状の維持はないということだ。全学闘と占拠闘争の今後を決定する会議に、日吉文の諸君とブントの伊勢氏に呼びかけて、会議に出席して発言し方針決定に加わってもらうことにした。全学闘と占拠闘争の現在に対して、日吉スト権防衛の立場から、伊勢氏にはブントの米資闘争支援の立場から意見をぶっつけていただきたい」

それから中山は今日一日のこの会議の開催にいたった経緯を語った。塾長会見予備折衝で、当局側に全学闘「無視」方針の変更はないとわかり、全学闘として自前で直接、占拠闘争の内側に立てこもっているのではなく、外へ出て一般学生のなかへ入って行こうと考えた。僕と桧木が中庭で「守る会」と反占拠の学生集団につかまって追及され、つるし上げを喰い、あげくかれらの「本部」に連れ込まれて占拠やめますと誓えなどと脅しつけられたんだけれども、これは否定的なかたちではあったが、われわれが今やらねばならぬことを「教示」された機会だったと自分は考えている。「守る会」を僕と桧木は説得できなかった。しかしかれらと、今は彼らの側にいるスト反対・占拠反対の多くの学生たちに説得の努力をつづけねばならず、この点でわれわれは「守る会」や「右翼体育会」すらも、打倒の対象ではなく説得の対象としてとらえ返すべきだと思った。打倒の対象はあくまでも塾当局と国家権力のみであり、敵と味方の関係の変革がわれわれの勉強の主題になるということだ。これが僕の経験です。諸君の意見を求めます。この占拠を継続するか、解除して別の「闘い」を構想、実行していくか……」

山本は狩野に「俺たちも発言するのか」と小声できいた。「そうらしい」と狩野。全学闘の占拠闘争に日吉文の立場で「介入」しても構わないというのが中山発言の主意のようだった。中山は山本らに全学闘に対して距離を置いた「オブザーバー」の立場からの率直な発言を求めているということであり、だとしたら全学闘メンバーの意見をちゃんと聞いて、今日一日基本的に三田文ルームに立てこもってその限りで全学闘たちと共有しえた経験に基づいてちゃんと発言しようと山本は考えた。

全学闘NO3星山が最初に指名されて消耗しきった顔を上げ、「自分は学費闘争を経験したし、去年の食堂闘争も見てきた。しかし今日中庭で見たような学生の表情は初めてだ。中山は紳士だから、説得対象だと公平な言い方をするが、言葉がこれほど通じない、伝わらないと感じた学生の集団を見たのは初めてだ。自分たちの孤立の深さを見下ろした気がして怖くてならない。この占拠の継続なんて自分には考えられぬ」

NO2桧木。「今日占拠闘争の外に出て、はじめて敵の現物、占拠反対、スト反対の学生集団の顔、肉声、行動に直に接した。予備折衝で塾長の無視に、中庭では占拠反対のつるし上げに、連中の本部では日本刀ときて、ブントの救援で三田文ルームに戻って、あとはゆっくり考えた。不覚だったが、俺は「ストを回避し話し合いを守る会」をバカにしていたんだ。「守る会」連中のうしろにいる一般学生たち一人ひとりの顔が見えず、見ようと考えをめぐらすこともなかった。一般学生というのはその時、その時の並べてみて景気のいい方につくものだと思って、俺たちの方は反戦平和・拒否宣言要求の「占拠」で「話し合い」よりは景気がいいんだから、放っておいても俺たちについてきてくれると安心していたんだ。ところが気づいてみると、景気は変動して、米資問題解決の道として、スト、占拠反対、「話し合い」解決でいこうが学友諸君の支持を集める状況が発生してしまって、占拠解除しろ、解除しろの声に包囲されて我々は今さら会議なんか開いている始末だ。残念だが、俺は自分たちの占拠闘争の不十分性を認めざるを得ない。俺たちは米資問題解決を要求するすべての学生たちに向かって、塾監局占拠闘争こそが「守る会」連中の抽象的な「話し合い」の強調よりも解決の王道であることを心を込めて説得しようとする姿勢、また実行力において欠けるところがあった。怠慢の結果が占拠の孤立で、これはもうハッキリしたと思う。われわれは苦い結果を受け入れて日吉で再起を期したい」

しかし守る会と全学闘のあいだを行き来して、監禁された中山、桧木の解放にかかわった全学闘活動家二年生の二名は、星山、桧木両先輩とはちがって「僕らは守る会に負けたのではなくて、連中に隙を突かれ、衆を頼む敵に偶々してやられただけ」と主張した。守る会は「話し合い」が表看板だが、じっさいにやってるのは策略と脅迫、欺瞞と小細工だ。そんなものに全学闘は屈しない姿勢をしめしたい。占拠は継続すべきだ。一日でも長く云々。

山本はかれらの発言をききながら、俺の今日一日の経験の要めはどこにあったかと考えた。強烈だったのはやはりブント外人部隊の見事な、すがすがしいくらいの撤退ぶりと、それに向かって狂ったように帰れ、帰れと連呼しつづける、その中に守る会責任者「杉山」の顔も見えた大変な数の学生たちの感情の渦であった。山本は七・五日吉スト権の主体である学生大衆の現在の要求を自分の「立場」にしたいと考えている。ひらひらと去っていく流線型な美しい外人部隊とひたすら帰れ帰れの醜く引き裂かれた学生大衆と、どっちが山本の立場に近いか、それはもうハッキリしていた。自分の順番がくると山本は意見ではなくて日吉ストライキの側からの感想を述べますと断って「僕らは日吉バリストで学生たちの出入りチェックを担当していますが、目的は日吉キャンパスが現在、七・五日吉スト決議によって「米資問題解決」のキャンパスである事実の共有、問題解決の主体がすべての学生大衆であることの強調、チェックがスト派か反スト派かの選別ではなくて、スト賛成・反対・どちらでもない、つまり米資問題解決をめぐってありうるすべての「立場」を生かし、展開させ、よりましな解決へ向かってもらおうとする不断の働きかけであること等です。その上で、今日孤立を余儀なくされている「塾監局占拠」の今後について物いいます。僕は今日塾監局占拠が学生大衆から孤立している事実を確認しました。僕の見た限りで、今日の三田には占拠反対と賛成の二種類の学生しか存在せず、しかも賛成が少数、反対が圧倒的多数と見ました。問題は反対の圧倒的多数より、反対と賛成の二種類しか見えないこと、二種類しか作り出せなかった創作力の貧困にあるのです。占拠は米資闘争の主体である学生大衆を米資問題解決めざして団結させる代わりに分裂させ、対立させ、問題解決の努力の外へ追放してしまったというのが僕の今日視た全学闘の占拠闘争の実態です。闘争主体から総スカンをくらってるんです、われわれの全学闘が。この事実を見つめ、受け入れ、この事実によって占拠闘争そのものを「否定されつくす」ことが占拠闘争のこれから先の道を切り開く第一歩になる。今学生大衆は右も左も「占拠」反対あるいは「無視」で（全学闘からすれば否定的に）一致団結している。仕方なくですが。この事実を敗北でなく逆に今後の飛躍の土台とみなしてはどうかと僕はいうんです。第二の感想。桧木さんは日吉で再起しようといったが賛成だ。反戦平和に自閉、自足する内向きのバリケードから、反権力闘争に向かって、この私の自主・自由の無限追求の闘いをはじめたい。塾監局占拠を意義ある体験として定着させる方法は唯一、この占拠を解除して、日吉から出発しなおすこと。これが今日一日皆さんと共に過ごした日吉の一年生の感想です」

狩野はしばらく考えてから「占拠解除が僕らの選択肢だろうと思います」といった。狩野が日吉バリスト防衛の中心になって誰よりも頑張っていることは全学闘メンバーの全員がしっていた。「この占拠の孤立から直接、孤立を孤立のままにしておいて、ただ継続するんだ徹底抗戦だというのは健全な考えとはいえないんじゃないか。孤立に至った過程をみんなで振り返ることからやり直したいと思います」

山本と馬が合う唯一の全学闘羽島君はこれ以上我慢ならぬという様子で

「自分は徹底抗戦すべきだと思う。占拠闘争は断固防衛されるべきだと僕は主張する。孤立した。だから解除だと？　われわれは孤立を求めたのではなく、連帯を求めたのであり、今も連帯を深め広げる道の途上にある。もう一歩なのではないか。その一歩はここで耐えて、守る会や塾長の脅迫に、われわれなりの抵抗で酬いる選択ではないか。われわれの占拠闘争は守る会の学生たちに包囲されているが、そのかれらを一人でも多くこちらの味方に転じさせたい。このまま解除しますでは、守る会の脅迫が正しかったという間違った結論に学生たちを追いやることになるではないか。それは違うと僕はハッキリ全学闘が身をもって示すべきだと思う」と論じた。羽島は感情的になることを避けつつ「徹底抗戦」論を語ったが、山本は迫力を感じなかった。羽島の徹底抗戦には、一発打ちあげてみせてあとはハイさようならだといった、実は山本も共有している性格上のひ弱な性急さが強く感じられたからである。ちょうど狩野の「解除」論にしぶとい戦闘精神がさりげなく表現されているのと絵にかいたような対照をしめしており、山本は羽島君、もう米資闘争にうんざりしかけているのかなとチラッと思った。

しかし次の徐さんは違った。彼女は会議の展開にたいして抑えに抑えていた憤懣を一挙にぶちまけたのであった。「聞いているとさっきから占拠解除、占拠解除と、ちっとも有難くない念仏みたいにつづくので、ここって何だ葬儀場かと不思議に思ってるところさ。反戦平和・拒否宣言獲得の大義はこっちにあり、外で騒いでる守る会と暇な右翼連中にはケチな謀略とか拉致監禁とか、腐った不義しかない。事実は誰の眼にも二・〇みたいに明瞭じゃないか。不義が占拠解除を強要してくる。正義はにっこり笑って徹底抗戦の準備をする。私らは塾監局を占拠して、塾当局に米資導入の明朗な自己批判を要求し、拒否宣言獲得まで闘いぬこうと決意してこれを実行した。われわれが不断に己を照らすべき闘いの規範は七・五日吉スト決議であり、九・一〇塾監局占拠の決行という、われわれの創出した事実である。この事実の前に当局の守る会の右翼体育会の策略、脅迫が何だ。ひとえに風の前の塵に等しい。……」徐さんの雄弁は熱が入れば入るほどに、会議の空気を冷やしていったが、徐さん本人も半ばそれを感じていながら、しかし傲然と無視して空疎な弁舌をふるい続け、山本を含む出席者たちの反感をつのらせた。全学闘の幹部メンバー中の唯一の女性、この大した女親分は、ただ塾監局の真ん中に足組んでどっかと安座して、念仏唱えてじっとして、外に犇めく道理のわからぬバカなんかきっぱり無視して待ってればかならず拒否宣言が下りてくると大口たたくこの幹部はいったい何様なのだ？　日吉スト決議も塾監局占拠も、お説の通り事実だ。が、この事実がこちらの独善的な自閉と安座、自ら招いた学生大衆からの孤立によって行き方の変更を論理的・道徳的に迫られていることも事実。甘い事実の方だけにしがみついていれば、辛い事実は消えてなくなるというのは、空想であって科学ではない。

隣にいる王さんは畏友徐さんの革命空想を尊敬し、その傍に立っていたい人だったが、同時に全学闘の桧木幹部、星山幹部が服従する科学の威力を無視することができぬくらいには徐さんと違って円満な常識人の一面も所有していた。その王さんが、徐さんの演説で会議がすっかり徐さんの存在そのものを排除するかのような空気につつまれたとき、「私も徐さんに賛成、徹底抗戦に賛成します」といって徐さんに手を差し伸べたのである。王さんの「賛成」は徐さんの徹底抗戦論への賛成というよりは、徐さんの意見への反対でなく徐さんの存在そのものへの反対としか思えぬ会議の空気への反対表明であった。山本は王さんの「私も」発言によって、自分が徐さんの演説に抱いた反発がかならずしも意見への反対だけとはいえず、その存在をうっとおしいと感じ、そのことを彼女が「女」の幹部であることと結び付けてじゃまっけと反発していた一面もあったかもしれぬので、それは徐さんの意見と存在に対して不当な受け止め方だったと自省させられた。

山本が初対面の全学闘の男たち三人は、二人が解除、一人は単にできるだけ継続といった。三人ともはかばかしい意見をいうこともなかった。会議の中で計数に明るい者がいたら、これで出席者十四人中、占拠継続が六名、占拠解除がやはり六名とはじき出して、残る議長中山、ブント伊勢の発言に注目したであろう。このかんに継続、解除の両者について、それぞれの問題点はほぼ漏れなく出ていると思われた。最後の二名、内のリーダー中山、外からやってきたリーダー伊勢が何を語り、どちらを選択し、会議がどういう結論を出すかである。

「塾監局占拠闘争は誰かが言った通りで、大学内を二分し、学生と教職員を左右に引き裂き、そうしてはじめて米資問題が学内のすべてのみんなにとって「自分の問題」であることを突き付けるにいたった。東大闘争でも日大闘争でも同じ事態が発生していてこれを憂える向きもあるようだが、自分はこうした分裂と対立を、むしろ闘いにおける自ら考え行動する出発点と視、その肯定面とみなしたい。慶大には慶大の事情があり、他大学のケースを直に当てはめては間違えてしまうことだってあるだろう。しかし全国大学で闘われている学園闘争の原則は一つだと思う。個々の大学における反戦平和希求の運動を、国際反戦闘争と結合させ、個々の大学、個々の学生大衆が全世界の獲得に向かって「反権力闘争」の質をわが物にすること。日吉のスト権も、三田の占拠闘争も、全国大学の闘いの一環としても闘われつつあるんだという事実に注目したいと自分は考える。今日の会議は慶大米資闘争の内での決議をめざすだけでなく、全国大学における反戦反安保の闘いとともに前進していく決意の獲得をも目指していることを自覚したいと思う」伊勢は占拠闘争の現在の肯定面の評価から今後の闘いを展望すべきだと強調した。「われわれの占拠闘争はいまこの時、「守る会」と、「守る会」に組織された多くの学生たちと、少数かもしれぬがわれわれの占拠闘争の今後に注目し期待をもってそこに佇んでいる学生たちに囲まれてある。われわれはかれらのなかの特に誰の声によく耳を傾けるべきか。米資問題の抹殺しか念頭にない大学当局の猫撫で声にか？　米資拒否宣言を要求する全学闘と学生大衆の声にか？　中山、桧木両氏を拉致監禁した上、占拠解除を強要したゴロツキにか？　闘う側の理想を同志的に援助せんとして駆けつけてきたブントの仲間たちにか？　分裂、対立自体をそのままいいことだとは自分だって言わない。が、現にこうして対立の現実に組み込まれているわれわれは、対立の統一を、あくまでも米資拒否宣言獲得の側からかちとりたい。塾監局を包囲している学生たちだけでなく、全国大学の闘う学生大衆が、今この時、期待をこめてこの会議での全学闘の決断の中身、行方を見守ってると思う。僕は期待に応えたい。占拠継続で行く。必要なら徹底抗戦を辞さぬ姿勢を内外に示すのが正しいと考える」

伊勢は徐さんなどとは違って自制して淡々と語ったが、聞き終えて山本は伊勢の抗戦論にも徐さんらのと同様、追い詰められた占拠の孤立の極みでわが身にわが牙を喰いこませ喰いちぎって悔いぬといった必死のリアリティを感じとることはできなかった。そんな「リアリティ」はしょせん山本の空想でしかないかもしれぬが、それをいうなら、山本の間近に目撃して衝撃を受けた、外人部隊に直面したさいの学生大衆の帰れ、帰れの激烈な表情によく拮抗しうる真剣さを全く欠いた「徹底抗戦」論だって恥ずかしい空想にすぎないので、むろん伊勢のも空想、それも党派的建前が仕方なく口にさせた空論ともいえた。伊勢はこれから徐さんと、どう工夫して「抗戦」を共闘するつもりなんだ。わかった、俺は「帰れ、帰れ」の側につくと決めたぞ。

議長中山はしばらく無言でいた。静まり返った会議室のなかで、互いに顔を背け合い、しかもそれでいて互いに深く貫通しあっているようなかれらの時間の底の底から、ようやく顔を挙げ、「もうその時が来ていると思う」中山はいい、抑えた口調で「占拠解除で進んで行くことにする。われわれは日吉バリストに還帰・転進して再起をはかりたい。学生大衆の現在との結合、国際反戦闘争と米資闘争の結合を日吉無期限バリストからめざす。以上を会議の結論とします」これで決着、異議は受け付けぬという宣言であった。

伊勢は苦笑しながら「反動的だなあ」と嘆声を放った。「苦笑」は議長の下した結論は予想通りだったという感想であり、ブントと伊勢は面白くなくても、その結論を受け入れたということだ。一方、もう一人の徹底抗戦論者徐さんはどうだったか。終始一貫して純情の人であり、党派政治のそろばん勘定とは無縁であった徐さんは苦笑したりせず、議長の宣言が下ったとたん、立ち上って烈しく身を乗り出し、「それはおかしい。違うぞ云々」と猛然として抗議の正論を吐こうとした。すると全学闘幹部の桧木、星山両氏が人家に闖入した凶暴な猪に襲い掛かる武装警官みたいにワーッと声をそろえて、

「何言ってんだっ！　まだわからないかっ！　夢の国にいるんじゃねえぞっ！　いい歳こいてっ！」と闇雲に抑え込みにかかり、徐さんとは別に徐さんと同じような正論を吐きたかった二、三の者も気圧されて黙ってしまった。山本は両幹部の徐さんに対する怒りの爆発に一瞬びっくりしたが、同時に顔を伏せたくなるような恥ずかしさもおぼえた。山本もまた徐さんが乗り出した時に「まだ言うか！」と徐さんの方へ身をのりだしかけていた一人であり、桧木、星山両氏の徐さん阻止の熱情の爆発を秘かに醜いと見た自分も桧木氏ら同様に醜いのであり、気づいて急に自分がいやになったのである。もう夜中になっていた。徐さんも、桧木氏らも、山本たちも、とにかく結論だけは出た会議室のなかでただもう疲れ切っていた。

守る会サブリーダー小暮は、全学闘との了解に基づいて塾監局会議室の分厚いドアに片耳押し付けて傍聴中であり、全学闘連中の会議の行方を八の自信、二の不安をもってじっとうかがっていた。結果が出たらいち早く、外でやきもきしながら、全学闘めの決定を待っている守る会たち、学生大衆たちに、窓から顔突きだして「〇〇〇！」と広く伝えなければならない。「占拠解除」の場合は全学闘一味の完全撤退の確認、逆に「占拠継続」の場合は守る会行動分子による強行突入、実力排除とそれぞれに即準備に取り掛かる計画であった。後年小暮は、会議の終了間際に「いやよ。解除なんか死んでもイヤッ」と泣いて訴える女子学生の黄色い声が厚いドアごしに漏れ聞こえてきたと回想する。小暮は徐さんの最後の抗議の叫びを耳にしたようだが、徐さんは太い、ちっとも黄色くない声の持ち主で、どう間違っても「いやよ」なんて気の利いたセリフは口にしたことがない、よくいえば巴・板額のごとき豪放無双の女傑である。小暮の頭の中の類型的な「女子学生像」が悪く影響して事実の記憶を誤らせた一例といえようか。

全学闘一味の撤収は段取りよくスムーズに進行した。占拠部隊最後の十四人は塾監局地下出入り口から出て行く際、中山の指示で縦一列の隊列を作った。「われわれは三田文ルームに行き、待機している仲間と合流する。西校舎正面まで二百メートルのあいだに、われわれと一部分子の「衝突」（と守る会側はいう）を避けるため、学生有志が人垣を作り、われわれはその間を通って校舎に入る」と中山は説明し、十三人は黙って従った。おもてに出た時、山本は足がすくんだ。サーチライトが広く照らした中庭に想像をはるかに超えた人数の学生たちが迫力に満ちた沈黙で一ミリの揺らぎもなく山本たちの登場を待ち構えていた。顔を上げて出て行こうと思っていた山本は、顔を挙げられず、不本意ながら肩を落とし伊勢と狩野のあとについて歩き出した。人垣は人一人がやっと通れるくらいの幅で、自分の眼の高さに一様に白い開襟シャツ、黒ズボンの長い垣根がゆっくり山本の歩調にあわせて通り過ぎて行く。少々ののしられたり小突かれたりくらいは覚悟していたが、外人部隊に向かってあんなに憎悪をむき出し、敵意を込めて追い出したのとたぶん同じ学生大衆たちである者らが、いまはけしからん占拠一味の山本たちを黙って不機嫌そうに送り出すのであった。山本は安堵して、全学闘メンバーでなく、全学闘の占拠に「批判的距離」を取ろうとしてきたこの自分自身が、闘いの主体である学生大衆に借りができたと感じた。

三田文ルームには数名の三田文と、日吉文の青木、小田と勝見、また新たに駆けつけてきたらしい全学闘たちが十名ほど待っていてくれた。会議で「徹底抗戦」を主張した徐、王、羽島、それからブント伊勢、また反対に「占拠解除」を訴えた星山、桧木は、途中でいつの間にか姿を消していて、そのうち伊勢と桧木を除く四名は米資闘争そのものから出て行って戻らなかった。

「ここを出て隊列を組み、田町駅までデモ行進する」中山は指示し、室の隅に積み上げてある赤ヘルメットを指さした。真夜中であり、敵は塾監局のなかで万歳しているだけだから、今更デモといわれてもよくわからなかった。固まって行動することで危険を減らそうという趣旨かと山本ははじめてヘルメットかぶって狩野らと一緒に隊列に加わった。疲れ切っているせいか、ヘルメットにもデモにもこれまで感じていたような抵抗感はなかった。一人張りきる中山を先頭に、二十人位に縮小した赤ヘル部隊は「アンポフンサイ、トーソーショーリ」と日吉での再起に向かって行進を開始した。解除は撤退でなく飛躍の一歩だと中山がいい、山本が賛成した。しかし三田キャンパス西の目立たぬ「通用門」からスゴスゴ退散して行くやせ細った小さなデモ隊は、まずは一敗を余儀なくされて去り行く落武者の群れであり、誰もいない真夜中の街を行きながら、じつに情けないのであり、アンポフンサイと唱えるたびごとに、風船が膨らむように刻々惨めさが大きくなるこの経験が「再起」に向かうしかない一歩一歩のプロセスなんだ、そうであってくれと中山らは自分に言い聞かせていたかもしれない。

全学闘の撤収を見届けると守る会メンバーを先頭に、中庭でこの瞬間を待ち続けていた学生、職員百名が塾監局内部に入り、全学闘が築いた憎らしい頑丈なバリケードの撤去にとりかかり、各階各室の清掃、片付けなど協力して作業に集中した。このかん応援指導部のメンバー十名は塾旗を先頭に階段を駆け上がり、屋上にたどりつくと全学闘の赤旗をおろして塾旗を高々と掲げ、塾応援歌「若き血」を熱烈に合唱し、感涙にむせんだのであった。

塾監局「奪還」の感動のなかで、守る会は明日からの活動目標を「スト解除のための」日吉学生大会の開催・スト解除決議の速やかな獲得と定めて署名運動を本格開始することにした。守る会行動分子は、塾監局占拠解除に大きな力を発揮した「占拠学生を監視する会」を発展的に解消、こんどは「スト学生を監視する会」としてただちに活動を開始し、日吉バリストの出入り、バリスト内外の人員の連絡・交通状況の把握に取り掛かることに決めた。守る会による日吉バリスト「逆チェック」のはじまりである。

十五　対話と国際反戦闘争と

十・四　早朝の渋谷駅で最後まで残った全学闘部隊十数人が東横線各駅停車に乗り込み、睡眠不足でボーッとしているあいだに日吉駅に到着した。全学闘は中山以下八名、三田文から二名、日吉文狩野と日吉文オブザーバー山本という内訳で、三田から日吉までのあいだにさらに部隊の半分弱が姿を消してしまったことになる。占拠自主解除はこの現在において空論に過ぎぬ徹底抗戦よりはましなその限りで正しい決定だったけれども、日吉での再起の希望は三田からの出発時点における二十名全員を日吉にたどり着かせることができるほど十分には正しくなかった。中山は残っているみんなでこうした結末を自己批判的に確認し合い、日吉からの再起をもう一度確認したうえで、撤収部隊を前向きに解散しようと考えた。ゾロゾロと徹夜明けらしい千鳥足で駅ホームを歩き出したみんなに「ここで集会をやろう」と声をかけてホームの奥に二列になって座らせた。何をいわれても、すぐに応じてしまえる状態に、昨日始まった占拠解除、撤退行動の一連の流れが山本らとリーダー中山を一時的に不自然に接近させていた。みんな変だなと思いながら、しかし中山が少しでも動きを見せると自分の心身も全く無批判に薄く淡く一緒に動いてしまうのだ。集会か。じゃそうするか。

中山は歯切れよく日吉への撤退＝米資闘争の新段階への飛躍という持論を展開した。山本らは黙って半眼で聞き流した。身体が半分しか起きていないと何でもうんうんときけてしまうなと思っていると、中山は最後に声を一段と張り上げて「われわれは今、あの七月五日、日吉無期限スト決議をかちとった日吉キャンパスに戻ってきました。日吉におけるわれわれの闘いの復活再起の決意をここではっきりと打ち出そうではありませんか」といい、まだこんな時間だから当然しんと寝静まっているだろう駅裏の日吉商店街の方を鋭く指差し、「これからここ日吉において戦闘的なデモンストレーションを敢行したいと考えます」と激烈に表明するのであった。全学闘の落武者たち、日吉文狩野、また付き合いのいいオブザーバー山本の十名余に縮小した、塾監局占拠「自主」解除の中山決定にここまでとにかくついてはきた一同はよろよろと立ち上って、人影のまったくない、シャッターをおろして一ミリだって動こうとしない日吉商店街のがらんとした大通り、また裏通りを、一人異様に張り切る中山議長を先頭にしてアンポッ、フンサイッと行ったり来たりデモして回った。全学闘が帰って来たぞ、この野郎。が、何の反響もなかった。指揮者中山はめげずにアンポッ、フンサイッと叫びつづけるが、それでもやはり一方で気づかずにいられぬデモ隊の意気上がらぬ無力に、手足を虫みたいにばたばたさせて苛立ちをあらわす中山さんにたいして、お義理でアンポフンサイにただ調子を合わせていた山本は微かに哀愁を感じ、顔をそむけた。俺たちは本当に負けちゃったのかもしれないと昨日来初めて実感らしいものがやってきていた。山本は日吉駅で中山たちと別れ、逃げるようにしてわが家へ急ぎ帰った。

十・五　三田文学部自治会は「（学部）学生大会」を告示した。また午後から三田文が主催して「文学部長会見」を開催、日吉文狩野、勝見、大塚も参加して池田文学部長の語る米資問題解決方針に心して聞き入った。池田先生は「塾監局占拠」の自主解除にふみきった全学闘の「英断」（という言葉を先生は使った）を高く評価、これで米資問題の話し合い解決の基礎ができたといい、文学部の学生諸君の米資問題解決の努力を文学部として支えていくつもりだと表明した。これ以降、三田文は「（文学部）学生集会」を連続開催して、塾監局占拠「自主解除」後の三田において闘いの持続の内容あるかたちを描き上げんとする。池田先生はさらに無期限スト下の日吉キャンパスで全学闘と共にある日吉文一年生たちに働きかけを構想し、問題の日吉における「話し合い解決」

の可能性をだんだん探って行くことにしてアイディアを練った。先生は会見終了後、日吉文代表の狩野を呼び止めて「文学部の若い先生が君たちの話を聞きたがっている、明日午後警備室に訪ねて行っていいかな」ときき、「ええ、いつでもいらしてください」と快諾を得た。

日吉では警備室に日吉文青木、小田の他二名の全学闘が留守番したが、バリの出入りはほとんどなく、帰って来た中山全学闘もとりあえず新生活新方針を準備中といったところだった。午前十時、ブント伊勢が右手に紙束を二個、左手にバケツを提げて姿を見せ、「用意させてもらうよ」と青木に声をかけた。紙束はブントの計画している十・二一闘争に参加を呼び掛けるステッカーで、これから日吉キャンパスの要所要所にくまなく張り巡らすといい、糊を満たしたバケツを提げ、脇に一束ステッカーを抱えて、四角い顔を引き締めて出て行った。ステッカーは白地に赤く「十・二一　防衛庁突入闘争へ　国際反戦闘争との結合へ」とゴチック体で呼びかけていた。青木と小田は、伊勢が警備室前にある「車乗り入れ禁止」の立て札に、刷毛で丹念に糊を塗り、ステッカー一枚を表がしわにならぬよう針の穴に針の先を通すようにして指先を使って貼っていく様子を感心して眺めた。何か自主独立の気合が伝わって来る風景である。夕方までに一束百枚を貼り終えて戻り、明日はもう五十枚貼るといった。

この日一日、山本は自宅でごろごろして過ごした。いまや全学闘の占拠解除と日吉への撤退は「他人の事」でなく「自分の事」であり、全学闘の敗北はこの自分の敗北でもあるのだった。俺たちは当局とか守る会とか、「日本刀」なんかに負けたのではない。学生大衆の現在における「無言」と「不在」が要求するところにこたえられなかった俺、間違って答えてしまった全学闘がお手々つないで負けたんだ。それでこの先どうする。俺の内の「学生大衆」＝本能的に「反権力」を志向する私はどういう闘いを米資闘争の現在に求めていくか。伊勢が推奨し、中山も気乗りしているらしい国際反戦闘争との結合か。その「結合」というが、どういう釘、金槌、接着剤が必要になるんだ。国際反戦闘争と、昨夜お引き取り願ったブント外人部隊とは近い親戚ではないのか。

こっちとは付き合いつつ、あっちとは謹んでご遠慮させていただきます。この差別待遇、わかりにくくはないか。夜遅くなってやっと理屈の堂々巡りにへとへとになり、しかたなく立ち止まった。どうしていいか全然わからないのだけれども、わかろうとする願いのほうは仮に横に置いて、わからないままでとにかくこの理屈の輪の外へ身体をもっていこうと結論を出した。

十・六　午前十時、山本は威勢よく警備室に入った。勝見がひとりでいて、狩野、青木、大塚が日吉事務室で全学闘の中山、桧木両氏と打ち合わせに出ている、全学闘は当面、日吉文の警備室を拠点にした学生大衆との「結合」の追求を支えていくつもりだといい、互いの日吉における活動の分担を検討中だ等と話した。それから雑談になり、勝見は明るい口調で、

「昨日三田で三田文主催の「学部長会見」があったので狩野、大塚と僕で行って池田さんの話をきいてきた。文学部長が塾長だの一田だのとは米資闘争への対し方が違うのがわかったというか、特に何か僕らの意見に賛成するとかいうのではないんだが、確かに違う、出来事への意見ではなくて、感じ方が僕らに近く思えた。塾監局占拠があったとき、先生はこんなことをするものは人間ではないと思ったというんだ。それが一度彼らと顔を合わせる機会があり、かれらの言い分をきいてみると、人間でないこともないとだんだんわかって来た、立場は違っても、話し合うことは可能な相手だと。意見の違い、立場の違いを尊重しあえる同士なら、共に問題解決に向かうことができるというのが文学部長の話だったよ。僕はよい集まりだったと思うんだが」と語った。もっと詳しく話したかったようだが、山本の不機嫌そうな表情に気づいて口をつぐんだ。

山本は第一に、塾監局占拠解除の翌日に早速、いそいそとまめまめしく大学側と学生側、占拠解除・スト解除側と占拠防衛・スト防衛側が会合して、共に問題解決していこうといいだした主催者三田文側、それに同調

する日吉文の現金なあられもなさ、変わり身の速さが面白くなかった。占拠闘争には問題があり、全学闘会議での解除決定は正しかった。だからといって翌日嬉々として、結果の正しさに飛び乗って、あとは話し合いだとすっきりしてしまうのは、言いたくはないが人としてどうか。第二に、山本は塾長、理事、学部長を一律に、一枚岩の塾当局と決めつけ、当局を構成している個々の人間の人格、思想、生き方のそれぞれの差異を見て行こうとせず拒否して、ちょうど塾長が全学闘を一律に馬鹿な敵としか見ずに対するのと反対側から、まったく同様に当局者個々の人間を見ることなく一律に塾長一味としか見ようとしない弱さ、未熟さのなかにいた。むしろその弱さ未熟さのうちにほとんど立てこもっていたといっていい。塾長と文学部長を、刑事ドラマの取り調べシーンにおける「この野郎、キリキリと申し上げてしまえ」と胸倉つかんで突っ込む役と「おまえだってほんとはいい奴なんだろ。ホレかつ丼だ。食うか」とボケてみせる役の戦略的組み合わせとしか考えていない。第三に、二の裏になるが、山本の「反権力」志向は、相手が悪い権力であってくれることで、対峙する山本の言葉と行為にとりあえず意味をあたえてくれており、それが米資闘争の現在の中で山本の思考、行動の拠り所になっている事実。すなわち当局側は全体として「悪い権力」としてふるまい続けることが使命であり任務であり、こっちだって「反」を使命として任務として全うしたいのだから、皆さんも頑張って悪の初一念を貫いてほしいという要求だ。狩野や勝見は、文学部長を人間として理解したが、山本はあくまでその人間は見ようとせず、当局の一構成要素としか見ない立場に固執したのであり、日吉文オブザーバーとして、占拠解除直後の三田に出向いて「学部長会見」などに感心したらしい狩野たちに、初心を忘れてもらいたくないと一方的に憂慮して、自分の責任を果たさねばとむきになるのであった。

伊勢がバケツをぶら下げて入って来て勝見と山本に軽く会釈した。「これからですか」勝見が立ち上ると、「うん。あと少しだ」といって紙束を持って出て行く。勝見はブントの十・二一ステッカーを山本に見せ、伊勢さん、日吉バリのなかにこれを一人で貼って回っているよと面白そうにいった。何も説明しないんだが、淡々と一生懸命やってくれているね。山本はステッカーを見て、何か違うなあとちょっと思っただけで、すぐ忘れてしまった。正午までに学生が二人学生証を示して通っていった。

午後二時頃、狩野、青木、大塚が戻り、「やっと終わった。何もなかった？」狩野は勝見に言い、山本に「ご苦労さん」と声をかけた。伊勢さんは頑張って、図書館と研究室にも結構見苦しくないように、貼る場所とのバランスをそれなりに考慮して貼っていた。全学闘中山さんはフロント自治会、中核反戦会議との共同を再建して行くといっていたが異議なしだ。これからさき、三田では十月十一日の三田文学生大会と十二日全塾自治会の「塾長会見」が焦点になる。日吉からもわれわれのスト権の側から関与して行きたい。国際反戦闘争への関与ということも自分たちの問題として考えて行く。その他。狩野らはいろいろ抱負を語った。狩野からはさっき勝見の話した昨日の「文学部長会見」の話題は出なかったので、山本はもっぱら聞き役にまわったが、占拠解除ではじまっている警備室内外の新事態についていけてない自分を少し忌々しく、新事態の漠然とした感触をかなり忌々しく感じて、気が滅入った。

「文学部の海保です。どちらから入ればいいですか」眼鏡をかけた若い、細い背広姿の人が警備室の日吉文たちに声をかけてきた。狩野と大塚が立って警備室横の出入り口から文学部の教員だという三人の大人を招じ入れた。山本は勝見に促され、六畳間に日吉文たちと上がって、三先生にあいさつした。六畳間の奥に狩野、青木、大塚、勝見、山本がすわり、向かい合って海保眞夫（英文）、高山鉄男（仏文）、若林真（仏文）の三先生がすわった。一年生山本にはいずれも初対面の先生で、事情を知らぬ山本はこの不意の来訪を、九月はじめの頃の「守る会」杉山たちの来訪と同性質の、米資問題にかかわって日吉文との討論にやってきた教員側の働きかけであると間違って受け止めた。塾監局占拠解除以来、闘う側は米資闘争に対するかかわりの現在を問われていると山本は考える。三先生の警備室来訪は日吉文の現在を共に確認しあういい機会になるかもしれない。山本はひとり勝手に身構え、張り切った。

「いま皆さんがどう考え、行動しようと願っているか知りたくてやってきました。僕らは文学部教員として学生諸君とともに、問題の解決に取り組んで行きたいと思っています。意見を聞かせて下さい」海保先生は細い声で語り、狩野は先生方のお話をうかがって参考にしたいとかんがえていますといい、日吉文の警備室での活動の説明をおこなった。僕らは夏休み明けから、七・五日吉スト決議に基づいて、部署することになった警備室で、米資問題解決を目指す日吉キャンパスの防衛を担ってきました。米資導入に反対し、「辞退」でなく「拒否」を求め、米資導入に至ったプロセス、米資と本学の研究・教育の繋がり具合を解明し、いご米軍の戦争から自立自由の大学生活を展望し実現する道を行きたいと考えています。今日においても僕らの考えに変更はありません。

「三田では塾監局占拠が自主的に解除され、米資問題の話し合い解決へ向けて、学生、教職員がそれぞれ立場の違いをこえて再出発しています。特に文学部では三田文の学生たちが主催して学生集会、大会で議論を重ねて行き、問題解決へ独自の努力が始まっている。同じ努力を日吉においても進めていくという考えはどうか。日吉では全学闘と日吉文の諸君が頑張っている。文学部学生でもある日吉文の諸君に、この今、問題解決にあたって具体的にどういう抱負があるのですか。僕らは日吉の諸君も三田のわれわれと連帯して、塾長会見とか、学生大会とか、諸学部の集会・大会とかをとおして、諸集団、諸個人間の意見の差異、対立、それらのあいだのさまざまなやりとりの運動が問題解決に至る王道なのだから、日吉の諸君にもこの運動のなかに入って来てもらいたいのです。日吉では無期限ストが続行中です。それは尊重し防衛されるべきでしょう。が、スト決議を防衛することと、決議の要求する思想・行動の範囲内で、あらゆる意見、主張が一堂に会して互いに考えをぶつけ合い、理解し合う話し合いの場所を設け、そこに問題解決の道を求めることは、衝突しないと思いますがどうですか」

「ええ、同じです。僕らも自分の巣にじっと虫みたいに閉じこもってるのでなくて、警備室や自治会ルームの外に様々な意見、様々な行動、様々な学生、教員たちと交渉できる場所を創り上げたいと望んでるんですよ」

「率直に申し上げましょう。僕個人の感じですが、スト体制下にある現在の日吉キャンパスには欠けているものがあるのではないか。話し合いによる問題の解決を進めて行く上で、前提的に必要なそのものとは、曖昧な言い方で申し訳ないが一つの気分の共有、自由に思考でき、行動できるぞ、このなかではみんながそれぞれに自分の主人でいられるぞという安心感というか、自信、自覚を普通に持っていられる、その気分が希薄なんだ、希薄にしかないんです。諸君が自由、自主を大事にしたいと望んでいるのはわかる。しかしそのものはここには欠けているんだ。無期限バリケードストライキのなかには私の居場所がないと感じてしまう人の数が居場所だと安心している人よりはるかに多いのではありませんか。こうした安心の相対的欠如が、米資問題解決が必要としている思考・行動の複数性の阻害要因になっていると思うのですがどうですか」

「僕らは米資問題解決に向けて、塾当局に米資拒否宣言の公表を要求して日吉スト権を成立させました。スト権が自由の拡大でなく縮小を結果していると指摘されるなら、責任はストのほうでなく、そうさせた僕らのほうにあります」

「人間がストに賛成したり反対したりするので、ストがわれわれに賛成したり反対したりすると考えるのは、自由の否定、自主の放棄ではないですか。主人は日吉文の諸君であり、日吉キャンパスの住人であるすべての学生諸君ではありませんか」

「それはおっしゃる通りと思います」狩野はうつむいて黙った。海保さんは狩野と日吉文たちを追い詰めて降伏させようとしているのではなかった。先生が一年坊主を説諭しているのではなくて、おなじ文学部の者同士、問題解決を求める仲間として語りかけているのであり、それは山本にもわかった。しかしこのとき、山本はわかりつつ、より以上に強く反発を覚えた。問題の話し合い解決めざして「スト」解除もやむなしと思っている自分がいる。「占拠」解除やむなしと思い、口にした自分がいたように。がもうひとり、この「やむなし」に、それが「やむなし」であるからどうしてもいやだと思う自分もいるのだ。仲間の狩野、そして日吉文たちがいま、この「やむなし」に乗り換えかけている。それは山本にだって自分にてらしてわかるが、これは今わかってはいけない」のだとも山本は思った。それが「やむなし」であるからこそ、それを全力で否定すべしと山本は強引に割り込んで、黙ってしまった狩野の同志として山本流の援護射撃に撃って出たのであった。

「僕の居場所はここ日吉バリストの警備室なんです。ここから出発して、ここへ還ってくるのが僕の学生生活です。夏の七月五日、僕ら学生大衆が賛否入り乱れて討論し、考え感じて打ち立てた日吉スト権の内側に、僕らの自主自由の生活があり、僕らを米資闘争に加わらせた情熱のすべてがあります。自分たち一年坊主に現実を動かす力はほとんどない。それで今は先生ご指摘のように、バリの中は自分たちのを含めて人の影は少ないし薄い。しかしここバリストの内側へ、外にたまたま出てしまっている七・五スト権を確立させたみんなを呼び返したいと願い、努めることはできる。日吉スト権と警備室は、米資問題をめぐって内と外にたまたま分かれているすべての問題当事者に対して開かれています。スト権の内側はその外にたいして不断に開かれているから、ストへの賛否の対立、衝突をも問題解決への飛躍に転化して、話し合いの内容を豊富にし、解決を深くします。話し合い一般は対立を抑圧、隠蔽しても、対立の統一、真の解決に至ることはできぬと思います」

「日吉のバリストの継続が話し合いによる問題解決の前提になりますか。三田の占拠は解除だが、日吉のストはそのまま。スト抜きでは問題解決は不可能ですか」

「そう思います。七・五日吉スト決議を問題の全当事者が共有することによって、はじめて米資問題の話し合い解決が可能になると考えます」

先生たちも日吉文たちもしんとして黙った。それから海保さんは顔を上げて不思議そうに、何か傷ましそうに、割り込んできた場違いな文学部一年生を見直して、

「山本君はオーウェルの『一九八四年』を読みましたか」と質問し、高山先生も興味をひかれたように山本に注目した。三先生の内で最年長者である若林先生だけは山本の饒舌にか、それとも教員と日吉文のやりとり全体にか、文学書生風に無造作にのばした長い多い頭髪を荒々しくかき上げ、顔を背けて不満を露骨にあらわした。

「ええ」と山本は、読んでいないのだが、花田清輝がエッセーで「反共小説」と切り捨て、埴谷雄高は逆に「スターリン批判」の文学的表現と評価していた記憶があり、海保先生の指摘しようとした山本意見の問題点を「スターリン主義左翼への無知に基づく正義感」とここは解しておいて、読んでいないのに読んだとこたえて先生の議論に備えることにした。

「オーウェルは今、目の前に現にある共産主義を、共産主義の最終的姿とみなして全否定しているようですが、今あるその姿がそのものの全部だと決めつけて批判するのは文学として一面的ではないですか」と山本は言った。

「いまそこに現にあるものの否定面に、今そこにはないが、可能性として夢みられる肯定面のほうから不断に批判的に対しつつ、現にあるものそのものの変革を生涯の仕事とした人。オーウェルはそういう文学者だったと思います。占拠もストも、現にあるそのものが必要とする限りで現に生きているわれわれをよく説得しうる行き方であるわけで、今あるそのものが変動すれば、これまで必要とされてきた思考、行為はおのずから変

動するし変動が固定より説得力を持つと思うのです。人間の自主自由の思考行動とは現在の私を不断にのりこえんとする活動の総称ではないか。山本君のスト論は説得力があるけれど、危惧もありますよ。山本君のそういうスト論なども含めて米資問題にかかわるすべての当事者が自分の考えを出し合い、問題解決に取り組むことのできる広場が求められているんだと思う。この日吉キャンパスがそういう広場になってくれたら有難い。僕も加わりたい」

山本は「わかりました」と今度はハッタリではなく心からお応えした。海保さんの意見に賛成だというより、山本みたいな典型的な生意気文学青年を、文学を大事に思うことにかけては自分と対等な存在として扱ってもらえたのがうれしかったのである。高山先生も何も語らなかったけれども、やはり山本と日吉文たちを文学の理想を共有する者として対してくれていると感じた。ただひとり若林先生だけが違った。山本には分りかねる理由から、会合の終わりまで先生は話が違うという表情態度で一貫して、帰り際には日吉文たち、とりわけ喋り捲った山本に対して「この野郎」という憤怒の表情を見せた。若林先生がそういう態度に出たことには山本だけが部外者故に知らずにいた理由があった。それはそれとして、山本はあとで三先生の内、海保さんがもっとも文学者らしい人、高山さんも品格ある文学者だと感じた。ところが最年長でいちばん文学青年くずれらしく見え、現代フランス文学の優れた翻訳書や世評を得た一冊の自伝小説の著者でもある若林さんが、会合が終わると、ギラギラと生活力溢れる俗世界の「実業の人」と山本一年生の眼に映ったのは僻目か。山本の文学愛が「プラトニック」だったせいもあろう。海保さん高山さんの文学愛は本物である。しかし若林さんの文学愛は偽物の「プラトニック」じゃないのかと思えてしまう時があったのだ。

山本は先生方が帰った後、晴れ晴れした気分で一人帰宅した。日吉文たちは文学部先生方の訪問をふりかえり、今後は山本にはなるべく頑張り過ぎないようにしてもらうことにしようと確認しあった。日吉文はこれから米資問題解決にかかわって、独自に「文学部として」の「話し合い解決」の道を行くことになる。全員が頑張り過ぎず、しかも可能な限り頑張らねばならない。ブント伊勢、全学闘中山、オブザーバー山本、フロント、中核、すべての仲間たち、なかんずく七・五日吉スト権の主体「学生大衆」とともに。

十六　十・八一周年から十・二一国際反戦デーへ

十・七　塾当局は文、経、法、商、医、工の六学部教授会名で、日吉におけるストライキ闘争の続行にたいして、「このままでいくと「留年」を避けられなくなる」という主旨の警告告示を出し、「見物人と化している」日吉をはじめとする各地区学生に「決断」を迫った。山本はこの新「告示」にいつもの脅しだくらいの感想しかなく、したがってこの日当局側の『警告』を、五日の文学部長会見、昨日六日の文学部三先生の警備室来訪、会談という流れに関連づけて、そこに山本らを取り巻く現状の「転機」を見るという思考もなかった。三先生は私的の問題意識から、警備室の文学部一年坊主を値踏みしにやってきたのであり、先生方はそれぞれに立派な研究者・教育者であり、一方でわれわれの七・五日吉スト権は当局が米資拒否宣言を受け入れるその時までは「無期限」に続かねばならぬのであり、警告だろうが「留年」だろうが、いくら騒ぎたててもわれらが「スト続行」とは何の関係もなくて、学生を留年させたくなければさっさと拒否宣言でも何でも当局が出しさえしたら四方八方丸く収まるというのが山本の考えだった。ようするにこれは能力と度胸と団結を欠く当局の無能の「告示」であり、自分で自分を脅迫して「大変だ」とうろたえているので、当局の当局自身にたいする「警告」であって、つまりかれらの問題に過ぎない。山本たちの「問題」は別にある。七・五日吉スト権の主体である「学生大衆」が現在、米資闘争・日吉ストライキ闘争の外にあり、「無言」「不在」のなかに立てこもってしまっていること。米資問題解決の努力にたいして、当局のレトリックによれば行き場がなくて「見物人」化しており、学生大衆の要求を代表せんとする日吉文たちが、当局の「脅し」戦法を退けて学生大衆の要求を正しく読み取り実現する闘い＝みんなの「行き場」を創出することができずにいること、これである。山本は昨日海保先生が語ってくれた自分たちへの「危惧」をそのように受け止めた。

午後、山本が警備室に顔を出すと、何か話し合い中だった伊勢、狩野、青木、小田、勝見、それから全学闘の二、三人がにぎやかに迎えて、山本の席を作った。「いいところにちょうど来てくれた。明日の十・八記念集会とデモの話だ」伊勢は言ってすぐ話の続きにとりかかった。十・八羽田闘争から一周年になる明日、日比谷野外音楽堂で「記念集会」が開催されるが、われわれは米資闘争のバリストのなかからこれに参加したい、参加してはどうかという提案だ。主催者は「反戦平和を考える会」という市民団体。呼びかけの主旨は羽田における反戦反安保の闘いのなかに生きぬき、亡くなった山崎博昭君の生と死をふりかえりつつ、すべての反戦平和を希求する諸個人、諸団体が団結して、山崎君の遺志を継いで行こうというもので、ブントも賛同して加わることにした。党派間、個人間には反戦平和の共同といっても、当然ながらそれぞれに違いがあり、対立もある。がその「当然ながら」は居直るべきではない個人、集団のマイナス面であり、十・八一周年はわれわれみんながマイナスの克服に向けて一致する貴重な機会になると思う。日吉文は内ゲバに反対し、占拠には批判的共同でここまで来た。明日の集会が求めている党派を超えた団結の呼びかけに日吉文としてこたえていってはどうか。この参加は米資闘争の現局面において日吉文にとって良い経験にもなると思う。

「集会にはブント以外にどういう集団が加わりますか」青木はヤル気満々の表情である。

「新左翼は革マル以外全党派、団体が加わる。ベ平連、三里塚の反対同盟、各大学全共闘、各地区反戦、六十年安保の「声なき声」の会等々、市民、労働者、農民、学生の現在が反戦平和の追求の一点で大同につく。中核からは北小路敏が出てしゃべる。ブントは反帝全学連委員長藤本敏夫が話す。藤本は加藤登紀子の恋人で、これは大したことだ。なかなか北小路なんかに負けないぞと頑張るはずだ。六・一五で亡くなった樺美智子さんの母上も話す。集会後は新宿に移動して、米軍タンク輸送車走行阻止でデモをする。有志参加で、ブントも加わりたいと思っているよ」

昨年十・八闘争をふりかえって、平和と戦争のはざまの中に生き死んでいったすべての人生、すべての生活を偲び、党派的対立を超えて反戦平和への思いを新たにしようという集会であり、デモであるということで、山本に何ら異議はなかった。この集会、デモが伊勢の説明通りとするなら、このイベントは自分にとって、日頃伊勢がテーマソングみたいに繰り返す「国際反戦闘争」と「慶大米資闘争」との「結合」という言葉の肉体を自らの心身で実地に経験してみるはじめての場所になるかもしれないと思い、三田での占拠解除の夜からずっと続く消耗感からの出口らしいものが見えた感じがした。かりに微かにでも「結合」の実感が得られたらそれはもう本当の出口である。伊勢は「赤ヘルかぶってわれわれも参加したい。赤ヘルは党派性の徴だが、党派的対立を乗り越えて行こうというのがブントの党派性の大事な一面でもある。大同団結を呼びかける赤ヘルだ」ともいう。山本はきょう一晩じっくり考えてみることにした。

十・八　午後二時頃、バリ入りした山本は警備室の前に予想もしていなかった人数の学生たちが集まっているのに驚かされた。伊勢が二十人位の学生たちの真ん中に立ってお話中であり、まわりの人数のあいだに日吉文の狩野、青木、大塚の顔があったが、勝見が見えないのでこちらには首をひねった。日吉文メンバーの中で山本の一番話すことの多い勝見がここ最近黙って自分の問題を抱え込んでいる状態でいて、山本は気になっていたところだった。集まった学生の多くは警備室や日吉文自ルームに出入りして山本も顔を知っている全学闘メンバーが数人、他は文学部、法学部の一年生で、今日の「十・八羽田闘争一周年記念大集会」に興味を持ち、これから行ってみるかと思った学生たちということらしかった。

伊勢は十・八集会、デモの意義を短くスピーチし、横に積んである赤いヘルメットの山を片手で軽くたたいて「これらは党派間の対立を乗り越え、反戦平和を希求するすべての党派、団体、諸個人のおおきな団結をめざす赤ヘルである」と称し、かぶってもかぶらなくてもこの赤ヘルとともにわれわれは多にして一、一にして多であると歯切れよく語った。何人かがすでに赤ヘルをかぶるなり手に取るなりしていた。山本は昨日来考えてきて、とにかく今日自分の赤ヘルを持って集会に臨むことにし、実際にかぶるかかぶらぬかは自分のその時その場の気分で適当に決めようと思った。赤ヘルには黒字ないし白字で「全学闘」とか「社学同」とか「BUND」とか「安保粉砕」とか記してあるものが多かったが、自分用には無字で単に赤い、色合いと形が党派的小我の発動を自制しているなと感じられたものを入念に選んだ。集会後のデモに加わるかどうかは成り行きで決めるつもりである。「勝見は用事があって欠席とのことだ」と狩野が教えてくれた。日吉文の勝見はオブザーバー山本の一番安心して共にいられる年上の人物であり、赤ヘルと新左翼の大集会を一緒に経験してみたかったので、所用で欠席というのは残念だった。青木は、三田でも三田文が「学生大会」を開催して、終了後かなりの人数が「ブラスバンドを」先頭にインター歌いながら騒々しく日比谷野音に向かうという話で、話半分としても豪勢じゃないかと面白そうにいった。一万人規模の大集会になるっていうんだが実際はどうかなあ。

三時まえに「党派をこえた」日吉文たちと諸個人たちは日吉バリストの外に出て、この日一日だけ、昨年十・八羽田闘争と死せる山崎君の思い出において、諸党派間、諸個人間の競り合い・凌ぎ合いを休戦する「反戦平和のための」団結の集会へ出発した。日吉駅から中目黒駅へ、地下鉄銀座線で日比谷へ。移動中に日吉文たちは同じ車両のなかで固まっていたが、途中から山本らと同じ外観のジャンパー、ジーンズ、手荷物無しといった、これから大集会に行くんですよ、デモだってやりかねませんよという学生風連中が乗り込んでくる一方で、外観は尋常の扮装でも学生風は学生風の連中があり、そのかれらもヘルメットかぶったり抱えたりしている山本らと一緒に日比谷で降りて日比谷公園方向へ歩きだす。秋空は深い青でどこまでも高く、垂直な透き通った光が正面に広がる日比谷公園の緑の森をその輪郭のまま切り取ったように浮かび上がらせていた。小道の一つを行くとしだいに森の音、微かな風の音が山本らの皮膚すぐのところに近づいてくる。山本も狩野と青木にならってヘルメットを目深にかぶり、現在から一時離れて光と森と風のなかへ、昨年十・八羽田闘争の思い出の懐かしい内側へ入っていく用意をした。

野外音楽堂は公園南東の森のあいだに、ゆるく傾斜して扇状に広がる観客席の一部が見え、すでにたくさんのいろいろな色彩のヘルメットたちが整然と区切られて席についているのがだんだん見えてきた。赤が右端に、左へ順に白、青、緑、その他とヘルメットの列が並び、その先はさまざまなかぶりものをかぶったりかぶらなかったりする数えきれない人間たちが、中央の屋根のある舞台にむかって、放射状に何本か下って行く階段を除いて、ちょっと見ると隙間がまったくないくらいに文字通り結集しているのだった。会場を取り囲んでいる深い森を背に、各派・各団体の多彩な大きな旗、旗、旗が日差しと風のなかでときどき翻り、会場の浅い広いすり鉢のような底の方から人の声とも動きとも感じられる厚みのある柔らかい音がずっとつづいている。山本たちは見渡したところ会場のなかで最大の人数に見えた赤ヘルの区画のなかにおずおずと加わった。椅子席でなく、会場全体を幾重にも取り巻く階段席のコンクリート床に並んで腰をおろすのである。山本の席の横は昇降用通路だから、落ち着いてからもいろんな人たち、いろんなヘルメット、いろんな旗たちの往ったり来たりがしばらく続いた。一万人集会という触れ込みがけっして誇張でなく、その膨大な人数をますます高く見える秋の青天と緑の深い木々が取り囲んで、森の向こうは大都市のビル群なのに、山本らの集まっているここ野音の会場だけはどこか別の場所であって、別の時間がはじまりつつあった。ゆるい眼下の舞台で何人かの人形みたいにかわいい者たちが緩慢に泳ぐように動いていた。舞台の天井から集会のスローガンらしきものを書き下ろした垂れ幕が何本もきれいに並び、会場をぐるりと囲んだ各団体の大旗たちとあわせて、どうやらこれはわれわれの祭礼で、われわれはひとりひとりが観客でありかつ内側の氏子なんだなと実感が来た。

「十・八羽田闘争一周年記念集会を開会いたします」主催者が舞台中央演壇から宣言するとずっとつづいていた無数の声の流れが止んだ。「ご参集の皆様。はじめに昨年十月八日羽田の闘いのなかで亡くなった山崎博昭君、また六十年安保闘争のなかで亡くなった樺美智子さんのご冥福を祈って黙禱したいと思います。ご起立願います」

山本は起立して一分間、きょうここへ自分を連れてくることになった、この一年間の小さくともいろんな偶然に満ちていた生活をふりかえった。樺、山崎両氏を、今の自分と同じ境遇に置いて、かれらが存命だったら何をどうしたいと思っているか考えようとした。会場に集まったみんなはそれぞれになにを思っているかとも考えた。

それから各派、各団体代表によるスピーチがはじまった。樺さんとともに六十年安保闘争の「英雄」のひとりであり、中核派の幹部でもある北小路敏が最初に登壇した。かれは白いヘルメットなんかかぶったりせず、黒い長い髪を時にかきあげたりしながら、新劇俳優のように朗々と亡くなった樺さん、山崎君への思いを語り、反戦平和の志を生命をかけて受け継いで行くと決意を表明した。新左翼のアジ演説に共通な自閉的な語法、語り口調が皆無で、中身も明快、ヘルメット抜きでどこでも通用する模範的なスピーチだと感心して隣の青木にそれをいうと、「だからさ、それが中核なんだ。自分一人はヘルメットかぶらず、横に置いて出てくるのが党派性の告白じゃないか」と反論したが、演説のうまさは青木も渋々認めた。二番手は赤ヘルかぶった反帝全学連委員長、ブントの藤本敏夫君である。遠くからの眺めではっきりはしないが、藤本は白皙細面、北小路敏におさおさ後れを取るものではない美青年で、加藤登紀子が一目ぼれしたというのもむべなるかなと思えた。この青年、演説の印象はうまくないが訥々として素朴で、その人柄も実にいい人とお見受けした。かれの生真面目なスピーチをききながら、赤勝て、赤勝て、白なんかに負けるなと心で旗を振っている自分に気づいて、山本はあらためてかぶったヘルメットの支配力を意識し、党派政治からの自立といってもこりゃ大変なんだと考えさせられた。藤本さん、少なくとも中核北小路にいい線まで迫ったぞと山本は評価した。その他、べ平連代表のスピーチは意外に上手、「社青同国際主義派」という小セクトの演説はヘルメットかぶった連中のあいだでは最高の出来栄えであり、はじめて名を知ったこの党派に山本は、裏通りの貧し気な店で抜群の味を発見したグルメ評論家みたいな思いを抱いたものである。樺さんの母堂は登壇者中で唯一、演説口調でなく六・一五で亡くなった娘の思い出、十・八の山崎君への思いをわれわれに普通に語りかけて、「皆様が思いを一つにして」と消え入りそうな声で語り終えたとき、会場から静かな拍手が広がった。このときばかりは、大学一年坊主、生意気盛りの山本も青木も軽口をたたいたりしなかった。

各派代表のスピーチが続いているなかで、どこへ行っていたのか、しばらく姿が見えなかった伊勢が山本たちのところへふらりと現れ、山本の席の隣にあたる通路の階段上に仁王立ちになった。赤いヘルメットをあみだにかぶり、腰に軽く手をあてて、舞台中央の青いヘルメットを正しくかぶった人物のアジテーションを眺めていたが、突然演説者を露骨に指差し「ナンセンス！　違う！　国家の中枢は国会じゃあない！　わかってない！」と野次を飛ばした。集会の「団結」的雰囲気の中で、伊勢の一声はいかにもとげとげしく響いた。青ヘルの演説者は当然ながらそんな雑音は無視してスピーチを続ける一方、伊勢は伊勢で「ナンセンス！　ナンセンス！　駄目！　不勉強！」等々と聞き苦しい野次を不自然に鋭い声で繰り返すのであった。日吉のライフルマンが四角い顔して、いったい何をやりだすんだと山本は思わず非難の色を浮かべて伊勢を見上げた。山本だけでなく、まわりの多くの者たちが伊勢の不意の割り込みを、法事の席で僧侶の読経の最中に大声で茶々を入れて座を和やかにしたつもりでいる勘違いした無教育な男を見るような見ないような眼で見上げている。伊勢は胸を張って生徒を指導する教師の口調になり、山本とその同類たちに、

「こうした集会は、参加した諸党派、諸個人が、それぞれの差異・対立をのりこえて、連帯し団結をもとめる場である。しかし連帯、団結は、現に存在するそれぞれの間の差異、対立点を「そんなものはない」かのように、見ないであるいは隠しあって獲得されるものではない。むしろ互いの差異をしっかり見つめ、対立を恐れず互いの考えをぶつけ合うことによって、われわれははじめて真の連帯、団結の道を行くことができるんだと考える。団結の場は常に同時に「党派闘争」の場であってはじめて、反戦平和の全世界的実現に向けた本当の連帯、本当の団結の場になる。したがってわれわれは野次りたいという衝動を小ブル的に抑えてはならない。他党派、他人たちにたいして、野次りたくなったその遺憾な一面から顔を背けるのでなく直視して、断固として野次を飛ばすのが他党派とわが党派の共通の利益になる。野次は内ゲバではない。野次は飛ばさねばならず、飛ばすべきである」云々。が見渡したところ、会場のなかで大声出して野次をとばしたり、野次がいかに団結の妙薬かとまわりの学生らに説法しているのは伊勢だけで、あまり説得力はなかった。伊勢は次の演説者にもかれの「教育的」野次をいくつか飛ばして見せ、またどこかへ姿を消した。「ほんとのことを言い合うのが連帯、団結の道だと伊勢さんいいたいんだろうが、野次と連帯の間には、踏むべき階段の数がもっと多いんじゃないか」と山本が意見をいうと、狩野と青木はまあなという顔をした。

あたりは急に暗くなった。ついさっきまで見えていた真昼の空と光が幕をおろしたようにいっぺんに秋の夜

にかわった。赤ヘルから先にという指示で、山本はみんなと一緒に何となく立ち上り、十・八回想集会の終了のなかを出口へむかって歩いて行く。会場の外に出ていったん停止、赤ヘルたちは前のほうからだんだん三列縦隊になり、誰が指揮者というのでもなくて、公園の闇の中で何倍にもおおきく見える森のあいだの小道のひとつに入り込み、「安保、粉砕」と唱和しながらデモ行進を開始した。まわりはどこまで行ってもただ鎮まりかえった大きい深い森で、赤ヘルたちのデモに耳をかたむけたり、眼を見はったり、声をかけたりする人々の顔はなく、山本はデモに加わったというより、迷い込んだ知らぬ場所で自分たちがほんとは一体何を要求しているんだかわからず、それでじたばたとやみくもに探し回ってるという気がした。小道は左に右に何回となく屈折し、角に設けられている常夜灯の青白い明りがその時だけ木の影を急におおきくして、デモ隊の山本たちを我に返らせた。また「安保、粉砕」の単調な反復のなかに、気分転換とでもいうかそれぞれ一回ずつ「アスパック粉砕!」と「NATO粉砕!」というのがくわわったときにも、山本はたじろいだが、みんなもどうにかして早くこの長い迷路の外に出たいと望んで苦闘中なんだなとこの時デモ仲間にはじめて親しみを感じた。ちなみにアスパックとNATOへの敵意は「世界一国同時革命」を標榜している伊勢らブント統一派の党派性である。今が何時で、ここがどこなのか。赤ヘルたちの暗中の模索はつづいた。

けっきょく何が何だかわからぬままに、それでも何とか公園の「日比谷門」にたどり着いたと思うと、一息つく間もなくこんどは目と鼻の先に地下鉄入り口がぽっかりと口を開けて待ち構えていた。赤ヘルの隊列は使い切ったぜんまいみたいにおのずから緩んで、赤ヘルの一個一個がおおきな幅のある人ごみになって地下通路をぞろぞろと山本の位置からは小さな背中が見える先頭の一個のあとについて行く。ヘルメット無しで行き交う人々は赤いヘルメットの集団の物々しい移動を特に気にする風もなく、自分の足取りを変えもせずに普通にすれ違っていった。やがてすぐそこに駅改札口が見えたが駅員らしき姿がない。何も考えず、単についてきているにすぎぬ山本は、一度だけ左右に眼をやってそのまま切符なしで改札口を通った。だれも咎めなかった。それで少し考えてみたのには、駅員たちは交通労働者であり、十・八集会では私鉄総連の大きな旗が秋風にへんぽんとひるがえっていたことでもあり、われわれ反戦平和の団結の赤ヘルメットにたいして連帯の挨拶を送ってくれたのではないかという推測であるが、むろんこんなのは全然考えたうちに入るまい。赤ヘルたちと山本はもう自分の頭で考えることは止めていて、ただ誰かや何かに、たとえば昨年十・八の思い出とか、ついさっき聞かされたアジテーションのさわりの部分とか、こういうこと全部を早くすませてしまいたいとか、ヘルメットの数だけありうるいろんな要求に引きずられて、自分の心身を辛うじて前へ進めているのであった。日比谷と新宿のあいだは一本のトンネルでつながっている！　山本はそのかん何事もなく新宿駅に到着した時にホッとしてそう感じた。

地下鉄出口の小さな黒い四角へ急な階段をのぼって外に出ると、山本たちのまえに日比谷の思い出集会の午後とは全くちがった、厚い夜の闇が断崖みたいに立ち塞がった。何の説明も、何の準備も、何の段取りもなくていきなり別の場所、別の時間がはじまっている。山本たちは隊列を組みなおし、駅前広場に通じているらしい、人も車もまったく見えない車道の左側に進み出て、「安保、粉砕。闘争、勝利」と低く唱和しつつ「米タン阻止」ヘルメットデモを開始した。狩野は最前列、青木は山本の前の列にそれぞれ加わった。ゆっくり進んでいくと、山本のすぐ左横の歩道上に人間たちの黒いかたまりがずっと先のほうまで長い厚い壁になってつづいていた。この息づき脈うつ人間の壁は一言も口にせず、ただじっと何者かの到来を待ち受けており、その烈しい無言と待機は、いまにもグラッと動き出そうとしてその手前で土俵際の力士のように弓なりになって堪えに堪えている。山本はその震え、揺れの深さを身体で感じて興奮した。前方はボーッと青白く明るかった。デモ隊の先頭の狩野が「ジグザグだっ」と叫んだとたん、急に駆け足になって隊列がうねりだす。山本は自分たちが創り出した荒い波にもまれてますます気持ちが昂った。左側の黒い、黙り込んでいる壁はまだ動かない。デモ隊の「安保粉砕、闘争勝利」の声は甲高く急速になるが、それでも壁の高さ、厚さに、跳ね返される。あと少し、もう少し。

そのとき、揺れ続けていてしかも動かぬ黒い人間の壁から不意に、「正装」した若い、灰色のタイトスカートの女が走り出して、デモ隊の先頭を追い越し、前方の青白い明るみのなかへ赤いハイヒールの踵を閃かせて飛び込んでゆく。山本は思わず「やめろ！　危ない！」と叫んで女が投身した方向に眼を向けた。とドスッ、ドスッと何かの発射音がきこえ、甘いにおいのするうすいピンク色の靄が広がった。そして靄の蔭からいきなり乱闘服を着用した機動隊が横一列になってデモ隊の腰位の低い位置からワーッと突進してくる。デモの隊列は一瞬でゆがみ、折れ曲がり、飛び散って、山本の強情我慢の限界線が首筋までのぼってきた。山本は赤ヘルを脱ぎ、足元の車道の路面に叩きつけて、すぐ隣にある動かない壁のあいだに飛び込んで厚い壁のかげに身を潜めた。壁の一構成員になったのではなくて、車道上からこちら側の歩道に移り、壁と、ヘルメットデモと、機動隊の警備の三者を「見る」位置に、自分の意志によってでなく結果としてまわったのである。人間の壁の隙間から、小柄な私服刑事がついさっきまで山本と同じ隊列で「安保粉砕」と声をあわせて行進していた赤ヘル学生をタックルして倒し、路面に押さえつけているのが見えた。闇のなかの催涙弾の発射音、薄い桃色の靄のなかのあちらこちらで、機動隊の列と、分散を強いられて一人の私にもどって闘ったり闘わなかったりしている赤ヘル学生たちの前進、後退が繰り返されていた。赤ヘルを捨てて一人に還った山本にはもう居場所がなかった。山本を保護してくれていた黒い、厚い人間の壁が一線をこえて歩道から車道へ全体として傾斜しはじめたとき、山本は一人だけ外れて少し先にある地下鉄入り口へ向かった。誰もついてこなかった。

十・九　眼が覚めた時の気分は二日酔いの朝に似ていた。集会のほうはともかくとして、赤ヘルかぶった「実力デモ」初体験には、この先俺はどうしようかと気が滅入った。日吉文の狩野や青木はあれからどうしたか。つかまったか、無事だったか。自分のとっさの行動を思い返すと世間様に申し訳が立たないという言葉が浮かんでくるが、いや立たせたいと一方で強く望み、狩野や青木と警備室で再会したときに、あれから自分はこうしたんだと明朗に説明する、説明できる自分を思い描こうとした。俺ははじめてでびっくりしてしまった、機動隊があんなとき、あんなところから飛び出してくるとは思わなかった、隊列が崩れた時、俺はすぐ隣の「野次馬大衆」のなかに飛び込んで機動隊の追及から逃れさせてもらった……。しかしこれでは申し訳に全然ならぬのだ。初体験というなら狩野たちもおなじだったろうし、山本はかぶっていた赤ヘルを捨てて野次馬のかたまりのなかに逃げ込んだのであり、野次馬がとうとう自ら動き出しそうだと感じとったときには身をひるがえして「反権力闘争」の現場から一人で勝手に離脱したのであって、こうした一連の行動を現在、山本自身がどう考えるのか、はっきりさせられなかったら、申し訳などいつまでたっても立たぬし世間様に顔向けはできないであろう。あの赤いハイヒールの女のジャンプは何だったのか。俺の赤ヘル捨ては戦場離脱だったが、野次馬のなかからとびだしたあの赤いハイヒールは何に向かって繋がろうとしていたか。俺はなぜ彼女に向かって、というより赤いハイヒールそのものに向かって「危ない、やめろ」と叫んだか。俺は直後に赤いヘルメットを捨てて野次馬の中に飛び込んだのだが、これを単に「戦場離脱」とだけ整理してしまっては、伊勢のセリフを借りていえば「小ブル的」ケッペキ感にすぎぬではないか。世間様への申し訳というより迎合になってしまうのではないか。

今度狩野、青木と警備室で顔あわせるときは、十・八新宿デモのさいの自分のしたことをなまじっか格好つけてまとめようとするのでなく、今の混乱をそのまま自分の上に起こった事実として伝えるところから始めようと思った。あんな風にしか行動できなかったのが自分であり、七・五日吉スト権の主体たりし学生大衆の立場を「代表」せんとして、日吉文オブザーバーとしていまもあるこの私の現在なんだと。伊勢には団結の赤ヘルは難しいかぶりものだったこと、赤ヘル着脱の自由は留保していたいが、今回ある程度までこの自由に制限がかかるのは場合によっては仕方ないかと反省こめて思ったが、この反省事態はまだしばらく伊勢、日吉文たちに伝えないでおく。もう少し考える時間が要る。団結の「野次」のほうは伊勢の悪趣味で、小ブル的だろうが何だろうが俺の趣味ではない。山本の十・八集会、デモ参加の一番おおきなモチーフは、伊勢がしきりに説く米資闘争と「国際反戦闘争」との「結合」という思想、それの実行による米資闘争の新段階への飛躍という提起を、はじめての大集会、デモのなかで、体験してみようかということだった。日比谷の集会の真昼の連帯感と、新宿の闇夜のなかのヘルメットデモの一瞬の分散、分散しつつ集中するさまざまな運動がどうやらこの私のこうでしかない心身を介して米資闘争の現在と「結合」しかけているらしいこと、「国際反戦闘争」とやらの端っこに自分らも繋がってるかという微かな実感は得たようだ。山本個人にとっては、山本を立ちすくませ、野次馬大衆の壁の中に助けを求めさせた赤いハイヒールの女のジャンプが不思議な謎として残った。彼女は野次馬大衆の塊のなかから走り出して、厳密にはどこに向かってジャンプしたのだったか。赤ヘルデモの中にか。機動隊の隊列の中にか。それとも衝突する直前の両者のあいだの狭い真ん中にか。

十・一〇　十・八羽田闘争一周年記念二日酔いは完治せず、山本は今日も一日在宅した。それでも、狩野や青木の車道上逮捕はあるまい、狩野は元柔道部の主将で運動神経抜群だし、青木だってすばしこい元みゆき族だったなと山本の楽観主義が復活して、明日は日吉へ様子見に行くかと考えた。

十・一一　三田第一校舎十番教室で、三田文自治会主催「文学部学生大会」が開かれた。翌日予定されている全塾自治会による「塾長会見」に向けて、文学部として独自に、米資問題の「話し合い解決」を進めて行く立場を確認しあった。池田文学部長の指導下にあくまでも文学部の教員、学生による問題の「自主解決」をめざすというところがポイントで、先日の文学部若手教員三名の警備室訪問、日吉文メンバーとの「話し合い」努力は、その場でオブザーバー山本だけが知らずにいた、「文学部としての」話合い解決路線の日吉バリケード内でおこなわれた最初の一歩であった。

この日午後、山本は「何もなかったような顔をして」警備室にスーッと入っていった。狩野も青木も、そして勝見も負けずに同じような顔で山本を迎えたので、せっかく用意しておいた二、三の話題を持ち出すこともなく、山本は以前と変わらぬ警備室勤務の時間を過ごした。日吉文たちは自分たちの用件を抱えていて忙しそうにしていたが、もう少し余裕があったら、仲間の山本が何か話したそうにしており、また普段より態度が謙虚になっていることに気づいたかもしれないが、今日における双方の問題意識の違いから、特別な話というものはなくて終わった。

十・一二　午後二時より、三田西校舎五一八番教室において「塾長会見」が開催された。学生三千人が結集、日吉文メンバーも青木、大塚が参加して、大学側・学生側の討議を傍聴した。大学側は塾長、常任理事、各学部長ら十三名が出席、学生側は全塾自治会委員長（代行）田村敬三ら十五名。双方から三人ずつの議長団を選出して「会見」がはじまった。

田村は塾長に、米資問題は「解決済み」と公言した七・一「辞退声明」の撤回を強く要求する。撤回が米資問題解決をめざす我々の協議の前提でなければならない。米資導入「辞退」によって問題は事実上解決とする大学側と、米資導入は米軍の戦争への全面協力であるとして、米資導入の自己批判、「拒否宣言」の公表を求める学生側とのあいだで、はじめはそれでも一応「討論」の体をなしてはいた「会見」の場がしだいに騒がしいただのすれ違い、異なる立場のほとんど「物理的」な押し付け合いとなり、会場は対立する学生ら双方から野次、怒号が飛び交う等、未だ辛うじて言葉の水準に踏みとどまっているものの一種きな臭い空気に包まれた。

……夜十時過ぎ、学生側は十・一七に再度「塾長会見」の開催を提案、「辞退声明」撤回を求めるなど七項目要求案を提出し、大学側もこれを了承、次回会見においてその他諸要求に回答すると約束して十時四十五分、会見は終了した。なお閉会後の十時五十分、会場に残った「守る会」行動分子を中心とする学生五十人位が壇上に駆け上がり、田村代行以下全塾自治会メンバーに「素手で」パンチをふるい、蹴りを加えた。田村は自治会の仲間に守られて脱出、塾長ら大学側も職員に守られながら会場を後にした。「塾監局占拠解除」を自分たちの実力でやり遂げたと過信した「守る会」の一部分子はこのあたりから「敗北」の道に一歩踏み出す。閉会後の醜態を目撃させられた理事、学部長の一部は「全学闘も悪いが「守る会」というのはあれで何を守ってるつもりなんだ」と首をかしげた。

この日午後、山本は警備室に出勤して、これが俺の責任だろうと、もう出入りする学生のほとんどいない、日吉バリ正面入り口での「チェック」任務に就いた。相棒は久地の友人で九月末頃から警備室に出入りするようになり、赤ヘルかぶって十・八集会にも参加した立石君だった。理路整然と話し行動もする穏やかな人柄で、雑談していてつかれなかった。かれの話をきいていると、当然なのだが、集会もデモも経験の色合いは人それぞれで、山本は自分の十・八の経験のいくつかを事実のサイズに戻して見直すことができて有難いと思った。ときどき狩野、勝見、小田らがどこかから帰ってきて、久しぶりで色々と米資闘争の話題以外の話題で楽しく時をすごした。狩野らが何か特に山本に気を遣ってるという感触もない。

夕方五時過ぎ、そろそろ帰ろうかと思っていたところへ、男女一組の学生が「失礼します」と警備室に入って来た。立ち上った狩野が「どうぞ」とふたりに椅子を勧めた。山本は座りなおしてふたりの服装とととのった、山本らとは画然と違う学生生活を送っているだろう「一般学生」に眼を向けた。女子は長身な、背筋をのばして真直ぐに視線を向けてくる美女で、見るからに信念の人、それも山本らとは対極に位置する内容の理想をさりげなく所持している人物と観察した。男子のほうは落ち着きがなく、理由は不明だが山本らに囲まれて気おくれし当惑しているように見えた。

「僕ら、池田先生に頼まれまして」と男子のほうが蚊の鳴くような声で口を切り、山本は注意して聞いたがよく聞き取れない。狩野が先を促すと、こんどは何か意見らしいことを言い出すがこれも要領を得ない。すると女子が顔を上げ、胸を張って、

「私たち一般学生は集まって話し合い、池田先生からアドバイスも受けてきょうここへお伺いしました。私たちは米資問題の解決を望んでおり、私たちも私たちの立場で問題解決に加わって行きたいと願っています。ところがその機会がなく場所もない。私たちの自治会、それはここにいらっしゃる皆さんのことですが、私たちの希望や意見をきき、自治会としての考えを示す役割があると思いますが、役割を十分に果たしてくださってるとは思えません。そこで私たちはただ自治会の役割実行を待っているのはやめ、先に自分たちでそれぞれの考えを出し合い、集まって問題解決に取り組む場所を作ろうと思い、池田先生に相談申し上げて、話を自治会にもっていってはどうかと提案をいただきました」

「ええ。話はきいております」狩野はいって、さらに何か言おうとして黙った。落ち着きのない男子の方は、あれ、どうしたのというように軽い苛立ちを見せて、大物らしい女子と比較して人物の小物らしさを垣間見せた。十・八の教訓で少々謙虚になっている山本であるが、ましてこの一般学生訪問の事情をまったく知らぬのであるが、七・五スト権の主体学生大衆の立場に立つ日吉文オブザーバーたる山本として、日吉文と自分は君たちの思い描くような悪い「自治会」ではないのであって、君たちと同じ立場、同じ高さにおいて、君たちとともに問題解決に取り組んでいる身だと説明したくてたまらなくなった。俺たちを全学闘やフロント自治会と一括りにしないでくれ、俺たちは君らとともに拒否宣言獲得まで闘っていきたいんだと、君たちわかってくれ。山本がしゃ

べりだすともう止まらず、狩野らも黙り込み、女子は七・五日吉スト権確立にはじまり、塾監局占拠、占拠解除、無期限ストの現在にいたる長い日吉文史話に背筋をまっすぐにのばして注意深くききいり、男子は逆に不思議の国に意に反して迷い込んでしまった不本意、困惑を一層落ち着きをなくした表情やしぐさで、わかってもらえそうな誰かに向かって訴えた。日吉文たちは困って、仕方なく単に我慢をつづけた。事情を全然わかっていない山本の長広舌に区切りがついた頃合を見計らい、この場で唯一決断力を備えていた女子が立ち上り、「では私たちはこれで」といった。山本を除く全員がホッとしたように立ち上った。出て行くときになって男子のほうが狩野に、

「あのうこれ、池田先生から預かって来たんですが」と、風呂敷でつつんだおおきな平らな、丸い物を机に置いて狩野を見た。「みんなに食べてもらえと、先生の差し入れです」と男子は早口に言った。警備室の照明のしたで披露された風呂敷の中身は一瞬、とぐろを巻いた錦蛇の塊に見えたが、そんなことはありえぬのでよく見ると握りずしがぎっしり並んでいる大きな寿司桶だった。日吉文たちはへえーと笑顔になり、一般学生男子はやっと用件を済ませたぞと安堵の顔、丈高い女子のほうは去り際に警備室のなかを値踏みするように見渡した。

山本は初めてお目にかかった豪勢な寿司桶に恐怖を感じ、強い違和感をおぼえた。仲間の日吉文たちに現状こういう世界と関係してもらいたくなかった。文学部長が貧しき文学部一年生どもを寿司で説得しようとしてるなどと猜疑したわけではもちろんない。が、山本たちの米資闘争と日吉バリストの現在は、眼前のこういう華やかな御馳走とは別のものであり、その「別に」の一点にわれわれの自負も夢もかかっているのではないか。山本の自負の念は仲間になかなかすぐには通じそうになかったし、自分の恐怖は大げさで滑稽だとも思えるがそれでもだ。山本は帰る時に、これは日吉事務室にもっていって、全学闘のみんなと一緒に夕食にしてはどう

かと提案してみた。そうしようかと狩野がいうと、オブザーバー山本はせかせかと立って、怖い美しい、とぐろ巻く物凄いおろちから一生懸命逃げ出した。十・八夜の新宿でデモの現場から狩野と青木を置き去りにしてひとりコソコソッと抜け出した時といまの気分は少し似ていた。

十・一三　午後、警備室に行き、狩野、青木、勝見、大塚、立石と一緒になって出入りチェックを一時間交代で担った。数人の学生の出入りがあったが、山本らは夕方までだいたい面白く雑談してすごした。やや討論に近くなったのは、あとからやってきた伊勢も加わって、スト中のキャンパス内での主として全学闘メンバーの手になる「落書き」をめぐってなされたやりとりにおいてである。

「昨夜久しぶりで日吉事務局へ行ったけれども、壁の落書きが多いなあ。あれは何とかならないかなあ」勝見がいうと、みんなそうだそうだという顔になり、あれは米資闘争とわれわれの日吉ストライキ闘争にとって恥ずかしいマイナスだ、むしろ冒涜じゃないかなどと、全学闘の日吉文とは異質な、いってみればその「作風」一般にたいする不満もそこに重なって、反「落書き」意見がさかんに語られた。山本はスト体制下で、七・五日吉学生大会の決議によってスト権の正しい行使を委ねられたわれわれとして、校舎、施設は正しく管理されるべきであり、落書きは委ねられたスト権の正しくない行使だ、七・五スト決議はわれわれに、キャンパス内の諸所方々に落書きしたり汚したりを委任してはいないと論じた。そこへいくと、日吉文および「篤志」のわれわれの持場であり拠り所でもある警備室の現状はどうか。いかなる落書きもない、警備室内の白い壁、板壁は、スト権の正しい行使の証明のように、元のまま無垢の壁としてあるではないか。……

雑談の途中から伊勢がやあと入って来て、みんなの意見に耳をかたむけた。十・八のあと伊勢は数日、ブントの会議とかで明大学館にある「社学同書記局」に行っていて、昨夜もどってきたと勝見が山本に教えた。その伊勢が山本らの落書き批判をきいているうちにだんだん渋い顔になり、山本が勢い余って「スト権と落書きのあいだには妥協の余地はない。米資闘争と日吉ストライキ闘争にとって、落書きは味方における克服せねばならぬ主要なマイナスの一つである」と断言し、日吉文たちが「異議なし」と応じた時、ライフルマンの四角い顔を引きつらせて「それは違う。山本意見はストライキ・占拠闘争の一面にたいする小ブル的反発で、断固として落書きすることこそが確立したスト権のわれわれに要求するところだと考えるのが正しい」と日頃の伊勢らしくもなく攻撃的に持論を展開した。われわれは当局に対して米資「拒否宣言」を要求し、学友諸君に呼びかけ学友諸君とともに日吉においてスト権を打ち立てた。日吉無期限ストは三田における「塾監局占拠」と結合して、米資導入を拒否、反戦平和の内実をわが物にせんとするわれわれが学友諸君とともに闘い取った、当局のではないわれわれの「大学」、われわれの統治する時空なのだ。ここはおまえたちのような、米資導入に万歳し、米帝の戦争に加担する者が立ち入り禁止の場所であり時間である。一方でわれわれは、当局の戦争加担『大学』に決別しきれずにいる学友諸君にたいして、われわれとともに闘おうと粘り強く呼びかけつづける義務がある。「落書き」とは、ここはもう戦争加担『大学』ではないのですよ、米帝の戦争に反対するすべての良識ある人々の世界ですよと様々なかたちでしめしつづける、そうした表現の一つであり、呼びかけの形式である。われわれはかつて戦争加担の拠点であった日吉キャンパスが今日では反戦平和の拠点に転じている現実を、学友諸君に対して積極的に多彩に表現していかなければならぬ。みずからの「ケッペキ感」に逆らって、あえて落書きすることが、ケッペキな無為よりもはるかに正しい。

「お言葉ですが、落書きといっても多彩なんで、俺が眼にするのは概して「バカ野郎」とか「ブタ」とか「くたばれ右翼」とか無内容なものが多くて、一般学生が見たら反戦平和のハートがしらけるんじゃないかと心配なわけですよ」と小田が苦笑すると、「だからそれはあるさ。が、それは落書き自体が問題なのではなく、落書きの内容の無さ、くだらなさが問題だということだ。俺はただ何でも書きゃあいいといっているのではなくて、内容ある、反戦平和に資する落書きの能動的制作で切磋琢磨しろ、落書きは汚いと文句言う暇があったらといっているのだ」伊勢はいって、さらに議論をつづけた。

山本は伊勢の議論の中身より、それをいうときの伊勢の表情、語り口の張り詰めた調子に意外を感じた。先日十・八集会での伊勢の野次実演、野次は正しいという主張を、山本は半分冗談、伊勢の趣味位に受け止めたものだが、きょうの「落書き」論とあわせて考えると、冗談としても伊勢が自分の人生観を述べているのかもしれぬ点で「真面目な冗談」「冗談にきこえる本音」ではないかと思えてきた。日吉文たちと山本は伊勢の意外な真面目さの表出にしらけてしまったのであるが、伊勢のほうは黙りこんだかれらを眺めて「少しは納得できたか」と視たらしく、深くうなずいて立ち上がり「落書きはすべきなのである」と噛んで含めるように繰返すと、机に置いてあった黒の「マジックインク」を手にとって、警備室の板壁の、バリに出入りする学生大衆の眼がとどかぬ位置に、大き過ぎぬ細い字で「日帝打倒・安保粉砕」と記して模範をしめし、依然として物々しい先生風の表情のまま「この落書きはわれわれブントの党派性を簡潔に表現している。反米一本槍の中核なら、ここを「安保粉砕・日帝打倒」と書いてしまうだろう。だからかれらはダメなのだ」とおしえた。日吉文と山本は、この何となく間が抜けた落書き講義で、日頃の伊勢の気のいい人柄の一面を垣間見た思いでほっとしたのだが、伊勢が日吉文の「ブント」化に本格的に乗り出した最初の出来事だったなと山本はあとになって振り返った。

十・一四　夕方、警備室にもどってきた狩野と勝見が、当番でバリの出入りを見ていた山本と小田に「どうも困ったことになりそうだ」と話し出した。二人が日吉事務室でキャンパス内の見回りの分担のことで中山、桧木と相談中に、全学闘の独り狼小柳さん、慶大旧マル戦グループの「理論家」だときく管内明、それにブント学対伊勢という大人物三名がのっしのっしと現れて、中山と別室でしばらく話してから、三人とも険しい表情で出て行ったというのだ。三人は木原、井川ら中核派グループが十・八後「何となく」日吉に戻って来て、何の挨拶もなく研究室棟に居座って平気で寝起きしているが問題ではないかと指摘した。対して、われわれは日吉で再起を期すということで、味方の団結と、学生諸君の再結集を働きかけている、拒否宣言獲得へ、フロントの諸君、中核派の諸君とも、批判は批判としてあっても共に前進していこうという立場だと中山さんは説得したのだが、管内さんが納得せず、三者はこもごも全学闘を分裂させた責任の一端は中核にもある、その自己批判を抜きにしてただ「また一緒にやろうや」というのは世間で通らない、我々三名は中核派に真剣な自己批判を要求したいと思う、共に進むのはそれからあとの話だと言いはなって席を立ったらしい。「……心配なのは、三人のうちの一人が小柳さんであり、自己批判要求に向かうまえに、景気づけという主旨か、日吉裏の小柳さん行きつけの飲み屋に繰り込んで酒盛りをはじめたというんだ。小柳さんが酒盛りして自己批判要求などに出向いたらどうなる。自己批判要求自体は別に問題などない。しかし酒飲んだ小柳さんを押し立てて、中核派に乗り込むというのはいくら何でも配慮に欠けるじゃないか」と狩野は嘆かわし気にいった。

管内は山本には未知の人物であるが、年齢は小柳と同じ二五才、法学部を卒業してこの四月から法政大の大学院に籍を置き、六月慶大米資闘争がはじまると、特に九月に入ってからはマル戦派の先輩として、全学闘の自称顧問として塾監局占拠闘争にかかわって、最後の段階では占拠継続、徹底抗戦論の理論的主柱となった人である。この日中山代表の指導に文句をつけ、中核派譴責を要求しにやってきた三人は、小柳は「内ゲバ」「占拠」に独り狼として先鋒を勤めた立場で、伊勢はブント党派政治の立場で、管内は旧マル戦派の理論家の立場で、いずれも中山全学闘の「占拠」自主解除の決定にそれぞれに反対であった三人であり、また三人とも、中山全学闘においては、どちらかといえば敬して遠ざけられがちな、それなりに立派だが心身のサイズが不当におおきすぎて、置き場所に普通の人々が困惑することの多い存在でもあった。そういう異形の三人組が飲み屋の悪酒を浴びて勢いをつけてこれから中核派の巣窟へ殴り込みをかけようとしている。心配そうな狩野に、「酒がはいるとしても、いちおう伊勢、管内両先生は酒乱でなく、「理論家」めく一面もあるんだから、小柳さんだって、私的な乱におちこむその手前のところで大人の常識を働かせるのではないか」と山本は自分の願いをこめていったが、どうかなとも思い、警備室でみんなと待機していることにした。

夜八時頃、警備室前でよろけたような大声が上がって「おい、日吉文、しっかりやってるか。俺たちはしっかりやってるぞ」と青白いいつもの顔だが、丸い眼玉、丸い口をいっぱいに開けて、大事な螺子、釘が何本か飛んでしまった、見方によっては豪傑笑いとも見える表情の小柳さんがこぶしをふりあげて「これから俺たちで中核から自己批判を取ってくるから待っていろ」と陽気にどなった。横では赤い顔でうんうんと伊勢がうなずき、初対面の管内の容貌が非常に小児的、仕草も駄々をこねる大きな幼童にしか見えないのに驚かされて、三先生がこのざまでは自己批判させるどころか、させられかねないし、さらに今のところは酔っぱらってるだけだが、間違って小柳さんが酒乱入りしてしまったらどうなるかと山本は懸念を深めた。山本は小柳さんの騙されやすい人の好さ、生き方の風みたいな軽さを秘かに尊敬していた。小柳さんの混じりっ気のない仲間思い、独り狼のさみしさ、人恋しさに触れることがあると、時に自分の遠い懐かしい少年時代、今は見失ってしまった故郷の声をきくようにも思った。しかし酒が入ると山本にはもう別の人だった。酒が小柳さんの唯一の隠れ家で、その隠れ家が小柳さんの人格の一番高い部分、たとえば太宰治が言う「無私の献身」に身を滅ぼして悔いぬ生き方を支えていたのだが、山本はそれがわかっていて、しかしそれは山本の入っていけない、入って行ってはならぬ世界なんだと自分に言い聞かせていたのである。

待っているとやがて丘の上から酔っ払いが法螺吹きながら下りてくるのがきこえた。一仕事済ませた小柳、伊勢、管内が意気揚々と警備室に凱旋してきて、酔漢特有の蛮声張り上げ、「やったぞ」「思い知ったか」等々腹鼓打つように騒ぎまくるのであった。「……そこにあった椅子の脚をへし折って、折ったギザギザな切り口を木原の喉元に突き付けて自己批判させたぞ。あいつ、真っ青だったぞ」と小柳さんは勝ち誇り、伊勢と管内は真っ赤な顔をバカ笑いで歪めながら、そうだ、そうだ、真っ青、ギザギザ、痛快だった、一丁あがりと唱和する。大声出して自慢話するうちに小柳さんはふと「そういえば」といぶかし気な表情になり「あの井川な、あいつだけは自己批判しなかったな。あれは頑固な奴だなあ。殴っても小突いても、全然口をきかずにふんぞり返っていたぜ」と井川と知り合いの山本に、感心したように首をかしげてみせた。三人の様子から、中核派とのあいだが切れてしまうほどの酔っ払い攻撃にはならなかったらしいことがわかって山本たちは安堵した。

「……あれはよく覚えている。きちんと中山氏らと協議してこんごともに進もうと一致したので、われわれは日吉に戻ったのであって、酔っ払いのあばれ込みには驚いたが、滑稽でもあったね。木原は酔っ払いのあつかいが上手くて、見ていて感心した。彼氏の父上が時計屋さんでやはり酒の人で、子供のころから気のいい酔っ払いには親しんでいたようだ」井川は面白そうにいって、「小柳酔っ払いは伝説の人だから、僕もうわさをいくつかきいていたし、内ゲバのときはマル戦にはプロがいるなと思ったさ。が、きみがああいう人物に手放しで感心していたというのは解せない。どうなんだ」

「小柳さんはおおざっぱにいって任侠の人であり、酒と暴力の人だった。幸いというのか、僕は小柳さんが暴力を爆発させる現場に立ち会ったことはない。暴力をふるったときいたあとの小柳さんを見て、心配したり安心したりが僕の経験だ。酒を一緒に飲んだこともないし、酒乱の小柳さんがその時どういう人格になるかは狩野や全学闘の連中の話できいているだけ。みんなの噂話と、酒や暴力の外で過ごしている時の小柳さんの表情やことばから、自分で作り上げた、思い描いてみた「英雄」像が僕の知る小柳さんのすべてだ。酒と暴力が小柳さんの隠れ場であり、こちらにいるわれわれの入っていけない幸せの国だったんだと思うよ。素面に返って乱外に出ると小柳さんはひたすら仲間思いの無私の人だったと思う。僕自身、米資闘争のあいだ、そのあとも何回か、危ないところを助けてもらっている。小柳さん、そういうことをごく当たり前にやってくれて、すぐまた風みたいに映画みたいにどこかへ還って行くんだ。たぶん自分だけの隠れ家にね。シェーンそっくりじゃないか。僕はずっと敬意を払っているよ」

十・一五　午後、警備室に顔を出した。狩野以下日吉文たちは出たり入ったり忙しくしていて、山本が貢献できそうな場面といってこれなく、いつもより早めに帰宅した。

十・一六　この日は夜まで警備室にとどまって、バリの出入りチェックに取り組み、出入りした人数はいつもと同じ数名だが、最後の一名が「守る会」行動分子のサブリーダー、十月三日の塾監局占拠解除に尽力した小暮大勇だったので、チェックとそれに伴う討論が大ごとになった。そのとき、日吉文は狩野、勝見、小田、それに山本、全学闘の一年生三人、それから十月に入ってからほぼ毎日顔を見せ、親しみを増している三田新聞記者川辺陽介もいて、にぎやかに雑談していた。そこへ学ラン姿の小柄な男が挨拶も何もなく胸を張り黙って入って来た。勝見は山本に「守る会の小暮だ」と耳うちした。この守る会男は全身で、俺は挨拶なんかしない、自己紹介も不要、ここは自分の通う大学で、知らぬ人間から「チェック」などされるいわれはないと主張していた。小暮は空いている椅子に腰をおろし、驚いているスト派連中を思い入れたっぷりにゆっくりと見まわした。山本とみんなのほうも、警備室にはただ勝手にいるのではなくて、七・五日吉学生大会スト決議に基づいて、学生大衆の代表としてここにいるんだという態度で小暮を見返した。小暮とのあいだに意見の違いはあっても、三田での占拠をめぐって存在した全学闘と守る会のあいだの立場の対立は、日吉には存在しない。

「一般学生の立場でいくつかききたいことがあるので、こうしてきた」小暮は入り込んできてはじめて世間並に挨拶らしい口をきき、これに狩野が何でもきいてくださいとにこやかに応じた。狩野は日吉文自治会のメンバーであると自分たちの「身分」を明かしてから、警備室に常駐して担っている任務＝スト中のキャンパスの出入りのチェックを、七・五日吉スト権の主体となった学生大衆（一般学生）を代表させてもらって、日吉キャンパスを米資問題解決を志す場所として守り、管理していると説明して、山本が二、三補足した。

「自分は日吉学生大会でストに反対したけれども、そういう自分を含めてバリケードの内に出入りは自由なんだな」小暮が念を押し、狩野がうなずくと「出入り自由というが、制限があるな。いちいち学生証提示を要求されるんだから。こうした制限の性質、幅について、学生大会でどこまできちんと話し合ったか、一般学生の了解をしっかりとっていたかどうか、自分には記憶がない。米資導入反対ストライキといっても、「ストライキ」の具体的中身が、学生大会当日には学生大衆われわれの想像もしていなかったいろんな制限をわれわれに課してくる現実は、学生多数が賛成したスト決議のなかには入っていなかったと思うがどうか」などと小暮の反論がはじまった。

小暮と日吉文たちの質疑応答はしだいに議論風になって行く。小暮の態度は傲慢だったが、そこは一応「話し合いを守る会」なので、議論ぶりは比較的に理屈本位、事実尊重で行き、かつての馬術部マネージャーや法学部助手みたいに反スト感情をあられもなくさらけ出し、論理と事実を無視してただワーワーいつのるようなことはなかった。狩野、山本たちは、日吉文と守る会のあいだには議論の上で対立はあっても、それは話し合いによって解決可能な、相対的・限定的な「対立」であるという立場で議論をくり広げ、やがて小暮のほうも、警備室に部署して日吉文が担う人員の「出入りチェック」が、七・五日吉スト決議をうけておこなっている任務であり、キャンパスが必要とする管理業務の一環であるという相手の説明を、少なくとも「議論上は」受け入れざるを得なくなった。なにしろ「話し合いを守る会」だからであり、しかもこれは実に面白くない事態だった。他に何か突破口はないか、こういう糞話し合いからの？

小暮は、自分をぐるりと囲んでいるスト学生どものあいだに、占拠解除まえの三田でしばしばやりあい、一度は部室に抗議に押しかけたこともある三田新聞会の生意気な一年坊主川辺陽介を見つけた。小暮によれば三田新聞とは毎週のように小暮たち守る会の運動にたいして事実に基づかぬ批判言、罵倒言を放ち続け、怒った小暮らに「自己批判」し、ごめんなさいした不見識な根性無し連中であった。小暮がこの夜、威勢よく敵の正面警備室に単身のりこんでいったのはいい根性だったけれども、味方の正義、敵の不正義を明かし立てる証拠資料を見つけようとして追及をこころみたものの、ちっとも小暮の挑戦ないし挑発に反応してこない日吉文とのやりとりを通じて、不本意千万にも日吉無期限ストの「合法性」を認めるしかなくなったのであり、敵の不正を暴き、非難攻撃に撃って出る快い位置を占めることがかなわず、苛立ちをつのらせていたところへ、やっとこちらが一方的に正義の位置を取りうる不正なる敵を、三田新聞の懲りない一年坊主の気に食わぬ顔に見出した。突破口はすぐそこにあるではないか。九月十日過ぎ、三田新聞の記事「全学闘塾監局占拠に踏み切る」に、「守る会」の一メンバーがとった写真をカメラごと奪い、占拠記事の口絵に無断使用した。小暮たち「守る会」メンバーは三田新聞部室に押しかけ、まなじりを決して三田新聞メンバーに謝罪＝自己批判を要求し、そこにいた部員の全員が「自己批判」して、十月二日付「三田新聞」は「陳謝」として謝罪記事を掲載している。陽介はこの三田新、この「陳謝」の一味の筈であった。野郎、自己批判は大ウソだったか、こんどは日吉にしけこんでしゃあしゃあとチェックする側に転じたか。

「なんだお前、まだこんなところにちょろちょろ出入りしてるのか。どういうつもりなんだ」と小暮はいわば満を持して怒鳴った。話し合いを進めていた日吉文たちは驚いて一斉に小暮に注目した。

「出入りしていますよ。新聞会の仕事だから」陽介は悠々として迫らぬ口調で応じた。これはかれのいつもの調子である。陽介はでは話し合いましょうという感じで、青筋立てて怒鳴る小暮の正面に自分の席を移し、米資問題について、新聞会メンバーとしての自分の役割について、小暮が抱いてしまってるかもしれぬ誤解を晴らすべく丁寧に説明をはじめた。小暮は陽介の話の中身より、それを語る口調のゆったりした、しかし相手を一歩、一歩理屈の鉄格子のなかへ追いこんでいくかのような圧迫感に耐えられず、もともと穏やかなほうではない感情をいっぺんに爆発させてしまった。

「お前がいまこんなところにいることがけしからんと俺は言うんだ。三田でお前たちは何をした。学生大会すら開かない。ただ空き巣狙いみたいに深夜忍び込み、バリケード築いてかってに居座り、中で毎日遊んで暮らして闘争だとか言ってる連中を、新聞で褒め上げ、もっと騒げ、もっと騒げと煽り立て、裏に回って手伝ったり、大っぴらに我々一般学生による占拠反対行動を誹謗、悪口したあげく、「守る会」について根も葉もない大嘘を書き散らして「報道」とか抜かしてたじゃないか。われわれはお前たちに反省を求め、部室に出向いて自己批判を要求した。しますと全員で頭下げたんじゃなかったか。二度と事実に基づかぬ記事は書きませんと約束したじゃないか。特定集団の主張だけで紙面を埋め尽くすような新聞は出さぬと誓ったな。あれは全部心にもないでたらめだったのか」

「事実誤認と指摘のあった記事については訂正と謝罪を記事にしています。今後は事実誤認記事も、訂正謝罪記事も出したくないものだと三田新一同総括しているんですよ」陽介は守る会の抗議の後の三田新聞の記事内容を引用しながら、米資問題解決に向けて自分たちが公平中立を心がけて報道に議論に頑張っている現状を淡々と語った。が、怒鳴る小暮の声音はいよいよ甲高く響き渡り、陽介側も相手がいきり立つほどにあたかもわざとしているかのように（と小暮は猜疑したが誤解だ）冷静沈着に説得を続けていくのであった。もはや神も仏もあらばこそ、理屈、事実なぞくそくらえ、小暮は陽介の胸倉をつかんで烈しく揺さぶり、「こんなところに二度と出入りするな。反省だの自己批判のとべらべらしゃべりながらこんなところに出入りして屁理屈こねるのはやめろ。それがお前に求められてる反省の実行だ。俺の前でハッキリ約束しろ」と迫った。陽介は「そういうことは話が違う」と拒否。

このころになると誰かが日吉事務局にしらせにいったらしく、中山たち全学闘幹部メンバーを含む十人ほどがやってきて、小暮と陽介のやりとりというのか、一方の他方に対する糾弾風景を黙って取り囲んで見守った。一方が胸倉つかんで揺さぶり、他方が押し返すというやりとりで、今のところまだまわりが止めに入るとか、二者のいずれかに理があると判定され、論争に決着をつけられる状態にはなっていないと、この場に集まっている当事者全員が考えていた。小暮と陽介、二人を取り囲んで手も口も出さずに見張っている日吉文たち、全学闘たちは、まだそれぞれにいつかはやってくるだろう決着のときを視野におさめつつも、その手前のところで、争う小暮、陽介と共に踏みとどまり自制していた。さらにまたここ日吉の警備室の正面ガラス戸は左右に大きく開け放ち、外に向かって明々と開かれているのであって、慶大日吉キャンパスが米資問題をめぐってスト中であることを公に示しつづけている場所でもある。ふと気づくと小暮の大音声の糾弾を耳にしたらしい、学生でも何でもない日吉の町の住民が数名集まって来ていて、小暮による陽介吊し上げ風景を心配そうに眺めているのだった。巷の人民たちは、いま一人の可哀想な一般学生が悪い過激派学生に取り囲まれて、過激派学生のリーダーから暴力的に追及されているところであり、誰かが止めに入らねばならぬ状況だというように、事実を逆様に受け取っているらしかった。このことは周りの日吉文たち、全学闘たちはもちろん、正義の糾弾に取り掛かったはいいが、どこで打ち止めにし、敵の巣窟から、どうしたらそれほど見苦しくない形で出ていけるかと密かに苦慮していた小暮にもわかった。それならこのあたりで日吉文、全学闘の誰か、中山なり狩野なりが乗り出して、小暮を止め、陽介を自由にしてやれなかったか。駆けつけている善意の人民の美しい誤解をとくためだけにであっても。が、乗り出す適切なタイミングというのがまた計りがたいのだ。加えて、見守ってくれている善意の人民のなかには、日吉署の私服刑事が混じっているかもしれず、だとしたらその者はそういう立場でこの場面を注視しているのだから、また別な配慮も要求されてくる。日吉文と全学闘は、この公開糾弾をこの水準のまましばらく維持しておくことにし、小暮と陽介を黙ってただ取り囲むことを継続して、小暮自身に本人が自ら墜ち込んだ罠から自力で脱出させようと結論した。「おい、俺はひとりでここへきて、ここにとどまって、身体を張ってお前に反省を求めてるんだぞ」小暮は金切り声をあげたが、山本には、誰か助けてくれという悲鳴にきこえた。

「学生さん」人民の一人がついに乗り出してきた。「もうそのくらいで勘弁してあげていいんじゃないですか。夜も遅いし、その学生さんだって反省なさってると思いますよ」

小暮は現金なくらい安堵の表情になり、肩の力を抜いて「俺はお前の反省なんか全然認めないが、みんながそうしろというんならもうやめる。俺は三田新の口先だけの謝罪なんか絶対認めないぞ」とそっくり返って捨て台詞吐いていそいそと出て行った。綱島街道を渡ると早足になり、待っていた仲間の車にほとんど飛び乗った。「あの仲裁男、港北署の私服だぜ。俺は二、三日まえ、バリの前で見たことがある」全学闘一年生の何某君がいう。山本は小暮の吊し上げに一貫して言葉で抗しぬいた陽介の闘いに心打たれて「三田新が正しかったぞ」と声をかけたが、陽介は何もなかったように「いつもああいう奴なんだ」と受け流した。三田新対守る会の決戦では陽介の根性が小暮のハッタリをはねのけたと山本は判定したのである。しかし小暮の側は仲間のところにもどると成果は上々だとほくそ笑み、「警備室の日吉文は話し合う連中で闘う連中ではない。全学闘も丸腰で単身の俺が三田新をさんざん吊し上げても黙って見ているだけだった。味方を守ろうという気力がない。ストライキを続ける気力のほうも怪しいんじゃないか」などと報告した。日吉ストライキ闘争における日吉文と全学闘の「批判的共同」を理解できていない結果、守る会と小暮は、日吉無期限ストが三田塾監局占拠とは違って今日なお七・五日吉スト権を打ち立てた学生大衆に「微かに」「辛うじて」ではあっても依然支えられている事実を読み切れていなかった。小暮たち守る会の一部行動分子は、米資闘争の現在、学生大衆の不在と無言の現在に、迷いながらも何とか結合していこうと努める日吉文、全学闘の現在を、やや見くびり過ぎていたのではないかと思われる。

十・一七　午後、日吉自治会主催、日吉四十番教室において「日吉大学人集会」が開催された。田村日吉自治会委員長兼全塾自治会委員長代行は、塾長会見の場で三田において米資闘争「持続」の現在を代表するとともに、日吉においても七・五日吉スト権の防衛＝拒否宣言獲得の闘いの「持続」的展開を期してすべての「大学人」、すなわち一般学生・教員、諸党派、諸団体の再団結、本来の姿の「全学闘」の大団結をはかろうと考えた。集会には日吉文から狩野ら数名も参加したが、山本は警備室で留守番していることにした。フロント自治会の話し合い解決方針に、他にどういう方針がこんにち可能か自分で考えるわけでもなく単に関心がなかった。丁寧にいえば、少ない関心しかなくて、山本の心はもっぱら十・八集会・デモの経験と、ブント伊勢が米資闘争「飛躍」を現実にする道として提起している十・二一防衛庁突入闘争に学生大衆の立場からどう向き合うかに集中していた。狩野は口にしないが、日吉文は参加することになりそうだ、僕はどうしようかと迷ってるけれども勝見が先日話している。山本の十・八はああだった。十・二一では自分はどう「闘える」か。いったん新宿の路上に脱ぎ捨てたヘルメットをどうかぶりなおすか。かぶりなおせるか。

あとできくと集会中に、野次怒号うずまく混乱裡に声振り絞って闘いの持続、拒否宣言獲得を訴えていた田村が「守る会」と反スト「一般学生」集団に壇上で取り囲まれて一時「軟禁」状態になる場面もあったという。田村委員長も頑張ってるなと思うと同時に、今はもう夏の光満ちる七月五日ではないので、山本たちにしても、昨夜「守る会」小暮が単身で一見カッコよくスト派の拠点に乗り込んで、スト派メンバーと一味同心の新聞会員をつかまえ、一味が見守る中で長時間のつるし上げを堂々演じて見せるといった、自分たちの闘いの遺憾な現状を振り返らされている。小暮たちの勘違いは明らかであるが、わが方も難しい局面に差し掛かっているということだ。

十・一八　午後四時三十分より、三田南校舎前広場において「全塾学生大会」が学生六千人を結集して開催された。明日に予定されている第二回塾長会見をまえに、米資問題解決に向けて学生側の意思統一をめざし、七・五日吉スト権の成立後はじめて設定した「全塾」学生大会である。が、せっかくの討論の場はたちまち全塾自治会案（スト継続）と、話し合いを守る会案（スト解除）の正面衝突から、議決を避けた議長（田村代行）不信任問題をキッカケにして両派による「物理的もみ合い」の修羅場と化し、結論を得られぬままに流会となった。もみ合いのただなかで議長田村は昏倒し、救急車で近くの済生会中央病院に搬送されて入院、七月以降闘いの中心に位置していたフロント自治会のリーダー田村敬三はこの日をもって米資闘争の外へ去っていく。

山本はこの日午後、警備室に顔を出してから四時過ぎに、忙しそうにしていた狩野たちに「ちょっと用事で」と断ってひとりで三田へ向かった。昨日の「日吉大学人集会」に引き続き、きょう三田で「全塾自治会」を開催するんだというフロント自治会が、米資闘争の現在にどのように取り組もうとしているか、闘いの主体である筈の学生大衆が三田で何を考え何を求めているか自分の眼で見ておきたいと望んだ。日吉における日吉文と全学闘は、学生大衆の現在・日吉ストライキ闘争の現在に、ブント伊勢の提起した十・二一防衛庁闘争へのバリストからの参加をとおして国際反戦闘争との「結合」方針を検討している。フロント自治会は大会で、闘いの困難の突破、飛躍を、大会において身をもって具体的にどう示すかという関心にかられての三田見参であった。田町駅に着いた時は五時近く、大会が始まっているのはわかっていたが、つい駅前の本屋に入り、何となく立ち読みして時間をつぶした。本当は俺、行きたくないのかと振り返ったとき、やっと正気を取り戻して自分と競争するように当初の目的にむかって急いだ。とにかく、とりあえず、自分たちの闘いの現在の一面を見届けておこうと気持ちが決まったのである。

三田南校舎前広場にはまだかろうじて夕方の光が残っていた。正面の白いおおきな、縦横に丹念に積み重ねた人間たちの山岳のふもとの真ん中に、見覚えのあるフロント自治会代表田村の眼鏡の顔があり、口をパクパクさせて演説中だったが、さすがの雄弁家も薄闇の底で山全体の圧力を一人では支えかねて今にも倒れそうに見えた。大会を背後で眺めている山本の位置からは、白い山はじっと動かず、動かそうと苦闘する田村のマイクの声は痛々しく割れて、七・五日吉スト権確立にいたった主要な力の一つだった田村の必死の雄弁も今は声が紙吹雪みたいに散って行く。俺の耳、俺の眼に、問題が生じているか。今眺めている風景は山本に、先に十月三日夕、学ランの黒い塊に包み込まれて必死にかたまりを説得しようと語り続けていた全学闘中山の表情を思い出させた。

あれと今の田村と似て見えるが、微妙に違いも見える。中山の顔には説得しきれないかという了解、確認のような色があった。ところがこの田村からは、白い山に押しつぶされそうになっていながら、そのことを了解、確認しているらしき様子がまったくない。山本は親しみを覚えている中山先輩と比較して、この眼鏡の彼、自治会代表田村の孤軍奮闘を微かにうとましく感じ、一方山本の今の気分には不可解な彼のしぶとい闘魂に好奇心も覚えた。最後に、彼が健闘むなしく白い山の大崩れにのみ込まれてゆき、救急車、入院、戦線離脱となったときにも、山本は中山の時のような傷ましいという感情を抱くことはなかった。田村が知らぬ党派の、付き合いのない活動家だったからでもあるが、此の夜の救急車騒ぎで終わった田村の奮闘にちっとも挫折、敗北の感じがなかったからである。事実、田村はスト解除しか眼中にない「守る会」連中の「議決要求」を文字通り身体を張って拒否しとおして七・五日吉スト決議を防衛したのであり、白い山はこの夜、田村と守る会の「決戦」

を黙ってちゃんと見届けていたと思えるのだ。山本の感想は田村は意外に偉いが、ストライキ闘争の行方は厳しいなという生ぬるいものだったが、黙っていた学生大衆の方はもう少し田村の頑張りに共感的だったかもしれない。

十七　反スト攻撃に抗して

十・一九　この日予定されていた塾長会見（第二回）は田村代行の入院で延期が決定した。塾当局は米資問題の話し合い解決を共に進めて行く学生側の代表＝田村代行を失って当惑し、かつ心外を感じた。話し合い解決のプロセスを中断させた者は誰か。かつては忍び込み占拠などしでかして威張っていた全学闘一味であったが、反スト、話し合い解決を説いてきた「守る会」の一部行動分子が今日「話し合い」解決の大義から逸脱しかけており、知らず知らず「話し合いを守らない会」に転じつつあるのではないか。「ストを回避し話し合いを守らない会」では会として全然筋が通らぬではないか。

山本は昨夜目撃したフロント自治会田村の悲痛な奮闘に感動させられて、午後いつもより元気に警備室に出向いた。あいにく日吉文たちは日吉事務局、日吉文自ルームに出ており不在、警備室には伊勢ひとりが留守居をし、ときどき大塚、立石、小田が顔を見せたが、すぐまた出て行ってしまう。それで山本は仕方なく自分も留守居を決め込んで、伊勢と雑談した。話題は自然に十・二一防衛庁闘争へ、米資闘争・日吉バリスト闘争の内から全学闘、日吉文として参加する意義について、伊勢の持論の展開、山本の質問、意見のやり取りになって行く。

「十・二一国際反戦デーをブントは日帝の軍事中枢＝防衛庁突入闘争としてやりぬく。青は国会、中核・MLは新宿で、青は議会主義、中核派は反米だから、大衆的実力闘争の延長線上で革命を考える。いつかも強調したがわれわれは日帝打倒の党であって、端的に日帝の軍事本部の解体をめざして革命軍の萌芽形態を組織するとともに、大量のヘルメット部隊を結集して、現情況が革命派に要求する課題が、議会闘争や米タン阻止ではなく権力中枢攻撃、反革命軍の本拠にたいする目的意識的攻撃であることをはっきりさせたい。米資拒否宣言獲得闘争は国会や新宿ではなく、防衛庁闘争と結合できてこそ展望が開かれる。これが全学闘、日吉文の立場だ」

「伊勢さんの言葉と、言葉が指示する物の落差が大きすぎるから、「結合」といわれてもそれが僕らに求める思考、行為の中身が雲をつかむようでちっともわからない。第一、十・二一という日付ですが、世界中で反戦行動が行われる日であっても世界同時革命の日ではないでしょう。日帝とは経済成長して対外進出を企てる現代日本のことですか。軍の対外進出は希望が政府にあってもまだ希望のレベルに停滞してるんじゃないか。大量のヘルメット部隊というのはわかる。でも「革命軍の萌芽形態」となるとレトリック過剰でむしろ漫画的で、つかめない雲の感じが露骨だ。「結合」しろというなら、結合すべき対象を、今そこに見えている物そのものにできる限り近づけて説明してもらいたい。軍事中枢というがなんだかわからない。自衛隊がいて、武器がある場所が「防衛庁」ですか。僕は全然知らないんだけれども、そこに悪い権力が頑張っているから攻撃しろという、その「攻撃」とはどういう行動になりますか。わからぬので、恐れと現実感の無さ、つかめない「雲」相手の突撃みたいな滑稽感しか湧いてこないんですよ」

「言葉は一般につねに物そのものより大きめなんじゃないか。それでいいんだというのが俺の考え。言葉は物を指示するが、指示する主体はそのとき、まだ実現していない夢を同時に加えて、それを物の真実として示すのだ。革命の真実の姿は現にそこにある「革命」と、いまは夢にとどまっているが、全人類が実現を求めている「革命」像との統一体じゃあないのか。ブントの十・二一防衛庁闘争の姿が君には「雲」をつかむように感じられたとしたら、そう感じてしまう君の夢のサイズの小ささ、中身の保守性にも責任があると省みてほしい。反米の新宿闘争と反帝反軍の目的意識的中央権力闘争＝防衛庁闘争と、いずれの夢が世界の真実を映し出しているか。明らかではないか」

「僕は十・八の新宿でヘルメットデモを初体験していろいろ考えさせられたんです。国際反戦闘争との「結合」というのがデモのなかで味わった機動隊の突進の音、デモと機動隊の衝突の音、恐怖に駆られて野次馬の塊の中へ逃げ込んだこと、人垣の間から見た人が殴られ路面に叩きつけられる様子、ああいうものを自分の心身に突き付けられる経験がそれなのか。だとしたら確かに十・八で自分が少し「国際反戦闘争」の内にいるという実感は得たんでしょう。が、この微かに得てはいる実感は、伊勢さんの十・二一防衛庁闘争の上に描いた夢とはすごい落差がある。伊勢さん、十・二一国際反戦デーはカレンダーに書き込まれている一行事であり、防衛庁闘争はまだ「革命」ではなくブントという一党派の「スケジュール闘争」の一つだというのが現実でしょう。夢で現実を隠すのは革命的でないと僕はいいたい」

伊勢は目を閉じてしばらく黙った。山本は伊勢をほとんど挑発していた。が、十・八デモの新宿の夜に、自分が機動隊の壁に初めて直面して、赤いヘルメットを脱ぎ捨てて野次馬のかたまりのなかへ逃げ込んだ事実を自他に伏せたまま（つまり未総括のまま）の「挑発」であり、挑発としてははじめから腰砕けだったともいえようか。

伊勢は顔を上げて、「確かにスケジュール闘争ではある。十・二一が即革命なのではない」とうなずいた。「しかし革命の夢を思い描き、実現へ踏み出すスケジュール闘争だから、君がいう「スケジュール闘争」とは違いがある。落差があるんだ。君が指摘した言葉と物そのものとの間の落差、食い違いを、言葉の嘘の証拠と見るか、物の上に自分の夢を描こうとする言葉の意欲の表れと見るかで、俺と君はいま対立してるんだよ。俺はスケジュール闘争のうえに「革命」の夢を描く。ところが君はスケジュール闘争が描かんとする夢を嘘と決めつけて、十・二一闘争そのものをあらかじめ否定しているように見える。見えるので、それは残念だ。夢を見る権利はだれにだってあるじゃないか。目下のところ君の夢が十・二一闘争には膨らんでくれないらしいことはわかった。だからと言って、俺たちの夢を君自身の眼で確認することをせぬままだ全否定するのは公平でないと思う」そういって、伊勢はぽつりぽつりと自分がブントの闘いの上に描いている夢を語った。「……自分は警察官の家庭で育った。両親は長男の俺に、教員になってはどうかといい、小学校へ入る前から先生になるのが夢だった。早大教育学部に入学したが、俺は口下手を克服しようと志を立てて雄弁会に入部したんだけれども、それから俺の学生生活が本格になった。会の活動の中で、のちにブントになる日向翔、花園紀夫、石井治人と知り合い、一生の道が今思えば決まったんだ。日向の呼びかけでわれわれ四人でやった最初の読書会では『共産党宣言』と『国家と革命』を初めて読んだ。難しいんだがこれなんだ、俺の生き方が見つかったと自分の胸で感じたな。日向は当時から大した理論家、行動家、花園には闘士の度胸があり、石井の事務能力は抜群だった。俺には自慢できるものはなかったが、かれらを自分の師と考えて徹底的に学んだのが以後の俺の思考・行動の基準をつくった。三人は俺の意欲と耐久力は当時から信用してくれていたと思う。昭和四一年一月から早大学費闘争がはじまり、われわれ四人は闘いの中で、関西からやってきた塩見さんの働きかけを受けて社学同に加盟して、学内で活動をつづけていたが、十・八羽田闘争を機に明大学生会館にある社学同書記局に活動の拠点を移し現在に至った。俺は慶大米資闘争とともに前進して行きたいと思っているんだよ」

「早大では活動できなくなったということですか」

「早大における革マル派の暴力支配は徹底していて、われわれを含めて他党派の活動の余地がなかった。悔しいが、学内にいられないんだ。活動をやめるか、学外に活動の拠点を求めるかどっちかしかない。早大社学同は活動の継続発展を選択した。自分の大学内で活動できぬのはむろんマイナスだが、大学の枠をこえて、一生かけて階級闘争にかかわって行く生き方を求められそれに応えんとする生活は、生きがいある人生だと俺たちは前向きに考えた。俺はブントとともに行くと決めた」

大学一年生山本には恒常的に「スケジュール闘争」を企画推進するとか、諸大学の諸闘争に「党的」支援・指導をおこなうとかいう生き方を、自分のこととして思い描くことが難しい。「職業的革命家」「労組の専従者」といった生き方がこの世には存在するらしいと聞きかじってはいた。月月火水木金金、正義の闘争だけが人生で、仕事の総てというのは貴くきこえるが、その貴さにはどこか架空な、ウソ臭い響きもあった。物そのものの上に描かれる「夢」はもう少し物そのものの「手触り」を必要とするのであり、その生きた手触りが伊勢の語る「職業的」学生運動家生活には感じられないのだ。伊勢さんの父上は少年の伊勢さんの将来に学校教員の人生を夢見た。伊勢さんの職業的革命家の人生という夢は、「手触り」の不足の一点で大学一年生への説得力を欠いているのではないか。

伊勢は書記局の一員になってからいろんな大学のいろんな活動家と知り合い、共に闘う生活の中で良い仲間を得た。「……俺と同年で、中大ブントで元気にやっている高田というのと気が合った。ブントは十・二一未明に突撃隊が防衛庁に突入する方針で臨む。これは必ずやる。作戦は個々のメンバーに大きな犠牲を要求する闘いになるので、各大学支部に参加を要請し、志願者の中から二十名の隊員が決まったんだが、隊長がこれも志願で、誰にやってもらうか決める段階になって、集まった二十人全員が黙り込み、決戦に向かって団結していたかれらが、それぞれ一人の私にかえって、それぞれに考えこまざるを得なくなったとき、立ち会っていた俺ははじめてブントであること、活動の道を選択したことのこれまで意識したことがなかった深みを見下ろす思いがした。突撃隊員たちは見下ろすだけでなく、飛び込んでいくことが任務なんだから、かれらの無言は正視できなかった」

「そんな犠牲を要求する資格が誰かにありますか。どれほど「立派」とされているどんな組織、どんな個人だって、そんなことを他者に求める資格はないと思いますが」

「俺もそう思った。志願した突撃隊員のみんながそう思っているようだった。突撃隊が真っ先に防衛庁に突入して、十・二一国際反戦デーの闘いの核心が防衛庁闘争にあることを示す。十・二一における諸党派・諸団体・諸個人の闘いはブントの突撃隊に領導されるのだ。しかし隊長がいない。われわれの革命の夢が物そのものの隔たりをこえることがついにできないのか。みんながそう思ったとき、高田が手を上げた。最初俺は何でと思った。見ると高田はいつも通りの高田だった。よし、これで俺たちは闘えるんだと思ったよ。高田と突撃隊が別室に移って作戦会議をはじめてから、俺は黙って志願して俺たちみんなを奮い立たせてくれた高田のことを一人になっていろいろ考えた。みんなのために立ち上った？　反戦平和の大義のために犠牲をひきうけた？　それとも？　私を何かのために「犠牲にする」というのは何となく俺の知る高木らしくない気もするんだ。高木は自分が一番先に国際反戦デーに乗り込みたかった、そうして仲間のみんなと、できたら世界中のみんなと喜びあいたかったんじゃないかと思う。犠牲を払うとか、みんな「のために」頑張るとかは、半分あたってるかという程度の他人の寸評にすぎないんじゃないか。とにかくそういう隊長さんも登場する。これが俺の十・二一闘争観だ。全学闘も日吉文も、米資闘争の現在から自分たちの十・二一に加わる。山本も自分流に考え、自分流に加わってほしいな」

山本は伊勢の長い雑談を、はじめてきかされた伊勢の「告白自伝」だと受け止める一方、「突撃隊長」を志願して伊勢を感心させた、高田という山本には不可解なところが多い人物に興味と畏れを二つながら覚えた。

伊勢が出て行き、狩野たちが戻って来た夕方、山本は家に帰った。伊勢は山本に謎をかけたのであり、山本は十・二一当日までに答えを用意しておかねばならなかった。

十・二〇　終日在宅。山本は自分として明日、国際反戦デーにどう関わっていこうか、この自分にどういう「結合」がありうるかと考え、右にいったり左にいったり迷って暮らした。日吉文と全学闘は赤ヘルかぶって、日吉バリストの内から防衛庁へ「突入闘争」に出て行くだろう。十・八に山本が赤ヘルかぶって日比谷から新宿へ「米タン阻止闘争」に出向いたように。「米タン阻止」は単に言葉だったから、「防衛庁突入」も言葉であろうし、十・八新宿の延長でということなら、防衛庁に俺もただついていくだけならやれるかもしれない。しかし「高田」隊長の「突入」のほうはどうか。あれだって言葉だ。それだから「志願」できた突入隊長というのが「高田」さんだが、山本の迷いは昨日未知の「高田」さんを語ったときの伊勢が、ブント書記局の「学対」というより友人の身を案ずる一人の若者に見えたこと、したがって「防衛庁突入」が現実回避の単なる夢コトバ以上に感じられた事実からはじまった。十・八の繰り返しではない現実の戦いが十・二一に控えているとしたら、それは何かのあとについていけばいいだけの「スケジュール闘争」ではもはやないのだ。で山本、お前は明日どうする。これが解くべき謎であった。

「……われわれのほうは十・二一においてML派、第四インター（その学生組織は十・八集会で山本を魅了した「社青同国際主義派」）とともに「米軍タンク輸送車実力阻止」をかかげて、十・八に連続して新宿でベトナム反戦闘争の「一大攻防」をやると決めた。十・八では十分とはいえなかった、万余の人民大衆との結合をかちとり、権力を後退させ、厳しい一敗はさせようと工夫をめぐらした。今思えばわれわれの言葉も結構Lサイズだったけれども、伊勢氏のブントの「帝国主義軍隊解体」とかよりは地に足の着いた、現実との落差は小さめな言葉だと思う。したがって当時の君が悩んでいた、国際反戦闘争と米資闘争との「結合」という課題も、新宿で米タン阻止を人民大衆とともに断固やり、現実に阻止できなくても、一定時間「妨害」できたとしたら、われわれの夢コトバは物そのものにより近い、したがってまたわれわれの闘いが国際反戦闘争に一定程度「結合」できていると、ブントの方針との比較でいえる」井川は大学一年生山本の迷いを、自分たちの言葉を物そのものにできるだけ近づけんとする努力において怠慢な、ブントの思想に責任の一部があると指摘した。

「そういってもらえると有難いが、責任の多くの部分はやはり当時も今も、成長がないというか、俺自身の性癖、精神の傾向が、物そのものとできたら縁遠くすませていたい、言葉と物を差し出されたら、物との「結合」からわが身を引き離しておきたい面だけの言葉と一緒にいたいほうなんだ。そんなことができるわけがないと俺は頭では一応理解してるんだ。しかしそんな風に「理解」できてしまってる俺は、つまらない奴だと俺のハートはいうわけだよ。ブントと伊勢の馬鹿らしさ（ロマン主義！）、他面の狡猾さ（リアリズム！）は、俺自身の顔を鏡で見るように思えることがときどきあった」

「君は日吉バリストの現在に「空白」を見ていた。事実君が拠り所にしていた七・五日吉スト権の主体だった一般学生たちの姿は、日吉キャンパスのなかにはほとんど不在だったから。空白は不断に内容を要求する。たとえば十・二一闘争への参加によって国際反戦闘争との「結合」を求めることは、米資闘争の現在の「空白」の一つの解決、一つの内容の獲得ともいえるんじゃないか。僕は十・二一の新宿に真直ぐに向かった。みんなとの結合、みんなを結合させる「内容」を求めてだ」

「空白は他の誰かの問題ではなくて、米資闘争の現在において俺自身が空白なんだ。この空白を外の何か、他の誰かと「結合」してとりあえず埋めようという話ではないので、むしろ空白を闇雲に生き、その不可避をしっかり見つめることがやれるか、やれぬかが俺たちに問われているんだと思った。十・二一闘争にくわわり、国際反戦闘争と結合して、お土産もって日吉バリへ帰宅する？「空白」は埋まった？それは逆で、現在われわれがその中にいる「空白」の現実の解決でなく消去ではないのか。「空白」が事実。国際反戦闘争との「結合」は物そのものを隠蔽する夢コトバ、嘘である。現在の事実から出発して考え抜くこと。嘘とでなく現在の事実と「結合」すること。それの実行としてある場合に、はじめて十・二一闘争参加が可能になると俺は考えた」

「当時の君は無期限ストに期限をつけろという主張だったのか。空白の現在との「結合」というのなら「こんな体たらくのストをこのまま継続するのは解除するよりもっと悪いんだ。こういうストを継続延長するためにだけ国際反戦闘争と結合しましょう、防衛庁へ出かけましょうと勧誘するのは嘘臭いと俺は思っていた」

明日の国際反戦デーがわれわれの米資闘争、日吉無期限バリストの現在の「空白」を、どこまでハッキリと照らし出すか、山本は自分の眼で確かめたいと考えた。伊勢の語った、防衛庁闘争への参加によって米資闘争の現在の「空白」を埋める、埋められるという願望は、まだ夢コトバにしか聞こえない。それが「空白」の事実を埋める＝隠すのでなく、「解決」するところの、ただの「スケジュール闘争」以上の何かと感ずることができたら、十・二一闘争参加にあたって選択肢の一つになるかもしれない。山本はなかなか眠れなかった。

十・二一　未明、赤いヘルメット、覆面、角材で「武装」した学生二十名位が防衛庁正門から長い太い丸太かかえた数名を先頭にして侵入し、黙って敷地内に座り込んだ。通報をうけて駆けつけた機動隊員により全員逮捕。防衛庁側は思ってもみなかった不思議な「突入闘争」に当惑したが、これで一部過激派学生がしきりに触れ回っていた「突入闘争」というのが、こんな奇妙なかたちであってもとにかく実行されはした事実をうけいれた。加えて自分たちの存在が何か過大に、そしてまた過少に、間違って評価されているらしい不本意千万な現実も仕方なく認識させられたのである。防衛庁は目下のところは一役所にすぎず、まったく戦争策動の「大本営」「震源地」などではないのだが。

山本は朝の新聞、テレビのニュースでブント突撃隊による防衛庁突入闘争の敢行を知り、大きな衝撃を受けた。一昨日、伊勢が「告白」した「ブントの突撃隊が十・二一で先陣を切る」云々をただの言葉だと思っていたこと、ところがけさニュースによってブントと伊勢の防衛庁闘争が物そのものの表出を本気でめざしていたんだと気づかされたのだ。伊勢は「俺は他にやることがないからやってるんだ。活動だけが俺にやれる生活なんだよ。時々寂しくなるけれど」と打ち明けたが、本音を吐いてるなと感じ、自分のうえにはそういう生活を思い描くことはできないから、山本はこのとき伊勢を知ってはじめて伊勢という人間・その生き方の真剣さを見たようにも思った。すると伊勢の友「高田隊長」もまた「このほかにやることがない」からこそ、単に言葉だけでない、突撃隊長の人生の寂しさのなかにこれからもずっと生きていくしかないんだなとはるかに想像して、先に伊勢の告白の中の「隊長」におぼえた畏れがよみがえり、あらためて「高田隊長」は偉いと思うと同時に、「他にやることがないから」という動かぬ絶対の決意は、高田さんや伊勢さんのものであっても、大学一年生、日吉文オブザーバーの俺のものではないと痛切に理屈抜きに想った。

伊勢と高田の十・二一防衛庁闘争は「スケジュール闘争」ではなく、己を捨てて悔いぬ活動家がそこにおいて生き死ぬ闘いの一つらしいと山本は知った。君も君流にかかわれと伊勢はいい、たぶん高田隊長もそういうであろう。が十・二一防衛庁行きはギリギリのところ、私の現在、米資闘争の現在からどうしたって遠い、遠すぎるんだ。私の「空白」、米資闘争の「空白」が要求していることは外にあるように見える何らかの内容ではなくて、「空白」の現在を内から生き抜き、言葉と行動でそれを表現することではないのか。山本は警備室における「チェック」のさいの学生証提示を求められた学生たちの表情、眼差しを思い出し、俺はあのかれらに自分の言葉で行動でちゃんとこたえることをしていないと振り返った。空白をまだ真に担いきっていない者が外からの補給をあてにしてしまったら、私はその瞬間からその外なる何者か、その「内容」の欲望実現の手段・道具に成り下がってしまうではないか。それこそ日吉スト権の主体『学生大衆』への裏切りではないか。他人の道具にされて延命するくらいなら、己の「空白」「無内容」とともに立ち続けられるだけ立て。十月三日、中山全学闘がブント外人部隊の支援を謝絶し、塾監局占拠の「自主解除」を選択したのはおおむねやはり正しかったんだと山本はいいたい。伊勢と高田の生き方は理解できた。が、俺はそういう自己否定、自己犠牲は、目の前で見せられたら敬して場所を譲るが、小声でいうが嫌いだ。

伊勢と高田の十・二一に出向くことはできない。では日吉文たちの十・二一は？　午後、日吉並木道で全学闘と共同して「総決起集会」をやり、まとまって防衛庁へ突入しに行くと伊勢は言った。ブントのスローガンは「ベトナム革命戦争勝利、安保・NATO粉砕！」を軸として「七〇年安保＝日帝アジア派兵への道、日米反革命軍事同盟粉砕！　世界・一国同時革命の旗の下、沖縄米軍政打倒！　米軍基地撤去！　侵略前線基地化阻止！」であり、日帝の軍事外交路線の「焦点をなす」防衛庁「突入」をめざす、あるいは展望する。言葉の「突入」は実際には警備の機動隊とのあいだで押したり引いたりの「攻防」になるだろう。十・八における新宿のように、日吉文たちと赤ヘルデモに加わり、機動隊が出たら今度は防衛庁の近所の野次馬大衆のかたまりのなかに逃げ込むか。防衛庁近所にできるかもしれぬかたまりは新宿のより小さそうだが。あれこれ考えた末、山本は「空白」を「埋める」のは反対、防衛庁突入は自分にとって「空白」を考え抜き生ききる実行にはならないと結論し、日吉文たちにはどこまでやれるか自信がないが、あとで自分の結論を説明できるように何とか自分の十・二一を経験してみようと思った。

午後にはテレビニュースで、国際反戦デーのこの日、全国四六都道府県五六〇カ所で三〇万名が参加、大学のストライキは三一大学六〇自治会、スト参加学生数六万名。中核、ML、第四インター計一五〇〇名は新宿へ、反帝学評（社青同解放派の学生組織）一〇〇〇名は国会へ、社学同一〇〇〇名は防衛庁へ、革マルとフロント一七〇〇名は麴町方面へ等々と報じた。山本は腰を上げて自分の十・二一に出向くことにしたが、具体的にどこへ何をしに行くかまだ決まっていなかった。とりあえず防衛庁闘争以外のどこか、防衛庁闘争を今日、このようにして回避させた一番元の場所へもどって考えてみるかと思いついたとき、あちこちに揺れていた気持ちにやっと決まりがついた。山手線の車内は普段の午後と変わりなく見え、山本のいで立ちもジャンパー、ジーンズではなくて、ジャケットと灰色ズボン、肩鞄と普通の通学姿だった。暮れかけている空はまだ深い青で、電車は速度をだんだん落としながら高いビル群の底に音たてて吸い込まれていく。五時二十八分、新宿駅着。

東口広場では普段と違う賑わいが続いていた。山本は行き交い出入りする人々にまじって、かれらの大多数と同じく、いまここに用事も約束も全然なくて、ただ空の下でこれから発生するかもしれない出来事のほうにむかって歩きまわった。ニュースや噂は「闘争」を予告していた。それはまだはじまらないが、人々の期待の疼き、待機の昂奮は既にはじまっている。カメラかかえた報道関係だけは用事と約束にしばられているが、かれらも今のところは山本たち同様に、単に待つ姿でうろうろしていた。山本はのんびり歩きながら、十・八の夜、同じ新宿駅東口広場で、あの時は待ってぶらつく側でなく待たせる側にいた自分を思い返した。日比谷から長い地下道を潜って来てやっと地上に顔を出したところまでは順調だったが、あとがわからなくなった十・八の夜を、十・二一の夕方にたどりなおすと、デモ隊の進んだ車道と、野次馬のかたまりがひしめいていた歩道の繋がり具合や、機動隊が東口広場のどのあたりで待ち構えていて、デモの隊列がどの位置で機動隊の警備の尖端と交わったかがぼんやりと見えてくる。山本はしばらく歩き回ったあと、こんどは広場、歩道、車道の繋がり全体を新宿駅ホームの高さを背景にして捉え返そうと考え、広場の少し先にある陸橋の階段をのぼった。夜の路上で体感した十・八のヘルメットデモの記憶が、夕方のやや上空のほうに移動した十・二一のきょうの自分の眼にどう映るか、期待というか好奇心みたいなものが高まった。

見下ろしていると広場を取り巻く「野次馬大衆」の数が刻々と膨れ上がり、いつか十・八に視たかたまりからもはや別のなにか、中核派がしきりに口にする「人民大衆」の連合体へ、じっと歩道にかたまって自分の「居場所」で我慢しあっている集団から、山本が二週間前に見たデモ隊の行く車道との間に走る峡谷みたいな深い線をこえて自由勝手に行き来し、むしろ自分たちの方から諸党派のヘルメットデモを牽引して、闘う個々の活動家たちを支援するというより、かりたてててともに権力の包囲を跳ね返し突破せんとする無数の飛躍を反復してやまぬ大きな生命体に転じつつあった。広場の中央は円く空いていて、中核派たちが到着後集会を開く場所になっている。もちろん垣根などなくて、ヘルメットたちの闘いを人民大衆が包み込み、互いに位置を交換し合い、内・外の革命に出発する起点が、人民大衆の輪が広場の一点に指定した「集会」の会場だった。まだデモ隊は到着せず、広場のどこかで一部が活動をはじめているのかもしれない機動隊の気配もなかった。広場は人々が深く浅く出入りを繰り返しつつ、期待の高まりでこれ以上じっとしていられないように思えた。

七時過ぎ、まっていた人民大衆のあいだから喚声、拍手のどよめきが起こり、「安保、粉砕」のシュプレヒコールが急におおきくなった。三列縦隊の中核派の第一陣二百名が白ヘル、覆面、角材で武装して、山本たちの眼下に姿をあらわしたのであった。学生らはたちまち人民大衆の輪におおきく包み込まれて集会にとりかかり、静まり返った広場でかれらの抱負、かれらの夢を語った。マイクの不調で、声が割れてよくききとれないが、陸橋上の「見る」山本たちも、集会の内に「加わっている」人民大衆たちも一言も発することなく、意味はたどれないが感情だけは伝わってくる若々しいアジテーションに立ち会った。駅舎、線路内への侵入を防ぐために、大看板のあいだに真新しい銀色の鉄板が張りめぐらされており、駅の内側は見えにくいけれども、おおむね電車は普段通りに動き、駅員も乗降客もいまのところまだ普段どおりにしていられる様子だった。集会中に後続の部隊がつぎつぎに到着し、デモ隊と人民大衆と両方が支え合い、競り合うかのようにして眼下の広場をますます広げ、ますます深くしていく。きょうの「米タン阻止」は十・八とは別の闘争になるぞと山本は直感した。

「何だ、こんなところにいるのか」

山本の耳もとで聞き覚えある屈折した声がささやいた。見ると横にプレス国崎のいつもながらの屈折した顔があった。「防衛庁には行かないのか。日吉の集会で伊勢さんが狩野に、山本はどうしたときいていたぞ」など非難がましくいい、山本は薄く笑って横を向いた。国崎はいつものように不自然に大きいカメラを護身用の散弾銃みたいに抱え、きょうはまた腕章というより袋に近い、「プレス」の大きな腕章で右上腕部を包み込んで国際反戦デー取材に意気込みをしめしている。国崎は警備室に出入する顔見知りであるが、同じプレスながら三田新聞の川辺とちがって何か聞くに値する意見を吐くようなこともなくだいたいおとなしくしているので、山本はかれを単に警備室に出入りする新聞クラブの軽い男としか見ていなかった。「軽い」というのはこの国崎にとって、警備室の日吉文を含む米資闘争の全体が新聞クラブの取材対象の一つに過ぎず、それ以上にいわば己の一部ないし多くの部分を投じてかかわっていく意欲などないカメラ男、プレス男だろうという山本の受け止め方を表していたが、山本のそういう軽視が国崎にも伝わってしまってるかもしれぬことに山本は気付いていなかった。それだからこの日、新宿駅東口広場一帯を見渡す陸橋上における奇遇は山本に国崎の人物を見直させ、自分の意外な盲点を反省させたのであった。山本が黙ってしまうと多忙な国崎はせかせかと離れ、デモ隊が到着しつつある広場へむかって階段を駆け下りて行った。山本はとどまって広場の「俯瞰」を続行した。

この日の奇遇は米資闘争における日吉文「オブザーバー」と新左翼学生運動がんばれ「プレス」のすれ違いをあらわしていた。きょうはプレスのほうがカメラかかえて眼前の闘争風景の「内」にあり、対してオブザーバーは「外」で見物人を決め込んでいるから、道徳上はプレスが優位に立つ。国崎はそう確信しているし、山本も陸橋上に二人を並べて比較する限りにおいては国崎の確信が正しいと認めた。しかし日吉文の活動にオブザーバーとして共同することと、日吉文の活動をその中に含んでいる新左翼学生運動の組織・運動にプレスの立場で同伴することとは、本来同じ平面において直に比較論評はできぬ、それでもそうしたいならそのかんにかならず何らかの媒介が必要になる二者ではないか。したがってこの奇遇の「作者」、すなわちこの日この二者を新宿駅東口前広場を見下ろす陸橋上で出合わせて、一方に他方を注目させ非難させた何者かは、ブント伊勢が告白し、告白のなかの十・二一防衛庁闘争の映像とブント突撃隊の実演に圧倒されて「オブザーバー」の自分には十・二一闘争に参加資格が「ない」と考えさせた山本の迷いを訂正しうる何者かでもあり、山本を迷いから覚ますために、陸橋の上で、プレス国崎の十・二一にたいするあくまでプレス的なかかわりとの小さな直接衝突を用意してくれていたともいえよう。「防衛庁には行かないのか」とプレスはオブザーバーの怯懦を難じた。十・二一の現在にたいして、少なくともプレスとして関与している以上、国崎は赤ヘルを脱ぎ捨てて十・二一新宿を上から眺めおろしている山本とちがって、闘いの現在の内にある。陸橋上の山本には目下のところ、この位置が十・二一の現在にたいして俺の「内」なのだと、伊勢たち、日吉文たち、プレスたちに伝わってくれる言葉、行動を見つけ出せていない。山本の現在にたいする国崎らの絶対否定、山本が見下ろす風景のなかの野次馬大衆、人民大衆の絶対否定に自分の言葉、行動の限度をさらけ出して、否定の底から歩きなおそうと願ったその限りで、山本のいまの迷いはまったくただの怯懦という訳でもないのだった。

八時五十分頃、東口広場は集結をおえた中核、ＭＬ、第四インター千五百名と、かれらの集会を半円形に広く深く囲んだ人民大衆の輪で、これまでは微かに見えていたすべての境目、敷居、隙間がほぼ完全に消え去った。駅構内はまだ明るかった。依然として機動隊の姿は見えない。広場も歩道も車道も、過激派学生と人民大衆と、また山本が十・八で助けてもらった野次馬大衆も、互いに入れ替わり交わりあって、絶えず揺れつつ一体になっている。過激派はそうしたいと思っても全然孤立しておらず、事ここにいたって孤立なんかあり得そうもなかった。かりにそうしたかったとしても、機動隊には今や規制に乗り出す隙間がない。権力の出番が、出る幕がなくなったのである。

九時十五分、白ヘル部隊の一部が広場の右側から進み出て、張り巡らされている鉄壁にむかって突入を開始、投石、角材、鉄パイプ等で壁に突入口を切り開こうと企て、広場の喚声や拍手を背に一つ、二つと壁をこじ開けて行く。まだ小さい孔の向こうで、叩きつけた火炎瓶の炎があちらの線路、駅ホーム、動く人影を一瞬隈取り鮮やかに浮かび上がらせた。鉄壁を急調子に叩き続ける音、石が鉄にコンクリート床にあたる硬い音が、東口広場でいまにもあふれ出しそうな人の塊全体が開閉をくりかえす重たい引きずるような音に巻込まれたりはじきかえされたりしている。機動隊はこの風景に入ってこない。鉄壁にいくつか孔が開けられ、何人かのヘルメット学生が線路内に入ったらしいところが見えたが、後に続く者がなくてやがて鉄壁への攻撃は中断、広場での中核らの集会やデモはほぼ完全に野次馬大衆との区別をなくして大きなひとつのかたまりに還り、少し前までは辛うじて細い糸のように一点で広場の秩序を支えていた境界線を消し去った。山本は十・八の新宿の夜、歩道に密集して山本もそのなかにいた赤ヘルデモについてきていた野次馬大衆のかたまりから、不意に赤いハイヒールの女が飛び出して走り、デモの隊列のその先へ、あるいは隊列の中へ跳躍するように見えて、山本は思わず「危ない、止めろ」と叫んだか、叫びかけたかしたのだが、いまになってようやく女がどの位置に向かって跳躍したか、山本はなぜ、危ない、やめろと制止しようとしたか、自分のこととして「わかった」気がした。女はやむに已まれずタイトスカート、ハイヒールという無防備なわが身を顧みずに、反戦平和の赤ヘルデモに飛び入りせんと試みたのであり、山本はハイヒールの華奢な踵をひらめかせて跳んだ彼女の行動を彼女とデモ隊の双方にとって危険だと感じ、やめさせようと身を乗り出したのだと。その直後に催涙弾の斉射、機動隊、ジュラルミンの盾、山本の赤ヘルメット脱ぎ捨て、野次馬たちの「壁」の隙間への逃げ込みと続く。

十時過ぎ、学生側の駅構内侵入はとうにはじまっているにもかかわらず、いっこうに機動隊の動きは見えず、広場のかたまりは動きがさらに重たく緩やかになり、電車は発着をやめてしまった。時間ばかり喰っていつまでも何一つ動かず、山本はもうこんなとめどない待機の風景がいやでたまらなくなった。決心して陸橋の階段をおりて行き、さいしょに目に入った地下入り口に身体をねじるようにして飛び込む。地下道にはさっきまでの時間とは違う時間が流れ、十一時近くなった今も地上の騒動とは別な人々がかなりの数行き来していた。地下鉄はまだ動いているとしらせがあった。改札口めざして急ぎながら、つきまとうのをやめないこの十・二一をどこで振り切れるか、どうしたらうまく自分の場所にたどりつけるか、山本は頭をひねった。

地下鉄駅ホームには制服制帽の駅員が一人、乗客らしき男が三人、それぞれ無関係にぽつんと立っていた。四人とも一様に顔をどこかに忘れてきてしまったように表情がなく変に無言で、天井の照明があたりを黄色く埃っぽく見せていた。これから何か普通でないことが起こりそうな予感、いまのところまだ崖っぷちで踏みとどまっている駅の日常があと少しでバラバラにほどけてしまいそうだといった、はかない無力を自分に感じた。定時にだいぶ遅れて、それでも電車はすべりこんできてくれたので有難かった。山本は乗客たちと一緒に電車に揺られて、一時なくしかけている自分の顔、自分の言葉を取り返しに行こうという心組みであった。

十一時を回った頃、山本は乗り換えでいったん下車した中目黒駅ホーム上で、防衛庁闘争のあと日吉バリストへ還って行く全学闘たち、日吉文たちと一緒になった。がらんとして誰もいないホームの長く延びた先に一つに固まっている十人位の人数が灯りのなかにぼんやりと見え、今日一日山本がすれ違い、離れて過ぎた大半の顔がない人たちとは異なり、これから帰って行く場所が山本のとそんなにちがっていないと感じられた。思わずそちらへ二、三歩踏み出すと、漠然としたかたまりのなかに親しい顔が浮かび上がった。真ん中にひげの濃い中山の顔があり、そのまわりに全学闘の何人か親しくしている顔、日吉文の小田、立石、久地の顔があった。どこかで別れたのか狩野、青木、勝見の顔はない。山本を見返す表情は全員ほぼ同じで無表情に近いが、山本だなと理解した顔である。山本が照れ笑いするとかれらは黙ってカーテンをおろすように眼をそらしたけれども、山本の知人に会えた安堵の気持ちに変わりはなかった。十一時半の中目黒駅は静まり返り、きょう新宿や防衛庁で普通でない出来事が起こったこと、いまこれからも起こりつつあるかもしれないことなんか嘘だったみたいに、新宿駅近くの陸橋上をあとにした日吉文オブザーバー山本と防衛庁闘争帰りの全学闘、日吉文たちとのたまたま落ち合った駅ホームのこの片隅だけが、きょう一日連続したすべての出来事から穏やかに隔離されていた。陸橋上で遭遇したプレス国崎の咎める暗い眼差しと、帰りの駅ホーム上で一緒になった全学闘たち、日吉文たちの無表情、無言の眼差しの交点に、山本のありのままの現在が像を結んでいた。新宿東口広場からも防衛庁周辺からも追い立てを食らった山本の必死に出口を求める苛立たしい餓えは、行き場をなくして自分の閉ざされたこころの底へ還って行くしかないのであり、そうした今の自分が疎ましくてならなかった。山本は彼らと一緒にやっと到着した東横線各停に乗りこんで、並んでつり革につかまって黙って過ごし、途中山本だけ武蔵小杉で降り二十二日午前零時二十分帰宅した。

午前零時まえに全学闘中山以下十数名は日吉駅着、本部である日吉事務局に戻ったが、留守部隊の責任者桧木から、バリケードの日吉記念館側の一部が数か所破壊されているのを見つけたと報告があった。イタズラにしてはやり口に悪意が感じられると桧木は首をかしげ、「明日から、バリの防衛を強化することにしよう」と中山が応じた。

新宿においては二十一時頃より、各派デモ隊が駅の鉄壁と看板を倒して線路内に侵入し、駅舎、ホームにワーッと暴れ込んで「騒乱」状態になっている。過激派学生と「人民大衆」はかけつけた警備の機動隊に投石をくりかえし、駅前の警察車両を横倒しにして放火、南口階段付近にも放火するなど、列車ダイヤを完全にマヒせしめるにいたった。二十二日零時一五分、警察庁は「騒乱罪」適用を指令、七三四名を検挙した。なおこの日全国で行われた集会・デモに関連して計一〇三〇名が検挙されている。

十・二二　山本は終日在宅。新聞、テレビのニュースで、自分が新宿を離れた後の零時過ぎに、東口広場に集まった二万人余といわれる人民大衆が諸党派のそれぞれの方針の党派的限界をのりこえて国際反戦デーの主体となって登場した段階で、十・二一新宿闘争に「騒乱罪」が適用され、現場に残って闘っていた学生たち、野次馬大衆たちの大量逮捕がはじまったとしらされた。中核派学生の間で英雄視されている法大中核派幹部「若葉忠」が騒乱指揮で逮捕されたという写真入りの記事を読んだが、その写真というのが、半ズボン、サンダル履きの「若葉」らしき小太りな男が、夜店の金魚すくいの水槽かなんかに中腰になって面白そうに身を乗り出しているポーズで、とてもじゃないが騒乱の現場における邪な指揮者のスナップだなどとはいえなかった。メーデー事件以来の「騒乱罪」事案という禍々しい報道ぶりと、添付写真における中核派幹部「若葉」の一杯機嫌で裏通りをぶらついてでもいるようなリラックスした雰囲気との変な対照は、昨夜自分も味わった「騒乱罪」直前だった新宿駅周辺の何かホントでない架空の感触を山本に想い起させた。あのあと不意に「飛躍」があり、世界のギアが一回転したのだ。新聞の「騒乱」記事と「指揮」写真は「騒乱」の真実を表現できていないのではないか、昨夜の闘いへの「騒乱罪」適用には無理があるのではないかと山本は考えた。第二に、山本は十・八の集会、ヘルメットデモにくわわり、十・二一には日吉文と全学闘の防衛庁闘争にくわわらず、一人で新宿に出向き、十・八のさいに自分の体感した野次馬大衆のかたまりが十・二一にはどうふるまうか、自分の眼で確かめたいと思った。明日は日吉に行き、防衛庁闘争を経験してきた日吉文たちに、自分の経験した十・二一を正直に伝えてみよう。日吉文、全学闘のみんなは、「オブザーバー」山本の現在を、米資闘争の現在における一つの立場として受け取ってくれるかもしれない。第三。九月にはじまった山本の米資闘争へのかかわり、「日吉文オブザーバー」の立場は、十・八、十・二一をへて一つの区切りを迎えた。日吉文オブザーバーという自己規定はいままでは昨夜の新宿闘争に「騒乱罪」を適用してしまうのと同じくらいに無理があるのではないか。自分の今のこの感じを明日、日吉バリの内側で実地に「点検」してみたい。山本は十月三日の「塾監局占拠」解除の夜以来、ようやく前向きの気持ちを取り戻しかけていた。

三田では三田経済学部学生大会を開催、塾長会見再開にむけて「拒否宣言」要求を改めて確認した。

日吉では昨夜のバリ破壊について協議し、守る会を中心とする反ストグループの「組織的」行動と断定するにはまだ材料が不足していること、反スト感情に促された浮動分子の「憂さ晴らし」ではないかと見、当面はバリ防衛の一般的強化で応じることにした。全学闘は「スト反対」の「守る会」といっても、「話し合いを守る」会と自称する以上、学生大会決議に基づく「日吉無期限ストライキ闘争」にたいして、こうした悪戯を組織的に仕掛けてくるとまで予想してはおらず、その限りで反スト連中の主張と行動をある程度尊重しつつかれらに対していた。全学闘はこの一件を研究室棟の中核派グループに伝えると共に、かれらと共同してバリ内外の夜間パトロール、夜番を分担していくことにした。

午前十一時頃、防衛庁闘争に参加した日吉文小田と立石はいったん自宅へ戻ることにして日吉駅に向かった。防衛庁闘争の疲労と興奮でほとんど一晩中眠れず、二人とも注意力が散漫になっていた。かれらはバリを一歩踏み出したところで「話がある」と呼び止められ、そのまま学ラン男数名に囲まれ車に押し込まれると、日吉の高校裏の通称「蝮谷」で二人それぞれ別の場所に連れ込まれて脅迫のうえ暴行を受けた。学ランたちは「二度とバリケードに出入りするな」と強要し、拒否すると両君の眼球に持参した胡椒をたくさんふりかけ塗りつけ殴打をくりかえして数分後立ち去った。暴行者の人相を把握させぬための香辛料の流用であった。二人はバリに急ぎ取って返し、全学闘の本部である日吉事務局の中山らに、「話し合いを守る会」が白昼公然と「話し合いを守らない会」に名義変更した露骨な事実を怒りをこめて報告した。小田、立石とは別に、日吉文たちと日頃から親しくしていた全学闘の法学部一年佐藤君も、バリケードの日吉記念館側にたまたま独りでいたところを、同様の手口で拉致され脅迫暴行をうけている。事態はこれで疑問の余地がなくなった。

全学闘中山らは守る会一部分子が日吉ストライキ闘争の破壊行動に組織的に踏み切ったこと、昨夜のバリの一部破壊、今日の全学闘、日吉文メンバーに対する個人テロは計画された作戦行動の一部であると断定し、①バリケードの内外に○箇所、三人単位で行動する防衛隊を配置し、②バリ周辺に悪意をもって出没する守る会の一部分子をつかまえ、犯したバリ破壊、個人テロについて自己批判を要求、七・五日吉スト決議の尊重を確約させること。③さまざまな事情、理由から目下バリの外にいる全学闘メンバーに日吉バリストの現況を伝え、日吉スト権防衛に協力を求めること等を決めた。

正午過ぎ、日吉文の狩野、青木両名は、昨夜一泊した勝見宅を出て日吉にもどって、中山から昨夜からの事態の説明をうけ、バリ防衛に加わることを求められ了解した。小田と立石からも話をきき、狩野には一つの感慨があった。九月のはじめからこんにちにいたった警備室の、日吉文われわれの主導による米資問題解決にかかわらんとするすべての学生大衆の交流の場所という、狩野たち日吉文が「かちとった」地位は、きょうの日付をもって全学闘が主導し日吉文が追従する（せざるを得なくなっている）「敵」＝守る会との対決の最前線という行き止まりの壁に転じたのである。

十五時、ヘルメット、覆面、ゲバ棒で「武装」したうえ、防衛隊がバリケードの内外の巡回を開始した。小田、立石、佐藤は日吉の病院で治療をうけたあと、小田と立石は防衛隊に守られて日吉駅から自宅へ帰って行く。

十六時二十分、「早慶戦の看板を製作中」と自分たちの作業について説明した応援指導部数名のうちの二名が巡回中の防衛隊員に捕捉される。バリの一部を破壊中に誰何されて逃げようとしたか、午前中のテロにかかわった分子とみなされたかで、二名は日吉事務局の会議室に連れこまれ、中山をかしらとする全学闘メンバー数名により追及、自己批判要求をつきつけられた。二名は言を左右にして「自己批判」を拒否した。

応指部員二名拉致の報に、守る会側十名余は警備室前に押しかけ、ヘルメット、覆面姿の防衛隊に二名の解放を要求するも、防衛隊は拒否、押し問答がつづく。このかんに日吉駅裏に集まって来た守る会行動分子二十名位が埒のあかぬ交渉に業を煮やして、二人を奪還しよう、これから警備室に殴り込みをかけようという元気のいい話になったが、リーダーの小暮はまあまあと抑える側に回って、騒ぐ必要は全くない、リーダーの自分が出て行って全学闘の中山と「さしで」交渉すれば大丈夫、塾監局占拠をあっさり解除、中山たちを日吉に退散させた俺たちだ、二人をすぐに自由にしてやれるさと豪語した。小暮は駅前の綱島街道に駐車して警備室付近を監視していた守る会メンバーに声をかけ、これから人質を取り返しに行くが、日吉裏の連中との連絡をずっと維持していてくれと指示、街道をゆっくりわたって、警備室前に詰めかけている守る会の仲間たちをかきわけ、敵の防衛隊の一人に「小暮だが守る会の二名のことで相談に来た。代表者に伝えろ」と申し出た。警備室で中山との「さし」の会談に臨み、「男と男の」話し合い裡に、よく頑張っている仲間の両名を敵の不当な監禁から解放してやろうという目算だった。十月四日以降、守る会の行動分子は小暮のリーダーシップの下で日吉バリケードの情況の調査・監視を継続してきていた。全学闘の実力の程度はすでに隣家の裏庭くらいに透けて見えているぞ、もう雑草しか生えてないのはわかっているぞというのが小暮の把握した「日吉ストライキ闘争」の実態であった。

だがしかし、待っていたところに届いた返答は、見るからに物分かりが悪そうなヘルメット、覆面、ゲバ棒で武装などした全学闘の十名であり、はじめから喧嘩腰で「なんの用だ」「用があるなら本部に来ていえ」という調子で取りつく島がない。小暮はしばらく考えて「そうしよう」と応じ、仲間たちが必死に止めるのを振り切り、ヘルメット連中に周りをかこまれ「押送」されるかたちで日吉事務局へ移動した。監禁中の二名はそもそも事実として「個人テロ」なんかにかかわっていない。相手は今や占拠でなく、話し合いの全学闘なんだから、中山との論争に勝てると小暮は秘かに意気込んだ。連中のゲバ棒は田舎の祭礼のお飾りであり、田舎臭いレトリックにすぎぬ。

日吉事務局会議室には大机のまわりに中山をはじめとして全学闘の中心メンバーがぐるりとすわり、さらに十名以上が壁を背にして立っており、小暮が守る会側二名の隣に腰かけると中断していた追及がただちに再開された。挨拶も何もなく、中山らの鋭い語調はもっぱらリーダーである小暮に集中する。……君たちがかりに「実行者」ではなかったとしても、守る会の中心メンバーであり、守る会の一部分子の遺憾な振る舞いには組織としてとるべき責任が発生する。われわれは君たちに組織としての自己批判を求めているが、これまでのところまっとうな弁明がなく、責任者である自覚が君たちの発言に感じられない。くりかえすが、日吉の無期限ストライキ体制は七月五日日吉学生大会の決議に基づいて打ち立てられた「バリスト」であって、こんご学生大会において新たに解除決議がなされるまでのあいだはスト防衛が正義、スト反対は「もう一つの」正義であっても、スト破壊は徹底的に悪。これが「話し合いを守る」立場ということの本義ではないか。自分たちの本来の立場に還れ。還ることができるんだという証を自分の言葉で示せ云々。中山は心をこめて説得したが、小暮たちはバリ破壊、個人テロの事実そのものを「なかった」と否定、自己批判を拒みつづける。同じころ、日吉駅裏で待機していた守る会の行動分子十数名は、もうこれ以上待っていられぬといきりたち、警備室まえに押しかけて「小暮君をかえせ」と猛抗議、実力に訴えんとしたが、あらかじめかれらのやりそうな行動に備えて意思一致していた防衛隊側は逆に、先立ってかれらに攻撃をくわえ、無駄な抵抗を率先して演じるなど守る会側の中心的行動分子と認められる二名をつかまえて日吉事務局へ連行した。全学闘側は小暮たちとあわせてこの五名をバリスト破壊、個人テロの首謀者、あるいは実行者と判断、本格的に追及を開始した。追及の態様は言葉の闘いが主で、胸倉つかんで揺するとか、小突くとか位が「暴力使用」の上限で、おおむね立場を異にする者同士の論争という状態は維持されていた。夜が深くなってゆく。……

十・二三　午前十時、山本は日吉駅着、警備室に入った。防衛庁闘争に参加した日吉文たちに、参加しなかった自分の十・二一見聞をそのまま打ち明けてかれらの意見感想をきくところからはじめようと考えたのだった。説明ではなくて、自分の経験しえた事実だけを注釈抜きで伝えること。声をかけると狩野と青木が顔を上げ、山本を意外そうに見たが、山本はすわってかまわず話し出そうとした。狩野は首を振り、

「昨日大変なことが起こってしまった。僕らは正直これから先どうしようか、行き場がない気持ちでいる。とにかくできるだけ正確に話してみるのできいてほしい」狩野は山本が見たことのない、おおきなショックを受けて身動きできなくなってしまった人の表情をしていた。青木は山本の顔を見ず、歯を食いしばって黙っている。山本は承知して話を聞く態勢をとった。全学闘部隊は十・二一の夜、防衛庁闘争から帰って来て、留守中のバリケード破壊のこと、翌日の日吉文の小田、立石へのテロに直面し、これらが守る会小暮たちによる日吉バリストへの、七・五日吉スト権にたいする組織的攻撃らしいと判断されたこと等を知らされて、翌二十二日、防衛隊をつくってバリ内外の巡回をおこなう一方、この件にかんして守る会の小暮ら数名に自己批判を要求し、二度とこういうことをせぬよう働きかけをつづけたのだという。「……守る会とのやりとりについてここまでのところは、中山さんを中心に、僕ら追及側も、小暮たち追及される側も、自己批判しろ、いやしないのくりかえしだったけれども、僕の見ていた限り、繰り返しの中にすこしづつ、立場を異にする者同士の対立は対立として、互いの立場への一種「人間同士」としての微かな理解みたいなものが生じかける瞬間だって全然ないわけでもなかったんだ。ストと反ストの「高次の」統一とまではいかないし、小暮から立派な自己批判をとる

にはもっともっと時間が必要だが、それにしてももう一度「話し合いを守る」原点に小暮らを立ち返らせるところまでは不可能ではない、こちらの頑張りいかんでやり得たんじゃないかと思うんだ。僕ら日吉文が警備室での活動をとおしてやろうとしていたのは、ほんとはそういう「理解」の確立に向けた「頑張り」でもあったんだから」

そこへいきなり、みんなにはもう少しでと思えたちょうどその時にゴーンと晩鐘が鳴ったみたいに小柳さんが入って来た。片手に赤い大きな消火器をぶらさげていた。普段は事務局の玄関口に置いてあるもので、黒い把手がついている。小柳さんの顔色は透けるように真っ青だった。酒が入っていることは一目でわかった。小暮たち五名は黙って席を立ち室の隅に移動してそこで固まった。

「警備室の日吉文に手を出すなと言ってあったはずだ。言葉だけじゃわからなかったな」小柳さんが消火器を眼の高さに上げ、小暮が「違います。間違いなんです」と早口にいって両手を突き出したとき、消火器の赤いかたまりがカーテンが風に揺れるようにふわっと動いた。会議室のみんなが総立ちになり、中山と狩野が飛んで行って「小柳さん、それはダメだ」と左右から止めにかかったが遅かった。小暮ともう一人が倒れてじっと動かず、顔は血まみれだった。……中山が中心になって応急手当を試みたが二人とも意識がもどらない。中山は桧木と短く話し合ってから、みんなに救急車を呼ぶことにすると告げた。小柳はどこかへ行ってしまっていてもう姿がない。中山は二人に付き添って救急車に乗り込んだ（小暮は全治三週間、応援指導部の一名は全治二週間の重傷と診断された）。

全学闘たちと狩野、青木は、守る会の三名と一緒に中山の帰りを待ってしばらく休憩した。決着はまだついていないと狩野を含めて対立する両当事者が感じていた。小柳の消火器はみんなの気持ちを一層頑なにし、狩野が密かに求めていた互いの立場の違いの「尊重」「理解」をほとんど不可能にした。しかしながらこの時、どうしようもなくこの場に閉じ込められてしまった全学闘と守る会のかれらに、これ以上ましな行動を求めるのは求める方に無理があったろうとも思われる。

「……中山さんが帰って来て小暮らは無事のようだと報告すると、残った三名の追及が再開された。桧木さんが中心になり、一人に対して三人一組で対座して自己批判を求め、拒む相手に殴ることも仕方ない、責任はとってもらうという姿勢で追及をつづけたが、僕は殴れなかった」狩野は辛そうに打ち明けた。「正座して、守る会の何某君の顔を見て、相手の苦痛を感じ、それでも「自己批判はやれません。リンチも破壊もやっていないんだから」と言い張るかれの言葉と表情に真実を感じた。「もう少し話してくれないか」ときいても相手が眼をつぶって「これでいいんです」と首を振った時、中山さんに「僕には殴れません」と断って僕が担当だった何某君の前から離れた。中山さんは僕の選択を了解してくれたと思う」

「俺はヘルメットを深くかぶり、覆面をして、自己批判しろといって一発殴った。かれは少しして自己批判したが、俺が殴ったからでなく、本人が事実を認めて生き方を変える気になれたんだと俺は解釈した」と青木はいう。山本は日吉文狩野、青木両名が、十・二一闘争を介して、自分の手で直接、米資闘争に一挙に決着をつけなければならぬ位置に立たされたことに、そのかれらの苦痛に、すまぬと強く思った。自分がそんなところに立たされたらどうしたか。殴れなかったと思うのだ。が思うだけであり、それ以上ではなかったのが俺の日吉文、俺の関わることのできた米資闘争ということだったのかもしれない。残念だとか情けないとかいうより事実がこうなんだという気持ちだった。途中で桧木が珍しく警備室に顔を出して山本たちとの雑談に加わった。「大変だった」と桧木は言い、それから腕組みをして思い出をたどる眼付になり、「最後まで自己批判しなかった応援指導部のあいつな。ゲバ棒で殴ってもパンチをくれてやっても、平気な顔して黙りとおしたなあ」と心底感心させられたという口吻をもらした。明け方まで独り黙りとおした「あいつ」と二名は、中山の判断で、警備室前でずっと三人を待っていた守る会たちに引き渡され、タクシーで帰宅した（最後まで自己批判を拒否して桧木をおどろかせた何某君は全身打撲で一か月の入院を余儀なくされる）。

正午過ぎに日吉文の小田、立石も警備室に顔を見せた。十・二二夜遅くに中目黒駅ホームで山本と一緒になったあの時と同じで、物静かな落ち着いた様子だったが、やはり眼だけは違った。胡椒を塗りつけられた痕が白目の部分に小さく茶色の傷になって残っている。恐る恐る「眼の具合はどうなの」ときくと二人ははじめて照れくさそうに微笑した。小田はいつもの小田にかえって、自分の身に起こった「珍事」（と小田は表現した）をフンとあしらうように二言三言寸評した。二人は狩野と何か打ち合わせた後、日吉事務局へ行き、狩野と青木も、警備室に山本と大塚を残して、中山さんたちと打ち合わせがあると断って出て行く。大塚は「守る会の小暮たち五人はかならず港北署に被害届を出す。遠くない将来に日吉のガサ入れも考えられる。その対策協議ではないか」と山本におしえた。

小柳さんが警備室まえに差し掛かって足を止め、山本を見て軽くうなずいた。白いとんがり帽子をかぶっているがと不審に思ってよく見ると、頭の倍ほどの高さになるまで白い包帯をグルグルと巻きつけているのであった。小柳さんは酒の気が抜けてる時の穏やかな小声で「帰りに待ち伏せを喰らった。十人位だったか。やられたが、こっちも二、三人倒してやった」と面白そうに眼玉をクルクルと動かし、またうなずいて事務局のほうへ行った。真打ちが登場してこれから全学闘の会議になるんだなと山本は見送った。昨夜下った全学闘、日吉文と守る会たちのあいだの「決着」のかたちによって、米資闘争と日吉ストライキ闘争に、決して双方が望んだものではなかったかもしれなくとも一つの区切りの時が訪れていた。「対策会議」の場で、中山と小柳という全学闘の両輪が闘いの「区切り」をどう表現しようとするか、日吉文の狩野と青木は自分たちの防衛庁闘争参加を米資闘争の「区切り」の現在とどう「結合」していくのか、山本は自分の今後を考える上で知っておきたかった。

一時間後の夜七時頃、帰り支度していたところへ狩野が戻って来て、「中山さんから依頼で」と山本に手伝ってもらえたら有難いのだがという。明日の夜、日吉記念館で法学部教授会主催、授業再開に向けて「学部説明会」が予定されている、むしろ「強行」されようとしているといいたい。それで「説明会」終了後に、守る会分子がバリストに何かしようと計画している疑いがある。明日、日吉バリ防衛の任務にできたら山本にも加わってほしい。今夜みんなに電話して頼むつもりなんだ云々。山本はすぐ了解、そのつもりで来るとうけあった。しかし、了解したしかならず来るつもりだが、明日夜になって、それも「学部説明会」帰りに守る会分子が、復讐心に燃えてバリ攻撃に再起なんかするか？　学生大衆の現在はおおむね米資問題解決を希求しつつ、しかも「授業再開」の未来に向いているのであり、守る会もおそらくその点共通で、昨夜の恨みと明日からの未来を秤にかけたら、明日が重たいのが米資闘争の今ではないか。全学闘の明日への不安は昨夜の恨みに引きずられ過ぎているマイナスの表れではないか。引きずられざるを得ないのは今日のみんなの話でよくわかった。だから明日「防衛」の手伝いには来る。が、どんな守る会だろうと「バリ破壊」行動はもはやあるまいと山本は考え、そのうえで来るのである。

十・二四　午後、三田塾監局会議室にて文、経、法、商、工、医の六学部長が会合し、十月二十八日「授業再開」と決定、あわせて文学部から提案があり、日吉ストライキの解決が全学授業再開の前提であるから、二十八日までに解決がなされなかった場合、授業再開に踏み切るかどうかは各学部の判断に委ねることとした。

夕方六時、山本は日吉事務局に入り、全学闘指導部が法学部学部説明会（七時―九時。日吉記念館）にあわせて計画されているとみなした、日吉バリストに対する「守る会の報復攻撃」に備えて、自分なりに役割を果たそうとした。ところがいざ到着してみると案外にも、一緒に取り組むはずの中山ら全学闘の幹部たち、日吉文たちの顔がないのだ。集まった人数は二十名ほどだった。全学闘メンバーのうちで山本の知った顔は、十・三塾監局占拠解除の夜に、最後まで徹底抗戦を主張して、以後は米資闘争から姿を消していた、山本と話の合う羽島君と、もうひとりだけ、九月はじめの日吉文会議に山本と同じオブザーバーの資格で加わり、不意に「俺は塾監局占拠に賛成だ」などと爆弾発言して事情不案内の山本を驚かせた「事情通」中谷君が来ている。バリ防衛作戦の責任者らしい年長の人物が、内ゲバと占拠闘争を経験している羽島、ゲバルトの経験などない山本、中谷を一組にして小隊とし、他の小隊と分担して事務局のいくつかある出入り口の防衛にあたってくれと指示した。全学闘の本隊十数名はバリの内外に見張りを立てて巡回を開始していた。山本は九月日吉ストライキ闘争に加わって以来はじめてヘルメット、タオルの覆面、自分用の角材を手にして行動することになる。

見渡すと全学闘たちの動きには精気が感じられず、また呼び出されて集まった山本を含めた「篤志」の要員たちというのが、羽島のような全学闘が引き裂かれた十・三以後ずっとバリストの外にいた者や、中谷みたいな一介の「情報通」だったり、ただ見ているこの自分だったりすることから、昨夜全学闘の会議が想定していた「守る会」の「報復」ということは、集まっているこちら側にも、現在の守る会側にもリアルが薄いな、いいかえると日吉バリケードは今日ほとんど自分達に配られた「ゲバ棒」と同じ位フィクションに近いんだなと改めて感じさせられた。徹底抗戦論者羽島君はすっかりかつての固いガードを放擲し去って、このかんのセンチメンタル温泉旅行やら、ついに読破したカムイ伝全巻の感想やらを楽し気に語り、中谷のほうはもっと露骨で、山本に、羽島に、またゲバ棒にたいして大真面目に向かい合うらしく見える何人かの全学闘にたいして、時に憐れむような、嘲るような計算高い「情報通」の眼差しをチラチラ向ける。山本は羽島、中谷両君と雑談しながら、やはりなという安心とそんな自分自身への飽きたらなさとを二つながら覚えた。

説明会終了の九時少しまえ、羽島は雑談をやめ、ヘルメットを深くかぶり直し、覆面をし、角材を手に取った。山本と中谷も羽島にならった。三名の守備位置は事務局正面玄関口に築いた簡単なバリケードの左右である。羽島の指示にしたがって九時ジャスト、三人替り番で玄関バリの四角な孔から一名が並木道方向を見張り、他の二名はゲバ棒抱えて待機して、見張りが異変をキャッチしたら、適切な行動に出る。事務局のなかはずっとつづいていた低い細い話声が急にやんで、事務棟にある複数のドア口、窓口に三人一組の防衛小隊の配置が完了した。九時二十分頃より記念館を出て駅に向かう学生たちの足音、話し声がはじまり、十時過ぎには闇のなかで人の動きは終わっていた。事務局内の待機は十一時三十分で終了、山本は帰り支度をした。中山たち、狩野たちが、日吉バリストへの「報復攻撃」を予想して山本らにバリ防衛への協力を呼び掛けておきながら、自分たちは出てこなかった理由は、出てきた全学闘メンバーの口から何の説明もなく結局よくわからない。一方で「オブザーバー」山本は、この夜の不得要領なバリ防衛参加によって、全学闘、日吉文の米資闘争はこれで一区切り、あとはいわば「残務整理」の毎日になるなと解釈した。米資闘争の期間中、日吉文と山本の思考・行動の拠り所でありつづけた七・五日吉スト権の主体＝学生大衆の現在の声を、山本はずいぶん早まってであるがそのようにきいたのである。

十・二五　午後、警備室の日吉文たち、狩野、青木、勝見、大塚のところに、文学部一年「一般学生」代表二名の二回目の訪問があり、両者間ですでに合意していた「文学部討論集会」開催をめぐって詰めの協議が行われた。男女二名の代表のうち、女子が主に一般学生側の要望を説明し、男子は隣でときどき微笑んだりうなずいたりして、自分が女子の説明に同意していることを表現した。①明日にも、池田先生に会っていただけるか。先生は日吉文自治会の皆さんと会って、今の考えをきいてみたいとおっしゃっている。②討論集会は一般学生の主催で、日吉文の皆さんは集会に参加する一般学生のなかで、一般学生とともに、自治会役員としてでなく文学部一年生である個々の学生として討論にくわわっていただきたいがどうか。九月夏休み明け以降、私たち一般学生には米資問題にかかわって自分の考えを述べたり、討論したりしたくてもその機会がなく場所がなかった。私たちの至らなさであるが、自治会の皆さんの不行き届きの面もあったと思う。文学部討論集会は是非、さまざまに米資問題にかかわらんとしてきた私たち学生が自由に考え、発言できる場にしたい。皆さんの協力をお願いいしたい。

狩野たち日吉文は自分たちで話し合ったあと、日吉文を代表して狩野が回答した。①了解した。僕らのほうも池田先生から、米資問題解決について、先生の考えをうかがいたいと思っていた。七・五日吉学生大会でのスト権確立以降、僕らは「学生大衆」の要求を代表して、不十分な点は多かったとふりかえっていますがともあれここまで頑張ってきました。先生のお話をきき、少しでも問題解決に向かって前進したいと考えます。明日午後四時、日吉文代表者三、四名が先生の研究室にうかがいます。②了解。おっしゃるように、僕らは皆さんの要求を代表せんとしてつとめてきたつもりだけれども、不十分が多々あったと反省しています。討論集会は僕ら日吉文のいたらなさを皆さんの批判のまえに曝して、反省を深め、こんごの活動の規範にしたいと思っています云々。

日吉文と一般学生代表の双方は、討論集会開催の日付を日吉学生大会開催の日付の前日とし、その日午後二時開催、司会は一般学生代表の二名(私たち)、会場は日吉キャンパス中庭、日吉文メンバーはゲスト格であるが、討論の過程で司会者にその必要ありと認められた場合、自治会の皆さんに発言を求めることがある、集会出席の呼びかけ対象は文学部の一年生たち、教員たちで、他学年の学生で参加したい人たちの参加は求めないが妨げもしない等で合意した。

学生代表が帰った後、狩野、青木、勝見、大塚は確認の話し合いを行なったが、そのさい狩野と青木のあいだで若干議論になった。われわれは譲りすぎだったんじゃないかと青木はいうのである。「かれらは俺たちをさらしものにしたいんじゃないか。うまくいってない責任を誰かに押し付けたくて、俺たちが選ばれたんじゃないのか。別に構わないんだが、スト派全体の至らなさへのそれ自体はもっともな不満、批判感情を、俺たち日吉文に集中して、それですっきりする・させるためだけの討論集会だったら、スト反対も賛成もどちらもただ「言ってやったぞ」で終わりじゃないか。不毛な気がするが」

「僕はそれでもいいんだと思っている。僕ら日吉文も全学闘もみんな大いにいたらぬところがあったので、その結果が米資闘争の現状、日吉バリストの現状ではないか。僕は米資闘争の初めのころに自分たちが抱いていた反戦平和の理念、「革命」の理念を、現在の闘いの後退局面においても守りぬき、さらにそれを深め仕上げて行きたい。こんごの闘いに臨んで、僕らはまず米資闘争と日吉バリストの外に結果として追いやられてしまった、山本なんかのいう闘いの「主体」学生大衆のみんなから真直ぐに、われわれの至らなさ批判を突き付けられるべきではないのか。そうしてはじめて、僕らは今ここから出発しなおせるのではないか」

「俺はもともと山本の「学生大衆」とかいう物言いに反発がある。あれは山本が私用に発明した「機械じかけの神」というか、山本の思考と行為の「隠れ場」「避難所」だと俺は斜めから見ることにしている。問題が困難の壁にぶつかると、山本と、山本の学生大衆は、正反、賛否の選択を強いる闘いの現実から逃げをうつ。俺は逃げたいときには逃げるが、賛否、正反いずれでもなく、いずれも選べぬ、自分のなかの決断しえぬためらい、矛盾、混乱をそのまま丸ごと「立場」にして、その立場に頭を下げ、その立場からの「至らぬ奴」批判に黙って我慢するという行き方は嫌なんだ」青木は言った。

「繰り返すがその嫌なことを僕ら日吉文として、あえて引き受けていこうという意見なんだ。バリストの外に僕らの非力ゆえに追いやられてしまったかれらに、すまぬという気持ちを表すことは、逃げじゃなくて再出発の一歩だと思う」

「討論集会のなかで、かれらの個々の発言に、俺の感心できる言葉があったら、黙って頭をさげるさ」青木は笑い、「文学部長先生」との会合は俺はパスするというので、狩野、勝見、大塚の三人で行くことにした。

十・二六　午後四時、日吉文狩野たち三名は三田に出向いて池田文学部長の研究室を訪れた。「君たち案外元気そうだな」池田先生は狩野らをねぎらい、討論集会のことはY君らに大体のところはきいているが、君らから集会に臨む君らの立場をじかに聞いてみたいと言った。狩野が代表して「昨日Yさんらが示した案で了解しました、主催は一般学生、集会の主題は、文学部学生の立場で、米資問題解決に向けて、各自の考えを示しあおうということですが、九月以降、米資問題解決をめざすプロセスの外へ結果として「追いやられた」多くの物を考える学生たちから、日吉文自治会の僕らの至らなかった点が問われる集会になるだろうと考えています。僕らは問われることによって考え、自分たちの立場を点検しなおして、これからの活動に臨みたいと願います」と意欲を語った。先生は了解して「難しいこともありそうだが宜しく頼む。我々教員も問題解決にかかわって学生諸君それぞれの奮闘努力に援助を惜しまぬつもりでいる」と応じ、あとは雑談になった。

十・二七　全学闘幹部小柳宏（法二）は身元保証人である伯父（某新聞の主筆をつとめた著名なジャーナリスト）の説得により、この日弁護士に付き添われて港北署に出頭、十月二十二日に無期限スト中の日吉キャンパス内で発生した「リンチ事件」への自身の関与の供述をはじめた。

十・二八　慶大各学部のうち、法、医、工の三学部がそれぞれに「授業再開」に踏み切った。すなわち法学部＝一、二年の授業再開。日吉記念館「スタンド」において、八時四十分より一時限、一年八クラス（語学）、二年「刑法各論」など五講座に六百人が出席し、二限以後は早慶戦のため打ち切りとなった。医学部進学課程＝一、二年は十三時より信濃町北里記念館において「授業再開」の説明会。二十九日から四谷で授業再開。工学部＝十月二十九日、日吉キャンパスにおいて説明会。三十日、「自主講座」のかたちで授業再開とする。なお文、経、商三学部は、十・二八「授業再開」申し合わせにたいして、それぞれ独自に、米資問題解決志向が先であり、授業再開志向は次にくるとみなして「批判的」対応をしめした。

十・二九　塾当局と全塾自治会は協議のうえ、十一月二日午前十時より日吉記念館前広場において「日吉学生大会」を開催することで合意した。塾長はこれを受けてやっと、七・一付「辞退声明」を恩着せがましく白紙撤回した。大会の主催者は日吉自治会である。大会の争点は日吉におけるストの継続か解除かではなくて、むしろこのストの「解除」を前提として、日吉無期限ストにどのような内容の「期限」を創り上げるかであって、闘いの過去ではなく、今後を問うことが真の主題である。米資闘争の当事者たちは二日、大会においてどういう「今後」を選択するか。

十・三〇　山本は午後、日吉ストライキ闘争の現状が知りたい見たい一心で、しばらく足が遠のいていた日吉へ出向き、警備室に顔を出した。正面立て看板に「十一・二　日吉学生大会へ」と大書されている。終わりの日付が決まったなとだけ考え、山本の関心は大会にどうかかわるかよりは多く大会後、スト解除後の日吉文、全学闘たちのほうに飛んでゆく。山本にとって大会はすでに始まる前から他人事であり、「わかりきっている」その結果をふまえて、こんご自分が日吉文たちとどう共同していくかにもっぱら気持ちが向くのであった。学生大衆の立場はこんごも堅持したいが、だからといってこんごも「日吉文オブザーバーで行く」というのはさすがにもう自分で白々しくてたまらなかった。十・八、十・二一を学生大衆風、オブザーバー風に経たいま、新左翼政治の権力志向の一面に依然反発があり、私の出入り自由を確保していたいが、党派政治批判の思考・行動が外側からの一方向の言葉、行為にとどまっている限り、党派政治の否定面は自動的に延命し、私の確保したい自由は権力止揚の否定力を枯れさせてしまうと考えるにいたった。伊勢のブント党派政治に、その内側で「批判的に」かかわってみること。日吉文たちと一緒に。山本は自分のこんごをそんなふうに思い描くようになっていた。

警備室で狩野、勝見、大塚と一週間ぶりに、再会という感じで一緒になった。かれらは小柳さんを話題にして、「自首して出たらしい。中山さんたちが説得したらしいが、これが俺のけじめだ、みんなにはすまないがと頭を下げて行ってしまった。すまないっていわれてもねえ」勝見は嘆声を発した。全学闘にたいして追及がはじまっており、中山さん桧木さんたちは「もぐった」。日吉学生大会には全学闘の議案書は出し、中山さんの代わりに二十二日の件の外にいた某氏が全学闘の米資闘争総括を語るらしいが、むずかしいところだ。残念だ。

「日吉文は議案書を出すのか」山本がきくと、狩野は「出すとすれば、二十二日の件に自分たちの態度をはっきりさせなくてはならないし、日吉文として意思一致する機会はまだとても得られない。こんご全学闘の議案書その他をたたき台にして、伊勢さんが用意してるらしい総括文などに学びながら、日吉文としての総括をまとめて行きたい」と語り、「十一月一日に、日吉学生大会の前日だが、文学部の討論集会が予定されているんだ。午後二時から日吉の中庭に文学部一年生のなるべく多数が集まって討論する。主催は一般学生で、日吉文学部自治会の僕らはあくまでゲスト、それも歓迎されるばかりとは限らない、問題を抱えているゲストという位置づけだ。一般学生の討論、批判に自分たちのこれまでの考え、行動を一般学生の批判に正直にさらすことは、ぼくらの米資闘争総括の出発点になるかもしれないと僕は考えている。山本も参加して大いに批判されたり反論したりしてよ」。

「そういう主旨だったら俺も喜んで参加したい。やっと俺たちが担ったバリストの「出入り」チェックの真意を広く語りかけることのできる機会が最後になってめぐってきたんだと思うよ。かれらこそ、僕らこそ、つまり七・五日吉学生大会に結集してスト権確立にいたった学生大衆こそ米資闘争の主体であったので、だいたい自治会とか党派とかは主体に仕える道具であって、そこを逆様に考えてしまったところに困ったさまざまな問題を生じさせた根本因がある。問われたら、そこを語ろう」山本が張り切ると狩野らもうなずいて笑った。

伊勢が顔を出し、山本がいるのを見て「来たか」という眼をした。何か話があるかなと山本は心で準備したが、話は十・二一のことではなく小柳さんのことだった。伊勢は座らずに、首をかしげて「小柳って人はいろいろあるんだなとわかった。小柳氏の決して少なくない警察沙汰はおおむね酒の上の暴力行為とか無銭飲食の類で、公安関係はないんだな。これから先、どこまでふんばってくれるかな」と呟くようにいった。中山、桧木らには、ブントの救対がバックアップする体制をつくったともいい、せわし気に出て行く。狩野らと山本は言葉がなく、あとはそれぞれ自分の思いにかえった。山本は小柳さんの消火器、白い包帯の山高帽子、後悔、自首、そして警察にたくさん残されているらしい前歴記録類等すべては小柳さんの人生の一面であり、そういう小柳さんが全力ふるって全学闘、日吉文の闘いを守ろうと頑張ってくれた姿が、われわれの米軍資金導入拒否闘争の一面でもあるんだと改めて思った。伊勢のブントだって、かつても今も結構小柳さんの酒の乱、意地と度胸の献身に助けられているじゃないかと言ってやりたいところだった。

十・三一　正午直前、共同通信が「米国、北爆停止を日本に事前通告」と大ニュースを流す。「政府筋が三十一日午前明らかにしたところによると米政府は日本政府にたいし、同日午前、非公式に北爆停止発表の事前通告を行った模様である。同筋は外務省からの報告として『すべてセットしおえたので北爆停止の発表は数時間後、もしくは長時間かからぬうちに行われよう。このため、ジョンソン大統領は発表演説を録音中だときいている。日本政府に対して、非公式通告とまでいかなくてもそのサインは伝えられた』」と。翌六九年一月、ニクソン新大統領は就任にあたって「ベトナム和平」の実現を公約し、ベトナム戦争「収拾」に向かって全世界的なプロセスが動き出す。

十八　日吉無期限スト解除

十一・一　午後二時より日吉キャンパス中庭で文学部討論集会。よく晴れた寒い日で、見たところ二百名位の学生が集まっては来ていた。がこれを「集会」というには肝心なもの、何のために集まり、何が討論で解決すべき問題なのか、集まったかなりの人数の学生たちのあいだに課題の共有がなくて、集まりはしたけれども、集まった諸個人がほとんど全員一人ぼっちで立たされている、言いたいことをそれぞれ持っていながらそれを表現しうる共通の言葉を持てずに途方に暮れているように見えた。米資問題について、米資闘争の現在について、一般学生が物を言いたい。なかんずく自治会や諸党派や「篤志」の者しかいなくなった現状の「バリスト」闘争のおかしさ、珍妙さにこれは違うんだとはっきりさせたいという。それはわかった。では主催者であるところの一般学生代表と一般学生たちは、それを集会でどう表現していくか。願いは共通らしいのに、この集会で願いをどう表現していくかの必要な段取りが集会の中の誰にもわかっていない、むしろわかっていてもそれを断じて実行せんとする意志、気力がかれらの「代表」を含めて誰にも当面なさそうに見える。会場の中庭にたどりついた山本が、しばらくして振り返ってみた、いつまでもはじまってくれない雑然とした集会の第一印象であった。

学生食堂側に司会者らしき男女ふたりが何となく立っており、集まった学生たちにハンドマイクで何か指示しているが、集会を後方から眺めている山本にはよく聞きとれない。身を乗り出したとき、「よう」とすぐ隣で声がした。青木が腕組みをし、学生たちのとまどったような頭、背姿に視線を向けて「結構集まって来たじゃないか。連中どんな具合に幕を開けて見せるのかな。マイクの使い方が下手だ」と批評した。会場の左側の学生らから少し離れたところに狩野、勝見、大塚、名前は知らぬが顔見知りの大塚の級友四名がおとなしく開会を待っている。俺たちもあっちへ行こうと青木がいい、山本はやっと知り合いの顔を見つけた安心でさっきまでの苛立ちから落ち着きをとりもどした。

「なかなかはじまってくれないなあ」山本が段取りはどうなってるのと狩野にいうと、「かれらのやりかたでやるとしかきいていない。待とう」と言って黙った。

山本と青木はもう少し前のほうに移って、催促するというのではないけれども、代表者らの様子がもっとよく見える位置で立ち止まった。山本と青木はこれまでの観察や自分の感情に照らして、われわれもかれらも今ここで居心地が悪いと感じているという見方で一致した。かれらにもわれわれにも自分ながら愉快でない抑圧があった。今ここに集まっている全員が変に無理しあっているのだ。自分たちがじっさいにはよく理解できていない「集会」に仕方なく組み込まれて、一般学生とか自治会とかの「役割」を演じさせられるらしい成り行きに「抑圧」を感じ、不満であり不自由であり、しかしみんなで我慢しあっている、そういう集会なんだ。山本は、そしてみんなだってこうした抑圧は嫌いだったはずなんだ。こんなものは我慢しなくていいんじゃないか。なまじっか我慢しあってぶつかった壁がせっかくの討論集会のこんな馬鹿らしい我慢比べ化ではないのか。ここまでが「一般学生」、ここからが「自治会」といった、我々以外の誰かが決めた役割をまずうたがうところから、各人の自由の自己展開としての「討論集会」がはじまるのではないか。山本と青木は、自治会の位置、一般学生の位置を入れ替え、移し替え、勝手に出入りできるとりあえずの位置にして、固定した「役割」からわれわれみんなを解き放ち楽になるべきで、「討論集会」はそこではじめて生産的に動き出すことができるんだと確認しあい、自分のなかの「したいようにしたい」衝動を集会の中でなるべく抑えないようにしようと考えた。われわれはここにいるみんなと「結合」したいんだ。おちょぼ口して遠慮し合うんじゃなくて。

「おい、そこの自治会ふたり。そんなところに自分たちだけで固まってるなよ」と鋭い声が響き渡った。談笑していた山本は思わず声のしたほうへ振り返った。誰の目、誰の耳にもあきらかに山本らを糾弾する声であり、自分がそんな糾弾、そんな奇襲を喰らったことに納得がいかなかった。学生たちのあいだに短い髪，髭、細長い青白い、しかし精悍な顔で、お前を許さないぞという眼付きの学生が、真直ぐに山本一人を標的にしてにらみつけていた。まわりの学生たちも短髪・髭男ほどに鋭くないものの、やはり非難がましい視線を向けてくる。山本は「われわれに何か問題が？」と青木にただしたが、彼氏はそっぽを向いて俺一個の問題じゃないねという態度をとった。

勝見が寄って来て「こっちへ来た方がいいよ」という。青木と一緒についていくと、たしかに狩野たち日吉文は「固まっている」のではなくて、一般学生主催の討論集会のかたわらに数名がそれぞれに独り独りであくまで「学生大衆」のひとりとして佇んでいるかたちだった。

「何だあの角刈り髭学生は。俺たちの何が気に食わない。俺たちはただ立ち話していただけじゃないか」山本が愚痴ると、勝見は「あの人は僕らのクラス担任なんだよ。一般学生じゃなくてね、見かけは若いが一般教員の一人だ」と笑った。仏文助手の永井旦さん（二三五）で、狩野や勝見から雑談で噂をきいたおぼえがあり、学生側から見て「話の分かる」教員の一人とされている名前だった。「見るからに悪そうな自治会男がふたり、一般学生たちに無言の圧力をかけて見張っているので、ひ弱な一般学生が怯んで集会を始められないんだと先生は善意で解釈したんだろう。誤解だけれど、まあ仕方ないか」と勝見はおもしろがった。

「俺たちは一般学生とともにこの討論集会にくわわり、この集会のめざすところを守ろうと考えているわけだよ」

「それが集会の主役たちのほうからは逆さに見えるんだ。僕らに理解のある先生の眼にすら。誤解なんだけれど、この誤解には理由もあると思うよ」勝見がいう。

「そういうことらしいぞ山本」青木はさばさばした調子で意見をいった。「かれらには山本を悪い自治会野郎めと事実に反して決めつけてしまう理由がある。山本や俺にも、そんなふうに決めつけられて反発したくなる理由がある。俺だって山本同様、この一般学生集会のうっとおしい雰囲気は嫌いだ。かれらの集会がこんなにもうじうじとうっとおしく見える理由をこれからじっくり見て行こう。山本は腑に落ちないらしいので言っておくが、集会の主催者は山本を集会中ずっと誤解し続けるかもしれない一般学生たちであって、日吉文としてはそういう集会であることをおおむね了解したうえでこうして参加することにしたのさ。狩野にいわせれば自分たちのこれまでの活動の総括として参加するというかかわりだ。俺は少し違うが」

山本は青木と会場の後方に移動して、大いにありうるかもしれぬ誤解を避けながら謹んで討論集会の成り行きにつきあうことにした。狩野、勝見、大塚たちはそれぞれ固まることなく集会にかかわっていく姿勢をしめした。日吉文と山本たちのまえには、バリ出入り口でずっと、警備室のかれらがこのかん「チェック」しつづけてきた学生大衆たちがようやく主体に転じて集まってきており、こんどは自分たちの立場で日吉文と山本たちの米資闘争の日々を厳しく「チェック」しかえすことになるのであった。

司会者が発言し、やっとこさ集会が動き出す。山本らが感じている「抑圧」は依然学生大衆を支配していて、それを山本は単に突破すべしと意気込むだけでなくて、どっちを向いても身動きとれぬこの逼塞感のなかに山本を含むおおくの学生大衆が体験した米資闘争の特殊な一面が思いもよらなかった「事故」みたいに露呈してしまっているとも思えた。山本も青木も、討論の自由を妨げるこんなうざい空気を払いのけたいが、一方でしかしやれずにいる自分らの無力において、いまここでせっかく集まっても茫然と立ちつくすしかない多くの一般学生たちと結果として「結合」できているともいえるのだ。これは山本らと学生大衆とが共有する再出発の手がかり、足がかりになるのではないか。……

最初の発言者は張り切って自治会批判に取り掛かったが、途中からやはり集会の学生たちの無言、無反応の壁に撞着して勢いをなくしていく。「僕は七月五日の学生大会でスト賛成に一票投じました。夏休みになってからは同盟登校にくわわり、集会にも参加して自分なりに米資問題解決の方向へ前進して行きたいと考えてきました。その期待、希望に、全学闘も日吉文もこたえようとしなかったとは言わないが、こたえようとする努力に不足があったと思う。「辞退声明」では足りない、「拒否宣言」でなければだめという主張に異議はない。が当局が拒否宣言出すまではストをつづける、ようするにただつづけるんだという「闘い」は、自治会の努力工夫が不足で、僕ら一般学生をストライキ闘争を共に支えていくのでなく、ストライキ闘争の外へ、仕方なく出て行かせる、事実上闘争の放棄を推し進める「ストライキ」になったと今振り返って思うんだ。拒否宣言をただ無期限に待っていましょうが七・五スト決議の精神だったんですか。岸壁の母ですか。とんでもないよ、寝て待つ引きこもり息子じゃないですか。バリケードのなかでうまいもん食って、熟睡して口あけて待っている。九月に降ってわいた全学闘の「塾監局占拠」を見ると、あれも塾監局に立てこもって、単に無期限に当局が拒否宣言出す日を寝て待ちましょうという「占拠闘争」でした。日吉文の皆さんは警備室で頑張って、日吉スト決議を防衛してきたという。果報を寝て待ったんですか。それとも起きて、何事かを、外に追いやられた一般学生の多数に届くような言葉、行動を工夫したのですか。拒否宣言は待っていればいつかは降ってくる、恵みの雨のようにしか、全学闘も日吉文も考えていなかったように思った僕は、間違っていますか。僕自身も結局、ストライキ闘争の外で待っているだけの生活でしたから、その点自治会の皆さんと同罪ですが、来るはずのない拒否宣言を待つのはもうやめています。「こんな」無内容なストがなくなる日、待つだけの人生が自分の力で起き出す生活に置き換わる日を、待つのでなく自分たちでつくりあげたいと思っています。そこの偉そうなお兄さん、皆さんはご苦労様、今日からは一般学生の「ために」頑張ってくれなくていいんですよ」かれが最後に、自治会批判を「もういいよ」と放り出した時、パチパチといくつか拍手があった。

別の発言者はニヒルな多数派とはちがって、当局と「話し合いを守る会」には、米資問題解決をスト解除にすりかえて、ただストの無い、塾長が適当に給料もらって威張っていられる大学に先祖帰りしたいと思っているだけだ、そうさせない精神が米資闘争の魂だと喝破して山本を喜ばせたが、それ以外は全学闘や日吉文の「至らぬ」点を列挙して今日の事態を招いた闘う側の責任の大きさを指摘した。「……九月初めのころから日吉文自治会はスト中のキャンパスへの教員・学生の出入りをチェックした。僕らは驚いたが、七・五スト決議の防衛努力の一環であり、ご協力願うという説明に一応納得はして今日にいたった。しかし一応なんだ。チェックする側が主体で、される側はそれがどんなに学生大衆にたいして腰低くなされるチェックであろうと、相手の作った基準に従わされる客体なので、「学生証の提示をお願いします」と腰低く、強権的にでなく頼まれて、ハイと学生証を提示して入っていくとき、君が米資闘争と日吉ストライキの主体ですと君たちから何べん保証されようと、主体はあくまで自分たちが作った（学生大衆の立場で作ったと君たちは言うが、「学生大衆の立場」も君たちが作った思想だから、つまり君たちが作ったんだ）基準で僕ら実際の学生大衆個々を「チェック」する君たちで、基準を押し付けられて従う僕らは家臣というか従者というか、その種の客体であって、僕らはそれこそ主体として米資問題解決にかかわりたいからバリストに通い、問題解決に寄与しようと頑張れば頑張るほど、チェックされる客体そのものと化して行き、ふと気づいたら、僕らはそんなつもりはないのに米資問題と日吉ストライキの「外」においてしか自分自身の主人になれなくなっている。全学闘や日吉文の皆さんも同様、学生大衆のためと思いつめたあげく、主体の筈の学生大衆の姿が消えてしまったストライキ闘争を断固防衛するぞと息巻いている。滑稽だと思いませんか。立ち止まって内省してください。第二に「学生大衆」を代表して日吉スト決議を防衛すると公言している集団は日吉文であり、また全学闘だ。両者は一体ですか、それとも似た者同士であっても別人格ですか。君たちは七月五日の学生大会決議に基づいて、スト防衛のために学生・教員の出入りチェックを担った。「学生大衆を代表して」と。事実はどうだったかを別にすれば、言葉でいうだけなら言ってもいいかもしれない。しかし、夏休み明け直前に、いきなり「塾監局占拠」を企ててひと月余り立てこもりをつづけた全学闘は、学生大衆を代表して占拠したと言ってはいけないのではないか。言うだけならいいとさえ言えないのではないか。かれらは十月になって占拠を解除して日吉にもどってきて、今は日吉文とともにスト防衛にかかわっている。この「ともに」はどういう「ともに」なのか。「学生大衆を代表して」と言えない占拠闘争に撃って出て、あとで解除して日吉にもどってきた全学闘と、日吉文はどこまでが一味で、どこからが一味でなくなったのか、僕にはわからない。学生大衆の要求を自分たちの要求にしたいという君たちの言葉が本気であるなら、全学闘と君たちとのあいだの差異と共通点を、少なくとも自分自身に対してハッキリさせるべきだ。そこを曖昧にし続ける限り、君たちの触れ回る「学生大衆の立場」は今ここに集まっている学生大衆とは別なものだと僕は決めてかかります」

そのあと何人か発言がつづいたが、概して「自治会連中」への感情的な反発の吐露にとどまってなかなか集会の「ニヒル」と「抑圧」のムードを揺り動かすには未だしだった。司会者がではそろそろといった表情になりかけたとき、「私も発言したい」と声が上がった。一瞬集会全体が凍りつき、追い詰められて他にしようがなくなったというような、断固として発せられたひとりの女子学生の呼び声であった。

真っ白な顔、濃く引いた口紅の赤、烈しく思いつめている眼、緑色のコートの彼女がいきなり話し出した。「私は今ここでおこなわれていることすべてに反対です。この私を含めて、この場にいる人たち、飛び交った言葉たち、みんな嘘です。ほんとの自分として立っている人は誰もいません」彼女は舞台で見得を切る役者みたいに見えた。が、集会全体を領していたどうせ言うだけだ、いくら言ってても事は決まってるんだといった投げた雰囲気は急速に失せ、張りつめた否認、重苦しい自衛の無言にとってかわった。彼女は一つ深呼吸して、こんどはつとめてゆっくりと話した。「塾長先生は「辞退声明」を出して米資問題をなかったことにしようとしました。事実はあったのであり、消すことはできないのに、できるかのようにご自分を、学生たちを欺こうとしました。私は先生方に、事実を無視する人たちでなく、気に食わない事実を消そうとする人たちでなく、学生とともに事実に直面し、問題解決に向かってつとめて下さる人でいてほしいと願っています。では私は？　先生にお願いするこの私、私たちのほうは？　無期限に続くこのストライキ闘争、私たちが共有しているどうにもならないこの事実に対して？　自治会の人たちが演説したり集会したりして反対反対とくりかえしながら、辞退声明の紙切れ一枚で逃走中の塾長をちっとも捕まえられない、縛れずにボヤボヤといたずらに現在にいたっているこの事実は？　そしてそういうまるでなれ合いみたいな総事実無視状態に、何一つ実のある批判を示すことが出来ず、ただ自分たち以外の誰か、塾長とか、自治会とかの無力、失策をせせら笑ってるだけの私たちという事実は？　皆さん、あなたがたはいまここで何をしてきたんですか、なにをしたいんですか？　自治会の人たち、一般学生とかの人たち、私もそういう人たちの一人ということになりますか？　夏休みからずっと、九月からもずっと、私はほとんど誰にも会わずに自分のへやに閉じこもり、米資闘争や日吉のストライキのずっと外側で、誰かいけない人に強制されたのではなくて自分で勝手に暮らしてきました。それが今日、学校の中庭で、しゃべりたければしゃべる機会があるときいて何日かぶりに出てきました。皆さんは私とおなじですか、違うのですか？　きょう何かしゃべったり、人を批判したりしている私たちというのは何なのですか？　私はこういう自分が嫌でたまらず、こんな私をかき消してしまいたくて、かき消すことができそうな言葉や行動を探しに、学生証出してバリケードの内側に入って、うろつきまわったこともあります。自治会の皆さん、過激派の一味だといわれている皆さん、それから私と同じように一般学生といわれている皆さん、それから私たちにいい授業をしてくださったり、つまらない授業をしてくださったりしている先生方、皆さんは何故、そんな風に、今そうであるような自分でいられるのですか？　米資導入拒否宣言なんてもうどうでもいいのですか？　こんな現在の、こんな私たちで構わないのですか？　七月五日のスト決議がこんなストライキ、こんな闘争になってしまった、してしまった悪者は誰ですか？　自治会ですか、一般学生ですか、「辞退声明」の塾長ですか？　私はきょう集会で発言されたすべての言葉に、そのなかには私の言葉も入っていますが、そのすべてに反対します。反対なんです。その不断の反対が私の中で唯一、自分のじっとしていられる場所なので、堪忍願います。この場所で私はもっともっと、考え続けて行こうと思っています」

彼女は不意に話すのをやめ、うつむいて集会の人の列のなかに姿を消した。集会の一般学生たち、自治会たち、話の分かる先生たちは、ひ弱な一女子学生の闇雲な全否定の声に、とりわけ彼女の自己否定の烈しさに、その傷口の生々しい赤さ、醜さを直に突き付けられたとでもいうように顔をそむけたのであり、そういう自分にまた恥ずかしさを感じさせられもした。すくなくとも彼女は、集会のなかの多くの者が密かに要求していたものをもたらすことはした。力いっぱい体当たりして、自分たちを萎縮させている「自己抑圧」の壁に風穴を開けたのである。

青木は山本をかえりみて「いいじゃないか。彼女をオルグしようぜ」と眼が覚めたみたいに声を弾ませた。山本は彼女の話の途中から、話の中身よりも、その顔にだんだん懐かしさが感じられてきたので、何だろうと考え、集会のあとしばらくしてやっとあああの時のと思い当たった。四月のはじめ、もう遠い昔に思える入学式の前後に、クラブ説明会のペンクラブの部室で一緒になった、真っ白な顔の女子学生が今日の彼女だったのである。あの日の彼女もきょうと同じ思いつめたような眼をしていた記憶がある。あの四月の思いつめる眼の人が、今日米資闘争の最後の時に正しいことをやってのけた、日吉文たちと一般学生を前向きにさせ、立ち上らせようと願って闘ってくれたと山本は秘かに思った。狩野は笑顔で「この集会は成功だった。文学部の仲間は有難い」と喜び、勝見も山本をつかまえて「おい、悪い自治会の人」とからかい、最後の何でも反対女子はみんなに活を入れてくれたなあと明るくいった。

なお文学部教授会は全塾生に向けて十一月一日付で以下の内容の文書を掲示している。すなわち、十月十二日「塾長会見」の閉会直後に発生した、守る会一部分子による全塾自治会メンバーにたいする暴力的攻撃を批判、またそれ以後のキャンパスでの集会にたいする暴力的介入を批判した。そのうえで、十一月二日に予定されている日吉学生大会にあたっては、一部学生によるこの種の暴力を共同して排除して、話し合い、討論に徹して問題解決をめざしてほしいと要望する。云々。

十一・二　一〇：〇〇より、日吉記念館前広場において日吉自治会主催「日吉学生大会」が開催された。快晴の秋天の下、学生六千人が集結し、米資闘争の現在の課題をめぐって諸集団・諸個人が意見をかわしあい、とりわけ日吉無期限ストライキ闘争の評価に議論を集中して、大会決議の筋の通った獲得をめざしたのであった。大会に提出されている各派、各団体の「議案書」は以下の四通である。①日吉自治会執行部＝スト態勢解除。しかしながら一方、米資「拒否宣言」を塾長団交によってかちとるべく闘争を継続する。②ストを回避し話し合いを守る会＝自治会執行部のまちがった「闘争指導」に自己批判を課し、その上でストを解除する。こんご諸問題の解決にあたって、自治会執行部に「学生の声」を正しく十分に反映・考慮させるため、自治会規約の改正を行うこと。③日吉闘争委員会＝拒否宣言獲得の日まで無期限バリストをもって闘いを継続する。④医学部学友会＝ストをさらに三、四日間延長して、そのかんに塾長会見を開催、拒否宣言を勝ち取った上であらためて日吉学生大会を開催、ストを解除する。以上。

　四案に若干の註を加えると、①は全塾自治会執行部とともに、学生側を代表して、米資問題解決を争点として塾当局と対峙、あるいは対論してきた（日吉スト決議、全塾学生大会開催、塾長会見開催等）フロント系の自治会活動家たちの方針案である。学生間に占める影響力は現在も大きい。②九月以降、反占拠、反ストキャンペーンを担い続けて今日にいたった「良識派」学生の集団である。十月三日の「塾監局占拠」解除のさいに先頭に立って力を発揮し、さらに余勢を駆って一部メンバーが日吉ストに対して「先制的」攻撃をしかけたものの、こちらは勇み足に終わった。かれらはこの大会で自治会グループに公に自己批判させて自分たちの運動を締めくくりたいと考えた。③全学闘（全学闘争委員会）内の旧マル戦派グループが十一・二日日吉学生大会に向けて「議案書」を準備する過程で、自身の現在の立場を、もはや全学闘とはいえず、事実上は「日吉闘」と名乗るのが正確で謙虚でもあると考えて、議案書の提起者を日吉闘争委員会としたものである。そもそも八・三一内ゲバにより全学闘はマル戦一派だけの「全学」闘と化し、塾監局占拠解除後は日吉に戻り、日吉文とともに日吉スト権の防衛を主務としてきたのだから、そういうかれらの現在のあるがままの姿としての議案書だということ。④日吉の医学部進学課程一、二年生の自治会で、執行部が慶應反戦会議（中核派）の指導下にある。総じてこの四案から明らかに、大会の争点は単にスト解除か継続かではないのであり、ストを解除するとして、それがいかなる方向にむかっての解除か、米資問題解決＝拒否宣言獲得を目指すとりあえずの、しかしあくまでこんごの闘いの飛躍を展望する解除か、米資問題「解消」の大学、現塾当局にとって嬉しい大学、ただ「正常化」されているにすぎぬ大学をめざす解除かを、大会の主体は四案に具体的に即して考えて決定しなければならぬのであった。

山本は十時半過ぎに会場に到着したが、見渡して日吉文や全学闘の知った顔が見えない。中山とか桧木とか、十月二十二日夜にあった守る会に対する自己批判要求にかかわった幹部たちが出たくても出てこられない事情はだいたいわかるし、しかたなかろう。しかし日吉文の狩野、青木らも来ていないというのは不可解で、違うんじゃないかと思った。彼ら二人は二十二日の「暴力的」自己批判要求に「かかわらされた」のであって、発生した暴力行為の責は日吉文としても一個人としても、狩野と青木のあいだに一発殴ったか殴らなかったかの違いはあるにせよ、そのまえになされた守る会による日吉バリスト攻撃＝個人テロの加害者の側にまずもってあるので、何も今日の学生大会参加を、警察の追及を想定して回避する理由など基本的にない筈だ。どうせスト解除と結果が決まっている大会（と山本も一面的にきめてかかっていた）であったとしても、日吉スト権をとにかく「防衛」しようと一年坊主なりに頑張って来た集団としては、大会欠席ないし無視というのはおかしくないか。

勝見が声をかけてきて「こっちこっち」というのについていくと、会場の議長団席に向かって一番左側の隅で二、三人男たちが芝生に座っており、山本らのほうを見た。山本の知らぬ全学闘のメンバーだと勝見がいい、ここがまた日吉文たちの居場所でもあるらしい。座ってからきょう狩野と青木は来られない、学生大会の終了後に日吉キャンパスに港北署のガサが入るという話で、全学闘の救対から注意の連絡があったようだと勝見は言い、「これは全学闘の議案書だ。見ておいてよ」と山本にガリ版刷りの藁半紙十枚位を綴じた文書をわたした。表題は「米資闘争・日吉無期限ストライキ闘争のさらなる前進へ！」と特有の文字で大書し、右下に「日吉闘争委員会」とある。ざっと一読して山本は「拒否宣言獲得まで無期限ストで戦い抜く」という主張に、全学闘には現状これ以外言えることはなくなっているかと思い遣り、特に批判しようという気も起らなかったが、全学闘が議案書を全学闘でなく「日吉闘争委員会」名で出しているのがわからず、いきなり登場した（と山本は受け取った）日吉闘争委員会の実態が不明、また議案書を出さない日吉文は日吉闘争委員会の議案書の主張に対してどう考えるか、どういう意見か、反論があるのか、踏み込んで知りたいと急き立てられるような思いになった。

「二点、聞いておきたいことがあるんだ」山本は質問した。「日吉闘争委員会という団体と全学闘の関連はどういうものか、これまで全学闘と日吉文の関係は概して「批判的共同」の関係で終始してきたと僕は理解しているが、こんどの日吉闘争委員会と日吉文の関係はどういう関係になるか。第二に議案書は拒否宣言獲得まで無期限スト継続と主張しているが、日吉文はこれに同意か。昨日の討論集会では、この手の主張に対して「嘘」ではないか、実現不能の嘘と知りながら、その方がその者にとって利益なので、嘘を真かのようにいいつのる偽計ではないかと批判が出たが、真はどちらにあると考えられるか」

「日吉闘争委員会がかつての全学闘争委員会の現在形ということでいいのではないか。十・三に三田での「占拠」を解除して日吉バリストに還ってからは、「全学」でなく「日吉」闘争委員会が中山全学闘の実態を正しく表現していると思う。十・二二には守る会の一部分子によるバリ破壊、日吉文二名に対するテロがあり、守る会への自己批判要求に日吉文の狩野、青木も「批判的共同」としてだけれども加わった事実があり、この十・二二自己批判要求の件で、全学闘の主要メンバーが警察の追及を受けている、受けつつある事実がある。こうした状況のもとで、あくまで「全学闘」名で議案書出せとは言いにくいんだ。日吉闘争委員会と僕ら日吉文の関係の現在も、やはり「批判的共同」ということでいいんじゃないか」

「日吉文の狩野、青木、勝見たちは日吉闘争委員会の「拒否宣言獲得、無期限スト継続」に「共同」していくのか。それが日吉文の立場か。ハッキリ言うが、このいま全学闘にも日吉文にもこの先無期限ストを継続していく実力などない。これはもう十・三以前から全学闘、日吉文たちには見ようと思えばすぐそこに見えてしまう事実だったではないか。九月二十日すぎにはもう日吉バリケードの内から、われわれの依拠してきた「学生大衆」の姿が消えてしまっていたではないか。われわれは警備室で「出入りチェック」なんかしながら、つくづく自分たちの力の無さを実感させられたではないか。建前のリクツでなく俺たちの現在、俺たちの実感から出発して行き先を決めようじゃないか。日吉闘争委員会の無期限スト継続案は、日吉文たちを含むすべての学生大衆の「出発」と「行き先」そのものの拒否であり、日吉文がこれに同意するのは自分たちの立場の放棄になると思う」

「日吉闘争委員会案への同意は僕の場合はリクツでなくて感情だ。事実として一敗して、権力の追及を受けている全学闘を見捨てたくないという気持ちだ。山本は「外」から見るので、内側の僕らと違って原則主義で見ていくしかないんで、ましてバリストの外に追いやられてしまった昨日の集会の一般学生たちにわかってくれといっても、そりゃ頼む方に無理がある。そこまでは僕と山本は一致だ。が一つ僕はいいたい。この日吉学生大会の中には一つだけ、何が何でも無期限ストをつづけるぞ、拒否宣言を勝ち取るぞと理不尽に主張し続ける集団があり、立場もあるぞとしめすことも、ここまで日吉スト権を防衛してきた「篤志」の集団、諸個人の役割だといえないか。「日吉闘争委員会」も「無期限スト継続」も『拒否宣言獲得』も、昨日の彼女にいわせれば「みんな嘘」なんだろう。それでも全否定は嫌だと僕はいうよ」

山本はそりゃまあ俺だってといい、それ以上の議論はやめにした。議論の途中から、なかなかまだはじまってくれぬ大会への関心は半分位なくなっていたが、それでも日吉闘争委員会の議案書が大会の参加者にどこまで、どういう感銘を与えられるか、見とどけておきたいとは思った。大会の参加者の多数が、全学闘と日吉文の「理不尽な」主張にどう応じてくれるかで、日吉スト解除後、米資闘争後の日吉文と山本を含むすべての学生大衆の「出発」と「行く先」の中身がやや具体的に見えてくるはずだった。

一二：三〇、ようやく四議案書について討論がはじまった。議長団は日吉自治会執行部十二人である。さいしょにそれぞれ二十分ずつ、議案書の提起者を代表して、四名が出てきて自分たちの議案書の要点の説明をし、それから討論になった。討論は実に整然と一見紳士風に進行し、野次怒号等々は不自然なくらいなくて、②の守る会たちが自案の勝利めざして組織的に、心にもなく自制して、得意技を封印しているせいかと山本は観察したけれどもそればかりではなくて、さいしょから大会全体の上に、集まった学生たちのあいだに、こんどこそここで決着という空気が自然に共有されていたからだとも思われた。山本は③日吉闘争委員会案をめぐって、顔を知らぬ全学闘の某氏のスピーチにかすかに期待を込めて注目した。「内ゲバ」から「塾監局占拠」へ、占拠解除から日吉バリストの防衛へ、ひたすら突き進んできた自分達の闘いの全過程、その突撃と挫折のすべてをまっすぐに己を賭けて語り切り、その上で「拒否宣言獲得まで無期限スト継続」という常識は理不尽と切り捨てるだろう方針をあえて示すことができたら、それは学生大衆の現在に伝わってくれるかもしれない。それをやることができたら？　が、つまるところ今の全学闘にはそれをやる力はなかった。おそろしく穏やかな、淡々と原稿をただ棒読みしていくような説明ぶりに、これじゃあ学生大衆は目覚めたりしないな、むしろ寝てしまうなと山本は落胆した。おそらく全学闘の一員ではあっても、全学闘による「内ゲバ」から日吉バリスト防衛闘争にいたった全学闘の「理不尽な」ところのすくなくない闘いの「外」にいたのであろう今日の説明者の彼には、事ここにいたった全学闘の思想と行動の現在を誇りと怒りをもって「自分の事」として語ることは無理で、せいぜい丁寧に「他人事」としてでも語れたらそれでよしとせねばならなかった。大会に登場した全学闘の「代表」が自分達の闘いをいまや「他人事」としてしか語りえぬとしたら、日吉闘争委員会の立場と主張はただの理不尽であって、そんなものにつきあわされるのは学生大衆にとって時間の無駄にすぎない。自らの闘いの理不尽を居直って見せるポーズすらとれぬ全学闘！　山本はここでようやく全学闘の敗北と、そういう全学闘とともに「批判的共同」において活動してきた自分と日吉文たちの孤立を「自分の事」と意識し、少年の頃好きだった「光栄ある孤立」という言葉を侘しく思い出し、ただ孤立するというのはつまらないものだとしみじみ実感した。

結局、大会の主役学生大衆に「自分の事」と受け止められた議案書は①日吉自治会案と②守る会案の二通であり、米資闘争の総括をめぐって対立するこの二者が学生大衆のまえに示された選択肢であり、未来への門だった。ところで、俺たち孤立させられたと考える山本には大会における①②の対立なぞにもはや関心がなかった。日吉無期限ストライキの「解除」は山本の米資闘争の終了であり、終了の仕方のなかに山本の『出発』と「行方」が表現されるとするなら、きょうここから自分の手にした（させられた）孤立感だけを携えて米資闘争の外へ、この大会の課す①②の二者択一の外へ出て行こうと考えた。山本のまえには敗北した全学闘、日吉文と、伊勢のブント党派政治があった。米資闘争で山本を支え続けてくれた「学生大衆」の顔はこの時は見えなかった。見えても見たくなかったのかもしれない。

一四：三〇より投票。山本は自分の米資闘争を終わらせるという気持ちで、白票を投じた。結果は以下のとおりである。投票総数四一六八。有効票四一四四。無効票二四。①日吉自治会案・一一八四。②守る会案・一八八四。③日吉闘委案・二三一。④医進学友会案・八四七。白票・二七七。トップの②が過半数をとれなかった。①④はストは解除であっても、米資闘争は継続であり、③とは広く考えれば目標を同じくしているとみることができる。白票の数の多さは、①②の対立の評価を下すうえで、考える時間を要求する「白」であり、決選投票を求めている「白」である。②の相対的多数は、決選投票で逆転の可能性を考慮すべきであったが、その点②側には油断があったように思われる。山本はこの第一回投票の結果を、どうせスト解除多数で、守る会がトップだろうと予想し、予想通りだったので、一方の③④の意外な健闘、白票の意外な多数に注目して、大会の主役たち、学生大衆の意思のありどころを考え直してみるということをしなかった。山本の勝手に被害者的な、勝手な孤立感が現実の真を見誤らせる、決してこの時ばかりでない、いごもくりかえすことになるであろう特有の失敗の一例であり、勝手な勝利感により「敵」の力を誤認するにいたった守る会一部分子とのあいだで、教訓的でもある好個の対照を示している。

一七：〇〇より①②のあいだで決選投票。山本は再度白票を投じた。投票総数三六八二（前回投票から四八六減）。有効票三六一八。無効票六四（四〇増）。①一八九四（七一〇増）。②一六五五（二二九減）。白票六九（三〇八減）。

一七：一〇、①日吉自治会案が可決成立した。すなわち①、米資問題解決＝拒否宣言獲得をめざして米資闘争を継続する「ための」スト解除案が勝利して、②守る会案＝米資闘争全否定、自治会執行部への自己批判要求、その上で大学正常化「のための」スト解除要求案が敗北したのであった。

この瞬間、大会で何が起こったか、よく理解できなかった者が多くて、「白票」山本もいかにもそれらしく、とにかくスト解除だ、明日から別な毎日だと、帰り支度を始めた学生たちの間でちらっと思っただけだった。後で見た新聞記事は「（その瞬間に）学生たちは歓声を上げ、互いの肩をたたき合って、スト解除を喜び合った」などとかいているが、むろん見てきたような嘘で、そんなわざとらしい情景は自分の内にも周りのみんなのあいだにもなかったと思う。では決選投票の結果、スト解除が決定し、学生大会が終了した時の大会のすがたは、ふりかえって山本の眼にどう映っていたか。……山本はこれでようやくスト解除、ずっと望んでいた自分にとってもみんなにとっても必要だった区切りだと強く思った。スト解除が決定であり、その直後の混乱のなかで、解除が「米資闘争継続」のための解除か、「米資闘争終了」の解除かという①②のあいだでの真剣な、しかも重要な対立点は、山本を含めて多くの学生らにしかと共有されぬままに、要はスト解除が決まったということで、大会の勝者はしたがって②守る会なんだと山本は事実を無視して誤って決めこんでしまっていた。

「山本、早いとここを出よう。さっき、港北署の私服がふたり駅前で張っているとレポがあったから」勝見がいう。山本はわれに返って立ち上ったが、勝見の口調、表情の険しさに何となく場違いの感をいだきもした。それでもどんどん引き上げていく学生の集団にまじって歩き出すと、議長団席に集まっていた日吉自治会たち二十名ほどが隊列をつくって、「安保、粉砕。闘争、勝利」と唱和しながらゆっくり退場していくのが見えた。

けげんに思ってみながら行くと、突然学ラン姿の数名がワッと殺到し、隊列に襲いかかって、なにか罵り、蹴りを入れ、パンチを浴びせた。日吉自治会の隊列はそんな矮小な介入は無視して、特に歩調を早めるということもなく、あくまでも「安保、粉砕」と律儀に反復しつつ、駅へ向かう学生たちの集団のあいだに吸い込まれて行く。衝突は泡のように一瞬でおわった。

「あれはいったい何なんだ」

「腹いせだろう」勝見は真直ぐ前を向いたまま言い、早足になった。山本はこの印象的な幕切れを、「負けた」日吉自治会が何糞とデモしつつ再起を期して健気に去っていくのに、「勝った」守る会が勝ちに奢って無用の暴力をふるい、自分達の勘違いした存在感を広く醜く顕示してみせたものとまちがって解釈したのだが、山本はずっと後になって、自分はあのとき、七・五日吉スト権の主体＝学生大衆たち、十一・二学生大会で自分の周りにいた現実の、自分と同じ学生大衆たちへの、かつてはそこにおいてこそ山本の思考・行動の拠り所があった絶対の信頼をなくしかけていいたんじゃないかとかえりみたものだ。「白票」も「孤立感」も、あの時はあれで仕方なかったとはいえ、やはり山本一年坊主の修行不足、信心不足のあらわれだったというしかない。

一七：三〇より一時間ほどで、学生千人が並木道、正門などに机、椅子等で築いたバリケードを撤去、事務局、学生部、研究室、警備室、五〇番教室等は立ち入り禁止とし、「現状保存」のためロープを張り、出入り口には「貫」を打ち付けた。学生が退出したのち、一田常任理事らが事務局に入って「現状」を確認している。二二時より翌日七時まで、職員が夜を徹して大学構内を巡回し、現場の確保を担った。すべては翌三日に予定される港北署の強制捜索・現場検証に向けてなされた、米資闘争全清算・全学闘解体を目論む塾当局の作戦行動の一環であった。

十一・三　神奈川県警港北署は、無期限ストの下で十・二二に発生した「傷害監禁事件」を捜査中のところ、事件の中心にいたと見られる全学闘中山（法三）ら六名について傷害監禁容疑で逮捕状を用意、この日慶大日吉キャンパスの強制捜査に踏み切った。一三時三〇分から一七時三〇分にかけて、県警警備部の応援を得てスト派の占拠していた事務局、学生部、研究棟など七カ所を捜索、また事務局、学生部、新研究室、五〇番教室の四カ所を検証して、角材九四本、鉄パイプ（長さ一・三メートル、直径二センチ）一〇本、ヘルメット六個、消火器等、一五七点を押収した。大学側は日吉管理責任者川久保孝雄（日吉校舎事務長）が令状を受けて、石川明（法学部教授）ら教職員八名が捜査に立ち会った。

一方で一〇時より各学部学習指導担任が集まって「学習指導者協議会」を開く。今後の指導方針等について対策を協議した各学部長は「十一月四日から正規の授業を行う」と掲示を出す。

日吉自治会執行部（フロント系）は学内捜査に抗議して明日、昼休み一二時三〇分より中庭広場で「抗議集会」をおこなうことにした。また法学部自治会（旧マル戦系）上川委員長（法二）他一名はガサ入れ終了後、西東学生部長らと日吉記念館内で一九時三〇分まで協議をおこなった。

十九　新日吉文＝ブントとの批判的共同のはじまり

十一・四　予定通り授業再開。文、商、医の三学部ではストによる授業不足を補うため新しい時間割が掲示された。前日ガサ入れを受けた日吉事務局は依然としてまだ「立入禁止」のロープが張り巡らされており、教務部の事務再開は十一月六日からということであった。

新聞各紙は十一・三の慶大日吉キャンパスの強制捜索を記事にしたが、眼を通して山本は、同じ三日に「全学闘幹部小柳宏」が「自首」して出たと報じている記事に違和感をいだかされた。山本は既に早く十月三十日、警備室で勝見と伊勢から小柳の港北署へ出頭のことをきいていて危惧もしていたので、この殊更な「自首」記事に、十一・三日吉ガサ入れと十・二一夜の日吉における「リンチ事件」を「小柳の敗北」において結びつけ、米資闘争の「全面敗北」を広報宣伝せんと企む底意を感じ、塾当局と警察側のこうした「米資問題解決」方向に対して身を起こして抗うべきだと考えた。夜、狩野から「明日日吉文自ルームで米資闘争の日吉文としてこんご闘いをどのように担い持続していくかみんなで考えようと思う。伊勢さんも来る。小田や立石や、しばらく顔を見ていない藤木にも声をかける。山本も来ないか」と連絡があり、快諾した。これでとりあえず自分の方針が決まったと山本は拳を握った。（以降一か月ほどのあいだ、米資闘争「清算」のプロセスが新聞の一段記事でポツリポツリと紹介されて行く。「慶大日吉授業再開」（朝日。十一・四）。「傷害の慶大生自首　慶大闘争」（朝日。十一・五）。「手配の慶大生逮捕」（朝日。十一・一二）。「さらに二人を逮捕　慶大生の暴行事件」（朝日。十一・二七）。「残った二学生も逮捕　慶大日吉のリンチ事件」（毎日。十二・三）等。慶大米資闘争は七月反戦平和の「理想」にはじまり、十・二一国際反戦デーの翌日、リンチ事件の「現実」に終わったというのが塾当局、警備警察側による「総括」ストーリイであるようだ）。

十一・五　午後一時より日吉文会議。狩野、青木、勝見、小田、立石、大塚、山本、それに伊勢がくわわり、狩野が司会役になって会議の主題を示した。「きょう藤木は欠席だけれど、これから日吉文でやっていくと言ってくれている。闘いの継続に共にかかわっていくという意思表示で有難い。十一・二日吉学生大会の決議は米資闘争継続の新しい姿の創出の意思決定であり、そのためにこの「スト」をかりに解除するというのが趣旨だ。僕らの継続のかたちを話し合いたい」

「われわれは山本君の言葉を引用すると、七・五日吉スト権の主体である「学生大衆」の立場で、また内ゲバと「占拠」の全学闘との「批判的共同」で、おおむね日吉ストライキ闘争を担ってきた。このことの正と負、今となって見えてくるかもしれぬ問題点をさらってみてはどうか。こんごどう「継続」を生きていくか、話していくうちにだんだんかたちが見えてくるかもしれない」青木はどんどん思いついたことを出し合おうぜと促した。

「僕らの担当したバリストの出入りチェックは、チェック「される」学生大衆こそが日吉バリスト・米資闘争の主体であることを、チェック「する」ことをとおして互いに確認し合い、拒否宣言獲得めざして前進していこうという働きかけだ。党派と自治会執行部より前に、自分達学生大衆の意志があるという思想で正だ。しかしチェック「する」僕らの働きかけはされる側にとっては、まずもって「権力行使」される客体の位置に立たされる経験としてある。「される」側から見れば、「バリストの主体は君たちである」とまず一方的に「押し付けられる」経験なんだ。チェックする側の主張に賛成するか否かにかかわらず、かれら「主体」はバリストの入り口でさいしょに他の力による押しつけを体験させられて、合格と認められて、つまり学生証提示要請に正しく対応できてはじめて本当に米資闘争の主体ですよ、おめでとうという話になる。僕らは「チェック」ということの、それがチェックそのものの不要を目指すチェックであったとしても、それは依然として権力の行使、他者への自己の押しつけである一面に、ちゃんと自覚的であり続けていたか、反省すると自信がない。チェックをはじめて二週間ほどたったころ、ふと気づくと「学生大衆」との対話どころか、ごく機械的な、お客様相手の普通の切符切り行為になってしまっているんだ。ただの権力行使、押しつけの習慣化になってしまった。これが負で、学生大衆は自分達のバリストを去り、あとはまっすぐにスト解除へ行ったという感じだ」と勝見。

「チェック「する」ことのなかにはさいしょから「押し付ける」意志が含まれているが、それを「無い」かのごとくにチェックしよう、そうできると思いこむところに僕らの無理があった。本来それは目の前の一個独立せる他者に対する押しつけの面があるんだという事実を引き受けた上で、この押し付けの中身（バリストの主体はどこまでも党派でなく自治会執行部でなく、「チェック」を介して向かい合っているこの僕ら自身なんだという一点）を率直にさらけだして互いに了解しあう道が求められていた。いまも、いやいまこそ直に求められるべきだと思っているが」狩野は言う。

山本はうなずき、「押し付けの側面をごまかすのでなく直視して、権力死滅を求めての「押し付け」がついに押し付ける者・押し付けられる者双方にとってもはや「押し付け」と感じられなくなる道へ、僕らも「チェック」の任務をとおして進み出たかった。力不足だったわけだけれども、とにかく出発はしたことを自負しようと思う」と発言。

「権力死滅のユートピアからはじめるのではなくて、ユートピアとしか見えぬものをユートピアではなくしていく現実の闘いを模索しようぜ。みんなと一緒に」青木は持論を展開し、ユートピアは現実の欠陥が生み出した幻想であり、欠陥の批判でなくその可能な解決の努力が幻想を不必要にする、今そこにある現実にまず即けと強調する。

「小柳さんはどうしている」小田がきくと、いまのところ自分のしたことはしゃべって、他人の関わった部分はしゃべっていない、手配中の中山さんたちは難しい状況にいると大塚はいう。「自首というのはなあ」と誰かが嘆くと「ああするしかなかったんだろう。いいことをしたとはいわないが」と山本が擁護し、「そりゃあ二十二日夜の消火器振り回す小柳さんを見ていないから簡単にいえるんだ。全学闘の米資闘争をああいうかたちで終わらせてしまった責任は第一に塾当局にあるが、小柳さんにもある」救対で苦闘中の大塚がいう。

「小柳さんの存在があったから守られたという面が米資闘争にも日吉ストライキ闘争にもあったと思う。そうした一面をも含んで、米資闘争の経験から学んでゆかなければならないんじゃないか。小柳さんは基本的につねに「学生大衆」の立場に立っていたと思う。留置場だか、どこか飲み屋の片隅だかで今もまたな。そこらへんは俺たち大切にしたいと思うんだ」山本はみんなの顔を見回した。

「ブントが提起して、全学闘と日吉文がかかわった十・二一防衛庁闘争について話そう。われわれは学生大衆とともに米資闘争を前進させようと頑張り、結果として逆に学生大衆をバリストの外へ追いやってしまっていた。防衛庁闘争参加はわれわれの陥ったマイナスを乗り越えんとする試みの一つだったと思う。去った、去らせてしまった七・五日吉スト権の主体に対する呼びかけの一つのかたちだったんだ。山本はこの呼びかけにくわらなかったが何故か。われわれ日吉文、全学闘の防衛庁闘争参加は、守る会の一部分子には日吉バリストの防衛が一時手薄になって、反スト側がつけこむことのできる隙、弱さの露呈と映った。防衛庁闘争参加を敵のマイナスと錯覚したかれらの誤りが、二十二日夜の全学闘、日吉文による自己批判要求を招いたのであり、小柳さんの赤い消火器が舞ったのであり、十一・二日吉学生大会における「守る会」案の敗北を結果したと俺は考えている。十・二一防衛庁闘争への参加は消耗していた学生大衆に対して、すくなくとも俺たち日吉文は無期限ストを戦い抜くぞというメッセージにはなっていたと思うが、山本の今の考えはどうか」青木は山本の顔を見ずに言った。

「俺は防衛庁闘争についていけなかった。当日俺は新宿に行き、陸橋の上から駅東口前広場の騒ぎをずっと見下ろし、騒乱になるまえに新宿から引き上げた。俺のこの十・二一と「学生大衆の立場で」ということとの繋り具合を、これから日吉文の活動のなかで考えて行きたいと思う」山本が黙ると、青木はそれ以上いわなかった。

伊勢が身を乗り出して「自分は九月以後、ブントの学対の立場で全学闘と日吉文の米資闘争にかかわってきた」といい、十・三「塾監局占拠」解除、十一・二「日吉無期限スト」解除にいたった米資闘争の問題点を取り上げて語った。「決行した占拠の「解除」、また決議したバリストの「解除」はまずもって自分達の闘いの弱さ、至らなさの暴露であり、告白なんだという面から振り返り検討すべきだと考える。きいたところでは、日吉文の藤木君は九月、日吉文の了解のもとで、個人の資格で「塾監局占拠」闘争に加わったこと、それが九月下旬になると占拠闘争から離れ、さらに米資闘争そのものから離れることになってしまったということだ。九月以降のマル戦全学闘と「批判的共同」してきて、今ここに集まっている諸君に、同じ仲間の藤木君の参加、離脱、消耗の経験を自分の事として想像してみてほしいんだ。彼は何故、離脱「せざるをえなかった」か。全学闘と日吉文の「弱さ」「いたらなさ」が彼を「離脱させた」原因の一部でもあることを自分の事として考えてみようという提案だ。

「スト、占拠の「解除」、闘うメンバーの「離脱」を余儀なくさせた全学闘、日吉文の問題はどこに見いだせるか。ひっくるめて言ってしまうと、米資闘争におけるスト派のすべて、フロント自治会、マル戦全学闘、中核反戦会議、無党派日吉文のすべてに共通して、「学生大衆」と名付けられた闘いの主体にたいする過度の依存、もたれかかり、つまりはこちら側が踏み込んでなすべき働きかけの不足が存在したと思う。七・五日吉学生大会で無期限スト決議を成立させたのは学生大衆、しかしまた十・三に全学闘の「塾監局占拠」を解除させ、さらに十一・二に日吉ストを解除させたのも同じ学生大衆なんだ。学生大衆多数の動向が闘いの現在をその都度決めて行く。だから確かに「主体」だ。個々の学生大衆は流動・変転を反復しつつ、不断に前進あるいは後退を、またその両方を同時につづける運動体であり、闘いのプロセスをつうじてストか反ストか、占拠か反占拠か、その両極に引き裂かれてそれでもひたすら見、働き、すべてを決する主体であり続けているのだ。かれら個々にとって内部生命の「自然な」志向は第一に反権力、反戦平和を要求するであろう？　日吉文の諸君は期待を込めてそう考えているようだ。しかし事実はどうか。かれらの「自然な」志向はつねに両極に引き裂かれており、ストと反ストの両極の烈しい葛藤のなかにかれらは在り、強いられてその都度しかたなく一つを選択し続けているのであり、権力万歳一本、反権力でいくぞ一本の個人とか学生大衆なんてものは、漫画の登場人物にすぎぬのではないか。日吉文は七・五日吉スト権の主体学生大衆の立場だと自己規定して九月いごの米資闘争に加わっていった。そのさい諸君はストに賛成票を投じた者たちだけでなく、反対票を投じた彼らをも含めて全体としての学生大衆を代表したいとした。それは正しいが、全体を代表するとは、スト派と反スト派の対立・葛藤を「代表」しようということになるが、どう代表するのか、できるのかがよく見えない。対立の統合をめざすということなら、統合の中身が考え抜かれなければならぬし、その中身が対立する双方に受け入れられるかどうかはまた別の課題になる。統合の努力は対立を深める道を一定期間ゆかねばならぬが、それを個人として組織としてどう引き受けていくか等々、様々な問題が発生すると思われるが、日吉文はただ単に両極とも尊重しますといっているだけ、じっさいには両極の対立の解決でなく、悪いが俺には「隠蔽」を警備室でしていたという印象なんだ。むろんこれは日吉文だけでなく全学闘、フロント、中核も同列で、学生大衆に問題を預けっぱなしで、働きかけの怠惰な放棄のあげくに、占拠・ストライキ闘争の外へ主体たちを立ち去らせてしまったというのが米資闘争の二つの解除劇だったのではないか。反ストを否定するのでなくて、スト派の内容を深めて反ストを自分たちの側に統合せんとする努力工夫が、日吉文にも他のみんなにも足りなかったということだ。米資闘争の中で、その工夫をそれなりに実行した数少ない例がブントの提起した、米資闘争のバリストから十・二一国際反戦闘争との結合へ、防衛庁闘争へという、学生大衆への呼びかけだったという事実を、俺は諸君に顧みてもらいたい。全学闘と日吉文の防衛庁闘争参加がじっさい米資闘争の後退局面でどれほどの反撃になりえたか、正確なところはわからない。しかし日吉バリスト闘争の外へ追いやられてしまっていた学生大衆の誰かは、全学闘や日吉文の十・二一防衛庁闘争への参加を知って、自分達の米資闘争を国際反戦闘争とのかかわりのなかで考えるきっかけを得たかもしれない。どんなにささやかであってもこれが働きかけの実践の一つのすがたであり、対立の統合への努力なんだと俺はわかってほしいんだ。学生大衆の立場でといいながら、その内容が貧しかった事実に、俺も君たちも正しく消耗したいな。新日吉文は真の統合へ、実践的に踏み出そうではないか。

「そこで諸君に提案がある。十一月七日に革命的左翼諸党派は沖縄＝首相官邸突入闘争を予定し準備している。われわれの米資闘争の自己批判的総括の実践として、闘いの「清算」に抗する「継続」の闘いとして、これに参加したいと思うがどうか。「沖縄返還」をめぐっては、社共から中核派まで基本的に「沖縄奪還」方針で一致している。

〽固き土をやぶりて（と歌う。）
民族の怒りに燃ゆる島　沖縄よ
我等と我等の祖先が
血と汗をもて
守りそだてた　沖縄よ

俺だって日本人、この歌の心情はわかるんだ。が、そのわかり方こそ闘う側の思想性が問われる厳しい争点なんだと思う。われわれは単に沖縄を返せ主義、反米民族独立主義の「自然発生的」要求が、七〇年代日帝のアジア侵略の野望と一体でもある面になによりも注目し、民族主義の「自然」との対決が沖縄闘争の環であると考えるにいたった。ブントは「沖縄＝日帝の侵略前線基地化阻止」を掲げて戦う。ベトナム戦争反対、沖縄奪還ではなくて、ベトナム革命との連帯、日帝による沖縄の侵略前線基地化阻止で闘うのだ。反戦平和を要求する人民大衆の「自然」に迎合する、便乗する中核派にたいして、君たちがバリストの出入りチェックをとおして、学生大衆に日吉スト権の「深化・進化」の希求を「押し付けた」ように、われわれは人民大衆の熱烈な沖縄を返せ「自然」を未完の革命を追求しつづける側に統合したい。中核派とわれわれのこの違いは目下のところは言葉の違いにとどまっているが、人民大衆の「自然」に対するわれわれの「批判的」・能動的かかわりが必ずこれまでいってきた真の「統合」を最終的に実現する道であることが明らかになると思う」伊勢は自分の内・外の「自然発生性」と意識的に批判的に対することが新日吉文の道を開くことになる、諸君、十一・七闘争に、ブントの隊列の一員で参加してみないか。「学生大衆との結合」「人民大衆との連帯」は、自他の「自然」と批判的に向き合うことからはじまるのではないかと長話を結んだ。

「今度はついていってみるか」と山本は思った。自分のなかの厄介な「学生大衆」と、その不断の分裂と統一の運動、意のままにならぬこの私、この他人の「自然発生性」と試みに一勝負してみようか。これが日吉文の仲間と共にしてゆく生活への入場券であり、提示すべき学生証であるのなら。……日吉文たちと山本は手分けして十一・七闘争に向けて準備にとりかかった。

この日午後三時より、日吉自治会の申し入れで五〇番教室において学生部長会見が行われた。席上、日吉法自治会上川委員長は、十一・三の「ガサ入れ」にさいして、警察権力の学内導入について当局と学生間で討論がなされなかったこと、捜査の名目は「傷害事件」だったにもかかわらず立会人なしで強行され、捜査員のなかに「公安二課」と記したカメラを携帯する者があり、しかもその者が身分証明書の提示を執拗に拒んだこと等を批判的に指摘した。西東学生部長は会見の冒頭、学生部会議が開かれていないから「学生部長」としてではなく、その場に「居合わせた」一教員として事実経過の確認のためにきょうは出席していると前置きして、「上川君の述べた事実経過に誤りはない。（警察導入については）刑事事件の発生による強制捜査だったから拒否できないし、大学が要請して導入したわけではない」と語った。また同席した久木常任理事が「学内捜査」に関して見解を表明、西東学生部長と同様に、刑事事件の強制捜査に対して拒否は大学当局として不可能だったと述べた上で、捜査に使用したカメラが公二のものだったこと、立会人のいないところでも写真が撮られたとの報告を受け、大学当局としても県警に抗議するつもりである旨、言明した。

「……十一・二日吉学生大会、米資闘争の一区切りで、自分の活動にも転換がきた」井川は木原と協議した結果、慶大反戦会議の外に出て、中核全学連の書記局にいってみれば「出向」することになったという。反戦会議の活動から離れるのではなくて、全国学園闘争の前進を担う立場から自分達の米資闘争総括を推し進めようという決定で、井川個人にとっても慶大反戦会議にとっても大きな飛躍になると木原は言い、井川も了解したのだった。「とたんに忙しくなったが楽しかったな。任務を通じて他大学の連中といろんな知り合いが出来て、同志であるかれらの経験に学ぶものが多いと実感したよ。今思うと自分のこの時期の「出向」も、指導部が年末年初に全国学園闘争における「決戦」段階が来ると見ていたこと、そのさい僕なんかもささやかながらその一人の担い手と位置付けられていたかもしれない。十一月、十二月とやたらに忙しかった記憶があるが、若かった自分は比喩的には二十四時間走りとおしで、それでも疲れなんか全然感じなかった気がする。ああいう時間は以後二度と経験していない」

「こんごは日吉文の内に入り、ブント党派政治と自分にやれるかぎり「批判的に共同」していこうというのが僕の区切りだった」山本はいう。「ブントとブントの運動に学びたいという気持ちで、そこは狩野、青木、勝見とのあいだで、いろんな違いがあったのだけれども、外で「オブザーバー」としてじゃなくて、内側から違いを見直し、考えつつ行動し、可能なら解決につとめたい、共に前進したいと思っていた。僕もまだ二十だったんだ」

十一・七　沖縄闘争の一日。午後日吉文自ルーム前に狩野、青木、勝見、山本、小田、立石、大塚と、今日の引率者伊勢、さらに狩野のクラスメート三名あわせて十名が集合した。「われわれは今夕沖縄闘争に日吉文として参加します。行き先は御茶ノ水、明大学生会館。そこで「決起集会」にくわわり、首相官邸を目指す予定です」狩野が説明した。勝見は山本に「明大学館のなかには伊勢さんたちの「社学同書記局」があり、事実上ブントの「本部」的な役割をはたしているらしい」と教えた。全国大学の社学同支部からきょうの闘争に続々と集まってきているなんて伊勢さん吹いていたがじっさいはどれほどの規模になるのか。関西の同志社、桃山学院からかなりの人数が来ているとも、また僕らの「突入」デモの量質の確保は中大、明大がひきうけたともきいた云々。山本は「明大学生会館」と自称しつつ、その正体がじつは社学同書記局だのブントだのの本拠、山塞、根城であるらしい建物に何か物語的な好奇心をかきたてられ、出向くのは自分も初めてだと面白そうにいう勝見とともに、これまでの党派政治的なもの一般にたいするそれこそ「自然的」な反発、抵抗感をすっかりど忘れしてしまい、否この時はそれがかえって変に痛快で、自分から気軽に赤ヘルを手に取ってかぶり、あたりまえみたいに陽気に出発した。

案に相違して、憧憬の学館の外観は四階建て、山本のよく知る普通の四角なビルにすぎなかった。三階大会議室内には一望したところ、二百人位の赤ヘル学生が雑然とひしめいており、互いに知らぬ同士の諸個人、諸グループが、自分の顔、自分の気持ちの持って行き場に困って、落ち着きなく仕方なく待機させられている様子だった。やがて正面の黒板の前に一人物が登場して話し出すとそれがだんだん演説調にかわってゆき、「決起集会」が始まっているんだなと山本らはやっと認識した。山本には初見の「反帝全学連副委員長」柿村克二（中大）が「ブントの沖縄闘争」をしきりに語るのだが、これが一向にヤル気の伝わってこない、どこまでいってもセクトの思考・表現の定型の内側で行ったり来たりを繰り返しているだけで、仲間内の時間割に合わせて単に時間を使わせてもらいますよというだけのスピーチとしかうけとれなかった。中肉中背、やや病的なほどに色白な、かつて伊勢から雑談のなかで、この何かに身を持ち崩したようなベテラン活動家が、ブントの仲間内では誰よりも長い逮捕歴を所有しているという意味で（「無銭飲食」とか「暴力行為」とかでなく、「政治犯」として経てきた警察との対立・交渉の「長さ」である）第一人者なんだと賞賛的にきかされていたので、すると実物のこの柿村の実に感激の無い、何の閃きも感じられぬスピーチも、もしかしたらこういうのが例の「職業的革命家」とかいう少数特殊の人々の風格の一端なのかとかれの演説のつまらなさにいわば逆立ちした「後光」の輝きを見たような、かつ見もしなかったような思いを抱かされもした。伊勢がしばしば口にすることがあった、生き方としての「職革」という言葉の響きは、初心者山本に、この時見た柿村の不健康な風貌姿勢に「似合っている」と感じられて畏れもし嫌悪もしたのであった。

つぎに反帝全学連委員長藤本敏夫が登壇した。「壇」はないのだが、その立ち姿に前座の柿村副委員長にはない、今日の闘争に集まった諸君とともにかかわっていくぞという気合が感じられた。スピーチの中身は、十・八一周年記念集会の時とかわらずよくわからぬところが多いものの、口調に一種人間的な個性があり、こちらに向かって己が没個性を強制してくるかのような柿村の「職革」調と際立った対照を示した。「僕たち」とあるべきところを「僕たつ」とどこまでも整然と訛りつづける律儀も健在で、山本と勝見はうん藤本さん、信念を貫いてるなと意気に感じて、自分達も僕たつ、僕たつといいあって嬉しがった。ブント党派政治の内にはこの藤本のようなリーダーもいれば、十・二一前夜に防衛庁に突入してみせた突撃隊長や、「職革」柿村などもいるのであり、この雑然とした、気楽でもあればいい加減ともいえそうな幅の中に、こうした自分みたいな人間の居場所も見つかるかもしれないかと山本は藤本の「僕たつ」演説に耳を傾けながら考えた。だがしかし、それにしてもまた、この魅力あるリーダーも先の魅力のないリーダーとその点だけは共通で、ここに集まった山本たちみんなが一番知りたい、「突入闘争」の中身の説明、自分らの任務の具体は依然として語ることなく避けられたままだった。

「これから中大学館横の広場に場所を移し、諸党派と共同の決起集会に加わりたいと考えます。準備願います」とブントのリーダーの一人から指示があった。狩野、青木、勝見、山本、小田、立石はまとまって学館前広場で赤ヘル部隊の隊列にくわわり、「安保、粉砕」と唱和しながら近所の中大へ向かった。救対の大塚と狩野のクラスメートは山本たちを見送った。

赤ヘル部隊が到着したときには、すでに革マル派を除く新左翼各派の部隊が中大学館横の鉄網で囲まれた中庭の会場に集結を了えていた。縦長な、バスケットコート風な会場は様々な色模様のヘルメットたちが隙間なくつらなり、集合した人数に対してあきらかに狭すぎたが、こんなにも手狭に見える一画に追い込まれてしまった、互いに知らぬ同士の無数のヘルメットの一個一個のあいだに、余地というもののほとんどなくなった密着の賜物とでもいうか、党派をこえ個々のエゴの敷居をこえて思いがけない親愛感がかもしだされつつあった。会場正面「演壇」にあたる位置に、各派のリーダーらしき連中が各派学生大衆の二列縦隊に向き合って、同じ目の高さで横一列に並んで立つ。右からブント（赤）、中核派（白）、ML派（赤白）、社青同解放派（青）、構改諸派（緑、赤）、プロレタリア軍団（黒）。見まわしてブントの隊列が一番長いのが嬉しい。十・八日比谷野音での羽田一周年記念集会で山本の「美的に」一番心魅かれた小セクト「社青同国際主義派」のすがたはもう見えなかった。いま集まっている諸党派たち、諸色諸模様のヘルメット、旗たちのあいだでは、初めてお目にかかった黒ヘルたち・プロレタリア軍団の発散する妖しげなムードが、山本のきょうの好奇心を、むしろ猟奇心を強くそそった。十・八集会の社青同国際主義派も、きょうのプロレタリア軍団も、実態は太田竜の「私党」だと噂されていることを後で知って、山本は自分のこういう「自然発生性」＝嗜好を、退嬰的な「裏店趣味」「場末贔屓」のあらわれかもしれぬと反省し、どんなに面映ゆくとも己を殺してブントのような明るい繁華な表通りをあえて行くべきではないかと自分に言い聞かせたことだった。事実、各派リーダーたちのスピーチのなかで、プロレタリア軍団の演説が一番内容空疎で出来が悪く、対してブント全学連の藤本委員長の「僕たつ」スピーチの出来栄えは明大学館で見せた高い水準をさらに超えてみせて山本は誇らしく思ったものである。

決起集会は終了、あたりは薄暗くなっていた。やっとこさ決起集会から決起へ切り替えだなと背筋を伸ばしたのもつかの間、またしても「ブントの学友諸君だけいったん明大学館へ戻ります」とアナウンスがあり、山本らは隊列組みなおして、だがもう安保粉砕抜きでたんにダラダラと明大学館前の広場に帰って行く。そしてまた「ブントだけの」決起集会。さすがにリーダーらしき男のスピーチは短くて唐突に終わった。すこしすると別の男が出てきて手で小さいメガホンを作り、「各大学支部の学友諸君。これを人数分取りに来てください。お土産を配ります」と呼びかけがあった。たくさんの角材が男の横に無造作に積み上げてあるのが見えた。狩野が出て行き、日吉文のデモ参加予定人数分＝狩野、青木、勝見、小田、立石、山本用に計六本、かかえて運んできた。これでようやくこのかん山本のひたすら欲してきた今夜首相官邸「突入」任務の中身の一部が開示されたということで、山本にとっては現実の闘いへの確かな接近の一歩であった。渡された「ゲバ棒」を調べると、細い、軽い、木というより固めな土に近いような角材で、ちょっとでも力を入れようものならたちまちビスケットみたいに割れ砕けてしまいそうな、おそらく短くない期間ずっと雨風に曝されていたのかもしれぬ老いた一本の棒だった。数名の赤ヘル男たちが真面目な顔で一本の丸太を抱え込み、安保粉砕を口ずさみながら、広場の端から端へゆっくりとブラブラ二往復してみせた。デモ隊の各人に一本ずつ配られた、実質を正しく表現しているとは言いにくい「ゲバ棒」に加えて、さらにのどかにも丸太一本が「突入」に参画するというのだ。十・二一防衛庁闘争では前夜、突撃隊が丸太二本を抱えて突撃し、突入を成功させたときいてはいる。山本は今夜の首相官邸「突入」の実際を、辛うじてであるが具体的に思い浮かべることができて一安心した。きょうはこんな俺でも何とかついていけそうである。

赤ヘル部隊は四列縦隊、各自の「ゲバ棒」を林立させて、車道左側を明大学館前から御茶ノ水駅までデモ行進した。人も車もほとんど通らず、ただ漠として広い直線道路に「安保粉砕、闘争勝利」と呪文みたいなシュプレヒコールがすこしずつズレながら隊列と一緒に移動していく。暮れかけた高い秋天のしたで、ヘルメット無しで灰色のコートを羽織った伊勢が車道を行く赤ヘルたちの左側の歩道にいて、デモ隊のゆっくりしたペースに合わせるようにして歩きはじめた。歩きながらときどきさり気なく隊列のなかの日吉文たちのほうへ視線を送る。山本は隊列の内側から伊勢のこうした活動を一見して、何なんだとはぐらかされたような気がした。ついさっきまで山本らと同じ目の高さで談笑していたライフルマン伊勢が、よし頑張って行こうと日吉文たちが街頭に踏み出したとたんに身をひるがえして、山本らの外なる歩道上に立場を移し、一人行く「社学同書記局」の高みからちらちらと流し目を繰り出す人に転じている。この不意の転換、飛躍の説明が、日吉文たちにたいして言葉でも表情でも仕草ででも全く省略されている感じが気持ち悪いのだ。隊列の横で伊勢が移動中のこの歩道は、十・八新宿において山本が体験した、機動隊とデモ隊の衝突の「戦場」からの退路＝闘う側の背後に広がっている「人民の海」の波打ち際ではなくて、ブント党派政治の正確には山本たちに中身が知らされていない決定にしたがって、山本たち赤ヘルの隊列を警備の機動隊との衝突の「戦場」へ、「突入」予定の「首相官邸」へ一歩一歩と領導しつつある動く「司令塔」の軌道であり、闘いの全プロセスを「上から」見渡しつつ操作を繰り返す「監視塔」の軌道であり、山本らを「人民の海」から隔ててしまう障壁のように見えた。ついさっきまで話の分かる先輩の顔と見えたのは仮面だったか。それとも動く邪な塔のほうが山本の錯覚だったか。駅に近づくと伊勢も塔も姿を消し、地下鉄駅ホームへがやがやと降りて行く忙しさのなかで山本は関心を内側に向けなおしたものの、気持ち悪さは減ったけれども消えずにしばらくつづいた。

山本は赤ヘル部隊の進んで行くあとについて、これでいいのかなと微かに感じながらそのまま「無札」で改札口を通り抜けた。通り抜けた時、自分のきょうの自負の一部が汚れた気がした。赤ヘルより先に着いていた白ヘルの中核派集団は、窓口や券売機のまえに列を作ってひとりひとり切符を買っている。この時に一瞬見えた裂け目に山本は怯んだが、周囲のあわただしさに紛れてすぐに忘れてしまった。赤ヘル集団の先頭にいる十数名はゲバ棒のみならず、問題の長い丸太一本まで車両のなかへそろそろと運び入れて、車内の前の方にうまい具合に斜めに横たえた。こんな赤ヘル集団にどやどやと乗り込まれてしまった乗客たちは、私は知らないよ、見ていませんよという顔で、地下鉄車内に丸太一本がヌッといきなり登場する風景なんかよくあることさと言いたげに普通に腰かけている。山本たち赤ヘルはズラリと隙間なく、結果としてゲバ棒を林立させるように並んで吊皮につかまった。車内は異様に静まり返り、影響されて赤ヘルたちも口をつぐみ、話す時には隣の耳元で囁くように話した。眼下の座席が二駅目に空いたので、山本と勝見は並んで有難く腰をおろし、ゲバ棒は膝の間に挟んで立てた。すると入れ替わりに山本の前に立ちはだかるかのように、灰色の作業服をきっちり着込んだ小柄な中年男が立って、何か力んだ様子で山本を見下ろした。知らないおじさんがこういう挙動をしめす理由を求めて、おじさんが気にしている背後の方向を探すと、車両の左隅に背筋をまっすぐにのばした長身の老人が奥ゆかしい風情を漂わせてしずかに立っていた。すぐにわかったが、大日本愛国党総裁の有名人「赤尾敏」その人であった。赤尾さんは毎夕数寄屋橋のたもとに立ち、道行くたくさんの人々に愛国の「辻説法」をつづけており、今日たまたま説法を済ませた帰りの電車で赤ヘルたち、丸太や角材たちと同乗させられる仕儀に立ち至ったようだ。山本は勝見に「赤尾敏がいるぞ」とおしえ、あとは二人して実物の「赤尾敏」とその忠実な部下らしいおじさんに、ときどき眼を遣りながら、テレビの画面で見るよりはるかに上品で教養人らしく見える赤尾さんと、けしからん赤ヘル、丸太、角材連中の眼、口、手足から総裁を守ろうと身構えている善良そうなおじさんとともに、首相官邸突入までの時間をわくわくと面白く過ごした。赤ヘルたちも、「赤尾敏」一行も、ちっとも過激派なんかでない乗客たちも、山本らが丸太、角材と一緒にドッと下車していった永田町駅までの区間、みんなが「それ」とお互いに知っていながら、知らん顔して同乗していたこの奇妙な連帯の時間を、何人かはあとになって「結構味のあるひと時だったなあ」と懐かしく回想するんじゃないかと山本は思うことがあった。

地下鉄永田町駅ホームから、赤ヘルたちは丸太抱えた屈強な数名を先頭にたてて、ポッカリと口を開けている地上へ急な階段を上って行く。出るとすでに真っ暗闇で、あたりは中身がキレイに抜き取られた壺みたいに人の気配というものがなかった。新宿と違って野次馬大衆なんていないのだ。これでとにかく自分たちが人民のいない、権力しかいない、それだから（あるいは、それにもかかわらず）「首相官邸」とも呼ばれている場所に到着してるんだという実感がやってきた。前のほうが青白くてボーっと明るい。そこはサーチライトに照射された首相官邸の正面であり、官邸前広場を固めている警備の装甲車の横腹と、ジュラルミン製の光る盾を横一列に並べた機動隊員の人垣らしいと理解した。あらゆる音が消えていた。息をつめて待っていると、時計の針が動き出すように、ドスッ、ドスッと催涙銃を斉射する音が響き渡り、ぼんやりと揺れる明るみのなかで、満を持していたブントの丸太が対抗的に鎌首をもたげてドン、ドンと装甲車両の硬い横腹に突撃した音が二回，三回ときこえた。はじまったと思って丸太と横腹に眼を向けたとたん、山本のまわりにいた赤ヘルたちが急に散らばって、ヘルメット脱ぎ捨て角材放り出して、まるで丸太が間違って自分達に襲いかかってきたかのように一散に逃げ出した。山本はじつに意外だった。逃げ出したからでなく、逃げ出すタイミングが意外だったからである。このとき赤ヘル仲間たちがとった咄嗟の翻転行動によって、山本には十・八の新宿における自分の行動を振り返る余裕が生じ、束の間踏みとどまってヘルメットは捨てず、角材も投げ出さず、それでもUターンはして、最初に動いたかれらのあとを、十・八新宿の「私」のあとを追うようにして走った。途中の曲がり角で「こっちだ、こっちだ」と大きく手を振って正しい逃げ道を指示してくれている男がいたが、走りながらこの親切な人物が「伊勢さん」であると知った。きょう沖縄闘争での伊勢はデモ隊の前進と退却に伴走し、適宜適切な対処を担うというものだった。これで山本は、ブント党派政治の利益のためという条件のもとにおいてであるがその限りで伊勢の「ライフルマン」性の健在を確かめ、納得できたわけである。

山本たちは伊勢らの指示に従いかなり走って、これも十・八山本の曽遊の地である日比谷野外音楽堂のそこだけぼんやりと明るい一画にたどりついた。確認したところ日吉文では狩野と小田がまだ戻ってこない。待つことにしたが、戻った人数がかなりの塊になったころ、リーダーらしき男が山本らをまわりに集め、「もう一度突っ込もう」という主旨のアジテーションを短くやった。こんどこそ調子も中身も恰好だけ、まったく本気の感じられぬ提起であり、じゃこっちもそのつもりでもう一丁いこうかと山本は自分の「ゲバ棒」を手に取った。すると山本の耳もとで、かつて一度だけきいたことのあるブーンと虫の羽音みたいな、小うるさい声がスッと触れた。

「よう。きょうは新宿の時とは違ってデモスタイルじゃあないか」

プレス国崎が得意の大カメラ、腕章で「武装」して、学生プレススタイル、デモ同伴スタイルで対抗的に、山本にまっすぐに論争を挑んできた。「おまえはいったい何者か。何様か」と。山本は黙って見返し、国崎の眼に一瞬だけ戸惑いの色がよぎるのを見て、あとは国崎の同伴プレス的屈折を単に無視した。山本はリーダーの指示どおりに再度みんなと一緒に出て行き、一度だけワーッと「突入」のかたちを作ってから十・八、十・二一の際と同様に身をひるがえして野音の集合地点にかけもどったのだけれども、十・八、十・二一の山本とは思考・行動の前提がもはや違っていた。今の山本には、十・二一の夜、新宿駅前の陸橋上では山本と国崎の間に存在して、否定的にであっても両者を結び付けていたネガティブな連帯感＝学生大衆の立場からする党派政治一般にたいする違和感の共有は、十一・七の今日、山本が国崎のプレスの腕章をもはや同情も嘲りすらもなくただ見返した時に失われていたのである。この喪失のプラスとマイナスは今後の山本がみずから背負ってゆく主題の一つとなるはずだ。

もうしばらく待ったが、狩野と小田はとうとう戻らなかった。翌八日、山本は日吉で救対の大塚に狩野と小田が昨夜最初の衝突の際に逮捕されたことを知らされた。伊勢は笑って「初犯だから三泊四日でパイだろう。二人ともすぐに戻ってくるさ」と明るく言った。

十一・八　日大全共闘により占拠、管理下に置かれていた芸術学部校舎へ、反スト集団「関東軍」が殴り込みをかけ、以後対立する両者間に激烈な暴力的衝突がくりかえされる。十一・一二、日大芸術学部に機動隊導入、全共闘側は徹底抗戦した。十一・一四、日大農獣医学部に反スト「右翼」集団の殴り込み。バリケード死守。これ以降、日大闘争において表出された全共闘側の「対抗的」暴力のしいられた徹底性は、「新左翼的なもの」全体の闘いのなかに新しい、しかし立ち止まって己のこととしてこの時みんなが内省すべきだったかもしれない「暗さ」をもちこんでいく。

第二部　東大「決戦」

一　山本君は新クラス委員

十一・一〇　沖縄主席・立法院選挙において主席に野党統一候補屋良朝苗が当選し、立法院では保守が過半数を得た。

十一・一一　午後、日吉文自ルームで日吉文会議。昨日釈放になった狩野と小田は伊勢が予言したとおり「とれたての飛び魚みたいに」ピンピンしてルームに復帰し、留置場初体験を「朝の味噌汁はうまかった」「同じ房のチンピラが学生運動だというので俺を立ててくれた」等々面白そうにこもごも語った。新生日吉文はともかくにも十一・七沖縄闘争にかかわったメンバーが全員顔をそろえ、これに久しぶりに顔を見せた藤木がくわわってめでたく発足の運びとなった。出席者は狩野、藤木、青木、勝見、小田、立石、大塚、山本、それに伊勢である。藤木の再登場は日吉文狩野、青木、勝見の要望を受けて、伊勢が藤木と会って藤木の希望を聴取したうえで実現した。狩野らと藤木のあいだには友情があり、伊勢にはブント党派政治の立場から全学闘旧マル戦グループの中山に高く評価されてもいた藤木を説得して、可能ならこんごはブントの日吉文の一員として能力を発揮してほしいという期待があったと思われる。一方で、旧マル戦の中山たちにしてみれば、藤木を介してこんご日吉文たちにブント伊勢の指導に対してただついていくのではなくて批判的・自立的にかかわってもらうための貢献を藤木に求めていたかもしれない。藤木本人は以前とかわらず、淡々として言葉少なかったが、考えるところの多い日吉文復帰だったろうと山本は思い遣った。十一月六日に伊勢の指示をうけて狩野、青木、大塚で話し合って決めた、沖縄闘争後に予定したこの日の日吉文会議の議題は、①新日吉文のメンバー構成。②新日吉文の活動方針決定に向けて。いずれも米資闘争、とりわけ九月以降の日吉文の闘いの自己批判的総括を推進して行く立場から、①②について大まかな合意を図ることにしたものである。

まず①。近日中に新クラス委員を選出、かれらの互選で新日吉文常任委員を決める。ここにいる僕らがクラス委員に選出されることが前提になるが、今日このメンバーから「常任委員候補」を決めておきたい。僕らが決めた『候補』がクラス委員多数の反対がない限り承認されると思う。「委員長、副委員長、日吉自治委員が役職だ。必要があれば、役職を新しく考えて常任委員の人数を増やすことはできる」狩野は意見がある人どうぞ、立候補の意志がある人も言ってくださいと言う。みんなはしばらく黙り、それから大塚が「狩野、藤木、青木にやってもらおう。それぞれ委員長、副委員長、日吉自治委員ということで」と発言、山本らを含め推薦された当人たちもこの三人の常任委員、三役就任に異議はなかった。つぎに常任委員の数を増やす必要があるかどうか。小田は挙手して、増やすべきか否か自分に意見はないが、増やすと決まった場合、自分はかりに選ばれたとしても辞退したい。そういう責任を果たせる器でない自分が米資闘争をつうじてわかって来た、今後の生活をどうするか考えてみたいのでよろしくと語った。小田は「ブント」とか「常任委員」とか「責任」とかを自分の生き方として考えるというより、面白い生き方の例と視て、しばしということならつきあってもいい位に淡々しく受け止めるべしと考える、いわば自分の信念から斜に構えて「生活」に対するような青年であり、しかもまた決して眼前の課題から逃げを打つような人物でもなかった。山本は小田の日吉文休養宣言を親しく付き合ってきた仲間としてさもあらんと了解した。「気が向いたら遊びに来いよ」と青木も言った。

「勝見と山本はどうする。君たちは日吉文の内で今後の決定に活動に加わっていくべきであり、外から立派な批評をくだしたりお手伝いしてくれたりして君らの貴重な才能と情熱を浪費するのはこれでひと区切りにしてはどうか」伊勢は山本に、これ以上まだ「オブザーバー」の立場で立派な意見を述べたり活動したりするというのは誰の眼から見ても自然でないとたしなめた。日吉文は常任委員会議で協議して物事を決め、事柄を実行にうつす。勝見と山本は「米資闘争総括」の実践なんだと思い決めて会議の一員にくわわり、責任を担ってほしい。狩野たち三人の意見でもある。

「やっても構わないが、協力はしますという姿勢で、やれることはやります」と勝見は正確に物をいおうとしてかえってわかりにくく答えることになってしまった。山本は「僕も同じ。みんなと一緒にやっていくつもりですよ」と山本なりにヤル気を示した。立石は「常任委員候補は遠慮させてもらうけど、呼んでくれれば手伝うつもりです」とこちらも慎重に言った。

②について。日吉文の米資闘争総括をとおして十一月から来春までの活動方針を打ち立てること。伊勢の提案。「……われわれの総括、方針を考え抜き、討論するために、適当な場所を選んで、日吉文の合宿を考えてはどうか。今月下旬に東大で、東大・日大闘争を頂点とする全国大学における闘いの飛躍をめざして大きな集会が計画されるかもしれない。そのさいには全国各地から、われわれブントをはじめ、日共・右翼の「収拾」策動に抗してスト・占拠闘争の飛躍を担わんとするすべての学友諸君が結集することになるだろう。新日吉文も結集したいし、すべきだ。このメンバーと、篤志の学友たちとともに合宿して、考え、討論し、自分達の方針を携えて全国学園闘争の現在が一堂に会する場所に加わってみないか」と。日吉文たちはこれをおおむね、ただしいまのところ夢に近い出来事として「いいじゃないか」という表情で受け取った。それからがやがやと俺たち以外でどういう人に参加を呼び掛けるか、米資闘争総括の討論をどう進めるか、合宿だから「学習会」なんかするとしてテキストは？　担当者は？　誰が何を引き受けて分担するか？　伊勢は米資闘争総括の討論のために自分がブントの立場から私案を作っておこうといい、「合宿のまえに仕上げて、あらかじめみんなに見

てもらえるようにしておく。みんなが考え、自分の意見をまとめられるように書きます。学習会もやるとしたら、テキストはどうする。提案があるかい」とみんなを見まわした。

山本はマルクスとかレーニンとかをきちんと読んだ経験がない。合宿での学習会で、そういう文献ととりくんで、自分が漠然と求めている人生の意義みたいなものに触れることが出来たらと思い「伊勢さん、ただ勉強部屋での勉強ではなくて、日吉文である僕らが自分自身のこととして読める本を紹介してください。合宿中寝食ともにしてみんなで討論しながら読めば身につきそうだから」とリクエストした。

「俺もちゃんと読んでないんだが」伊勢は少し考えて「みんなで『ドイツ・イデオロギー』に取り組んでみるか。日吉文と山本は一個の「私」としてどう生きるかと問題を立て、「革命運動」を選択肢の一つと思い描いているると思う。一方「プロレタリア革命」は選択肢なぞではないのであり、選択する以前に避けがたく既にそのうちにすべての「私」が在る生のかたちだという見方もある。俺は『ド・イデ』の、すべての「私」はプロレタリア革命を志し闘う生を生きるしかないというメッセージを運命論でなく、科学の真理だと読んだ。日吉文と君がこれをどう読むか興味がある。山本がチューターやったら面白いかもしれない。他にレーニン『何をなすべきか』を読書会したい。日吉文の米資闘争総括を前進させる上で、必読だと思えるから」とこたえた。

話し合った結果、合宿の「学習会」の中身がだいたい以下のように決まった。学習会担当は山本。テキストは『ドイツイデオロギー』と『何をなすべきか』、参加メンバーは一読しておくこと。山本は「ド・イデ」、伊勢は「何を」のレジュメを用意すること。これとは別に伊勢が担当する「米資闘争総括文」も、合宿まえに配布するので一読しておくこと。

「年末から来春にかけて、東大・日大をはじめとして全国学園闘争は「決戦」段階に入る。われわれは米資闘争の総括を携えて「決戦」にどのように、またどの程度かかわっていくかはその時の情況いかんだが、とにかくかかわることになろう。四月には沖縄デーがあり、沖縄の地位をめぐって全左翼が決起する。日吉文は勉強して「その日」に備えておこうではないか」伊勢は新日吉文たちに気合を入れた。伊勢のブントが何かを志してるらしいとはこのかんわかってきたが、だからといってそれは依然としてあくまで選択肢の一つであって、唯一のそれとはまだまだ見えないぞと山本は思った。狩野たちも同じ思いでいるように見える。そこらへんのところを合宿で伊勢に伝えてやろう。山本は「勉強」に闘志がわいた。

十一・一二　東大闘争においてすべての当事者がその「決戦」段階へ進み出る起点となった一日。昨日当局との交渉を打ち切って全学封鎖方針を決定した東大全共闘は、この日午後四時過ぎから安田「解放講堂」で総決起集会をおこない、集会後工学部一号館の封鎖に踏み切った。対して組織防衛第一で当局と結託し、「話し合い収拾」路線を決断した日共・民青は、「都学連」と称する外人部隊を導入、全共闘部隊との暴力的対決に踏み切り、双方から負傷者七〇名を出す。以降東大闘争は、全学封鎖方針をめぐって、全共闘対日共・民青のあいだでそれぞれに「外人部隊」と結合しつつ、全国学園闘争総体の黒白を争う「決戦場」に転じて行く。

山本は七・五日吉学生大会いらい四か月ぶりにクラスの必修語学の教室に顔を出し、授業のあと親しくしている平岡、市田、谷の三君と日吉裏の喫茶店に山本が希望して入って話をし、十五日昼休みに予定されているクラス委員選挙のさい手伝ってもらえないかと頼み込んだ。「七月の日吉学生大会の時からこっち、俺クラスを離れたままだろう。正直みんなが米資闘争とか、自治会とか、クラス委員とかにどういう関心をもってくれてるか、ましてクラスにほとんど顔を出さないまま来てしまった俺がさ、いきなりぬっと入って来て、クラス委員の選挙です、協力願いますとなっても変なものだと思うんだ。どうこの選挙をすませられるか、知恵を拝借したいんだが」

「いいよ。山本は何か心配らしいけれども、わがクラスは山本の論敵太刀川や大石を含めて山本個人に対してアレルギーは別にないし、おまえさんが教室で当日クラス委員選挙の事を説明すれば、普通に協力してくれると思うよ。自薦、他薦で候補をだしてくれと呼びかければ、複数その気になる人間はいる。そこは安心していていいと思う」と平岡が言った。前期のクラス委員だったがやる気はなかった大石に唯一最後のご奉公で今度のクラス委員選挙を取り仕切らせればいいんじゃないか。案外気がいい奴だから、言えばやるだろう。僕は山本を推薦すると谷君は言う。大沢なんかもクラス委員になるかならないかはとにかく、米資闘争の間ずっと、自治会の活動に協力したがっていたが、セクトや自治会には大沢や僕らの協力を受け入れ共同していこうという思考や行動が欠けていたなと市田君が指摘するのに、山本はまったく異議なしと思い、自分が勝手にクラスメートたちに自分から壁を作ってしまっていながら、もしかしたら俺、無理解、無関心の壁に取り囲まれていると逆様に事態を受け取って過度にビクついている滑稽をかえりみた。平岡たちはクラスの連中に十五日のクラス委員選挙のことを伝え、協力を依頼しておこうと請け合ってくれたし、谷、市田両君は、日吉文合宿の「学習会」に興味をしめし、学習会には加わりたいと申し出て山本を喜ばせた。米資闘争に日吉文オブザーバーとしてかかわってきた山本は、すくなくとも自分のクラス仲間に何人かの理解者は得ているのであり、「学生大衆の立場」で物を考え行動したいとする山本の志向には、いろいろ問題はあって内省が必要だが、だからといって全然間違いだったわけではないんだと、平岡たちとのやり取りから少し元気を取り戻した。

それで問題の『ドイツイデオロギー』であるが、とにかく一読はしたものの文学部一年坊主山本の学力では到底「レジュメ作り」など無理というのがまず読後感のすべてだった。読みながら、立ち止まったところに？や!をつけたり、短く思いつきを書き込むくらいがせいぜいで、学習会には「抜き書き集」を用意して資料にしてもらおうと考えた。「フォイエルバッハ・テーゼ」の「十一」の有名な一行「哲学者たちは世界をただ様々に解釈してきただけである。肝心なのはそれを変えることである」について、ブント党派政治・「職革」志望者伊勢がどういう「解釈」を示すか、山本はよく見ておきたいと思った。

一方の『何をなすべきか』はおもしろく通読することができた。何だこれ、伊勢さんのわれわれにたいする日頃の教育的雑談の種本じゃないかと思い、こちらは学習会らしく日吉文たちにとっても伊勢さんにとっても有益な討論がやれそうだと山本は心がはずんだ。「反戦平和」の「自然発生性」は、そのままでは反権力闘争へ、「全体性の革命」へ進み出ることは「できない」。ではどうするか。ブント党派政治で頑張ってみるか。どのように頑張る？　山本と日吉文は「いかに」を伊勢に問い、論じ合うべきではないか。

十一・二五　昼休み、文学部一年各クラスでクラス委員選出へ。山本のクラスでは前期クラス委員大石が渋々選挙事務を引き受け、後期クラス委員候補として谷が山本を、岸和代さんが大沢を推薦して、候補二人がそれぞれ前に出て簡単に抱負を語った。山本は米資闘争にひきつづき、反戦平和の運動に自分なりにかかわって行きたいと述べ、大沢は自分たちの大学、自分達の文学部をもっと自由にもっと面白く過ごせる場所にしたい。山本が反戦平和の理想を大事にしたいというのに自分は賛成だと声に力をこめて語った。投票結果は以下のとおり。投票総数二十八。山本・十四。大沢・十三。白票一。後期クラス委員に決まった山本は一礼して「よろしくお願いします」と当選挨拶、クラスメートたちは拍手して席を立った。日吉文自ルームへゆっくり取って返しながら、山本は選挙の結果にホッとしたというより、大沢君と一票差の「当選」だったことに、学校の小さな一クラスの代表選挙なのだが、どうでもいいとは感じないで、自分というものを本意でなく「剝き出しにされた」不安というか、軽い恐れをおぼえさせられて気が滅入った。大沢君はいい奴で、友人仲間の信頼が厚く、米資闘争の以前から山本みたいな我執のかたまり男にも心を開いて接してくれる大人物だ。そういう彼とこの自分を並べて、どっちを自分たちの代表にしたいかときかれたら、俺自身が俺なんかに入れず大沢に入れるだろうなと思うのだ。すると？　山本はせっかく選出されたけれども、大沢とのあいだにほんとはもう少し票差が欲しかったのか？　多分そうなのであり、そういう自分の気持ちの「自然発生性」が嫌なのである。こんな「自然」を軽々とのりこえさせてくれる「目的意識性」とやらがあるというなら、すぐにもそこへ駆け付けたいものだと山本は考えた。

午後三時より、新クラス委員たちに集まってもらって文連本部室で日吉文常任委員の選出をおこなった。集まったクラス委員は十名。そのうち狩野、藤木、青木、勝見、山本は、クラス委員に示された「常任委員候補」の五名であり、他の五名は全員、「候補」の狩野以下に特段の反対意見はなかったので、日吉文常任委員五名が確定した。委員長狩野、副委員長藤木、日吉自治委員青木である。勝見は日吉文会計担当、山本は学習会担当とする。最後に狩野が立って常任委員を一人一人紹介し、日吉文合宿を予定していること、クラス委員の皆さんと、関心があるすべての学友に参加していただけると有難いと述べて会議は終了した。

常任委員五名と救対大塚は日吉文自ルームに戻り、待っていた伊勢とともに日吉文合宿準備を議題にして常任委員会を開いた。狩野「僕ら六人で合宿実行委員会を構成して、各人任務を分担し、最終的に合宿での討論、学習をとおして後期日吉文の活動方針の決定にたどりつくことをめざします」と。合宿期間・十一月一九日から二二日まで。二二日は、合宿先から日吉へ戻り、予定されている「東大闘争支援」集会に参加する。合宿場所・高尾ユースホステル。ユースホステルは朝が早いからそのつもりで。「慶大哲学研究会」名で予約した。合宿日程・一九日＝米資闘争総括。討論資料として伊勢の「総括文」を使う。合宿に臨んでみんなは一読し、検討しておいてください。二〇日＝学習会。「ドイツ・イデオロギー」（山本）、「何をなすべきか」（伊勢）を読み、討論する。両書を一読しておいてください。山本君が作成したガリ刷りのパンフ「ドイツ・イデオロギー抜き書き」を渡します。二一日＝続学習会。日吉文方針について、討論。二二日＝まとめ。

「合宿参加呼びかけにとりかかろう」と狩野はみんなにそれぞれの目算をきいた。対象は日吉文関係者、全学闘のマル戦グループ、また「篤志」の活動者たち、新旧のクラス委員たち、僕らのクラスメートたち、新聞会の国崎、川辺両君など。藤木は元全学闘の人には自分が伝えようといい、青木は「文学部討論会で一人断固としていた彼女な、今日来なかったけれどクラス委員になったらしい、大下恵子に呼びかけたい。俺がオルグを担当する」と請け合った。山本はクラスメートに呼びかける、参加呼びかけのビラは俺が作ろうといった。勝見は合宿の準備費用の予算案を示し、買い物したら領収書を取っておくようにと注意する。大塚は言ってくれれば可能な限り合宿関連の雑用を引き受けると約束した。午後六時、常任委員会終了。伊勢はみんなに「米資闘争総括」文書を渡して読んでいいたいことをまとめておいてくれと注文した。

十一・一六　山本は伊勢の「米資闘争総括」文を一読し、米資闘争を主導した全学闘マル戦とフロント自治会にたいする批判、無党派日吉文の「可能性」評価の明快さに満足をおぼえた一方、いささか首をかしげもした。読後感のかなりの「快」と若干の「警戒」は先に読んだ『何をなすべきか』の読後感と似ていた。伊勢は米資闘争にたいして、ブント党派政治の要求を代表してつぎのようにいう。マル戦全学闘とフロント自治会は夏休み明け九月闘争の方針をめぐって対立、八・三一「内ゲバ」にいたった。が両者間の「対立」はじっさいには見かけの差異にすぎず、両者は「反戦平和」の理念に自閉してじっと動かぬ学内主義において根底を同じくする。このストこの占拠から、全体との結合に進み出るのでなく、この部分に閉じこもり、全体への志向を去って、学生大衆との結合を失い、占拠解除、スト解除を余儀なくされた敗北のプロセスから何を学ぶか。無党派日吉文のバリ出入り「チェック」を介して学生大衆の要求との結合の模索、十・二一防衛庁闘争へ、全学闘、日吉文と、「篤志」の学友諸君が日吉バリストから出撃し闘い、バリストから「追いやられている」学生大衆に呼びかけたこと、少なくとも慶大米資闘争を国際反戦闘争とのつながりの中に位置づけんとして立ち上ったこと等に、総括のあるべき方向の示唆がある。学内反戦平和から、学内・外を包み込むおおきな反権力闘争へ踏み出すこと。……山本の感想の「快」は、諸党派、諸個人の、戦争反対、米軍反対の心情の「自然発生性」への「拝跪」は必然的に学内閉じこもり、学外排除のスト・占拠の内容なき自縄自縛に陥って、必然的に負けるという理屈のわかりやすさであるが、それはそのままで現実の闘争とか人間活動の高揚と消耗とかをそんなふうにわかりやすく整理できないのではないか、伊勢のリクツの網の目は結構粗いんじゃないかという疑問にもなる。伊勢の総括の立場は慶大米資闘争を党として支援する「社学同書記局」の「学対」の立場だ。全学闘、自治会、日吉文が「内」ゆえに陥るマイナスがあるとしたら（現にあるのであるが）、「外」に伊勢があるゆえに陥らざるを得ぬマイナスもありうるのではないか。山本は合宿の場で伊勢のことば、理屈の「明快」に、いくつか疑問を提出してみようと考えた。伊勢の日吉文への期待は有難いが、期待の方向は必ずしも明快とばかりいえないのだ。

十一・一七　東大全共闘代表山本義隆、日大全共闘議長秋田明大は共同記者会見をおこなって、二十二日、東大安田講堂前広場において「全国学生総決起大会」を開催すると発表した。全共闘の全都動員部隊、日共・民青の全国動員部隊の集結がはじまる。

伊勢は日吉文合宿最終日に、東大闘争が迎えた転換点で東大全共闘によって構想された十一・二二「全国学生総決起集会」への参加を提起した。この時点において伊勢が、「集会」の意義、スケールや中身をどこまで、どのように承知していたかはよくわからない。が、集会のこの一日がのちにしだいに明らかになって行くのだけれども、新左翼諸党派、活動家たち、「篤志」の者たちが、己を「賭けねばならぬ」決戦への出発点になるなぞとは、伊勢に限らず、東大全共闘たち自身を含めて誰も考えてはいなかったはずである。伊勢も日吉文たちもその点では同様に、東大闘争は六八年全国学園闘争において、日大闘争とともにもっとも有名な代表的「大学闘争」であっても、慶大米資闘争と日吉文たちと、ブントの学対伊勢にとってはあくまでよそ様のもめ事であって、東大全共闘と東大の一般学生一般教職員の担い解決に努めるべき問題であり、したがって基本的に「他人事」であり、まして己の存在を問われるような、生きるか死ぬかの「自分事」などではまったくなかった。日吉文合宿のなかで、日吉文と伊勢たちが東大闘争へのかかわりをせいぜい頼まれたら自分事に差支えがない限りでお付き合いしましょう位に簡単に考え、十一・二二集会への参加を決めた事実は、決してかれらが全国大学の学生たちのあいだで特別に迂闊だったわけではない。

二　高尾ユースホステルにて

十一・一九　日吉文合宿第一日。参加者は日吉文狩野、藤木、青木、勝見、山本、大塚。ブント学対伊勢。旧マル戦の徐さん（この女傑の参加に山本は驚いたが、彼女個人の希望でというより、党派としてのマル戦派がブント伊勢の日吉文指導や日吉文たちの現状に批判的に立ち会いたいと考え、豪胆な徐さんに合宿参加を依頼し徐さんが応じたということのようである）。「学習会」にだけ山本のクラスメート市田君と谷君、また旧マル戦グループの一員で、米資闘争中に二、三回警備室に顔を出し、日吉文たちに「マル戦派の理論」を語ったことがある非常に温厚な、「革命理論」を後輩にじっくり語りたいと意気込む三山さん（経二）が加わる。十一・一「文学部討論集会」の庭に咲き匂った一輪の花、青木が「オルグする」と張り切った相手、ペンクラブ部員で山本の知人でもある大下恵子は、青木の熱心な「オルグ」を品よく謝絶して参加しなかった。

狩野以下日吉文たちとブント伊勢、旧マル戦派徐は午前十一時までに全員、宿舎「高尾ユースホステル」に到着し、会議室でユース側からホテル、旅館との違いを縷々説明された。要は娯楽施設ではなくて修養・学習の場であり、時間割、諸規則を遵守して意義ある生活をおくられよというお話であった。狩野が「僕らも勉強するつもりでやってきました」と四角くあいさつした。会議室には文学全集を並べた本棚があり、隅にはギター、ピアノなど楽器類がおいてあり、ここで演奏してはいけないのだろうが、ピアノを弾きたいときどこで弾くのか少し不思議だった。ユースホステルだけにこの程度の問題はとっくに賢く解決されているのだろうとそれ以上考えるのはやめにした。宿舎は細い清流を見下ろす林間の洒落た赤い屋根の二階建てで、風呂は大きくて新しかった。夕食後、会議室で「米資闘争総括」を主題に、伊勢の総括文を真ん中に置き、伊勢から説明があり、日吉文たちの質問、討論がはじまった。

「ブントの学園闘争論を紹介します。昨六七年われわれブントは中大学費値上げ闘争を主導して、学費値上げ白紙撤回をかちとった。「勝利」であり、めでたくスト解除、大学正常化という道がこれまでの「学園闘争」であった常識を、われわれが破って、その先へ進み出ようと挑戦したことに御着目を。すなわちわれわれは値上げ白紙撤回をかちとったとき、これを闘いの終了、スト解除の決定とするかわりに、新たに「大学の反国家コンミューン建設へ」向かわんとする闘いの出発点とする「スト継続」方針を提起し、学友諸君に呼びかけることにした。当局の白紙撤回に歓喜した学友諸君は、われわれの新たな提起にどう反応したか。みんな一斉に鳩が豆鉄砲喰らったような顔になった。びっくりして、ある者は文字通り腰を抜かしてしまった」伊勢は日吉文たちが失笑すると、自分も苦笑しながら「そうなんだ。あの時はかれらも笑うしかなかったんだ。しかしわれわれはそれでも訴えた。ストの当初の目的は達成した。がその達成は、本当はわれわれがストに打って出て、勝ち取ろうとした目的の全部ではなく一部であり、学費値上げ反対の闘いを通して真に勝ち取りたかった大目的の一部、一面でしかなく、われわれのストライキ闘争は国家権力から自主独立して、戦争に加担する国家に対して「反」を突き付け続ける「大学」を創出せんとする闘いでこそあったのであり、いまもあるのではないか。学費値上げ白紙撤回は闘いの一里塚であり、通過点であっても、全然ゴールなどではない。そこでわれわれは提起した。闘いはよく言って道半ばである、反国家の「大学」建設へ向かってスト継続をと」

「結果はどうなりました」と青木。

「徹夜の討論になり、明け方中大闘争委員会の提起は否決され、ストは解除された。ブントと闘争委員会は中大学費闘争を「革命的敗北」の経験として総括した。学費値上げ白紙撤回を「勝ち取った」闘いを、われわれが「大学の反国家コンミューン建設」の手前における「敗北」であり、真の「勝利」への出発、闘いの継続の要求であるととらえかえしたことに注目してほしい。慶大米資闘争総括は日吉文、全学闘、また日吉ストの「主体」である学生大衆がいかなる敗北を「敗北しえたか」が核心になると俺は考える。諸君の意見をききたい」

「びっくりして笑うしかなかった学生たちに理があり、びっくりさせ笑わせた中大闘争委員会のほうには理が足りなかったように僕にはきこえる。学資値上げ白紙撤回は今ここで現に獲得された現実だが、反国家コンミューン建設云々は現在のところ夢みられた理想でしかない。理にかなった現実（学費値上げは現に事実白紙撤回されるんだ）を理がまだ大いに不足している夢の名において否定するのは、学費値上げ反対ストを闘いぬいた学生たちを説得できないのではないか。説得できず、学費値上げ白紙撤回にとどまったブント指導部の現実を「革命的敗北」と表現するのは言葉の遊びだ。言葉で現実を覆うことはできないと思う」つかえつかえ勝見はいった。

「俺は勝ったか負けたかを議論しようというんじゃない。勝ち負けは兵家の常なので、中大闘争でも慶大闘争でも勝ち負けそのものでなく、どのように勝ったか、どのように負けたかを問うことが総括の核心なんだ。米資闘争の十月三日の「占拠」解除、十一月二日の「無期限スト」解除はどういう敗北だったか、もっと踏み込んでいえばどういう敗北としてあらねばならなかったか問うところから総括が始まると言ってるんだよ。塾監局占拠の解除はどういう敗北だったか、そしてわれわれはこれをどういう敗北に「しなければならない」か。諸君の体験にてらして意見をきかせてくれ」

「自分は個人として塾監局占拠闘争に参加し、途中で考えるところがあって以後もどらないまま今に至っています。考えることは今もつづいています」藤木ははじめて山本たちの面前で自分を語ろうとしていた。寡黙な、日吉文メンバー中で唯一山本のよく知らぬ、しかし狩野ら日吉文仲間には尊重されているこの人物の言葉に山本は聞き入った。「十月三日から少しして占拠解除の事をきいたとき、自分のそれ以前にした占拠闘争からの離脱とあわせて、米資闘争は敗北したと感じたことをおぼえています。その後日吉バリストへ戻って、闘いを継続しようという「解除」決定だったとしても、それは勝利でなくあくまで敗北だったと自分はうけとめた。十月三日夜、占拠の最後の会議で、占拠解除か、継続かを論議したさい、伊勢さんは解除拒否、徹底抗戦を主張した少数派の一人だったと聞いています。それをいまどう振り返りますか。やはり「革命的敗北主義」を動機にした主張だったということですか。それとも本気で、つまり「主義として」ではなくて今そこに生きんとする一個の闘う私としてたてこもって抗戦しようという決意の表明だったのですか。中大学費闘争を指導して、値上げ白紙撤回をかちとったうえ、さらに「大学の反国家コンミューン建設」を新たに掲げてスト継続を提起して、「当然にも」負けてスト解除に至った経験を、ブント指導部は「革命的敗北主義」と振り返った。かれらの「スト継続」提起はとても本気だったとは思えませんが。「いってみただけ」のスト継続提起ではなかったのですか。十・三の伊勢さんの「徹底抗戦」提起はどこまで本気でしたか」

「俺は本気で発言したし、徐さんの解除反対も本気だったと思うよ。一方に解除しかない、日吉に戻って再起を期せという多数意見があり、そっちも本気だった。後者の本気が勝ち、前者の本気が力及ばず敗北した。要するに世俗世界での勝ち負けなんだ。中大闘争のスト解除と同様に。しかし我々少数部分による解除拒否・

徹底抗戦主張は「大学の反権力コンミューン建設」を求める主張でもあったのであり、今のところは少数者の夢であっても、その夢が占拠闘争の最後の場面で公然と主張された事実が大事なんだ。占拠闘争の最後に、単にスト解除の本気しか残らなかったら、十・三「占拠解除」の時点で、世界は米資闘争以前の世界に先祖返りして、闘う側の総敗北だけの世界になる。徹底抗戦の本気を内に包み込んでいる占拠解除であることをめざす。「革命的敗北」を担うとはそういう意味だと理解していただきたい」

「僕はあの場にいたけれども、解除要求の必死さのほうに徹底抗戦の必死さよりも迫力を感じた。いい悪いは別にして闘争心は伊勢さんのいう「革命的」の反対側のほうにあったのではないか。そこに総括のポイントの一つも事実として存在しているのではないか。徐さんはどう振り返りますか」山本は当時、徹底抗戦側の発言で唯一迫力を感じた徐さんの近況を知りたかった。

「私らは米資拒否宣言を要求して日吉でストをかまえ、三田で占拠闘争をおしすすめた。米資問題解決をスト・占拠解除にすりかえた当局、守る会連中にひっかけられて、ハイ、占拠解除しますなんて頭下げるのは真っ平ごめんだったね。今だって気持ちは一緒だよ。私らは米軍の戦争に反対し戦争協力の当局に反対して闘ってきたんだ。ひっかけられ、脅しつけられた以上、私らの答えが徹底抗戦以外にありますか。それは「革命的敗北主義」とかいう理屈とは別に感ずる。私は端的に「解除」はただ敗北だと思った。私にとって米資闘争は十月三日で終わりました。こういう終わり方からくみ取るべき教訓は何かとずっと考えています」徐さんはあの時の「解除」決定に「革命的」な何かを見つけるのは自分には難しいと言った。

「占拠解除は「守る会」の立場から見たら、全学闘と日吉文が敗北したんだ。しかしこの「敗北」は全学闘と日吉文が闘いの主体である学生大衆から孤立した結果の敗北で、「守る会」は学生大衆の一部の要求を体現はしていてもその全部ではないのだから、学生大衆の現在の要求との結合を求めている表現が、占拠解除という

「敗北」として全学闘と日吉文につきつけられたとうけとめることもできるのではないか。その意味では占拠解除に至ったプロセスは、闘いの主体からの、今ここからやり直せというメッセージだったともいえる。あえて「革命的敗北」という言葉を適用するなら、総合的に占拠解除・日吉バリ還帰を選択した全学闘中山さんの決断がそれで、徹底抗戦主張はその決断を補佐した、あるいは「評論した」というのが公平だと思う。日吉へもどってから、ではどこまで闘えたかはまた別の議論になりますが」山本は暗に十・三「占拠解除」の「革命性」を主張した。

青木が乗り出して「守る会や当局と、日吉文、全学闘の違いを自他にたいしてハッキリさせたいんだ。確かにあのとき徹底抗戦論と占拠解除論と、両様の「やむを得なさ」が存在していたようだ。きいていてそれはわかった。が俺は、徹底抗戦主張の論理的・倫理的正しさを闇雲に前に出すことを大事だと思う。いまのところは「言葉」「夢」のレベルにとどまっているが、実現可能な方針となることをめざす意志の表明として、俺はこのいまかつての徐さん同様、徹底抗戦、スト継続側につきたい」という。

「大学の反国家コンミューン建設という目的は魅力的だと思う。が想像するに、反国家コンミューンは、自らの内に反対者、対立者を含んで不断に揺動をくりかえす運動体であってはじめて生きた現実の革命機関＝権力止揚の生命体といえるのではないか。徹底抗戦か解除かではないので、抗戦側も解除側も、いっぽうを「粛清」しようとしたりせず、その矛盾対立を生き抜くことで共に「コンミューン建設」を推進すべしという約束を議論の前提にしたい。中大闘争のケースでは、学費値上げ白紙撤回を勝ち取った現実、しかしこの「勝利」に満足せず、さらにより困難な目的を新たに掲げて、それが当面支持を得られぬだろうと承知した上でスト継続を提起、予想通りに否決されてそれでストを解除、しかしこの敗北を「革命的敗北」と表現したわけです。「コンミューン建設」を提起しての敗北だからという理由で。では伊勢さん、われわれの十・三占拠「解除」は、革命的でないただの敗北ですか。それとも「徹底抗戦」論が「本気で」語られたうえで決断された解除であるから、「革命的」と形容していい「敗北」ですか。僕は「革命的」といっていいと思いますが」

「山本君と俺は革命的という言葉を違う風に使っているようだ」伊勢はいう。「俺は十・三の会議の中で徹底抗戦論が全く語られなかったら、米資闘争はあの時終わったろうといいたいんだ。山本が「革命的」解除をいうとき、その中に俺や徐さんの徹底抗戦論を批判的に組み入れつつ「革命的」という言葉を使っているというのなら、俺は山本の「革命的」と一致できるよ」

「でもね伊勢さん」藤木は首をかしげて、「十・三夜の会議で伊勢さんの発言した「徹底抗戦」論は言葉として語られたというだけで、それ以上ではなかったのではないか。占拠解除を語るしかなかった多数者の必死を退けることができるほどに必死ではなかったのではないか。なぜか。伊勢さんの徹底抗戦主張、「革命的敗北主義」の実行は占拠闘争を自分の心身で担う者たちの内からの声ではなくて、外からの「批評」の言葉だったからではないか。自分は占拠闘争から途中離脱しました。占拠の孤立を受け止めきれなかった敗北であり、孤立の自覚、それののりこえの工夫と実行こそが課題で、徹底抗戦すべきだったと単に語ることは、実行をはじめから捨てている外からの、どうとでもいうだけなら言える言葉にすぎないと思う」

「俺は自分を外の部外者、評論者とは考えていない。外と内のあいだに壁をつくって固定してしまうことが思考・行動上の大間違いだ。常識をいうが、外は内を必要とし、内は外抜きに、つまり外との生きた関係ぬきに内たりえない。内が外を、外が内を互いに排除しあったら、結果は共倒れに決まっている。十・三夜のことでいうと、俺のした外からの働きかけは、徹底抗戦主張だけでなく、全学闘リーダー二人が「守る会」に「ひっかけられて」拉致監禁にいたったさい、俺はブントの部隊に支援をもとめ、かれらも応じて米資闘争の危機にのぞんで我々の側にしっかりと立った。外の党が内の闘いに介入したのでなく、内の危機において、外と内の間の壁が両側から乗り越えられかけていたんだと俺は解釈する。結果はあのとおり、壁はのりこえられなかったが、内と外の両側において、のりこえ、行き来すべきであり、行き来することによって現にわれわれを前進せしめる「結合の壁」に転じつつある。全学闘と日吉文は頑張っているけれども、まだ内向きの傾向が強い。固定は死で、流動、活動が生だ。占拠、無期限ストは、固定がはじまったとき、流れが止まったとき、解除への坂道が待っていた。内の固定をゆさぶってくれるのは外、外からのお節介あるのみと心得てほしい。そりゃあ革命的敗北主義はまずもって言葉さ。が、外の言葉ゆえに、内の固定を揺さぶってくれる力はあるといいたかった」

総括のポイントの第二は米資闘争を国際反戦闘争とのかかわりのなかに位置せしめんとしたこと。全学闘と日吉文が米資闘争のバリケードから十・二一防衛庁闘争にくわわった経験の共有である。「……三田の占拠解除後、日吉バリスト闘争も後退を余儀なくされた。われわれの後退は具体的に、七・五日吉スト権の主体であった学生大衆が、自分たちの日吉バリストの外へ、米資闘争の外へ「追いやられた」状況でしめされる。追いやった元凶は第一に塾当局であり、反スト・反占拠の「守る会」分子であり、根本的には日米安保体制であるけれども、「外」なる反スト・反占拠側の攻勢に「内から」、結果としてこれに内応、呼応して、「支える」ことになってしまったわれわれ側の弱さを自己批判的に振り返っておこう」伊勢は「外」の反スト攻勢にたいしてなすべなく、七・五無期限スト決議の「内」に単に惰性的に閉じこもって自分の臍を眺めているしかなかったわれわれの弱さが、闘いの主体学生大衆を「外」へ追いやった元凶の半面であると断定、ブントの十・二一防衛庁闘争の提起は、自分の臍を眺めて日々悶々と暮らす米資闘争の現状の突破、少なくともまっとうな対処を求める働きかけであり、全学闘と日吉文が顔をあげて防衛庁闘争参加、国際反戦闘争との結合に、日吉バリストの現状の打破の光を見出し実行した事実を評価したいと言った。「十・二一防衛庁闘争は、反戦平和の「自然発生的」

要求に「ただ乗り」する反戦行動ではないのであり、力にあふれたこの「自然」に反国家、反軍の「目的意識」を持ち込み、共有せんとする闘いであった。中核派らの十・二一新宿闘争はよくがんばったと思うが、根本的には人民大衆の盛んな「自然発生性」へのただ乗り闘争だったことに注目してほしいんだ。優劣をいうんでなく、自分の内外の「自然」にたいする姿勢の差異が十・二一国際反戦デーへの実践的かかわりの内容の違いで表現されていることをちゃんと見ておきたい。山本君の十・二一は防衛庁闘争を回避した。どういう考えがあったか、日吉文のみんなに説明してはどうか」

「防衛庁闘争の意義は伊勢さんに説明してもらって一応理解したつもりです。が、その理解に自分がついていけなかった。伊勢さんの語った十・二一闘争参加、防衛庁闘争の意義と、米資闘争の現在の後退とが、後退しつつある学生大衆の一人である自分の心身において結びついてくれない。伊勢さんが語ってくれた、前夜防衛庁に突入した突撃隊長には存在していた（と思えるような）確信が自分にはないんです。自分をこじ開ければどこかにあるのかもしれないが、一方ではそういう確信が心から必要だ、獲得すべきだとも思えぬのです。十・二一朝、突撃隊の突入をニュースで聞いて、あ俺は防衛庁に行けないと、その時はっきりしました。突入成功に感動して、じゃ俺もと身を起こしたのでなく、これで俺の場所はないとはっきりわかったのです。また自宅で十・二一する確信もない。午後ふらふらと自宅を出て、とにかくあんまり考えずに十・二一の都心に向かいました。そして結局、不思議なもので僕が下車した駅ははじめてヘルメットデモを経験した場所、新宿駅東口だった。騒乱罪になる前の中核たちと人民大衆たちのこれも不思議な「自然発生的」盛り上がりも見聞しました。帰りの電車で中目黒で途中下車した時、防衛庁から日吉へ帰って行く中山さんたちと一緒になりましたよ。最後に防衛庁と新宿駅東口がやあやあと顔合わせできた僕の十・二一でした」日吉バリストの後退を、十・二一国際反戦闘争との実践的結合で解決したいというのは理解できたが、確信は得られなかったし、いまもまだ内・

外の「結合」一般について確信が得られぬ経験が少なくない、ただそれでいいとは思っておらず、勉強しようと考えていますと山本は何とか弁明した。

「参加した側の狩野たちの感想はどうか」

「去年の十月二十一日、アメリカでおこなわれた「ペンタゴン大行進」をいまも鮮明に記憶しているよ。確かデモの先頭に山本が愛読してるノーマン・メイラーもいたんじゃないか。反革命戦争の巨大なシンボル＝ペンタゴンにアメリカの市民、学生、労働者、また数々の「セレブ」たちが団結して、ベトナム反革命戦争反対の声を上げた。声はたしかに日本の小さな一高校生だった俺のこころにも伝わって来たんだ。「結合」というのはそういうことなんじゃないかと思う」青木はいう。「七月五日、日吉学生大会で戦争と平和を論じ合い、米資拒否宣言獲得に向けて無期限ストを確立させた学生大衆は、九月から十月に至って、バラバラに散らばってそれぞれの小さな私に還って行ってしまった。闘いの外へ追いやられたかれら、一人の私に還元されてしまったかれらは、きっとしいられた分散孤立の「私」からの解放をこそ求めていたはずだ。すなわち日吉バリストの「内」にとどまってなかなか確信を得られず、確信を得たいわれわれと、「外」に追いやられて行き場のないかれらとは、山本の実感に反して、近近と向かい合い、互いが互いの鏡になりあっていたんだと俺は考える。全学闘と日吉文がブントの提案に乗って日吉バリストから防衛庁闘争へ跳躍した。だからといって、ワーッと感激したかもしれず、バカなと顔をそむけたのかもしれぬ個々の学生大衆たちがすぐに日吉バリケードの内に還ってくるなどとは思わない。が、われわれが防衛庁闘争へのかかわりをとおして国際反戦闘争に日吉ストライキ闘争を結び付けようとしたささやかな「跳躍」を一概に否定はしないと思っている。何かは伝わる。これは確信なんだ」

「僕は防衛庁闘争が面白かった。機動隊と僕らデモ隊のいわば整然とした型通りの、型にはめられて息苦しい闘争ではなかったんで、最初は隊列組んでインター歌って堂々の行進だったが、機動隊が出てくるとすぐにたくさんの小集団に分かれて進攻し退却し、隠れたり不意打ちしたり、武器といっても僕らは投石だけだったが、あの日の防衛庁周辺は変化に富むおおきな競技場だったな。自慢の丸太も何本か登場して花を添えた。山本が見た新宿東口の騒乱直前状態と少なくとも見たところは同質だったんじゃなかろうかというのが僕の実感だ。伊勢さんは中核の新宿米タン阻止との違いを強調するが、防衛庁と新宿東口が補完しあって、十・二一国際反戦闘争としての闘いが偶然を味方につけた我々の手で上手く作り上げられたと表現したほうが僕の実感に近い。山本も確信できるその手前で腰をあげ、ただ顔を出せばよかったんじゃないか」と勝見。

狩野はうなずいて「防衛庁闘争では僕も勝見と同じで快感が多い経験で、日吉バリストの「外」に出て行ってしまっている七・五日吉スト権の主体であり、僕らの拠り所である山本の言う「学生大衆」と共有したかったなと思うよ」といい、「だが一方で、自分のそういう望みが真直ぐに「外」のかれらに受け入れてもらえるかどうか、そこは覚束ない気もした。翌日、青木と二人で日吉へ戻り、昨日日吉バリにたいして破壊行為があり、今日午前中、日吉文の小田と立石がスト反対派の一部分子にフェアでない攻撃を加えられたことを知らされて、「守る会」たちの一部分子が越えてはならぬ一線を越えたらしいことをとにかく認識した。加えてさらに、十・二一に、一時的に日吉バリケードを留守にして全学闘と日吉文が防衛庁闘争に参加した選択が、反スト派の邪な分子には、僕らのうっかりあらわにしてしまった隙、弱さと映ったこと、「外」からはそのように見えたかもしれぬことは伊勢さんに見ておいてもらいたい。僕らは自分達の闘いの弱点の克服を期して、学生大衆の現在の要求との結合を求めて十・二一闘争に向かったのだが、それを日吉バリストの防備が物心両面において緩むことであり、米資闘争の後退、消耗ぶりの露呈と「だけ」見た世間というものがあること。そんな世間を僕は浅はかで卑しいと思いますが、世間の見方が僕の言葉で消えてくれるわけでもないということ。伊勢さん、僕にとって十・二一防衛庁闘争と、連続する反スト一部分子への自己批判要求とは同じ一つのことであり、僕らがそのなかで「世間」といかに闘い得たかが問われる経験だったのです。

　僕らは守る会の一部分子にたいして、日吉スト権への不当な攻撃＝バリ破壊と日吉文たち三名への闇討ちの自己批判を要求した。事実関係と責任の所在を明らかにしようということです。ストも反ストも立場は平等公平に尊重されるが、日吉学生大会の決議を守ろうとする自分たちに、暴力を含む一方的攻撃を加えることは、どんな立場にあっても許されないというのが自己批判を要求する根拠でした。そこへ小柳さんが現れた。サケと消火器と小柳さん出現がきっかけになって、自己批判要求の場は報復リンチの場に変わってしまった。小柳さんのみならず、その場にいた僕らの弱さ、僕らみんなの緩みによって。あの夜僕らのしたことは、七・五学生大会でのスト決議が要求した道徳規範からの逸脱だったと思う。……僕らは十・二一防衛庁闘争に参加して、学生大衆の現在との結合を求め、おおいに快を味わった。いまは「外」にあっても、七・五日吉スト権の主体だったかれらは、僕らが頑張れば支え続けてくれるだろうという「確信」が、僕らの体験できた「快」の基盤だった。しかし同じころに、僕らが留守にしていた日吉では、反スト分子の一部が俺たちこそ学生大衆の現在の要求を代表してるんだと「確信」して、僕にいわせると錯覚して、もう学生大会なんか蹴っ飛ばし、いち早く日吉バリスト破壊にとりかかっていたんだ。防衛庁闘争でバリ防衛を一時留守にしたから、錯覚した守る会がつけこんできたと言ってるのではない。十・二一防衛庁闘争の中で得た、「外」の学生大衆と「結合」できた「快」には、こちら側の弱さに発した「錯覚」の部分もあったといいたいんです。

　防衛庁闘争の直後、ストの正義と反ストの正義が、それぞれに自身に対する「錯覚」を含みつつ衝突した。自己批判要求が報復リンチに転じた時点は、厳密には小柳さんの「消火器」爆発で負傷した二名が救急車で運ばれた後、それでも無言を通す残ったメンバーへの追及が再開されてからだったと記憶します。彼らの無言はつづき、しだいに追及する僕らの側に「殴る」ことに対してこれまでは利いていたブレーキが利かなくなってるのを、僕自身の中に感じた。相手がただ黙るのでなく、むきになりかけたこちらを微かにせせら笑ったと見えたとき、手が上がりそうになった。このとき、不意に声がきこえたのです。「やめろ」と。周りをふりかえったが、みんな口を閉じてるんだ。するとこんどは目の前のせせら笑う反スト学生も、あの七月、日吉学生大会のなかにいた俺たち学生大衆の一人だったじゃないかという思いがきた。眼前の守る会一部分子をも含んで「学生大衆」であるんで、それが僕らの立場だ。したがって論争はある。自己批判要求だってある。しかしここで「殴る」のは、せせら笑いの隠れ場にこの自分が逃げ隠れすることであり、学生大衆の「立場」から転落することだ。僕は殴らなかったのではない。殴れなかったのだ。伊勢さん、その時なんです、十・二一闘争からひきつづき、二十二日の真夜中になって、僕ははじめて自分が「外」の学生大衆と共にある、ここにいるけしからん反スト男をも含んで学生大衆の現在と「結合」していると実感しました。まだよく整理しきれませんが、とにかく俺は「守られている」という感情です。十・二一防衛庁闘争に加わらなかった、加われなかった山本と、殴れなかった僕は、それぞれに自然に七・五日吉スト権の主体と共に今もこれから先もありたいということで一致できると思いますよ」

「日吉文メンバーがそれぞれに十・二一国際反戦デーを体験したということは了解した。俺の感想をいうが、防衛庁闘争参加と、翌二十二日の「守る会」分子への自己批判要求参加は、狩野にとっては一連の体験かもしれないが、原因とその結果ではなかろう。両方ともわれわれの弱さのあらわれだと一括りにしないで、前者は幸福、後者は不幸であり、前者は国際反戦闘争の必然を生きた経験、後者は偶然が不意打ちした事故というように区別して受け止めて先へ進むべきだと思うよ。小柳氏や、変にしぶとすぎる一部「守る会」分子のことは一つの教訓としてあっても、いつどこでも発生しうるような出来事ではないと思う。個人的な意見だが」

午後十時、就寝時間だった。日吉文たち、伊勢、徐さんは自室へ引き上げて行く。だいたい元気に見える一同だったが、山本には藤木の様子が少し気になった。もともとよく知らぬ、噂で聞いているだけの人物であり、そのかれの表情、言動が噂のかれらしくもなく、何かにつけて奇妙に自閉的なのだ。勝見にそれをいうと首を振って自分もわからないという顔をした。

十一・二〇　合宿第二日。午前六時、日吉文たちユース仲間は藤山一郎(?)の力強いバリトンが朗々と轟きわたる「ユースの唄」で熟睡のベッドの外へたたき出された。藤山はユース仲間全員が起き出さぬ限り、〽山よ、河よ、海よーと瀑布のような物凄い歌唱を絶対にやめてくれぬのであった。八時三〇分より集会室にて学習会、テキストはマルクス＝エンゲルス『ドイツ・イデオロギー』、チューターは山本である。はじめに山本は「抜き書きだけは何とか仕上げたが学力不足で、論の全体について自分の考えを示すという野心は無謀でした」と断って、フォイエルバッハ・テーゼを二項取り上げて、これに我々の意見、感想を述べあうことにしたらどうかと提起、一同は了承した。二項の一は「テーゼ六」、二は「テーゼ十一」である。六＝フォイエルバッハは宗教的あり方を人間的あり方へ解消する。しかし人間性は一個の個人に内在するいかなる抽象物でもない。その現実性においてはそれ(人間性)は社会的諸関係の総体である。十一＝哲学者たちは世界をただ様々に解釈してきただけである。肝心なのはそれを変革することである。

「テーゼ十一」を俺なりにいいかえると、人間は革命を夢み、ユートピアを思い描くことができる。しかし「肝心」なのはユートピアを「夢見る」ことしかやれない目下の社会的現実を「変革」して、ユートピアを夢から現実そのものにつくりかえる実践だ。夢でこの現実の矛盾を覆い隠すのではなく、「解釈」のユートピアのなかでままならぬ偽現実からしばし身を隠すのでなく、ユートピアの夢がもはや不要になる真現実の創出へ、変革の闘いへ自分の足で実際にふみだすこと。これでいいかな」と青木がいった。

「テーゼ十一」は現実の人間を「普遍人間性」の所有主としてではなくて(それは現実の人間をそのままで「ユートピア」

の住人とみなす誤りだ）「社会的諸関係の総体」とみなす。マルクスによれば、「世界変革」は普遍人間性の要求からでなく、人間が背負わされた、「人間性」の真理である社会的諸関係の総体の要求から出発する。ここはどうか。この「私」から出発するか。「社会」のほうから打って出るか」山本は問題を提起する。「僕にはマルクスが人間か社会かと問題を立て、社会的諸関係の「内」にいて、社会的諸矛盾とともにある人間と、同様に社会的諸関係の内にありながら、頭のなかではその「外」に自らを位置させて、「内」の矛盾対立を他人事として批評して、それで自分だけは「解放」された気でいる・いられる人間を区別し対立させて、前者をとり、後者を否定しているように見えるがどうか。僕はこうした対立の突き付けは狡猾なアジテーションにしかきこえないんだ。解釈か、変革か。やるか、やらぬか。革命か、反革命か。ストか、反ストか。これらはすべてアジテーションで、主体の自由を抑圧する文体になると思う」と。

「山本ならテーゼ六と十一をどういいかえる。相手を抑圧しない文体で」伊勢はリクエストする。

「社会が私を作ったか。私が社会を作ったか。君はどちらを人間世界の「主語」と考えるか。要するに、いよいよという場面になったら君は社会をとるか、私をとるかと問いたい。例を挙げると、文学者ではカフカが『変身』で、「虫」になってしまった主人公＝グレゴール・ザムザ君に、ラストで「私」を捨てて断固として「社会」を選択させています。反対に、ジョージ・オーウェルは『一九八四年』でロシア革命、社会主義、祖国大戦争を全否定して「私」をとった。『真昼の暗黒』とか『二十五時』とかも同じで、あれらは反ソ反共小説なんて評判されているけれど、僕にいわせれば「反スタ私小説」と正確に表現してもらいたいな。『ドイツ・イデオロギー』のマルクス＝エンゲルスはカフカとなら、厳密には「虫」になったザムザ君となら連帯できますね」

「米資闘争と日吉文は、また山本チューターはどっちの側にいるか、いたか。私か、社会か」と伊勢は笑いながらであるが、山本につきつけた。

「そういわれると僕はまた抑圧と感じてしまうんですがね。私か社会かだって、形式上は革命か反革命かと同じなので、社会か私かといいかえても、切っ先が少々丸くなっているだけで、つきつけはつきつり、鷹もスズメも鳥は鳥なんだから。しかしまあ微妙な違いはあるんだということです。僕は十・二一闘争のまえに、伊勢さんから防衛庁突入を実行する突撃隊の話を聞いて、突撃隊長を志願したという某氏の決意と実行を想像し、「殉教」という言葉を思い浮かべた。そしてかれは私をとったか社会をとったかと考えたが、結論は出なかった。ブントの理念に、国際反戦闘争の大義に「殉じた」ということであれば、そこには私か社会かではなくて、彼の決断と行動においては、「私」と「社会」が浸透しあって、妥協の知恵で某氏はあえて「殉教」にいたったんだと思う。一方で「殉教」ということはあるべきでないという考えもあるかもしれない。カフカ文学の「私」否認、「社会」の絶対肯定は息が詰まるけれども、『真昼の暗黒』の反ス夕の「私」は今になって再読すると弱い、浅いとも思える。米資闘争をとおして僕はたいてい「私」を中心にして考え行動してきたつもりだが、「社会」が私だというほうからも世界を視て行きたいという気持ちが今はありますよ」

「カフカは『変身』で「虫」にされた「私」のほうから、私を虫にした「社会」を告発していると俺は読んだのだったが、俺と山本とどっちが逆さかわからなくなった。文学とは普遍人間性の擁護であり、この私の世界を、抑圧の「社会」に対置して、役割を果たすんだと考えてきたが、マルクスはカフカと組んで、そいつは浅い、弱いと指摘しているのかもしれないや」青木が言うと、山本は「私は大事だが、私自身が思っているほど、あるいは私が思っているようには大事ではないんだというのがテーゼ六の心ではないかと俺は考えさせられたんだ。カフカとマルクスがもっと大事だと主張した「社会」というものがほんとのところ何なのかはまだよくわからないが」とつけくわえた。

途中から学習会にくわわった三山先輩は、フォイエルバッハ・テーゼが「モーゼス・ヘス」の影響下に執筆された、哲学者から革命家マルクスへ飛躍の第一歩であること、また『ドイツ・イデオロギー』の新研究の書だといって広松渉『マルクス主義の成立過程』を紹介してくれた。伊勢は「広松さんはブントの人だ」と誇らしげに胸を張り、狩野は三山さんが持ってきた広松本をパラパラとめくって「僕も買って読もう」と意気込んだ。同じく途中参加した山本のクラスメート谷君、市田君は、伊勢に感想を求められると、遠慮しいしい「正直、議論のなかに入りにくいという感想です。こっちの無学を棚に上げていいますと、言葉と気分が何と言うか、結社的、身内的と感じます。反発でいうのではなくて、入って行きやすい言葉、気分を工夫していただくとこっちは助かります」という。山本は彼らの言葉にあらためて自分の問題を意識させられて有難いと思った。

最後に伊勢が「まあ、私か社会かと詰め寄られたら、とりあえず社会にしますと応じるのがマナーじゃないか。何だかんだいってわれわれは社会のなかに生まれてきた私だからさ」といいド・イデ学習会を終わりにした。

午後一時より、伊勢がチューターで、レーニン『何をなすべきか』の学習会をはじめた。日吉文メンバーは伊勢の「米資闘争総括文」の種本（否、それどころか「第二次ブント」そのもの、伊勢らのブント統一派を成立させた「種本」の筆頭！）がこのレーニン著だとうすうす理解しつつあったから、これまでより構えた気持ちで伊勢の説明に聞き入った。「社会民主労働党の党内闘争が一方の指導者レーニンに「何をなすべきか」をかかせ、革命の党の建設へ、言葉のスローガンではなくスローガンの実行へ、レーニンの党を飛躍させた。経済闘争の自足から政治闘争へ、対権力闘争へ。自然成長から目的意識の獲得へ。改良でなく革命を。飛躍のカギは革命理論の獲得であり党建設であって、日吉文の「自然」からブントの「意識性」に向かって俺とともに学んでほしいという希望から『何を』読書会を設定した。日吉文は米資闘争から出立してブントとともにレーニンが歩んだ道を行く。行こうじゃないか」伊勢はアジ演説を一席ぶったあと、「革命的マルクス主義の党」対「経済主義の党」、「目的意識性」対「自然発生性」という、すでに日吉文らの耳に言葉としては沁みついてしまっているだろう思考図式で、昨日の討論をふまえつつ各自が米資闘争の経験を批判的に整理してみてはどうかと提案した。

「レーニンは断言する。革命の党が人民大衆の「自然」にたいして「外」から、あるいは「上」から、「目的」を持ち込む。人民大衆は「自然」が自らの内から「目的」を定立することはない、あるいはできない。自然としての人民大衆は「革命」と「反革命」に引き裂かれつつ運動し続ける全体である。「革命の党」は獲得している、あるいは獲得しつつある「革命的意識」を、人民大衆の運動の「自然」にたいして「外」から「上」から持ち込むことによって、自分と人民大衆を革命の未来へ出発させんとすると。諸君、これをどう受け止めるか」

「フロント自治会とマル戦の全学闘は七・五日吉スト権の主体学生大衆にたいして、「革命的意識」を持ち込む工夫・努力において乏しくて不足気味だったかな。今になってみれば」青木はいう。「俺たち日吉文は全学闘に求められてだけれども、日吉バリストの出入りのチェックを担い、七・五スト権の主体学生大衆の「自然」にたいして働きかけをおこなった。革命的意識を持ち込んだとはいわないが、米資闘争の主体はフロント自治会や三田占拠の全学闘指導部ですらなく、日吉スト権をうちたて、拒否宣言獲得をめざして頑張ったり頑張らなかったりしながら、個々それぞれに努力工夫をしているこの我々自身なのだと語り続けたつもりだ。が、何をなすべきかがこちらのチェックのなかには「頑張りましょう」以外の内容はないんだ。チェック「する」われわれと、「される」かれらのあいだには、それだけでもなかなか大した事ではあったんだと言いたいが、「頑張りましょう」の共有しか得られなかった。十月三日、三田の占拠解除、十・二一、十一・一日吉文学部討論集会、十一・二日吉スト解除にいたった過程で、われわれに不足していたものは内容豊かな「革命の党」であり、「革命的意識」であり、「外からの・上からの」働きかけだったか。我々の中に党があり、革命的意識をすでに獲得した、獲得しつつある、革命の実行を任務とする者があれば、別の決着が得られたか。それはわからない。しかし、革命的意識を内から要求していたかもしれない学生大衆を、ただそれぞれの私のなかにいわば「放置」

して、ただお互いに頑張りましょうで一致してるだけではあなるしかなかった。これだけはハッキリしている」

「自分はレーニンの強調する「外から」「持ち込む」という言葉の評価に、かつレーニンの言葉のそうした教条化に疑問がある。党内闘争の当時、レーニンは対立し抗争した一方のがわのリーダーであり、伊勢さんの解説では、革命党建設をめざしてレーニンがロシア人民の自然にたいして革命（目的）意識を外部注入して、ロシア革命を大成功に導いたというストーリーだが、一面的、一方的な評価ではないか。党内闘争で「意識」の万能を否定し、「自然」の深さ、全体性から「革命」を展望した者らには当然別のストーリイがあり、どちらがより真実に近いかはロシア革命の今日に至る歴史を見ればまだ未決着であるという観点だってある。自分はレーニンの「外部注入論」に抗して、人民大衆の自然の「内」から「革命」に進み出たいと志した側の理論と実行も知りたい。昨年中大闘争で学費値上げ白紙撤回を勝ち取った。あくまで勝ったんだ。これを、経済的要求を勝ち取っただけで革命にはなっていないし、この勝利の延長線上に革命は展望できぬから、その意味で「敗北」なのだというのは、昨日も言いましたが自然の全体性を薄くしか把握できぬ結果の「言葉遊び」としか思えない。外から持ち込んだ「意識」が把握可能な「自然」の浅さ、薄さは、ロシア革命のその後の歴史に具体的に出ているんじゃないか。伊勢さんが先にしめした革命の党対人民大衆、「外」対「内」、目的意識性対自然発生性という「思考図式」は批判的に扱うべきだ」藤木は党の意識性でなく人民大衆の自然を取るといい、「外から」というのは自然への不当な蔑視と不当な恐怖だと主張した。

「僕が思い描く党は「外」や「上」に鎮座まします絶対権威というようなものではなくて人民大衆、学生大衆である僕らとともに、革命の未来にむかってともに歩んでゆく組織だ。革命の主人は僕らなんだから、革命の党は、主人が必要とするとき、革命の知識・経験をいわば横からスッと差し出してくれて、用がすむとまた姿を消して、しかし僕らの傍らに必要が生じた場合きっとかけつけ、助けてくれる集団、個人というイメージだ。

「上から」とか「外から」とかは知識を受け取る僕らの側の感じ方なので、これを上下・優劣の関係とレーニンが主張してるとは思わないんだよ。それでもレーニンほどに革命的ではない後継の連中が「外」から知識を「持ち込む」自分自身を、主人のように錯覚して、「自然」への正しい畏怖を間違った軽蔑に逆立ちさせてしまう事態は起こりうる。そうさせない歯止めをその党が組織的にちゃんと具備しているかどうかが、個人、集団の革命性を測る尺度になるだろう」と狩野。

「革命的と照れずに自称する党は物知りで親切なおじさんという一面のみならず、また自分の差し出す革命の知で無知な自然をしばりつけて当然だと考える怖いおじさんの一面も備えているのではないか。仮にその知がまちがっていたり、それだけでは不十分だったりする場合でも、相手を縛り付ける力のほうはだからといって消えてくれるわけではないのだから、自然を革命へ発たせるどころか、反革命に向かって人民大衆を駆り立てる党に逆転してしまう危険が、自称革命党とともにある人民大衆にはつねに付きまとう。藤木は「外」「上」なる党はその知によって人民大衆を革命にむかってかりたてるが、人民大衆のなかの自然を恐れる度合いだけ誤りが少なくなるが、畏れをなくした場合、誤りを押し付けてくる力だけが強大化して、革命の名で反革命をやる転倒に陥りがちであることを指摘しているんだと思う。レーニンは賢者だから、人民大衆の自然を尊重し、党と革命者は自然尊重の高さに応じてより正しく、より正しくなく思考・行動することになると肝に銘じていたかもしれないが、多くの人間はレーニンが思うほどに賢くはないので、スターリン主義のほうが党の多数派を握り続けたのがロシア革命後の世界の現実ではないか。レーニンの口にした断言は、その言葉が口にされた時代と状況のなかに置きなおして受け取ってみるのが大事で、言葉をそれが口にされた状況から現在の必要にあわせて切り取って教条化すると間違うんじゃないか」意識は自然の家令であり侍女であり、自然を恐れる習慣を身につけたほうがみずからをよく生かし得るんだと山本は持論を展開した。

「レーニンの断言に対する藤木たちの疑問は、二〇世紀初頭のロシア社会民主労働党の「外」にいる者による、レーニンの当時の党内闘争で語られた言葉への意見表明だ。おれの思い描くレーニンだったら、後代の君らの意見を歓迎するはずだと思うんだよ。君らは君らの時代の君らが直面している状況に、君らの意見をもって切り込んでいけ、意識と自然の葛藤の真っただ中に飛び込んでいけ、批評から変革へ移行しろと、俺は『何をなすべきか』のレーニンのメッセージを受け取る。生き方の勧めとして受け取ったんだ。君らは「外」と「内」、「上」と「下」の分離と結合の葛藤の種々相を、生きてみようと思わないか」

議論は「党」の役割、党活動家一般の役割から、「職業的革命家」という生き方をめぐって伊勢と日吉文たちの間で雑談的につづいた。……革命の党に所属して、人民大衆に革命的意識を「外部注入」することを任務とする人たち、そういう人の生き方とはいったい何なのか。「職業としての」革命家という存在は、例えばレーニンなんかは革命党に「就職」してよく働き、昇進して、ついに「社長」になった立志伝中の人物という評価か。「職業的」という言葉と、自分の思い描く「革命家」像がうまく結びついてくれないんだが、「職業的」という言葉に責任があると思うんだが。意識と自然、革命党と人民大衆、知と無知、指導と被指導の関係は、放っておけば必ずそのままで上下、優劣の関係に転じる。同時に知を所有する側、仮に「上」に位置する側の政治的、人間的堕落がはじまる。堕落の誘惑にブレーキをかけるのは依然としてやはり、僕らが警備室で出入りチェックを介して求めたような、上からではなく同じ目の高さで横から、支援者、伴走者として、自分達の手にしえた知、経験を相手と共有せんとする立場の獲得ではないか。党と党活動家は人の上に立つ「指導者」であるよりは人の横に控えている「補佐役」「媒介者」であるべきではないか。上に自分を置いてしまったら、どんな善人でかれがあっても、彼の善意の知、言葉には命令する権力が必ず背後につく。下は自分らを強制する善意の知に直面する。でいやおうなしに革命よりは反革命がさかえる。スターリン時代のように。これが仲介者による横からの「助言」であったらどうか。それだって権力だ。が、相手が納得できなければひっこめられる「権力」なんだ。人民大衆の自然がどこまでも主体だ。上からの「職革」ではない、横にいる「職革」なら、人民大衆が主体である革命を想像できそうだ。……

「革命家は横からの助言者というのは魅力的だが、闘いの場でじっさいどこまでやれるか、疑問だな」伊勢は闘いの場で右か左かと決定を迫られた時、横の革命家は何を、どう助言するか、できるかと問題を立てた。「主体である自然を生かすには、右へ行くか、左へ行くか、決断させねばならない。補佐役は自分の知と経験の総てを挙げて、よりよく生きうる道を選択し、主体を納得させて選んでもらわねばならない。君の選択は正しいかもしれぬし、まちがってるかもしれない。それでもどちらかを選択して、人民大衆の自然を説得して、受け入れてもらわなければならない。限られた厳しい条件の中で選択し、決断し、実行してもらわなければならない。このケースにおいて上からの（権力行使としての）命令と、横からの（人民大衆に主体的に権力を行使してもらうための）助言と、人民大衆の自然はどちらをよりましな働きかけと考えるか。命令してもらうことを人民大衆の自然はよしとすると俺は思うんだ。米資闘争の例でいえば八月末の全学闘内ゲバ、九月塾監局占拠、十月占拠解除、あれらは「外」からの「上」からの「目的意識」の「注入」だったか。否、単に「下から」の「内」からの圧力を高めただけ。断固やれば「下」はついてくる、「自然発生性」の直接延長線上に「拒否宣言獲得」が待っている！　だから解除にしかたどりつけなかったのではないか。根本は党の指導の不在、マル戦全学闘はよく戦ったけれども、ついに戦闘団にとどまって党をめざす思考がなかったと思う」

「自分達の内ゲバ、占拠闘争には、指摘されて当然な弱さがあったと今では思っている。が、自分達の米資闘争の限界を、党の指導さえあったらと総括するのは、自分達の闘いの「自然」のプロセスを「外」から見て評論する言葉にすぎないと感ずるんだ。まず仕方なかった自分たちの弱さを、「外」の誰かにもたれかかって「解決」してもらうのはやめよう。自分は自分の弱さから出発しなおそうと考えます。党の指導からはじめるというのは、それこそ自分たちが外に追いやってしまった「学生大衆」に顔向けできない気がする」藤木は早口に言って黙った。伊勢さんも、党がすべてとはいってないんだからと青木がいい、俺も党さえあったらとまでは言ってないんだよ、党による「外部注入」は支配でなく、あくまで闘いの主体である人民大衆への支援であり、その自然の尊重が前提なんだと伊勢も弁明した。

米資闘争と『何をなすべきか』の評価をめぐって、藤木はマル戦全学闘、青木はどちらかといえばブントというように、日吉文たちの中で一方は「自然」、他方は「意識」を代表して伊勢と論じ合った。狩野、勝見、山本は両者の中間にあり、こんごは日吉文の周囲に集まってくるだろう新しい仲間たちの要求や生活を「代表」せねばならなくなる。よし、やってやろうと山本は思った。たしかにどう説明されても「党」とか「職革」とかは言葉としてまだ本質的にいかがわしい。が一方で、「党」の伊勢と、「党生活」が生き方の一つでもあるとみることができるらしい青木は、だからといって「外」から「上」から一方的に権力を行使して学生大衆の自然を「変革」するぞと悪く息張る迷惑な人間でもなく、こんな風でも一応は戦後民主主義の息子なのだ。山本は自分の「中間性」は日吉文の中で存在理由があるかもしれないと考え、ここまで来てやっと目標ができたと手ごたえを感じた。

十一・二一　午前中は自由時間とした。山本は狩野らと付近を散歩したが、狩野、勝見、青木は高尾山駅に買い物に行き、山本は宿に帰って自分の部屋でゴロゴロして過ごした。集会室で藤木と徐さんが面白くなさそうに並んですわって、黙ってテレビを見ていた。正午前に戻って来た狩野は「伊勢さんと今日明日の予定を確認する。明日日吉中庭で、僕ら日吉文と中核派、元全学闘で「東大闘争支援」決起集会をやることになる」という。明日から久しぶりに町かと山本は気持ちがゆっくりと扉みたいに開いていくのを感じた。

午後二時より日吉文会議。合宿の討論を踏まえて、こんごの活動方針を決め、活動スケジュールを確認した。

「この間の討論で、日吉文の立場について、あらためて七・五日吉スト権の主体「学生大衆」の要求をこんご一層代表しつづけるものと一致できたかと思います。僕らの課題は大まかに言って第一に、東大・日大闘争をはじめとする全国学園闘争への僕らの立場からする関与のかたちを考えていきたい。学内では工学部に実験費値上げ問題があります。工学部自治会を中心にして、僕らも共に問題解決に取り組みたい。第二は伊勢さんから先に提起がありましたが、明年の闘争課題は「沖縄」であり、四・二八沖縄デーが闘う諸党派、諸個人の全力を投入する最初の大闘争になるということです。僕らはこの合宿で考え抜き論じ合った経験を携えて、課題解決の活動を開始します」狩野が発言し、隣で伊勢がいくつか補足した。日吉文の「立場」から、心を開いて主体的にブントの理論と実践を学んでほしい。批判的にかつ同志的に。全国学園闘争（とりわけ東大における「決戦」段階）への「支援」は、学内における闘いの前進と結合させて取り組んでもらいたい。新たに学習会を組織すること。みんなでブントの機関誌「共産主義」「理論戦線」の読書会を月一回位続けて行ってほしい。批判的にかつ同志的に。年末か正月休み明けに、みんなの勉強の成果を発表し合おうじゃないか。その他。

狩野はおわりに「明日は朝食後すぐに宿を出て日吉へ直行します。今夜のうちに帰り支度は済ませておいてください」と指示した。

三　東大闘争を観に行く

十一・二二　「東大＝日大闘争勝利全国学生総決起大会」のこの日、全国二万の闘う学生・労働者・市民が東大安田解放講堂前から銀杏並木を埋め尽くした。新左翼全党派、諸団体、諸個人による空前の大統一行動の一日であり、朝早くから講堂―図書館―正門を結ぶ地域一帯は完全に全共闘の制圧下に入った。午前十時半過ぎ、全闘連・文スト実等東大部隊二百名が懸案だった図書館封鎖を疾風のごとくに遂行、封鎖阻止をかかげて「図書館前集会」を呼びかけていた日共＝民青は、本拠教育学部前から一歩も踏み出すことができず、ただ切歯し扼腕した。この日スト体制の下で「駒場祭」がスタート、若き橋本治の創作した華やかな駒場祭ポスター「とめてくれるなおっかさん　背中のいちょうがないている　男東大どこにいく」が世間の注目を浴びていた。

午後二時より、三田祭期間中の慶大日吉キャンパス中庭で「東大闘争支援総決起集会」がはじまった。合宿から戻った日吉文学部自治会と慶應反戦会議（中核派）、元全学闘（旧マル戦グループ）が共催、かねて三田祭実行委員会に三田祭期間中の開催を申し出て拒否されていたが押し切って開催した。赤、白のヘルメットをかぶった二十数名に、ヘルメット抜きの十数名ほどが加わった「総決起」で、狩野、藤木、青木、勝見、山本の他、日吉文「関係者」として救対の大塚、山本のクラスメート平岡、谷、市田、三田新聞の川辺、工学部新聞の国崎が参加、なかでも国崎はトレードマークだった大カメラとプレスの腕章無しで顔を見せて国崎なりの進境を示した。三田祭を見に来た学生、父兄らが集会の傍らをにぎやかに行き来し、ヘルメット学生たちの「総決起」

姿が通りすがりのお客さんたちにとってちょうどいい具合に学園祭の景物に成りおおせている感じが山本にはそんなに不愉快でもなかった。中核派の弁士は場なれしたアジテーションを披露し、日吉文からは青木が出て「全国大学闘争」と「沖縄闘争」を主題にしてわかりやすいスピーチをおこなった。元全学闘らしい数名はいずれも山本には未知の人物だったが、中の一人の演説は全国学園闘争の共通の敵として繰り返し「日共＝民青」と「右翼暴力団」を糾弾、われわれはかれらととことんまで闘うと表明して三者のなかではもっとも言葉に力が入っており、山本はその分だけかすかに場違いの感を抱かされた。この集会の主旨は「東大闘争支援」であり、山本に言わせればよそ様の大学における紛争に、よりましに見える側＝当局の「正常化」ゴリ押しにより厳しく対峙する側を「支援」しましょうという「総決起」であって、我々にとっての「米資問題」のような「この私」「自分達」の問題ではない。中核派と日吉文は当然ながら東大闘争支援を「他人事」への支援として語っているのであるが、元全学闘は自分達の「米資闘争」の延長のように他人様のもめ事を受け止めていると聞こえるところがあった。元全学闘の中山ら幹部メンバーは米資闘争の決着にかかわって、スト解除後の今も塾当局・警備警察の追及、拘束のもとにおかれていた。合宿中の藤木の一貫して浮かない表情の多かったことを思い返し、藤木にとって「塾監局」の占拠、またその解除は、山本たちにとってはつまるところ「他人事」なのであっても藤木には自分事で、「外」の伊勢の党派的な「米資闘争総括」への反発はそのあたりの違いから来ていたかもしれなかった。

集会の後、赤、白のヘルメット部隊二十数名は隊列を作り、そう広くもない中庭を三周、「安保粉砕、闘争勝利」と唱和しつつ、新左翼学生運動のデモンストレーションの可愛いミニチュア版を学園祭に足を運んでくれたお客さんたちの前で披露してみせてから解散し、日吉文たちは十一・七沖縄闘争の時と同様に、伊勢の指示で神田地区の明大学生会館へ向かった。大塚、川辺、国崎、平岡も山本らに同行して学館二階会議室でおこなわれる「東大闘争支援・社学同総決起集会」にも「見学する」感じで参加することにした。

山本にはこれで二度目になる総決起集会は、前回十一・七闘争のさい同様にまたしても反帝全学連副委員長、覇気のない「職革」柿村がフラリと登場して長々と感動も発見もないスピーチを平板につづけるのであった。これから東大へ行き「何をなすべきか」、「支援」の中身が簡潔端的に語られたら、自分達は自分の心身との食い違いに引きずられることなくただちに明確な行動に移ることができる。ところがこの「職革」はどういうのか、行動の指示を要求しているわれわれにまるでワザとのように行動の手前で際限なく決意表明のことばだけを繰り返す。指導部の決意が固いことは分かった。知りたいのは決意の中身であり、決意が我々に要求している行動の中身である。それの明示がいつまでも先に延期されるのはどうしてか。俺たちは東大へ出向いて何をどう「支援する」のか。……焦燥が怒りに転じかかったその時、スッと光の糸が差し込むように柿村の無内容なスピーチのなかでそこだけ一つの意味を表現する言葉があり、その言葉が長い無内容なスピーチの小さな休止の度ごとに何度か繰り返されていることに思い至った。「日共＝民青を粉砕し」「民青の反スト反革命を粉砕し」と、「民青粉砕」だけは柿村がだらだらと繰り広げる無意味の大海のなかで唯一意味らしいものを担って浮いたり沈んだりして己を訴えているのだ。慶大米資闘争では「守る会」一部分子が「反スト反革命」を代表していた。それが東大闘争においては「日共＝民青」であり、東大全共闘はそれを「粉砕」せねばならず、社学同の「支援」は「日共＝民青粉砕」の「支援」にほかならぬ。そこまではわかった。では今ここに集められた各大学社学同支部、ないし「篤志」の学生たちわれわれは、東大全共闘の「粉砕行動」をどのようにどこまで「支援」するのか、「他人事」である（と山本は考えているが）東大全共闘の闘いに、予定されている今日の集会、デモに、われわれがどうかかわっていくことが求められているのか。柿村の長々しいスピーチは何だか不意に終わってしまい、こちらが欲していた「何をなすべきか」の実のある回答は結局得られなかった。次の演説者からはもう少し内容ある話があるかと待っていると「各支部代表は前に出てきてください」と指示があり、狩野が数本の角材を抱えて戻って来て「ゲバ棒を人数分渡すと言われた」という。「集会はこれでおわり？」山本が聞くとそうらしいと狩野。

山本は自分の「ゲバ棒」を調べ、十一・七沖縄闘争で初めて手にし、握り、デモにかついでいった「ゲバ棒」と比較してみて、あれよりもっと劣化した、相手が民青だろうが何だろうがいくらそうしたくとも絶対に「粉砕」などできない脆弱な一本の木切れであることを確認した。社学同総決起集会はとりあえずこれで終わった。われわれの十一・二二東大闘争支援の闘いはこの「ゲバ棒」の求めるところを基準にしてなされるであろうと山本は考え、日吉文のみんなも同じだろうと一応気持ちは落ち着いた。

東大全共闘はのちに「十一・二二東大＝日大闘争勝利全国学生総決起集会」を振り返って、安田解放講堂まえに一万人が結集、日共民青も本郷に六千人が待機したと記してつぎのように評価を示した。すなわち、①全国動員の民青を、「新左翼」全体の力で圧倒した。日共・民青を、当局＝「体制」側との「共闘」に追い込み、全共闘（新左翼）が対権力・反体制の唯一の本部中枢であることを実証した。しかもここでなしとげた新左翼の「総結集」は、あくまでも東大・日大全共闘を軸として、党派政治から自立せる、諸党派に系列化されていた「全学連」「反戦」「市民団体」の新たな結集であり、「新左翼」運動の新しい経験であること。新左翼における党派政治と学生大衆とのあいだの上・下の分立の関係を、全共闘という団結方式で「下から」逆転させたこと。学生大衆個々の闘いに、党派全学連、反戦、市民団体が導かれて、党派政治「のりこえ」へ向かう起点となったこと。②十一・八と十一・二二に全面化した全共闘・民青の対決の内から、「一般学生」による「封鎖反対」「流血回避」運動の高まりへ。東大闘争の「決戦」段階で主体として登場した学生大衆多数派は、日共・民青の「暴力部隊」（かれらがもっとも反発する「外人部隊」ではないか！）を自分たちの内に「道具」として黙認した。黙認なのであって結合ではない。しかしながら学生大衆の多数を得んとする競り合いにおいては、闘いの「収拾」へ向かう傾斜を自分たちの「力」に変換せんとする志向なき全共闘側は避けがたく日共・民青に劣るのであり、内ゲバ「暴力」で対抗するしかない。学生大衆の「収拾」への傾斜を肯定「できる」民青は、自分らの側の暴力を「収拾」の実現に向けて大手を振って葛藤抜きに行使することができる。対して全共闘による反「収拾」への傾斜のなかで学生大衆多数を敵にまわす結果になるから、「収拾」防衛の暴力を打倒することは最終的に不可能であったこと（①は「全共闘的団結」のプラスの発見。②はプラスと一体である半面のマイナスの苦がい認識といえようか。規模は小さいながら、山本らも米資闘争の「決戦」段階＝「収拾」への傾斜の中で東大全共闘と同じ困難に直面していたが、十一・二二の山本らにはまだ東大闘争の現在がよそ様の問題にしか見えておらず、この日「社学同総決起集会」に集まった多くの者や指導部の柿村、伊勢たちもその点そう変わらなかったのではないかと思われる）。

午後二時過ぎ、赤ヘル、角材でほんの形ばかり「武装」をととのえた山本らは、明大から東大本郷キャンパスへ白昼公然、道幅が異様に広く感じられた本郷通り左側を五列縦隊で角材をびっしりと林立させて堂々のデモ行進を行なった。警察官らしき姿もなく、周りの人々は全く日常の表情で行き来し、車の動きにも渋滞がなくて、デモ隊の「安保粉砕、闘争勝利」の唱和があたかもあたり一帯に闘争でなくその休止を呼びかけているかのようにつぎつぎに山本らの背後に消え去ってゆく。隊列の中で山本はこれまでの屈託がどうでもよくなった気分の軽さ薄さを快く感じた。思っていたより早くめざす東大正門が見えてきたとき、そのあたりの路上に十名ほどの「全共闘」と所属を明示したヘルメット、覆面の学生たちが散らばって、それぞれが平然として歩道の敷石を剝がし、鉄パイプをふるい横に積み上げてある敷石を一枚また一枚と細かく粉砕している光景が視野に入って来た。対敵投石用の石塊を製造中らしかった。山本は周囲の眼を完全に黙殺して進行中の熱心な作業を横目に見ながら、東大構内に入りこんだ。二時三十分である。

咄嗟にこれは「公共の財産、施設」への不法な攻撃、窃取ではないかという疑問が沸き上がったが、すぐにまたいやこういう感じ方が「ブルジョア的」なので、俺のいたらぬ「自然発生性」だなと打ち消し、どっちみちこれは第一に東大全共闘の問題なんだと決めてそれ以上考えるのはやめた。白昼堂々、周囲の眼を無視し去って、何のためらいもなしに公共の歩道を損壊したうえ、自分達の敵（似たようなヘルメットをかぶり、ゲバ棒なんか持ち、無届デモなんかやっている山本は、公共の財産の侵害者彼らの「敵」か、「味方」か。どっちかといえば、味方臭くないか）を打倒するための「武器」を営々と製造しつつある！　山本の生活感覚は引き裂かれる。が瞬時につぎに、ほとんど自動的に「私」の思考・感覚がひるがえってただちに意識の表面に生じた裂け目を塞いでしまうのであり、以後は同種の光景に出くわしても、最初の時に味わった衝撃力は既に失われて、われわれは黙って踏み越えて通り過ぎていくことになるだろう。山本は以後この類の風景にそう驚かなくなったが、自分がこうした風景のなかに登場人物としてくわわることには抵抗感がずっと残った。初心の山本を揺さぶったこの「武器製造」風景はのちに漫画『サザエさん』にとりあげられ、見物していた善良な人民のひとりが「へー、こういうことをしてもいいんだ」と感心・納得して、自分でも歩道から敷石を剝ぎ取り、私的に活用すべく持って帰ろうとしたところ、通りかかった警察官に制止されたので、当惑を禁じえなかったというオチのコントに仕立てられている。「へー、こういうことを」と見ていて感心させられてしまった見物人こそが世界を動かす主体＝人民大衆の一人である彼にほかならぬ。「下」「内」に位置する自然＝人民大衆のひとりである彼は、「上」「外」なる東大全共闘によって「目的意識」を持ち込まれて、めでたく勝ち取った自覚を行動に移さんとしたのであった。問答無用の革命的「敷石剝がし」「武器製造」風景が、目撃した人民大衆のひとりの生活意識に亀裂を生じさせ、彼の眼に一瞬だけ普段目にしたことのない生命の流れのかたちが映った。『サザエさん』に顔を出した彼はこれに深く揺さぶられて「へー、こういうことをしても」と深く了解したのだ。この「了解」はこれを行動に即表現すれば、「了解」の外にいる、生命の流れの外で保守的に安心している者には単に下らぬ「違反行為」「違法行為」でしかない。人民大衆のひとりであり、「了解」の内にいる彼は警察官の制止にとまどい首をかしげるであろう。「武器製造中」の新左翼たち、全共闘たちは、作業の手をしばし休めてこの彼の当惑にたいして言葉で行動で答えようと努めなければなるまい。彼とともに、彼とこの私を真の「了解」へ前進させるために。ヘルメットたちは東大闘争への関与をとおして、どのようにこたえんとしたか。

山本らの隊列が正門から入っていって間もなくの位置に、日共・民青の占拠する「教育学部本館」がおおきく聳え立っていた。本館正面の幅いっぱいにずらりと整列して待ち構えた学生たちの真ん中に一段高くした壇が設けられ、長い青ハチマキを凛々しくしめて、学ランを厳正に着用した民青の応援指導部風人物が、壇上で左膝を突きだし、右足をうしろへぐっと伸ばし切って、粋に反り返らせた白手袋の右手を右斜め上に高く鋭く力強く、一、二、一、二と弾むような二拍子で突きあげる一心不乱の指揮すがたに合わせて、後方に集結している同じ青ハチマキの学ラン男たちが右こぶし突き上げ〵帰れ、帰れ、帰れ、帰れとリズミカルに唱和するのであった。赤ヘル「外人部隊」の侵入にたいするこうした排外主義的熱狂の発露は既に十月、山本らが三田塾監局占拠解除のさいに目撃させられた「守る会」たち反占拠学生大衆の激烈な帰れ帰れ叫喚と同質だったが、私塾慶應のいわば「家庭的」な帰れ帰れ騒ぎとはスケールを異にして、近代日本を代表する帝国主義大学らしく大規模な、さらに「党の指導」の賜物であろうか唱和も動作も統制がとれていて美しくもあり、この一糸乱れぬ対敵演技に「スターリン主義」とか「帝国主義」とか、日頃から気に食わないとバカにしている存在の不愉快な実力と、顔を背けずにはいられない空気の薄さとを感じた。つねに統制がなかなかとれず何かとごたつくのがロマン派左翼のイロニーであり、俺たちの美にして力なんだと馬鹿げて凛々しい青ハチマキ連中に教えてやりたかった。凛々しい民青たちの帰れコール大合唱は、ヤル気は正直そう大きくもなかった「害人」赤ヘルたちを少々奮い立たせてくれたかもしれない。

一大学といわんより、見知らぬおおきな街みたいに感じられる本郷キャンパスを、いったいどこでいつ終わりになってくれるのか、さいしょまったくわからないままに、際限なくただ周回しつづける迷路のような不思議なデモ行進の時間がはじまった。やがてだんだんに、どうやら自分達の赤い隊列が安田講堂を中心にして、赤門から医学部本館方面へ北上し、三四郎池側へ左折、講堂前広場から南へ銀杏並木を下って行くコースを回り続けているらしいことがわかってきた。二周目に入った頃、それまで唱和してきた題目「安保粉砕、闘争勝利」が急に「安保粉砕、民青殺せ」に切り替わったので、ゆっくり進む隊列の中で、このかん単に「安保粉砕、闘争勝利」の慣れ親しんだ二拍子の心地よいリズムにわが身をゆだねていた山本の心身に鋭いショックが走った。「安保粉砕」は比喩であって、日米安全保障条約の廃棄を強く訴えますという意志表明である。したがって変更がもしかりに「民青粉砕」であったら、日本共産党の青年組織「民主青年同盟」に対して私たちは解散を強く要求しますと比喩的に表現したものと受け取ることが、大まけにまけて言えば全く通用しないとまではいえまいと思う。しかし「民青殺せ」となると比喩でなく剝き出しの直叙で、こちらに敵対する組織と人間を抹殺せよという煽動であり、自主独立の個人と思想を絶対否定する最悪の党派政治になるのではないか。日共＝民青の党派政治が全共闘の提起した全学封鎖方針にたいして暴力的敵対に打って出た。だからそれと闘うんだというのはいい。が、だから殺すんだ、殺す道に踏み出せというのは、全共闘が日共＝民青以上に醜悪な党派政治に転落する思考・行動のはじまりであり、全共闘的団結の自殺だ。日吉文と山本たちの米資闘争は、全学闘の内ゲバに直面して、党派間の対立に暴力を持ちこんだ全学闘マル戦指導部への批判から出発した。反スト派「守る会」への自己批判要求にさいして、暴力の持ち込みに消極的にではあっても懐疑的・批判的にふるまった狩野、青木は、その時すでに「民青殺せ」に堕落しかけていた党派政治にノウといっていたのではないか。

山本は全共闘側の赤ヘルデモが「民青殺せ」などと口にし出したことをけしからんと思うと同時に、山本だけでなく狩野も、青木も、勝見も、周りの名を知らぬ赤ヘル仲間たちも、「安保粉砕、民青」までの声の大きさ、強さが「殺せ」のところで急に小さく弱くなるのを観察して心強く思った。山本も、多くのデモ仲間たちも、「安保粉砕、民青ムニャムニャ」とそれぞれの批判力、批判感情に準じて個性的にムニャムニャをつぶやきながら行進をつづけていた。が、ふと顔をあげたとき、三列前にいた藤木の横顔が見え、その険しい横顔と眼が教育学部本館前で見せつけられた青ハチマキの民青学ラン応援団長と瓜二つ、そしてそんな藤木の口から誰よりもはっきりと「民青殺せ」が発声されているのに気づいた。はじめ耳を疑ったが、隊列の中から藤木の「殺せ」が唯一、山本には比喩でもレトリックでもなく、本気の決意に基づく信念の声のように聞こえてくる。藤木は内ゲバに心を痛め、それでも考え抜いて全学闘の塾監局占拠にくわわり、占拠闘争の現実に疑問を覚えて米資闘争からいったん去り、十一月、新しい日吉文とともに再起を志した仲間である。合宿中の藤木はブント伊勢の米資闘争総括に批判的であり、山本らにも自分を閉ざし勝ちだったけれども、きょうの藤木の「民青殺せ」には、日共＝民青の党派政治の悪が基本的には「他人事」である山本には見えない、藤木だけの実感があるのかもしれないとも思えた。山本の「民青殺せ」批判は、藤木の一見異様な「民青」拒否の烈しさ深さを測った上でもう少し先に考えを進めて行く必要がありそうだった。

周回中に、自分達赤ヘル集団だけでなく、東大全共闘、中核派の白ヘル部隊、その他と数組すれ違い、そのたびごとに双方の「安保粉砕、民青ムニャムニャ」が膨大な二重唱のように響き合い、いつまでも終わらぬ周回デモにうんざりしつつあるすべての山本たちを励ましてくれるかのごとくに気持ちを立て直した。日が落ちていく薄明かりのなかで、山本らのデモ集団の右前方やや奥のほうから、これまで袖すりあった多彩な賑やかなヘルメット集団とは異質な、ひとつのかたちを一ミリたりとも動かすことなくしずしずと近づいてくる人間たちの列が見えた。ヘルメット無し、シュプレヒコール無し、だからといってむろん私語なんか完全になし。真ん中に白いシャツ、黒ズボン、眼鏡が多い「一般学生」たちが三列になり、前後左右にきちんと等しい間隔をとって、手足をそろえて進み、三列縦隊の左右を日共の武装部隊ががっちりと防護、夕陽の残光をうけて照り輝く真っ白な太い樫棒を防衛隊の一人一人が整然と直立させ、人体を組み上げて築いた一軒の馬鹿でかい空き家みたいに全くの無音のままゆるゆると行進していた。左右を固める防衛隊たち、髪型も背丈も、たぶん体重も、「乱闘服」らしく見える白の上下も、全部がお揃いであるこの「党の兵士」たちは、あとできくと「地区民の選り抜き」たちなんだという。かれらの携行する「樫棒」たるや、山本らが明大学館でわたされた恰好だけの貧相な「ゲバ棒」とは段違いで、倍の長さ、三倍の太さ、十倍の硬さを備えた、日共党派政治があつらえた本物のゲバ棒だった。一般学生たちの丸腰無言の行進と、武装した「地区民」たちの物凄い樫棒の長い列は日共が東大闘争の現在につきつけた党派政治の黒い欲望をあからさまに表現するものであり、他方の全共闘側の一面はとりとめのない烏合の衆の顔であり、せんべいみたいにすぐ割れてしまう「ゲバ棒」であり、離合集散をくりかえすことが自分達の組織であり運動であるような、それでいて時に目下は存在していない、こんごもありそうにない「真の党」に憧れてみたりもする、己の快が大事でたまらぬ勝手な諸個人のあつまりであった。山本はすれ違いざまに、民青と一般学生の無言の行のほうが、俺たち全共闘側とくらべて言葉と行為の「根」が深そうだと見、連中の樫棒と俺たちの「ゲバ棒」がかりにやりあったらあっちが強いに決まってるさと無責任に考えた。また「文学者なら弱くなれ」という太宰治の言葉を思い出し、太宰は「革命家なら、もっと弱くなれ」ともいっていたなと考えた。青ハチマキも樫棒地区民も、全共闘なんかより「強すぎる」からしてついつい弱者から「殺せ」などと野次られる破目にもなるので、内省すべき問題はかれら強者の側にも大いにありそうだった。

山本ら赤ヘル部隊はようやく、夜になった安田講堂前広場の右端にそこがわれわれの場所だと指示されて、隊列は崩さず固い路面にそのまま腰をおろした。午後六時近くなっていた。講堂屋上のサーチライトが点灯されてゆっくりと扇を拡げるように広場を照らしていくと、暗闇のなかから広場に集まったたくさんの色々なヘルメットが濡れたように光り、連続し重なり合う無数の半球となってほんの束の間浮かび上がった。見たところ赤ヘルの数が最大で、山本が初めて見る革マル派のZヘルがかなりの人数で広場の中央を占めていた。誰かが「あれはみんなリクツだけの女の集団だ」と陰口するように声を落としていい、山本は好奇心をそそられて革マルらのいる方向を眺めた。

とぎれることなく諸集団の到着がつづく。労組の小集団のなかに「マスコミ共闘」と名乗った大旗をひるがえして十数人が入場してきたとき、隣の勝見が「○○もいるぞ」と有名人らしい人物の名をあげて拍手した。三里塚の反対同盟の旗、「長崎社研」の旗など、山本らの知る先進的集団が拍手に迎えられてつぎつぎに到着してくるなかで、「慶大全学闘」の大旗を先立てて、米資闘争後見ていなかった、警備室の仲間でもあった数人を含む十数人が入って来た時、山本はわれ知らず感動し、この「総決起集会」が同志仲間たちを再会させてくれる機会でもあったんだなあと気づかされた。この感じは山本の初体験した十・八羽田闘争一周年記念集会によく似ていた。があの日、共通の思い出を確かめ合った集会の後、山本が味わった新宿でのヘルメットデモ初体験は、山本を一年前の思い出の連帯でなく、自分の現在の行き場の無さ、確信の無さに直面させて、いごの山本をこの夜十一・二二「連帯」集会のところまでずっと引っ張ってきているのであった。

最後の小集団が到着したと思えたとき、講堂前広場に大きな影みたいにしずかさが下りてきた。長かった一日の終わりに、サーチライトの光の帯が銀杏並木からこちらへひしひしと近づいてくる人々の大きな、密集した隊列をあかるみに浮かび上がらせる。かすかな、しかし底深い声の渦がしだいにせりあがってきて、やがて「安保粉砕、闘争勝利」と確固としたシュプレヒコールのかたちに決まった。「時計台放送」の声が「日大全共闘の仲間たちです。日大全共闘の部隊がいま到着しました」と伝えたとき、広場一帯に声でもなく、言葉でもない、ただこの瞬間だけすべての心、すべての身体が一つになったとしか言いようのないどよめきが広がった。銀色のヘルメットをかぶった日大全共闘たちの隊列が広場の左端に到着してすべての闘う仲間の集結が完了、司会役が演壇から「東大＝日大闘争勝利全国学生総決起大会」の開会を宣言した。

大会の発言者は諸党派の代表者ではないのであり、あくまでも党派政治そのものの止揚をめざす「全共闘的」団結をそれぞれの場所において代表せんとする者たちでなければならなかった。「敵」である日共＝民青の腐敗した党派政治と対峙して、その限界を乗り越えていく可能性は、新左翼諸党派の「上からの」党派的主張・要求の延長線上にはなく、党派政治「止揚」の萌芽的実践たる、あつまった個々の主体の「出入り自由」を自らの組織、運動のいわば「第一原則」としている全共闘的団結の側にある。東大全共闘議長山本義隆は、かれらが現在、日共・民青との全面対決の段階に至って、山本らの担って来た全共闘の闘いの理念（＝自主自由の闘う諸個人による思考・行動の「出入り自由」の団結）が後退を余儀なくされており、新左翼各派の党派政治の力にたいする依存に転じつつある事実に強いられて、仕方がなかったとはいえ、その理念強調の口ぶりにやや暗い屈折が感じられた。山本議長のスピーチはきわめて論理的だったが、よそから集まって来たヘルメットたちにはもう一つ説得力を欠き、東大全共闘たちの信念の深さは未だしではないかと日吉文山本らの首をかしげさせた。一方、日大全共闘と議長秋田明大のほうは、はじめからそこらへんの姑息な党派政治などの割り込む余地なんてない自主自由の個々の学生大衆の共闘組織であり、またその代表であって、秋田が登壇すると大波が打ち寄せるように拍手、喚声が湧きあがった。アジテーションの中身は意味不明な「叫喚」に近かったが、山本議長のスピーチのような、論理と心情の食い違いからくる「屈折」の皆無な口調が言葉の「意味」をこえて直接に、きいる山本たちの心の奥深くまで「説得」した。日大全共闘はみんながこの秋田の声のようにして世界中の「収拾」の権力、「収拾」の暴力をはねかえし、のりこえて闘い続けているんだなと。

諸団体の代表たちがつぎつぎに登壇し、「収拾」拒否の連帯を、諸党派間の競争、対立でなく、自由独立の諸個人、諸集団が団結して、国家権力＝当局の「収拾」策動を撤回させようと、そのことだけを語った。いいかえると誰一人、すでに始まっていた全共闘と日共・民青の暴力的対決の事実にだけは触れることなくただ連帯、団結だけを語り、まして「民青殺せ」などいうデモの声があった事実なぞ、そんなことがあったっけという空気だった。全都全国のヘルメットたちの善意に満ち溢れた大会だったが、見方をかえれば、善意の団結を大事にするあまり、もしかしたら自分たちが直面している事実の困難な一面をみんなで隠しあい、自他に少しずつ嘘をつきあって過ごした大会であったともいえようか。山本たち日吉文のまわりには、しばらく顔を見ないでいた立石、久地、元全学闘の何人かが集まって来て、山本らと一緒に束の間のんびりと大会の連帯気分を味わった。さきに明大学館の「社学同決起集会」において「職革」柿村が繰り返し強調した「日共・民青を粉砕し」というフレーズが、そのさい山本らにわたされた「ゲバ棒」でなしうるかぎりでの「粉砕」を意味していたにすぎぬことはいまや明らかである。

夜九時、全共闘たちの「総決起大会」はめでたく終了し、あらゆる「収拾」の拒否を確認し合った諸党派、諸団体、諸個人はそれぞれに名残惜し気に会場をあとにする。時計台上のサーチライトは去って行くかれらのあとを黙って照らし続け、山本たち会場右端の赤ヘル集団は最後になって立ち上った。ところが前の方で何かあるらしくて、いっこうに解散なり、終了なり、締めくくりの動きがはじまらぬので、山本は日吉文たちと中途半端な気持ちで周りを見回した。すると苛立つ山本らの前にこの場のリーダーらしき人物がハンドマイクのスピーカーを肩に載せて現れ、山本らにもう少し前にきてくれと指示、「我々はまだ解散せず、決して立ち去らず、これからブントだけで集会を持ちたいと考えます」と語りだした。仕方なく帰り支度を中止し、早く終われよと思いつつきいていると「われわれはこれから、ブントだけになっても、日共・民青を粉砕する闘いにとりかかりたい」などといいだしたものだからおどろき、思わず山本は小柄な演説者の何か不可解な確信に満ちた顔をじっと見つめてしまった。ええっ？　とか、何いってんだとかいう声がハッキリ上がったのだが、このリーダーはそんなものは無視してただ「ブントだけでも」やると繰り返し巻き返し強調する。狩野は「伊勢さんからきいた」として、この降ってわいたような迷惑な男は「坂健一」で京大生、伊勢とともに『社学同書記局』の一員で、今回の「東大＝日大闘争勝利」大会のデモ、集会にかんしてブント側の「責任者」であること、十一・二二において結集した全国大学の全共闘たちは民青「粉砕」を文字通りに実行すべきであり、他党派たち、全共闘たちがやらぬのなら、「ブントだけでも」やるべきと主張する随一人であるという。聞いて山本はまず十一・二二闘争へのかかわりについて、ブントの指導者間にちゃんとした意思一致がなかったんだな、たぶん東大闘争の現状について、ブントとしての関与の中身が、東大闘争の様相は日々動き続けているのだから当然といえば当然だがまだ曖昧らしいなと考え、指導部の非力ゆえの混乱を押し付けられた俺たちがいい迷惑だと腹が立った。坂の「ブントだけでも」スピーチは単調に、しかも長々とつづいて、最後に伊勢ら数名の指導部らしき連中とぐちゃぐちゃと小声で打ち合わせた後、「今夜は、日共・民青の本拠「教育学部本館」と同じ敷地内にある「総合図書館」（ブント系の東大全闘連らがこの日午前中に占拠、管理下においている）に泊まり込み、民青ゲバルト部隊の攻撃に備えたいと考えます」と坂はやっとあまりにも長かった「ブントだけでも」スピーチを終わらせた。あたりは静まり返り、民青は必ず夜来る、日共は不断にわれわれの隙をつく泥棒であり、簒奪者であり、泥棒は夜陰に紛れて仕事するから泥棒なんですと坂は確信ありげに見得を切った。

このとんでもない坂健一が我を張りとおした夜、悪い民青の来襲に備えて見張り番を用意したうえで、赤ヘル部隊数百名は総合図書館正面ロビーのリノリウムの固い床にごろごろと横になったまま「民青が来るはずの」一夜をすごしたが、夜は平和にあけた。山本はほとんど眠ることができず、何だか一晩中「この日のために」張り切って上京してきたという関西のブント学生らのネチネチと粘っこい、それでいて軽躁でもある関西訛りの声が途切れることなく響き渡っていたような気がした。そしてあの坂責任者、張り切り過ぎて、関西からヤル気満々のブント学生らを大量に上京させたのはいいが、呼びつけたかれらを寝泊まりさせる準備にまで頭がまわらず、それで民青粉砕の名のもとに東大キャンパスに宿舎提供を依頼していたという事情もあったのかもしれず、粉砕場面がなくなった十一・二二は坂責任者には想定外だったんだろう等と山本は忌々しく推測めぐらした。どっちにしろこんなご指導にこれ以上お付き合いするのはごめんである。

早朝、たくさんの赤ヘルたちが芋を洗うようにひしめき行き交うなかに、勝見がやってきて山本を見てうなずき、「今日これから、ブントとして三里塚に行き、明日の「空港反対総決起集会」に参加しようという話らしい。東大闘争と成田を結合するんだというが正直よくわからない」という。山本はこれを、勝見が困って山本にどうしようかと相談を持ち掛けたというのではなくて、伊勢の指示を伝えにきたと受け止めた。山本は伊勢のブントたちの自己中心的思いつきにこれ以上今日明日つきあっていく用意はできていなかった。

「俺は今日明日、家の用事があるんだ。悪いが帰ることにする。みんなにいっておいてくれないか」山本はいい、枕にしていたショルダーバッグを肩にかけた。まわりでも勝見と山本がかわしているような、指導部の混乱による赤ヘルたち個々のどうしようか、こうしようかと今日の予定談義がロビーのいたるところでやりとりされていた。勝見は困ったなという顔をしたが、「わかった。伝えておこう」と了解してくれた。山本は脱いだヘルメットをロビーの隅に置いて図書館を出、赤門から学外へひとり滑り出た。民青も全共闘も、ついさっきまで一緒だった人間はみんな時間がそこで消えてしまったみたいにいなくなっていた。まだ六時になったばかりで、地下鉄駅入り口は山本のすぐ目の前にあった。

横浜市の自宅には九時頃にたどりついた。途中新宿で降りて昨日の朝以来はじめて食事らしい食事をし、他人事から自分事へ気持ちが切り替わったのがわかって、家までの道中がとても新鮮に感じられた。

「合宿はどうだった。楽しかったかい」母は元気にいい、「健全な生活をしてきた」と山本が応じると、支度して紅茶をいれてくれてしばらく雑談した。父は会社へ、高校生の妹は学校に出ていて留守だった。山本の父母は、二十歳の大学生である息子のやりたいこと、やっていることを、意見があり、懸念が生じた場合でも、原則不介入、息子の行動にたいして少し意識的に距離を取って見守るという姿勢をおおむね維持していた。息子のほうも結果として、親たちの信頼を有難いと思い、親の信頼の大きさの範囲を測りながら楽しく過ごしていたのだった。九月になってから山本がスト体制下の日吉に連日通いつめ、外泊が多くなってゆくと、親たちの懸念は具体的になった。家で学生運動を話題にすることが少なくなると、せがれは「サークル活動」だというが、若いころ左翼だった父は息子がどこまで遠く行こうとしているのか、ときどき不安になることもあった。父の不安は息子にすぐ反射して、二人の会話は一層少なくなったが、それでも父親のほうは距離を守り、息子のほうもうっとおしく思いつつも、自分が距離を置いたこちら側で、父の信頼を受け止めている事実だけは忘れずにいた。日吉文で青木の場合は、父と息子のあいだで、学生運動へのかかわりが双方の対立をはっきりさせ、進むか退くかを争う状態であり、青木は進む方へ舵を切り、父との辛い争いが日々青木の取り組む主題の一つになっていた。山本と父は自分らもそうなるかもしれない事態を予感するとき、息子、父親の双方が顔を背け合い、そうなりそうな手前でまだあやうく共有しえている距離を確認し合った。山本は「サークル活動」で頑張ってると説明し、父はそうか、頑張ってくれと返した。本当のところを馬鹿正直にぶつけ合って我を忘れてしまってどうするんだという気持ちでいる点では山本父子はおおむね一致できていた。

母はずっと後年、山本とある日の雑談のなかで六八年頃の自分達親子の生活をふりかえり、「……私たちも心配していたよ。あんたは嘘をつくのが下手だから、こっちはだいたいのところは察していたね。でも、あんたは子供のころから危なっかしいところが多くて困った人だったけれども、最後の最後のところでは一貫して怖がり屋だった。人様や世間様を私にいわせればまっとうに怖がる子だったので、そこでは私は信頼ができた。うちの子は最後の時に私らを裏切ることは絶対にないんだということ。私らはどこまでも味方同士なんだから」といってくれた。「自分が「サークル活動」に熱中していた当時、パパはどういう心境で見ていたかなあ」山本が偲ぶと、「私と同じさ。パパも毎日たたかっていたよ。心配したり安心したりしながら」母は当たり前なことをきくなという顔をした。

四　ゆく年くる年

十一・二四　三里塚ボーリング阻止・空港粉砕総決起集会。ブントの赤ヘル部隊数百名は、封鎖中の医学部総合図書館前で決起集会の後、三里塚へ向かった。日吉文の狩野、青木も加わったが、勝見は狩野、青木、伊勢に断って了解を得、別れて自宅へ帰った。青木は現地成田で、伊勢の「畏友」であり、社学同書記局にあってもっとも個性的な活動家である「日向翔」の人物にふれて深い印象を受けた。

十一・二六　午後三時より、日吉文自ルームにおいて、先の日吉文合宿での討論、意思一致をふまえ、新日吉文の活動方針、常任委員メンバーの任務分担の確認を行った。狩野、青木、勝見、山本、救対の大塚が出席し、伊勢は「所用」で欠席、藤木も欠席した。はじめに狩野は、昨日藤木から今後の身の振り方について特に申し出があったと報告した。「……合宿中、またそのあとも色々考えた結果、藤木は今後、元全学闘マル戦メンバーが結成した新グループ「SRC」とともに行動したいという。SRCというのは「生協革命委員会」の略称で、日吉生協を拠点に、慶大生協における日共支配に抗して米資闘争の敗北の総括として闘いを推し進めるということらしい。僕自身は藤木の決意は真剣で固いと見た。みんなの意見はどうか」という。大塚が脇から「SRCは当面、米資闘争総括として、権力にたいして中山さんら弾圧のもとにある仲間たちの防衛、救援が闘いの柱になる。救対のほうは俺がしばらく手伝う」と付言した。

「藤木は中山さんとのつながりが深かったからなあ」と勝見。

「藤木の決意を尊重したいな。SRCか。洒落た、もうあと一歩で駄洒落に転落する寸前で踏みとどまってる苦心の命名じゃないか。米資闘争を経てわれわれ日吉文と元全学闘グループと、別個に進んで共に撃つんだということでいいんじゃないか」青木は明るくいった。

「われわれ日吉文は「上からの」党派政治に疑問を抱き、基本的に学生大衆の立場で学生大衆とともに行動しようとしたのが初心だ。今になって見直すと全学闘の闘い、とりわけ三田「占拠」解除の決定以後の全学闘には、我々が抱いた党派政治の否定面への疑問を評価しようとする転換があったように思う。目標の一致ははっきりしている」山本は合宿中、伊勢の米資闘争総括への反発からずっと浮かない表情でいることが多かった藤木、また赤ヘルデモのなかで、藤木ひとりが「民青殺せ」と本気で叫んでいたように見えたことを思い返し、ブントも日共も藤木には同類の党派政治でしかないんだな、SRCとはとにかく「党派政治」だけはやらない集団なんだなととりあえず理解した。山本も共に進みたいと思うが、じっさいにそれがどう実行できるかとなると難しいかもしれないと考えもした。

「俺は別個に進んでの「別個」に、別個におけるわれわれ日吉文側の独自の内容の獲得が「共に進む」すがたの形を決めると思う。球は藤木君を送り出したわれわれ日吉文側に投げられたんだ。ちゃんとキャッチし、きれいに投げ返そうじゃないか」青木がいい、われわれも頑張り藤木の健闘を祈ろうというのが結論になった。

十二月から冬休みを間にはさんで一月、二月の活動予定は、東大闘争支援、学内では工学部実験費値上げ問題への対処があり、日吉文の活動に加わって共に闘わんとする仲間の輪を広げて行くこと。クラスメートたち、元全学闘たちに働きかけること。われわれの「学生大衆の立場」を深化・発展させていく活動であり、闘いへの関与でありたい。任務の分担は以下のとおり。狩野＝日吉文の活動にたいする理解、協力を拡げて行く総責任者。青木＝日吉自治委員として日吉自治会のなかで日吉文の立場を代表し、他党派との良き協力関係をつくりあげること。社学同書記局との連絡・協議を担い、ブント党派政治の現在に、日吉文として共同していく役割を追求すること。勝見＝狩野とともに、日吉文の仲間たちとの連帯をより広げ深めていくこと。山本＝日吉文主催の「学習会」を組織し、準備に集中すること。テキストの選定。大塚＝元全学闘メンバーの救援対策にあたっているK弁護士事務所に出入りして差し入れ、面会、諸連絡に従事している。これからもひきつづき勉強していく。全員、任務を了承した。

山本は「ブントの機関誌のほかに、読書会のテキストとして、リクエストがあればいってくれ」と要請、レーニン『国家と革命』、黒田寛一『プロレタリア的人間の論理』、吉本隆明『異端と正系』の三点から、山本が適当に選ぶことになった。ブントの機関誌のほうは伊勢が日吉文たちに必読だと考えた論文にとりくむことにしよう。山本は任務である学習会の準備を、ブントの「理論」を日吉文の「学生大衆」の立場で批判的に読み込む活動というように個人的には位置付けていた。どこまでちゃんとやれるかは覚束なかったが、合宿と、十一・二二「東大闘争支援」の経験から知ったこと、知らされたことを自他に明らかにする機会だと考え、とにかく自分の望んだ学生生活らしくなってはいるとかなり満足した。

十一・二七　東大加藤一郎総長代行は紛争解決をめざして処分問題、東大改革等について「提案」をまとめ、学生教員にたいして「全学的集会」の開催を提起した。全共闘側がただちに「欺瞞的収拾案粉砕」と拒否した一方、日共＝民青は「提案」の批判的検討に入って、提案に「乗る」姿勢を示す。

十一・二九　加藤代行と新執行部は総合図書館前において「提案集会」を開催せんとしたものの、全共闘側「二千人」の阻止行動によって「粉砕」された。加藤代行は全共闘分子に拉致されたうえ、三時間にわたって追及を受けた。この間、集まっていた教官「一千名」は、追及される加藤代行をただおろおろと傍観するのみで、学生らの失笑、憫笑を買った。日共＝民青側の「民主化行動委員会」はこれを全共闘の「蛮行」と非難、総合図書館封鎖の解除を呼びかけた。

十二・一　全共闘は「提案集会」粉砕から、さらに「提案」そのものの粉砕にむかうべく、駒場第八本館（教養学科・社会系大学院国際関係論コースの各研究室がある）を封鎖した。

十二・二　東大当局は加藤総長代行による「学生諸君への提案―今後の討議のために」を全学生に配布した。「留年」及び「入試」という自他にたいする突き付けを目前にして、問題の決着を見据えた加藤新執行部のあえて踏み出した第一歩である。加藤執行部は闘争の「真の」担い手を、全共闘でも民青でもなく、闘争の「収拾」を希求する引き裂かれた学生大衆多数派＝「一般学生」の現在のなかに見出さんとした。

十二・七　日共＝民青は「加藤提案」に沿って全学封鎖阻止、スト解除、「大学改革」をかちとる話し合い決着方針を決定した。東大闘争の現在において引き裂かれている主体＝学生大衆多数派の結集へ。

十二・一〇　加藤代行、「学生諸君へ」を発表。十二・二「学生諸君への提案」について一般学生の不信、疑問にこたえ、再度学生、教員が一丸となって「大学改革」に取り組んでいこうと呼びかける。この日、東京府中市で日本信託銀行国分寺支店の現金輸送車が白バイ警官に仮装した男に一杯も二杯も喰わされたあげく、現金三億円を略取される破目に陥った。時効により未解決に終わることになる「三億円事件」の発生である。

十二・一三　東大駒場において、加藤提案にこたえて「代議員大会」を開催、全共闘側の実力阻止行動をはねのけて「交渉代表団」を選出した。翌日には、法・経・農・工・教育・教養・理七学部「代表団」は当局にたいして、十六日公開予備折衝を開催せよと申し入れた。このかんに駒場では革マル派と社青同解放派の間で「内ゲバ」が連続し、多数の負傷者が出ていた。当局と日共・民青の「共闘」による「話し合い解決」路線は日に日に引き裂かれた学生大衆たちの「無言」の支持を結集しつつあった。

十二・一四　中央大において、学生側は「常置委員会」廃止を要求して全学無期限ストライキに入った。「常置委員会」とは、大学当局が六七年学費値上げ白紙撤回の「敗北」を経て、政府自民党幹部と連携して大学評議員会内に設けた「指導部のなかの指導部」であり、闘う学生たちの拠点でもある「学生会館」費を凍結、学生側の闘いとってきた自主自由の思考・行動の一方的な制限に打って出た。全中闘（全学中央闘争委員会。ブントの活動家が中心）は受けて立ち、反国家コンミューン型「大学」建設というスローガンをかかげて無期限ストに踏み切った。

この日は日吉文山本がクラスメートに呼びかけて、友人平岡、谷、市田と共に編集したガリ版刷り「クラス文集」発行の日だった。四月から日吉での大学一年生の生活を振り返ってみてはどうかというのが「文集」発行の主旨であり、別に「米資闘争総括」の呼びかけなどではなかったわけだが、山本個人はこのかんの自分の経験を、「アジビラ」とか「議案書」とかでなくて、活動家などでないクラスメートたちにむかって自分の考えを伝えてみたい、どこまで伝えられるか書いてみたいという気持ちが生じていた。十・八羽田一周年集会、デモの初体験を作文してみようと考え、とりかかったが、結局かけず、「上からの」アジビラなんかを求められてちょいちょい書いてきた経験がクラスのみんなに「わかってもらおう」とする作文を書くうえで妨げになってるらしいこと、さらに山本がしきりに口にしてきた闘いの主体・学生大衆の立場ということが、私自身を書こうとしてなかなか書けない「妨害」要素の一つになっているらしいこと、問題は「立場」のほうになく、書こうとした十・八集会、デモ体験のほうにあることまでは何となくわかった。山本はやむをえず、自分の原稿は「文集」冒頭の「発刊の言葉」一ページで勘弁してもらった。投稿者はクラス二十数名のうち七名で、それぞれに面白い文章だった。山本の「論敵」である大石と太刀川は「詩」を寄稿してきた。大石のは七五調の恋愛詩で意外であり、柄にないと思う一方、我執の男という第一印象は俺の早合点だったかもしれないと反省した。太刀川の詩はこれも大いに意外だったが本物で、中也の詩を思わせる遥かな遠い郷愁がごく自然に太刀川の人物の印象と結びついて表現されており、太刀川のローンウルフぶりは恰好だけじゃなさそうだなと見直した。クラス委員選挙以来親しくなった大沢君は、米資闘争の経緯や、東大闘争の現状をとりあげて、「当局」の問題「解決」と「収拾」の意識的、意図的混同をまっすぐに批判していた。大沢君こそ主体である「学生大衆」そのものであって、山本の「学生大衆の立場」より広く深いのであり、対して山本の「立場」の狭さ浅さを振り返らせてくれていた。俺は大沢みたいに真直ぐにはいけないが、真っすぐが結局のところ問題にたいしてありうべき解決の最短距離なんだということは忘れずにおこうと山本は改めて考える。他に短い小説、女子学生の「堀辰雄小論」等もあった。山本はさいしょいささか「政治的」にクラス仲間との結合を求めて文集を企画したわけだけれども、仕上がった文集はクラス仲間同士の繋がりのなかにちゃんと山本みたいな人間をも包み込んだ友情の言葉の集になってくれていると読んでみて理解できて、有難いと思った。

十二・一五　東大全共闘は加藤代行と七学部代表団との（大衆団交実現のための）予備折衝に反対して、法文一号館二五番教室などを封鎖した。

十二・一六　加藤代行は予定されていた七学部代表団との予備折衝を、全共闘との無駄な衝突を懸念して中止した。一八日、七学部との非公開予備折衝、再度中止。一九日、七学部との非公開予備折衝、全共闘側に会場が漏れて、三度目の中止。

十九日、日吉文自ルームにて狩野、青木、勝見、山本に伊勢が加わり、冬休み中の課題、一月の予定を確認した。伊勢は山本にブントの機関誌「共産主義」の数年前の号をわたして「門松暁鐘」(哲学者広松渉の仮名)執筆の『疎外革命論批判序説』をしめし、「休み中に検討してレジュメを作っておいてくれ。来年早々われわれで読書会したい」と指示、狩野たちには門松論文のコピーをわたした。一月六日を日吉文の「仕事始め」としよう。六日午後一時日吉文自ルーム集合とする。目下のところブントは中大闘争に注目し、かかわっている。東大闘争はこの先どう動いてゆくか、まだ見守り中だと伊勢はいった。われわれはお互い実力をつける冬休みにしようぜと一同言い合い、ひとまず休み入りした。

十二・二〇　坂田文相は記者会見で「東大入試は中止が有力」と発言、暗に東大新執行部の不決断を諷して苦笑した。

十二・二一　上智大当局は機動隊を導入して占拠中の学生を全員排除のうえ、以後六か月間大学を閉鎖して機動隊を常駐させることにした。山本は新聞で上智大闘争の「電撃的」収拾報道を一読して、上智大当局のしめした問題解決方式に、守るも攻めるも双方が尊重せざるを得ないはずの、戦後民主主義の「理念」に配慮し、かつ規定されてもいる「話し合い解決」の大道をこのように乱暴に蹴飛ばしてしまう無神経な「当局」とか「権力」とかがこの現在に存在するんだという驚きを、悪い権力乱用への怒りに先立ってまず感じさせられた。何だ!こういう手があったんだ!　と山本らの敵の仕業であるにもかかわらず、敵のこうした出方に「コロンブスの卵」を見せつけられたと一瞬感服し、自分達「革命」を希求する側には欠けている、旧き思考・行動の「生産様式」

をのりこえて不断に前進してやまぬ敵の意外な「生産力」「発明力」を垣間見た思いがした。そういえば上智大指導部というのはイエズス会で、悪い権力政治を事とする暗い一味だったっけと高校時代の世界史の教科書を思い出し、反宗教改革を二十世紀現在も気長に継続中ということらしいと納得もした。山本の同情は当然ながら排除された学生らのほうにあったけれども、これから自分達側はおおむね守勢にまわることになるんだなと思い、気分は滅入った。

十二・二六　東大当局は七学部代表団と、東京天文台において非公開予備折衝を実現させ、「全学集会」開催をめざしてついに意思一致を遂げた。加藤代行は「『提案』をめぐる基本的見解」を公表。これ以後、各学部において学生大会、「スト解除」決議が連続していく。

十二・二九　坂田文相と加藤代行は会談して、「一月十五日をめどにして復活もありうる」と条件を付した上で「入試中止」を発表した。ちなみに坂田と加藤は旧制成城高校での先輩後輩の間柄で臭い仲だ。加藤代行は「来春の入学試験について」と題して決定内容を『声明』の形で学内に掲示した。

十二・三一　山本は家族と一緒に「紅白歌合戦」を楽しく眺め、東京ロマンチカ「小樽のひとよ」と青江三奈「伊勢佐木町ブルース」を後世に残る名歌名唱だと心に刻んだ。特に後者では有名になった〽ウッ、フーン、アッ、ハーンよりも、〽ズズビズビズビズビズッバーが気に入り、のちのちまで気分がいい時にはつい口をついて出てきて、周りの人たちはおっ山本君、調子がよさそうだなと常に正しく把握してくれるのであった。

冬休み中の宿題「読書会のレジュメ作り」のほうは自分でも興味を持って作業を進め、年内にほぼ仕上げてあとはガリ切りという状態にもってきた。テキストは吉本隆明『戦後世代の政治思想』と門松暁鐘『疎外革命論批判序説』で、前者には発見があり、後者にはその作文姿勢に反発を覚えた。前者で吉本は六十年安保改定反対闘争をめぐって、社共を中心とする旧左翼が問題を日本人の独立か従属か、戦争か平和かにおきかえて反戦反米の自閉（自足）に陥っている誤りを批判、安保改定を、国家独占が社会体制を維持し、発展させるために打つ政治的な布石の一つであり、独占支配を永続させんとする試みであるとみなして、こうした国家意志そのものに対して否をつきつける闘いを提起した「戦後世代」の若い「新左翼」たちを評価した。山本は「沖縄奪還」ではない、「日帝の侵略前線基地化阻止」なんだというブントの沖縄闘争論が、反米反戦の民族主義でなく、反独占、反国家の不断の否を生きよという安保闘争論の継承であること、吉本の言う「戦後世代」のなかに六十八年慶大米資闘争を一年坊主として担い、自分達の「否」をしめしつづけた日吉文メンバーも含まれるらしいこと、元柔道部主将の狩野も、元みゆき族幹部青木も、何かの主将だったり幹部だったりした経験のない勝見も山本も。これは嬉しい発見である。一方、門松論文は「本来の私」なんてものはないと断言する。「社会のなかの私」「社会的諸関係の総体としてある私」があるだけだ。本来の私なんてないのだから、この社会を「変革する」私か、この社会をおおむね受け入れる私になるかの選択は、私でなく、私が担っている社会的関係が最終的に決める。この決定は常に今・ここにある私の不断の実践の問題であると門松さん。お説ごもっともです。しかしながら、「いまの俺は本来の自分でなくされている。社会が私の敵なのだ。本来の俺を取り戻すためにこんな社会は革命してやる」と騒ぐチンピラの盲動を、上からバカにしてかかる学者「広松渉」の文体は気に食わないと山本は私に思った。吉本も広松も「ブント系」だというが、吉本はチンピラをやっつけるにしても、同じ平面、同じ目の高さでデモクラチックにやっつける。広松のほうはたぶん一、二段高いところにある講壇から、チンピラの無学をせせら笑うだろう。同じ「ブント」であっても両者の人間の格が天地の違いだ。

五　謹賀新年

一・一　東大全共闘はこの日付で「アピール」を発表し、「……政府文部省は大学閉鎖、一時休校を含む立法措置を考慮中とのことであり、大学再編を可能ならしめる学園闘争「収拾」の暴力的貫徹と同時に、七十年安保沖縄闘争に向けて、学生運動圧殺を狙う強力な治安対策がそこに読み取れる。すでに権力は上智大闘争にたいして、大学当局と一体に、機動隊駐屯で闘争圧殺を謀って収拾の手本を示し、東大当局もまた、一・一五入試復活のタイムリミットと、一・九頃の「七学部全学集会」をバネにして、各学部のスト解除、授業再開を、右派と民青にその政治的打算を賭けて闘争収拾を目論んでいる」とした。対するにわれわれ全共闘側は、一・六「東大闘争勝利・全学集会完全粉砕・加藤提案、同見解粉砕・入試問題を突破口とした収拾策動と、政府官憲の闘争圧殺粉砕・全国学生の連帯で大学の帝国主義的再編を粉砕しよう」のスローガンで総決起集会を打ち抜き、一・九（予定）「七学部全学集会」粉砕を通じて、一切の「収拾」策動を粉砕する決意であると宣言、最後に「東大・日大を頂点とする全国学園闘争の敗北は、全面的な大学再編と、学生運動への反動支配を許すことになる。個別学園闘争から、全国学生の総決起をかちとれ！　大学の帝国主義的再編粉砕の全国学生ゼネストを！」と呼びかけた。

一・四　東大加藤総長代行は「非常事態」宣言を発し、東大当局としてとりわけ「大学の自治」という理念を掲げ、国家権力にたいして相対的自立の確保をめざし、「紛争」の自力「収拾」を具体的に決断する。すなわち日共指導部、を設定することにした。一・一〇「収拾全学集会」粉砕、日共・民青との実践的決着が緊要の主題である。全共闘側も急遽一・六「総決起集会」（予）に替えて、九日に「東大闘争・日大闘争勝利全都学生総決起集会」定されていた「七学部全学集会」は十日十時三十分より秩父宮ラグビー場にて開催と決まった。これを受けて方針との総対決にふみだすこと。東大闘争は加藤「宣言」をもって決戦段階に入った。なお当初一月九日に予一般教員・一般学生とのあいだで、「自主解決」方向を共有した上で、全共闘と新左翼諸党派による「全学封鎖」

一・六　山本が理解している予定表ではこの日が日吉文の仕事始めであり、第一日の活動内容は「学園闘争に関する研究、討論」といったごく一般的な、「アカデミック」といっていい学習会の筈であった。担当の山本は『疎外革命論批判序説』のレジュメと吉本『戦後世代の政治思想』の抜き書きメモを用意して、午後一時前勇んで日吉文自ルームの新年初会議に向かった。キャンパスには人影がなく、並木道を上って左折し、山本の生活の主要な一部、むしろ今や半分以上を占めているのかもしれぬルームの粗末な長屋が見えた時、自然に早足になった。山本には仲間があり、仲間とのあいだには生き方の理想のおおまかな一致がすでにあるのだった。

入っていくと案外だったが、狩野と青木、それに伊勢が先に着いて待っており、待ちくたびれたという顔で山本を見上げた。「準備してきたよ」と山本が鞄から「学習会」レジュメその他をいかにも大事げに取り出そうとしたとき、狩野が「じつは今日の予定なんだが」とぼそぼそ言い出し、それを伊勢がすぐに引き取って「俺が説明しよう」と山本に東大全闘連（伊勢はブント系だと吹く）の一・六付ビラ「民青＝右翼ブロックの闘争破壊を許さず、東大闘争を勝ち抜け」をわたして、日吉文の活動予定の大変更にいたった経緯をくわしく語った。「……一言で言って、こんにち東大闘争は個別学園闘争から東大・日大闘争を頂点とする全国学園闘争総体の「決戦場」に転じた、あるいはいやおうなしに転じさせられたという認識だ。国家権力・東大加藤執行部・日共＝民青は一・一〇「七学部全学集会」で全共闘側の全学封鎖を阻止、入試復活を旗印にして一挙に学生の闘いの全的「収拾」に向けて「決戦」にふみ出すとわれわれは見るのであって、きょう一月六日は全国学園闘争一般について「学習会」する時ではもはやなく、全国学園闘争をそれぞれの場所で闘い続けている日吉文をその中に含むすべての学生、諸党派、諸団体が、己の闘いの過現未にかけて東大決戦へのそれぞれのかかわりを具体的に表現していくことが問われていると考える。一大学の闘争の決着が全国の大学、さらには権力支配に抗して闘うすべての人民の問題になったのが現在であり、日吉文は米資闘争の「敗北」の総括実践として一・一〇権力側の「収拾大会」を粉砕すべく、一・九「東大・日大闘争勝利全都学生総決起集会」に結集したいと考えるがどうか」云々。

山本は伊勢の説明に心外を感じた。他人事の東大闘争が山本の自分事＝日吉文学習会を「乗っ取った」と思ったのだが、狩野と青木は山本と違って当たり前みたいに東大と伊勢の「大変更」を受け止めているようで、何だ二人はもう日吉文より社学同ということかとかなり不満だった。それで気を取り直して全闘連のビラを熟視してみると、東大闘争の急展開は一方で必然の成り行きとも思えるのであり、こうした展開を単に他人事視して門松論文読書会のほうが一大学の紛争の行方などより大事だと主張するまでの強い抵抗感は山本にもなかった。だから単に東大騒動など他人事にすぎぬとはもういわない。しかしせっかく企画して用意してきた学習会ほどに自分事とはどんなに謙虚になってもやはり思えぬというのが山本の受け止め方であった。途中から会議に加わった勝見にしても学習会から東大闘争支援へ突然の予定変更にこれといって特に意見もなさそうであり、ようするにまあ何だかそういう話になっているんだと山本は面白くないけれども、ひとまず了解しておくことにした。

狩野、青木、勝見、山本は伊勢の説明を受けて協議し、一・一〇「東大七学部全学集会」に反対し、一・九「全都総決起集会」に参加すること、また日吉文として、米資闘争を経てきている日吉キャンパスの学生たちにたいして、安田講堂前で開催される一・九「全都総決起集会」に共に参加を呼び掛けることに決めた。山本は参加呼びかけビラの文案の作成を引き受け、一・六付「全闘連ビラ」を参考にして、一・一〇「東大全学集会」は国家権力・加藤執行部・日共＝民青による東大闘争圧殺集会であり、圧殺は一東大のみならず、全国学園闘争、さらには自立自由を求めるあらゆる個人、あらゆる集団の全圧殺を本質的に志向していること、一・九「全都総決起集会」は平和と自由を愛し、敵権力の悪あがきを高々とのりこえて進むすべての人民に開かれた広場であるとし、すべての学友諸君、当日午前十一時日吉文自ルームまえに集合されよ、安田講堂前決起集会に共に加わろうではありませんかと一気に書きあげ、勝見に手伝ってもらってガリ切り、謄写版印刷で百枚刷り上げた。狩野と青木は伊勢も手伝って一・九集会参加を呼び掛ける大きな立て看板を作り、一番目立ちそうな中庭の噴水前に立てた。明日からは青木が授業の合間を縫い、中庭でハンドマイク握って行き来する学友諸君に「一東大内の揉め事」ではなくなり権力の不義と反権力の正義の一大「決戦」の場となるであろう一・九「解放講堂前総決起集会」への参加を広く呼び掛ける。ビラ配布は四人で分担する。

一・七　東大駒場共闘会議はこの日付で「一・九東大闘争勝利・全国学園闘争勝利　全都総決起集会に結集せよ！」ビラを出し、昨日スト解除のための農学部学生大会を粉砕したと報告、九日全都総決起集会をかちとり、闘争の全国化へ、十日ニセ全学集会を粉砕せよと呼びかけた。翌八日、全共闘は農学部一号館、二号館等、十日に予定されている「全学集会」の「会場」たりうる農学部グラウンド周辺の建物を占拠、封鎖した。当局は丹精して整えた会場を悪い全共闘めの妨害により学外へ変更を余儀なくされる。

一・九　午前十時、日吉文常任委員狩野、青木、勝見、山本は日吉文自ルームに集まり、今日の予定を確認しようとした。「伊勢さんは所用で来ない。伊勢さんの伝言は、一時までに明大学館へみんなでまとまって来てくれということだった。ブントとして決起集会をやり、行動予定をそこで確認してから東大へ向かうことになる」狩野はいい、青木の顔を見、青木、勝見がうなずいた。おいおい、ちょっと待ってくれと山本は思った。

日吉文に一・九の東大集会への参加を指示した伊勢自身の口から今日の予定を確認したかったし、伊勢はそうしてくれるべきだと思い、またしても明大学館か、柿村たちの内容空疎な演説頼みかと十一・二二の社学同書記局たちの曖昧な「指導」ぶりを思い出し、伊勢の「所用」を回避と直感して不満だった。が一方で、問題にしてこれから議論しようというほどにつきつめて不満だというのでもないので、不満は不満、危惧は危惧としてとりあえずここは狩野の立場に配慮して胸中にしまっておくことにとどめた。山本は伊勢による東大闘争の現在への「関与」指示があった時から新聞、テレビのニュースに注意したが、今日の集会で、一・一〇全学集会を「粉砕」するという「闘い」の中身が眼を皿のようにして繰り返し読んでもよくわからない。我々は今日、その悪い全学集会をどのように粉砕しようというのか。東大内で生じた諸問題は東大の学生、教職員がまずもって解決すべき問題であり、学外のわれわれは問題解決の当事者を「支援」することはできても、解決の主体はあくまで東大内部者である。東大の問題は今やみんなの問題だというのは気が利いた文句だけれども、依然レトリックの水準にとどまっているぞと山本は見ていた。実際のところはどうなのか。昨年十一・二二で解決の主体＝東大内部者が左右に分裂し対立に陥った事態があらわになり、東大闘争はこんにち全共闘側と民青側のあいだで、東大当局と全共闘側のあいだで、国家権力と大学側のあいだで、力による決着＝決戦の段階に入った。日吉文われわれはこの「決戦」にどう関与していくか。現に今日、ブントと日吉文たちは、東大全共闘とともに、敵である「収拾」側との対決においてどこまで、どのような貢献・犠牲が要求されているのか、山本は知りたい。もしかしたら、伊勢たちすらこの「どこまで、どのような」をつかみかねているのかもしれない。それならそうと端的に言ってくれるべきであり、そうであったらわれわれ側も自分で考えて伊勢たちとともに今日の集会、東大闘争支援に自主的に明朗にくわわっていけるかもしれぬ。伊勢の『所用」と社学同書記局の「指示」への「逃げ込み」は、日吉文たちを今日の「支援」行動にたいして消極的にさせるのではないか、それは伊勢らにとっても不利益ではないか。

そろそろ出かけようかという頃になって、救対の大塚がやってきて「みんなで行こう」と声をかけてきた。大塚といっしょに三田新聞の川辺、元全学闘の石上、そして山本には驚きだったが、クラスメートの大沢君がニコニコといつもの笑顔で山本に軽く手を振った。「今日は俺も行くよ。東大の学生たちがあんなに頑張ってるのに、遠くでだまって見物しちゃあいられないから」と。

電車に乗り込んでからも、川辺、石上、大沢の三君は山本たち日吉文と違っていろんな意味で少しづつ自分以外の何かに縛られているというわけではないから、元気いっぱい生一本の私であり、かれらの東大闘争「支援」の感情には何の屈折も計算もないのだった。大沢が隣で「日吉文のビラを見た。俺も東大当局は間違ってると思った。俺もできる限りの支援をしたい」などと打ち明けるのを聞かされているうちに、山本は何かというと不満、疑問が先に立つ日頃の自分を顧みる気持ちになっていく。大沢は山本と違って伊勢の指示などでなく、伊勢の指示にたいしてそう突き詰めて考えることもせず単に応じておこなった山本らの働きかけ=立看、ビラ、中庭アジテーション等をも手掛かりにして、自分の頭で考えハートで感じて一・九東大における総決起集会に参加し、闘う東大生たちを支援しようと決意した。山本は大沢の自発的参加に気圧されるような気がして、自分が担当した一・九総決起集会に結集しましょうビラを思い返した。伊勢の指示により、またそれが日吉文で自分の役割だから、ビラの文案を作ったと？　ではそういうビラの作者でもある日吉文の一員、一学生として、おまえは今日一・九東大での闘いにどうかかわろうとする？　大沢はできる限り東大全共闘を支援したいといった。山本のできる範囲はどこまでか？　伊勢と社学同書記局たちの「指示」をその通りに受け入れて実行するか？　そうでないのなら、「指示」から独立に、山本自身が一・九総決起集会に何を求め、どう関わって行こうというのか？　東大闘争は今や一東大だけの問題では「なくなった」？　国家権力、加藤執行部、日共=民青はもうリクツ抜きにひたすら「収拾」をのみ、「入試復活」のみ、「大学正常化」のみをめざして一・一〇全学集会開催にしがみついている。醜態であり、俺はこんな「収拾」狂いに断固反対である。が、その反対というのはどういう質の反対か？　集会し、デモをし、反対と叫びたい、それをやりおおせたら、自分の家に帰るぞ、家の中の「私」に帰っていくぞ、そういうレベルの「反対」ではないか？　山本がそういう「質」の「反対」心で書き上げた一・九集会に参加しましょうビラを一つの手がかりともして大沢君が応じて立ち上がり、ビラの筆者である日吉文山本君ときょう行動を共にすることになっている。山本は大沢君の集会参加決断に多少なりとも影響を及ぼしてしまっているのだ。山本は自分の一・九集会参加を、それが伊勢の指示に日吉文の一員として渋々応じたという消極的な一面だけではないのであって、一・九集会参加勧誘ビラの文責者であり、大沢君のクラスメートでもある学生大衆の一人としての私の積極面のほうからちゃんと見直す必要があるかもしれないと考えた。指示を受けた日吉文の一員として、つまり他人事として、その限りで東大闘争「支援」に顔出せばいい位に思っていたのは間違いであり甘かったとようやく気付いたのである。

午後二時まえに日吉文と大沢君たちは明大学館に到着し、二階集会室で社学同総決起集会のはじまりを待った。こういうことが初体験である大沢君は、「社学同」やら、赤ヘル、厚手のコートとズボン、鬱屈した無言に閉じこもっている得体の知れぬ連中の間に入り込んでも平然として落ち着き払い、特に戸惑っている風もなかった。山本がはじめてこの集会室の決起集会で味わされた、奇妙な異世界に紛れ込んでしまったといった抵抗感は、「ノンポリ」の大沢君には薄く、むしろ米資闘争中に全学闘マル戦グループで活動して当時「ゲバルト大好き少年」と噂されていた石上君のほうに濃く感じられているようだった。山本は大沢君のゆったりと己を持している待ち姿に影響されて、今日はこれまでのようにでなく、あの「職革」柿村とかその他社学同書記局連中が示すだろう行動予定を自分の眼、頭、ハートでじっくりと、つまり批判的・主体的に吟味して自分自身のきょうの関わり方を決めることにしようと心構えした。まわりの赤ヘルたちを見ても、山本がつきあった十一・七、十一・二二の時と違って、ただ待つというのでなくて、それぞれにそこだけは譲れぬ自分自身の問題意識をもって待っているようだと心強く感じた。

それから十分、二十分、三十分が経過した。社学同総決起集会どころか、山本ら各大学支部の活動家学生にたいして、東大闘争支援一・九闘争に起ち上れと指示した社学同書記局メンバーは誰一人として顔を見せず、待たせている理由説明もなし、何だかただ姿隠してぼやぼやと時間をつぶしているとしか思えない。十分、さらにまた十分と、内容がない、動くことも立ち止まることもない空っぽの時間だけが過ぎて行く。はじめはおずおずと、やがてあたり憚らぬ私語の波が寄せては返し、私語するだけでなくしまりのない教室の小学生みたいに立って集会室からぶらぶら出て行ったり、室内をこれといって用事などなしに歩き回ったりして現状に遺憾を表明せんとするらしき者が一人や二人でなくあらわれてくる始末で、それでも我慢して待とうという姿勢でいる他の者たちまでが、何とかならないかと外の様子を露骨に気にし出したころにスッと、見るからに平凡でない、長身で容貌魁偉な、全身から決まり文句にとらわれぬ個性の光を発散している大した人物が登場して、集会室中央に仁王立ちになり、上からでなく同じ平面で「学友諸君」と太い張りのある声で、いまにも崩れそうでいた赤ヘル学生たち二百名ほどの集まりに向かって語りかけてきた。伊勢の「畏友」であり、日吉文青木が英雄を崇拝する兵士のように仰ぎ見ている「日向翔」その人の不意の出現であった。山本は、伊勢や柿村や十一・二二集会での坂健一その他「職革」志願者とは全く異質な雰囲気を漂わせているこの人物に大きな関心をもって注目した。

「学友諸君」日向は集まったブント系学生大衆のあいだに降りて行って熱くじかに語りかけた。「われわれは諸君の気持ちはよくわかっている。よーくわかってるつもりだ。もっともっとわかりたいと思っている。昨夜からずっと東大闘争の現在に社学同としてどうかかわっていくか討論し、討論者同士が互いに否定し合い、追い詰め合って、いまここにいたってこの私、討論者の一人が討論の場をいったん離れて、この間の討論がたどりついた現状をとりあえず報告します。東大闘争の現在はわれわれの支援を求めている。われわれは自分達がなし得る支援を行ないたいと考える。が一方で、決戦段階にあって支援を必要としている闘いは東大闘争だけではない。われわれがいま中大闘争において反国家コンミューン建設の大目標に向けて「決戦」に進み出ていることの階級的意義にも注目してほしいんだ。きょうは諸君、東大で闘おう、不埒な民青を膺懲しようと集まって来てくれてるんだと思う。それはわかる。諸君の怒りは正しい。だけれども、すまないが今日のところは少し我慢してくれ。ブントとして東大闘争を支援する。これはとことんやる。しかしわれわれは中大に賭けたいんだ。お願いだが、きょう一・九は大事な節目の闘いだが、それはわかっているが学友諸君、東大では頑張り過ぎないでほしい。中大のために力を温存してくれではなく、目の前のこの闘いに玉砕する闘いでなくてここはみんなでいっしょに反国家コンミューン建設に賭けよう、そういう闘いのなかで一・九東大闘争勝利全都総決起集会に参加しようという主旨だ。したがって今日われわれはその必要が発生したら、その程度に応じて適当にゲバる、ゲバりたい。これをきょうわれわれの方針とします。適当にはいい加減にというのでは当然ならなく（赤ヘル学生たちはここでドッと笑った。これまで二回山本の見聞した社学同決起集会で、社学同系学生大衆たちが、指導部のスピーチに「同志的」な好い感じの笑い声をあげたのは、これが初めてである）状況に応じて適切にというお願いなんだ諸君。鋭い頭脳と感性のすべての学友諸君、共に頑張って行こうではないか」

日向のスピーチが終わると何名かが出てきて「各支部代表者は前に集まってください」と呼びかけた。集会、デモ用のヘルメット、角材の配布であり、すると「社学同総決起集会」はこれで終了ということらしかった。山本らの長い待機の時間と、日向の短い、個性的な、或る意味シュールですらある奇抜な指示「東大では適当にやる、適当にゲバる」とが、社学同総決起集会で指導部が示したきょう一・九東大での大集会にのぞむ社学同系学生大衆に付与された任務であった？　こんなんでいいのか？　いいらしいのである。ゲバれではなくて、断固として「適当に」ゲバれ。「支援」であり、「玉砕」ではない。わかったが、これらも過ぎし十一・二二デモのさいの「民青殺せ」と同様にただの言葉なのであり、きょうこれから東大で実際にどうふるまうかは、事態の展開にあわせて参加する我々個々人の「解釈」に委ねられているんだとしたら、赤ヘル集団はメンバー間に互いに具体的に了解できている意思（解釈）の一致がないままに、ヘルメット、角材だけは所持して、闘いの決着をかけて全共闘と民青の暴力的衝突が激烈につづく東大キャンパスのど真ん中へもたもたと、中身は個々バラバラの烏合の衆状態で押しかけていくことになる。こんなんで大丈夫だろうか、日向さん？

社学同系学生大衆二百人余は、明大学館前広場に集結、三列の隊列をつくって、もはやいくらなんでも「ゲバ棒」などと自称できぬ廃材みたいな「角材」を林立させた。狩野、青木、勝見、山本、大沢、石上は自分達の私物を大塚に預け、救対大塚と三田新川辺陽平は〽安保粉砕、闘争勝利と口ずさみつつ出て行く山本らに「断固頑張れ」と声をかけた。きょうのブントリーダー、大男の日向は、見るからにヤル気なさそうに小さい赤ヘルをあみだにかぶり、デモ隊の進む横の歩道を、長身、痩身なので丈が短く見える黒いレインコートの裾をパタパタとひらめかしながら千鳥足で歩み、時々気が向いたところで山本らの堂々の行進に向かって、ともすると頭をもたげかかる山本らのヤル気や闘志を削ぐような、いいかえれば依然として新左翼的決まり文句を無視して顧みぬどころか、その逆逆とオリジナルの一本道を突き進むかのように、殊更にへたくそな冗談、駄洒落の類をとばしてせっかくのデモ行進の迫力を台無しにしてくれるのだった。この日、日向書記局員はたぶん、ブント指導部のなかで、東大闘争の現在にたいしてどうかかわっていくか決断しかね、迷い、良き選択を正直に模索している多数派を代表していた。一・九の闘いをめぐって日向の迷いはブント全体の迷いであった。東大で今日「予定されている」闘いに、そんな予定を自分たちに強制してきた何者か（国家権力、加藤執行部、日共・民青、さらに「味方」である筈の東大全共闘からすべての新左翼たち、雁首揃えて全部）に向かって、俺たちは「適当に」ゲバるぞと拳を突き出し、赤ヘルを不真面目にかぶり、デモ隊の横で不真面目に歩行する日向の、この世のあらゆる「決まり文句」に対する反抗ぶりに、山本は隊列の中で当惑させられる一方、日向の「真面目な不真面目」がほんとうはこの今論理的・道徳的に一番正しい行き方なのかもしれないと何となく感じた。東大決戦はたしかにもはや東大だけの問題ではなくなっている。しかし東大決戦が総てじゃあないんだと片方で踏まえつつ、そのうえであくまで決戦にかかわらんとする日向の模索のかたちが、たとえば「今日のところは適当にゲバる」の真意であり、山本は自分なりにその模索の努力に連帯したいと思った。

きょう安田講堂前広場は昨年十一・二二集会のさいの四方八方に開かれたどこからでも出入り自由・往来可能な「お祭り」の時空とはまったく違っていた。そもそも集まって来た人数が予想していたよりはるかに少ないばかりか、三時過ぎ「全都総決起集会」がようやく開会となっても全体として集中、まとまりが感じられず、逆に諸党派、諸団体、そして山本ら日吉文たちを内に含む諸個人は互いにそっぽを向いてバラバラに水面に点々とおとした油みたいにそれぞれが自閉的に散らばっていた。各派のアジ演説がつづいているさなかに、山本らの総決起集会の進行を無視し去って声高に勝手に雑談している赤ヘルかぶったグループがあり、その連中が変赤ヘル集団のすぐ横で、壊した立看板のベニヤ板、角材、紙屑類を燃やしながら、自分達も加わっているはずに無表情で殺気だっているのを見て、山本はふと腹の底のほうから鈍い恐怖の泡が立ちのぼってくるのを覚えた。社学同書記局と日向の「きょうは東大で適当にゲバる」方針は赤ヘルたちにどこまでどのようにつたわっているか、伝わることが出来ているのか、ブント以外はむしろ「適当」をかなぐり捨てつつあるように見えるがと山本はこわごわ周りを振り返った。

気持ちを締めなおして集会に注目すると、各派代表のスピーチはその調子も中身も、山本がこれまでにさんざん聞かされてきた言葉だけが景気のいい、空疎な革命的ホラではもはやなくて、すでに最後の決断を下してしまった直後の何かもう事務的な、気持ちは集会の先、のっぴきならぬ一つの行動の具体的細目、細かい注意事項の指示に終始している。この一月九日、空はまだ暮れきっていない。遠い過去になったように思える十一・二二の安田講堂前には、革マル派を含む新左翼諸党派、諸団体、諸個人の全体が、たとえ恰好だけであってもとにかく顔だけは勢ぞろいし、団結と連帯のかたちだけはこしらえて集会を「創り上げた」のであった。それがきょう一・九においては、諸党派、諸個人それぞれが自分の殻のなかに閉じこもってしまい、まわりの他派、他人たちにチラと視線を向けることすらしない。党派的我利我利亡者どもの相互拒否、「味方」同士の筈の諸党派、諸個人間の冷たい分断と自閉の奥のほうから、十一・二二のときの「民青殺せ」デモには欠けていたそのもの、あたりの空気が張り詰めこすれ合い、チリチリと焼き焦げそうな暴力の臭いがかすかに伝わって来た。「適当にゲバる」はどんなに正しくとも言葉でしかないが、面妖なにおいとなると既にここで動き出しつつある事実の影である。

赤ヘル集団は民青が占拠中の教育学部本館に隣接する「史料編纂所」との間の路地みたいな一本道入口部分にバリケードを築いてその周辺に集結した。社学同書記局は依然として、明大学館集会室で個性的な日向が示した「きょうわれわれは東大では適当にやる」という既定方針を堅持している。日向書記局員はここへきてなお、赤いヘルメットだらしなくあみだにかぶり、依怙地に「適当」スタイルを貫き、「教育学部突入は中核派の担当。本日の俺たちはここで待ち構え、裏口から逃げ出す民をひとりひとりぶっ叩く片手間仕事」などと、広場一帯に響き渡るような漫談調で指示して山本らを笑わせた。日向自身が真っ先に現事態をそのように愉しく描写して自分からそれを信じ込もうとしていたのであろう。お化けは出ない、出ないんだとくりかえし、ほんとうに今日に限ってはお化けは出ないと信じ込んでいたい。これは日向のみならず、姿を見せぬ伊勢や柿村たち社学同書記局全員の願望だったろう。しかしじっさいはどうか。日向の冗談口と、山本たちの決して哄笑にはなってくれぬ風船の空気が抜けたみたいな微苦笑は、山本らがいま感じ取っているここ東大本郷の変にはりつめた希薄な空気への反発、対抗の声としては頼りなくないか。このままぼさーっと待ちぼうけしているとほんとにお化けの一体や二体、さらにもっとそこらへんからぞろぞろ出てくるのではないか。

あたりはすっかり暗くなっていた。勝見や大沢と雑談中に突然、教育学部本館のほうからドーンドーンと正面玄関口のバリケードにたいして攻撃を開始した音響がきこえてきた。ほぼ同時に、教本館屋上と向かい合った経済学部本館屋上と両側から、攻撃者に対して投石が一斉に路面に叩きつけられる音。伸びをしてそちらを見たが、音だけで様子は見えない。中核と民青がはじめたなと隊列を組みなおした時、赤門方向から塀を乗り越えてゆっくりと降りてくる、どれも同じ形をした人間たちの長い無言の一列が眼に入った。先頭にいる大柄な人物がぼんやりと青い、字が書いてない、縦長の提灯をかかげて合図のように軽く左右に振った。山本は立ちすくみ、吸い込まれるように、ついに出てこられてしまったお化けの列に見入った。

「機動だ!」と誰かの声で山本はわれにかえった。逃げろの声、こっちだこっちだと指示のあった方向へワッと走り出す。教育学部本館と経済学部本館のあいだの幅のある直線道路に走り込んだとたんに、拳大、赤ん坊の頭大の石塊が数個ずつ計ったように正確に横一列をなして右斜め上方=経本館屋上から同じ角度同じ間隔で叩きつけられてきた。日共=民青のゲバルト部隊は、機動隊の侵入にいそいそと呼応し、経本館屋上に設置した「投石機」様の穢いマシーンを操作して、国家権力・機動隊と連携しつつ、眼下の敵に卑怯な攻撃をしかけてきたのであった。山本は勝見、大沢と並んで走った。狩野、青木、石上とははぐれてしまった。走っていく一歩まえに、いやらしいほど正確に同じ角度の斜線を引き、同じ音たてて、同じ数、同じ大きさの石塊が路面に激突をくりかえす。何回目かの斜線の一本の先端がちょうど山本の首の付け根にあたった。痛みは感じないが、不意打ちの交差だったので、思わずあっと声が出て立ち止まりかけたとき、「山本、こっちだ。立ち止まらないで早く」と走りながら振り向いて大沢が励ます。山本はすぐまた走り出して後を追い、日共＝民青の投石機の作演出になる邪悪な飛瀑のなかを突っ切って、目印だった「三四郎池」にたどりついた。その時にはむしろ「迷い込んだか」と足が竦んでしまったほどに、いきなりすべての音が絶えて、生と背中合わせに死があるように、機動隊の提灯も、民青の投石ロボットも場面は全部一回転して闇のむこうに消え失せていた。山本、大沢、勝見はすべてを包み込む静けさのなかで遠い、そこだけ薄明るい小さな門のほうへ歩いてゆく。途中勝見があたりを見回して「狩野たちがいない。どこかで別れ別れになったみたいだ」といい、左に安田講堂の裏側が見えてくると、狩野や青木は僕らと反対方向に行ったのかもしれない、ちょっと探してみると銀杏並木のほうを指さした。

「山本は肩に石があたったから、手当てが必要かもしれない。近くに市田の下宿がある。連れて行こうと思うが」大沢は勝見に、市田の下宿の位置を教えようとした。

「じゃ悪いが山本を頼む。僕は彼らがいそうな場所を確かめておきたい」と勝見は山本と大沢にむかって言い残し、小走りに離れていく。山本はそれほどの怪我ということでもないんだがと当惑したものの、それでも大沢と勝見の親切に感謝した。三四郎池周辺には山本ら以外にも何人かヘルメット学生がいたが、多くは勝見がいうように、投石マシーンなどない、全共闘の本拠安田講堂方向へ走ったのであり、狩野たちは講堂内に走り込んだと思われる。あの時「こっちだ」と叫んだ人物は、確かに教育学部本館と経済学部本館の間の直線道路を行けと指示していた。指示通りに走ったら、ソレとばかりに経・本館屋上から機械仕掛けの投石の怒涛であり、辛うじて通り抜けたと思ったら、こんどは自分達三人が狩野たちとはぐれて孤立してしまった。山本の首の付け根は少し痛み始めた。

「ちょっとお話させてください」大沢と山本が弥生門から外へ出て行くとき、三人の学生が声をかけてきた。丁寧な、物静かな言葉に立ち止まると、真ん中の学生は「東大工有志」と黒い太字で名乗った手製らしい小さなプラカードを掲げ、指で指し示して「こういう者です」という表情をした。この学生たちは賛成とか反対とか、赤とか白とか、対立するどちらか一方の側で争ってる者らではないな、争いのなかで自分たちの行き場がないと感じている東大生たちらしいなとわかった。山本はさいしょ面倒なと思ったが、急にかれらの話をきこうという気持ちになった。彼らの顔、かれらの声から、米資闘争の頃の今思えばなんとも牧歌的だった日吉バリ入口での「学生大衆」とのやり取りのこと、あの頃の自分達といま東大なんかに出張って来てこんなところでうろうろしている自分たちのあいだの隔たりの大きさが、山本の心にある痛みを伴ってよみがえり、ここ東大の一般学生たちの山本ら「外人部隊」へのおそらく否定的であろう感情や言葉に向き合うのがきょう・九の東大本郷で自分にとってはいちばん「適当な」行動になるかもしれぬと考えた。

「お聞きしますが、あなたがたは何者ですか」

プラカードを持っている眼鏡の学生の問いに、山本と大沢は〇〇大学××学部一年ですと答え、後から歩いてきた白ヘルの中核派学生も立ち止まり、山本らと一緒になって自分の大学・学部・学年・姓名を述べると、東大工有志の彼は山本の眼を直視して「そういうあなた方が何故、いまここにいるのですか」と問うてきた。

「安田講堂前でおこなわれた東大闘争勝利全都総決起集会に参加するためにやってきました。東大闘争の現状に、他大学の学生ですが、同じ学生として関心を持って、自分にできる支援があるかどうか、あればできるだけのことをしたいと思ってきました」

「きょう東大にやって来て、こうして僕らと向き合っている東大闘争の現在にたいして、あなたがたはどう、何を支援しよう、支援したいと考えていますか」

山本は少し考えて「東大生による学内の諸問題の正しい解決の闘いを支援したい。明日に予定されている「全学集会」は他大学学生の眼から見ても、一つ、二つにとどまらぬ疑義があり、集会の中心部分に、政府・大学当局・一部党派政治による、東大の学生、教職員多数の要求と相いれない間違った前提があると思う。東大生だけでなく、他大学学生も、さらにほんとうは心ある市民すべてが「スト収拾」＝問題解決という「全学集会」の思想そのものに反対してるんだと行動でしめしたい、僕らのやれる東大闘争「支援」の一つとしてです」

「あなた方と対立しているもう一方の党派政治は「全学集会」反対に反対しています。あなたがたは東大闘争支援を「全学集会」反対への支援に一面化しますが、東大の内外には「全学集会」反対への反対を「支援」なんだと確信している個人、集団が、投票すればあなた方を上回って多数を取るかもしれない。私たち有志の者は、「反対」と「反対への反対」の対立・抗争に堕落してしまった現状そのものに反対しています。対立する両者いずれもが私たちを代表できず、代表せず、よくわからない「外人部隊」をそろばん片手に引き込んで、少しでも量の上で対立中の相手をしのごうと見当をはずした「闘争」をつづけている、こうした事態、こうした東大の現状に僕らは反対しています。その僕らにはあなたがたの善意の（でしょう）東大支援は、二つあって対立中の悪い党派政治の一方にたいする支援であって、私たち一般学生の要求・願いはおおむね無視されています。問題解決の主体は、反対と反対の反対の対立そのものを問題解決の敵とみなしている、目下のところは少数にとどまってるのかもしれない私たちです。あなた方の善意はわかりました。明日からは東大問題の内にある私たちに解決を任せて下さい。あなた方の善意はあなた方が必死になれるあなた方の世界、あなた方の大学で発揮してください」

「学内外での「対立」そのものが不幸なんで、対立の解決の道を見つけたい願いはそれこそ問題の全当事者において、「全」だから東大の内外は問わないすべての心ある人々が共有しているわけだ。対立は、そんなものはいやだと拒否する対象ではなくて、あくまで対立する双方が「解決」をめざすべき問題なんだと思いますよ。つまり、問題は反対と反対の反対の対立じゃあないので、反対の中身、反対の反対の中身を具体的に問いかけ、調べて、どちらの中身を問題の当事者たちがよしとするかが、闘いの中で問われるのではないですか。僕自身は明日予定されている東大全学集会の自分の知りえた限りでの中身に、これはもう申し上げたけれども疑問を感じた。僕はきょう、民青のらしい、ただの投石ではなくて、民青の操作する機械化投石を体感し、入ってくる理由がきわめて薄弱な機動隊の侵入を目撃しました。僕はヘルメットをかぶっていますが、東大やその他の大学の民青に攻撃をしかけたことはないし、きょう機動隊に追われなければならぬふるまいはしていないのです。だから今日に限って言えば、僕は明日の全学集会に反対の材料を多く集める結果になりました」……話すうちに、だんだん疲れてきて、あくまで真の当事者である僕ら東大の一般学生に対する君らの最良の「支援」は、問題の解決を、これ以後もこの大学で生活していく大多数の学生、教職員にまかせることである、全共闘は党派政治に「支援」を求めた時に、真の当事者からの支持をなくしたのであり、間違った「全学集会」開催は全共闘の限界の露呈でもあるという東大工有志の主張に、反論して行くのがめんどくさくなってきた。一般学生、一般学生と偉そうにいうなと口にしかけてハッとしたとき、実に理詰めで雄弁な有志君は気配りの人でもあり、山本の疲労に気づいたらしく居ずまいを正し、「いろいろ話してくださって参考になりました。興味深いお話でした」と頭を下げ、山本らをねぎらってくれたのであった。

彼らと別れて歩きながら、東大全共闘というのはああいう「東大工有志」みたいな学生たちをせせら笑い、「右翼」とか「民青」とか「体制の犬」とか「俗物」とかレッテル貼って、俺たち革命者はとかいって身内でオダあげてるんだろうなと思い、ああいう全共闘連中と俺たちは権力とか加藤執行部とかに対しては同じ側にいるんかもしれないが、友達にはなりたくないねと考えた。すると耳元で「彼らは問題の所在がまるでわかってないんだなあ」という声がきこえた。振り向くと、途中から「彼ら」との討論に立ち会っていた白ヘル中核君が笑顔で山本に同意を求めているのであった。山本はきょう一日の疲れと、「東大工有志」たちとの関係においてはたしかに中核君の一味でしかない、意のままになってくれぬ現実を自覚させられて烈しく首を振り、「わかってない点では俺たちだって同じだ」と言い捨てて急に早足になった。中核君の顔に一瞬驚きの色が走ったが、この場合悪いのは自制心失くして初対面の彼にご無礼した山本なのだから、一層自己嫌悪がつのった。

市田君の下宿するアパートは弥生門を出てすぐのところにあった。市田君はにこやかに山本と大沢を迎えてくれて、室内を見まわして山本が「何これ、結構小綺麗に暮らしてるじゃないか」と感心すると、大沢と顔を見合わせ、「大沢氏はよく遊びに来るんだが、三日には二人で東大の様子をずーっと見に行ってきたんだよ。安田講堂の裏側が三四郎池だけれども、あのあたりで急に東大闘争の色が消えてしまうので、闘争といっても、そうのべつ幕なしに闘争また闘争というわけでもないんだ」などと地元の人ならではの観察を披露してさらに感心させた。山本が投石喰らって怪我をしたというので、市田君はまめまめしく支度して、山本の首の右付け根におおきな湿布を張り、絆創膏で固定し、包帯を柔らかいが一ミリのずれもなく巻いてくれたのだが、その一連の手際の洗練円滑に山本はまたまた感心して、思わずそれをいうと、市田君は高校時代サッカー部でこの種の怪我の手当には慣れているといい、大沢君も乗り出してきて、俺はバスケ部だったが、入部一年目は救急箱の責任者をやらされて、包帯やサロンパスにつきあわされたが、いい経験だったと例を挙げてしばらく高校時代の部活の思い出話に花が咲いた。途中からやって来た谷君もまじえてかれらは楽しそうに、近くで闘争が続いていることなんかないみたいに色々話し、聞きながら山本はようやく自分を取り戻したように感じた。十時過ぎ、山本はクラスメートたちのいる市田君の下宿を辞去して、それでも十二時まえに横浜の自宅に帰りつき、クラスの仲間たちの心遣いに感謝しながらゆっくり休んだ。

この夜、赤門のほうから不意に現れた機動隊に追われて、山本らとは反対に安田講堂のほうへ退避した日吉文狩野、青木、それに石上はどうだったか。かれらは一緒にいた赤ヘルたちの大多数とともに安田講堂内に入り、講堂を包囲して封鎖解除を試みた、民青ゲバルト部隊による機動隊の暗黙の了解に基づく攻撃にたいして、中核派その他諸党派、全共闘の部隊と共に火炎瓶投下、投石で対抗し、成り行きであるが、ミニ「安田解放講堂籠城戦」を戦った。民青ゲバルト部隊は数時間にわたって繰り返し巻き返し講堂の正面バリ突入に挑戦したが、「かすり傷」二、三負わせる位の「戦果」にとどまって零時過ぎに撤収した。日吉文狩野と青木、元全学闘石上は、社学同書記局の「東大では適当にゲバる」方針のもとで、東大全共闘、中核派部隊とともに安田講堂籠城戦に加わり、いわば「戦火の味」をわが身で知り、また安田講堂の防衛体制の予想外の「鉄壁」度を肌で体験した。一方の山本、勝見は、山本のクラスメート大沢君とともに、民青の本拠「教育学部本館」前の、経済学部本館屋上に据え付けた民青部隊の投石機の直下の直線道路に走り込み、投石攻撃のなかを突っ切って、民青、機動隊の追及・攻撃の外に離脱している。一・九東大闘争において、同じ日吉文メンバー内で、一方は安田講堂籠城戦に加わり、他方は機動隊、民青との闘いの外へ出て帰宅する（勝見は狩野たちとの合流をめざしたものの、ならなかった）ことに結果としてなり、偶然の働きだったたか、これが必然だったのか、いずれにせよ日吉文常任委員四名のあいだに、東大決戦への関与のありかたに大きな違いが生じた。これまでは違いは違いとして「尊重」し合おうというのが日吉文の「団結」形態だったが、こんごこの一日の体験の差は、「東大闘争には適当にかかわる」というブント方針（というか、当座の申し合わせというべきか）の再考を含め、社学同書記局伊勢と日吉文の四名にとって、もう少し踏み込んだ検討が必要になってくるかもしれない。少なくとも伊勢、狩野、青木は、そう考えた。

またこの夜、日共＝民青は、明日の一・一〇全学集会の成功に向けて、全共闘の「本部」は陥とせなかったものの、機動隊の客観的「バックアップ」を得て、全共闘側によって占拠中だった各学部棟の「封鎖解除」をおこなった。以後、十日、十一日、十三日と、本郷で駒場で、全共闘と民青の間で封鎖解除、再封鎖と暴力的衝突が反復連続する。

「われわれ中核派は一・九のこの日に東大決戦にかかわって、党として全力を投じてとことんまでやると組織決定した」と井川は回想する。「自分は以後中核派の本部（安田講堂の事務室）に常駐して、九日から十一日まで連続した対民青ゲバルトを担った。十人位の「遊撃隊」をつくって責任者になり、本部と現場を行き来して民青に勝つのに必要と考えられることなら何でもやった。民青は強かったが、学生大衆は我々の側についてくれたと思う。振り返ると、一・九でのブントの曖昧さは、党になっていないブントの弱さが出たんじゃないか。闘いの現場ではブントの個々のメンバーは頑張っていたけれども、個人の根性で闘っていたので、リーダー連中は何だかフラフラしていた印象があったな」

「ブントの曖昧さ、雑居性は、俺みたいな人間も内で許容してくれるというか、放置していてくれる点で、可能性として党派政治の狭さ、上から主義を乗り越える志向が生かされるプラスとも思えたんだ。そりゃ党となればサークル活動とは違ってくるだろう。戦闘がもう始まるという事態になれば。一・九を目前にしてブントが中核派のように党としてびしっと一致できず、学友諸君、きょうはそれぞれに考え、行動してくれという「指示」しか出せなかったことは、リーダーたちがしっかり反省せねばならぬマイナスだったろう。が、かれらの曖昧、かれらの混乱は、東大闘争の現在のなかに、とりわけ味方の側、東大全共闘の闘いのなかに、一致して全力でかかわっていくにはなにか肝心なものが欠けていると直感したことと関連していないか。一言でいえば、闘いの主体は、入試中止に狼狽し、自分の卒業進級を正直に気にして葛藤する学生大衆なんだという事実に、全共闘は民青ほどにも真面目に向き合っていなかったのではないか。向き合ったうえで、入試卒業進級は、とりあえずみんなで頑張って今は横に置いておこうという「思想」「行動」の競り合いの場において、全共闘はあまり真剣でなかったんじゃないか。ブントだってどこまでそこに真剣だったかといわれれば、そう偉そうにいえないが、ブントには東大全共闘の思想にはない闘いの主体にたいする遠慮、へりくだりが、雑居性や曖昧なその場しのぎの行動といったマイナスのかたちで表現されていたんだと思う。日向さんは一・九東大決戦においては「適当にやる」と公言して、闘いの「真の」主役たちに敬意を表したんだと僕はいまになって思い至るんだよ。これはしかし、もちろん戦場で右か左か決断迫られるときの言葉にそのままでなることはできない。日向さんが一・九に明大学館で勇気を出して口にした「あくまで適当が正しい」という言葉は、一・九以降日向さんとブントのアジテーションから消えた。しかたがなかったが残念だと俺は今思うし、当時も暮夜ひそかに思うことがあった」

「山本君な、僕はあの日あのとき、闘いの理想、闘いの目標、東大闘争の現在における任務を、誰かに「上から」ただ与えられて実行しましたというんじゃないんだ。与えられはした。が、与えられただけでなく、僕自身が考え抜いて自分の抱く生き方の理想に照らして自分の確信できる「任務」を構成して作り上げ、志を共にした仲間と実行したんだ。実行に踏み出すまでのあいだに当然迷いもあり、ためらいもあった。が、一つのきっぱりした決定、行動が要求されている時に、迷う私のほうからでなく、迷いをどんなやり方によってであろうと何とか乗り越えんとする私のほうから、自他の「人間」を評価すべきではないかと僕はいいたい。聞いている限りでは、日向さんや君たちブントの人たちは、一・九の闘いの場にあっては人間評価が逆様だったように見える。悩む私、迷う私は、迷いをこえたい私よりも、君のいう真剣みを欠いている気がする。減点したいね」

「かもしれない。迷いののりこえはギリギリのところ、迷うことそのことより小さい、嘘が多いとたぶん俺は思っていたんだ。その嘘のほうが、迷いやためらいよりいやだと感じていて、あの時も今もそこはそう変わっていないかもしれない」

一・一〇　攻防の一夜が明けると、東大本郷キャンパスでは依然として全共闘側が安田講堂、民青側は教育学部本館とそれぞれに自らの本拠を維持していた。が、昨夜二回にわたっておこなわれた機動隊の介入により、民青が多く攻勢に出、全共闘は守勢をしいられて、全学封鎖をめざして開始した教・本館攻めの頓挫を余儀なくされたのみならず、民青の攻撃にこれまで占拠していた法文一、二号館等の封鎖解除を許して本拠安田講堂を孤立させる事態にいたった。全共闘側は一・九の対権力、対民青戦闘敗北を総括し、きょうの「七学部全学集会」粉砕に向けて方針をうちだすべく代表者会議（「支援」の諸党派、諸団体、諸個人代表も加わる）を開き、一・九で打ち立てた目標＝「民青の闘争「収拾」路線粉砕、全学封鎖貫徹」をめぐって内部に不一致があり、断固貫徹が中核派とＭＬ派、社学同は「適当に」ゲバる、社青同解放派は「やらぬ」で、不一致のままに当日を迎えるしかなかった結果、機動隊の不意打ちに直面すると、安田講堂へ撤退できても、一・一〇権力・当局・民青の一致に基づく闘争圧殺「全学集会」攻勢にたいして、遺憾ながら受け身にまわった。では、きょう一月十日、全学集会「粉砕」をどのように実行するか、すべきか。これには社青同解放派が「断固やる」と意気込み、集会警備の機動隊に角材でゲバると表明した以外、他はおおむね丸腰で会場入りし、ゲバぬきで抗議行動と決めた。全学集会は権力・当局・民青が一体となって東大闘争を「収拾」するぞ、入試復活、大学正常化をかちとるぞと世間向けに興行する恥ずかしいセレモニーにすぎない、一・一〇が決戦場ではない。国家権力とわれわれ闘う学生との直接対決が「決戦」の場になる。以上から、きょうは、全学集会への百人規模の抗議行動と、全共闘主力部隊は駒場において民青が主導する「代議員大会」粉砕闘争へ出撃し、安田講堂では留守部隊が民青の「解除」攻撃に対処することとした。

民青側は昨夜来、機動隊と賢い連携プレイを演じつつ、全共闘の「全学封鎖」妄動を封じて、一味同心を安田講堂内に孤立させ、本郷キャンパスを制圧した。そして今日一・一〇、民青と一般学生が団結して問題解決の主体として、加藤執行部に要求をつきつけ、受け入れさせる、闘争勝利の画期の日がやってきていた。ところがこの大切な集会、集会場が農学部グラウンドから秩父宮ラグビー場に変更されたため、民青の出席に困難が生じたのである。民青部隊は全学集会に主役として参加し、東大闘争勝利を学内外に宣明せねばならないと考える。しかしかれらが本拠教育学部本館をあとにして、会場へ出発したあかつきには、ただちに全共闘主力部隊が再び安田講堂から進撃開始、民青が守り抜いてきた本拠教・本館はもちろん、本郷キャンパスでかれらがかちとったすべての「解放空間」がまたしても全共闘の空き巣狙い的再封鎖の標的となり、本郷は再「全学封鎖」の戦場と化し、せっかくの一・一〇「全学集会」の政治的意義は無に帰してしまうではないか。では仕方ない、集会を欠席か。全共闘どころか、民青すら顔を出さない、加藤執行部と一般学生と一般教員しかいない広い寒いラグビー場の「全学集会」とは、「全館暖房」と大きくうちだして、実際には暖房設備など全然ない「大嘘館」になるではないか。いまこのままでは、全学集会を欠席しても、出席しても、民青はどっちにせよ「ブタ」しかつかめないであろう。民青の方針会議は行き詰まった。

七学部全学集会の開会は〇時三〇分に予定されていた。が、待てど暮らせど民青と一般学生代表からなる「学生側代表団」が姿を見せず、当局側が説得をこころみたが、会場が大学外では出て行けないの一点張りで、早くから会場に集まっていた学生、教官のあいだに困惑の色が濃くなっていく。状況は、全共闘側が今日の闘いを駒場の「代議員大会」粉砕と決定し、事実上本郷での対民ゲバルトの回避に動いたことがハッキリしてようやく好転した。民青の主力部隊はただちに本郷キャンパスをあとにして、一時三〇分すぎには会場に到着し、開会が宣せられる。参加学生数五七〇〇人。教官一〇〇〇人。ラグビー場メインスタンド中段中央に、加藤代行以下当局側と、民青と一般学生代表の結合になる学生側の「団体交渉席」を設置、学生、教官らは「団交席」

に背を向けるか、遠い向こう側のスタンドに座るかして、ガーガーと雑音が混じって聞きづらいマイクの穢い音声だけの「団体交渉」に耳を傾け、眼下の誰もいない競技場グラウンドにときどき眼を遣りながら一見紳士風のやりとりの展開にムッとした顔で立ち会った。これしかできなかったのだろう諸事情は諒とするも、集まった学生、教官の多くは、こういう「集会」こういう「団交」には、何かおおきな勘違いがあるのではないかという思いを禁じ得なかった。秩父宮ラグビー場全体に刻一刻、奇妙な違和感、根本的な場違いという雰囲気が広がって行く。

二時四〇分頃、ついに、やっといわば避けがたくしてバックスタンドのほうで騒ぎがはじまった。学生三、四十名ほどがつぎつぎにたくさんの小さな毬がこぼれ落ちるようにスタンドから飛び降り、「団交」中のメインスタンドに向かってコロコロと転がり走り、これに呼応してメインスタンドから鼻息荒くおりてきて隊列を作った二十名と合流、〽集会粉砕、闘争勝利と唱和しながら広大なグラウンドを若干行ったり来たりした後、二手に分かれてスタンドの両袖から学生たち、教官たちのあいだに駆け上がり、〽集会粉砕、闘争勝利と気勢をあげた。「団交」中のスタンドは混乱し、ワーッと総立ちになった学生、教官らは〽帰れ、帰れ、帰れ、帰れと腕組み合ってリズミカルに連呼し、輪唱し合唱し、集会粉砕と集会防衛が花やかに押したり引いたりを繰り返す。教官のある者が「やっと団交らしくなってきたな」と同僚に話しかけた。東大闘争たるもの、こうこなくちゃいけない。

「このままでは集会の続行は難しくなりましたので、代表団団交は会場をかえて続行することにいたします」と数回、音の穢いマイクのアナウンスがあり、ラグビー場集会は解散となった。この日、加藤執行部と学生側「代表団」が合意、署名した「十項目確認書」は以下のとおりである。①八・一〇告示の廃止。②医学部学生処分白紙撤回と、豊田、土田両教授に対する退官措置。③文学部処分の正当性。④追加処分の有無。⑤今後の処分制度のあり方。⑥原則として学内紛争解決のため警察力の導入をしないこと。⑦警察の捜査協力については従来の慣行による。⑧青医連（青年医師連合）の公認。⑨学生、院生のストを禁止した「矢内原三原則」廃止。⑩大学の自治は教授会自治と規定した「東大パンフ」を廃止し、学生、院生、職員の固有の権利を認める。云々。

なお、東大三鷹寮生を中心とする社青同解放派学生二百名は午前十一時頃、青ヘルメット、角材で「武装」したうえ地下鉄外苑駅前から会場秩父宮ラグビー場へ進出せんとして警備の機動隊と衝突、「玉砕」を遂げている。逮捕者百数十名。

この日の夜から十一日未明にかけて、全共闘は駒場の「代議員会議」粉砕闘争をめぐって民青の外人部隊と戦闘を繰り広げ、本郷において法文一、二号館等のバリが民青の手により解除されたとの報を受けた午前四時すぎ、急遽本郷へ引き上げることにした。また同じく深夜から翌未明にかけて、全共闘本拠安田講堂が日共＝民青の外人部隊二千名の真剣な攻撃を受けたが、支援に駆けつけていた中大全中闘八〇名と東大全共闘たち七〇名の健闘により本拠防衛を貫徹した。日吉文の狩野、青木、元全学闘石上はこの防衛戦にくわわっている。

一・一一　日共＝民青は本郷キャンパスにおいて、全共闘分子を安田講堂内に追い込んで孤立せしめ、午前七時より自分達の本拠教育学部本館を中央本部とし、赤門のみならず正門から銀杏並木までキャンパス全体を制圧、内外の出入りの統制管理に組織的に取り掛かった。正門は黄ヘル、「民主化棒」と俗称される太い樫棒等で武装した民青部隊の検問所となり、全共闘の占拠していた法研等のバリはすべて解除された。またこの日、理、農、教育、教養も各学部で学生大会を開催してスト解除を決議した。昨十日、加藤執行部と日共＝民青が「勝ち取った」ところの「十項目確認書」は以降「魔法の杖」のごとくに諸学部のスト解除決議を連発させて行く。本郷と駒場における民青の攻勢に対して、全共闘側は辛うじて安田講堂だけは保持し得ていたものの、単に立てこもっているだけの状態が午前中いっぱい続く。全共闘側は反撃を組織せんとつとめるが、諸党派、諸団体はなかなか突破口を見出せずにいた。

事態の打開は全共闘側の知恵と勇気によってでなく、大学とキャンパスの主人公は民青でもなく加藤当局でもなく、全共闘ですらなくて自分達一般学生であると考え、民青の外人部隊がキャンパスの出入り口に悪代官のように立ちはだかり、午前十時頃大学構内に入ろうとした一学生にたいしてゲバ棒片手に高圧的に「検問」行為に及んださい、自分の大学に入っていくのに検問とは何だと一般学生の間から声があがり、民青のゲバ棒が丸腰で抗議中の一学生の身体に当たった瞬間に一気にはじまった。怒った一般学生の人数は増大し、〽帰れ、帰れ、帰れ、帰れコールが嵐のように検問民青、応援民青たちに襲い掛かり、二百人ほどの民青部隊が後退を開始、数百名に達する一般学生の革命的素手と丸腰、自然な憤怒の大きなうねりは、一時間後には民青全員をかれらの暗い巣窟である教育学部本館へとじこめてしまった。安田講堂から見ていた全共闘たちは一般学生の決起だと感心し、かつ己のこの間の無策無能ぶりを秘かに自省させられた。「決起」にくわわったある一般学生は「全共闘は弱い。一般学生は強い」と端的に指摘して、全共闘の自覚と奮起をうながした。学生大衆を代表して闘っていたつもりの全共闘が学生大衆のじっさいには常に正しい「自然発生性」に今や乗り越えられつつあった。

午後二時より、「自覚」を得た全共闘側、人文系闘争委、文スト実、工スト実等百五十名は安田講堂前集会をかちとり、銀杏並木デモを敢行し、威武堂々安田講堂防衛の陣中に加わった。夕刻までには、「収拾拒否」の学生大衆は銀杏並木に強固なバリケードを構築、「収拾」万歳の民青・当局の支配からわが学園を学生大衆の手に奪還したのであった。夜に入って日吉文青木は伊勢の指示により、元全学闘石上と一緒に安田講堂を出ていったん自宅へ戻っている。（なおこの日、日共＝民青は本拠教育学部本館において学生大会を開き、スト解除を決議、バリケードの撤去等全面退去の準備に入った。本日民青外人部隊が反「収拾」学生大衆の「決起」にたいして見せた柄にない弱腰には、闘いの主役学生大衆へのまっとうな敬意の表れであるとともに、部隊の撤収が既定方針であったという背景もあったと思われる）。

一・一二　昨夜駒場から戻った東大全共闘本隊は、本郷キャンパスの再封鎖（法学部研究室、工学部列品館、法文一、二号館、工学部一、七、八号館等）、バリケード強化作業を開始して粉骨砕身、終日の健闘に、キャンパスに出入りするおおくの市民、労働者たちは闘わない日共＝民青に罵声を、闘わんとするすべての学生たちに声援を送り、支援のカンパ、支援物資が続々と寄せられた。きっと「決戦」をやりぬけが人民の声である。

正午過ぎ、山本は本屋に出かけた帰りに日吉文自ルームに顔を出して、狩野や青木がどうしているのか、私物を預かってくれている大塚あたりが来ていたらつかまえて聞いてみようと思った。山本の怪我はどうってこともなくて幸いだったが、安田講堂前で左右に別れてから狩野も勝見も何も言ってこないので、気になり出していた。

「おーう、来たね」山本が入っていくと、青木と石上が顔を上げた。久し振りの感じで再会したのだが二人とも眠そうで、日頃の表情の険がとれて子供っぽく見えた。早速、あれからどうしていたと、二人は山本の様子に注意しながら問うてきた。「機動隊の先頭が塀をまたいではいってきたとき確かにこっちだと経済本館のほうを指示した男がいて、勝見、大沢が走り出し、俺もついていったんだが途端に石の雨だった。俺たちは民青の投石マシーンのど真ん中に飛び込んでいったんだと翌日の朝刊を見て分かった。あの方向指示者、民青の回し者だったたか、そうでなければ本人が機動隊の「いないいないばあ」戦法にうろたえて逆方向へ味方を誤導しちゃったのかわからないが、教育本館を攻めていた中核にけが人があんなに出たにしては俺たち運が良くて、一番のろまだった俺が投石につかまったけれど幸い軽傷ですんだ」山本は湿布のとれた首に指先で触れた。

「俺たちはまっすぐ一番近い処へ走った。機動隊は提灯振って塀をまたいで入って来ただけなんで、俺たちは走り出してすぐにスピードゆるめて安田講堂の中にまわりにいたほとんど全員逃げ込むことができた。こっちへ逃げるのがあの時は流れみたいに自然で、入ってから山本たちがいないので、しばらく講堂の中をあちこち日吉文やーいと探し回ったんだぞ」青木は勝見とも合流できなかったといい、それから一・九夜、一・一〇夜、二回の安田講堂模擬籠城戦の体験を眼をくるくる動かして面白そうに語った。「……一升瓶をポーン、ポーンと投下すると、路面にたたきつけたその瞬間、パーッと落雷みたいに明るくなるんだ。そこいらに転がっていた大小いろんな物、箱とか木っ端とか、石とか看板とか民青とかの黒い輪郭がサッと何て言うか際立つんだ。闇の底から大小いろんな影が急に立方体になってせりあがるんだ」青木は火炎瓶をポーン、ポーンという時、それが一升瓶ではなくて、ビールの小瓶を隣の者に手渡すくらいに右手首を軽く動かして見せた。一升瓶を高い位置から攻撃的に落下させる感じではないのであった。山本はテレビニュースで講堂前広場にたたきつけられた火炎瓶が燃え上がる場面を眺めたが、青木は講堂屋上の向かって右肩にあたるバルコニーから、本人の言葉と仕草では、ビールの小瓶をひょいと友達に渡すように一升瓶を眼下の敵に放ったんだなと想像した。石上は捕虜にした民青を追及する日大全共闘メンバーの表情、追及ぶりに大きなショックを受けたという。「日大には凄いのがいる。日大闘争は俺たちのとは次元が違うんだと知ったが、あれが闘争の現実だというなら俺はとてもついていけないと思った」

石上は元全学闘たちのあいだで「ゲバルト大好き少年」と親しみをこめて噂されていた元気者であり、そういう石上ともあろう逸才が異次元だと嘆息し、具体的に語ろうとはしなかった日大全共闘の「凄さ」を、山本としてどうけとめていいか正直戸惑った。石上には申し訳ないが、同君の味わったらしいような恐怖を味合わずに済む闘争のあり方を、石上がショックを受けたその日大全共闘君とともに模索できたら結構だなと軽くお付き合い程度に思っただけだった。

「十五日に東大で総決起集会が予定されている。昨日伊勢さん、狩野と三人で日吉文としての参加を話し合った。明日にはもう少し具体的な話が伊勢さんなり狩野の方からあると思うので、明日一時にここに集まってほしい。勝見にはもう伝えてある」と青木はいう。山本は少し考えて、明日の寄り合いを承諾し、自分のできることを伊勢、狩野の説明からハッキリさせることにしようとうなずいた。この間考えてきたけれども、一・九に山本がブントのリーダーの口からきいた、はじめて理解できる闘争方針、日向さんの「東大には適当にかかわる」という言葉は依然として正しい、日吉文たちとともに自分なりの「適当」を見極めつつ、東大闘争「支援」を担おうという気持ちである。

この夜、東大安田講堂内で、東大全共闘が主宰し、「支援」の諸党派、諸団体代表が出席して、「決戦」に向けた代表者会議が開かれた。中核派、ML派、社学同、革マル派、社青同解放派、日大全共闘、中大全中闘の各代表は、一・九から一・一二までの三日間の総括、「決戦」方針をめぐって協議をおこなった。第一に、一・一〇「十項目確認書」をもって、加藤執行部と日共＝民青は権力の意向に沿って闘争収拾、「入試復活」、大学「正常化」へ踏み切った。闘う学生大衆を敵にまわし、国家権力・機動隊の保護下に逃げ込んだすべての収拾派、収拾の思想と行動にたいしてすべての闘う学生大衆の拒否をつきつけること。このかんの学生大衆の支持獲得をめぐって担ってきた対民青ゲバルト部隊との闘いは日共＝民青の国家権力にたいする投降によっておおむね終了、明日からは国家権力との「決戦」、世界と人間の真理をめぐって我々と権力とのあいだで決着の時がくる。一・一五「東大闘争・全国学園闘争勝利総決起集会」において、対民青から対国家権力へ、東大内から東人闘争がその中心的一部でもある全国学園闘争総体へ、闘う主体の飛躍・転換を確認し合うこと。第二に「決戦」の具体である。東大本郷キャンパスの防衛。闘う学生の本拠＝安田解放講堂の死守、籠城戦をとことんやりぬくこと。工学部列品館、法研、文研で徹底抗戦すること。可能な限り、安田講堂以下主要拠点に資材、食料、武器の搬入、バリケード強化にまず集中すること。一方で、神田地区で「カルチェラタン闘争」を展開し、籠城戦の本郷地区と学生、市民、労働者の創意に満ちた闘いによって神田地区を結合し、東大闘争を眼に見えるすがたで「全国化」「世界化」せしめること。第三、以上をその最前線で、とりわけ安田講堂、工列品館、法研、文研で、籠城戦をどこの誰が担うかである。東大全共闘をはじめとして、どの党派、どの団体が、どの「城」を防衛し、防衛に何人出し、誰を兵士に選抜するか、速やかに、少なくとも一・一五総決起集会までには決めなければならない。工列品館はML派、法研は中核、文研は革マル、他の各派各団体は安田講堂と大まかに決まった。今日以降各派各団体と諸個人はわが方から何人、誰と誰を出すかをめぐって、あらためて、東大決戦への自分達の関与をまさにこの私の生き方をかけて問い詰める場所に進み出ることになる。

六　東大解放講堂に結集せよ

一・一三　東大全共闘はこの日付けで「闘争宣言」を発表した。「一・一五『東大闘争—全国学園闘争勝利総決起集会』に結集せよ！」と大号令し、「東大闘争は全国学園・階級闘争の大焦点となっている。入試強行→ブルジョア大学へ復帰の道を進むか、あるいは全国の戦闘的労働者と連帯して、帝国主義日本と全面対決へ向かうかの局面に立つ。われわれは前者の道を行く日共＝民青の反革命を粉砕、権力の弾圧攻勢をはねのけ、東大闘争勝利・全国学園闘争勝利をめざして帝国主義ブルジョアジーとの全面対決の道を選択する」と激語し、「われわれは一・一五を、東大闘争と全国学園闘争勝利をめざす一大総決起集会としてすべての労働者、農民、学生とともに戦闘的にたたかいぬくことを宣言する」とした。

本郷キャンパスではバリケード強化、資材、食料調達等、機動隊を迎え撃つ準備がしぶとくしかも滑らかに快活につづけられた。銀杏並木は活気づき、闘う学生大衆のデモ、シュプレヒコールがこだまして、そのなかに遥かに全国各地から若々しい東大闘争支援の部隊が陸続と到着しつつあった。

この日山本は必修選択の授業に出た後、午後一時過ぎ、待ち合わせする日吉文自ルームに入った。狩野が一人で待っていて「やあ」と笑顔になった。

「みんなは、まだ？」山本が見まわすと、狩野は「勝見にはさっき会った。青木は家に用事があるらしくて帰って行ったところだ」と説明した。伊勢は今日も「所用」らしくて山本は仕方ないかととりあえず狩野の話を聞く態勢をとった。

「伊勢さんから伝言だ。僕らは日吉文として一・一五の総決起集会に参加したい。東大闘争「支援」のかたちが参加によってハッキリすると思う。それで明日、少し早いが朝八時に集合して明大学館に行き、社学同決起集会に参加して、東大安田講堂前での総決起集会に加わる。その際各人が二、三日分の食料、着替え、タオル他を用意しておくこと、特にナップザックを持ってくること。とにかくこれで明日から二、三日、日吉文は東大闘争支援ですごすことになる」

日吉から明大学館、本郷安田講堂前集会という一連の流れは、一・九、十一・二二の場合とかわっていない。しかし問題は、社学同決起集会において、これから日吉文山本らが二、三日すごすことになると狩野の言うその過ごし方の中身が、これまでのようにでなく、ここからここまでがブント、また日吉文に求められている「支援」の中身であると明快につたえられること、また仮にその説明がそれなりになされたとして、山本ら個々のメンバーの意見や希望が、支援の中身に可能な限り反映されることを望むが、ブント指導部、とりわけ伊勢に我々の希望をどこまで配慮して自分たちの「支援」の内容を決めていく用意があるのか、そこはやはりこれまで同様に曖昧なままだった。それを言うと狩野は困った顔になり、「それはほんとに僕もよくわからないんだ。とにかく日々東大の状況が変わるんだ。これは伊勢さんでも、東大全共闘のメンバーでも、自分の周りはある程度まで見えていても、全体がいまどのように在るか、把握できている人というのはいないんじゃないかと思えるくらい、毎日毎時間が変化逆転の連続なんだよ。当面の予定、当面の任務をその一部でも果たすので精一杯だ。闘争の内側にいると、ましてよその大学、それも東大みたいな馬鹿でかい大学の内のほんの片隅のところで僕らはうろうろとすごしてるんだよな、なまじっか内にいるからかえって見えないこと、わからないことの方がじっさい多いんだ。それを新聞の東大闘争関連の記事を読んで実感した。へー、こういうことが起こってるんかと。しかもその新聞自身がまた自分に見える範囲でわかったつもりになってることしか記事にできずにいるんだから」と情けなさそうにいう。

狩野はしばらく黙ってから「ただ一つだけ、いまはハッキリしていることがある。このかん決戦だとずっと言われてきて、いつ決戦になるんだと思いながら過ごしてきたが、ふと周りを見回すとここ東大ではもう立派に決戦になってるんだ。昨日あたりから僕らは既に決戦のなかにいるんだ。ところがきょうこうして日吉に出てくるとこんどは全然決戦じゃあないんで、ここは慶大日吉で、米資闘争はスト解除だけれども、敗北の総括は未完であり、僕らの総括は継続中で、日吉文の活動はその限りにおいて全国学園闘争の一翼を担っているが、しかしそれは決戦というのとは違っているだろう。日吉文の闘いも東大決戦とともにあると頭の中でリクツとしては思う。がそのことは東大決戦の日々のなかにいて、支援活動であわただしく過ごす決戦そのものとは、どこまで行っても僕の心の中でしっかり繋がってくれないんだよ。日吉と、東大決戦の本郷は、山本がよくいう譬えで「馬と火鉢」というのがあるが、まさにあれに近いんだ。火鉢とやかん、種馬と競走馬が、この際「共同」でいこう、共に課題に取り組もうというなら、心も体も自然にそちらに行く。が、東大決戦と慶大米資闘争総括とが「共に」進もうというためには、もっともっと両極を繋げる鎖の輪が必要だ。東大闘争支援にかかわって、伊勢さんの指示も鎖の一つだと思う。一・一五総決起集会が僕らにさらに「共に」の中身を伝えてくれるかもしれないと僕は希望してるんだけれどね」

山本が「伊勢さんの指示は一・一五集会参加、それをとおして、東大決戦にたいして日吉文と自分達個々の「支援」の内容を測り、決めろということでいいの」と確かめて、狩野がそうだと応じると、今度は山本自身が一・九のあと考えてきたことを話した。「……あらためてふりかえって、全学闘の内ゲバとか、塾監局占拠とか、最後の時の「守る会」たちへの自己批判要求のことなんか、俺にはギリギリのところで「他人事」であり、他人事としてしかつきあえない、つきあわないというのが、俺の米資闘争だった気がする。ほんとは他人事でなんかあるはずがないんだ。ところがどうしても他人事にしておきたい。そういうかたちで全学闘の思考、行動についていけない自分を守ろうとし、全学闘の米資闘争を批判していたんだと思う。それでいえばこんどの東大決戦なんぞはもっと大々的にはっきりと他人事だ。しかし一方、こんどの場合は、言葉と理屈のうえでだが、これを他人事にしてはならぬという強制、禁止を、米資闘争の時より強く感ずる。自分の大学での米資闘争より、よそ様の東大闘争のほうに気持ちの上でより大きく強く縛られていると感じてしまうが何故か。第一に俺は以前日吉文オブザーバーだったが、いまは日吉文の内の人だ。第二に今年に入って、根本的に他人事であるはずの東大闘争の現在は、伊勢さんたちブント党派政治の関与を介して、伊勢さんと「共同」の関係にある（俺は「批判的」共同といいたいが）日吉文のわれわれ個々人に、俺自身そんなことをほんとはしたくもない決断を一つ一つ求められている事実がある。きょうだってそれで、「伊勢さんの指示」だ。俺も狩野も一年浪人してこの四月にやっと大学に潜り込んだ一年坊主なんだぜ。それが一年目の終わりにこんな「決戦」騒ぎに突き付け喰らうなんて正直迷惑な話なんだ。めぐり合わせなんだけれども、こういう迷惑な運命にハイわかりましたとあんまり素直に頭下げたくないんだ。二、三日間、東大「決戦」の内に入り、自分のやれるところをやる。そこまでは了解だ。でも伊勢さんとブントは東大でほんとは何をやりたいんだ。それがハッキリしないからこっちもつい曖昧になるわけだよ」

「気持ちは僕も山本と同じだ。僕らは一・一五集会で、日吉文とブントが東大闘争をどう支援するか、できるか、自分たちなりに考えて決めていこう。伊勢さんも一・一五をそういう場、機会と位置付けていると思う」

山本は狩野と話しながら、忘れかけていた高校同級生だった頃の気分がよみがえるのを感じた。そしてここにいない青木や勝見を思い、かれらと明日から二、三日のあいだ東大闘争に自分の事としてつきあってみるか、めぐりあわせに乗ってみるかと考えた。

山本がルームから出て行くとき、話し合いの間ずっと伏し目でいた狩野が不意に顔を上げ、何か言いたそうにした。「え?」と見返したが、狩野はまた顔を伏せて「じゃ、また明日」といい、あとは何もいわなかった。

山本は明日の予定をあれこれ考えながら帰宅した。

一・一四　七時三〇分、山本は家を出た。いつになく早出だから、母から何か一言あるかなと思ったが、尋常に「行ってらっしゃい」と送り出されたのではぐらかされたような気もした。自分にはきょうという日に特別感があるんだなと歩きながら意識した。二、三日分の食料、小遣い、タオル等用意という指示にはそうかと素直に了解できたものの、ナップザック必携という注文に特別感があって、ナップザックなぞを必要とするらしい東大闘争の現状とはどういうことなんだと早く実際のところをわかりたくて気が急いた。

日吉文ルームには青木が一人でいて、暖かそうなダッフルコートを着込んで気楽に足を投げだしていた。「これから一緒に日吉裏に行かないか」と体を起こし、今日明日の食料とかタオルとか買ってきたいんだと早速いう。山本も飴玉、ティッシュ、タバコでも買っておくかと青木につきあうことにした。一軒だけ開いていたコンビニに入り、青木はうきうきした表情で菓子類、軍手、タオルのほかに、闘争なんだから乾パンを携帯しよう、乾パンはありますかと眠そうな店員に注文して一袋を購入し、脇で見ていた山本も思わずつられて一袋買ってしまった。シャッターがおりている商店街を、声高に冗談飛ばしながら行く青木と一緒に行動しているうちに、青木の普段あまり見たことのない、あえていってみれば「みゆき族」当時の青木にならふさわしいかもしれぬような軽躁な上機嫌が山本に伝染して、自分がこれからよくわからぬ東大闘争の修羅場に特別な心的・物的用意を整えつつあるところであるのが、そんな野暮用でなくて小学生だった頃の遠足に出かける準備を友達とやってでもいるような気持になっていた。山本と青木は共に「論客」型で、顔を合わせると、そんな議論などになる必要もないような、たとえばチョコレート玉をかじるかなめるかといった些末事も、どっちが正か偽かと論題にして黒白を争い始めかねぬはた迷惑な両雄で、山本はそういう青木に良き友を感じているのだが、今日の青木にはその良き「論敵」の感じが不自然な位にないので、それはそれで楽しいのだけれども、どうなんだろうなと青木の様子に淡い不審も覚えた。東大本郷へ二泊三日予定で出かけるのだから、一面では確かに「遠足」であっても、山本と青木はもはや小学三年生ではなく、東大本郷だっていまは西郷さんの上野公園や江の島鎌倉とは違っているのだ。

戻ると勝見も到着していた。山本と青木の不自然な上機嫌は勝見のいつも以上の無表情、無言に直面して普段の「論敵」的自然に還った。このかん勝見にも山本や青木と同じに勝見一個の立場でいろいろと考えるところがあったのであり、それで当然だった。青木は山本と勝見に、今日の予定をやや詳しく話した。「……これから三人ですぐ明大学館へ行く。狩野は昨日から伊勢さんと一緒に行動している。明大学館はいまや東大支援の拠点というか、連絡センターの役割を担っていて、全国のブント支部連中だけでなく、いろんなセクト、団体、とにかく東大で悪だくみの横行を阻止したいあらゆる人間が出入りして盛況だ。いいことだと思う。……今日のブント決起集会には三田新聞の陽介と、ホレ文学部討論集会で咲き匂ったあの名花、大下恵子も来る。陽介は取材だろうが、大下のほうは俺が頼み事をして応じてくれたのさ。彼女は西片町の住人で、東大本郷のご近所で暮らしている。それで一・一五東大決起集会の事を話し、日吉文に手助けお願いできないかと、俺たちは学館のブント集会の後、東大本郷までデモ行進するが、そのさい俺たちの私物を入れたバッグを東大まで預かっていてもらえたら有難いと申し出たら、あっさりいいわよと承知してくれた。彼女はよくわからない人物だけれども、東大決戦の評価については俺たち側だと思ったね。東大闘争支援の輪は刻々拡大中の実感ありだ」云々。

山本は大下が日吉文青木の要請を快諾し、自宅の近所とはいえ、明大学館とか、決戦間近の安田講堂の中へ日吉文たちの私物を詰め込んだ軽くないバッグを担いで乗り込んできてくれるという英断には、有難かったがより以上に意外だった。山本のかすかに知っている限りで彼女とは、ペンクラブのオリエンのさいに狭い暗い部室の中で見た、思いつめたような、何を思いつめているのか他人にはわからず、わかろうとして近づこうものならたちまち内に閉じこもってしまう病んだ少女であり、米資闘争の終わりに文学部討論会でただ一人、「敗北主義」に陥りかけていた自治会と学生大衆に向かって正論を吐いた、自分自身こそが最大の敵であるような文学部一年生女子であった。その彼女が東大決戦「支援」の日吉文たちを手伝ってくれる？　日吉文である山本らが自分の適当な関与を模索中で答えを得られずにいるなかで、彼女は既に自分なりの正論を手にし、どんなかたちでか決戦の内に乗り込んでこようという話なのか？　東大決戦への違和感は山本を再びブント伊勢の指示に対して反発的にさせ、党派政治嫌悪の学生大衆である自分の一面に傾斜させている。大下の日吉文手助けは一・九のさいの大沢君たちクラスメートと同様な、山本の違和感を共有してくれる隣人としてか、それともやはり文学部集会の時のように、決戦にも、違和感にも、自分自身の否定を賭けてダメと突き付けてくる烈しい、しかし革命的な病人としてなのか、きょうの大下一年生女子のお手伝いは青木が簡単にいうよりもっと丁寧にうけとめようと山本は自分に言い聞かせた。

明大学生会館二階集会室は山本が経験した三回、昨年十一・七、十一・二二、そして今年一・九の時と見たところは変わっていなかった。各大学支部から集まった、集められた山本ら社学同系学生大衆が、広い室内に思い思いに雑居ないし群居して集会の開始を何となく待っていた。かれらは東大決戦「支援」という主題をめぐってそれぞれの分に相応した抱負を漠然と持っており、一括りにしてそれらを表現するなら、一・九の同じこの場所でリーダーの一人日向翔が打ち出し、山本が共感した「東大では（それぞれが）適当にやる」という姿勢において一致していた。したがってきょうブント決起集会でリーダーが示すべき第一は、これからここに集まった学生大衆が東大でおこなうことになる「適当」な行動についてどこまで、どのようにやることが望まれているのか、その明快な基準であり、考え行動する学生大衆に各自の決断を具体的にうながす働きかけである。社学同書記局自身の要求する「適当」の範囲をこちらにもわかるようにしめせ。

十一時過ぎ、集会室に柿村と日向両幹部が姿を見せ、決起集会がはじまった。柿村は一段高い「演壇」に立ち、山本がさんざんきかされてきてそのつど高められるのでなく低められて消耗な気分に陥っている冗漫な、事柄のメリハリを鈍重に無視した「決意表明」をきょうもまたたんたんと一方的に語る。山本には社学同の真のリーダーという第一印象の人・日向さん、こちらはいい意味で一・九の時と同じで、赤ヘルをあみだにだらしなくかぶり、決まり文句ばかりの柿村「決戦」スピーチの無内容を跳ね返すみたいに、赤ヘル学生大衆のあいだをふらふらと行ったり来たり繰り返し、山本の眼には決まり文句の「決戦」などに俺は無関係だぞ、学友諸君にも関係ないぞと少なくとも態度においては主張しているように映った。それは集会に内容らしきものを添える正しい振る舞いだった。ただ一・九の時と違って、今日の日向には個性の演技はあっても、それに伴うセリフがなかった。「東大闘争ではわれわれは適当にやる」の大見得が出ず、駄洒落も冗談も消えている。またそれでこそ柿村は安んじて眼前の日向の露骨な演技を無視して長々と決まり文句の川原石を積み続けることができたといえようか。柿村は「生命をかけてこの決戦を担いぬく。国家権力に対して安田解放講堂を守り抜く」と繰り返したけれども、繰り返せば繰り返すほどに「生命をかけて戦いぬく」宣言が今ここの現実との対応を無くして、ただのレトリックに、それどころか意味をなくした雑音と化していく。どうしてこうなってしまうか。おそらく東大決戦にかかわって、柿村本人にこうしたい、こうすべきだという自分の考えがなく、こうときめかねているのであり、自分が任務として語りかけなければならぬ言葉に確信がなく、それが学生大衆に、繰り返される「生命をかけて」が柿村の本心ではないんだと直感されてしまう理由の第一。「職革」だからああいうが、柿村本人は「職革」の言葉とは別の言葉で物を考えているとしか見えず、その別の言葉を口にしえぬリーダー、別の言葉に抗ってあえて口にされるのでない「命がけでいくぞ宣言」など、聞かされる学生大衆がそっぽ向いて当然だ。比較して日向は依然赤ヘルを不真面目にあみだにかぶり、集会中の室内を意味なくぶらぶら歩きまわって、柿村の「命がけで行くぞ宣言」の空疎に、別の言葉を対置せんとする姿勢は示した。しかし実際にわかりやすい言葉や行動でもって対置することはなかったし、柿村も最後まで「命がけでいく」と繰り返すのみで、学生大衆が求めていた、東大でこれからわれわれが何をいかに「支援」せんとするかについて必要な、明確な指示は、柿村からも日向からも結局ないのだった。両リーダーの言動から辛うじてききとることのできた「別の言葉」は唯一、ブント指導部は東大で「命がけで」支援する、ただし「適当に」であって、文字通りにではないぞという中途半端なメッセージで、山本の迷い、不審は集会後かえって深まった。日向を尊敬する青木は今日の日向をどう評価したか。日向の無言に注目した点では山本と同じだったろうが、青木の方は山本とは違ってファンなのだから、「命がけで適当に」が日向のきょうの精一杯の自己表現であり、ブントの当面の方針でもあるとしたら、決戦に向かってわが方は一・九の段階より深く入り込むと解して素直に共感して見ていたかもしれない。勝見は山本の隣で集会中ずっとうつむいたままだった。山本ほどには集会に期待もしていなかったらしく、これから東大「決戦」とやらにかかわって、日吉文としてどうこう考える以前に、この白分としてどうしようかとだけ思いを巡らしているように見えた。

川辺陽介は所属する三田新聞の特集記事「東大決戦」の取材が目的で、日吉文たちと一緒に「社学同決起集会」に出向いてきていた。かれの明大学館訪問は十一・二二集会の時以来二回目である。柿村のスピーチがはじまると、陽介はズラリと隙間なく集合した赤ヘルたちのあいだにうまく隙間を見つけて山本らのいる近くの席に腰をおろした。学生新聞記者として立ち会うというより、学生大衆の私として集会に参加するかたちで、べつにメモをとるとか周囲を見まわしたりなどせず、柿村のスピーチにききいり、室内をうろつく日向のほうを一度だけ無表情に眺めた。陽介の様子に山本は、あいつ、俺よりちゃんと集会に取り組んでるなとややたじろぐような思いをした。陽介には中身は不明であるが、東大決戦をめぐって山本には欠けている「信念」みたいなものがありそうなのだ。集会が終わると陽介はみんなといっしょにドッと席を立ち、そのまま学館前広場までおりて行って赤ヘルの山本たちが隊列を作るのを見ていたが、置いてあった赤ヘルを衝動的にわしづかみして深々と、日向とは反対に真面目一方にかぶると山本たちの隊列に加わった。陽介はデモして東大に行くというのであった。日吉文山本は「適当に」東大に行くつもりでいるのに、陽介は新聞の任務をよそにして要するに断固デモしたいんだという。そういえば陽介は米資闘争の時分から三田新聞記者だけでなく「闘士」でもあったっけと思い返した。

柿村スピーチがはじまる少しまえ、「彼女が来ているぜ」と青木が指さすほうへ振り向くと、演壇の柿村を正面に見る室後方の壁を背にして、日吉文助力者大下恵子がひとり立って、まっすぐ顔を上げていた。黒いオーバーコート、クリーム色のロングスカート、ショルダーバッグの立ち姿は、社学同決起集会の野暮な風景の中ではかなり異彩を放った。山本は大下のあまりにもむきだしな一人だけの姿勢に、痛々しさと励まし、眼をそむけたくなる病者と我々みんなを守ろうとする人とを、二つながら同時に感じた。米資闘争の最後に見た、文学部討論集会での彼女は、集会の自治会メンバー、一般学生たちを全否定し、全否定する自分自身をさらに全否定して、闘争の大義に確信を無くしかけていた山本たちの弱い心に活を入れてくれたものだった。山本はきょうの陽介と大下の姿に自分は支えられていると思った。俺の何を支えてくれているか。東大闘争支援について俺の「適当」の中身を俺自身でハッキリさせることができたら、それがかれらの支えにこたえることになるような、そういう支え方であり、山本は二人から良い課題を受け取ったと考えることにした。青木は柿村スピーチがすむと自分達三人のバッグをこちらへやってきた彼女に「じゃ、よろしく」とわたした。山本のバッグは小さいが、青木のは無闇に大きくて、勝見のと彼女自身のも入れてこんな嵩張った大荷物を、ひとりで本郷まで持っていけるのか（彼女は青木に「散歩がてら」歩いていくのよとさり気なく豪語していた）心配になった。大下は平然として、受け取ったバッグ三個を自分のとあわせて四個ともまとめて鈴なりに右肩に懸け、ちょいとそこまでという調子でゆるりと出て行った。彼女は病者であるのみならず、一人の大した力婦ですらあるのかもしれなかった。

集会の終わりに、柿村は声を少し低くして「神田地区一帯は目下権力との対峙下にあります。東大本郷をめざすわれわれのデモンストレーションは、敵の警備体制にたいして、きょう最初の接触点になりますので学友諸君、慎重に、かつ大胆に、決戦に向かって血路切り開く闘いに踏み出されよ」と注意した。今日に限って、いつもなら決起集会の締めくくりにきっとにぎにぎしくおこなわれる「ゲバ棒」の配布がないことで、山本はようやく柿村の指示をやや真剣に受け止めざるをえなくなった。柿村のきょう繰り返し口にした「命がけで闘うぞ」は少なくともいつもの恰好付け「ゲバ棒」配布をもうやらぬという事実一つによってはじめて裏打ちされたのであり、依然として大げさな壮語ではあるのだけれども、いまやただの「レトリック」ではなくなっているのであった。

午後二時過ぎ、赤ヘルデモの隊列は明大学館を出発し、〜安保粉砕！闘争勝利！と唱和しつつ決戦場に向かってデモ行進を開始、山本は持参したナップザックに「必需品」だけを詰めこんで（せっかく買っておいた「乾パン」は入れ忘れたが）背負い、青木、勝見、それに飛び入り陽介と横一列にスクラムを組んで気持ちを集中して前進した。「ゲバ棒」デモのさいには視野に入ってこなかった左右の建物のうっとおしく犇めく連なりや、人や車の流れがいま刻々と、この自分を追い詰めて全否定しにかかってきていること、同時にまた自分がそれらを仲間と一緒に一歩一歩押し返しつつある実感が山本を駆り立てた。山本たちのヘルメットデモの隣では、柿村が同僚らしい人物と連れ立って、ヘルメット無し、茶色のオーバーなんか羽織って「職革」同士ニヤニヤと談笑しながら歩道を漫歩していた。二人の少し前方には、デモ隊より頭一つ以上高い位置でひょいひょいと左右に揺れるあみだにかぶった赤ヘルがあり、丈が短すぎる黒いコートの長身の後ろ姿が見えた。痛快なミスター「適当」日向さんは健在だったが、デモ隊に駄洒落や冗談を飛ばしまくるほどに明るく元気ではなさそうだった。日向が柿村たちの決まり文句との「談笑」を無言で拒んでいるところに、山本は日向の心意気を感得し、励まされる思いがしたけれども、ひるがえって思うに、柿村と日向は個性を著しく異にして、東大決戦をめぐって意見の対立はあったとしても、当然ながら同じ目的に向かって共に進まんとしている同じ党派の両端に立つ両雄であり、二人のあいだの当面の対立は可能性としてかえって山本がとてもついていけない内容でブントの団結を強化してしまう飛躍台にもなりうるような、そうした「対立」かもしれないのだ。東大決戦「支援」のあり方をめぐって山本の抱く疑問、反発は、日向の「個性」に思い入れして、柿村式決まり文句の凡庸を単に拒否する貧しい一本調子では、決まり文句の包囲のなかで指示に従うだけが山本自身の方針になりかねぬのであり、そいつは嫌だよ、怖いよと山本は考えた。

二時四〇分、赤ヘル二百人余の「ナップザック」デモ隊は何とか無事に東大本郷キャンパスに到着、銀杏並木を〽安保、粉砕、闘争、勝利とあたりはばからず高唱しつつ直進して安田解放講堂を目指した。安田解放講堂は正面からこれを見ると、三階建て煉瓦ビルの上に四層の時計台の塔が聳え、一階に正面玄関のある七階建てであるが、左右に下る道を降りてゆくと正面からは見えぬ一階二階があるので、実際の安田講堂は五階に四層の塔を加えた九階建てであった。正面一階と見えた正面玄関は三階の大講堂への出入り口であり、山本は自分の東大決戦「支援」の期間中、自分のいたこの大講堂を「安田講堂」そのものだと単純に思い込んでいたが、三階大講堂をかなめとして、一階には庶務課、守衛室など、二階には学生部、厚生課など、四階には東大総長室があり、時計塔の基底部＝五階の両側は左右にバルコニー状にせり出しており、そこから円形ドームの大屋根に出ることも可能だ。時計塔の高さは地上四〇メートル、基底部を加えると五層になる時計台の中芯は最上層にいたる眩暈するような細い薄い螺旋階段になっているとあとできき、山本は少年の頃に愛読した江戸川乱歩の作品『黄金仮面』『青銅の魔人』『塔上の奇術師』等を懐かしく思い出した。黄金仮面は金色のマントひるがえして螺旋階段を駆け上り、時計塔のてっぺんから天空のかなたへ飛び立つのであった。山本ら赤ヘルナップザック部隊は、次々に到着してくる諸党派、諸団体のシュプレヒコールがこだまする銀杏並木を悠々堂々行進して、心昂らせ勇躍ついに安田解放講堂の正面玄関口から決戦の内側へ入場した。

三階大講堂内の広い幅・奥行の全体をどこまでも蓋う大きな、見上げても測りかねるほどに高い円天井が、絶え間なく出入りし、いたるところで集まったりまた散ったりを反復する個々の学生たち、小さな集団たちを、そのままで同時に外へ向かって解き放つようにしておおきく限りなく包み込んでいた。三六〇度に開かれている区切りというものが一切ないこの大空間には、唯一の中心というものもない。いたるところに好き勝手に位置を占め、すぐまた柔らかくあるいは鋭く崩れて散ってしまういろんな色のヘルメットかぶったグルグルと運動する無数の粒たち、塊たちのなかに、それらの小さな一粒として日吉文の山本たちもあり、山本ら一人一人もまた自身が講堂内にその頭数だけ存在する移動しつづけるしかない無数の中心群の一つであった。日吉文の青木、勝見、山本は、講堂の正面の舞台にむかって左端の五列目の客席に三人並んで腰かけて一息ついた。山本は見上げ、つぎにゆっくり見まわして、講堂の広さ、高さ、それに自分達のいる位置の深さを身体でじかに感じさせられた。しばらく身動きできず、自分の心身の輪郭がほぐれて行ってしまいそうな、たぶん寝不足から来てるのでもあろう変な酔いが消えてくれるのを、目をつぶって待った。青木も勝見もしゃべらず動かずにいた。めまいがややおさまって顔をあげたとき、出入りし行き交う学生、労働者、市民たちのなかに知人らしい顔があり、それが藤木であって、一緒にいる数名が旧マル戦たちらしいのだった。隣の青木にそれを言うと「ＳＲＣも明日の一・一五総決起集会にかれらの立場で加わるんだよ。きょうは東大のどこかに泊まろうというんだろう」という。狩野は伊勢さんと一緒に、ブントの一・一五集会を含む東大決戦「支援」方針をめぐって会議中だと思う、僕らはしばらく待っていようとつけくわえた。藤木は一度だけ、山本らのほうを見たように思ったが、すぐ顔をそらしてその後しばらくして仲間とどこかへ出て行った。山本はかれらが自分達だけで、自由に動き考えることができるように見え、自分だってそうしたいがそうもいかず、とりあえずよくわからぬ馬鹿でかい講堂の底に亀みたいにじっと沈んでいなければならぬ自分達の現状をもう少しどうにかしたいと願った。伊勢には最低、今日明日のハッキリした行動予定をきいておきたい、それ以後の決戦「支援」については、伊勢も同席の上、日吉文の自分達で意思一致の協議をしたいと考えた。

　長い待機がはじまっていた。勝見はときどき立ってどこかへ出かけ、外で新聞を買ってきたり、講堂の一、二階を見に行くなどして自分の眼でいま自分のいる状況を確かめようとした。青木は風邪気味らしくてだるそうに休んでいる。山本は椅子の背もたれに身体を預けて楽にして、今日明日の事、東大決戦「支援」について、自分の「適当」の線をどのあたりに引いたらいいか、引くことができるかぼんやりと考えた。ブントの学生リーダー柿村、日向も、見たところまだこうと決めかねているのではないか。なかなか顔を見せなくなった伊勢はどうか、目下は伊勢と一緒に行動してる狩野はどうなのか。青木、勝見はどうか知りたいところだった。山本はいま、これからどうしたい、どうすべきか？　明日の一・一五総決起集会はいい。その先、新聞ではじっさいに切迫しているらしい機動隊導入にたいして、言葉としては既に公然と語られている「徹底抗戦」するとか、「命がけで」やるとかいった決戦方針が決まった場合、俺はどうかかわるか？　東大闘争は一東大の事にとどまらず全国大学の問題「でも」あるというのはもうわかっている。山本本人が現にビラで書きまくった。しかしあくまで「でもある」ので、決戦の本隊、中核部隊はまず東大全共闘と東大の学生大衆であって、諸党派、諸団体、全国学園から集まってきた「心ある」すべての学生大衆の任務は、常識的に東大闘争への様々にありうる「連帯」「支援」の工夫であろう。決戦「支援」の具体的中身は、国家権力・機動隊の「封鎖解除」攻撃にたいして、拠点防衛の「籠城戦」、東大の「外」で計画されているという「神田カルチェラタン闘争」への肉体的・精神的応援ということになろうが、「応援」のレベルについては各集団、個人の選択にゆだねるべきと山本は望むが、そこのところを東大全共闘、また「支援」の諸党派、諸団体、諸個人はどう考えているのか。とにかく自分の関わりをはっきりさせて行く上で材料が足りなすぎた。ここまでは事実、ここから先はまだ物語と自分である程度まで踏み込んで腑分けしたいんだが、袋の中が空っぽでやれないんだ……。

一時間ほど経ったころ伊勢と狩野がせわし気にやってきて、山本は身を乗り出し「いろいろ聞きたいことがあるんですよ、僕ら」と意気込むと、

「待たせてしまったが、次から次へ状況が動いていて、迷惑してるかもしれないが我慢してほしい」伊勢は

伏し目になり、表情を消して「今夜、機動隊が本郷キャンパスに入ってくる可能性が高いと代表者会議で一致した。そのさいブントは理工学部研究棟で徹底抗戦することに決まったのでこれから移動する」と指示した。伊勢の後ろに控えている狩野がやはりうつむいたままで、そうしてくれというように二、三度首を振った。山本が思わず「それはあの、どういう」と早口に言いかけたとき、青木は張りのある声でおっかぶせるように、「僕らは大下がわれわれの私物を入れたバッグを持ってきてくれるのを待っているところなんですよ。あ、彼女あそこにいるな」と左側のかなり離れた先のほうを指差した。

山本らが見ると、黒いコートの大下恵子が講堂の凹んで見えるクリーム色の壁を背にして立ち、こちらへまっすぐに昂然と顔を向けていた。おおきすぎてとりとめのない、中心のない球体のような大講堂のなかで、彼女の不動の立ち姿だけが、このかん山本のずっと見出そうとして見いだせずにいた、いまここで私の生きんとする内容ある生を一心不乱に生き抜いている、そんな特別な感じにとらえられた。彼女がじっと立つあの場所にだけ、迷いの多い、弱い山本を、それでもいまここで辛うじて顔を上げさせてくれている現実が存在している！山本は日吉文たちの「私物」のバッグの山をかついでゆっくりと歩いてくる彼女をこの日、ここまできて一向に確信らしきものを見つけられずにいる自分に唯一、正しい方針を指示しうる、少なくとも暗示してくれるかもしれぬ人を迎えるようにして待ち受けた。

大下がバッグの山をヨッコラショとおろそうとしたとき、山本は感に堪えず急に身を乗り出し、日吉文を代表してバッグを受け取ろうとした青木を遮ろうとするかのように「やあ、ご苦労さんでした。有難う」と浮き腰で、両手を力強くのばして、彼女の右肩から鈴なりにぶらさがっている日吉文一行の私物バッグをまとめて引きおろしてあげようとした。私こそ日吉文におけるあなたたちの第一の味方であると。が、大下はぐっと足を踏ん張って反り身になり、まったく親しみを欠いた表情で、何か勝手に甲斐甲斐しく割り込んできた山本を見下ろして、

「それは私の物なのねえ」と感情を抑えた声でいい、山本が無視し去ったあるがままの現実を指摘した。山本はあまりにも張り切り過ぎて、大下たち学生大衆の「立場」にあ、こりゃこりゃと手放しで溺れてしまった結果、自分達日吉文のバッグのみならず、学生大衆にして一柱の「女神」でもある大下さんの「私物」バッグまで一緒くたにして馬鹿力発揮してワーッと引きずり下ろしにかかったのであった。彼女の適切な注意に我に返った山本は、怖い物に触れたみたいにハッと手をひっこめてうなだれた。山本が米資闘争以来今日まで一貫して心の中で自分の活動の拠り所と考え、支えられもしてきたと思っている学生大衆の一人から、きっぱりと拒否され内省を求められた瞬間である。

大下は自分のバッグを軽々と肩にかけ、ほっとした風情で大講堂正面玄関から出て行った。あとに残った山本は、彼女の姿が見えなくなった時、きょうこれまで山本の「私」と「ブント」の東大決戦とのあいだで、揺れながらも均衡を保ってはきていた天秤の一方の秤皿のおもりが取り去られ、大げさながらこの今自分の世界に一つの均衡全体が失われたと認識し実感した。山本は独りの私に還り、独りでやりなおさなければならなかった。青木が席を立ち、勝見が立ち、山本も他にすることもないので立ち上がり、出入り口近くで待ってくれている伊勢、狩野のところへむかって、青木と勝見の後につづいた。

日吉文狩野、青木、勝見、山本は伊勢に引率されて安田講堂の裏側にまわり、右前方やや離れたところに今夜ブントが立てこもる予定の理工学部研究棟の奇抜な外観を見出した。赤ヘルデモの隊列が四方八方から続々と、自分らの「徹底抗戦」の砦めざして元気いっぱいに結集しつつあった。近くで見る理工研はこれまでに見た法研、文研等のいかにも役人的に殺風景な建物とはちがって、全体が黄色く塗り立てた、三階建ての奇妙な具合に凸凹がある立方体で、山本は遠い少年時代に印象深く鑑賞した映画『地球防衛軍』に出てきた、山間にある防衛軍の本部中枢の虹色のトーチカみたいな、外部の侵略者を絶対に拒み切っている鉄製（というか、よくわからぬ外国語名のついている無敵の金属）の構造物を思い出し、あの中でなら一晩位過ごしたっていいかと気持ちが動いた。理工研棟内部は毒物、劇薬、爆薬その他、魔法使いの巣窟みたいに罪深い危険物で溢れかえり、教職員、学生は日頃から常時ガスマスク、解毒剤、防護服などを携行して業務に励んでいると新聞や週刊誌が書きたてていて、僕は何かで読んだと勝見は言った。話半分としても面白そうではないか。

バリ封鎖されている理工研の正面玄関の右上高さ三メートルほどの位置に、人間一人なら身体を屈めて辛うじて出入りできるくらいの孔が設けてあった。短い決起集会を済ませて、これから籠城するぞと赤ヘルたちが列をつくり、バリケードの急傾斜を登り始めると、集会中からずっと玄関バリのかたわらに立って事態を見守っていた長身の白衣を着た老人が「君たち、止めたまえ。危ないんだ、ここに入ってはいけない」と声を震わせ、必死の形相で説得をはじめた。「スト反対とか賛成とか以前の話で、この場所はどんな理由があろうと、政治闘争に巻き込んではいけないところなんだ。学内には諸問題の解決をめぐって対立があり争いがある。しかるに毒物、爆発物、危険物のあつかいについて、学問の立場と政治の立場を対立させてしまったとしたら、対立する双方の政治が自分を破滅させることになるんだ。誰であれ一人の人間である限り、理工研でみんなが努力して人間的に扱っている化学物質、人類の向上にも堕落にも利用可能なこの物質、この危険にして豊かな研究対象を目先の政治闘争＝陣取り合戦に兵器として利用せんとする誘惑から己を断ってくれたまえ。学生諸君、若い君たちがこんなところで政治「決戦」なんかしてはいけない。政治的敵の打倒に学問研究の場所を政治利用しないでくれ。もっとこの場所を畏く恐れてくれ。大事に考えてくれ。人間なら目先の政治より、百年先の人類の到達点に思いを致してほしいのだ。……」

白衣の老人は「教職員」の腕章をした右腕を故障した風車のように振り回し、赤ヘル学生にはただの意味不明な叫喚としか聞こえない訴えを声ふり絞ってくりかえした。心無い赤ヘルたちは突飛な一介の老爺が何だか夢中にどなってるというのでドッと笑い、かえって殊更わざとらしく力みかえって狭い入口からつぎつぎに危険な研究・実験場に押し入って行く。たしかに一人ぼっちの老先生の懸命な制止を振り切って禁止地帯にあえて乗り込んでゆく逆立ちの解放感はあったけれども、赤ヘル仲間たちの上機嫌に調子を合わせつつ山本は、老先生の必死の呼びかけに秘かに心打たれもしたのだ。そういう気持ちは実際山本一人のものではなくて、赤ヘルたちが不法占拠にいたった理工研の一夜をとおして、おおむね礼儀をわきまえて振る舞い得た事実は、正面玄関バリケード横に単身立ち続け、赤ヘルたちに心を込めて人の道を説き、政治闘争と学問研究の混同の危うさを涙浮かべて警告して止まなかった老先生のハートが山本たちをおのずから感化した賜物ともいえようか。この老先生の風貌は、後年までずっと、山本が心の弱った時、きっと思い出されてそのたびに奮い立たせてもらったものである。あたりまえだが、いくら東大の先生だといっても、加藤総長代行のような人ばかりが東大ではない。

夕陽が沈みかけていた。西空にはまだ薄い水色が残り、ついさっきはじまった反戦青年委員会のデモの長い隊列が赤門の方角へ動いて行くのが見え、安保、粉砕のシュプレヒコールはしだいに遠ざかって、あるところでスッと吹き消すようにしずかさがおりてきた。取り残された伊勢と青木、勝見、山本は、赤ヘル籠城部隊の最後について理工研のなかに入った。狩野は安田講堂の「持場」（と伊勢は言った）に戻り、独り立つ老先生は体力を使い切ったか、バリケードをくぐって危ないところへ入って行く最後尾の山本らに呼びかけ、戒めるということはもうなくて、ただ黙って見送った。

二列縦隊で通廊をゾロゾロ行くと、内部はどこまでも透明に整然として、ほとんど高圧的なまでに過酷に秩序が保たれていた。壁に沿って天井まで届くくらいのガラスケースが列をなしてつづき、たくさんの怪しげな薬物を封じた大瓶小瓶、凶凶しい実験器具類を収納して、ガラス扉は厳格に施錠したうえ、丹念に封印し、すべてのケースの眼の高さに赤字で「危険」「注意」と記した紙を貼りめぐらしている。山本は米資闘争の末期、一度だけ覗いたバリスト下の日吉事務室の内部と比較してみて、あちらは闘争本部、こっちは封鎖中の研究棟というように質が違っているのだが、わがバリスト日吉の或る意味やむを得ぬ面もあったたらしない乱雑に対して、こちら東大理工研の徹底した整理整頓、狂気のような隙のない管理ぶりに、なるほど東大闘争だなあ、じつに「ブルジョア的」だなあ官僚的だなあと苦笑する一方、秘かに感嘆これ久しゅうした。東大全共闘は一時「自己否定する自己否定する」と偉そうに触れ回って世間から何をご大層にと嘲笑されたものだけれども、そうか、こういう凄まじい管理体制に逆らおうとすれば、どうしようもなく東大秀才であるこの私をまず闇雲に否定することがかれらにはつねにさいしょの、そしてまたさいごの大闘争になるのだなと理工研内の「威」にうたれて山本はやや同情できた思いだった。

二階の大きな階段教室で機動隊導入と「徹底抗戦」を主題に「社学同決起集会」がはじまった。日吉文青木、勝見、山本は最上段席右端に腰かけ、室内いっぱいに隙間なく集結した赤ヘルたちとともに、「籠城隊長」と「副隊長」二名の決意表明にききいった。これまで山本が明大学館で経験していた決起集会、柿村、日向たちのアジテーションはおおむね「命がけでやる」「命がけで、かつ適当にやる」といった、具体性を欠く決意表明で、その場面に応じて「適当にやれ」と、その場面に具体的に直面して問題を解決せねばならぬ個々の活動家の意思に全部預けてしまうような、指導部の指導の放棄に等しい「指示」だったのに対して、今回は指導部が機動隊導入の可能性が濃厚と判断し、安田講堂から赤ヘル部隊二百名余を理工研「死守」へ移動させた以上、さあ、これから適当に徹底抗戦してくれでは赤ヘルたちはおさまらない。隊長、副隊長は、「死守」の前線に立つことになるかもしれぬ赤ヘルたちに、機動隊導入がどのような理由で可能性大と判断されたか、来襲に対して、ただ理工研を守りますじゃなくて、理工研を何故、どのように、どこまで守らねばならないか、この場に集まっているわれわれの、「死守」作戦における任務の分担、獲得目標その他を明快に示してくれなければならない。

今夜から明朝まで、われわれが一致して闘うことができるような、少なくとも同じ内容で待機していられるような「指示」を出せ、「レトリック」は従だ。ところが正副隊長のアジテーションはここへきてなお「命がけで闘う」の繰り返しであり、機動隊は来る可能性があり、それに心的物的に備えねばならぬとし、唯一「備え」の要めとして、両隊長は理工研が「危険物」の要塞であることを何か頼もし気にさかんに強調し、そこだけが突出して具体的だった。「毒物、危険物を盾にして、投石、火炎瓶、缶爆弾、作成可能なあらゆる武器を手にして、一ミリたりとも権力の侵入を許さず、今夜の理工研を機動隊の地獄、集団墓地にしてあげようではないか。……」などいうアジを聞き流しながら、山本はまたかよとその相も変らぬ内容希薄に閉口頓首、一方でブントの隊長らがあてにしているのが、立てこもった理工研の毒物、劇薬類の警備警察にたいする威嚇力であること、機動隊は「生物化学の地獄」である理工研に遠慮して、踏み込みたくても踏み込めぬだろうという希望的観測が、今夜のブント指導部の「作戦」のこころではないかと見えた。徹底抗戦などしたくない、機動隊導入などやめてくれが山本の願望であり、確かに毒物、劇薬の対敵威力は有難いが、だからといってただ物凄い危険物の「スカート」の蔭に隠れて、恰好だけ口先だけで「抗戦」ポーズをとってみせるという東大「決戦」は、動員された若い赤ヘル我々の生き方としてどうか。山本は二人のリーダーの決意表明の無内容から、「徹底抗戦」方針はこれ言ってみるだけの空語だろうと鑑定したが、僅かであってもありうる機動隊来襲の可能性に、何の対策もしめされぬ現状、しかもその無策の理由が理工研の所有になる機動隊も恐れはばかるであろう「危険物」の有する陰湿な権力への全面依存である事実に、山本はそんな作戦だったかと気が緩むと同時に、微かな「不道徳感」を自分の現在にたいしておぼえさせられた。山本が昔憧れた映画の「旗本退屈男」だったら、いくら何でもこういう「徹底抗戦」には憮然として白けてしまうのではないか。

山本らは伊勢に引率されて三階の教室に落ち着き、教室右隅を日吉文の今夜の居場所にした。青木はぐったりして黙り込み、山本もくたびれた。勝見は独り活発に神経を働かせており、いつも感じていたが、日吉文で一番口数が少ない勝見は、また一番その時その場で要求される小さいが避けることのできぬ課題に率先よく対応してくれる実際的人物であり、その点では一番無能な山本にはいつも有難い「兄」でいてくれた。勝見はいま周囲の状況に目を凝らして、持ち前のエネルギーの使い道を慎重に手探りしているのであった。山本らのあとから、学生グループが数名ずつ何組か入って来て自分たちの居場所をおずおずと作っていた。山本はどこか遠い地方から革命の夢とともに「動員」されてきて、自分達のいだく夢と現実とのあいだの入り組んだズレ、東大闘争の現実の一端に触れて感じさせられているだろうかれら外人部隊の戸惑いや違和感に同志的な感情を味わった。

「この下の所長室にブントの責任者として倉石が待機している。日吉文の到着を報告してきてくれ。今夜の行動予定の指示があるはずだ」伊勢は山本と勝見に指示、青木にはしばらく休めと声をかけた。「倉石」は明大学館で一度だけ見ている、口をきいたことはないが見るからにエネルギッシュな小柄な年長の人物で、山本には毒物劇薬でドギつく武装して徹底抗戦してやろうという派手な「作戦」の頭目にふさわしい戦闘的人材とも思え、これから理工研所長室における倉石書記局員と相まみえるんかと軽い興奮を感じた。倉石の様子から、今夜の「徹底抗戦」方針のもう少し立ち入った中身が感得できるかもしれない。

山本のノックに「おう」と声が返ってきた。倉石は「所長」専用の大机に向かって書き物をしているところだった。灯りは卓上灯ひとつだから、屈みこんでいるかれの横顔の影が壁におおきく映っている。山本と勝見が休めの姿勢で待っていると、倉石は立って「どこの支部」とただし、山本が直立不動になり、大学名を名乗って、三名全員三階の教室に到着していますと報告した。とたんに倉石総責任者は紙袋が破裂したみたいに相好をくずして、

「いよーう、お坊ちゃんたち、東大決戦にようこそ」と頓狂な声を発し、山本と勝見をたじたじと後ずさりさせた。山本を見上げる倉石の笑顔は文字通りに「破顔」で、決して悪意はないが、眼はちっとも笑っておらず、赤ヘル一年坊主を歓迎しているというより、こちらにはわからぬ何か個性的なモチーフから、彼だけには見えているこちらの悪い本音に探りを入れているように思え、山本は反射的に心を閉ざした。

「これは君たちの夕食だ。今夜は機動隊導入に備えて、二人一組になって屋上で夜警をしてもらう。君らの支部の担当は〇時から一時まで。頑張ってほしい」倉石責任者はすぐに当たり前なリーダーの顔にもどって先輩らしく指示をあたえた。山本は弁当人数分三個、勝見は見張りの当番表のメモを受け取って退室する。出て行くとき、入れ替わりに報告にやって来た東大支部のやはり一年坊主らしい二名に対して、今度は「いよーう」などとわざとらしく出ることもなく、上官が新兵に気合を入れるかのようにビシビシと厳しく指示しているのを山本は印象深く眺めた。一見して東大支部の彼らのほうが、山本らよりよほど「お坊ちゃん」風に見えたので勝見にそういうと、あの総責任者、裏表があるなと穏やかに批評した。明智光秀とか漱石の『こころ』に出てくる「お嬢さん」とか。

青木、勝見、山本は並んで折詰弁当を開き、おかずは足りないが包装紙上で一応「幕の内弁当」と自称してはおり、朝からまともな食事をとっていないかれらは有難く食べ終えた。そこへ伊勢が顔を出し、急に理工研籠城になったから、赤ヘル部隊がこれだけの人数寝泊まりする用意がない、籠城戦とは立てこもって寝泊まりしながら戦おうというのが主旨、寝る道具が一定数必要だ。それでこれから調達しに行く。八時ちょうどに一階玄関ロビーに集まってくれと指示があって、三人は了解した。

「布団を取りに行くのだけれども、百人分の布団が蔵いこまれている押入れがどこかにあるという話ではない」布団搬入作戦の責任者岡島さんは赤ヘル隊員十数名を周りに集めて語りかけ、山本たちは一斉にうなずいた。理工研棟の外は真っ暗で、人の姿のない、広い夜の本郷キャンパスは、碁盤目に交叉する通りに沿ってずっと遠くまで点々と間遠に常夜灯がつらなり、いちめんの深い闇に青白い消え入りそうな光を投じている。岡島さんはブント救対部の代表者であり、青医連の幹部のひとりであり、一言で言って山本が初めて見る人格円満な「大人の」活動家であった。「……そこでわれわれは緊急避難として、東大病院に赴き、患者さん用に確保してある布団の一部をお借りすることにしたい。が、ここに一つ問題がある。東大病院は日共民青の主要な拠点の一つであり、われわれが礼を尽くしてお願いしても、寝具の貸与がかなわぬ事態が予想されるのだ。その場合やむを得ずこちらから出向いて行って、必要とされる分だけ運び出すことにする。以上が諸君の任務です。なお全員覆面すること。ゲバ棒は不要である。行動中は一切口を利かぬこと」

岡島さんは立ち上がり、一同を率いて病院へ向かった。すなわち病院側、布団部屋側の思想信条、意向、予定等がどうであれ、それらからは独立に、そこに存在するところの、それらを必要としているにもかかわらず、我々のもとには目下存在していない布団、毛布、枕など寝具類を、自分で持つことができるだけ持って、速やかに自分たちの理工研へ引き上げてくるというのが山本らの任務であった。作戦の根本は日共民青との「対決」ではなくて、対決の賢い回避によって必要な寝具類を借り出す工夫にある。岡島大将は「知将」らしいと山本は思った。

部隊は病院の裏側にまわり、白ペンキをバターみたいに塗った鉄扉をノックした。拳で二回、肘でやや強めに二回。返事はなかった。

二、三回、扉の把手に手をかけて押し引きしたあと、先頭にいた身のこなし敏捷な小柄な男が「かんぬきがかけてあるようだ」という。彼は布団部屋突入隊長である。

「二階のあの右上に見えているガラス窓ね、あれをそーっと少し割って、鍵をあけて、そこから一人ずつ入っていくことにしよう」岡島リーダーは依然として悪戯小僧集団を率いる年上の少年・知恵と勇気の「進君」のように、ひそひそ声で的確な指示を出した。山本たちは岡島さんの軽い、ひらめきに満ちた指導により、このかん抑えられていた自主自由の要求をそれぞれのかたちで行動にしめしはじめていた。とにかくこのリーダーは冗談のわかる人である。

　小柄な突入隊長は隣の大男に肩車してもらって精一杯身体を伸び上がらせると、小猿みたいにスルスルと地上三メートル位のところのガラス窓にとりつき、軍手のこぶしでこするように二、三回たたくとカシャッと短い音、つづいて小さな物を揺する音がして窓の鍵は開いた。岡島さんは心はやる隊員たちに「向こうが何を言い、何をしても一切口を利かず、一切反応しないこと。ただ単に押し入れから布団を引っ張り出し、抱えられるだけ抱えて、戻ってくる」と念を押した。山本は岡島さんの念押しに、あらためて何かとても深い、そして意外な、人性の機微の洞察を受け取った。敵対関係に置かれている相手と同じ位置に立たず、「対話」なんかせず、そんな大変なことは求めないで、透明ガラスの壁のこちら側で、こちらのやるべきことだけを「潜り抜けるように」やること。対立と暴力のワンパターンを、敵とうまく協力してのりこえることによってこちらの目的を達すること。布団借り出しについてだけなら岡島方式でかなりやれるのではないか。

　明るく白い部屋のなかで、白衣の医師が二、三人、同数位の看護婦が忙しそうに何かしていた。不意に侵入してきた赤ヘル集団にたいして叫び声あげるでもなく、バタバタするでもなく、自分達の遂行中の業務を一瞬の休止もなく、そんな一秒の何分の一かの休止をさえ絶対知られたくない、見られたくないといわんばかりに、ひたすら仕事みたいなことを粛々と続行するのであった。赤いヘルメットを深々とかぶり、両目のすぐ下までタオルで覆い隠し、軍手にジャンパー、ジーンズ、運動靴と、典型的な過激派スタイルの若い男たち二十名余が無言で乗り込んで来て、布団や毛布をどんどん引っ張り出し、枕を鷲掴みする。人の声はなく、赤ヘルたちのスニーカーの足音、布団を引きずる音だけが低く飛び交う。こんな出来事にいきなり直面させられた相手にしてみたら、これは怖いな、音や声がないのは音声入りの乱暴狼藉よりわかりにくいだけにもっとこわいかもしれないなとやがて山本は想到して、相手が日共であれ何であれ、びっくりさせてしまってすまないという気持ちがわいた。山本の愉快な悪戯気分は失せ、持てるだけ持とうという意欲も失せ、枕一個、薄い掛け布団一枚をほんの申し訳程度に抱えるだけにして、あとは赤ヘル仲間の仕事に立ち会うことにした。厚い敷布団を三枚、上半身が見えなくなるくらい背負い込んで、さらにもう一枚毛布をと、よろよろしながら片手を毛布の端にのばしている者があり、それほどでなくとも多くは布団、毛布、枕を複数抱えて奮戦していた。みんなの激しい息遣いがハッキリ聞こえてくる。

風邪気味ながら健闘していた青木は、早々と立会人にまわった山本に咎める視線を向け、すでに重い布団二枚を抱えているにもかかわらず、主として優柔な山本への批判的・教育的情熱に促されて、近くにあった布団をもう一枚抱え上げようとして手を伸ばした。範を垂れてやろうという意気込みである。すると青木の顔面の前に、髭の濃い白衣の大男の憤怒で歪んだ黒い顔面がすっと立ち塞がったと思う間もなく、男の大きな右手が青木の抱え込もうとした三枚目の布団の中心部をしっかりと押さえつけにかかった。それから真剣な、息のつまる無言の鍔迫り合いが数往復したあと、さすがの青木も最終的に三枚目布団の教育的抱え込みを断念して手を離した。このかん髭男も青木も、そしてゆくりなく「レフェリー」の位置に立たされた山本も一言も口を利かず、三者三様にそれぞれの立場において真剣勝負したのであった。

頃合を見計らって岡島リーダーはよしという表情で片手をあげた。赤ヘル部隊は各人が闘い取った布団その他を抱え、侵入口である破った窓のほうへしずかに移動していく。白衣の日共民青たちがいつ、赤ヘル布団運び隊の無言が強制した封印金縛りを破って声を発するかと山本は追い立てられる気持ちでいた。破った窓から先に布団他をおろし、一人また一人と音立てず降りて行き、さいごに降り立った岡島リーダーが「これで全員」と部隊の員数を確認したとき、岡島さんを真ん中にしてホッと安堵の空気が広がった。「おまえ、ずいぶん持ってきたなあ」「いやあ、それほどでも」と頭をかいたりなど、互いの「戦果」を小声で称え合う様子がうれしく家庭的に眺められた。

そのとき、若い女の細い、長くあとに退いていくソプラノの声が上がった。とても繊細な、少しでも余分な力をくわえたらたちまち壊れてしまいそうな、それ以上ほんの少しでも声を高くするとこれまで大切に守って来たそのものが一ぺんにこわれてしまいかねぬ、その手前のところで、そーっとそのものに触れてみるというように、

「どぅろ、ぼーぅ、どぅろ、ぼーぅ」と東大病院布団部屋のほうから、叫ぼうとしても叫びにならず、それでも精一杯訴えようと身もだえする声がきこえてきた。赤ヘル部隊は作戦行動を起こして以来、青木、勝見、山本も含んでここではじめて声を殺してであるが自然に笑った。冷笑でも嘲笑でもなく、ようやくすべてが一応丸くおさまってくれそうだという共同の感慨であり、人間誰しも、古強者日共民青だって、ああいう時にはああいう声しか出てこないんだなあと人生の根本的にユーモラスな一面を発見した思いだった。あとでもう一度「どぅろ、ぼーぅ、どぅろ、ぼーぅ」と蚊の鳴くような声がきこえたとき、こんどはかりに追手があったとしても到底追いつけぬ位のところへ来ていたのでかれらは腹の底から陽気にドッと哄笑した。じつに申し訳なかったが、こちらだって布団は必要でお互い様だったんです、わかってくださいと。

青木は見るからにダルそうで、医務室の救護班のところへ連れて行き、ジャンパー着込んだ医学生から検温してもらい三七度二分、葛根湯一袋をもらった。勝見と山本は話し合って、屋上での夜番は二人で担い、青木には先刻お借りしてきたばかりの布団を敷き詰めた「寝部屋」で休んでもらうことにした。二階に設けた寝部

屋に入る時、青木は二人に「悪いな」と、らしくもなく弱気に一言いって会釈した。

勝見と山本は三階の教室にもどり、○時から一時間の夜番に備えて長椅子に横になった。これが一晩自分のベッドになるが、まあ眠れやしないだろうなと山本は考え、横になれるときは眼をつぶって、まだ腑に落ちてこないブントたち、伊勢たちの東大「決戦」のことは無視していようと思った。勝見の方は山本みたいによくわからないからと投げ出してふて寝を決め込んだりせず、寝静まっているか横になったままの連中が多いなかで、一人活発に教室を出たり入ったりして、自分の眼、頭を働かせてよくわからぬままのブント決戦の現実の自分なりの把握につとめていた。単に学生大衆の「立場」に立てこもって、ブントの党派としてのマイナスに（批判的）距離を保っているつもりでいるだけの山本と違って、勝見は現在の事実としてのブント＝伊勢の「指示」で日吉文がかかわ「らされている」東大決戦の現状の正確な把握の一点にしぼってこのかんずっと、今日一日体験、観察をつみかさね、勝見なりの決戦参加のかたちを模索し決断しつつあった。山本は気に食わぬ事実からなにかと顔をそむけがちな「日本浪漫派」だが、勝見は事実からのみ出発し、事実と全力で格闘し、また事実へかえってゆくまことの学生大衆のひとりであり、立場の「学生大衆」ではなかった。山本には今こそもう少し自分たちの足元をクールに見てもらいたいと勝見は思う。

一・一五　○時少しまえ、山本と勝見は赤ヘルを深くかぶり直し、ゲバ棒（新品の角材）をかついで、夜番をつとめるべく屋上へ上がった。屋上ではあるが、理工研の多角的立方体屋上の南端に張り出したやや広めなバルコニーがかれらの番所だった。大小、形状様々の石塊が弾き飛ばされたみたいに散乱し、なかには何かの廃材の一部やいろんな形の鉄塊も混じっている。山本はこの九日、東大正門まえで目撃した、全共闘たちの敷石剝がし、鉄パイプふるっての投石用石塊製造風景を思い出し、われわれは今夜、東大病院の患者さんから布団、毛布、枕等をお借りし、またこれも皆さんからお借りしている石塊、鉄塊等を用意し、必要な場面に遭遇したら有効に使わせていただいて俺たちゃ一夜の試練を乗り切ろうとしてるんだなあと感慨に沈んだ。そしてこの夜、布団が青木はじめ全国から駆け付けてきたブント学生大衆たちに良い睡眠をもたらし、重い、とがった、危険な投石用石塊、鉄塊なんかできたら投げずに穏やかに夜明けを迎えたいものだと願った。

はじめてその全景をはるかに見渡し見下ろす本郷キャンパスは、山本らの通う大学を「大学」と呼ぶなら、こちら東大本郷はそういうレベルの話ではなくて、山本らの大学をほんの片隅に一部分として含んではいる大きな街というようにあらためて観じた。正確に碁盤目状に交叉する街路沿いに常夜灯がどこまでも点々とつらなり、カネと時間を莫大に投じてきているであろう由緒ありげな建造物が視野の限り何十棟も重なり合い、重たく深く根を下ろしている。ここはたんに一大学のキャンパスなのではなかった。語の真の意味で徹底してブルジョア的な、かつ高度に官僚的な、国家権力の実体を構成する主要な機関の一であった。山本はおおきな圧迫感を覚えると共に、じっと動かぬこの秩序の全体の上にほんのすこしでもいいから亀裂が走る瞬間を見たいと痛切に思った。山本義隆、今井澄など東大全共闘連中も、これを見て一度位俺と同じように感じたことがあるか？　それとも日本近代が描き上げ構築したこの大した物心の秩序をもっと大きくしっかりと作り直せという要求がかれらの「叛乱」の主意であるか？　どっちともいえないのがかれらの正直なところではないか？　角材を担ぎ、石塊の隙間を拾って歩きながら、山本は遥々と思いを馳せた。

南側やや離れた先で、こちらよりやや座高が高く見える建物に取り付けられたサーチライトが緩やかに旋回していた。屋上には人間が二、三人、灯りが通り過ぎていくときに瞬間だけ、そこでこちらと同じ夜の見張りをしている様子が見えるというより身体に感じられた。九日東大決戦に初見参したときの日共民青の牙城・教育学部本館の投石機械をまた思い返し、何だ、撤収したと思っていたらまだ居残っていて、投石砲のみならず、あんな大規模なサーチライトまで持ち出して俺たち側を観測しているのかと意外であり、また真夜中の侘しい見張り番のさなかに、敵ではあっても、敵陣のサーチライトの光のなかに浮かび上がる民青たちの動きに、距離を隔てて対峙する者同士というよりはるかに強く、真夜中の沈黙のなかで同じ任務で目覚めている同じ人間同士という「連帯感」もおぼえた。あれらも俺たち同様なんだ、見張りの寒さ、徒労感から、何から何までそう特別な違いもないんだ。山本は勝見に「おい、あれを見ろよ。あっちもおれたちを見はってるぞ。これは面白い。民青もやってるんだな」といい、サーチライト方向にむかってゲバ棒を振って、俺たちがいるぞーという気持ちを伝えようとした。勝見はサーチライトのほうを眺め、怪訝らしく山本の顔を見直し、「しかしあれは」といいかけて口をつぐんだ。サーチライトは安田講堂五階バルコニーに設置されているのだから、かりにその光のなかで夜の番を勤めている者があるとすれば、それは民青ではありえず全共闘側の何者かであって、しかも勝見の眼にはそんな夜番の者の動きなどは全く確認できなかった。日頃から何かと事実を無視しがちな山本は、よくわからぬ何か独自の「感動」にかられて安田講堂の裏側を教育学部本館ととりちがえ、サーチライトの下に民青の夜番たちを幻視したのであり、事実としての安田講堂、理工研籠城、夜の見張りと続く現に体感中の事実はできたら見たくないようだ。むしろ民青の夜番する姿をはるかに見たい、おーい、ご同輩と、相手がけしからん民青であれ、寒いこの真夜中、呼びかけてともに心の内で暖を取りたいというのが山本の今の心境らしいのだ。山本のいわば「得意の」事実誤認であるが、今回にかぎって勝見はあえて訂正を求めず放っておくことにした。山本の事実誤認が思わず自白してしまった心境に勝見としてほんの少し同感するところもあったからである。

午前一時過ぎ、山本と勝見は夜番を終了、教室の居場所に帰り、山本はタオルにくるんだヘルメットを枕にして固い長椅子に横になった。勝見もいったん横になったが、しばらくするとまた起きて外へ行くなど一晩中自分らを取り巻く確かに普通とは言えぬ状況に注意を怠らずにいる風だった。山本はうつらうつらしながら、今夜は何もないだろう、明日はどうなるかとだけ思いをめぐらした。眠り込むまえに、夕方安田講堂のなかで「それは私の物なのねえ」と注意してくれた大下恵子の声と顔が心をかすめて過ぎた。

早朝長椅子の上で眼をさました。勝見はどこかへ行っていた。周りはうっすらと明るくて身体の節々が痛い。睡眠不足のどんよりと鈍い神経のままに少し身体を動かすと、もうこれまでの延長ではなくなってしまった何か実に必要でない、重さを欠いた細い長い鎖をズルズルひきずっているような生活気分がはじまっている。煩わしいが、かといってそれをどうとかしようという「建設的」な気持ちにもなれぬ、この着慣れぬガウンみたいな気分を逸らしたくて、山本の足は少なくとも日吉文であり知り合いでもある青木のいる二階の寝部屋へ向かった。

青木は山本の呼び声に布団の山のあいだからウワッと身体を起こし、布団の上に背筋伸ばして正座した。いかにも寝起きらしい間の抜けたとりとめのない表情で、そろえた膝に視線をおとして固くなっている。その正座姿はまだ半分以上睡眠世界に沈んでいるように見え、山本は笑いをかみ殺してしばらく待った。そこへ勝見がこちらは元気いっぱいの顔を見せ、「これから安田講堂へ移るそうだ」と張りのある声でしらせた。まったく！理工研がブントの持場なんだと渋々うけいれかけていた山本は、相変わらずまたしても無反省にしまりなく繰り返される伊勢たちブント指導部の指導でなくて引き回し、説明抜きの場当たり的指示一本槍にうんざりさせられた。が、もう怒り、不満にはならず、半分はこんなレベルが伊勢のブントのありったけのところで精一杯のすがたなんだと見えてきた。ブントと伊勢に知らず知らず実力以上を求めるからいちいち「振り回される」不本意ばかりがつのるのであり、ブントと伊勢の思い描き、担おうとしている東大決戦の行き先を事実に即して見極めることを中心に今日一日過ごそう、自分自身が付き合える決戦「支援」のかたちもそれでおのずから決まってくるだろうと考えた。

ヘルメット姿ばかりでなく、堰を切ったみたいに老若男女を問わず、用があろうとなかろうと、たくさんのあらゆる種類の人間たちが安田講堂にどんどん出入りしていた。安田講堂は全共闘側の「砦」であるが、大きな祭礼のさなかの広場であり大通りでもあるような、互いに知らぬ同士が互いに「無視しあうように」認め合っているそういう「解放」城塞になっていた。日吉文の青木、勝見、山本は人波をかきわけて、むしろ緩やかな大波にうまく乗るようにして昨日そこに長時間座っていた講堂最左端に位置する馴染みの椅子まで自分を運んでいって腰かけることができた。

伊勢はすぐにやってきて「今日の予定だが、午後、講堂前で総決起集会があり、われわれも参加する。そのあとは安田講堂に籠城する」とだけいい、十時過ぎには構内デモが始まるからしばらくこのまま待機していてくれと指示して出て行く。三人は椅子にかけたままうなずきもせず、首を横に振るでもなく、ただ黙って伊勢を見上げ見送った。山本は伊勢の指示のなかで「籠城する」と、そこだけ微妙に早口になったところに耳を立てた。頭の中で「籠城する、籠城する……」とゆっくりと繰り返し、中学生のころ、理科の授業で蛙の解剖に取り組んだときのように、解剖台上の「籠城する」の腹部にメスの尖端をそーっとあてて慎重に開いてみた。「籠城する」の腹中にはやはり同じ「籠城する」が少し縮小しておさまっていた。それをまた開腹するとさらに縮小サイズの「籠城する」が現れ、以下どこまでも無限小にむかって「籠城する」の縮小再生産がつづく。

ここへきてやっと、東大決戦が東大の「お坊ちゃん」たちの事だけではなくて、日吉文の事、山本の「自分の事」の一つになったとこのとき実感がきた。伊勢が口に出した「安田講堂に籠城する」は、これ以上どう粒粒辛苦して探りのメスを働かせても「籠城する」以外の何かが見いだされることはほぼ絶対にないのであった。山本と、青木、勝見の心身は決戦の内側に具体的に組み込まれたのだけれども、山本自身はきょう一日、動かしようのない「籠城する」ブント方針にたいして、何とかこれからの時間を味方につけてこの私として決着つけようと密かに思った。勝見が外で新聞を買ってきたので読ませてもらうと、全共闘は安田講堂地下に劇薬から「ダイナマイト」までありとあらゆる危険な物質を大量に貯蔵し云々とあり、安田講堂は「籠城戦」の本陣であるのみならず、危険物で全館逆武装していわば「理工研」化しつつあるというのが新聞各紙の見方であるようだった。勝見と青木は読んでも別に感想はなく、山本もいまさら何だという気がした。日吉文たちにとって関心は外にある危険物の有無や量質ではなくて、自分がその内にある「籠城」方針への関わりの決着に移っている。

伊勢と入れ替わりに狩野が顔を出し、朝飯だといって牛乳と菓子パンの包みを開いた。昨夕別れた時とはちがって山本らが久しぶりに見る穏やかな笑顔で、食事しながら狩野は外の様子を新聞のようにではなく、いつもとそうかわらぬ巷の日常を、東大決戦ばかりでは当然ない、みんなの暮らしの断片をいくつか話題にした。何日かぶりに下宿にもどって自分の布団でぐっすり寝た、成人の日だけど電車の中はいつもの風景だった、その中にいるのが何と言うか、励みになるというんかな、東大闘争の内と外が意外に対応できているように思えたんだ、一見別世界でありながらどこかでつながってるという素敵な感じだ、やっぱり熟睡できたのが大きいよ等々。昨夜熟睡できた狩野、理工研寝部屋で少なくとも布団の上で眠った青木、一方で勝見と山本は理工研の教室の固い長椅子に横になり、山本はうつらうつらしたのみ、勝見にいたっては椅子に横になることすらほとんどなく過ごした。昨夜の過ごし方におけるこうした対照、狩野と青木の熟睡にたいして、不眠で過ごした勝見と山本は、「籠城」方針にたいしてもほとんど避けがたく同じ対照をしめすことになろう。日吉文たちは正念場を迎えていた。

一〇時、警視庁は本部総合指揮所に下稲葉警備部長指揮による総合警備本部を設置して東大本郷・駒場キャンパスの二正面に備え、機動隊八個隊全隊（八機は特科車両隊）、方面機動隊十個中隊、総員八三七七名態勢で、想定される日共―反日共の衝突、流血事態防止の名のもとに「威力配備」をおこなった。本郷キャンパスでは夕刻から集まって来た反日共系部隊の一部が民青残留部隊の立てこもる医学部本館を再三攻撃したものの、「流血事態」は「威力配備」の賜物だったかどうか、想定していたほどでもなかったようだ。民青は撤退方針でまとまっており、全共闘側の「籠城」作戦の敵役は既に国家権力機動隊であると東大決戦の全当事者が意見一致していたからである。

昼過ぎに開会予定「東大闘争勝利労学総決起集会」に向けて、反日共系諸党派、諸集団（最大時三九〇〇名）による武装デモが構内各所ではじまった。中核派＝七〇〇名。社青同解放派＝四〇〇名。革マル派＝四〇〇名。社学同＝四〇〇名。ML＝三〇〇名。フロント＝一〇〇名。学生反戦＝四〇〇名。労働者反戦＝一二〇〇名。日吉文狩野、青木、勝見、山本は赤ヘルをかぶり、ナップザック背負い、持参したタオルで覆面し、軍手をはめ、配られた鉄パイプを持ってブントの隊列にくわわった。鉄パイプデモというのは山本らには初体験で、新品らしく剝がした油紙の切れ端が一、二片貼り付いていたので、デモしながら軍手の指先で丁寧に剝がした。デモコースはおおむね十一・二二のとき同様、安田講堂を中心に銀杏並木を下って正門へ、左折して赤門、医学部本館と「民青地区」を行進、三四郎池付近に出てまた安田講堂前へ。これを何周もくりかえす。安田講堂前広場を出発するときにはまず広場を二、三周する。東大決戦はすべての人民のあらゆる参加の形にむかって開かれており、講堂前広場は学生大衆のみならず、老若男女、東大における闘いの決着に立ち会わんとしてつめかけたすべての人々の広場であって、デモ隊は人々の割れるような拍手、励声、歓声の中を華やかに周回してから出発し、構内をぐるりと戦闘的に行進し、再び広場に戻って人々の拍手、歌声（インターが中心だが、いちどレコードか、ラジオだったか〽月が出た出た月が出たヨイヨイと「炭坑節」が流れてきたのには「洒落たことをする」と東大全共闘のセンスに山本はやや感心した）、連帯の叫び声にこたえつつ、また〽安保、粉砕。闘争、勝利と周回デモに出て行くのであった。「民青地区」に差し掛かるとシュプレヒコールは当然のように〽安保粉砕、民青殺せに変わるのだったが、はじめのうちは「殺せ」を「こ」でやめていた山本も、何周目かになってからは「殺せ」と小声で合わせるようになっていた。くたびれたのであり、デモする私に飽きたのであり、全く心のこもらぬ「殺せ」であったが、山本の気持ちとは別に、山本を含むこれまで「殺せ」とだけは口にできずにいたデモ仲間のかなりの部分がこの日の周回デモのなかで「殺せ」を結果として唱和できてしまっていたことに、山本らがずっと追い求めていた東大決戦における全共闘的「団結」「連帯」の夢がここで最終的にみずからの「限界」に撞着したと言えようか。「殺せ」と口にできなかった山本らが口に「できて」しまったとき、決戦への党派をこえた「連帯」の夢は諸党派、諸個人の「限界」の内側でできることをやるしかないんだと己のエゴの現実に立ち返ったのだ。「敵を殺せ」で新左翼諸党派、諸個人全部がいい加減に、つまり「適当に」一致してしまったら、団結も連帯も成長を止め、生命を無くして口先だけの建前になり果てるしかあるまい。周回デモはいつ終わりになるかもうわからず、山本は自分のいるデモ行進を、デモというよりとまってくれぬ目覚まし時計のアラームメロディとか、指揮者がどこかへ消えてしまった「鉄パイプ出陣踊り」といった言葉でいいかえてただやけくそにがんばった。何周目かで、広場を囲むたくさんの野次馬のなかに、近所で暮らしていると青木が教えてくれた大下恵子の顔を見たような気がしたが、その時ばかりは無粋な山本も思わず踊りに気合が入ったものである。

一四時、東大当局は「危険物除去ならびに学外者の退去」を要請したが、全共闘側はこれを無視、「学外」諸勢力による武装デモを一層強化したうえ、安田講堂前総決起集会を「学外」諸勢力とともに断固として推し進めんとした。日共＝民青のみ辛うじてこだまが明るく返ってくるように要請に応じる姿勢をしめした。

何時頃だったか、このデモもう終わらないのかもしれないなと山本が半ばあきらめ、じゃまた一周してくるかと広場を出かかったとき、まるで見計らったみたいに急に赤ヘル部隊数百の行進が広場左端の位置に停止、リーダーの指示でそのまま十数人ずつ一列になってずうっと座り込んだ。あとにつづいていた緑ヘルの一団は停止せずデモを続行、そのあとからも別のもっと大きな集団が轟々と入ってきて自身の重みを支えるようにして広場を一周し、さらになお構内一周の旅路をつづける。一定の間隔をおいて、諸党派・諸団体のデモ隊がさいごの一周をすませて順に広場にもどってきたところでそこを会場におけるその集団の場所とし、すべての参加者が自分の場所に落ち着いたその時、今日一日、山本らが待ちに待った「東大闘争―全国学園闘争勝利総決起集会」がはじまるはずであった。ところがこれがいつまでたっても終わらず、したがってまだなかなかはじまってはくれぬのだ。デモ隊のヘルメットの総ての色がそろったなと見えたころ、こんどは見たことのない色の少人数ヘル集団が見知らぬ旗ひるがえして幾組か現れ、自分達だけ少ない周回では申し訳ないと恐縮するせいか、ほとんど広場を埋め尽くして、あとはその見慣れぬ色のヘルメット集団十数名ずつがデモを適当に切り上げて広場右隅におとなしくまとまってくれればやっと集会になるとみんなが思っているなかで、さいごまでそれぞれが杓子定規にさいごの一周を〽安保粉砕、闘争勝利とわびしく叫びつつ汗にまみれて行進しきって、最後尾の一グループがやっと席におさまった。文句や野次はなかったが、もちろんもはや拍手もなかった。

「全国大学の学友諸君、市民、労働者の皆さん。今この時、世界・日本のいたるところで自由を求め、独立の生を生きんとするすべての人々に連帯の挨拶を送ります」東大全共闘の代表が開会を宣言し、集まった諸党派、諸団体の代表が次々に登場して、「連帯」「団結」をくりかえし語りつつ、自派がどこの誰にも優って「決戦」を戦い抜くと主張し、約束した。

中核派「われわれは決戦をとことんまで戦い抜く。敵権力は安田講堂正面バリにノックしたくとも、飛び散るだろう埃を吸ってくしゃみしたくても、おあいにく様である、そういうお楽しみは永久に得られまい。どうしてもくしゃみしたけりゃ警視庁に帰ってそこでやれ。……加藤代行よ、われわれが「学外者」だって？　否、「学内者」と自称する加藤らこそが、東大闘争にたいして、日共＝民青、国家権力＝機動隊と不潔なスクラムを組んで暴れ込んできた「外部の侵略者」それ自体ではないか。われわれは東大決戦の内部者であり、平和を愛し、抑圧を憎むすべての人民とともに問題解決に取り組む「学内者」である。正しい真の学内者がどう自分の問題を解決しようとし、現に解決していくか、加藤当局よ、心静かに見届けるがいい」云々。以下、社青同解放派、社学同、その他、おおむね最大党派の中核派のスピーチと大同小異、人民の意を体してしっかり決戦するという決意の表明であとに続いた。

山本をはじめとするここに集まった多くの活動家学生は諸党派の決意内容の大同小異に失望し、むしろ諸党派、諸団体のあいだの「連帯」「団結」の不足を感じ、党派それぞれが当然有している党派エゴを押し隠す「レトリック」のようにしか受け取れなかった。ML派のアジテーションに唯一「本音」らしきことがききとれたけれども、それは諸党派の「合意」になりつつあるらしい「籠城」作戦に異議をしめし、機動隊が攻撃してくるのを待って閉じこもり抵抗するという作戦の「消極性」「受け身性」を批判、敵が攻めてくるのを待つのでなく敵の「威力配備」に対して今ここから撃って出るのが正しいと主張し、神田地区の「カルチェラタン闘争」と連携して「進攻と退却」の連続闘争を今ここからはじめよ、「籠城」はその先の先の話ではないかと結んだ。「籠城」作戦への批判、反発であり、他派の決意表明と対比して具体的だったが、いかんせん一年坊主山本の眼から見ても、決戦の具体案として、「籠城」作戦が消極的だというのは正しいとしても、その正しさは今ここの集会の飛び交う言葉たちの中での「正しさ」にとどまっているので、その実行の難しさは「籠城」作戦の難しさより格段に大きいと思われた。この場で一番正しそうにきこえる主張が誰の眼にも実行不能と見えるのであり、一方の「籠城」は誰の眼にも、今すぐにやれという主張ではないというだけの理由で、ML派のしめした具体案よりましにみえるのであった。山本はML案よりましというだけの理由から「籠城」による決戦が集会の結論になりそうな様子に抵抗感を覚え、この場における真の多数派は籠城案への抵抗感であり、ML派はわれわれの抵抗感をもっと徹底して代表しうる思想をみいだせぬゆえに集会の真の多数を得られずにいるのではないかと考えた。誰かこの抵抗感を言葉で行動で示してくれる人、集団はないのか。

ブントには東大決戦では「適当に」やると公言し、決戦の「籠城」性を早くから直感しており、その限りで正しいといえる抵抗感を言葉で、小さな行動で示したことのある日向翔さんがいた。かれは今ここに至って、どう考え行動しようとするか。総決起集会が看板に反して各派のセクト的エゴの展示会でしかないことがみんなの眼に明らかになっていくなかで、日向は三人の仲間を連れて山本らの近くの路面に大きな赤い布に「社学同」と白布字で縫い込んだ旗を広げ、集会の進行なんか無視してガヤガヤと声高に放談し、時計塔の頂上付近を指さし、「こいつをあのてっぺんからぶら下げるんだ。映りが派手だぞ」などと提起、以前と同じようにまわりの赤ヘルたちを笑わせていた。山本も少し笑ったが、あの時のような自由感はもうなくて、日向さんもいまはこうか、仕方がないのかと落胆させられた。集会は団結の反対のほうへすこしづつ、やがて思い切って乱暴に転がっていった。人の演説中にかまわずブラブラ歩き回り、移動する者らが増えて行き、演説者もだからといってどうしようと考え始めてしまうようなこともなく、予定稿どおりの（だろう）決意表明を何の感激もなく語ってさっさと降りて行く。これではとても団結風景には見えぬのだ。

集会の終わり頃、日吉文たちと一緒にいた伊勢のところへ、赤ヘルの物静かな人物がやってきて立ち止まった。伊勢はうなずくと「明大ブントのリーダー福原君だ」と山本に紹介し、山本が見上げると笑顔で「よろしく」という。狩野、青木、それに勝見は既にこの人と面識があるらしく山本のとなりで知り合いらしい表情を浮かべた。伊勢と何か話してから、福原さんは通り過ぎて行く。これまでに山本はブントのリーダー連として伊勢以外に柿村、日向、倉石らを知ったが、これら四名はそれぞれに個性的であるが、一番自主自由の風格のある日向さんを含め全員がその言動、肌合いにおいて「上から」主義の一致があった。山本ら一年坊主の「自然」

にたいして、かれらは一貫して基本的に「意識」の立場に立ち、そこから踏み出そうとしない人たちであった。ところが今日、山本のはじめて顔を合わせた福原さんは、踏み出す踏み出さぬ以前に、はじめから下へ「降りている」人で、そのままでしかもリーダーの「責任」は黙って引き受けている人物と感じられたのである。伊勢も日向も魅力的な先輩でちっとも威張らぬ人だったけれども、上からおりようとは生き方として考えぬ「職革」志願者であり、決死隊員に指名される人でなく指名する側の人であり、その点魅力の薄い柿村、倉石の二先輩と同列の、「普通の」幹部活動家であった。福原さんはリーダーであり、さらにどちらかといえば突っ込めと命令される側の人であるように見える。彼は東大決戦にどうかかわっていこうとしているのか山本は知りたいと思った。

総決起集会の終わりに、闇のなかからマイクで「これから安田講堂へ武器の搬入をいたします。バケツリレー式の作業になりますので、手伝っていただける方ご協力ください」と案内があった。狩野たちと一緒に安田講堂の居場所に引き上げようとしていた山本は、衝動的に「俺が行こう。何だか急に身体を動かしたくなった」と宣言し、日吉文から自分一人武器搬入とやらに加わることにした。昼前から長々「鉄パイプ踊り」や「団結集会」の柵の内に閉じ込められっぱなしだった鬱憤を晴らすいい機会のように思え、わが日吉文たち、伊勢たちから束の間、ほんの少しでいいから距離をとって身体動かし、何も考えずにいたいのだった。日吉文たちと伊勢は何も言わず、講堂正面出入り口へ戻って行く。

広場の一隅には石塊、鉄塊、鉄片、木切れなど「武器」に使えそうな危ない尖端、突起に満ちたがらくたが山と積まれていた。山の裾の位置から安田講堂正面出入り口までざっと三〇メートルほどのあいだが赤ヘルたちの長い一列で繋がっている。山本は列の中程に入り、東大決戦にやってきてはじめて自分のしたいことをしたいようにするという気持ちで作業にとりくんだ。山本は前の者から最初の石を受け取り、よしっと次の者にわたしたとき、その長身な赤ヘル学生が昨夜自分たちの寝場所になった理工研の教室で一緒だった顔だけは知っている青年であり、相手もこちらをそれと認識していることがわかり、何となく会釈しあった。武器搬入リレーの相方が、たまたま顔だけは知り、またどこか遠くから「東大決戦」に動員されてきてここにいるというこ と、そしてこの日のデモや集会を経験してもしかしたら山本と似たような違和感をいだいているかもしれぬことを作業しながら感じた。一人でいたくてバケツリレーに加わった山本は、同じ気持ちでいるかもしれない同じ赤ヘル仲間の顔を見出して、一人ではないかもしれぬ自分を見つけたように思った。鉄の塊をわたしながら、山本は自分の大学名、学年、「昨日仲間とここへ来た」と打ち明け、相手は桃山学院のブントですと自己紹介し、東大決戦のことでなく、自分の加わったサークル「歴史研究会」があとでブントだとわかったといって笑った。それ以上たちいった話にはならなかったけれども、日吉文の親しい同志仲間たちにはここへきて違いのほうばかりを意識している自分が、遠い地方からやってきた赤ヘル仲間にはむしろ近さのほうを強く感じている事実のなかに、山本の嘘偽りのない現在が表白されていた。桃山学院大の赤ヘル君と共にした武器搬入リレーのひと時は、山本が自分の東大決戦のなかで味わいえたさいしょの、そしてさいごの連帯の夢の時間であった。

とがったガラクタの山はブント赤ヘル一年坊主部隊のバケツリレーでめでたく更地に還った。夜空の星のしたで、作業を終えようとしている赤ヘルたちのながい一列が遠い世界にずっとつづいている架け橋みたいに目に映った。安田解放講堂における「決戦」へはるかに繋がって行く連帯の橋？　権力の攻撃から東大闘争、全国学園闘争の正義守り抜くための「武器」を、防衛の拠点に運び入れるための「橋」で、それが事実だ。しかしきょうのこの橋はほんとは安田講堂出入り口で終わるのでなく、もっとずっと安田講堂よりはるか先へつづいている夢の橋でもあるのではないか。その先が今の山本に見えているというのではない。が作業が終了し、山本と桃山学院赤ヘル君が左右に分かれていくとき、一瞬二人は同時に言葉を探そうとした。そのことが山本にはわかった。けっきょく見つけられずにそれぞれの仲間のもとへ帰っていくのだが、その言葉とは安田講堂のもっと先を遥かにのぞむ言葉の断片だったとあとで山本は考えた。「橋」の先のずっとかなたが一瞬だけ「見えた」と山本は思い、たぶん桃山学院君も同じように思ったのではないか。

山本は橋を渡って安田講堂にもどり、日吉文のいる場所に青木と勝見を見つけて隣に腰をおろした。昨日ここへやってきてから何回目かになる待機のなかで、三人は時々、会話にはならぬ言葉をポツンと自分にいいきかせるみたいにつぶやいた。周りではいたるところで誰かがひとりで、また数人で行ったり来たりしていたが、しばらくして三人のうしろのほうから「安保、粉砕」と歯切れよく軽快な、唱和する声がスッスッと近づいてくる。ML派のモヒカンヘルをかぶった十名位が短いゲバ棒片手に「安保、粉砕」と声をそろえてリズミカルに三人のすぐ横の通路を進んでくるところだった。ゲバ棒の尖端には二等辺三角形の鋭い鉄片が取り付けてあった。初めて見る「トビ口」ゲバ棒の異形さと、かれらがギラギラと全身から発散している暴力の輝きにたじろがされた山本たちは、思わず「凄いなあ」と嘆声を発した。通り過ぎていくとき、先頭のモヒカン男が三人に向かってトビ口を突き出し、「やっつけるぞ！」とこするように軽く振った。かれらがトビ口ふるってやっつけたい相手は国家権力機動隊のみならず、ここまできても決戦の事実をあるがままに受け入れようとせず、はぐらかしていたい赤ヘル一年坊主にも向けられているように山本は感じさせられた。決戦の事実の一方にはさっき一緒に「武器搬入」の作業をした遠くから駆け付けた赤ヘル一年生の笑顔があり、他方にはトビ口で敵をやっつけたがり、いますぐにも実際にてきぱきとやっつけにとりかかりそうなモヒカンヘルの小集団が通って行く。日吉文たちは両者の間で首をかしげ、さてどうしようかとそれぞれに考えることをつづけた。大講堂のなかでは日吉文たちのような小集団、小個人たちの孤立と連帯がせめぎあい、一つの全体へ、それ以上行き場がない「決戦」へ四方八方から集結しつつあった。

狩野は見上げた山本らに「伊勢さんから伝言です」と眼を伏せたまま言った。ひとつ深呼吸して「これから僕らはブントとして安田講堂に残るメンバーを決めることになり、日吉文からは二名出してほしいと要請があった。自薦にせよ他薦にせよ「逮捕歴の無い者」というのが条件で、今ここにいる狩野、青木、勝見、山本の四名から二名出せるか、出してほしいというのが、東大全共闘の要望を受けてブントとしての決定です。まず僕ですが、安田講堂ではなく日吉文に残って、東大決戦をふまえてこんごの組織活動を担えというのが伊勢さんの意見だった。どうしようか自分は考え中だ」

狩野は日吉文代表であり、ずっと責任を担ってきている「委員長」であり、「逮捕歴一」でもあり、狩野はこんごの日吉文の活動継続こそ任務だという伊勢意見に、青木、勝見、山本に特に反対意見はない。するとこの場の日吉文三名から二名、逮捕必至、かつそれ以上の「犠牲」も自分の身の上に予想される「籠城兵士」をいまここで決めなければならない。狩野はうなだれてぼんやりと立ち、山本らも自分の心の中の動きを追って黙り込んだ。東大決戦は狩野、青木、勝見、山本にとって、日吉文四名のなかから、国家権力機動隊と「籠城戦」を闘い、確実に逮捕されるであろう未来を引き受ける二名を決めねばならぬ「自分の事」へ転じたのであった。

山本は籠城戦の未来をどこまで自分の事と考えられるか、考えるべきか、必死になって思いをめぐらした。第一に籠城する・させられる二名は逮捕歴なしが条件であるとして、伊勢意見は狩野を候補から外したが、これはどうか。おおざっぱに逮捕歴というけれども、三泊四日で釈放になる「逮捕」もあれば、その先に起訴、公判の将来を覚悟せねばならぬ「逮捕」もあり、両方を中身ぬきに「逮捕歴の有無」として活動家に「犠牲」を求めるさいの基準とするのはどうか。また逮捕歴についてもかれが成年（二十才以上）か、未成年（二十才以下）かで、支払うべき犠牲の量質が全く違ってくる。二名選出の「条件」は「逮捕歴」に加えて、現時点における候補者の「年齢」も考慮すべきではないか。その上で日吉文四名の籠城兵士「資格」を見ていくと、満年齢順に勝見（二一。逮捕歴なし）、山本（二〇。逮捕歴なし）、狩野（二〇。逮捕歴二）、青木（一九。逮捕歴なし）。この条件だけで機械的に選ぶなら青木と山本がその二名になる。青木はどうか知らないが、この条件クリアだけでお前安田講堂に残れ、籠城しろと命じられても、ハイわかりましたと山本は従えないんだ。自分の事となった東大決戦に、伊勢とブントたちが自分都合で作った「条件」にお前が比較的かなっているから、逮捕覚悟の根性固めて、これまで当然視してきていた学生生活の根本的変更の決意をもって「籠城」しろというわけか。おいおい狩野は東大で籠城なんかせず、日吉文の組織活動を中心で担えというのに俺は賛成だ。それでいいんで、だから東大全共闘とか、ブントとか、伊勢とか、要するに「職革」御一行様よ、いったい何様のつもりでいるんか？　らこそことさら「条件」を持ち出してきて、それを籠城兵士選抜の基準にし、日吉文狩野と、日吉文青木、勝見、山本三名を「離間」させるかのような伊勢の手つきにまず疑問がある。……

青木は顔を上げ、みんなの重苦しいだんまりを押し返すように、強い声で「俺はやるよ」と言って、昨日東大決戦の安田講堂内に入ってからこれで何回目になるか、山本に真直ぐ視線を向けた。山本は顔をそむけて何も言わず、その隣にいる勝見は狩野が伊勢の指示を伝えたその時からずっと全身で拒否していて、拒否は青木の「やるよ」発言も含めての拒否であった。狩野はどうか。青木の申し出で日吉文が出すべき「二名」中一名は「決まった」。数字としては。がこの一名「決定」は、もう一名決定にむかって、明らかにその一名になることを拒否している勝見と山本、さらに籠城兵士二名選定をめぐって伊勢と一体である「伝言板」として狩野の三名を、三名とも一番避けたい対立関係のなかにおくことになる。この三名はもはや「俺がやる」と青木のように宣言することができず、だからといって自分以外の誰かを推して、もう一人を決定する力もない。山本は青木が主として山本に呼びかけて「俺はやる」といい、決断を求めていることが頭の半分ではわかっていた。

あとの半分は、伊勢の指示内容「日吉文から籠城要員二名供出」案にとにかく反発していた。東大決戦が伊勢の指示を創り上げ、日吉文一年生の心身に明らかにいろいろな中身の「無理」をしいている現在、青木の「やるよ」はじっさいには、勝見と山本の拒否、狩野の「伝言板」化されてある抑圧の不当さとともに、どちらかといえば伊勢の指示＝ブントの決戦方針に対する疑問、反対で大まかに一致している「やるよ」だというのがいまこでの日吉文の正直な姿ではないか。青木の「俺はやる」が仮に青木一個の「覚悟」であるだけでなく、山本（ら）に同様の「覚悟」を期待する「やるぞ」であるとしたら。山本は何か言いかけてはやめ、狩野と勝見はじっと黙ったまま、青木は目をつぶって自分以外の誰かの発言、行動の転換を待っていた。山本も、勝見も、狩野も、そしてたぶん青木自身も、その誰かに自分がなることは嫌なのであり、やれないのであった。

「どう、決まった？」伊勢が狩野の隣に腰に手をあてて立っていた。「ええ。青木が残ります。あとは」狩野は口ごもり、うつむいてしまった。君は安田講堂に残るのでなく、外に出て日吉文の組織化をという伊勢の指示に従って、日吉文から二名籠城要員を選ぶという伊勢の第二指示を青木、勝見、山本に「伝言」する役回りを引き受け、実行したこのかんの経緯に自信をなくしかけていた。「残る」と言えなかった山本、勝見の立場を、はじめから私として「残る・残らぬ」の決断を、伊勢の指示に委ねてしまっている自分には、そうしたくなったとしても非難したり逆に擁護したりする「資格」もないと狩野は感じた。青木だけが決断している。山本、勝見が決断できぬ以上、伊勢の指示のうち、日吉文から「二名」という条件、また狩野は「二名」の外という前提のほうに無理があるのではないか。そこを見直せないのか。狩野は目を上げた。

「そうか」伊勢は伏し目になり、表情を消した。「でもなあ、青木ひとりじゃ青木が淋しいんじゃないか」としみじみ調になって言う。そしていたわるように山本の肩に手を置き、目は依然伏せたまま、「どうだ山本、ここは一度踏ん張ってみないか。そうするのが君にとってもいいと思うんだ。このままだと君はいつまでたっても君の求めている確信を得られないだろうし、ブントになれない。確信を得てから、ブントになってからではないんだ。いまここで、君自身の「○○して、それから」にあえて逆らってまずもって踏み出してしまうこと。東大決戦のここ安田講堂の内で考え込むまえに飛ぶこと。確信のほうはあとから自然についてくるんだ。俺はそう確信する」と一気に語った。

狩野と青木は伊勢といっしょに山本の決答を黙って待った。勝見は山本の隣で、こちらは山本といっしょに身体を固くして口をつぐんでいる。俺には確信がない。そこは伊勢の言うとおりだと山本は思った。が、俺が求める「確信」を伊勢はどのように思い描いているか。俺は生活の意味と理想を求めている。大学に入ると米資闘争になり、十・八、十・二一での新左翼諸党派の集会、デモを日吉文たちとともに、あるいはひとりで見聞し、米資闘争後は日吉文のメンバーとなり、伊勢のブントと「共同」して活動してきて現在にいたった。「共同」は日吉文としての「批判的」共同なのだから、ブント「になる」ことは「生き方の理想」にむかって思い描かれるいくつかある道のひとつであっても、唯一路ではない。ブントになること、ブントであることを目標に生きてるのでなく、ブントになることも結果としてありうる「生き方」であるということ。飛んだあとで考えろ。確信は自動的についてくる！　ブントになることだけを望んでいるのではない俺に、だから考えないで飛べ、そうすれば気づいた時にはブントになっている！　生き方模索中の大学一年坊主に、ブントに「なる」しかない生き方を、説得するのでなく強引に迫って受け入れさせようというのは「火事場泥棒」の類冠りに似ていないか。確信がついてくるはずがないではないか。東大決戦「支援」に参加し、いまここでもはや支援どころでなく、安田講堂に「籠城」し、おそらく逮捕され、せっかく入り込んだ大学での生活の中断を余儀なくされるであろう未来をなぜ選べ、選ばねばならぬと強いられるのか。ブントになるためか。ブントだけにとどまらぬすべての革命を願い、戦争に反対するすべての人のために貢献する？　結構な御趣旨だと思うが、いまここで「籠城」することが生き方の理想に繋がるなどとどうしても俺には思えないんだ。だからもう思うのは止めて「飛べ」と伊勢はいう。これは罠ではないか。いいことをやれと説教されるだけならまだ我慢もしようが、強制されるのは厭だ。

　では、どうやら伊勢といっしょにいいことをしたくてたまらぬらしい青木、狩野たちに、俺のこういう気持ちをどうつたえ、了解してもらえるか。黙っている勝見は、飛べ、確信はあとからついてくる、ブントになってしまえという伊勢意見をどう受け止めているか。山本はクラスメートの大沢たち、三田新陽介、力婦大下恵子のいる安田講堂の外の生活を思い浮かべた。母の顔もそのなかにあった。普段気づかずにいたが、俺はかれらに守られっぱなしでいたなあと思う。

「どうだ。いまここから、まずやってみないか。そこからはじめないか」伊勢はもう一度励ますように言った。山本は恐ろしく高く深く感じられる大講堂の円天井を見上げ、日吉文たちに受け取ってもらえる言葉を、どこかそのあたりに探そうとした。

「そうだなあ。山本も頑張るべきだよ」と新しい声がきこえた。狩野が伊勢の指示とは全く異なる、高校のクラスメートだった者の声で、きょうはじめて語りかけてきたのであった。狩野の声はブントなどでなく日吉文の声であり、安田講堂の外にいる、山本たちを支えてくれているすべての人の声を代表しているようにもきこえた。

「そうかもしれないなあ」山本は椅子から身体を起こしてはっきりと言った。狩野と青木、そして伊勢が緊張を解くのがかすかに、しかし確かに伝わってきた。勝見だけは相変わらず隣で固くなっていた。狩野と青木は伊勢といっしょに出て行き、しばらくすると勝見も伊勢らとは別にどこかへ出て行った。日吉文たちとブント伊勢は主として友情から山本を一人にしておいてくれたのだった。それから一晩中、山本は自分の固い椅子のなかに長い糸の尖端につけたおもりみたいに身体を沈め、うつらうつらして過ごした。大講堂のなかでは無言で音を立てずに歩くたくさんの人々が行ったり来たりしていたような気がする。意識が遠ざかっていくさいごのところで、青木の奴、鼻風邪は治ったか？　という質問が文字になって頭をよぎった。

七　目的が見つかった

一・一六　まわりがザワザワと急に騒がしくなったとき、どうしたんだろうと山本は身体を起こした。大講堂の正面出入り口は左右に開け放たれ、そこから白い大きな光の帯が山本の沈み込んでいる講堂の内部全体に広がって、山本を含むすべての人間たちに一つの決断、一つの行動を、誰かのため何かのためにするのではない、この自分のためですらない、未知の現在への一歩踏み出しの場所へ手招きしているように見えた。出入り口付近の一番人々の出入りが活発なところに、光の帯の無限に深い、いまにも溢れ出しそうに満ちる濃い中心部があった。目的が見つかった。山本はフラフラと立ち上り、「私物」のバッグを肩にかけ、眼前で人々の烈しく回転しつづける光の渦に自分も加わりたいと強く願った。二晩枕にした赤いヘルメットは十・八夜の新宿デモのときとはちがって、勝見が二日間いつもいた隣の席に丁寧に置いた。あたりはいっそう騒然としてきたようである。

「山本、一緒に行こう」うしろから大きな、確信に満ちた声がした。昨夜のうちにどこかへ行ってしまったと思い、仕方がないかと忘れてしまっていた勝見が、いま顔を上げて大股に元気よくどんどんついてくるのであった。山本は何もいわずに再び歩き出し、白い光のなかに出入りする人間の渦に加わり、講堂前広場に転がり出た。勝見も山本と肩を並べて正門方向へ向かう。この時離れて見ている者がいたら、フワフワコソコソと逃れ出て行く山本と、確信をもって「安田講堂籠城」よりもっと広い、もう少しましな場所へ出発しようとしている勝見の二人組を、腑が抜けたわがままな病人に健常者が付き添ってるよと観察したかもしれない。二人は地下鉄駅ホームで左右に分かれ、山本は勝見とさいごまで口をきくことなくただただ一人でいたくてせかせかと、それでいて何も考えていないでぼんやりと我が家に帰って行く。山本の東大決戦「支援」行動は一応これでひと区切りということであった。

日吉文狩野と青木、ブント伊勢は、正午までには山本、勝見二名が東大決戦から無断離脱したと確認して対策の協議に入った。とりわけ伊勢の落胆、消耗はおおきくて、これからどうするんだを話題にできるようになるまでに狩野と青木は精力をだいぶ浪費させられた。山本らの無断離脱は伊勢の示した東大決戦への日吉文のかかわり方に身をもって拒否をつきつけたものであって、「二名」のうち予定されていた一名が逃げ出したから、では代わりをどうするか、急遽さがしましょうという話ではないのだ。むしろブント伊勢の「指示」（各支部から原則二名以上、逮捕歴なしの者を籠城用に選べ）の基底にあるのかもしれぬ物の考え方・事の進め方自体に、山本らを逃亡に追いやった動因の一つがあったのではないかと、逃亡そのものは山本の野郎けしからんで一致しつつも狩野、青木、そして伊勢自身がふりかえり、対策協議はまずこのかんおおむね伊勢の「指示」で動いてきた日吉文の「決戦」体験の見直しから始まった。安田講堂籠城戦に残る二名を選ぶ、青木が志願して一名が決まり、伊勢と日吉文たちの説得により山本が「もう一名」になったと伊勢、狩野、青木は昨夜判断したが根本的に間違っていたのであり、伊勢の指示で東大決戦にかかわってきた日吉文われわれの行動と、伊勢の指示の中身に、どういう問題があったか、あったとしたらそれをどう解決するか、限られた時間内で答えを出さねばならない。

「君らで話し合い、決戦への関与について、ゼロから考えなおし、こう考えこうやると決め直してほしい。残り時間はあまりない。結論が出て方針が決まったら伝えてくれ。俺は君らの案を日吉文の決定にするつもりだ」伊勢は明言して出て行く。

「青木はどうする」

「俺はやる。伊勢さんの指示で昨夜やると発言したわけではない。俺は俺として、日吉文として、ブントの一員でもあるそういう俺として独りになってもやる。俺一人だけでは寂しいけれども、現在の問題は二名とか一名とか、人数を「出すか、出さぬか」ではなく、やる人間の決意の問題で、俺の決意に変更はない。山本の逃亡で一層決意は固まったということだ」

狩野は一点を見つめてしばらく考えた。日吉文メンバーが安田講堂籠城戦の内に残るか残らぬか、決断を下すうえでたしかにブント伊勢の示した「条件」も一つのよりどころであった。が自分達の決断、選択の拠り所になるのは当然ながら伊勢の「指示」だけではないのであり、日吉文は米資闘争にかかわった際、七・五日吉スト権の主体である「学生大衆」の立場によって考え、決断し、闘ってきたのであり、今日東大決戦のもっとも厳しい決断の場面に直面して、もう一度「学生大衆」の現在の要求に立ち返って、日吉文としての私自身としての決戦関与のかたちをはっきりさせようと思い立ち、狩野はほとんど衝動的に「これから知り合いに電話して、東大決戦のなかの僕ら日吉文の現状を話し、かれらの率直な感想をきいてみたい。困っていることを伝え、かれらに援助を求めたい。今の僕らが必要としているのはかれらの観点から僕らの決戦の現状がどう見えているか直に知ることで、そこから自然に日吉文の「籠城戦」への態度の決定の道も開けるような気がする」と顔を上げた。

「どういう連中に声をかけるつもりか。気持ちはわかるが、急に援助頼むといっても難しくないか」

「難しいと思う。が、米資闘争の中で知り合った、今は東大決戦の外にいるかれら、僕らの活動にそれぞれの仕方で関心を向けてきたかれらの反応、声、言葉に、今こういう時だからこそ触れたい。そのうえで日吉文と僕自身の行き方を決めたいんだ」

「東大決戦はレトリックなんかじゃなくて俺の肉体だ、イメージじゃなく物そのものになってると言いたいんだ。俺の学生大衆は山本のとは違っているところが多いから、俺は山本と違ってここにいるんだ」青木は狩野にというより自分に念を押すように言った。

狩野はおもてに出て公衆電話に取り組み、覚えている限りの番号をまわし、「支援要請」の連絡を開始した。出てきた相手はおおむね東大闘争の現状に強い関心をしめし、全共闘を応援したいといい、しかしこちらへ駆け付けてまで、たとえ野次馬としてでも実地に決戦の現在に立ち会ってみようというほどに応援したい者はなかなかいてくれぬのだった。さすがの狩野も八人目になる相手の北村君に呼びかけた時には、どうにもやはり急すぎる話だったかなとあきらめかけていた。文学部一年北村茂雄君（一九）は狩野と同郷、同じ中学の一学年下で、同じ高校に進学し、中学の先輩として狩野を尊敬していたかれは、入学後狩野のいる柔道部に入部し、親交を深め、同じ大学文学部入学後は、本人は「ノンポリ」学生で通しているが、ずっと狩野と日吉文たちの行動に共感を示してきている。狩野は勉強家で控えめなこの後輩には、助けを求めるより、むしろかれが必要とするかぎりでこちらのほうから援助を申し出たいという間柄なのだから、本来頼み事電話などしたくない相手であり、外への未練を断ち切るための最後の電話だというつもりでかけたのだった。それが意外にもこの北村君、狩野が面食らう位積極的に狩野の「支援要請」に反応してきたので、事態は狩野の思惑をこえて急展開するにいたった。僕なりのお手伝いをしたい、これからすぐ支度して東大本郷へ行くと北村君は明るく言い、電話を切った。一言でいえば、東大決戦の試練に直面して正直困っている日吉文たちのところへ、見かねてついに本物の学生大衆が立ち上り、支援を申し出たという美しい話で嬉しいというのか、また新たな困惑の種にもなりかねぬと心配にもなる不思議な誤算だった。

狩野は電話相談の結果を青木に報告し、「最後の電話で北村が手伝ってくれるといってきた。もうすぐここへくるから、僕らと彼の三人であらためて話し合ってみよう」といってほっとした表情を見せた。

「北村に籠城戦を手伝ってもらうのか。それは無茶苦茶だぜ」

「そうではなくて、青木一人でも、日吉文として籠城するんだというのは、青木の信念はわかったが、これが日吉文の最終決定、決戦方針ということではまだないんだということだ。自分のやれることをやりたいと北村が申し出てくれているんだ。かれの支援の意思をふまえ、かれとともに、われわれでやれることをここでしっかり見極めようではないか」

「山本と勝見は籠城方針に背を向けたが、これも日吉文としての選択肢の一つか」

「山本たちは彼らなりに考えて日吉文としての選択の一つを示したと僕は考えている。示し方には不満があるけれども。もう一つの選択肢は青木がすでに示した。これからやってくる北村君は東大決戦を支援したい、日吉文の闘いに自分のやれる範囲でお手伝いしたいと申し出ている。かれの申し出をうけとめ、僕らのほうも率直に自分たちの現在の考えをおもてに出してこの三人で日吉文の決戦方針を決めていこう。伊勢さんとブントの指示で、それだけで動くのでなく、北村君の申し出を含め自分達それぞれの考えを出し合い、一致点を見つける最後の機会にしようと僕は考える」狩野がいうと青木は軽くうなずき、気持ちを抑えるんじゃなくて出してしまうべき時が来ているんだなと了解した。

北村君が安田講堂に姿を見せたとき、狩野はこのかんの閉め切った世界にサッと外の風がはいってきたというような、大講堂の一隅にほとんど追い込まれてしまっていた自分達に、日吉文メンバーがそれぞれに自分の思考，行動の拠り所にしている「学生大衆」の呼び声が外の光、外の風にのってきこえてきたような思いがした。同郷の一学年後輩であり、中学高校、そして大学と共に過ごしてきて、こちらをいつも尊重してくれた北村君が、狩野にとって互いに分かり合える仲間が最も必要なこのとき、一人この場に駆けつけてくれたのである。かれは何派でもなくて、活動家であるより真摯な大学一年生であり、人柄はおとなしく万事に控えめだったけれども、狩野はかれを厳しい場面できっと信頼できる年下の友と考えていた。北村君が約束して、約束の場所に駆けつけてきたならば、狩野はかれの言葉を自分自身の事として真剣に受け止め、こたえなければならない。

東大闘争と日吉文の現状、明日か明後日にも機動隊の導入が予想され、全共闘側はこれに徹底抗戦で臨む方針であること、青木は一活動家として安田講堂籠城部隊に加わる決意であること、山本と勝見は決戦の外に出たこと、そのうえで狩野、青木は米資闘争を経てきた日吉文として東大決戦にどうかかわるのが正しいかいまも模索中であること、決定までに残り時間は限られていること等、狩野はときどき青木に発言を促しつつくわしく話した。北村は無表情に、しかし思い決している眼でじっと自分の足元を見つめたまま聞き終えると、少し考えてから、

「狩野さんと青木さんはどうしたいのですか」ときく。

「青木は安田講堂に残って闘うといった。国家権力と東大当局の占拠解除要求に抗して、籠城戦を戦い抜くことは意義があると考える。一方で山本と勝見は籠城方針を拒否してここにいない。僕はこれまでの日吉文が青木だけの日吉文でなく山本だけの日吉文でもなく、対立したり和解したりをくりかえしながら、米資闘争から今日の東大決戦まで共に闘ってきた過程、事実を大事にしたい、そこから出発しそこへ最後には戻って行きたいといつも考えてきた。ブントの伊勢さんは僕に、籠城の外に出て、東大決戦を闘う日吉文の立場で組織活

動を担ってほしい、それが任務だといった。すまないがみんなに悪いと思うが僕はまだ考え中なんだ」

「狩野さんの立場、狩野さんの気持ちはわかりました。僕自身のことですが、自分のやれることをやろうと考えてここへ来ました。青木さんが残る、籠城するというなら、僕も残ります。僕は日吉文ではないんだけれど、日吉文の皆さんがやってきたこと、やろうとしていること、現にここでこうしていろいろと考え、狩野さん流にいうと「模索」中であること、そういうことすべてにどうお手伝いできるか。僕はここに残ることをしたいと思います。他にできそうなことはないみたいだから」

「残るってことは機動隊と闘うことであり、たぶん不当に逮捕されることであり、たかが東大闘争の一日か二日のために、自分の学生生活のおおきな部分を犠牲にすることかもしれないんだぜ」青木は露骨な言い方をした。北村があまりにもあっさりと「籠城戦」参加を口にするので危惧をおぼえたのである。

「覚悟というんですか。そういう事かどうかは別として、いまここで自分たちは到底引き下がれない、引き下がりたくないと青木さんも、狩野さんも、そして今ここにはいない山本さん勝見さんだってそう思ってるんでしょう。山本さんたちは外に出たということですが、それでも引き下がりたくない気持ちは変わっていないでしょう。僕はこのかんずっとテレビや新聞で東大の様子を見ていて、こんな「収拾」、機動隊導入方針などに引き下がりたくないと思いましたよ。狩野さんから電話をもらって、僕は引き下がらずに自分の気持ちをまっすぐ表現する場所を教えてもらったと受け止めました。青木さんと一緒に頑張ってみたいと思います」

狩野と青木は顔を見合わせ、外からの風は日吉文の分裂をいっぺんに吹き払ってくれたなとおそらく同時に発見し、理解したのであった。狩野は北村の童顔を見直して「わかったよ北村、俺は君の忠告を受け入れることにする。やっとわかった」といい、「青木、俺はここに残ることにした。残ってみんなと一緒に戦おう。伊勢さんの気にしている「外での」組織活動は、はっきりいって何とかなってくれると思うよ。山本や勝見が中心になって、俺たち三人が何でだか内に残って闘うことになった事実をちゃんと受け止め理解して引き受けてくれるさ。俺たちの知っている山本や勝見だったらね。伊勢さんを呼んでくる。これが僕らの決定だと伝えよう」とうれしそうに出て行く。青木と北村は笑顔で見送った。

伊勢は初対面の北村に「やあ、よく来てくれたね、ほんとに有難う。共に頑張って行こう」とまず声をかけたが腕を組み、頭をかしげて「しかし青木と北村君で二人というのはなあ。これはちょっと」などと曖昧な顔をした。すると狩野は伊勢を正視して、

「当然でしょう。そんな「日吉文から二名」案は僕らの話し合いの結論じゃあないですよ。僕はずっと考えて、僕自身の総括として青木、北村と一緒に残り、自分のやれることをやると決めました。外での組織活動のほうはどうするかということだけれども、僕らが籠城戦を戦い抜くことによって自然に解決の道が開けると思う。外には山本も勝見もいるし、仲間たちは考え続けているはずだ。かれらがやってくれると期待を込めて思っていますよ」と、もう議論は終わった、これからは行動だという強い態度をとった。

伊勢はしばらく言葉を探していたが、やがてうなずき「わかった。すまないが頼む。俺もやれることをやっていく」といい、三人に手を差し出した。三人をつれて二階の狭い一室に入り、待っていたらしい、ブントの防衛隊長になる明大ブントの福原さんに「かれらが闘うことになった」と一人一人を紹介した。福原さんはにこやかに「一緒に頑張って行こう」といい、君らはいつも僕の近くにいるようにしてくれと指示した。伊勢は福原と短く打ち合わせして出て行き、そのあと三人は福原隊長から決戦に向けて日吉文の任務分担、今日明日の作業予定等詳細な説明をうけた。

この日午後一時より、東大当局と警視庁が警察共済組合半蔵門会館において会同した。東大側＝加藤総長代行、向坊工学部長、藤木法学部教授。警視庁側＝山本公安部長、下稲葉警備部長、村上公安総務課長、飯田公

安第一課長（極左担当）、佐々警備第一課長。席上、加藤代行は警視庁に対して正式の「機動隊出動要請」をおこなった。「……平和的手段をつくして封鎖解除を志しましたが、可能性が少なくなりました。十五日は機動隊のおかげで衝突はおおむね回避されましたが、機動隊が引き上げたとたん、身体生命への危険が再来し腰を据えます。こんにち学外者の無断大量立ち入り、武器搬入、また財産の強奪、暴行・リンチの蔓延連続は、これ以上放置するわけにはいかない。研究教育施設の破壊が急速に進み、貴重な図書文献の大破壊、回復しがたい文化的損失の拡大等に直面しています。いまこそ決断の時であると結論いたしました。不法占拠排除のため、警察力の出動を要請します」と。出動は一月十八日と決定。会同は午後四時に終了し、詳細な打ち合わせは警視庁側佐々一課長と、東大側加藤代行、藤木教授、横山学生課長のあいだで行なうことに決まった。

夜には、東大全共闘の提起により、安田講堂を中心に、防衛各拠点において一斉に、機動隊導入時の予行演習がおこなわれた。

一・一七　昨日に引きつづき安田講堂をはじめとする各拠点において、決意した学生、労働者たちはバリケードの強化作業を推し進め、防衛拠点の要塞化を成し遂げんとして頑張りぬく。諸党派、諸団体、諸個人の防衛任務分担は以下のように決まった。安田講堂＝東大全共闘（防衛隊長今井澄）、社学同（ブント防衛隊長福原洋介）、中核派（井川は十名単位の小隊を率いる責任者）、社青同解放派。その他、無党派学生大衆と反戦労働者多数（日吉文と行を共にする北村君、のちに「連合赤軍」にくわわることになる進藤隆三郎と行方正時両君も含まれている）。工学部列品館（ML派）。法研（中核派）。医学部図書館（医共闘）。工学部二、三号館（エスト実委）。法文研二号館（革マル派）。

一方で日共＝民青は撤収作業を加速させ、武器の搬出を了えて赤門近くで焼却したまではよかったが、炎が勢いよすぎて文化財でもある赤門に「ボヤ」騒ぎを引き起こす不始末をしでかした。文化財保護法違反に問われて警察の取り調べを受ける破目になり、敵である全共闘どもの憫笑を買った。

警備側は警視庁総合指揮所に総監をかしらとして「最高警備本部」を開設、「総合警備本部」（本部長下稲葉警備部長。「幕僚長」として佐々警備一課長）を本富士署署長室に前進させた。方面警備本部は一本（神田）と五本（本郷）で、多重無線車の中だ。「方面本部」とは何か。警視庁の地域分担総括監督組織であり、当時は八の方面本部が設置されて、おおきな警備事案にさいしては「方面軍司令部」といった役割をはたす。機動隊は八個機は特科車両隊）総動員、一四個大隊で四六七八名、方面機動隊は一五大隊で二五六五名あわせて七二四三名である。その他、方面機動隊予備八個大隊九七〇名、本部要員を含め合計八五一三名。

午後十時、警備実施命令が下った。実施本部では警備点検でほぼ徹夜した。

ほぼ同じ時刻に、安田講堂に直通電話で、当局側に身をおく「匿名」の某氏より「明日朝七時に機動隊が入る」と一報があった。東大全共闘今井澄は急遽代表者会議を招集することにした。が、法文研二号館担当の革マル派の代表者が待てど暮らせど顔を見せない。文学部のスト実メンバーが様子を見にいくと二号館の内部には革マル派の影も形もないのであった。報告を受けて代表者会議は緊急に協議したうえ、文学部のML派と無党派スト実メンバーあわせて十数人が法文二号館の防衛を担うこととし、明朝の機動隊導入を前提にせわしく最後の意思一致の会議にとりかかった。

午後十一時二十分頃、加藤総長代行は安田講堂直通の電話により、会議中だった安田講堂防衛隊長今井澄にたいして「最後通告」をおこなった。今井は受話器をとって、いそがしくメモをとった。「私は総長代行加藤一郎です。通告します。本郷構内の凶器その他の危険物を除去し、また凶器等を使う恐れある建物の不法占拠者を排除する必要があり、特に大学の許可を得た者以外は、学内外者を問わず、直ちに全員校外に退去し、一月十九日午前九時までは、構内に立ち入らないでください。以上です」と。今井がメモを見ながら「最後通告」を復唱すると、代表者らからナンセンス！　と声が一応上がったが、寝不足の疲労や、来るぞ来るぞと思い、口にもしてきたそのものが現実に明日朝襲来するんだという事実に、変に人間的でない忌まわしさがあり、一同しばらく言葉がなかった。それでも今井以下決戦のリーダーたちはありったけの勇気振り絞って顔を上げ、明日のスケジュール、連絡態勢の確認等、必要な議事に取り組んだ。

この夜、「外」での組織活動を理由にして、本郷キャンパスから「退去」した者のなかには、革マル派数百人と違って無断逃亡ではないものの、東大全共闘議長山本義隆や、社学同書記局の柿村、日向、倉石、伊勢、その他がある。

山本はこの日一日、自室に引きこもってうつらうつら過ごした。夕方になってようやく新聞、テレビのニュースを見る気力が少しわいたが、明日が機動隊導入らしいという記事に狩野、青木のことを思い、また再び自分の気持ちの置き場所に一苦労するのであった。伊勢の「指示」の限りにおける東大決戦は、「やるよ」と宣言した青木とともに残るべき「二人目」候補＝山本と勝見の無届逃亡で破産したはずである。ところが東大決戦そのものは伊勢の指示とそれを拒否した山本を外にして、一個独立せる生命体のようにあくまでも自身の意志に基づいて轟々と進行中で、依然として山本に、そしておそらく勝見にも、もしかしたら青木や狩野にも、おまえは何者なんだと問うことをやめていないのだ。新聞記事の切れ端やテレビニュースの向こうから。青木や狩野も、この俺のように伊勢とブントの党派政治が枠づけた東大決戦の外へ出て行くべきだと思う。しかしかりに伊勢の貧しい指示をこえてひたすら独自に突き進む決戦のほうからこっちだこっちだと呼びかけられたとしたら、それでも出て行くことが正しいと狩野や青木の顔を見ていえるか。そんな自信はとても山本にはないのであった。

八　決戦第一日（一・一八）

五：〇〇　時計台放送がはじまる。「講堂内のすべての闘う学友諸君。直ちに起床して食事をすませてください」と。同時に講堂正面前で焚火しつつピケを張っていた赤ヘル学生たちは後始末して講堂内に入り、いご正面バリケードは完全に閉鎖された。東の空は朝焼けの赤にそまった。

六：〇〇　本富士警察署に前進した総合警備本部に、警備・公安両部長以下各部の幹部が集合した。このときまでに日共＝民青は本拠である教育学部本館より石、樫棒等々、多彩な武器の数々を運び出し、赤門前路上を掃き清め、全員粛々と退去した。

六：三〇　機動隊が龍岡門と農学部正門の二方向から進攻を開始した。一機（七〇二名）＝農学部正門。法文一、二号館、工学部列品館へ。二機（六三四名）＝龍岡門。法研へ。三機（六四三名）＝龍岡門。工学部二号館へ。四機（六六四名）＝龍岡門。医学部総合中央館、医学部図書館へ。五機（六六三名）＝龍岡門。理学部一号館、安田講堂へ。六機（一五八名）＝龍岡門。四機とともに医学部総合中央館、医学部図書館へ。その後、本郷三丁目から赤門前にかけて外周警備の配備につく。七機（一六九名）＝農学部正門。一機と行動を共にする。八機（一五六名）＝龍岡門。特科車両隊で、放水車九両、投光車、防石車、トイレ車、レッカー車など特殊車両を帯同して東大警備に加わった。老朽車両が多くて苦戦を強いられることになる。なお六、七、八の各機はこの一月十日一機から独立して新編成されたばかりの「機動的」「遊撃的」部隊であった。（山上会議所の報道陣の動きがあわただしい。

安田講堂正面と左手にNHKの固定テレビカメラが設置され、民放各社の総てのカメラに赤いランプがともり、中継、ビデオ撮りがはじまっている)。

七：〇五　四機による医学部総合中央館、医学部図書館のバリケード撤去作業がはじまった。七時三十分頃には、追い詰められた籠城学生十数名が総合中央館屋上にある機械室の塔屋に上って鉄パイプ、角材、竹竿を構えて必死の抵抗を試みる。副隊長以下隊員数名が十メートルほどの高さの鉄はしごを登ってゆき、竹竿等を蹴散らし払いのけて十五名全員を逮捕した。

八：三〇　閉鎖された正門前に集まっていたヘル無し東大生数百人が密集した隊列を組んで正門を突破、一気に安田講堂正面をめざしてドーッと突進して行く。「封鎖、貫徹。闘争、勝利」とシュプレヒコールくりかえしつつ、講堂屋上を見上げて手を振り、泡喰った機動隊が押し寄せてくるのを冷然と無視し去って、隊列崩さず大きな戦艦のようにUターンすると、こんどは銀杏並木を威風堂々デモ行進、正門の外へ王侯の散策のように華やかに出立して行き、東大決戦「支援」の心意気を満天下に顕示して見せた。

五機の警備広報車は安田講堂に向かって本富士署長名の警告広報をくりかえす。「重ねて学生諸君に警告する。ただちに東大構内から退去しなさい。東大構内は大学当局の意向により立ち入り禁止となっています。投石や、火炎瓶を投げると公務執行妨害罪になります。ただちにやめなさい。安田講堂から退去せよ。退去しないと建造物侵入、不退去、公務執行妨害罪で逮捕する」云々。安田講堂五階屋上、また時計台上からは、「時計台放送」の大音量や、諸党派の者らのアジ演説、「我々わー、徹底抗戦するぞーぅ」「機動隊を殲滅するぞー」「勝利するぞー」などいうこたえがたくさんの火炎瓶、石塊といっしょに返ってくる。構内は騒然とし、火炎瓶の黒煙やガソリンの臭いがあたり一面に漂った。

九：〇〇　警備広報車の強力スピーカーから「再々の警告にもかかわらず退去しないので、ただいまから催涙ガスを使用する」と催涙ガス使用警告の広報が構内に流れた。警備行動・攻撃開始の宣言であった。放列を敷き、射角を目いっぱい上げて肩に催涙ガス銃を構えていた五機各隊のガス分隊が一斉に引き金を引いた。数十発の発煙弾、粉末弾が集束弾となって時計台上、講堂屋上に居流れていたヘルメットたちの姿が一瞬視界から消えた。放水警備車の放水塔も仰角いっぱいに上げて放水を開始、数条の白い水流が安田講堂を包まんとするも水圧が足りず、窓を塞ぐ分厚いベニヤ板に跳ね返され、せっかくの催涙弾にしても同様に跳ね返され、地上に落下してそこで空しく発煙して已むのだった。前途はなかなかに多難である。講堂に接近するバス型警備車の屋根を狙って屋上から敷石用コンクリート平板が次々に落下してくる。垂直に、あるいはビュンビュン回転しつつ予測不能の方向から。警備車の天井は凸凹になり、閉口して蹌踉と後退して行く。縦横三〇センチ、厚さ六センチの平板は重量十二キロで、間違って人間にあたりでもしたら一発で即死でますます前途多難だ。

四機は法文二号館の攻撃にとりかかった。事前情報で革マル派数百名が抗戦態勢をとって待ち構えているとされていたから、正面入り口のバリケードの撤去に慎重を期し、時間をかけて作業を進めたが、火炎瓶一本飛んでこないどころか、投石すら気配もない。何かの策略なのではなくこれが掛け値なしの事実であることがはっきりすると、四階まで一気呵成にバリ解除をすませ、屋上の片隅でやっと十数名のまだ少年のような文学部と記した白ヘルをかぶっておびえている学生たちを見出した。かれらは昨夜のうちに「組織的に」退去して、東大決戦の団結に「組織的」に背を向けた文学部の革マル派指導部への抗議の意思表示としてあえて踏みとどまって自分達の責任をはたそうとした無党派活動家たち、より正確には東大闘争が掲げた生き方の理想に学生大衆のひとりとしてさいごまで忠実であろうとした者たちだったと思われる。

一機は工学部列品館、二機は法研の攻撃の準備にとりかかった。列品館は東大正門に向かって銀杏並木の右側、法研は左側にあり、いずれも厳重にバリケード封鎖され、投石用の石、火焔瓶、硫酸ビン等を大量に貯蔵し、列品館にＭＬ派数十名、法研に中核派数百名が、全員決意して立てこもる要塞である。列品館と法研は防衛戦争の本丸安田解放講堂の左右を固める強力堅固な前盾であり、創意に富む二十世紀現在の二の丸、三の丸であり、国家権力機動隊がきょう最初に直面することになる全共闘側の真剣な抵抗と挑戦の場所であった。

一機部隊は第一次任務だった工学部一、四、五、七号館、法文一号館のバリケード撤去を一時間で片づけて余裕綽々、第二主題・列品館の解放に取り組んだ。一見したところ小じんまりした三階建てのさしたる建造物でもなし、事前情報でも立てこもる学生の数は数十人程度の物好きたちということだから、そう手間暇かかることもあるまいと隊の一幹部は考えた。が隊員のある者は、列品館が単に小さいのみならず何か前衛的な彫刻作品を思わせて、異邦人の誇張した魁偉な横顔みたいな館の外観に冷やっとした違和感を抱かされた。いざ「解放」作業にとりかかったとたん、一機の列品館第一印象は幹部の円満な常識でなく新米隊員の奇妙な違和感のほうが当たっているらしいとすぐにわかった。噂によるとここには試験管入りのニトログリセリン爆弾があり、高圧電流の高速疾駆する有刺鉄線が張り巡らされ、青酸ガスまで準備されているという話になっている。実際の列品館はそんな化け物屋敷ではないと常識的に見た幹部と、噂に過剰に反応しすぎたかもしれぬ新人隊員の違和感という対照図だけれども、あとで思い知らされた列品館の正体は、新人の怯えが描き出した異形の者の影のほうにすこしだけ近かった。

一機各中隊はバス型大型警備車に破壊工作班二個分隊を乗せて、三方向から列品館の一階窓に接近を企てた。掛け矢、斧、鳶口、エンジン・カッター、四寸角・長さ四メートルの衝角材、ロープ、携帯消火器等を準備し、ドアや窓枠を破壊し、その背後に天井まで隙間なく構築されたバリケードを撤去、部隊の突入口を作るのが任務である。しかし東大正門側から接近した第四中隊の破壊工作班を乗せた警備車は、路上にこしらえたバリケードや樹木、植え込み、投下されて路上いたるところにごろごろと頑張る石塊等に阻まれて、一階窓に密着させて横づけすることができない。屋上からは数名のモヒカンヘルたちによるコンクリート平板の落下が連続し、警備車の屋根は内側にめりこみ、タイヤの前後に平板の山がうず高くごつごつと誕生し、身動きならなくなる。破壊工作班は大楯を頭上にかざしてとびだしハンマー、鳶口を持って一階窓にとりつき、作業にとりかかった。

その時、最初の異変が起こった。屋上からじょぼじょぼと厭な音をたてて大量の液体が警備車に注ぎ込まれてくる。鼻をつく悪臭からガソリンだとすぐにわかった。車全体がガソリンまみれになった頃合を見計らって、屋上からこんどは火炎瓶をたてつづけに投下する。一瞬あたりは火の海になり、黒煙たちこめ、大型警備車の車体は炎と煙の中心でゆらゆらと消えかける黒い影に見えた。車内に閉じ込められている破壊工作班が危ない。現場に居合わせた指揮官、幕僚らは「放水車、放水しろ」と絶叫するも、放水班が死に物狂いで操作するが、この肝心の時に臨んで結局故障で水が出ない。「下がれ、下がれ、消火器だ、消火器で消火しろ」と叫び声が上がり、炎につつまれてよろよろと後退してくる警備車に一機隊員が駆け寄って携帯消火器で火を消し、運転席や後部出入り口から、ヘルメットも顔も出動服も消火液や消火粉で真っ白になった工作班員らが飛び出してきた。奇跡的に負傷者なしである。

別方向から接近をこころみた他の二中隊の警備車も同様の困難に直面していったん後退を余儀なくされた。

（法研攻めの二機のほうは各中隊が東西二か所に開いた突破口から突入、一階、二階まではこれといって真剣な抵抗の試みもなく、バリケード撤去作業は順調に進む。問題は三階にいたって発生した）。

一〇：四八　一機隊長は中隊長集合をかけ、緊急の作戦会議をおこなった。第一、第四中隊は陽動とし、作戦主正面は第三中隊による裏玄関と決定、ただちに警備車を裏玄関に再度接近させる。四寸角の角材四本を警備車と列品館の間にかけわたし、その上に大盾を載せて石、火炎瓶よけにし、決死隊員二名が勇躍、玄関ドアの枠にロープを引っかけて警備車に結びつけて牽引し、ドアごと引きはがすことに成功した。その向こうには天井までぎっしりと鉄製ロッカー、机、椅子を厳密に積み上げたバリケードがあった。最上段にあるロッカーを角材でくりかえし突くとじりじりと向こう側へずれていく。あと少しというとき、不意に裏玄関一帯にガソリンのいかにも不吉な臭いが充満した。二階ベランダからまたしても警備車に向かって大量のガソリンが注がれたのであった。火のついた紙屑や襤褸切れが宙を舞い、桜花のように降ってくる。そのかんに二、三メートルほどに長いゴムホースを付けた棒状の物がスーッと延びてきて尖端から青い炎が噴き出す。都市ガスを悪用した手製の「火炎放射器」の登場であった。ただちに八機の放水警備車が放水、炎上するガソリンの海と「放射器」の炎を吹き飛ばし、二階ベランダへ催涙ガス分隊が一斉に制圧射撃を行う。……決死隊員はついに最上段のロッカーを向こう側へ突き落とし、一人ずつ入れるようになったバリの隙間から真っ暗な内部に飛び込んでいく。数名の隊員が後続、玄関バリを崩し、第三中隊六十名が突入を開始した（同じ頃、べ平連三十名が正門前本郷通りに不意に姿を現し、「封鎖、貫徹。闘争、勝利」とデモ行進を開始するも、六機の規制により農学部方向へ追われる。また既に解除作業の終了した法文二号館屋上から、七機ガス分隊が、やや低い位置にある列品館屋上のモヒカンヘルたちへ、解除作業支援としてガス銃の「水平撃ち」をおこなった）。

一〇：五四　列品館に突破口開削。第一中隊と第二中隊も館内に入って一階を制圧、「解放作戦」の目途はついた。が館内の窓はすべてベニヤ板で塞がれ、階段はすべてバリケードで封鎖されて真っ暗闇だ。懐中電灯の明かりだけを頼りに暗中の模索が続く。二階への階段を塞ぐバリをペンチで針金切りつつ撤去中だった一機隊員の頭上に、突然火炎瓶が降って来て、机、椅子が燃え上がった。作業中の隊員を狙って十数発の火炎瓶が投下され、二階から屋上にかけてびっしりと構築されているバリケードが燃え上がり、館内は火焔の嵐吹きつのり、隊員らの携帯消火器ではどうにもならぬ事態となった。総合警備本部から「館内には薬品等多数あると思われる。爆発の危険あり、一機隊長判断で措置されたい」と指示があった。館内の指揮官からも「消火器では対応できない。このままでは学生も隊員も死んでしまう。消防隊に消火要請乞う」等くりかえし報告がつづく。

一一：〇〇　全国各地から、神田地区へ学生、労働者、市民が刻々集まり始めた。テレビの画面で、流言で、いま東大キャンパスで何が行われているか、何が行われるべきか、今何が足りないかと考え、感じつつあるすべての人々が、一人また一人立ち上って自分で行動しはじめた。神田地区の大学では、何かの「指示」によるのでない東大決戦との「連帯」を求める動きが広がって行く。警備側は神田地区に八機選（第八方面機動警邏隊。一九二名）を配備したが、ヘルメット学生とその何倍もの数のヘル無し「人民大衆」一千名余の抗議行動が「自然発生的」にゲリラ的に開始され、駿河台下の御茶の水交番が攻撃・破壊されるにいたって、総合警備本部は下稲葉警備部長の決裁で、三機（六四三名）に急遽東大本郷キャンパスから神田地区へ転進を命じた。東大決戦「支援」で一致した、党派政治の枠を乗り越えんとして東奔し西走する人民による人民の自立的戦闘＝「神田カルチェラタン闘争」のはじまりである。

同じ頃二機部隊は、第三中隊が法研三階の防火シャッターの切断に取り組んでいる間に、第二中隊が三階判例室から書庫五階までの鉄扉と、書庫の中仕切りの鉄扉、いずれも施錠されている扉の破壊に成功、屋上に出る最後の堅牢な鉄扉まえに到達した。が、この壁がこれまでの扉とは次元を異にする大障壁であって、横の窓からすぐそこに見える屋上の不法占拠一味＝白ヘル中核たちまでの二、三メートルが比喩的には「千里」の隔たりをもって二機隊員の前途に立ちはだかっていた。二機部隊のこの日最大の闘い、三階防火シャッター、屋上に直通する五階書庫の鉄扉にたいして突破口開削の作業が本格化する。

一一：三六　列品館から黒煙がもうもうと立ちのぼる。消防車が到着、消火の準備に入った。

一一：三九　一機隊長の判断により撤退命令が発せられて列品館内の隊員らが次々に屋外へ退避を開始、そのかれらに向かって屋上から立て続けに火炎瓶、石塊が投下される。こうした「屋上のモヒカンたち」の「決戦ぶり」にたいして、観察者の或る者は怒りとともに、より以上に不可解な何かへの恐れを感じた。この擬モヒカン連中、自分で自分に火を放ち、その火で自分たちと自分達の砦のみならず、警備活動中の機動隊員まで巻き込んで焼き殺そうというのか？　そんな「決戦」、そんな「革命」がこの世にあっていいのか？　それともこういうこと全部が遊びなんで、自分達が死のうと生きようと俺たちの問題で、放火も投石も劇薬散布も俺たちの俺たちによる行動だから、嫌だったら寄ってくるな、寄って来てあたったらお前たちの失策なんだという主張か？　観察者は人間の生き死にたいする鈍感、無神経、総じて根本的の「無教養」をかれらの「抵抗」の姿に感じた。かれらが自分達の闘いをその逆に（つまり人民への貢献位に）単純に考えていられるらしいのが、かれらの近くにたまたまいることになった観察者にはよけいに恐ろしく思われた。

一一：四五　列品館西側に向けて消防車から強力な高圧放水がはじまり、火勢は衰え、化学薬品爆発の恐れも遠のく。

一二：〇〇　法研屋上において、白ヘル集団が列品館にむかって声をそろえて激励の語を飛ばし、リーダーは大きな「中核」の赤旗を左右に振りながら、同志的スピーチをつづけた。屋上には大テントがはってあり、角材、鉄パイプ、石油缶、大量のビン、机、椅子、机の引き出し等「武器」に使えそうなありとあらゆるガラクタが山積みされている遺憾な光景が報道のヘリのカメラにとらえられている。このかんに一機部隊は再び裏玄関から列品館内に突入、こんどは八機放水車の筒先を抱えて行う「延長放水」により火炎瓶の炎消しつつ二階、三階とバリを撤去、一歩一歩攻め上る。モヒカンたちの抵抗はつづくが、当初露骨に感じられた悪質さは減っている。あっちの消耗かこっちの慣れか、どっちにせよここへきて作業に親しいリズムが戻ってきている。ガスが充満し、息苦しい暗闇の三階でバリの解除、片づけが単調につづく。

一二：一五　中大学館前広場において、全都から自由に自主的に集まって来た、赤ヘルを中心にした学生大衆二千名による「東大闘争支援」総決起集会がおこなわれ、東大解放闘争貫徹方針で一致した。一三時、東大本郷めざしてデモ行進が出発する。

一三：〇五　列品館屋上で、モヒカンヘルたちのリーダーがハンドマイクかついでスピーチをはじめた。一観察者がちらと見上げ、いつもの午後の読経三昧かと聞き流していると、チーンチーンとおしまいになるところで「……ジュネーブ条約に基づいて休戦を申し入れたい。負傷者が出ている。ジュネーブ条約の負傷者として、戦時捕虜としてのあつかいを、いまここに強く要求する」と確かにそう聞こえた。観察者は張り詰めていた肩の力が糸みたいにスーッと抜けていくのを感じた。連中は主観的には「人民戦争」を戦っているつもりでいたんだな、それにしても大将、「ジュネーブ条約に基づいて」とはおおきく出てくれたねこりゃあと、このかんのかれらの言動の中ではじめて人間味というか、ユーモアのセンスらしいものを見出すことができて、ともあれお互い人間同士ではあったんだと気持ちが少し軽くなった。列品館に隣接する法文一号館屋上にいた七機副隊長はガス分隊とともに列品館の一機を支援中のところだったが、列品館屋上の一人の学生がこちらに手を振り、声を励まして呼び掛けてくるのを見た。

「重傷者が出た。話し合いたい。指揮官を出してほしい」

「自分が屋上の指揮官だ」

「重傷者がいる。しばらく休戦してほしい」

「休戦を申し込むならただちに抵抗をやめて行動で示せ」

すると学生は白い布をつけた棒を振り、後ろの学生らはスクラムを組み、インターの合唱を始める。同様の「降伏」申し入れは東大教職員を介して一機隊長に達した。命令一下一機部隊は屋上に攻め上り、屋上左側隅に疲れ切って身体を寄せ合っているML派学生たち数十名を見出した。逮捕者三十八名。東大生はいなかった。また二階書庫に隠れて逮捕を免れた一名は翌朝警備の隙を衝いて本郷キャンパス外へ脱出に成功する。のちに本人はＭＬ派の機関紙「赤光」に「報告」を寄稿、「帝国主義者の書いた本が俺を守」ってくれた「皮肉」と往時を振り返ってはにかんでみせている。催涙弾直撃により顔面に重傷を負った学生二名は担架で担ぎ下ろされ、救急車で東大病院へ搬送された。

一三：一五　東大へ向かわんとしたデモ隊二千は、国電御茶の水駅近くで、東大本郷と神田地区の隔離・分断を任務とする三機および八機邏部隊と衝突し、隊列はかえってたちまち闘う無数の小グループ、篤志の諸個人に革命的に還帰して、進攻・退却を自在に反復しつつ「解放区」を同心円状に拡大して行く「神田カルチェラタン」闘争が劇烈かつ柔軟にくりひろげられる。一時間後には聖橋から明大通りにかけて、学生、労働者、市民五千と機動隊とのあいだで真昼の空が暗くなるほどに大規模な投石合戦がはじまった。

同じ頃本郷では、東大決戦の本丸安田講堂にたいして四機、五機、七機の各隊が八機放水警備車四両の支援下に三方向から攻撃を開始する。五機は正面玄関へ、四機は裏側出入り口へ、七機は正面向かって左側の一階窓へ、それぞれが大型警備車を先頭にして接近をはじめた。屋上から窓の細い隙間から何百となく敷石、石塊、スチール製机、椅子、長さ一メートル余のコンクリート柱等が、一升瓶の火炎瓶と一緒になってドドーッと雪崩れおちてくる。たちまち火の海、瓦礫の山。火柱が立ち、黒煙がさかんに立ちのぼって、時計台の頂上の手の届かぬ高みを劇的に強調した。警備車は瓦礫やビンの破片を乗り越えのりこえして、前進、後退をくりかえす。放水車は依然としてもたもたしているが、落下してくる火炎瓶を上手くとらえて空中で消火したりなど、しだいに腕を上げている姿を披露することが多くなった。事前情報によれば籠城学生の概数は中核、ＭＬ、社学同、第四インター、フロント、その他で五百名。ニトロ爆弾、ドラム缶入りガソリン、歩道から剝ぎ取って講堂内へ運び込んだコンクリート平板数千枚、リベット銃、高圧電流鉄条網等に加え、一月十五日大学の器材調達課が襲われ、塩酸、硫酸、消毒薬、ベンジン入り小瓶まとめて数百本が新たに運び込まれた。日用品、食糧も大量に備蓄されている。

一四：一五　警視庁航空隊のヘリコプター「おおとり」がドラム缶型の催涙液投下器を吊り下げて安田講堂上空に飛来し、催涙ガス水溶液の散布作戦を開始した。風圧の凄さに屋上の学生らは毛布をかぶってうずくまり、ヘリの回転翼の巻き起こすつむじ風に大きな立て看板や諸党派の旗が吹き飛ばされ、講堂屋上から、ビラが砂埃といっしょに舞い上がって地上の警備陣、報道陣の頭上に降り注ぎ、放水警備車の放水は風圧に攪乱されるという次第で、むしろ安田講堂の外にあって問題解決に奮闘中である側により大きな火風水の各害をもたらしているかのようだった。「おおとり」の来襲と作戦行動によって安田講堂の内と外のあいだの境界線がしだいに曖昧になり、すくなくとも「おおとり」の途方もない風圧にたいしては好き嫌い抜きに一体になった。守るも攻めるも、かたわらの観察者も、東大決戦の生み出す同じ毒液、同じガラクタの大乱舞、大降下の内側に共に組み込まれているのだ、まるで「リング上の男と女の格闘みたいに」と自分もヘリの不意打ちに吹き飛ばされて迷惑した若い一記者は考えた。ほんとは仲いいのか、警察と過激派は？　そして俺たちも？（しばらくしてだんだん、ヘリ「おおとり」による催涙ガス入り液散布作戦が敵であれ味方であれ同じ人間同士ではあるという戦後日本人の生活の大前提を打ち崩しかねぬ問題多いアイデアだったことが判明してきて議論になるが、それはずっと先の話だ）。……四機、五機、七機たちの悪戦苦闘がつづく。

一五：二五　「……機動隊を一歩たりとも近づかせないぞ。東大闘争に勝利するぞ。全国学園闘争に勝利するぞ」と解放放送。

一五：三〇　四機の一隊員が安田講堂北側一階用務員室の窓と窓枠を叩き壊し、窓を塞いでいた卓球台を押し倒し、講堂内に一番乗りした。一人また一人と第二中隊隊員たちが後続する。四機隊長直率の警備車が六回目の接近をこころみ、突破口確保に成功する。

一五：三五　二機部隊は八機による放水とガス分隊の援護下、法研屋上に喚声あげて突撃を敢行し、屋上北側に追い詰められた中核派を主体とする学生百六十九名を逮捕した。全員が東大決戦「支援」にかけつけて戦い抜いた他大学の学生たちであった。

一六：〇〇　明大通り、駿河台下、お茶の水橋、順天堂大病院にいたる広い地域で、学生、労働者、市民一万人が、機動隊との間で一進一退、流動してやまぬ全面対決に入った。三機、八機邏、方面機らは守勢にまわり、神田地区に無警察状態としての「解放区」が現出していた。問題はこの「解放区」のなかには当然ながら人々の生活がなく、それだけでもかなり大したことなのだけれども（集まって来た町のおばさん、おじさん、あんちゃん姐ちゃんたちが「東大のバカヤロー」と本気でどなっている姿が「解放区」のあちこちで広く見られた）、事実上「東大へ行くぞ、この野郎」という内容しかまだ目下のところ存在していなかった。

一七：二五　「闘う東大全共闘の学友諸君。全国学園の学友諸君。われわれは屈しない。日大、中大、明大から、支援の学友が近づきつつあるぞ。われわれは言ったことは必ず実行するぞ」と解放放送。

一七：三〇　五機部隊による正面玄関バリの撤去作業は抵抗が劇烈で遅々として進まず、七機の講堂左側からの攻撃も火炎瓶、硫酸ビン攻撃等で隊員の負傷が続出、一階裏側から突入に成功した四機も、入り込んだまではいいが、講堂内は完全に閉ざされた漆黒の闇で、隙間なく築かれたバリケードに阻まれ、二階に立てこもる学生らの抵抗を突破して階段踊り場まで前進するのに二時間を要した。ここで東側窓に張ってあったベニヤ板を破って、隊員らは突入後はじめてやっと外の風景を眼にすることができた。陽は沈みかけていた。午後五時四十分、最高警備本部は隊員の体力の限界、夜間作業の危険度等を考慮した上、作業中止命令を出す。暗くなった東大構内に、安田講堂防衛隊長今井澄の「解放放送」の声が高く響き渡った。「……安田講堂に一指でも触れてみろ。われわれは許さないぞ。正しい闘争を進めるわれわれは、不当な暴力には絶対に屈しない。機動隊の諸君、君たち自身の根底的無力を見つめ、人民と我々の側にしっかりと立て。かれらに三下り半をたたきつけよ。明日の世界はわれわれとともにあり、かれらは歴史のごみ箱のなかの穢いごみとして回収される時を待っているぞ」云々。

二二:〇〇　神田「解放区」においては、党派のヘルメット学生たちから数名のヘル無しあんちゃん姐ちゃん、おばさんおじさん組まで、大小無数のグループごとに「総括集会」をおこない、東大決戦支援・神田地区「解放区」創出闘争の勝利を確認し合って解散した。安田講堂は健在、神田では人民側が逆に攻勢をとった一日であった（神田地区では万余の「大群衆」による「ゲリラ的」連続蜂起を相手にして、三機（六四三名）と八機邏（一九二名）たちは、仲間に多くの負傷者を出しながら獅子奮迅、少数よく健闘しぬいたといえようか。きょう露わになった本郷における籠城戦と神田地区における遊撃的「解放区」闘争の「結合」の具体形は、警備側におおきな危機感をいだかせた）。

この日一日中、『死霊』の作者埴谷雄高はテレビのまえにすわり、手元にトランジスタラジオを置いて、東大決戦のライブ中継映像をながめ、ラジオの三十分ごとの定時ニュースに聞き入ってすごし、夕方になって警備本部が攻撃中止命令を出した時、「すぐ眼前の食卓の上にある葡萄酒の瓶をこちらへとってチューリップ型のグラスに注ぎ」、心楽しく乾杯したのであった。埴谷さんの考えでは資本主義の枠内で共産主義の理念が「勝つ」なんてことはない、敗けるんだけれども、「うまい」敗け方にもっていくべきである、すなわちこちら側の敗北は必至であっても、相対的にはあちらに対しても「心理的」により多く敗けたと感じさせねばならない。埴谷さんはテレビの前に座り切りになって、闘う学生らへの心情的応援気分を抱きつつ、「正常化」なるものを数段階に積み重ねた形式としてしかあつかわず、学生らをそれぞれに自由に思考し行為する一個独自の人間たちと見ていない大学の執行部に、心理的にこっぴどい「挫折」を味合わせてみたいという別の感情にも支えられていた。そのためには、この「あちら」＝ネクタイ締めた貧相なそろばん玉連中に唯一不安と心理的敗北の予感をもたらしうるだろうところの、そんなにすぐにはわれわれこちら側は逮捕なんかされないんだという時間の「持続」のみがただひたすら必要であるが、見よ、この一日を戦い抜き、学生たちと「こちら」側は現に「持続」を勝ち取っているではないか。

が一方で埴谷さんは、安田講堂と本郷キャンパスにおける闘いが一つの場所に立てこもっている事態をひたすら貫かんとする、その意味ではあくまで「守勢」の努力である点に批判的に注目する。かれらは自分達の理念を、主張を「守ろう」として頑張る。理念への献身、決断、勇気といった精神的価値のかたちの顕現であり、それを測る基準はそれがいかに持ち続けられたか、持ち続けられなかったかという「持続」のかたちに他ならぬが、反面、己の生命をかけて「そこ」を守らんとして退かぬ美しさの徹底故に、もしかしたらこちらこそ人間の思考・行動の本来要求するところかもしれぬ一種の無限発展性、「守勢」の忍苦から踏み出して「攻勢」へ向かう技術と理論の発展のかたちを持ちえぬ点を指摘して遺憾とする。「死ぬ気で立てこもって動かぬ」美しさは、立てこもった「そこ」のさらに先へ、どう飛躍しようかと創意工夫、死なずに生きんとする闘いの提起によって「克服」されるべき「こちら」側の課題の一つではないかと埴谷さんは言いたげだ。

もう一つ。東大決戦は安田講堂を核とする籠城戦だけでなく、神田「カルチェラタン」闘争によってその「持続」を支えられてもいる。しかしながらテレビの中継映像とラジオニュースの関心はもっぱら「籠城戦」の行方に集中して、カルチェラタン闘争のほうは付け足しあつかいであって、テレビの前での思考者・応援者だった埴谷さんには、神田地区で起こっている出来事の中身はほんのうわべだけしか伝わっていなかった。これも理由の一つで、神田の闘いは埴谷さんにはただパリ五月革命の猿真似、「解放区闘争」の漫画化とこの日は否定的にしか映らなかったようである。ほんとうは神田のこの馬鹿騒ぎが、もしかしたら「死ぬ気で立てこもる闘い」の外で既に開始されていた「死なずに生きんとする」新規の闘いの萌芽かもしれない可能性のほうに埴谷さんを振り向かせるには、テレビ、新聞たちの努力が不足していたし、埴谷さん自身がまた、そこまで辛抱して若い者につきあっていく暇もなかったかとも思え、そのへんのすれ違いは残念だった。

大学一年坊主山本も埴谷さん同様、今日一日東大決戦のテレビ中継、ニュースのまえで多くの時間をすごした。埴谷さんはテレビの画面から、東大決戦の「守勢の持続」のプラスとマイナスを指摘したが、山本は初心の一年生らしく自分の知っているつもりでいた東大決戦とは百八十度違う東大決戦を発見させられた。発見は、いまここにいるこの私が、そうありたいほどに正しくはなかったという大きなショックとともにやってきたのだった。テレビの画面でこの日山本の目撃した東大決戦は、一月十五日夜、ブント伊勢が山本らに説明指示し、山本が解釈し、翌朝勝見と二人で背を向けて立ち去ることになった「ブントの」東大決戦とは完全に別物だったということが第一。山本たちへの伊勢の一・一五夜の「指示」の核心は、安田講堂籠城戦にブントとしてかかわること、籠城して逮捕覚悟で闘うメンバーをブントの各大学支部から「二名」以上出すこと、二名は逮捕歴無し、できたら二十以下の未成年が望ましいというもので、山本はこれを、東大決戦における党派としての「パクられ要員」の確保の働きかけであり、ブントと伊勢の「決戦」観は安田講堂にのこって逮捕される人数の多寡によって党派とその活動家の「革命性」が評価されるというものらしいなと「解釈」した。若い、逮捕歴がない、まだ生き方・考え方が固まってない活動家に考えを固める＝「ブントになる」機会を、籠城して逮捕されることで「与える」！　それが伊勢たちの「東大決戦」！　埴谷さんのいう「守勢」の闘いですらなく、せこいセクトによる若い活動家の「道具」「手段」化であり、逮捕されるため、ブントになるために、安田講堂に「のこる」？　東大決戦に「かかわる」？　そんな「指示」に反発し、拒否してそういう「決戦」に背を向けた山本と勝見は正しいのだ。人間は「数字」「記号」ではなくて、物を考え感じ、生きて血を流すこの私だからな。しかし、きょう山本がテレビで眺めた事実としての「東大決戦」は、伊勢の指示から思い描いて決めつけた「決戦」の相とはまるで違っていた。講堂五階屋上から投石、火炎瓶等で抵抗を続けている学生たち、いろんな旗を振ったり、いろんなヘルメットかぶって何か叫んだりしている学生たちは、諸党派の政治目的追求の道具だったり手段だったりする数字や記号ではなくて、確かに自分の考え、感情で、今そこに生きて戦っているそれぞれに自主自由の「私」たちに見えたのである。山本が疑い、決めつけてしまったような「パクられる」ためにだけ安田講堂に残ったというような「学生」は、どうやら一・一五夜の伊勢と山本の頭の中にしか存在していなかった木偶人形であったか。今外で「組織活動」をしてるのかもしれぬ狩野、また俺はやるよと宣言した青木は、東大決戦のこうした現実に何を見てどう考えているだろうかとしばらく考えた。

第二に山本はテレビ画面のなかで、とりわけ工学部列品館の攻防に窺えた「武器」のエスカレートと、学生らの抵抗の酷いほどの徹底ぶりは、山本がこれまで承知していた新左翼の闘いとは質を異にした「思想」の表出を直感してたじろいだ。ML派だというあのかれらはどうしてあのように戦いうるのか。機動隊の放水、催涙弾攻撃にたいして、学生側の「武器使用」＝劇薬の投擲、「火炎放射器」作成・放射、自分達の「砦」を防衛せんとして、砦に突入してくる機動隊員を殲滅すべく、砦にわが手で放火し、自分達と一緒に砦ごと丸ごと焼殺、炎上させ、「理念」を守りきるんだというような戦いぶりは、戦闘としてあまりに無理筋ではないか。山本はかれらの抵抗の意志の堅固を支持するが、その表現の過激さについていけないのだ。この抵抗の徹底ぶりは強いられた「守勢」から踏み出さんとする積極性を示すが、自分達の戦いを不必要に「自死」のほうへ追い詰めていくような、進む方向を取り違えた「徹底」とも見えないか。山本は一・一五夜、自分達日吉文のすぐ横を、「安保、粉砕」と歯切れよく唱和しながらが通っていったML派たち数名が手にしていた短い鳶口を思い出した。大工道具である鳶口を、敵粉砕の「武器」に転用するという発想は、かれらの頭のどのあたりから出てきたか。鳶口から自分の砦を焼き払って敵とともに燃え尽きんとするかのような「戦術」のあいだには、かなりの隔たりがあるが、そのかんに曲折もあるが、しかし同じ道中でもあるような気がする。この道は革命者が忍苦して、決してとるべきでないと説得できる言葉を見つけたいが。

テレビニュースのなかで、一部が報道された「神田カルチェラタン」闘争については正直、批判的だった埴谷さんよりもっと関心がなくて、「カルチェラタン」風景にたいしては気楽な眺めだと感じただけだった。安田講堂や列品館の思いつめた「守勢」の必死に心打たれた山本は、神田カルチェラタンの外観の気楽さに、籠城戦の余儀なくされた自閉からの「飛躍」の鍵が隠されているかもしれぬ可能性を見ることができずにいたのだけれども、若くない埴谷さんのみならず、若い身空の大学一年生山本までがこのとき神田地区の気楽な闘いの内にはらまれていた未来性に思いをいたすことができていなかった事実は、いちおう確認しておこう。

九　決戦第二日（一・一九）

この日、「社会主義学生同盟東大支部」名で、「一九日　東大―全国学園闘争勝利に向けて闘う労働者・学生は神田カルチエ・ラタンへ」と表題した呼びかけがおこなわれた。すなわち「一八日の闘いの第一の意義は、日帝の中枢官僚養成機関・国大協総本山＝東京帝国主義大学の象徴、安田講堂を一万人にものぼる国家権力の暴力装置・機動隊の全面登場のなかで実力防衛したことである。入試強行から東大近代化・国家権力の直接介入＝帝国主義的再編の全面化は一八日のこの闘いで出鼻をくじかれたのみならず、全国の学園で闘いを組織している多くの学友同志に多大の勇気と展望をあたえた。……一九日、中大に結集せよ。武装し、街頭バリケードを構築し、一八日より以上の闘いを組織せよ。全国労働者・学生との固い連帯を勝ち取り、安田講堂の闘いと呼応した神田カルチエ・ラタンを創出せよ」云々と。

警備側も準備着々怠りなかった。昨夜来ずっと安田講堂は投光機で下からライトアップされ、講堂裏側（四機担当）と正面左側（五機担当）の突破口に向かって、籠城一味により暮夜ひそかに再封鎖されてしまいかねぬ事態を阻止すべく放水がつづけられていた。五機では技術班が徹夜して攻城用の防石・防火「トンネル」を急造してのけた。頑丈な木の枠にジュラルミンの大盾を重ねて屋根にした「食パン」風のトンネルで、これを突入口に繋ぎ、その入口に警備車の後部ドアを接着させて、車から直接隊員らを突入させようという作戦だ。また昨日の反省をふまえて放水支援を強化することにし、正規の放水警備車九両全車の他、輸送警備車の窓から延長放水ホースのノズルを覗かせるといった急造の仮装放水車三両を追加した。全十二両の放水警備車が安田講堂を扇状に包囲するかたちで配備されたのであった。講堂正面に三両、裏側に四両、左側に二両、三四郎池側に三両とそれぞれ布陣し、四機、五機、七機、八機（特科車両隊）が所定の部署に集結を了えた。六機は本郷三丁目配備、神田学生街から「支援」と号して攻め上ってくるであろう全共闘分子の警戒警備にあたる。一方、神田・駿河台地区には第一方面警備本部が設置され、神田警察署に現場警備本部が置かれた。一、二、三機、八機邏その他が一本の指揮下に入り、「神田カルチェラタン闘争」の再発に備えるとともに、一本管内の重要防護対象＝国会、首相官邸、米国大使館、霞が関官庁街等の警戒にあたる。

六：三〇　四、五、七、八各機動隊に対して攻撃命令が下り、安田講堂へ三方向から接近を開始した。講堂裏側から接近した四機部隊は、昨日開口した一階用務員室窓から入り、七分ほどで基幹四中隊全員が講堂内突入に成功、バリの撤去作業に取り組んだ。七時四十五分には七機と五機の一部も、裏側にまわって同じ入口から入って来て、ともに四機の撤去作業に加わった。が、内部は昨日に倍して厳重にバリケードで再封鎖されており、二階からは「バカ野郎」「出て行けっ」「来るなっ、しっしっ」等の罵声、喚声と一緒に石塊、スチール机、椅子、一升瓶の火炎瓶、一斗缶のガソリン、硫酸、塩酸、さらには韻を踏んで防虫剤「バルサン」まで（飛翔するバルサンとは？　国家権力機動隊は「害虫」だという全共闘側の政治的主張か？）どんどん飛んでくるのだからたまったものではない。「飛んでこない物は学生自身だけだった」と四機の一隊員はのちに手記している。突入後悪戦苦闘の四時間をへて一階から二階へ、前進できた距離はわずかに五メートル強にとどまった。五機、七機は当初既定方針通り正面玄関突入をめざしたが、構築されたバリケードがどうしようもなく鉄壁で、こちら側はついに突破できぬまま終わり、四機の作った裏側突破口から講堂内へ隊員の主力は突入して二階へのバリ解除に参戦していくことにして、残ったメンバーは警備車、放水車、徹夜してせっかく作った「食パントンネル」等を華麗に活用し、正面玄関口への事実上放棄した「突入」努力を、逆にやるぞやるぞやり抜くぞと偽装しつづけ、籠城側の抵抗を分散させるお洒落な作戦を展開した。

　講堂内の抵抗の激化にともなって、講堂周辺の部隊にたいする火炎瓶、投石攻撃等は著しく減った。かわって一、二階の窓から黒煙がさかんに立ちのぼり、籠城側が火炎瓶、投石等の対象を、講堂内に突入して攻め上ってくる部隊に切り替えたことがハッキリした。一、二階で小火災がつぎつぎに発生しつつあった。消防庁はこの日、火災や救急に備えて空中作業車、はしご車各二両、水槽付きポンプ消防車二十五両、化学消防車一両等、車両六十両、消防官三九四名を東大周辺に前進配備している。機動隊と消防隊が協議した上消防車による高圧放水がはじまった。八機の放水車とはケタ違いの威力を発揮してたちまち窓を塞いでいたベニヤ板は吹っ飛び、一、二階の窓が真っ黒な口を開け、催涙ガス弾が撃ち込まれ、放水が奏功して火は消え黒煙は白くなった。二階へのバリは機動隊員の眼下で一歩、一歩と退いていく。眼には見えないが、皮膚でそれが感じられた。

一一：〇〇　神田地区、中大学生会館前の広場において、全都全国の闘う学生・労働者・市民三千人が結集、東大闘争支援を主題として総決起集会が開かれた。ブント系の赤ヘル学生が中心だが、時間の経過とともに党派をこえ階層をこえ、ありとあらゆるこの世の差異をのりこえて、続々と人々の到着があり、集会は「全人民的質量を「下から」潮が満ちるように獲得してゆく。

この日は日曜だった。日吉文勝見は昨日来テレビで東大闘争関連のニュースを追い続け、けさ起き出してからもテレビをつけ放しにして眺めていた。時間を見ると十時半過ぎ、テレビの前でじっとしているしかない自分が急に疎ましくなり、自室から出て行ったりまた戻ったりと檻のなかの捕獲されたクマみたいに自分の苛立ちからの出口を探し始めた。十一時頃電話があり、出ると山本のクラスメート大沢君が弾むような、普段の彼とは違う早口で「いまテレビ見ている？」といきなりきいてきた。「日吉文のみんなはどうしている。俺たち、少し心配だが」

「僕と山本は一月十五日夜までは安田講堂のなかにいて、十六日の朝、出て家に帰って来た。狩野と青木は残っていたが、いまどこでどうしているかわからない。また連絡を取ってみるつもりでいるんだけれども」勝見は昨夜、狩野の下宿先に電話したが、誰も出なかった。

そうかと大沢は言ってしばらく黙り、「これから神田へ行ってみようと思うんだがどうか。あそこで何か集会やデモがあるときいている。明大学館に行けばみんなの消息が分かりそうじゃないか。ぶっちゃけていうと、じっと黙って、文句言ったり怒ったりもして結局テレビの前にすわっているというのにはもう飽きた、俺は立ち上りたいんだ。何をしたいか、どうしていいかわからないが、とりあえずクラスの谷や市田を誘って神田へ行ってみようと思うんだよ」

「そうするか。なるほどそれがいいか」勝見の声は急に甲高くなった。十六日朝、勝見と山本は安田講堂の外へ出たのであり、日吉文われわれはそこでいったん二手に分かれたのだけれども、それで日吉文が終わったわけではなくて、双方が共に自分自身の闘う方法と場所を見つけて再会するためのいわば「シンキングタイム」だったので、いま神田には探せば自分の方法、場所が見つけられるのではないか。あるかないか、確かめに出て行く意義はあるかもしれない。「明大学館に行ってみよう。僕はすぐ支度して出る。十二時頃に、学館前で落ち合うことにしよう」と勝見は電話を切った。出て行くとき、山本に電話しようかとチラッと思ったが止めにした。しばらく放っておいた方が山本にも日吉文たちにもいいと山本を思い遣ったのである。

一二：〇〇　中大学館前「総決起集会」において演説者が演説を中断、受け取ったメモに視線をおとし、深呼吸してから「報告があります。そのままお伝えします。昨日列品館で闘い、機動隊の催涙弾の直撃で重傷を負った同志の一人が、ついさっき東大病院で亡くなりました。国家権力と東大当局は闘う学生を殺害しました。これがかれらの「収拾」であり、問題解決であることが天下に明らかにされました」と語った。さいしょ何が起こったかわからなかったが、早口の囁き声のさざ波がやがておおきなうねるような、ゆったりと膨れ上がって行く共同の怒りになって集会全体をおおっていく。怒り哀しみの声というより、集まった人間すべての感情が一つの行為だけを要求して無言の傾斜面のように、今すぐ東大へ、殺害の現場へ、いまここにいる人々を立ち上らせようとした。東大列品館の闘いで学生側から死者が出たという「報道」はしばらくして誤報と判明したが、「誤報」は神田地区に現実以上の現実をすでに創り上げてしまっていた。死者が出た事実などない。が東大本郷でいま東大闘争の掲げた一つの理想が圧殺されつつあることは、機動隊の催涙弾直撃による死者などなかったという事実以上に厳然たる事実であった。十二時十五分、一分間黙禱のあと、東大キャンパス解放をめざして東大全共闘部隊を先頭にデモ行進がはじまった。日吉文の勝見と、また山本のクラスメート大沢、谷、市田の諸君も一緒に、ヘル無しでデモの隊列に加わった。

同じ頃安田講堂では、四機第一中隊が一階正面階段から二階に突入し、第二中隊も後続して二階を制圧、逃げ遅れた籠城学生二十名を検挙した。この先の三階が「大講堂」であり、いってみれば安田講堂のなかの安田講堂そのものだ。大講堂の部分は四階が吹き抜けになっているから、ここを押さえればあとは屋上と時計台だ。一月十五日の夜に、日吉文たち狩野、青木、勝見、山本の一年坊主四人も、東大決戦と自分のかかわりをそれぞれに考えたこの果てしなく思えた不思議な円天井の下が、やはり東大闘争の最終決戦場でもあるのだった。四機部隊は三階正面階段と、三階講堂正面に向かう通路のバリケード撤去にとりかかった。学生側は防衛努力を三階階段に集中し、投げることのできる物はすべて投げ、バリケードの隙間から隊員に鉄パイプを突き出す等、烈しく抵抗つづける。

一二：四〇　神田地区を進発した東大解放デモ隊三千は、本郷二丁目交差点で三機、六機の部隊と遭遇、衝突し、いったん地下鉄お茶の水駅前まで後退してバリケード構築を始める一方、前進してきた機動隊に激烈な投石戦を挑み、閉口したかれらを元いた本郷方面へ敗走させた。一時までには聖橋上、国電お茶の水駅付近等、神田地区の中心部一帯にぐるりとバリケード構築が完了、東大決戦と結合して闘う「神田解放区」を出現させたのであった。解放区の内側では、自主自由の生を東大決戦と結合して要求する万余の学生、労働者、市民が全都、全国から集まって来て交流し，交歓し、生の喜びを歌い踊り、東大闘争勝利を確かめ合い、士気さかんに動き回った。とにかく待つのでなく動こうとし、どう動くのがより面白く正しいか模索しながら、動くことをじりじりとつづけた。機動隊は退いた本郷の現在位置を動かず、解放区における暴徒連中のさかんな模索努力をはるかに観望していた。

一四：三〇　かねて求めていた消防隊の高圧放水ホースの筒先がここへきてようやく、四機部隊が悪戦中の講堂二階にたどりつき、隊員らはただちに筒先をもって「レベルを異にした」放水を開始、頑強に抵抗をつづけてきた学生らは風に散る花びらみたいに吹き飛び、執拗に反復されていた投石、火炎瓶投擲等も止んだ。隊員の一人が天井までとどくバリケードの隙間をこえて大講堂の闇のなかに飛び込むと、数名があとにつづく。闇の向こう側に赤、白のヘルメットの蠢く大人数の塊と、そよそよと揺れながら犇めく角材、鉄パイプの林立が見える。一隊員はとっさに決心して、

「抵抗をやめろ。手を上げろ」とよく響く声で一喝、単身突進していくと赤ヘル二十名位が黙って手を上げた。が、背後に隠れていた二、三百はいそうに見える学生らが大講堂ステージ裏へ一斉に逃げ出し、追うと七、八十名の白ヘルが鉄パイプ振りかざして抵抗の態勢をとったものの、中隊長が進み出て「両手を上げて一列にならべ」と語気鋭く申し渡したときには、ずぶ濡れの学生らは仕方なさそうに全員横一列に並んだ。ステージ裏の一番奥にいた白ヘル五十名だけは「降伏」要求をうけいれず、迫ってくる機動隊に向かって鉄パイプふるって最後の突撃を敢行し、中隊長は顔面に受傷したが、十五時五十分までに全員検挙、安田講堂攻防戦はこれで終了する。

一五：五五　五階屋上で闘いつづけていたヘル学生数十名は投石を中止して整列した。「東大闘争勝利」「機動隊粉砕」のシュプレヒコールのあと、東大構内に不意にすべての音がやんだ。静けさがこだまするようにわたって行く。数分後、屋上の学生らは腕組み合い「インターナショナル」を歌い始める。東大の一般教官＝「中身なき石油缶」たちは文学部校舎屋上に鈴なりになって、にぎやかに談笑しながら講堂屋上の学生らのインター合唱風景を見物した。中には合唱に合わせて〽ああインタナショナール と首を振り、自分も唱和している老教官もいた。

一六：一四　安田講堂に向かって、東大教職員の総代表からマイクで最後の呼びかけがおこなわれた。「加

藤総長代行です。安田講堂内の学生諸君、これ以上無駄な抵抗はやめなさい。すみやかに出てきなさい」と。
一六：二六　四機、七機は講堂五階屋上に到達し、学生数十名全員を逮捕した。隊員の一人は催涙銃を夜空に向けて発射、正しい人民と機動隊が東大キャンパスを「解放」したことを世に広く知らせようとした。
一七：三〇　最後の時計台放送。「ついにわれわれの足元に官憲がきた。が、われわれの闘いは勝利だった。全国の学生、市民、労働者の皆さん、われわれの闘いは決しておわったのではなく、われわれに代わって闘う同志の諸君が、ふたたび解放講堂から時計台放送を行う日まで、この放送を中止します」と。
一七：四四　五機隊員らは時計台屋上に到達して学生数十名の検挙を開始、時計塔の尖端に立ててあった赤旗を取り外し、東大職員からわたされた日章旗を丁寧に立てた。
しかしながら一方、神田「解放区」闘争に対峙した三、六機、八機邏の各隊は、正午過ぎから「東大支援」側の悪い群衆と一進一退をくりかえし、夕方になると心外千万にも「市街戦」状況に守勢的に組み込まれてしまっていた。赤ヘル学生ら千名の投石攻撃のみならず、かれらの間断ない進攻と退却の運動を大きく包み込むようにして、本人たちは「人民大衆」だなどと自称しているが、警備側にいわせれば「風のなかの羽根」のような、雷同する野次馬にすぎぬ暴徒ら万余の群衆がつぎつぎに大小の非行を四方八方からしかけてくるのであり、神田・駿河台下一帯は気のせいか昨年十・二一の「新宿騒乱」にだんだん似てきていた。とてもまだ安田講堂時計台のてっぺんにのぼって日の丸の旗振り振り感涙にむせんでる場合ではなかった。時計台屋上に日章旗が立てられた時、安田講堂「解放」をやり遂げた四、五、七機にたいして休む間なしに神田地区へ転進命令が下った。……ヘルメット学生と野次馬大衆は明大通り、駿河台下、御茶ノ水駅周辺で乗用車をひっくり返して火を放ち、敷石を絆創膏みたいにべりべりと剝がしまくり、近所の大学から持ち出したロッカー、机なんかといっしょに積み上げ、いたるところに大小、形態さまざまに工夫凝らしたバリケードを築いた。……暴徒は「東大奪還！」

と怒鳴りながら津波のように押し寄せ、一部は本郷三丁目付近にまでその醜い凶悪な姿形を現し、六機の阻止線に向かって突進する暴走電車となって轟々と投石してくる。制・私服の警察官が拉致されて殴る蹴るの暴行を受けている等、遺憾な至急報も入ってきた。……御茶ノ水駅前交番を暴徒が破壊占拠、赤旗立ててインターなんか唸るなど「のど自慢大会」が始まり、警察はなくなってしまった。……

二〇：〇〇　秦野警視総監の指示により、一機、二機の神田へ支援派遣が決まった。安田講堂の占拠解除を先頭で担いぬいた両機動隊は疲労の極にあったが、勇気を奮い起して神田における擬「解放区」清掃の地味な作業に出張することにした。

二一：三〇　本郷二丁目のガソリンスタンドが暴徒の襲撃をうけて占拠された。この馬鹿野郎たち、火炎瓶製造の新規開店か？　取り巻き蠢く野次馬数はざっと見て千五百。一機第二中隊三十五名がいったん追い散らしたが、そこは「ゲリラ」ですこし下がったところで広がって警備側の様子を虎視眈々窺っている。千五百対三十五。形勢は警備側に非であるが、発明心ある一隊員が闇に乗じてどどっと突進し、あとの三十四名がワーッと鬨の声をあげて走り出すと、前方の大きな蠢くかたまりがぐらりと反転し、順天堂大方面へ逃げて行く。隊員らは思い余って南無三とハッタリに賭けて出たのだが、闇の女王はこの場合思いつめた少数派に味方したということだった。この頃までにようやく神田駿河台地区に各機動隊の残存兵力およそ三千名が集結を終えた。敵は闇に蠢き波打つおろちのような暴徒一万人、風の音が通ってゆき、塵が舞い、けりをつける時がきていた。このあたり、『OK牧場の決闘』とか『荒野の用心棒』とかにあえていえば空気感は似ていた。

二一：五六　総合警備本部命令「総力を挙げて神田・御茶ノ水地区の暴徒を規制検挙せよ」と。「市街戦」には放水警備車は役に立たない。催涙弾はもう在庫を使い切ってしまった。正面に赤ヘル、銀ヘル、角材、鉄パイプで「武装」した中大全中闘、日大全共闘ら八百人が展開、そのかれらをおおきくつつみこむ万余の「人民大衆」。機動隊全隊に「全員、警棒抜け」と命令が下り、大盾をかざし、警棒構えた警視庁部隊が、喚声あげて前進を開始した。一進一退、追いつ追われつの悪戦苦闘二時間を経て午前零時、路上のバリケード全撤去、交番に立てた赤旗や、電柱にぶら下げた「神田解放区」と大書したプラカードその他、瞬間の「革命」の象徴たちは機動隊員の無粋な手によってことごとく「なかったこと」にされた。だからといってしかし、学生と「人民大衆」数千名は別にへそを曲げることもなくて、あちこちで自分達の「総括集会」を開いて解放区闘争の大勝利を宣言、「一・二〇東大奪還闘争」を提起して、インターや「国際学連の歌」、さらに「これが青春だ」の主題歌など思い思いに合唱し、異議なしとうなずきあって神田学生街の各拠点＝バリ封鎖中の中大、明大、法大等の校舎や、家族の待つ自分の家等に引き上げて行く。長かった「解放区」の一日が終わったのである。

東大決戦二日間で、公務執行妨害、凶器準備集合、放火、不退去等の罪名で検挙された被疑者総数は七六八名。内訳は一月十八日、東大構内＝（列品館、法研等）二五六名。神田地区＝五五名。計三一一名。十九日、安田講堂＝三七七名。神田地区＝八〇名。計四五七名。うち東大生の逮捕者は安田講堂で二〇名、前日の医学部図書館、法文二号館等で一八名。東大構内で逮捕された学生六三三名のうち、東大生は三八名であった。

負傷者数は以下の通り。警察官＝七一〇名（重傷者一）。学生・「一般人」＝警察が把握しえた限りであるが、学生＝四七名（重傷者一）、一般人＝一四名。合計七七一名。

山本はこの日、夕方六時頃、時計台屋上の赤旗が降ろされていく様子を眺め、テレビの前から離れ、自室で今日一日画面の中で起こっていたことを振り返った。だいたいこうなるだろうと思っていた通りに出来事がはじまり終わっていったが、一つだけ、昼過ぎ一時過ぎだったか、他人事として観戦していられなくなった場面が現れた。勢いよくずっとつづいていた講堂への放水が止まって何となく一時休戦の感じになった時、五階屋上のバルコニーに赤ヘルの学生がひとり姿を見せ、ゆっくりと行ったり来たりしはじめた。カメラは閉じこもって闘っていた学生がおもてに出てきたことに注目して、赤ヘルを深くかぶり、目のすぐ下まで覆面し、茶色のどっしりしたコートを着ているその学生を大写しにした。山本は思わず身を乗り出したが、焦点はすぐに男の顔面から離れ、あとから出てきた白いジャンパーの眼鏡男に移り、ずっと退いて講堂の屋上全体と時計塔の下半分を絵葉書みたいに紹介する画面になった。あの赤ヘル男が日吉文青木によく似ていたのである。自分のまわりにいる人間や物に軽く見放すような、それでいて何かこちらにはわかりにくい好奇心を親しみこめて向けてくるような、頭のいい都会の不良少年の笑顔が赤ヘルと覆面の向こう側に一瞬たしかに見えた気がする。「俺はやるよ」といったあの時の青木は山本の優柔不断を責めていたが、テレビの画面のなかで講堂の屋上をステップを踏むように歩き回り、自分達のいる安田講堂の周囲に淡い視線を投げている赤ヘル青年が青木なんだとしたら、かれの姿にはふんわりと中空に漂い、自分を含む籠城側と封鎖解除の機動隊側の攻防に好奇の目を輝かせて見入っている生命の喜びだけが表れている。もちろんどっちか一方ではなく、責める青木と漂う青木と両方がじっさいの青木だろう。これから先、青木や俺たちはどう過ごしていくんだろうと山本は心細い気持ちで考えた。

文学者埴谷雄高はエッセー『象徴のなかの時計台』（「群像」昭和四四・三月号）のなかで東大決戦の「総括」をしめし、神田カルチェラタン闘争に言及して、

「……私は先に、御茶ノ水駅前につくられた街頭のバリケードが、いわば「解放区」なる言葉の飾りである輸入品にすぎぬことを述べたけれども、もしそれが実際に攻撃者から身を守って攻撃者を攻撃する事態に幾度か遭遇すれば、実際の必要はそれを単なる飾りにとどめてはおかぬであろう。一つのバリケード構築や数時間の保持にも、積み重ねられ、伝えられる緻密な技術が要求される。……技術は武器を呼び、武器は組織を呼び、

組織は「守勢的攻勢」の理論を呼ぶことは、「発展」が要求するところの原理である。そこでは偶然的な死ではないところの必然的な死が軸としてあり、その必然的な死を必然的たらしめないために、全体としての組み合わせの「発展」がなお要求され、そしてその組み合わせの「発展」の極点は、相手の武器によって相手の死をもたらすことにあるといえよう」としるし、おわりによく戦い抜いたすべての人々に「さて、はじめてテレヴィの前に一日中座っていることになった精神的鼓舞を与えてくれてありがとう、こんどは機動隊ではなく、この高い時計台の奥からのっぴきならずやってくる未来の時間に踏み込まれ、おしあげられて、とうていおとなしくしていられないぜと内心に呟いたのが、二日目の薄暗くなった宵、時計台の下の五階の屋上へ近づく数名の先遣隊といった警察官達を前に最後の集会を開いてその最後には「おとなしく」逮捕され、手錠をはめられ、連行されてゆく学生達の姿をテレヴィの薄暗くなった画面のなかに眺めながら発したところの二日間テレヴィの前で夢想し、危惧し、希望しつづけた遠い野次馬の最後の感慨なのであった」と語りかけた。

ところでしかし一年坊主山本には、青木かもしれない赤ヘル男や、「おとなしく」逮捕され、連行されてゆく学生達に呼びかけ、語りかける言葉がないのであった。埴谷さんにとって画面のなかの「学生達」は画面のこちら側に踏み込んでくることは基本的にない、若い「感心な他人」たちの映像であるが、歳二十の山本にはこちら側と画面のあいだを行き来することが可能な、したがって「感心できない面も含んでいる」この自分と同じ側にいる人間でもあったからである。有難う、さようなら、お互い頑張りましょうで、それぞれの道を行こうやというわけにはただちには参らぬのだ。山本は布団のなかで眼を開け、画面のなかに一瞬見た青木に似た安田講堂屋上に漂う赤ヘル君や、「おとなしく連行されてゆく」無言の学生達に、語りかけることのできる自分の言葉を見つけたいと強く思った。

十　反響（日吉）

一・二〇　午前五時を期して、秦野警視総監命令「東大奪還闘争に先制攻撃をかけ、神田学生街歩道の敷石（コンクリート平板）を剝がして投石用の武器に使用することを阻止せよ」の下で、機動隊員五千名による神田地区「平板剝がし作戦」がはじまった。隊員一人当たりノルマ＝敷石十枚である。剝がした敷石は「悪い学生らに奪還されるといけないので」、とりあえず一機隊舎前の北の丸公園に運び、十時までには公園中央に敷石五万枚積み上げたドーム状の物凄い山が出現して都の公園課職員を苦笑させた。学生らの構想していた「東大奪還」闘争が水泡に帰したのみならず、一月二十四日の閣議において敷石一掃作戦が取り上げられて閣議了承をかちとるといった大きな話になり、目標は「都内大学と主要駅周辺の歩道」とし、国道二十六万九千平方メートル、都道八十三万三千平方メートル、区道二十七万九千平方メートルのコンクリート平板敷石をアスファルト舗装に替えることに決まった。東大闘争の過程で、活動家学生の気が利いた一分子の思いつきにはじまった、公道の敷石の投石用武器への革命的転用事態は、「サザエさん」の題材に批判的に使われたりなどして、体制と闘い抗議する諸個人、諸団体のあいだに広く普及したものの、東大闘争の「収拾」とともに幕引きの時を迎えたようである。わが国市区町村の懐かしい道路風景は、東大闘争の「敗北」事態をへて思想的に転換を遂げたといえようか。

朝刊各紙はこぞって安田講堂「落城」の報道、論評に取り組んだが、「朝日」は戦いすんだ安田講堂内部の混沌をおおきな写真とレポートでリアルに表現せんとしていて、記者らの力量を示した。紙面中央の口絵写真は大講堂の壁を埋めているたくさんの落書きを鮮明に写し取り、思わず目を近づけた時、山本はそのところだけ特に浮き出しているように見える数行の「詩」一篇に触れた。

君もまた覚えておけ
藁のようにでなく
ふるえながら死ぬのだ
一月はこんなにも寒いが
唯一の無関心で通過を企てるものを
俺が許しておくものか

山本はこれを繰り返し読んで黙っていられぬ衝迫を感じた。東大闘争は玉石混淆、大量の「決戦文学」を主として「落書き」形式で生み出したが、一方に橋本治作演出「とめてくれるなおっかさん　背中のいちょうがないている　男東大どこにいく」、他方の極にこの詠み人しらず作「詩」を置いて熟視してみると、そのあいだから東大闘争なるものの東大生自身が受け止めた「正体」がぼんやりと浮かび上がってくる。「詩」の作者はたぶん安田講堂に残って戦い、「おとなしく逮捕、連行されていった」籠城学生の一人であり、もしかしたら「決戦」の場に最後まで残った数少ない東大生の一人だったかもしれない。作者＝「俺」はテレビの画面の前、朝刊の口絵写真の前にいるのだろう「君」に向かって、画面と口絵のこちら側すべての者たちに呼びかけている。「この野郎」と。山本は自分も呼びかけられていると思い、言い返したいと感じて顔を上げた。

おい、そこで唸ってる「俺」、決意して講堂の中に踏みとどまり、催涙弾を撃ち込まれ、有毒液入り放水を浴びせられ、「死」を覚悟することもあった「俺」、幸い死なずにはすんで、最後に「おとなしく逮捕、連行」

されてゆき、いまは留置場で震えているだろう「俺」よ、「君」の一人でもあるという気がするこちらから、いくつか言いたいことがあるんだ。

第一に、「君」とかいって、テレビ画面と新聞口絵のこちら側に今いる人間どもを、それだけの理由で一括りにするな。「安田講堂で最後まで戦い抜いた」事実だけをもって、そうしなかった人間たちの人生を裁くな。いいや、裁いたっていいか。それなら、「俺」の今の第一希望として裁きたいんだとそのように表現すべし。言葉を工夫すべし。その工夫が「俺」には足りないんだ。ちょうどテレビ画面のなかの安田講堂の戦いに今ひとつ工夫が足りなかったように。人間は震えながら死んだり、震えながら生きたりする存在だ。心の震えがあり、身体の震えがあり、両方の震えが重なったり離れて別々に表われたりもするだろう。一月の安田講堂のなかで「震えながら」死ぬのと、暖房の利いた自宅のベッドのなかでそれでも「震えながら」死ぬのと、両者の人生のあいだに「上下」はない。いや、あるんだと一方が上下をつけたがるのは自由だが、つけたくない他方の自由を承認することによって、一方の願望はその限りで他方の承認をうけることができるので、「俺が許しておくものか」などと上ずって独裁してはいけないんだ。

「唯一の無関心で通過を企てる者」とは誰か。東大決戦も安田講堂の命がけも、テレビの娯楽番組の一としか眺めず、それどころかたぶん眺めることすらせずに単にゴロゴロしている、テレビ画面、新聞紙面のこちら側で自足しているすべての誰かを指しているのか？　「ふるえながら」死んでゆく「俺」の戦いをただ紙面で、画面で眺め、そのあと、それはそれとして自分の生活へ普通に戻って行くすべての人間に「許しておくものか」と叱責しているのか？　「俺」はむしろその逆をあえてすべきではなかったか？　「唯一の無関心で通過を企てる者」を、「俺」は「許す」と。それが東大決戦の安田講堂で「俺」が戦いとった「君」とのありうべき「結合」への前進の一歩になるんじゃないか。何故、それでいいと「俺」はいえない？　逃げた革マル、逃げた友人知人のほうが、「収拾」の加藤代行や、バリ解除の機動隊、火事場泥棒した日共＝民青よりもっと「許せない」のか？　わかる気もするんだ、打ち明けていえば。が、ほんとに「わかって」しまったら、許すのがほんとにイヤになってしまったら、革命とか東大決戦とか人民とか言っても、すべては言ってみるだけ、恰好つけのレトリックというだけの話になるのではないか？　「俺」と「君」は自分達のあいだに矛盾を発見した。そのさい「君」と「俺」がなすべきことは矛盾を生きることであり、矛盾を指摘して、「俺」から「君」との関係そのものを断つこととは違うのではないか。「俺」は「君」を絶対に許せないんだ。それはもうよくわかった。だからこそ無理やりにでも、眼をつぶってええいととりあえず許してしまうのがここは「大局的に見て」正しいのではないか。……要するに山本はこの「籠城」詩人に論争を挑まれたと思い、反論というか、反論にならなくともとにかく言い返したいという気持ちが勃然として沸き起こった。「許しておくものか」と決めつけられて黙って「通過を企てる」のでなく、立ち止まって言葉を口にしたいと思ったのである。山本は「ブントになる」生き方を一つの生き方として認めても、だからといって安田講堂に「二名」のうちの一人になって残り、戦い、「おとなしく逮捕」されろなどという伊勢の指示に、ハイわかりましたとはいえなかったということだ。すると山本、「君」自身は「安田講堂に残る」という生き方を少なくとも選択肢の一つとしてあのとき受け止めていたのか？　受け止めようとはした。が受け止めることはできなかったので、これが今の俺で、ここからがまた始まりになる。山本は落書き詩篇のなかの「君」と「俺」の内輪もめから目を上げてそう考えた。

午前中、佐藤栄作首相は加藤総長代行の先導と、坂田文相の随行により、開城なった安田解放講堂に魚河岸の仲買人風に黒いゴム長に履きかえてずかずかと踏み入り、視察をおこなった。首相は内部の乱暴狼藉に驚きをあらわし、記者団の「感想は」という問いかけに「凄いな」と首を振り、その横で元気いっぱいに「新生東大」への思いを熱く語る加藤代行とは顕著な対比をしめした。三十分後、佐藤はゴム長を蹴るように脱いでさっさと官邸に引き上げ、記者団にこう語った。「授業再開はやれるかもしれない。「入試復活」のことは、教官や学生がどんな結論を出すか、その結論を世間がどう評価するかを見極め、もう少し相談し合わねばなるまい」と。夕方、予定されていた坂田文相との会談の席で、加藤総長代行は張りのあるバリトンで朗々と「入試復活」を強く要求し、正式に「入試実施」の東大評議会決定を伝えた。

午後九時より、「東大入試実施」をめぐって、保利官房長官、坂田文相、荒木国家公安委員長、田中自民党幹事長の四者会談がはじまり、協議の結果、最終的に東大入試は中止と決定した。加藤執行部にとっては青天の霹靂であり、加藤代行は代行就任以来はじめて感情をむき出しにして記者会見に臨み、「政府に強く抗議する。……われわれはただちに授業を再開するが、入試中止への抗議としての再開である」とわめくように宣言した。年末から加藤執行部が苦心経営して作り上げた「十項目確認書」に基づいて示した「入試復活」＝「新生東大」の出発は一方の全共闘および人民大衆、もう一方の政府自民党という「背中合わせ」の、結果としての「共闘」によって挫折を強いられたのだった。一記者はのちに、「入試復活」を追求した、加藤代行の同窓の先輩でもある文相坂田は、佐藤派における田中角栄グループの一員であり、当初党内多数の支持を得ていたものの、加藤執行部と日共＝民青の主導による闘争収拾方向に危機感を抱いた党内右派が田中・坂田と同じ佐藤派のもう一方のリーダー福田赳夫蔵相を担ぎ出して反転攻勢に出、加藤代行と日共の支配下での「新生」東大のスタートを阻止せんとし、阻止したという主旨の解説記事を書いている。この手の裏話の常で半分は当たっていて、あと半分は飲み屋での法螺話なんだろうが。

夜遅く山本に勝見から電話があり、明日会いたいと、珍しく強く言い、電話では話せないことなのでよろしく頼むとつづけた。明日午後一時、日吉文自ルームで会うことにした。山本は勝見の口調に普通でない響を感じた。十六日早朝勝見と二人して安田講堂の外へ出てからまだ五日しかたっていないが、今の自分にはあの日が別の時、別の生活になってしまっている感じが強くする。あれ以来ずっと日吉文を含む知り合いたちの顔を見るのも厭で、心を閉ざしていたのだけれども、勝見の電話があり、勝見の話をききおえると、自分が一方で知り合いの誰かとこの間考えたり見聞きしていた事柄を話したいと思っていることに気づいた。別れた後、狩野や青木は何を考えどこで何をしていたか、彼らの口から、さもなくば勝見の口からでもききたいと思った。自分のほうからも話したいことがあり、聞いてもらいたいことがあり、かれらと自分の生活は再開されているんだ、再開されるべきなんだと山本は自他にたいして確認したくなっていた。

一・二二　正午過ぎから中大中庭にて「一・二二　全国学園ゼネスト総決起集会」がはじまった。東大全共闘、日大全共闘、中大全中闘を中心に五千名が結集し、東大における「入試中止」決定を、闘う学生、労働者、市民の勝利であると大歓迎した。東大は人民の正しい手によって解放されたのであった。しかしながら他方、愉しく構想していた「神田解放区」の復活＝創出は不成功に終わった。神田解放区の物質的前提である敷石＝コンクリート平板は既にすばしこい敵の手によって一枚また一枚と、番町皿屋敷さながらになめるようにきれいに剝ぎ取られてしまっていた。解放区の主体である人民大衆のほうも東大決戦の「その後」に眼を向けて考えることをはじめた。

山本は必修語学の授業のあと、校舎正面ロビーの掲示板で二月学年末試験の日程を確認しておいた。じっさい進級できるかどうか怪しかったが試験には出て、レポートも提出するつもりだった。十四日東大決戦に出向いて以来一週間ぶりのこじ開けるような駆け込むような日吉登校であって、「一般学生」の一員でもある自分を周りの学生達と同じ行動をすることで実感できるのが有難く思え、安田講堂のなかにいた時の自分はやはりよそ様のお宅で、よそ行きの顔をして、もたもたしていたのだと比べてみて自嘲的に納得した。約束の一時に日吉文自ルームに行くと勝見が待っており、山本をちらと見て微笑した。

向かい合ったものの、勝見は電話では言えないという話になかなかとりかかることがなく、腕組みして黙っている。困った山本は試験だのノート借りる算段だのあたりさわりない話材を持ち出してしゃべり、勝見が本題に入るのを助けようとした。ところが助けることにならなかったらしくて勝見の困惑はかえって大きくなったように見えた。「その話というのは青木の事じゃないか」山本が仕方なく、こちらだって触れたくないが、そのために今日自分たちが直面しなければならないと思っていた話題にふれた。

「昨日大塚が知らせてくれたんで、十九日安田講堂の中で日吉文の狩野、青木、それから山本は知っているか、狩野と同じ中学、高校で一学年下にいて、文学部で狩野と同じクラスになった北村君が一緒に逮捕された。日吉文はどうするんだと大塚がいう。山本と話し合ってみるといっておいた」

「狩野の任務は外で日吉文の組織活動を担うということで、狩野本人を含めてあの時あの場にいた全員が了解していたはずだが、どうなってるんだ」山本は青木の逮捕はもしかしたらありうるかと思っていたが、狩野と北村君が安田講堂に残ったというのは意外であり、狩野の逮捕についてはむしろ心外と感じた。ブントと伊勢は各支部から二名、できるだけ逮捕歴無し、できたら年齢二十以下と俺たちに「基準」を押し付けてきたではないか。基準に外れている狩野と、そもそも基準の外にあった北村君を、青木と合わせて三名、安田講堂で逮捕させてしまったとしたら、ブントと伊勢学対はこの先どの面下げて活動していくつもりか。言葉も行動も大嘘ではないか。

「何故こういうことになったか僕もわからない。ただ三人が安田講堂に残ったことは三人が伊勢さんとブントの指示に従った結果ああなったというんじゃないと思う。むしろ伊勢さんの指示にもかかわらず、伊勢さんとブントの指示に逆らってまでも、狩野、青木、北村は、籠城戦に残って闘うことが正しいと考え決心して、こういうことになったのではないか。僕は伊勢さんの指示に納得できなくて十六日朝、安田講堂の外に出た。

僕と山本が納得できなくて出て行ったあと、狩野、青木、北村は伊勢さんとブントの指示に逆らって、いや逆らうというより伊勢さんとブントの指示から独立して、自分達としてそれぞれに考え、結果として三人が残って籠城戦を戦うということで一致したのではないか。三人は伊勢さんの指示に反して安田講堂に残り、山本と僕は伊勢さんの指示に従えぬので安田講堂から出て行くことになった。僕は自分が三人とともに今もあると感ずるんだよ」

山本は少し考え、「日吉文の「組織」ということを大事に考えるなら、米資闘争以来今日まで組織の中心には常に狩野がいた。日吉文はマル戦全学闘とも、伊勢さんのブントそのものとも違う、学生大衆の「立場」を代表せんとするグループでずっとやってきた。東大決戦は大事なことだ。が、ブントと伊勢さんにとってはどうなんだかしらないが、日吉文にとっては安田講堂籠城戦も神田カルチェラタン闘争も、日吉文の希求する全体の革命の部分ないし一面にすぎない。狩野を安田講堂ではなく、日吉文に組織の中軸として残さないことが出来なかったブント伊勢さんの「指導」は間違いだと思う」

「伊勢さんじゃなくて、狩野自身が伊勢さんの「指導」に逆らって、安田講堂に残ると決断したんだと思うよ。山本は東大決戦を「部分」だといい、「全体」を希求する山本の「日吉文」と対立させるが、狩野にとっては両者は一致しているのであり、だからこそ学生生活の多くの物を棒に振ってでも籠城戦を戦う道を選択したんじゃないか。僕は狩野のように大きな決断は下せなかった。狩野はあえて決断したんだ。青木も、そして北村君も、「あえて」ということでは同じなのではないか」

「東大決戦はそんなに大事だったのか。自分達の試験や進級だって大事じゃあないか。東大全共闘とか社学同書記局の意見は違うらしいが」

「両方大事さ。両方を求めて両方得られればいいんだが、そうもいかないのが世間で、決断が必要になり、決断は両方の内の一方を犠牲にする行動になる」

「北村君はどうしてあの時のあの安田講堂の中に入り、残ることに決めたのか、それがほんとに俺にはわからない」山本は首をひねった。北村君は学生大衆の立場に「立つ」どころか、日吉文われわれのずっと口にし続けている歴史的現在の絶対の「主体」たる学生大衆自身ではないか。それがどうしてまた？

「さっきも言ったが十六日朝、僕らが出て行ったのと同じ理由からではないか。誰かにいわれたからでなく、自分でそうしよう、そうすることが正しいと決めたんだと思う。結果は僕らと北村達で正反対のかたちに見えるけれども」勝見は言い、山本はそれはしかしと言いかけて、口をつぐんだ。勝見の説明は何となく理屈に合わないが、山本のさかんな疑心にもかかわらずとても丈高くきこえたのであり、理屈としてはとにかく起こった出来事の描写として真実の一面を衝いているように感じられたからである。

二人はこれからどうするかの協議に移った。逮捕された三人をどう守って行くか。救対の大塚もそのあたりの方針を早急に決めてくれというのであった。差し入れ。接見。かれらの家族たちへの連絡、説明。接見が可能になったら、三人にたいして、日吉文としてどのようにどういう方向に向かって「救援」していくか、かれらに示すことができなければならない。こんごの日吉文の方針というか、じっさいには今ここにいる勝見と山本がこのかんの東大決戦での見聞や、米資闘争いらいの自分達（逮捕された狩野、青木、北村と共にある俺たち）の経験を踏まえて、大まかにでいいから、またそれより他にしようがないから、活動方針・プランをまとめること。一月十六日朝、東大安田講堂籠城戦の外に出た勝見と山本の日吉文は、安田講堂の内にとどまって籠城戦を戦い、逮捕された狩野、青木、北村の日吉文にたいして、彼らと自分たちの日吉文の今後をどのように示すか。山本と勝見は自分達の経験に即して、自分達の「救援」の言葉をどう作っていくか。東大決戦を今も継続中であろうかれらにそれをどう伝えるか。伝えられるか。

勝見は黙り込んでしまった山本に、打ち明けるように申し訳なさそうに「僕はこのかんの経験で、自分がよくわかった気がする」と言った。「僕は自分がこんごやれること、やれないことをハッキリさせておきたい。自分は日吉文の仲間として彼ら三人の救対を引き受ける。正直にいって、かれら三人が一・一八、一九の安田講堂に踏みとどまって戦いぬいた気持ちは僕自身の事としては理解できない。でも戦ってつかまり、これから先、かれらが警察や世間からどういう目にあわされるか心配であり、できる限りで支援したいんだ。狩野の弟は明大去年入学の一年生で面識があり、兄貴の事を心配していた。北村君は伯父さんの家に下宿していてこちらも会ったことがある。二人はショックを受けているだろうと思う。青木のお父さんは電話口で行雄の奴と怒鳴っていたが、愛情が深そうだったな。三人のゆかりの人たちの気持ちは自分の事としてよくわかるんだ。戦った三人の友人としてできることはやる。青木のお父さんたちにもそう言った。それ以外の日吉文のことは山本に頼みたい」

「それ以外とは」山本はとっさに、三人の「救対」以外にいま俺達にどういう日吉文があるのかと勝見の顔を見直した。

「三人が何故、安田講堂に残ると決め、戦うことになったかわからないと僕はさっき言った。「ブントになる」ためではないだろう。例えば北村君がいきなりそういう気になったなどとはとても思えない。それでも彼は狩野、青木と一緒に安田講堂に残った。山本の言う米資闘争の真の主体である学生大衆の要求を「代表」せんとした日吉文狩野、青木と一緒に、東大決戦を戦おうとし戦ったんだ。そこのところはハッキリしてるんじゃないか。山本にはかれらのそういう志向を「救援」してほしいんだよ」

「俺は伊勢さんが俺に示したブントになるため東大決戦に残れという考えに反対だったし今も反対だ」

「僕も安田講堂に残って戦った狩野たちも、山本と同じはずだと思ってるんだよ。ブントになるために戦うなんてよそ行きの「志」であんな風に戦えるはずがないじゃないか。戦った三人の共有した「志」は唯一、七・五日吉学生大会に結集して日吉スト権を成立させた学生大衆の「立場」をつねに自分なりに「代表」しようとすることだ。山本は狩野、青木、北村が「東大決戦」を戦い抜いた志を、日吉スト権の主体である学生大衆の立場を守るように、守ってくれるべきではないか」勝見は山本に向かって要求していた。自分は日吉文の狩野たち三人を助けたい。が日吉文のこんごの活動には、たとえば大沢たちのような「支援」以上の踏み込んだかかわりは御免こうむりたいと。また山本には、東大決戦以後の日吉文の活動の継続に勝見とは違って負うべき責任がある、中軸にいた狩野、青木が逮捕で不在になった現状においてはと。勝見は山本を糾弾してるわけではなくむしろ懇願していた。しかしだからといって、懇願の中身は勝見の強い確信の産物らしくて、山本はこうなった以上日吉文を背負うべし、ブントになるという指示をはねつけた「責任」を取れと言っているのだ。

山本はうつむき、肩をおとした。そんな荷物を押し付けられたくはなかった。勝見は勝見でいつもと違って妥協したくなさそうだった。山本と勝見は十六日朝、狩野と青木を残して安田講堂の外へそれぞれの事情、考えに基づいて出て行ったわけだけれども、勝見はいま山本に対して外へ出て行くに至った事情、考えの二人における違いを取り上げて、山本の過去・現在を問題にし、山本に注文をつけ決答を迫っている。山本は戸惑いつつ、そういえば俺は十六日朝、安田講堂から一人で出て行くとき、自分は青木や狩野を置き去りにしていくんだと一瞬微かに意識したが、あのとき勝見の事は意識になかったなと振り返った。「一緒に出よう」と声をかけられたときにもああそうかと思っただけで、勝見がどうして安田講堂に青木らとともにとどまるのでなく山本と「一緒に出よう」と決めたのか、勝見の事情や考えに思いを巡らすということも全くないままだった。山本にとって勝見はおおむねいつどこででも黙って山本の側にいてくれる唯一の人だったのである。いま勝見は、依然としてまだ勝手に「お坊ちゃん」をやめずにいる山本に向かってはじめて「考えろ」といい、答えろと求めている。山本はたじろぎ、仕方なく考えはじめた。……

いきなり隣の経済学部自治会ルームにいたらしい、慶應中核派のキャップ木原が、日吉文ルーム入り口にいかつい顔をヌッと突き出して「おまえたち、こんなところに引っ込んで、何ぐずぐず言い合ってるんだ。われわれにそんな余暇はないぞ」と騒がしく注意を喚起して、繊細な日吉文二名の見方によっては「いいムード」で交わされていた話し合いをぶち壊してしまった。山本と勝見はしばらく顔を見ていなかった木原の唐突な出現に驚かされたが、木原の旧態依然として神経が細くない、そもそも表情と言えるものがもともとないような顔に、山本がはじめて見る自分達にたいする一種の「親愛感」を見出して思わず苦笑してしまった。山本と勝見のなかなか湿り気の多いやりとりを、このおおまかな中核派リーダーも、全く他人事とばかり見ているのではないらしいことが山本に、たぶん勝見にも伝わった。山本は木原を「同志先輩」とこの時だけは感じてかたじけなかった。

「僕らのほうは三人つかまっちゃったんですよ。日吉文で残ったのは僕ら二人です」山本が訴えると、「だから薄暗い隅っこに引っ込んでるのは止めて身を起こそうぜ。こっちも井川ともう一人が持っていかれた。経自ルームはいま俺一人だ。立ち上って、立看作って、ビラ撒いて、みんなにカンパを呼びかけるんだ。情けなくても今ここが出発点だ。こっちは反戦会議の連中がもうすぐ集まってくる。おまえたちも今おまえたちにできることをやれ」木原は言ってワッと笑った。山本はある高名な霊長類研究者が笑うのは人間だけとは限らないとテレビで解説していたことを好意的に思い出した。

山本は即ビラの原案作りに取り組み、勝見は木原から白い模造紙を借りて、角材で枠をつくってベニヤ板を張り、大きい立看をこしらえた。山本は「日吉文学会委員長、日吉自治委員ら三名の不当逮捕に抗議する！日吉文の仲間たちの奪還に支援を！」と表題して東大決戦を「決意した日本全国の学生大衆の戦い、労働者、市民の戦い」であるとし、戦い抜いた日吉文三名に支援を連帯をと呼びかけて一文をまとめ、勝見の了解を得てガリ切り、大車輪で印刷し「カンパ要請」ビラ五十枚をとりあえず完成させた。立看板のほうはビラと同内容で山本も手伝って大きな横書きの看板に仕上げた。勝見と山本は新左翼の立て看板字体をさいしょ真似ようとしたがうまくゆかず、また二人とも見かけを取り繕うより自分たちの字で自分たちの気持ちをおもてに出した方がみんなに伝わる看板になるのではないかと初心者らしく考えなおして、勝見が自分の筆跡の黒の大文字で二行、山本が同様に黒字で少し小さく自分流の文字で三行目に「カンパ、支援お願いします。日吉文学部自治会」と書いた。明日昼休み、中庭の立看板前で山本がスピーチし、勝見がビラを配ることに決めた。木原の騒々しい日吉文「介入」は山本を前向きにさせてくれたのであり、勝見も山本の消耗づらが若干おさまったかと肩の荷が下りた思いで秘かに木原の激励に感謝した。

帰り際に勝見は「何かあったらまた連絡する」といい、山本は承知した。昨年九月、日吉文オブザーバーとして活動を始めて、きょうになってやっと本気でビラを書き、立看を仲間と一緒に作った。少なくとも狩野たちが不在のあいだは日吉文の「志」の維持は自分が狩野たちの「代理」として担おう。学内の他党派、他自治会との連絡協議、学内問題への対処は勝見たちに諮りながらなるべくかしこくすすめよう。伊勢学対とのあいだは、これが自分達の一番の問題になるが、会ったときに、東大決戦を見た今の俺と勝見の正直なところをまっすぐ伝えることにしよう。「唯一の無関心で通過を企てる」ことはお互いやりたくてもやれない同士、あっちはブント党派政治、こっちは学生大衆の日吉文だ、会いたくないが会う義務はあると山本は渋々認めた。

夜十時過ぎ、勝見から電話があり、明日夜、僕と山本、来られる日吉文関係者と話し合いたいと伊勢さんから連絡があった、僕は伊勢さんに今日日吉でした山本との話し合いと、今の僕らの大体の方針を伝えておいた方がいいと思うが山本はどうする。「夜僕の家に、伊勢さんと、これから声をかけて来てくれる人に来てもらい、とにかく話し合っておくことだけはしたほうがいいと考えているが」

「わかった。きょうの勝見の話、狩野たちがかえってくるまでのあいだ日吉文の活動は俺たちで守っていこう、俺たちなりに責任を担おうというのは正解だと思った。どっちみち伊勢さんには会わなくちゃならないんだから、俺も明日行く」山本は言い、勝見は「できることはやろう。狩野たちのためにも」と自分に言い聞かせるような言い方をした。

十一　対立と統一（大岡山）

一・二三　昼休み、山本はヘルメット無しで立看板の横に立ち、はじめてマイクを握って日吉文の東大決戦参加、安田講堂で戦った日吉文三名の逮捕を語り、かれらの現在と日吉文の「志」への連帯、救援を呼びかけた。どんよりと重たい冬空で、いまにも雨か雪が降ってきそうな日だった。山本は顔を上げて、さいしょのうちは聞きなれた青木やいろんな大会、集会で耳にして感心したこともあるアジテーションの調子に合わせて何とか訴えようとしてみたが、すぐに我慢しきれなくなり、仲間が逮捕されて辛い、みんなも助けてくれという主旨のお願いを必死にくりかえすだけになってしまった。行き交う学生達の数は多かったけれども、立ち止まる者はなくて、それぞれの用事、目的をもって波を切っていくように近づいてはまた離れていく。が、呼びかけながら山本は、彼らの目的、彼らの用事が、決して授業や試験や進級だけでなく、それぞれの生活のなかに東大決戦の終わりの風景や、風景の中に自分達の米資闘争の風景が重なり、自分達のいっしょに日吉で生活している学生たちのうちに、安田講堂に残って戦い、逮捕された学生もあるという山本のくりかえす事実も、彼らの生活の一部にちゃんと微かにでも触れているらしい手ごたえを得た。立ち止まらなくても、彼らの或る者は通り過ぎて行くとき足取りが遅くなったり、別の或る者は山本が顔を向けるとハッとしたみたいに逆に早足になったりした。ビラを受け取っていく人の数は思っていたより多い。落書き詩人が想像した「唯一の無関心で通過を企てる者」というのはやはり彼自身の内にいる「好きでない方」の彼であって、実際にかれのまえを通り過ぎていくであろう他者たちはおおむね少々の「関心」は払いつつ、しかし「自分の目的」に向かって「通過」を企てたり、じっさい通過して行ったりするのであり、かれと他人たちの行く先がどこまで、あるいはどこで交わるかは、二直線はいつか必ず交わるんだが、交わりたいと願う（「詩」ではむしろ押しつけているが）彼が決めるのではなく、彼と他人たちの「別個に進んで一緒に撃つ」信念の深さが決める、敵を味方に転ずる理論的・実践的努力が最終的に決めるんだと山本はハンドマイク演説初体験のなかで「他者たち」のみならず、より一層この自分にいいきかせたのであった。勝見はあとで「まあまあの出来じゃないか。アジテーションではなくてお願い調で一貫したから気持ちはよく出ていたよ」とねぎらってくれた。

夜八時、大岡山駅前の勝見美容院二階の一室に日吉文関係者が集まり、東大決戦後の今における日吉文の将来方針をめぐって会議をおこなった。出席者は勝見、山本、大塚、川辺（三田新聞）、谷（山本のクラスメート）、それにブント学対の伊勢である。

「昨日伊勢さんから狩野、青木、北村三君の東大決戦での逮捕攻撃にたいして、日吉文として救対を組織すべきだと意見があり、山本と僕で話し合ってこんどの会議を設定しました」狩野たち三人は日吉文の一員として、それぞれの私自身として安田講堂籠城戦に加わり、よく戦い、官憲に逮捕されているといい、「われわれは伊勢さん、日吉文とともに考え行動してくれているみんなと、こんごかれら三人をどのように救援していくか、かれらの東大決戦をどう受け止め、かれらとともにどういう方向へ進んで行くべきか、意見を交わし合いたいと思います。はじめに大塚君、救対の立場で狩野、青木、北村の現状について、目下知りえているところを報告してください」

「かれらの留置先は狩野が築地署、青木は四谷署、北村は駒込署で、青木、北村は体調良だけれども、狩野が催涙液入りの放水攻めを喰らって下半身全体がやけどして大変だときいている。東大闘争弁護団と東大闘争統一救対本部救護班は十九日以降病院や留置先をまわり、接見を精力的に行なっているから、三人の状況はあすあさってとだんだんはっきりしてくると思う。かれらのこんごの見通しだが、青木と北村は何だかんだいって少年、未成年グループだから、拘留が長引いたとしても「起訴」まではいくまい。狩野は日吉文委員長、二十歳過ぎ、現場でも赤ヘルのリーダー格だったときいた。起訴はありうるとわれわれは覚悟している。「獄中闘争」方針は原則、東大決戦の獄中での継続で黙秘で頑張ろうということになるが、獄中者がそうするかどうかはもちろん他人である俺が要求することではなくて、かれら個々の自由意志に任されるわけだけれども、北村はブントでなく日吉文ですらなく、決心して知人のいる日吉文を支援してくれた一般学生の一人なんで、早期釈放をめざして自分自身の行動の事実関係にしぼって供述し、娑婆に出てきてくれることを俺は望むし、接見のさいにそう勧めるつもりだ。狩野や青木だって、どう獄中闘争していくかは狩野、青木の思想信条、家族、知人友人関係の中で、かれらが自由に考え決めていくことだと俺個人は思っている。東大全共闘やブントにはまた別の言い分があるだろうが、とにかく三人を救援する方向を決めて行く上で第一に重視すべきは闘う獄中の当事者の意思であって、救援する側の期待、希望は、考慮してもらえたら有難いという位の気持ちで行きたいと俺は思う。みんなもここのところは自分の意見をいってください。われわれの救対活動の中心はやはり狩野のことになる。起訴を覚悟して、そのあと公判闘争に狩野と日吉文がどう関わって行くか。狩野と日吉文のあいだで話し合わなければならない時が来ることをいまから心にとめておきたい。北村君については早期釈放が可能でそれをめざそう。青木だが、一般学生ではまったくなく、一年坊主とはいえ日吉文の日吉自治委員で幹部だ。それでも少年で初犯であり、少年鑑別所止まりで済むのではないか。青木の東大決戦観、こんごの生活プランなんかをよくきいて救対方針を考えよう。お父さんがとても心配している。青木はお父さんや家族との繋がりをふまえて自分の「獄中闘争」に取り組むだろう。それで結局狩野のことになる。いま勝見と山本の日吉文は狩野をどのように、どこへ向かって救援しようとするのか。伊勢さんのブントは狩野をどう救援したいのか。十九日に弟さんと会ったとき、近日中にお父さんが上京するといっていた。接見禁止が解けたら俺は狩野に会い、直接狩野と話し、日吉文とブントの今後の方針を伝え、狩野自身の口から現在の心境、抱負をきき、みんなに伝えようと思っています。今の時点で日吉文の勝見、山本とブントの伊勢さんは、東大決戦と狩野の逮捕という新事態のなかで、こんご逮捕されているかれらとともにどういう方向へ進もうとしているか、俺や三田新陽介、谷君に語ってほしいな」

「一月中に逮捕者の負傷の状況は相当把握できそうか。接見禁止というが、差し入れはできるか」三田新川辺がきくと、「東大闘争弁護団と救対部は張り切っており、昨日の段階で日吉文たちの事を詳しく説明してくれた。俺は二日に一度、K弁護士事務所に顔出してうろうろしてるから、こんごも必要があれば報告できる、差し入れは着替え、現金などは接見禁止中でも入る」と大塚。川辺はさらに、勝見に、

「狩野、青木、北村は三人ともそれぞれ「私」として決断して安田講堂に残り、戦い、逮捕されたというが、ブントの指示に従って加わったということではないのか。そういう指示があったのかなかったのか。日吉文として決戦参加について、何か話し合いはなかったのか。たとえば山本と勝見は外に出て、狩野たち三人が中に残ろうというような」とただす。勝見は山本の顔を見た。陽介は記事にしようというのでなく、陽介が日頃か

ら親しくしていた日吉文たちが、東大決戦によってこのように内外に分かれることになった事態に、懸念をこめて疑問を口にしているのであった。疑問は多くブント伊勢に向けられているようだった。

「まず僕から話す。山本はあとで山本の経験をみんなに話してよ」勝見は用意していたみたいに自分の「決戦」経験を語った。「日吉文の東大決戦参加は伊勢さんの提案ではじまった。僕はブントの方針を踏まえた伊勢さんの指示と受け取ったが、狩野と青木もおなじだったかもしれない。というのも冬休み前に僕らは一月以降の活動計画を立てており、一月六日を日吉文の活動はじめとしてルームに集まって研究会をする、そのさい東大闘争をはじめとする学園闘争論も検討しようということになっていたんだ。そのつもりでいた僕らの会合が東大闘争支援、一・九東大闘争勝利総決起集会へ参加という話に代わった経緯は、伊勢さんの指示によるというのが僕の理解だ。つまり僕らは一月初めの時点では東大闘争の現状をよその大学の問題と考えていたのであり、要請があれば何らかの形で「支援」はありえても、その内側に入って東大闘争を自分自身の問題と考えることは一月六日以前の日吉文にはなくて、以後の日吉文の東大決戦参加は一にかかって伊勢さんの指示に応じますというかたちでスタートした。東大決戦は僕には外から持ち込まれた、他大学の闘争への支援要請であり、お手伝いであり、その限りで自分の問題でもあると受け止めたものの、それ以上の問題では僕の場合最後までなかったこと。それが僕の「東大決戦」の総てだったと思う。僕の知る限りで東大決戦への参加、参加の仕方をめぐって日吉文メンバーで協議する、論じ合うということはなかった。むしろそういう機会を避け合っていたかもしれない点に僕らの問題があったんだと思う。第一に、突き付けられた東大決戦の現段階に対して、僕個人の不用意、そして日吉文たちの不用意があった。第二に、日吉文に「東大決戦」参加を指示したブントと伊勢さんの「決戦」関与方針に曖昧さ、確信の不足があったと思う。僕は九日から十六日の朝まである一週間「決戦」の内側にいたけれども、ブントと伊勢さんがこの決戦にどこまで入っていく用意があるのか、決心がどこまでついているのかわからぬままだった。第三。だが今思うと、僕らと伊勢さんだけでなくて、当事者中の当事者である東大全共闘たちを含めて、決戦の中にそれぞれにいたすべての闘う側が、東大決戦の日々の展開の不可測、飛躍の連続に、自分達の心身がついていけなかったという事情が問題の根本にあり、東大闘争にかかわったすべての集団、個人を規定していたのではないか。責任は「決戦」をやるというより、決戦に「振り回される」ことのほうが多かった僕らすべてにあったが、僕らとしてどうにも仕方ない面もあったといえるのではないか。僕がいいたいのは、それにもかかわらず日吉文の狩野、青木、日吉文ではないけれども僕らの仲間のひとりである北村君は、それぞれに自分の頭で考え、自分のハートで感じて、他の誰かに頼るのでなく自分で決断し、安田講堂で籠城戦を戦い抜いたんだという事実です。にもかかわらずなのであって、この事実は絶対だと僕は考える。以上が僕の知る限りにおける日吉文の東大決戦です。僕個人はこのかんに狩野たちのようにはやれなかったこと、これが僕自身であると確認できました。自分の決戦「総括」として、狩野たち三人の救援を日吉文での僕の課題として頑張ってゆきたいと思っているところです。山本と伊勢さんには、日吉文の決戦経験について二人それぞれの立場から語ってください」

「一月東大決戦の経験は勝見と自分で大体一緒です。同じ日吉文の立場で、勝見君言うように決戦に対して受け身で入り、受け身ではこれ以上付き合いきれなくなった時点で僕の決戦参加は終わりました。終わらせたというより、終わるしかなかったんだと今のところ僕は考えています。九日から十六日朝までの期間です。十九日以後、狩野、青木、北村三君の逮捕の事を知ってからは、当然だけれども別の「参加」が始まって、現在進行中です。長くなるけれども、日吉文の立場、僕自身の立場について、さかのぼって説明してから、日吉文、そしてまたこの僕の東大決戦経験の問題点を語った方が話が分かりやすくなると思うので了解願います」

山本は米資闘争の初めの頃にもどって、自分の関わった日吉文の活動の流れをつぎのように語りなおした。七・

五日吉スト権の主体＝学生大衆という「立場」で、日吉文たちと日吉文「オブザーバー」山本らは夏休み以後の米資闘争を担ってきたこと、全学闘の「内ゲバ」、塾監局占拠、占拠解除にいたったプロセスにおいてわれわれは学生大衆代表という「立場」で批判的に共同してきたこと、一方でブント学対の伊勢さんの助言・指導を得て、十・八闘争、十・二一闘争をそれぞれに経験したこと、十・二一闘争直後に発生した「反スト」分子による日吉文関係者を含む複数のメンバーへの「個人テロ」攻撃について、反スト一味に自己批判を要求した際、日吉文から狩野と青木が加わり、自己批判要求の暴力化を可能な限り抑止せんと努めたこと（日吉文のマル戦全学闘との「批判的」共同の一番未来的、革命的な実践例だと俺は狩野らの話をきいて当時感動した）、十一・一日吉文学部討論集会、十一・二日吉学生大会（米資闘争の主題追求継続としての「スト解除」決議）のあと、俺は狩野、青木、勝見たちの「新」日吉文にオブザーバーでなく、クラス委員に選んでもらって内側の一員として加わった。十一・七沖縄闘争には自分として初めて積極的に赤ヘルかぶり、「ゲバ棒」かついで「首相官邸突入」デモに参加した。それから十一・一九—二二の日吉文合宿、伊勢さんの指導で十一・二二「東大＝日大闘争勝利全国学生総決起大会」への参加になる。東大闘争「支援」はこの時から、基本的に日吉文にとって、かつブントにとっても「受け身」的にはじまっているんだということ。東大闘争への関与はあくまで「支援」というかかわりであり、僕らが日吉文合宿で語り合って立てた活動計画のなかではそのほんの一部であって、決戦段階に向かっていたことが後になってわかる東大闘争のことは、この大会で何が語られようと自分たちの問題ではないというのがこの時点での日吉文全員、伊勢さんのブントの多数意見だったと思う」

「当時日吉文はどういう課題を「自分たちの事」と考えていたか」と川辺。

「何よりも米資闘争「敗北」の総括をどう前進させてゆくかということだった。敗因を党による正しい指導の不在に見るか、党による指導そのものの自己批判を先に立てて、批判の主体を学生大衆の要求におくか。後者は「指導」の正しさを決めるのは学生大衆であるとみなす点において、党派の指導を主体に持ってくる伊勢さんの総括と、対立とまでいわなくとも突っ込んでいうならお互いの世界観、人生観、人間観を問う議論になる。伊勢さんと僕らは合宿でさかんに議論したし、こんごも日吉文の学生大衆の立場ということを学習会や、ブントの提起する諸闘争への参加、その評価の討論等をつうじて、自分達の米資闘争総括を深めていこうとだいたい了解しあっていたんだ。日吉文われわれは学生大衆の要求を代表せんとして、この世界内での生の自由・自主の拡大深化を求める。党派政治による正しくない指導（例えば米資闘争中にも、内ゲバとかリンチとか、学生大衆との団結を従にして、占拠闘争を独善的に先行させるとか）からの自由・自主の不断の追求は日吉文の活動の主要な柱の一つだ。そういう日吉文に、十一・二二東大安田講堂前での「総決起集会」はどう見えたか。ヘルメットかぶった学生達ばかりでなく、労働者、市民の顔も確かに見えた。しかし大会の主題は、半ば覆い隠されていたが、問題の「収拾」側として登場した日共・民青との「武装対決」であり、連帯を呼びかける相手はこの時すでに「人民大衆」ではなくて、東大全共闘側の諸党派政治になっていたのではないか。その時そう感じたというのではない。しかし僕はこの団結大会を、出発ではなく一つの区切り、それも全共闘が掲げて僕らも共感した、党派政治をその中に含んですべての抑圧に否を突き付けんとする自由な諸個人の団結の一つの終わりのはじまりではないかと感じたことは事実だ。これから東大ではじまるのは、スト収拾とスト貫徹のあいだにおける、慶大米資闘争で自分達も小さい規模でだが経験させられた、左右の党派政治同士の対立・衝突が前面に出て、闘いの本来の主体学生大衆、人民大衆は行き場をなくすのではないかと思った。そして、しかしこれは東大生の問題だと考えなおして家に帰った。これが俺の最初の東大闘争見聞だが、勝見や、狩野、青木たちは違う感想を抱いたかもしれない。学生大衆の立場ということでは大まかに一致していたがそれでもね。ただ、一月以後の東大闘争の展開は僕らも伊勢さんもまったく予想できなかったことでは同意見だと思うんだ。

東大決戦は俺たちの外から持ち込まれた。一月六日、休み前に立てた日吉文の計画が、伊勢さんの「指示」で当面すべて「決戦」への「支援」に置き換えられたんだから。が決戦への参加ではなくて「支援」だったから、俺は不満だったけれども、既定方針通り学習会すべきだとは言えず、近所付き合いの範囲内でという気持ちで一・九東大安田講堂前集会優先を了承し、立看作りビラ撒いて広く参加を呼びかけ、九日当日は日吉文以外に大沢君や元全学闘石上たちの参加もあったわけだ。この日、日吉文の現在に繋がる出来事が二つ生じている。一は明大学館での「社学同決起集会」で日向さんから語られた方針が「我々としては」中大での闘争に集中して東大では「適当にやる」というものだったこと。俺に言わせれば、東大決戦へのブントの支援は俺と同意見で、近所付き合いの範囲内でやるということだ。集会後、対民青ゲバルトが予定されているが、中核派部隊が前に出て、ブントは後詰めであるという。ますます僕は了解してそのつもりで集会に参加し、中核派の後詰役をしたが、じっさいには機動隊の侵入で、語られたブントの方針どおりにはこの日は進行してくれなかったこと。二は、機動隊が入って来た時、「逃げろ」と指示があり、僕と勝見、大沢君は教育学部本館（民青の本拠）と経済学部本館の間の通りに走り込んで三四郎池に向かったが、民青の投石を衝いて逃げるので、後で思えば適切な逃走路ではなかった。それでも俺たち三人は軽傷一つで逃げおおせてこの日のご近所付き合いを終わらせた。ところがあとできくと狩野、青木、石上の三人は、山本らの反対方向に走り、すぐ近くの安田講堂内に逃げ込んでいる。山本、勝見、大沢は民青による投石の雨のなかに突っ込んで行き、狩野たちは味方のいる安田講堂内をめざしたのだから、正しい逃げ道は狩野たちが走り込んだほうの道であった。狩野らはそのあと安田講堂内にたてこもり、機動隊を味方につけた民青の攻撃に対して、ミニ「籠城戦」を経験している。日吉文はこの日、民青の投石攻撃の真っただ中に逃げ込んでしまい、運よく東大の外へ抜け出すことが出来た勝見・山本と、安田講堂の中に逃げ込んで、民青の攻撃に対して火炎瓶投下、投石等で籠城戦を初体験した狩野・青木に分かれたので、これは偶然ではあるがのちの四名の「決戦」におけるそれぞれの思考、行動、時々の決定に影響及ぼす出来事の一つになったと思える。この日偶然に狩野と青木は安田講堂内に入ることになり、民青とたたかうことになったのであり、来たときと同じく近所付き合いとしての「支援」という認識を抱いたまま東大キャンパスの外に出て行った山本、勝見とは、決戦観を異にせざるを得なくなっているのだ。陽介君いうように、僕ら日吉文の間に、東大決戦関与のありかたをめぐってこの時たしかに話し合う必要が生じていたのだ。何故それがやれなかったか。とにかく事態の展開が早すぎて、四人の間の違いを調整しようにも、調整しなければとおもったときに別の問題がつぎからつぎにわれわれに押し寄せてきて、事態についていけないまま決断しなければならなくなる。日吉文がそれだったしブントも同断、この日から一月十九日までの十日間は、よほど賢い人たちだって、大なり小なり日吉文の我々同様に、ついていこうと頑張れば頑張るほど自分たちの置かれた状況がわからなくなり、「決戦」事態に振り回され続けたというのが実情だったのではないか。いやおうなしに強いられた「受け身」のなかで、日吉文たちは自分のやれることを精一杯やろうとしてはいたんだ。

十四日。伊勢さんの指示で、青木、勝見、山本は二、三日分の食料、タオル、現金、ナップザック等用意のうえ、明大学館へ、そのあと安田講堂へ向かった。十五日の決戦支援の総決起大会に参加しようということだったが、それ以外に何をするかの腑に落ちる説明、指示は、明大学館でのリーダーたちから語られることはなかった。九日に「ブントは東大では適当にやる」とやや具体的に指示を出し、自分達をやや納得させてくれた日向さんは、この日も顔を見せたものの、もうわれわれをはげましてくれるようなスピーチも冗談も口にせず、ただ一人勝手にこの「決戦」状況に不満らしきものをのぞかせるだけの消極的な指導に後退してがっかりさせられた。したがって仕方がない、自分は事ここに及んでなお何かに刃向かうような気持ちで、よそ様の「決戦」にやれる範囲内でおつきあいはしますというかかわりを堅持した。これ以上もはや堅持できぬ現実に直面させられたのは十五日、総決起大会終了後、伊勢さんの指示として、日吉文から二名、籠城戦を戦うメンバーを決めなければならなくなった時である。決戦が自分の問題になったというのではない。きわめて不本意ながら、自分の問題に「された」のだ。伊勢さんの指示に、ブントのこのかんの指導の混乱に、そして根本的には東大決戦そのものの展開のとてつもない速さ、また速さの質によって。要するにどさくさ紛れにだ。

十五日夜の僕のことはできるだけ正確に話したい。伊勢さん、勝見君に訂正、批判があったらあとで指摘してください。……「東大闘争勝利労学総決起集会」が終わった時、もう真っ暗になっていたとおぼえている。集会において諸党派代表は、いろいろと自派の主張をくり広げたが、東大決戦はいまここで日共・民青との対決から国家権力機動隊との対決へ転じたという認識で一致していた。聞かされた俺は、だからといって何か特別に自分たちの過現未にやや真剣に思いを致すというようなこともなかった。封鎖解除に近々機動隊が来るなと思いはしたが、それは俺の問題でなく東大の事であり、依然として他人事であった。しかも、それでいながら事態を正確につかめていないことでぼんやりと不安でもあり、大講堂の片隅で青木、勝見両君と三人して、このあと具体的に何があり、どうすることになるか「指示」があるのを待っていたような気がする。自分は他人事の中にいるんだという認識でいるから、青木、勝見両君がどのように待っていたかはわからないが、僕はただ単に無責任に待っていたにすぎない。だいぶたったような気がしてきたとき、狩野がやって来て「伊勢さんの指示だ」というので、やっと俺は身体を起こした。狩野が伝えた伊勢さんの「指示」内容は以下の通り。機動隊の導入が近日中にある、その際東大全共闘とわれわれは徹底抗戦することにした、ついては東大全共闘から日吉文に対して安田講堂籠城戦を戦う者を二名出してほしいと要請があり、ブントはこれに応じたいと考える。「……伊勢さんは逮捕歴の無い人が望ましいといい、僕に対しては東大決戦後の日吉文の組織化を担ってくれといった。僕はそうしますともしませんとも伊勢さんにまだ言っていない。これから青木、勝見、山本で話し合って、日吉文として、また自分として要請にどう応じるか決めてほしいんだ。僕も話に加わりたい」と狩野は俺たちに頭を下げた。俺はとっさに、狩野は指示というがじっさいにはこれほとんど「命令」だなと思った。指示だったら、指示内容の是非を指示された者らが話し合い、自分達の考えをまとめて是あるいは非を指示した者に伝えて、指示の実行に修正を加えたり、実行そのものを撤回させたりすることが可能である。しかし狩野が伝えてきた伊勢さん指示の内容は、第一にここ二、三日中に必ずなされるであろう封鎖解除のための機動隊導入に徹底抗戦するという方針を決めた上で、東大支援に集まってきている日吉文を含む他大学の学生らに、逮捕覚悟で籠城戦に加わるか否かと迫るものであり、東大全共闘と諸党派が一致した決戦方針をめぐって自由な是非の議論を全然想定していない。第二に、伊勢さんの指示は、日吉文から「二名」出すことの是非を話し合えではなく二名を誰にするか話し合えであるから、日吉文から二名出すことは「指示」でなく「命令」だ。命令には従うか従わぬかのどちらかしかない。第三に伊勢さんは「二名」選出にあたって「条件」を付した。「逮捕歴の無い者」と。この「条件」も話し合いの条件であるから、「命令」であり、日吉文から「二名」という時の候補者＝狩野、青木、勝見、山本から、自動的に狩野は除外される。おまけに「狩野は籠城戦でなく外で日吉文の組織活動を」と二つ目の条件を伊勢さん念入りにつけているから、「話し合い」以前にあらかじめ籠城して逮捕される候補者は青木、山本、勝見というように、伊勢さんとブントたちによってきめられていることになる。候補者三人で「話し合って」籠城戦に加わる日吉文二名を決める！　そんな話し合いは事実上不可能ではないか。候補者三人が、日吉文と自分自身の今後を考え抜いて、ノウかイエスか決める。狩野が伝えた青木、勝見、山本にたいする伊勢さんとブントによる「指示」は事実上「命令」であり、話し合いでなく、青木、勝見、山本、そして狩野のそれぞれが、日吉文「二名」の一名になることを受け入れるか拒否するか、時間制限はあるが考えて決める。その結果を「指示」者が受け入れるか、受け入れることが出来なければ新たに自分たちの決戦参加方針を考えるしかなかろう。自分は「二名」の「一名」になるかならぬかと考え、すぐに「ならない」と決めた。というよりむしろ俺なれないんだ。正直、他人事の東大決戦に籠城し、逮捕され、公判闘争に加わらされる将来などは真っ平ごめんである。これはハッキリしている。問題はこれを、日吉文狩野たちと伊勢さんにどう伝えるか、伝えられるかだ。東大全共闘が籠城戦を戦うのに異議はない。やりたいだけやってくれ。が、俺自身がそこに加わるつもりはない。これで伊勢さんの「命令」を説得的にはねかえすことができるか。できない。真っ平ごめんが俺にとって正しいのだが、伊勢さんの「命令」の背後にある世界観、人間観を完全に封殺ないし論破できるほどに正しいと言い切ることはできない。だんまりは俺ひとりでなく、狩野も、青木も、勝見もうつむいて黙った。

「俺はやるよ」青木が自分達四人の無言を破った。表情も口調も非常に挑戦的だった。日吉文われわれを、自分達の本意でない無言のほうへ追い詰めているその者こそ、伊勢さんの指示＝命令の伝達によって、伝達した（させられた）狩野と、命令に直面させられた青木、勝見、山本の共通の敵である筈であり、あるべきであった。が、青木の宣言は日吉文四人の共通の敵に向かってであるよりも、無言のなかに閉じ込められて唯々諾々、身動きできなくなった味方たち、狩野、勝見、山本への「挑戦」であり叱咤であるように聞こえた。「俺はやるよ」はハッキリいって、三人のなかでとくにこの俺に「おまえはどうするんだ」と突き付けてきたなと感じた。狩野は青木の挑戦にこれといって反応せず、勝見も勝見で俺の隣で一層深く黙り込むのがわかった。振り返ってみると、青木は決戦開始の一・九から一・一四までのあいだのどこかで独自に、それまでは青木にとってもおおむね他人事だった東大決戦をそうではなくてこの自分自身の事だと考えるにいたって、とことんまで付き合っていこうと思い定めていたのではないか。そして日吉文の仲間のなかに自分と決意を共にして共に闘ってくれる誰かを求めていたのではないか。青木の誰か候補のひとりは俺だったかもしれず、俺は十四日朝から青木と行動を共にしたが、俺のほうは東大の決戦に他人事としての「支援」以上のお付き合いはできない、いやだとその点だけは変わることはなかった。まずブントと伊勢さんの「東大決戦」指導に不信があり、不可解なところが多いと思っていた。第二に、自分達が知識、経験の足りない一年坊主でしかなく、二年目からの学生生活を展望して、日吉文での活動だけにとどまらぬ、日吉文での活動が中心に在ったこれまでの生活を踏まえつつ、日吉文の仲間たちと共により広い、深い生活へ踏み出してゆきたいという希望がある。この一月に突然事故みたいに起こった（と俺は感じている）、毎日が東大決戦「支援」だけになって行く日吉文の現状、またブントと伊勢さんの現状につとめて調子あわせながら、これを何かに強いられた不本意な自己喪失の生活と一方で感じており、こういう生活は俺にはあくまで他人事なんだということだったと思う。

俺の望む他人事でないよりましな生活とはどういうものか。東大決戦の今ここの外へ出て行けば始まってくれるのか。これまで経てきた米資闘争や、日吉文とブントとの「批判的共同」の日々を断って、別の学生生活をやり直すか。それも俺やれないんだ。東大決戦を「自分事」としてやることが出来ないのと背中合わせに同じ理由から。では自分事とはどうしても思えない東大決戦の内にそれでも逮捕覚悟でとどまるか。それも理不尽だからやれない。要するに単に外へ出て行くのも嘘、単に内にとどまることも嘘で、どちらにも俺の求める他人事でない本当の生活はない。それでかりにお前の無言をあえて、いまここで何が何でも言葉にしろといわれるなら、東大決戦の外へただ出て行くのでなく、出て行きつつ同時に出て行かぬこと、その蝶番みたいな位置に踏ん張ってできるだけ立っていようということになるだろうと思うんだ。しかし俺のこういう言い分をいまここの狩野に、青木に、勝見に、どう語りかけたらいい？　どうすればかれらにわかってもらえるか？

「決まった？」顔を上げると伊勢さんがいて、狩野にきいた。

「青木が俺は残ると宣言しました。もう一人はまだ決まりません」狩野は何か身の置き場がないような表情をした。

「そうか」伊勢さんはしばらく黙ってから、俺の記憶だと「青木一人じゃあ青木が寂しいじゃないか」と俺の肩に手をかけ、「なあ山本、ここで一つ踏ん張ってみないか。それが君にも日吉文にとってもいいことだと思う。君がずっと探し続けている確信はいまここにおいてこそ、獲得できるものではないか。そう考え、あえて踏み出して行くのでないと君はいつまでたってもブントになれない。俺はそう考える」と遠い以前に一度聞いた記憶がある、普段とは違う告白するような声で言った。俺は伊勢さんの声によって、他人事が自分事になりかかるのを微かに感じた。伊勢さんはいかにも俺に「ブントになれ」とは言わなかった。しかし俺はこのとき、伊勢さんの語る言葉に「罠」を感じた。伊勢さんがたくらんでそうしたというのでなく、伊勢さん本人がその被害者でもあるようなそうした性質の「罠」なんだ。俺には日吉文の仲間とのつながりが大事であり、伊勢さんのブント党派政治との繋がりも、日吉文との繋がりが要求する限りで大事にしていたつもりだ。ところが伊勢さんは、この十五日夜の正念場において、日吉文われわれが拠り所にしてきている「学生大衆の立場」からする要求を、伊勢さんのブント党派政治の要求と、意識的にか無意識にか対立させた、あるいは一面的に同一視して、後者の要求を前者の要求に優先させて、われわれに安田講堂に残るか、残らぬかと選択をせまったと思う。日吉文とブントは共同してきたし、ブントと伊勢さんを俺は全否定なんかしない。しかしあくまで「批判的共同」なので、ブントの要求に応じることによって得られる「確信」と、日吉文一年生の俺が求めている「確信」とは、繋がりはあってもまったく同一ではないんだ。伊勢さんはあのとき俺に、「批判的」と「共同」を切り離して対立させ、ありもせぬ二者択一を迫ったと俺は受け取った。伊勢さんとブント、また俺と日吉文を共倒れさせてしまいかねぬ「罠」を直感した。伊勢さんの「指示」は、「日吉文から決戦要員二名」という案を検討してくれという「協議」の要請ではなくて、「二名を決めろ」という上からの命令が本質だったと思う。対立か？

共同か？　答えようがなかったんですよ、あの時の俺には。

　日吉文たちのだんまりを破った二番手は、うつむいて黙ったままでいた狩野だった。伊勢による山本励ましにわが意を得たかのように、

「そうだよ。山本も頑張ってみるべきだよ」と明るい声を出した。伊勢さんの励ましには言葉がなく心を閉ざした俺も、伊勢さんの山本励ましに後続した狩野には、なんとかこたえたいと思った。狩野、それは違うんだといいたいが言葉になってくれず、身体を椅子の背もたれに預けて円天井を見上げ、「うん、そうだなあ」と音声に似たものが辛うじて出た。何が「うん」、何が「そう」だったのか。伊勢、狩野、青木は、山本がつぶやいたとたん、三人ほとんど同時に「理解」したらしく、俺が日頃知っている親しい先輩・仲間たちの顔にかえっていた。かれらはそっと席を立ち、「山本をそっとしておいてやろう」というかのように（と俺は感じた）どこかへ姿を消した。隣にいてさいごまで無言だった勝見も、三人とは別にひとりでどこかへ行ってしまった。俺は動かず、動けず、円天井を仰いで、どうしようか、どこへ向かって頑張ろうかと考えることをつづけた。伊勢、狩野、青木のお三方は俺が「安田講堂籠城戦に残る決意を示した」と「理解」して出て行ったか。そうしようかという考えが自分の心をよぎったこともたしかにあった。だが結局、「二名の一名」に縛り付けられるのがいやで、これをみんなに伝えたいがどう伝えたらいいかわからない、それで「うん、そうだなあ」と仮に言うしかなかったんだと今は思っている。残るかも、残るのはイヤだも、両方が本当で、一晩中うつらうつらして両方の気持ちで過ごした。伊勢さんも、日吉文たちも、一度も大講堂に戻ってこなかったと覚えている。十六日朝、叩かれたみたいにハッとして左側を見ると、正面扉が開いており、白い光が講堂内全体に広がっており、たくさんの人間たちの影がせわしげに烈しく出入りしている。俺の頭は何も考えていなかった。身体が勝手に椅子から起き上がり、大きな光のほうへゆらゆらと動く。あの人間たちの影のなかに加わりたい、とにかくこ

この外へ、東大決戦の二名の外へ出て行きたがった。うしろから「山本、一緒に行こう」と俺とは違って確信に満ちた、真直ぐな声がきこえた。振り返らなかったが勝見の声だった。俺は何もいわず、いえず並木道を行き、地下鉄駅に駆け降りて行く。勝見は俺を電車に乗り込むまで守ってくれていた」

「出て行くときに何故、伊勢さんはとにかくとして、狩野、青木、勝見三君と話し合うとか、少なくともかれらの意見をきいてみるとかいうことができなかったか」谷君は首をかしげた。

「彼らに引き留められたら振り切って出て行くことはできないと思った。出て行くことだけを優先した」と山本はいう。「……十八、十九日はずっとテレビのまえで過ごした。見ながら、これが各支部から「二名出す」といった割り当て方針でやりきれる「闘争」では決してないと実感しておおきな衝撃を受けた。あとで勝見から、安田講堂で狩野、青木、北村の三君が逮捕されたとしらされたとき、ショックを受けただけでなくじっとしていられぬ衝動をおぼえた。東大決戦は狩野、青木、北村の決戦参加のほうから、これまでの俺、これからの俺を問うていると感じたんだ。……テレビの画面で列品館や安田講堂での徹底抗戦を目撃させられて、俺はショックを受けたが、これは俺が高くくって決めつけていた「決戦側」のたとえばブントの「日吉文から二名出せ」方針でやれる戦いではないという驚きに満ちた発見であり、不可解なものを突き付けられたという恐怖だった。二十日、勝見から電話で、日吉文狩野、青木、北村が安田講堂で戦って逮捕されたとしらされたとき、俺はやっと二日間、手に汗握って見続けた東大決戦の中心にある不可解さの実体が理解できた気がした。俺を不可解な畏れ、驚きで圧倒し去った二日間の決戦は、東大全共闘やブントをはじめとする諸党派の「決戦指導部」の思想と指導力ではとてもやれる筈がなかった戦いであり、むしろ東大全共闘と支援の諸党派の思想とプランにしたがって出発しながら、それぞれの決意をもって決戦に加わった学生大衆一人一人が戦闘の過程をつうじて「指導部」の思想とプランを乗り越えるに至った未曽有の、それゆえに不可解な衝撃をわれわれにもたらすことにもなった戦いだったんだと思う。狩野、青木、北村は、ブント党派政治が「指示」した「三名の日吉文」ではなかったのであり、日吉文の立場においてそれぞれに決意して戦った三名の大学一年生である！　俺の転向というのか、Uターンがはじまった。俺はこの先、狩野、青木、北村がすべてのみんなと共に担った決戦の中で、彼らが意識して、また無意識にめざしていたであろう目標に向かって、この俺も自分なりに前進して行きたい。ブントと伊勢さんの「指示」、また俺の「東大決戦」＝しょせん他人事という決めつけにもかかわらず、狩野たち三人は抗ってあえて「決戦」したのだ。勝見は三人の決戦を「絶対の事実」だというが、俺は同じことを、三人は東大決戦に外部の支援者として加わり、決戦の最後まで自らの意思で戦い抜くことによって、新左翼学生運動が追い求めてきた生き方の理想を、六十九年一月の天空に一瞬映しだしてみせてくれたんだと説明したい。俺は彼らが天空に投じた夢のほうへ、彼ら三人と俺達みんなを「救対」したいんだよ。ブント救対部や伊勢さんの助言・指導を踏まえつつ、昨年七・五日吉スト権の主体として出発した学生大衆の立場にもう一度立ち返って、日吉文として再出発したいと思う。われわれは東大の加藤執行部、日共・民青、国家権力機動隊が「再建」した秩序に組みしない。狩野たち三人がそれぞれにめざしつつあるだろう新秩序の側に組みしたいな」

「伊勢さん、山本からいろいろ問題の提出がありました。ブントの立場、学対伊勢さんの立場から、三人の救対方針、日吉文の今後の活動について、意見なり提案なりをお願いします」勝見はいい、部屋に入って来た時からこれまで一言も発さず、眼をつぶって勝見や山本の長話にじっと耳を傾けていた伊勢に発言をうながした。山本は見ないようにしていた伊勢にはじめて視線を向けた。

「君らは主張した。君らの疑問や批判にこたえるというよりは、とりあえず俺のいまの感想をいうから、きいてほしい。ショックだったと君らはいうが、俺も自分の受けたショックを語りたい。いまここにいる俺たちが東大決戦に自分が望んだほどに正しく良くはついていけなかったというのは本当だと思う。日向は東大では適当にやるといった。その適当は振り返って十分に適当だったとはいえない。それは認めざるを得ない」伊勢は顔を上げて軽く頷いて見せ、「そこでまず狩野ら三人をどこへ向かって支援、救援していくかということだ。俺は三人それぞれの意思、抱負の尊重を前提として、ブントと日吉文が共に手を携え、共有し得ている方向へ「救対」すべきだと思う。きいていると山本は東大決戦の評価と、安田講堂籠城戦を戦った三人の「救対」の方向をめぐって、ブントと日吉文のあいだにことさら対立面ばかりを強調しているように思えて残念だ。たしかに九日以降、東大決戦にかかわってブントと日吉文のあいだに意思疎通の不充分があり、対立というか、すれ違い、食い違いが生じていたことは事実だった。が、それはわれわれが努力して解決すべき、また努力次第で解決可能な問題としてあったところ、決戦の日々の展開に振り回されて日吉文ときちんと話し合うことができなかった、してもらえなかったということなんだ。ブントと俺に努力不足があった。でもそれは俺たちだけの怠慢、迂闊の罪だったか？　東大全共闘をはじめとして、決戦の内部にいた諸集団、諸個人のすべてがそれぞれに仕方なく怠慢であったり迂闊だったりしていたのではないか。それが現実の戦いというものであり、机上のプラン通りに行くことは基本的にありえないこの世の出来事としての「決戦」なのではないか。ブントと俺だけに、完全に賢いとは言えなかった決戦方針の自己批判を要求するのは、日吉文たちの気持ちはわかるけれども、ちょっと待ってくれと言いたい。日吉文である勝見、山本、また今夜駆けつけてくれた陽介君，谷君にも、山本・勝見両君が指摘して、俺とブントに要求した、「決戦」渦中において露呈した「怠慢、迂闊」を克服して行く努力を自分の事として我々とともに考えるようにできたらしてほしいんだ。党派政治一般の「持病」だと簡単に決めつけないで。

そこでお願いだが、「ブントになる」「ブントと共に行く」という生き方の理想も、狩野たち三人、また今日集まった四人の「方向」の一として受け入れてもらいたい。青木は決意したとき、「指示されて」ではなくて、「指示」から独立して「俺はやるよ」といったときいている。山本だって米資闘争後はあり得る生き方の相として認めているではないか。俺に言わせればそれぞれのブントが存在しており、存在していい。塩見さんが発明した「過渡期世界論」のブント、日向や俺のブント、「吉本主義、大衆自立主義」のブントだってあるんだ。ブントは革共同みたいな、上から下までびしっと「統一」できている、少なくともそうしようとしている「党」とは違っている。そのマイナスが東大決戦のなかで思わず出てしまったともいえるが、いっぽうでわれわれは様々であり得る個々の人間の思考、行動、意見、アイデア等々を分類整理して一つの全体へまとめ上げようと頑張るが、しかし頑張りすぎまいと自分を見張りつつ頑張る集団なのだ。山本がとりあげた俺たちのその場しのぎ的対応とかいい加減さとか、そういうマイナスは、裏返すとブントを不断に運動し続ける、固定の停滞を内側からつねに揺さぶり飛躍しつづけてやまぬ、思想と行為の複数性を生き抜く集団に、可能性としては自身を前進させるプラスに転じうるんだと俺はいいたい。それだから諸君、マイナスにこだわり過ぎてプラスまで捨てて顧みないのはやめてくれ、党派政治一般と学生大衆一般を、議論上の便宜からそう対立させないでくれ。ブントと日吉文の繋がりを対立面だけでなく、互いに必要としあい、互いにプラスである面からも評価しなおして一緒に前進して行きたい。日吉文は全学闘の内ゲバへの反対から、学生大衆代表として出発していたのではなかったか。俺は勝見や山本、みんなのブントの決戦方針への疑問、批判はちゃんときく。対立を「内ゲバ」にしないで、われわれが共有している問題解決への手がかり、橋にしたいということです」

「生き方の理想の一つとしてブントになるという選択も含まれるというんですが、一般論としてなら異議ありません。しかし今の場合は、東大決戦を戦って、逮捕された日吉文の狩野、青木、さらに一般学生の一人である北村を、日吉文の勝見、山本を中心にして、どう「救対」していくか、日吉文の活動をどう担っていくかという話でしょう。「ブントになる」という方向を、一つの方向として認めるなら、ブントを含めたすべての党派政治の要求から自立した「学生大衆になる」という方向が山本からしめされましたが、これははじめから「ブントになる」という方向に対する批判、むしろ否定を含んでおり、内ゲバはいやだけれども、両方向の内容を同じ量・質で満たし得る「方向」というのは、具体的にイメージが浮かばないんですが」と陽介が指摘した。伊勢も山本も本音を吐け。さもないとブントも日吉文も嘘になるぞ、共倒れになるぞと懸念したのであった。

「十四日、山本と勝見は東大決戦のなかに入り、ブントの決戦関与のあり方に疑問を抱き批判的になり、十六日朝東大決戦の外へ出て行く。学生大衆の立場に則って？　俺にはそこに疑義があり異議があるんだ」伊勢はいう。「だって出て行かずに内に残って戦った三人の一人北村君は山本の言う「学生大衆」そのものではないか。狩野と青木は日吉文であり、山本と勝見も日吉文であり、かつての日吉文は出て行った山本、勝見と、出て行かずに残って戦った狩野、青木で二方向に割れているのだ。こんご狩野、青木、北村が獄中でどういう方向へ向かって闘い、どういう生の理想をめざしていくか、いくべきか、外からかれこれ「指示」したり「要求」したりはできない。が、例えば「外」にいる俺が三人に対して「ブントになる」人生を望む権利、自由は、それとは違う人生を望む権利、自由と同等にあるんだということを、山本はどこまできちんと踏まえて物を考え、物を言っているか。山本が「ブントになる」人生に否定的なのは仕方がない。しかし山本が「学生大衆」という曖昧な、抽象語であることによっていくらでも意味を持ち込むことが出来てしまう言葉を盾にとって、安田講堂籠城戦の外に説明抜きで逃げ出した自分の「人生」を、ブントの決戦方針の曖昧さや混乱にたいする批判の相対的正しさの一面だけで丸ごと肯定してしまうのは不当であり、自分のとは異なる「人生」にたいして公平でないと思う」

「学生大衆の立場という言葉は全体としての生を求める立場であり、その一部に「ブントになる」という人生も含まれていると僕は考えている。部分は全体を映し出すけれども、全体そのものではないといってるんですよ」山本は辛抱強く、「内に残った狩野たち三人は「ブントになる」人生を求めてるかもしれず、求めていないかもしれない、外に出て行った俺や勝見は、「ブントになる」人生をかつて思い描いたこともあったが、いまは思い描かなくなっていることが多いかもしれない。だが、外に出た俺と勝見も、内にとどまって戦い、現在獄中にある狩野、青木、北村の三君も、共に日吉文の仲間であり、同じ「学生大衆」としてあるんだということなんですよ。伊勢さんのブント党派政治の立場で見ると、一方は安田講堂の外、他方は安田講堂の内で、二つに分裂、背反したということになる。しかし俺と勝見が外に出て向かった方向は、狩野たち三人が内に残って向かった方向と、入口では別れたが、到達する場所は同一だとわかったと俺はいうんです。われわれはこんにち共にブントの東大闘争方針に批判的な日吉文・学生大衆代表としてあり、偶々いま内と外に分かれているが、この内と外はじっさいには繫がっている。俺と勝見は、狩野らの戦いと、外の我々の活動が「繫がっている」とかれらに了解してもらえるようにやって行きたいわけです」

「土壇場で逃げ出した人生と、踏みとどまって戦い抜いた人生が一緒で等価か。神と悪魔がじつは表で、あるいは裏で繫がってるという思想は不謹慎で不健康だ」伊勢はいい、山本をじっと見た。

「目下のところ人の世の掟のもとでは同じではないことになってるらしい。しかしわれわれの存在の根底においては内・外は「繫がっている」んだというのが僕の神信心です。この世を包み込んでいる全体のなかに東大決戦を位置づけなおすことができれば。僕と勝見は自分達と狩野たちの戦いとの「繫がり」を創り上げて行きたい。かれらが納得して帰ってこられるような日吉文を守っていきますよ」

この夜はもうこれ以上の議論はなかった。三田新陽介にいわせれば、伊勢と山本は妥協して日吉文の現状の維持でことを収めたにすぎず、党派政治対学生大衆のあいだの突っ込んだ対話は回避されたのだが、このへんが伊勢と山本の実力の、つまりは日吉文の学生大衆の立場の限界だったかもしれない。

伊勢と勝見、山本、大塚は任務分担を決めた。大塚が日吉文勝見、ブント伊勢と連絡をとりながら、狩野、青木、北村の救援対策を取りしきり、山本は救対プランに協力する。加えて山本は、狩野らの不在間の日吉文の活動の内、他自治会、他党派との連絡協議を担う。二月にかけて、工学部の実験費値上げ問題、入試「粉砕」行動の提起等への対処など。伊勢は旧全学闘メンバー他にあたって日吉文への支援、協力を求めることにした。石上や、工学部新聞国崎、戻って来た懐かしい小柳さんたちである。伊勢は六十九年闘争の焦点は「沖縄」であり、最初の「決戦」は四・二八沖縄デーの闘いになるだろうと言った。

十二　とりあえず、再出発

一・二三　昼過ぎ、山本は中庭で、校舎から出てくる学生たちのあいだに大下恵子の白い顔を見た気がした。山本がいるなという表情をしたように思ったが、しばらく会えなくなるかもしれないなあと彼女をあらためて近くて遠い人と感じた。夕方日吉文ルームにひとりでいたところへ、SRCの藤木と木瀬（去年七月一日、日吉学生大会で学ラン着てスピーチして素朴な地方出身者を熱演し山本を感心させ、あとで正体が全学闘マル戦グループの一員であると知ってさらに山本を感心させた法学部二年生だ。お父さんが警察官だということで愚痴をこぼすことがあると、自分も父が自衛官でときどき愚痴る救対大塚からきかされて、そうかとその人柄、言動の一面に若干納得できた記憶がある。伊勢さんの父上も警察官だった）がやってきて、「頼みがあるんだが」と物々しくいいだす。二十五日、生協常任委員会・理事会（日共）は、慶大生協臨時総代会を、日吉と小金井〈反日共〉を排除したうえで、地区民の防衛隊を動員して強行しようとしている。ＳＲＣはこれに抗議して断固として粉砕したい。ついては日吉文にも支援お願いしたい。「支援といっても、俺たちいまは俺と勝見二人だけだからなあ」山本が当惑すると、木瀬があわてて「いや、ゲバルトのほうは俺たちでやる。日吉文たちは当日、俺たちの抗議行動に後ろで立ち会っていてくれればいいんだ」と説明した。当日は三田文もくる、小柳さんが力を貸すといってくれている、人数はとにかく日吉文として顔だけでも出してくれないか。小柳さん、三田文たちと一緒に、藤木たちの対日共ゲバルトの「後詰」役ということかと理解して、それならと勝見の了解をとってＳＲＣ「支援」に「顔を出す」ことにした。

一・二四　午後、山本は勝見といっしょに狩野の留置先築地署に出向いた。戦前日本の築地署内で、『党生活者』の作者小林多喜二は逮捕拘束されたその日のうちに特高警察の手により殺害されている。高校生だった山本は、平野謙『昭和文学史』の挿入写真で、虐殺された多喜二の死に顔を見、文学者というのは場合によって権力から殺されることも覚悟しておかなくてはならぬかと知らされて大きな衝撃を受け、以来「築地署」の三文字は山本の心に残忍で悪い、被抑圧人民と文学の敵の代表として刻み込まれていた。山本は勝見のあとについて、もはや戦後であるが、築地署は依然として築地署である建物の正面玄関におずおずと入り込み、カウンター越しに「庶務課」と札の下がっている一階オフィス全体を見渡した。「小林多喜二」とか「弾圧」とか「警察権力」とかいうより、平服を来たたくさんの人たちが机に向かってせわしく事務を執っている何となく埃っぽい仕事場だというのが第一印象である。

「差し入れにきたのですが」勝見が申し出ると、「係の者」という中年の人物がカウンターのまえにやってきて、勝見の問にこたえて狩野の現状を丁寧に話してくれた。狩野の両足の催涙液によるやけどは快方にむかっているとのことだった。係員と勝見の問答のかんにふと横を見ると、仰向けに倒れたひとりの女が頭と足を二人の刑事らしい男に材木みたいに支えられてしずしずと黙って運ばれて行く。白いロングスカートの裾が真直ぐに垂れて剝き出しのコンクリートの床に触れ、足はストッキングに包まれて黒く、顔はよく見えない。人体に何らかの暴力が振るわれ、その残骸をこれから始末しますかという状況に見えた。署内の人たちはいつも見慣れている品物が今日また搬送されてきたと散文的に受け止めている様子で、別に女が刑事から拷問されたわけではないし、むしろその反対の場面なのだが、あくまでここは戦後民主主義下の築地署ではあるけれど、やはり築地署なんだなあと秘かに畏怖の念を抱いた。

勝見は係の人から必要事項をききとったあと、狩野の弟に託された差し入れ品の大きな紙包みを手渡して「よろしくお願いします」と頭を下げた。帰りの車中で勝見は山本に、青木と北村は二月中に出てこられそうだ、狩野はそうはいくまいと言った。

一・二五　SRC支援のこの日夕方、山本はいわれた時間通り三田文自治会ルームに集まった。勝見が行かないよと辞退したから、日吉文は山本一人である。三田文メンバーは十数人、米資闘争中に警備室や日吉文ルームに出入りしていた久地や立石の顔も見えた。山本を筆頭に、概して軟弱なこの面子だけではどう張り切っても「後詰」役すらおぼつかない気がするが、藤木と木瀬によれば、しばらくキャンパスで見ないでいた小柳さんがあえて出馬して「ゲバルト慣れしていない」三田文、日吉文たちの面倒をみてくれるというので、山本はまず安心していた。再会した小柳さんは顔を合わせた時懐かしそうに笑ったが、すぐに口をつぐんで部屋内をイライラと行ったり来たりしはじめ、目つきが険しくて、期待していたような、雑談したり、「後詰」指導を事前にやってもらうといったことをお願いできる機会や隙というものが全く無くて近寄りがたく、当惑せざるを得なかった。対民ゲバルトを担う藤木、木瀬らSRC部隊は下の階の文連部室に待機中であり、もうすこしして生協「ニセ」総代会がはじまる第一校舎会議室に向かって接近行動を開始すると連絡があった。小柳さんの不機嫌な室内往復がつづく。山本らは赤ヘル、覆面、角材で「武装」してSRC部隊からの合図を待った。

三田文のリーダーらしき人物が小柳さんのところへ行き、何か言うと、「よし」とうなずき、まるでパスを受け取ったとでもいうように勢いよくルームから飛び出して行く。山本らはあわてて立って小柳さんを追った。中庭中央に聳え立つ巨大なクスノキのしたに、照明灯の暗い明りに照らされて、無帽の小柳さんが石像みたいに凝っと立ち、悪い総代会が進行中の第一校舎一階右端のそこだけ明るい会議室方向をにらみつけていた。山本ら十数名は小柳さんの背後に固まって「後詰め」態勢をとったが、小柳さんを立てた安心と、地区民とのゲバルトはSRC部隊の担当であるという認識から、恰好だけは「武装」していても、気分は眼前の問題にたいして内部者でなくあくまで外部の立会人とか、ほとんど「見物者」に近くて、山本は自然に一月九日東大本郷での対民ゲバルトのさいの日向書記局員の「ゲバるのは中核、俺たちは逃げ出してくる民青をぶっ叩く片手間仕事」という指示を思い出し、あの時と同じだなと思った。あの時は「小柳さん」がいなかったが、気分は同じだった。東大ではそのあと片手間仕事どころか予想もしない機動隊の侵入があり、民青の投石の嵐の中の逃走がつづいたことのほうは全然思い出すことなく、SRCによる地区民のゲバルト部隊との闘争を頼もしい小柳さんの指揮のもとで今はただのんびりと「後詰め」しましょうといった余裕の気分でいるのであった。

ところが総代会粉砕闘争はなかなか始まらなかった。小柳さんは今度はクスノキの周りを巡回しだし、山本らの雑談の声も大きくなっていく。「何やってんだ」小柳さんは烈しくいい、山本に「ちょっと様子をみてくる」といってゲバ棒片手にぶらぶらと第一校舎のほうへ歩いてゆく。山本らが見ているとどんどん先へ行き、第一校舎の中へ姿を消してしまった。キャンパスは静まり返ってゲバルトだの粉砕だのといってもひどく嘘臭くおもわれた。誰かが面白そうに「小柳さん、見に行ったまま、一人で会議室に殴りこんでしまったんじゃないか」と想像を述べ、笑い声があがったとき、不意にパラパラッと小さい固い物が飛んできてクスノキに周りのベンチに乾いた音をたててあたった。ワーッという叫喚とたくさんの切迫した足音が連続し、闇の中からそう大柄でないヘルメット、覆面の集団が突進してくるのが閃くように眼に映り、反射的に山本は身構えた。振り返るとわが後詰部隊全員が凄い勢いでヘルメット脱ぎ捨て、ゲバ棒放り出してどんどん逃げて行く。山本は一拍遅れて邪魔なゲバ棒を捨て、前を行く誰かの背中を追って走り出す。三田文自ルーム方向へ、西校舎横のそこだけ照明で明るい工事中のフェンスをよじ登る久地たちの抜群の運動神経の発揮があり、フェンスにあたる投石の音がパチパチと軽快に響いた。山本は敵の攻撃が集中するフェンスごえを避け、西校舎正面に向かって走った。こちらは真っ暗で人の姿はない。追いかけてくる複数の敵の足音がきこえる。スピードをさらに上げて大きく見える校舎正面の玄関前にさしかかったとき、急に身体が宙に浮いたと思うと、或る時間を一瞬くぐってから、身体一つの幅しかない側溝の下底の固い床面にたたきつけられていた。右肩から落下したのだが、厚着していたのと捨てずにいた赤ヘルのおかげで幸いけがはない。山本は暗中盲ら滅法に突き進んでウワッと足踏み外し、サークル部室の連なる地階に通じる幅一メートル、高さ三メートルの側溝に転落したのであった。追ってきた民青は山本が眼前で消えてしまったので、事情不案内なよその大学の中ということでもあり、さぞかし驚いたことだろう。深い底にすわりこみ、両膝抱え込んでひっそり息を殺していると、「どうしたんだ」「あっちへ行ったぞ」などと民青同士のやりとりがきこえ、しばらくして足音が小走りに遠ざかっていく。そのあと三田文ルームのほうでワーッと喚声があがり、ガラスが割れる音が一回、それで完全に音がなくなった。頃合を見て山本は立ち上がり、ヘルメットとタオルを脱ぎ、自分の座っていたコンクリート床の上にまとめて丁寧に置いた。本日の「支援」任務終了、現場を離れますという意思表示である。帰りに三田文ルームをのぞいたが三、四人まだ残っており、一人が頭に出血して包帯を巻いてもらっているところだった。かれらの話では、民青は三田文たちの抵抗にあっさり引き返していったらしくて、民青外人部隊の強さをさんざん聞かされていた山本は「裏切られた」気がした。小柳さんはどこへ行ったか。あの人も変わらない人だなあ、ＳＲＣの藤木、木瀬たちはどうしたかなあ等々と、山本は事の終わった安堵のなかで考えた（翌二十六日午後、日吉文ルームに独りでいた山本のところへ、藤木と木瀬が挨拶に訪れ、われわれは昨夜日共民青をコテンパンに粉砕したと自慢した。学生食堂に逃げ込んだ民青外人部隊のバリケードを鉄パイプで壊している時、連中は泣きわめいて降伏し、すぐに自己批判してしまったというのだ。山本はご苦労さんでしたと応じたものの、東大闘争で見聞した民青の実力に内心感心させられていたところから、藤木らにそんなにもあっさり白旗掲げたという話に何だ、見損なったなと失望し、見損なった自分の未熟な眼識を反省もした。あとで小柳さんもやってきて、興奮気味に面白そうに、日共＝民青の心得違いを戒め、きっちりと引導渡した武勇伝を語った。ご自分が昨夜、「後詰」部隊を勝手に置き去りにしたことなんかきれいに忘れ去っていた。小柳さんは昔も今もこういう人である。元全学闘＝ＳＲＣの藤木や木瀬の自慢するゲバルト力には党派政治の裏が全然ないわけではないが、小柳さんの人物や言動となると、一貫して自分の内外の自然の要求にたいして隙間がなく一瞬の停滞もない、いわば「鐘と撞木」の関係のような、どちらとも捕捉し難い力の純粋運動が感じられた。伊勢さんはこういうほとんど「詩的」な人物をどういう金槌、どういう釘を使って「ブント」化しようとするのか、そんなことがそもそもやれるのかと漏れ聞く伊勢「学対」の「友達作り」活動に山本は首をひねった）。

二・八　工学部（小金井）実験費値上げをめぐって、工学部小金井校舎会議室において、学生側代表とのあいだで「学部長会見」が行われた。工学部長の報告、説明にたいして、学生側＝小金井工、日吉経、日吉文、三田文の各自治会代表が追及の論陣を張った。追及の先頭に立った中核派木原は大声を出して追及ムードを盛り上げようとワーワー騒ぐばかりで、同席した学務担当理事久木に逆に論破されかける始末でやむを得ず、山本が久木との議論に臨む形になってしまった。山本は久木の立論の矛盾をついて若干点数を稼いだものの、当局には値上げ案を撤回する用意などなく、学生側がまた値上げ問題に取り組むというより、値上げを問題にして「入試粉砕」行動に撃って出ようという意志に基づく問題追及だから、「会見」は問題解決の場でははじめからなくて当局と学生側が相手側のマイナスを取り上げて自らの立場の正当を学内外に訴えんとする対決の場になっていた。十五日に行われた「理事会見」では、当局と学生側とのあいだには討論による問題解決の可能性はなし、対決あるのみと確認し合って決裂、あとは入試をめぐって「粉砕」と「阻止」の衝突が日程に上る。山本と日吉文は入試第一日（二月二十日）までのあいだの学生側における「いかなる衝突を闘うか」の論争に加わっていくことになる。山本と勝見は自分達の「東大決戦」体験をふまえて、「衝突」のレベルを決めようと考えた。

二・一〇　一・一八、一九安田講堂籠城戦を戦い抜いた慶大文学部一年北村茂雄（一九）はこの日夕方四谷署から釈放、上京していた父と一緒に群馬県前橋市の実家に帰った。上野駅で見送った勝見に、今後の学生生活をどう過ごすか、家族とともに、自分の頭で考え決めて行くつもりだと北村は話した。

二・一七　前日釈放された日吉文自治委員青木行男（一九）は、午後一時頃、ひと月ぶりで日吉文ルームに姿を見せた。山本が行くと青木は以前と変わらぬ青木の顔でルームの前に立っており、「よーう山本、この野郎」と懐かし気に手を伸ばしてきた。再会した青木のこだわりのない様子は意外であり、しかしまた自分が微かにこれを予期していたようにも思えた。われながら不思議だったが、自分は仲間の青木を「決戦」の場に置き去りにして出て行った人間であるから、自分達二人が再会するとしたらまず、山本は青木に「許される」か「許されないか」する立場であり、青木のほうは「許す」か「許さない」かする立場であるにもかかわらず、山本はこの時、自分達二人が互いに「許しあっている」といった逆さの感情をいだいた。どうしてか？　山本はもどってきた青木を、党派政治の要求に応じてでなく、自由自主の「私」として決戦に加わり仲間のもとに帰ってきた仲間と確かに感じ、青木のほうでも少なくともこの時は山本のそうした理解を受け入れてくれていると直感できたから。青木はしばらく自宅で「リハビリ」したあと、三月に入ってから伊勢による働きかけと青木自身の希望により、社学同書記局日向、伊勢たちの「東大決戦」総括会議に参加して、活動を再開する。自分の「東大決戦」総括をとおして、伊勢の示している「ブントになる」道に、自由自主の私としてありつつ決心してあえて一歩を踏み出したといえようか。

二・一九　工学部実験費値上げに反対し、明日からの入試「強行」への抗議行動に向けて、小金井工、日吉経、日吉文、三田文の各自治会メンバー、さらに旧マル戦グループの幹部活動家のひとり管内、三田新川辺、工学部新聞国崎ら、あわせて三十名余が青山学院大の学生会館会議室に集結、行動プランをめぐって会議を行なった。日吉文からは山本、救対大塚の二名が参加、「青山の自治会はブント系だ」大塚がいい、伊勢さんあたりが用意した会場だと話した。会議は冒頭元全学闘「理論家」管内があす未明、我々の部隊で日吉記念館を占拠、入試粉砕を掲げて抗戦にうってでるべきだなどといいだしたので、たちまち混乱に陥った。東大決戦につづけだって？　そんな話は聞いてないぞ、何なんだ、今夜は猿のお茶会かといった言辞が飛び交う一方、学費値上げ反対、入試粉砕だろう、どうすれば粉砕できる、他にもっといい粉砕案があるなら出せ等々、管内以外の全出席者が思ってもみなかった騒々しい口論場と化し、「我々は別室で、自分達の方針を決めることにする」と会議の主役の一人木原は宣言して、日吉経（中核派）メンバー十数人を引きつれ会議室から出て行ってしまった。半分に減った各自治会たち相手に、管内はすこしもめげることなく、一層張り切って自家製粉砕案をとうとうとまくしたてる。「安田講堂の敗北は立てこもったからであり、占拠した上で撃って出て、ガードマン、機動隊とわたりあう。そうすれば勝てる。守るのでなく攻める。勝つことを先に主に考える」……。山本は、最初管内のいつもの「理論的」馬鹿話位に思ってきいていた日吉記念館殴り込みあるいは忍び込み案がどうやら本気の提案らしいと知って心の底から驚かされた。この人は塾監局占拠の自主解除にさいごまで反対しつづけた唯一の全学闘・マル戦グループの指導的メンバーだったなと思い返したが、こういう具合の人だから、あきれて黙っているわれわれを管内に説得されたしるしだと勝手に解釈して、実際に行動に移りかねぬと心配になり、山本はとにかく別な、それも管内案より賢い入試粉砕行動だってありうることを管内とみんなに伝えたいと考えた。

「東大闘争の一年余にわたる全過程から、先日の一・一八、一九「安田講堂籠城戦」だけを切り離しお手本にして、これでいこう、これの改良でいけると明日からの慶大「入試粉砕」闘争にじかに持ち込む、持ち込めると考えるのはどうか。簡単すぎませんか管内さん。安田講堂籠城戦は一月十七日夜にいきなり決定され、翌日実行されたわけでなく、一年間にわたった闘いのプロセスを経て仕方なく、しかし不可避に敢行された「決戦」でしょう。失礼ながら管内さんの「入試粉砕」決戦提起には、米資闘争の、そして東大決戦の敗北をふまえた、今日のわれわれの仕方なさ、不可避性の直視がほとんど全く感じられず、管内さん個人の思いつきとしか聞こえない。粉砕したいんだ、勝ちたいんだと管内さんはいう。誰がどのように闘い、守り、そして勝つのですか。担い手は今夜ここへ集まった僕らですよ。一番闘争経験が多い中核派はもうどこかへ行ってしまって、たぶん管内さんの提案には同意する気がないので、出て行ったんだと思いますよ。つまり僕ら、先日も、管内さんの仲間でもあったSRCの連中から「ゲバルト慣れしていない」者たちと同情してもらった日吉文、三田文が明日に予定されている入試粉砕行動の担い手なんだという、われわれ側の仕方なさ、不可避性の直視が、管内さんの提案にはまるで欠けている。東大安田講堂籠城戦には、東大闘争の決戦段階で、「ゲバルト慣れ」していない多くの学生らをも奮い立たせ、かれらを戦い抜かせた仕方なさ、不可避性が確固として存在していたんだと僕はいまは思ってるんです。そのかれらのなかには日吉文の狩野たち三名も含まれていますよ。管内さん、管内案の「入試粉砕」は僕らには担えないし、担わないことが正しいと僕は主張する。今ここにいる我々に可能な「入試粉砕」行動を、出て行ってしまっている中核派たちとともに工夫してみませんか」

山本は米資闘争の「敗北」と東大決戦を経て、今ここに集まった自分達の現実の心身のほうから、管内提案の空語性を指摘したのだが、山本発言が終わると、そのかんずっと黙ってうつむいていた三田文たち十数名は一斉に顔を上げ、「異議なーし」と唱和して管内をにらみつけた。この野郎。管内は「右翼的だなあ」とつぶやいてうなだれてしまった。管内の孤立によって協議は現金なくらい速やかに明日の自分達の力量で「可能な」抗議行動の検討に移った。自分達の意思一致をすませて戻って来た木原と中核派たちは、こちらの結論をしらせると大いに賛成だと破顔し、明日の抗議行動の細部について具体的な意見、注意事項等を山本らにしめして、さすが街頭実力闘争の雄中核派だなあと感銘させた。管内さんには申し訳ないが、管内提案はその極端な「空語性」の迫力によって、ここに集まったそれぞれに違っている個性や思惑たちのうちに団結の本能をかきたてて自分達の身の丈にふさわしい「入試粉砕闘争」方針を打ち立てる「成果」をもたらしたのであった。この夜は用事のある者（救対大塚は伊勢との連絡のため帰った）をのぞいて学生会館に一泊した。

二・二〇　早朝、小雨降りしきる中、「慶大自治会連合」数十名は日吉に向かって出発した。レポにより現地日吉ではガードマンおよび「篤志の」塾員たちが前面を固め、日吉記念館裏側に機動隊が待機していると知らされた。八時前日吉駅着。駅ホーム後部に固まって決起小集会をした。決意表明として各代表が短く、谷本（日吉経）、管内（旧マル戦）明石（小金井工自）、山本（日吉文）、村井（三田文）の順にスピーチ、駅前道路をわたって警備室前で隊列を組んだ。隊列は前から順に経自、工自（工新国崎も）、日吉文（三田新川辺も）、三田文（旧マル戦管内も）。デモ指揮の木原はヘルメット・覆面抜きで、隊列の右横で併進しつつ、最前列中央の谷本に進退を指示する。「安保、粉砕、入試、粉砕」と声をそろえ、抗議のデモ隊が並木道をゆっくりと登って行く。日吉記念館まえに制服姿のガードマンたちが横いっぱいに並んでおり、その前面には「塾員」「先輩」というふれこみで雑然としてまとまりのない一見して「遊び人」風の連中が、何となく場違いだがそれでもそうするしかなくてニヤニヤと薄笑い浮かべて小さなデモ隊の接近を待ち受けていた。木原は隊列に寄り添って行ったり来たりして、周りに注意を払いながら巧みに指揮をつづけ、木原の断固とした姿はデモする山本らに心強く感じられた。先頭の谷本らが頭を低く下げて検問口に突入するかのような擬態をしめすと、それぞれに華やかに正装した「遊び人」風塾員たちがワッと殺到して押し返し抑え込みにかかる。さいしょのもみ合いのあと、隊列組みなおして駅方向へいったん戻ろうとしたとき、うしろについてきていた三田文の一部分子が、前方の小衝突を過大に受け止めてしまったか、ヘルメット脱ぎ捨て駅に向かって一散に逃げて行くのが見えた。「おーい待てよ。早合点だよ」と山本が呼びかけると、比較的冷静だった三、四人が立ち止まり、了解した様子でヘルメット拾い直していそいそ戻ってくる。デモ行進を再開し、もういちど今度はより深く検問口に突入せんとしてみせた時、「先輩」連中からデモの指揮者と認定された木原は、検問口前でダブダブ背広の大男数名に囲まれ押しつぶされたかと思えたが、次の瞬間にはググッと鉄柱を突き出すようにはねのけて全身をあらわし、何もなかったみたいに涼しい顔してデモ指揮を継続した。山本は「入試粉砕！」と怒鳴りながら、木原を大したものだと感心したが、ひるがえって「先輩」連中にしたところで、決定的な衝突は避けたい、相手が相手でしょせん堅気の学生衆なんだからという感情が生じたらしく、それ以上「後輩」どものデモ行進を深追いしては来なかった。警備室から検問口までのあいだ並木道を二往復した後は警備室前にすわりこみ、小さな抗議集会を開催した。ダブダブ背広の「先輩」たちは周りをぐるりと囲んで、ハンドマイク手にしたヘルメット学生の流暢なアジテーションに野次をとばし、赤んべえをし、嘲笑をあびせたりとしきりに頑張ったものの、何かしらかれらの当惑、居心地悪さが見て取れて山本は秘かに可笑しかった。集会後は警備室前に並んで、交代でビラ配りにとりかかった。ダブダブ背広の先輩連中はビラ配りを遠巻きにして眺めていたが、デモの時の緊張はもうなくて、先輩連の一人の背広のボタンは一個ちぎれていたけれど、だからといって学生側に抗議してくるというような一幕もなかった。並木道を行き来する受験生らしき学生たちの多くがビラを受け取ってくれた。自分の分のビラを配り終えた山本は、朝からの「抗議行動」の半日を振り返り、きょうの俺たちみたいな小人数の弱い集団でも、敵に対して「団結」できていれば、立てた目標の半分くらいは達成できるものだなと日吉文に加わって以来はじめて実感した。日吉駅ホームでの「総括集会」で、指名されて山本は、この日の「団結」経験は有難かったと話し、みんなのくたびれたような「異議なし」を得た。

十三　第二次ブントの終了

三・一一　午後、山本は勝見と二人で小菅刑務所に出向き、拘置中の狩野との面会に臨んだ。面会室は相手との間が鉄網ガラスで遮られて勝見と並んで腰かけると天井がとても高く感じられた。入って来たワイシャツ、黒ズボン、眼鏡をかけた狩野は、このあいだ二手に分かれたさいの狩野とほとんど変わりなく見えた。勝見は狩野の現況をたずね、いま手にしたい物、してほしいことをきき、メモをとった。狩野は手紙を出せるようになったので有難いといい、弟君への連絡事項を伝えた後、一・一九いごの自分が考えてきたことを、勝見を相手に自分じしんを解き放とうとするみたいに一気にしゃべった。狩野としてはやっとめぐって来た、一定の制限のもとにであるが、友人相手に自分の現在の最大関心事と考えていることを直接語ることができる機会を得て、語れる限り語ってしまいたいという思いでいっぱいらしかった。その気持ちが勝見の隣で何も言えずにいる山本の心を打った。狩野は室に入ってから一度も山本のほうを見なかった。山本にしても、狩野に会って何を言うかどうしようか色々考えていたが、いざ向かい合ってみるとこの場所のこういう機会に相応しい言葉がまったく見つからぬのであった。言葉が出かかると狩野の眼にぶつかってまた何も言えなくなるという繰り返しで、なすすべなく面会時間の終わりがきた。

立ち会い看守が「では」という手付きをして立ち上り、勝見と山本は立って狩野と向かい合った。山本は衝動的に「俺たちも頑張るよ」といって狩野の顔を見た。狩野は目を伏せたまま、付き添いの看守といっしょに奥のドアの向こうに姿を消した。山本は勝見と「娑婆」への出口・入口へ歩きながら、狩野は了解してくれたなと考えた。狩野の表情や仕草にそういうしるしを見たわけではないけれども。

三・一三　山本は夕方、全中闘（中大の全学闘争組織。ブントが中心）主催の講演会がある共立講堂へ、青木、勝見、大塚、三田新川辺と連れ立って出かけた。プログラムによれば、中大闘争の現状報告のあとに吉本隆明と松本礼二（共産同議長）の講演があるといい、山本は尊敬する吉本の人物に自分の眼、耳で直にふれるチャンスだと期待してかけつけたのだった。期待がおおきすぎたため、講演の中身はさほどとも思えなかったが、白いシャツ、黒ズボン、うつむいたままの立ち姿でぼそぼそと語る様子には、完全にまっすぐで素朴な、嘘のない一人物がそこで生き生きと物を考え生活しているという感じが圧倒的で、講演の中身のつまらなさなどはどうでもよかった。吉本さんは話のさいごに顔を上げ、会場に集まった山本らにむかってまるで打ち明けでもするみたいに語りかけた。「ここにいる僕と皆さんのあいだにはほんの一跨ぎの隔たりしかないように見えます。が、僕にはこの一跨ぎがじっさいには恐ろしく遠い、どうすればたどり着けるかわからぬ位遠くにも見えるのです。僕はこの隔たり、この遠さこそが、皆さんと僕の間にありうる「絆」のように思えます。ほんの一跨ぎでありながら、同時にこの世の果てのように遥かな隔たり。僕はこの遥かさと、この近さの折れ重なっている場所に、僕と皆さんが共に生き得るまことの生活があると信じます。僕はそのように生きて行きます。皆さん、お身体を大切に」と。

山本は吉本さんの打ち明け話を、この自分への忠告だと愛読者根性で受け止めた。吉本さんは俺たちに、他人や組織をあてにするな、「自立」しろといっていた。見かけの近さを恐れよ、遥かさに怯むなというのが、吉本「告白」の要めであった。

三・二五、二六　同志社大学にて二日間、「反帝全学連臨時全国大会」が開催され、日吉文山本、勝見、大塚、三田新川辺、元全学闘石上の四人は、二十五日午後から大会の分科会の一つ「革命論研究」と題した、哲学者広松渉の講演と質疑応答の会に途中参加した。間近に見た哲学者広松は、のっぺりした長身をぬらぬらとくねらせながら、関西訛りの粘っこい口調で、息長い文章を一文字一文字綴っていくようにして持論を展開した。山本は広松のくねくねした身体の動きとその語り口とが隙間なく重なって形を成していく「革命論」に、昨年末読書会のために読んだ広松の若書きである『疎外革命論批判序説』に感じたのと同じ反発をおぼえた。リクツの中身にではなくて、リクツをひた押しにつきつけてくる広松の声調、くねる肉体と言葉の「ニンニク臭さ」への反発だった。日向さんが哲学者広松に敬意をこめて教えを乞うみたいに質問し、哲学者はほとんど無礼になりかねぬ位に腰低く馬鹿丁寧に答えていたが、日向さんがちっとも反発せず、面に敬意を維持し続けるのが山本には不可解であり不満だった。山本の理屈ぬきの幼い反発は、この人が集まった若いブントたちに見せようと心砕いているこの人の本体は、山本たちの眼の前にいるこの人とは別物であり、どちらかが贋者だという直感に発している。山本の隣で伊勢が「お前、聞きたいことがあるなら質問してみろ。広松さんはちゃんと説明してくれるぞ」と耳打ちした。「いや、質問なんかできませんよ」と山本は逃げたが、逃げる理由も説明しにくいんですと弁解すると、伊勢は何だとつまらなそうに横を向いた。一つには哲学者広松さんの心身の「ガード」が高すぎるので、山本の言葉も感情も初めから排除されてしまってるという山本の間違った、あるいは少し当たってるところもありそうな思い込みの結果が、ただ反発するしかない広松観になったと思える。要するに広松さんの哲学と人物は山本には無縁に過ぎてしまったということだ。

山本が参加したこの「臨時全国大会」は、第二次ブント＝「雑居主義」の「連合戦線」党であり、山本みたいな「日本浪漫派」一年坊主さえ、好きに出入りさせてくれていた幅広「ブント」の最後の大集会であり、出席者にその自覚も予感もおそらくなかった「ブントの終わり」のはじまりの大会であった。会場に集まった者らのうち、「左」はのちに赤軍派の結成にいたる一向健、坂健一、重信房子、森恒夫たち、「右」には「吉本主義」「大衆自立主義」の神津陽、三上治、そして「中間」に日向翔、伊勢洋たち、さらにそれらの間に幾つもの小グループが出たり入ったりするという具合で、大会期間中雑然と大小の諸集団、諸個人をブントという大袋で包んでいる「ブント」たちが行き交い、立ち話をし、論じ合い、共に頑張ろうと声をかけあい、肩たたきあい、大会がシャンシャンで終わるとそれぞれの仲間内の場所へかえっていく。そういう懐かしくて呑気な「ブント」の日々は三・二六の日付をもって終了したのである。

第三部　一九八四年九月の『舞姫』（二）

井川義雄は一九六九年一月十九日安田講堂三階大講堂で最後まで降伏投降を拒んで戦った中核派部隊数十名のなかでもっとも頑強に抵抗しつづけた随一人であった。逮捕後の取り調べには完黙をつらぬき、公判日が確定してはじめて自分の氏名だけを口にした。少年法による「保護」は拒否、東大闘争統一被告団に加わって公判闘争をたたかい、一審判決は二年―四年の不定期刑で、少年刑務所の三年間をすごして七四年暮に出所した。六八年革命の「少年英雄」も歳二十五になっていた。

「……獄中ではしきりに連合赤軍とかリンチとか内ゲバとか、侘しい話を聞かされたが、自分の目で確かめるまでは横においておき、われわれ側の侘しさより、新聞、ラジオから伝わってくる世間のムードの変化につとめて注意を向けるようにした。どんなに疑い深く見ても、世間は戦争でなく平和が多数であり、東大闘争の頃よりあきらかにまともになっているんだ。ところが内ゲバ戦争だと一方ではいっている。世界は戦争から脱していく方向なのに、我々の側は戦争なんだよ。この食い違いはじっさいにそのなかに自分で入って自分の心身で直に感じてみなければ何もいえないと思った。出所の日が近づくと喜びではなくて不安というか、武者震いだったかもしれないが、よく眠れぬ夜がつづいた」

「六年ぶりの世間はさいしょ君の眼にどう映ったか」

「出所する一週間前に、面会室で父とじっくり話した。父の心配は息子が帰って行く世間が息子の抱いている信念と衝突するというより食い違ってしまっていること、衝突に耐え抜く力は息子にあると見ていたが、食い違いのなかで、自分の信念がそのままでは世間に通じないこと、捨てないまでも修正しなければならず、それを息子がふみこんでやれるかどうか、覚束ないと感じていたようだ。父は安田講堂の戦いを支持してくれていたが、現在の革共同の闘争には「ついていけない」と感じ、息子の出所後に懸念を持っていた。息子の僕と、不安を共有していたんだ。行動してから勉強するのでなくその反対で行くよと約束して父に帰ってもらったが、出て行く前に心構えができたと思って有難かったな」

七十四年末から翌年三月にかけて、中核派による革マル派の学生・労働者にたいする「殲滅戦」が連続した。三月十四日、革マル派の部隊は中核派の本多延嘉書記長を襲撃して殺害し、これを機に中核派の連日の報復攻撃、本多殺害の下手人とみなされた革マル派活動家の目的意識的「殲滅」が連続する。こうした「世間」のなかで井川の「大人」の人生がはじまったのである。「本多さんの死のことは、防衛の人と一緒にいた（僕は一と月ほど、この人に色々助けられながら、活動へ復帰の準備をした）アジトで知った。本多さんは僕にはお師匠さんのような人だったから衝撃は大きくて、こういうことをヘリクツつけてやる革マルへの憎悪、報復心が真っ先にきた。ヘリクツ殺人の責任をとらせろということだ。しかし本多さんのことはあっても、報復したいという感情にかられたのがその時の僕の思いであっても、いまふりかえってみると、僕の憎悪憤怒の隅っこに、それでもなお刑務所の中で感じていて、出てきた現在も消えない、このような「世間」に「ついていけない」という気持ちがあり続けていたんだ。本多さんを謀殺した革マルはけしからん。が、それだから即「等価報復」だというのは「思想」として不当な省略がある、「ついていけない」と思っている自分がいる。一と月後僕の任務が決まり、某地方に赴任した。「内ゲバ戦争」のもとで、組織活動の「日常」を守り支えていくのが僕の役割だった。「内ゲバ戦争」方針には基本的に「ついていけない」ことが、活動の「日常」を前進させたい自分の情熱の核になっていたとも思う」

山本は用意してきた小さな紙を井川に示し、「俺はこれの感想を聞きたいと思って持ってきた。俺は当時読んで、これが戦争当事者に伝わるかなあ、伝わってくれたらなあと思ったが、当時、また今の井川はこれをどう読むか読んだか、きかせてもらえないか」と山本は「昭和五〇年七月二一日」とある『革共同両派への提言・第二』を渡した。文責は埴谷雄高。発起人は埴谷以下、秋山清、井上光晴、色川大吉、遠藤忠夫、大屋史郎、久野収、中井英夫、平野謙、もののべながおきの十名。

「……私達は両派のいずれにも片寄らぬものとして……ここにまた重ねてこの根本問題について提言したいと思う。…もし仮に、たとえば半年間にせよ、そこに「死」が存しなければ、計画的な殺人はいうまでもなく、いわゆる傷害致死による死の事態もまたそこに生じなければ、両派の諸君はいまいうごとく相手を反革命集団とばかりは呼び得ず、ただ並立する両派として運動上の闘争をひたすら続けている筈である。私達は、死が死を呼ぶのは階級社会を長く支えてきた執拗な原理であり、自由な人間の創出こそ革命の新しい原理であることをすでに知っている。そしてまた、革命運動は個人の抹殺ではなく、思想の変革にほかならず、思想の変革は自覚の上に根差したものであることをまた知っている。……

本来手を組み合うべきところの潜在的な味方を「敵」として殺すこと、そしてその殺人を正当化することは、革命の原理そのものからして全く許され得ないことは、革命家となった第一日目からすでに諸君に知らされていたのである。そしてその同じ第一日、階級社会がこれまで長く常套手段として用いてきた分割支配、本来の敵でない物を「敵」として誤認せしめられてしまう事態に陥る愚もまた諸君に知られていた筈である。

もし諸君が革命家としての真の意志と勇気をもっているなら、本来の仲間に対するこれまでのすべての死について心から哀悼し、自己批判し、数千年にわたって死をひきつれてきた階級社会そのものの死へ向かって敢然と踏み出さねばならぬ筈である。また、誇大な罵倒語にひきずられて自他を誤認し自己合理化のなかに閉じこもることから遠く踏み出している筈である。……即刻、本来の仲間の死へ向かって差しのばす手をひきもどし、敵とは何かを深く考えること、鉄パイプその他を身に携えることなく、ただひたすら運動の実践と信念のみを携えて、一人一人が徹底的に思想闘争をおこなうこと、これが両派の諸君へ向かっての私達の重ねての提言であり、希望であり、期待である」云々。

「当時読んで、本多さんを「計画的」に殺した革マルが「本来」は「潜在的」な「味方」だって？　と不信感で舌打ちしたけれども、一方内ゲバ戦争に「ついていけない」感情のほうも消えはしなかった。そして自分の東大決戦参加、自分の闘いの出発点を思い返した。大衆的実力闘争の飛躍をかけて東大決戦を担いぬいたわれわれにたいして、党の組織活動を「優先」して決戦から逃亡したのが革マルであり、その革マルが組織をあげて中核派解体、中核派の大衆的実力闘争粉砕に狂奔しているのだ。われわれは当面やむを得ず、大衆闘争の「自然」との結合を従、対革マル戦争を主とし、「自然」の敵であり、したがって「反革命」である革マル打倒に専心していくか。僕はそんな風に自分に言い聞かせてみた。依然消えてくれない「ついていけない」感情はしばらく横へ置いておいて。それから半年ほどたった頃、きっかけは思い出せないが、もう一度「第二提言」を読んだ。その時、自分は「ついていけなかった、いまもほんとはついていくことがつらい」この私のほうから再出発すべきかもしれないという考えが不意に、発見みたいにやってきた」

「以後も何年間か内ゲバ戦争は続くが」

「以後の僕は、だいたい内ゲバ戦争に「ついていけない」私を基準にして、活動の場面場面で大小の決定を下してきたつもりだ。最初の「ついていけない」と思ったそのところから再出発するということは、六十九年一月「東大決戦」に加わった少年だった「私」に還って出発しなおすという意味なんだよ。亡き本多さんが、内ゲバ戦争の総ての死者たちとともに我々に呼びかけているんだ。俺達の声をきけと。難しいが、本来の人生を行けという呼びかけだから遣り甲斐はある」

井川は顔を上げ、「君の仲間の狩野、青木、それに北村君は、ブントの間違った方針に逆らって東大決戦をやり切った。かれらはいま何を考え、どうしている。僕は知りたい」という。

「狩野は前橋に帰り、一念発起して新しく事業をはじめている。青木はブントの敗北の総括を青木流に継続中だ。北村の現況はわからないが、三人とも志は君と同じ方角を目指しているだろうと思う。迷ったとき、あるいは逆に確信が強くなり過ぎたときに、かれらも君同様、党派政治の「決戦」方針に「ついていけない」と感じて、ブントのでなく「私」自身の東大決戦を担った日に還って出発しなおそうとする人であるはずだ。俺も彼らの人生に連帯して行きたいと望む」

「ブント流の東大決戦に「ついていけなくて」安田講堂から仲間に黙って一人出て行った君は、いま一九八四年九月、何をどうしようとしている。日吉文たちの現在と君はどこまで一緒でどこから離れ始めるのか、わかりやすく教えてほしい」

「井川は高校時代、国語の授業で『舞姫』という小説を習ったおぼえはないか」

「出世か恋かと迷ったあげく出世をとった男の話じゃなかったか。漱石の『こころ』には感心したが、『舞姫』の主役には何か情けない、いい若い者が何だろかと思った記憶があるな」

「俺も高校時代、授業のなかで『舞姫』を読まされ、自分が先生になってから三年間、高三生徒の現代文で、『舞姫』授業を担当してきているが、これも君同様、恥ずかしいブルジョア的出世か、気高いプロレタリア的恋かと問題を立てて、迷って決定不能に陥り、上司と友人の支援で出世をとり（主人公の主観においては「とらされ」）、恋を捨てて恋の相手を破滅させ、決定の責任を負いかねて立ち竦む「情けない」若い者の懺悔話と読解し、一段高い教壇から主人公太田豊太郎を道徳的に責め立てて一年間の国語授業を総括しつつ、まあ概してつつがなく今日にいたった。ところが先生になって四年目のいま、自分の『舞姫』観、「太田豊太郎」批判が、このままでいいのかという反省が起こって、舞姫授業の見直しを始めているところだ。東大決戦後十五年経った今の俺の現状報告として、俺の改定『舞姫』授業プランを聞いてもらいたいんだ」

森鴎外『舞姫』（「国民之友」明治二三年一月）の大要は以下のとおり。作中の「余」＝太田豊太郎は明治日本の国家建設の若き担い手のひとりであり、野心満々の国家官僚であり、「官命」を得てドイツに留学して鋭意調査、研究に努めていたところ、滞独生活三年目のある日、おおきな「回心」を経験する。すなわち、国家建設の「道具」（きれいにいいかえれば「創造要素」）である筈の「私」のなかに、何かの「道具」ではないところのもう一人の「私」を発見して、前者を「われならぬわれ」と否定、後者を「まことのわれ」と規定した。若い太田は一人ぼっちの異国の地で、昔と今、日本と西洋ドイツ、偽と真のあいだに引き裂かれ、心身の迷宮のなかに迷い込む。当地ベルリンの貧しい女優エリスとの出会いがあり、恋が生ずる。太田はエリスとの恋愛生活を、国家建設の道具としての生活から、まことのわれの生活への飛躍の一歩であると考えた。むしろ夢みた。しかるにエリスの側は、太田との恋愛生活はただちに「婚活」「妊活」の開始を端的に意味しており、太田の求める「まことのわれ」の生活の一部にエリスとの恋の生活があるとしても、それが太田の生活の全部ではない（太田にはエリスとの生活の外に祖国、家族、友人知人がある。かれらは「まこと」か、「まことでない」か、どっちの人、どっちに割り振られる関係か？）事実を無視していると言わざるを得ない。太田の「国家建設の道具」としての一面は目下のところ「われならぬわれ」と否定されているけれども、だからといってそれが太田のなかのもう一人の私である事実に変化はないからである。二人の恋愛生活にはさいしょからいわばその根っこの部分で食い違いがあり、無理があり、エリスとの生活が「まことのわれ」の生活であると思うなら、太田に、またエリスにも、互いの食い違いを把握し合ったうえで、その解決がもとめられている。ところが太田は解決に失敗し、エリスも失敗して食い違いの拡大深化へ、二人の生活の破綻へ向かってゆく。

問題の解決＝対立の統一とは対立しあう両者の一方が他方を打倒、抹殺することではなくて、一方が他方を「包み込む」ことであり、対立を「無くす」のではなく、対立を対立したまま「統一」することに他ならぬ。

太田はこれまでの「私」＝国家建設の道具としての私を内部の敵であると決めつけ、打倒、抹殺に踏み出して混迷に陥った。太田のいう「まことのわれ」と「われならぬわれ」の両者は事実として太田の「私」の両面なのであるが、事実に逆らって「まことのわれ」一本の金無垢の「私」を創作せんと志して必然の敗北にいたったのであった。エリスはどうだったか。エリスとの生活の中で太田に迷いが始まっていることはわかった。が、迷いの根元＝太田の内部で烈しく演じられていた葛藤の中身が彼女には見えない。太田が「われならぬわれ」として内からたたき出したい「国家建設の道具」としての厭な「私」は、エリスには自分の大事な太田さんの、敬すべき一面だったからである。かくてエリスは、太田の迷いの実相がわからぬままに迷いを捨てさせるべく働きかけ、愛をもって「圧力」をかけるしか手がなくなった。

そこへ、太田の祖国の友人相沢と太田の上司である天方大臣が乗り出してきて、当事者能力を喪失した太田、エリス両君に代わって、両君を苦しめている問題の解決に取り組んだ。上司と友人は太田における「国家建設の道具」としての「私」をエリスとの恋愛生活から救い出すという方針で一致した。それが太田のため、エリスのため、ひいては「普請中」の近代国家日本にとっていいことであるとかれらは考える。太田はかれらの説得とエリスの説得とのあいだで引き裂かれ、その極限において病に倒れるが、友人相沢はエリスに、倒れる直前の太田が上司と相沢に示した「一諾」(エリスと別れて日本に還る)をそのまま伝えた。エリスは太田の裏切りを信頼できる第三者からつきつけられ、自分を裏切った太田を拒絶、裏切ることがない筈の太田の思い出だけを抱いて「狂者」と化す。

……余が病は全く癒えぬ。エリスが生ける屍を抱きて千行の涙を注ぎしは幾度ぞ。大臣に随いて帰東の途に上りしときは、相沢と議りてエリスが母に微かなる生計を営むに足るほどの資本を与へ、あはれなる狂女の胎内に遺しし子の生まれむをりの事をも頼みおきぬ。

嗚呼、相沢謙吉が如き良友は世にまた得がたかるべし。されど我脳裡に一点の彼を憎むこころ今日までも残れりけり。

「太田自身の優柔不断が問題の根源だろう。「彼を憎むこころ」というのは逆恨みじゃないか。同情できても尊敬はできないな」

「恨みは「怨念」であり「後悔」でもあり、他人たちへの「恨み」であるとともに、より大きく己というこの事実にたいする「悔い」の念ではないか。エリスとのことは取り返しのつかぬ悔いであり、「一点の彼を憎むこころ」の「彼」とは相沢ではなくて、相沢に「助けてもらうしかなくなっていた」この自分自身であり、この「一点」は太田の生涯の消えぬ痣であり、額に刻まれた罪のしるしであると俺は思う。太田はさいごにわかったんじゃないか。「まことのわれ」はエリスと生きんとした私であり、「われならぬわれ」は太田のもう一人の私であって、友人相沢、大臣天方も私のなかにいるもう一人の私だったんだと。そして私のなかの両面を「統一」する主体は天方でも相沢でもなく、「狂者」として生きかつ死ぬ「エリス」その人なんだと俺は『舞姫』の最終行を解釈したいんだ。作者鴎外はそういう一人の太田君として生きぬいた人という感じがする」

「鴎外や太田君のような人について、戦争をし、帝国主義をやる日本へ国家建設した人という見方だってある。作者鴎外の生の理想を託された作中人物として「太田」に対するなら、相沢と天方に「助けてもらうしかなくなった」側面への批判を前面に打ち出すことが、太田が死なせたエリスの声にこたえる道ではないか」

「革命詩人中野重治は『鴎外その側面』のなかで、鴎外を「日本人民の最良の敵」と言っていた記憶がある。大事なのは「敵」という語より「最良の」という形容句だ。作中人物「太田」は敵を抹殺しないのみならず、敵と妥協もしなかった。太田にそうさせたそのものは、太田の内に生き続ける、太田を簡単には死なせてくれぬ「エリス」の思い出なんだ。太田の罪は消えないが、消えぬからこそ太田には日本近代を「批判的」に前進させてゆく可能性が開かれるんだと思う」

「森鴎外も太田豊太郎も、帝国主義日本の道に「ついていけない」人であり、それでも「批判的」についていきましたとさ」井川は苦笑した。「君の新『舞姫』授業案に、僕は賛成しないが反対もしないよ。埴谷さんは敵を味方に転じる働きかけということを言った。それはまだ難しい課題だが、人類の理想追求の営みの一つではある。狂えるエリスは太田を、対立を打ち消す道ではなくて対立の統一へ向かって励ましているというのは本当かもしれないな」

山本は十月から勇んで新『舞姫』授業にとりかかった。風のたよりで、井川も新しく何かをはじめているときく。

（了）

後　記

本稿作成にあたってたくさんの書物のおかげをこうむった。左に主な本の名、著者・編者のお名前を記して謝意を表明いたします。

第一部．①『死んだ鳥　慶大闘争公判記録1』（慶大闘争公判記録刊行会。一九七〇年）。七六頁―八八頁の「年譜（一九六四年四月―六九年十一月。作製者・南島熊蔵）」は苦心の業績である。②『わが戦後』（池田弥三郎。一九七七年牧羊社刊）。一〇三頁―一三四頁「町内の若い者」と題した一章では、著者が慶大文学部長として問題の解決に奮闘された慶大米資闘争、大学立法闘争の頃を遥かに回顧する。③『慶應義塾学生運動史――一九六八年米軍資金導入・一九六九年大学立法をめぐって』（慶大メディアコミュニケーション研究所　都倉武之研究会。二〇一九年）。当時純情可憐の大学一年生だった小生らのくわわった米資闘争の日々がこんにち、二一世紀現在の学生たちの眼にどう映ったか、興味深く読んだ。二一世紀世界に生きるかれらが、ゼミでの研究調査をとおして抱かされてしまったらしい、「六八年革命」側の学生たちの言行にたいするある意味仕方ない違和感が、小生の回想雑談でどこまで「解消」可能かおぼつかないけれども、小生の綴った言葉のほうへほんのすこしでも皆さんの若い瞳を上げていただけたら、望外の幸せですね。

第二部．④『砦の上にわれらの世界を』（東大全学共闘会議。一九六九年亜紀書房刊）。六九年一月、東大闘争の「持続」か「収拾」かを争点にして、東大本郷キャンパスおよび神田学生街において一大決戦がたたかわれた。本書は「決戦」思想の真ん中に位置していた東大全共闘メンバーによる、「永続」革命を念じて提起された中間総括の分厚な一冊である。⑤『大学ゲリラの唄』（岡本雅美・村尾行一。一九六九年三省堂刊）。副題に「落書　東大闘争」

とある。占拠闘争下、東大構内のいたるところに、つれづれなるままに日暮し、学生らの手で書きつづられた、大量のパロディ、警句、雑言の類を著者らが丹念に採録してまわり、新書一冊分にまとめたもの。今読んでも古びていないから、一つ発行元で復刊してみてはどうか。東大もあれで結構渋い、好いたらしいお方だったかと受験生間に再評価呼ぶのではないか。⑥『東大落城』（佐々淳行。一九九三年文藝春秋刊）。六九年一月、著者は警視庁警備一課長の立場で「東大安田講堂事件」の解決にかかわって粉骨砕身、警備側の「勝利」に貢献した。小生の好みを言わせてもらえば、佐々氏のもう一つの主著『連合赤軍「あさま山荘」事件』のほうが警備側の「挫折感」がさりげなく告白されていてその哀感が好きだが、『東大落城』での氏の「一九六八世代」にたいする、おうおまえら、ちゃんと総括しろよという忠告には小生、思わず耳傾けましたね。

第三部．⑦『中核vs革マル』上下（立花隆。一九七五年講談社刊）。一九七〇年に本格化した革共同両派＝中核派と革マル派の「内ゲバ戦争」の日々を追い、記録し、その今後を展望せんとした。立花氏にはたくさんの名著があるが、中で断トツの一位はやはり『田中角栄研究』をはじめとする田中角栄問題論評本、二に『日本共産党研究』ときて、三、四、五無く六に「馬」、その「馬」に該当する長大作が『中核vs革マル』なんだという評価だ。⑧『舞姫』（森鷗外。一八九〇年「国民之友」発表）。小生は長年高校国語科の教員をつとめた。『舞姫』が三年生現代文の必修教材であり、拙著『再訪一九八四』は数十年余にわたって小生の担った『舞姫』授業のまとめとして構想、執筆した作品でもあることを記しておきたい。

本書は岩松研吉郎、野村伸一両氏と小生の「三老生」で朗らかに刊行したリーフレット『水曜日東アジア日本』二、三号（風響社発行）に掲載した『再訪１９８４』百枚余を起点として完成させた青春回想物語である。『水曜日東アジア日本』誌でお世話になった風響社石井雅さん、良き「同志」である岩松さん、野村君の友情に感謝申し上げます。

椎野企画社主椎野礼仁氏は大学同期の知友であり、今般小生の貧しい「恋と革命」記を立派な本に仕立ててくださった。感謝いたします。皓星社の皆さんありがとう。
読者の皆様のご健勝祈ります。

二〇二四年六月　　金井広秋

金井広秋（かない・ひろあき）

1948 年、群馬県生まれ。
慶大院修了（日本近代文学専攻）。
元慶應義塾高等学校教諭（国語科）。

著書に
『死者の軍隊』上下（彩流社刊 2015）
『水曜日東アジア日本』1, 2, 3（共著 風響社刊 2017.2019.2021）

再訪一九八四

2024年6月30日 初版第一刷発行

著　者　金井広秋
編　集　椎野企画
発行所　株式会社 皓星社
発行者　晴山生菜
〒101-0051 東京都千代田区神田神保町3-10-601
電話：03-6272-9330 FAX：03-6272-9921
URL http://www.libro-koseisha.co.jp/
E-mail：book-order@libro-koseisha.co.jp

装幀・組版　藤巻亮一
印刷・製本　精文堂印刷株式会社

ISBN978-4-7744-0829-3 C0095